Ⓜ️

NORMAN SPINRAD

Der Druidenkönig

Buch

Julius Cäsar, der Konsul von Rom, wird um das Jahr 60 v. Chr. von großen Sorgen geplagt, denn ihm wird die Unterschlagung von Staatsgeldern vorgeworfen. Fern der Heimat will er dem Volkszorn durch außenpolitische Erfolge und Eroberungen entgehen. In Gallien, dem Gebiet des heutigen Frankreichs, lebt ein in viele kleine Stämme zersplittertes Volk. Der Arvernerfürst Keltill versucht, die Stämme zu einen, wird aber von den mächtigen Druiden daran gehindert und schließlich getötet. Der Erzdruide Galliens nimmt sich Keltills Sohn Vercingetorix an und bildet ihn zum Druiden aus, während die amazonenhafte Schwertkämpferin Rhia seinen Körper stählt. Unterdessen schickt Cäsar sich an, Gallien endgültig zu unterwerfen, um im Triumph nach Rom zurückzukehren. Doch Vercingetorix, von Visionen und Hass auf Rom angestachelt, setzt das Werk seines Vaters fort: Er überzeugt die Druiden, dass nur ein vereintes Gallien den Eroberern widerstehen kann, und organisiert einen zermürbenden Partisanenkrieg gegen die Besatzer. Als Cäsar daraufhin Vercingetorix' Heimatstadt Gergovia angreift, kommt es zu einer schicksalhaften Schlacht.

Der Roman wurde mit Christopher Lambert in der Rolle des Vercingetorix verfilmt. In weiteren Rollen spielten Klaus Maria Brandauer und Max von Sydow.

Autor

Norman Spinrad, geboren 1940, ist seit den 60er Jahren als Autor von fantastischer Unterhaltung, vor allem von Sciencefictionromanen, bekannt und international renommiert. Seit vielen Jahren lebt und arbeitet der Amerikaner in seiner Wahlheimat Frankreich.

Norman Spinrad

Der Druidenkönig

Roman

Ins Deutsche übertragen
von Andreas Brandhorst

BLANVALET

Unter dem Titel »The Druid King« erscheint 2003
die amerikanische Ausgabe bei Knopf, Inc. New York,
die britische Ausgabe bei Little, Brown, Inc. London.

Umwelthinweis:
Alle bedruckten Materialien dieses Taschenbuches
sind chlorfrei und umweltschonend.

Blanvalet Taschenbücher erscheinen im Goldmann Verlag,
einem Unternehmen der Verlagsgruppe Random House GmbH.

Deutsche Erstveröffentlichung 2/2003

Published in agreement with Baror International, Inc.,
Armonk, New York, U.S.A.
Umschlagillustration: Agt. Schlück/Krasny
Satz: deutsch-türkischer fotosatz, Berlin
Druck: GGP Media, Pößneck
Titelnummer: 24222
Redaktion: Rainer Michael Rahn
V. B. · Herstellung: Peter Papenbrok
Printed in Germany
ISBN 3-442-24222-3
www.blanvalet-verlag.de

1 3 5 7 9 10 8 6 4 2

I

Das Land der gallischen Stämme reicht von den kargen, zerklüfteten Pyrenäen im Westen bis zu den erhabenen, schneebedeckten Alpen im Osten, von der feuchtkalten, nebligen Küste der Nordsee bis zu den sonnigen südlichen Gefilden, wo der milde Duft des Mittelmeers über die Gebirgspässe weht.

Doch in Wirklichkeit sind die Länder der Häduer, Arverner, Karnuten, Bellovaker, Turonen, Santonen und all der anderen – ihre Bauernhöfe, Dörfer und Weiden – nichts weiter als Inseln in einem Meer aus Bäumen. Denn es ist der mächtige grüne Wald, der die Hügel bedeckt und sich durch die Täler zieht, der den größten Teil ihrer Welt füllt. Es ist die Eiche, die unangefochten herrscht, nicht der Mensch.

Tief im Innern des endlosen Eichenwalds gibt es eine runde Lichtung mit wilden Blumen, Pilzen und moosbedeckten Felsen im Gras. Die Oberhäupter von zwanzig und mehr Stämmen Galliens warten im Unterholz am Rand, gekleidet in Hosen, die ihre Stammesfarben zeigen, Wollhemden und Lederwämser. Ihre Schwertscheiden sind leer. Jeder dieser Vergobreten steht neben einem Pfahl, der oben das Siegeltier des jeweiligen Stammes zeigt: Keiler, Falke, Stier, Bär, Hirsch, Wolf und so weiter, aus Holz geschnitzt beziehungsweise in Bronze oder Silber gegossen und geschickt modelliert.

In der Mitte der Lichtung, im hellen Schein der Mittagssonne, steht Guttuatr, Erzdruide von ganz Gallien, ein hoch gewachsener, leicht gebeugter Mann, der schon in die Jahre gekommen ist. Sein Haar und der sorgfältig gestutzte Bart sind grau. Er trägt einen weißen Umhang ohne Stammeszeichen. Die Kapuze des Umhangs ist über den Kopf gezogen, verbirgt aber nicht das Gesicht mit der Nase, die an einen Falkenschnabel erinnert, und den tief liegenden grünen Augen, die durch diese Welt in eine andere zu blicken scheinen. Er hat einen Stab aus knorrigem Eichenholz, ebenso lang wie er groß, stützt sich aber nicht darauf. Oben an dem Stab ist eine Sternschnuppe befestigt, ein grob kugelförmiges Objekt aus dunkelgrauem, pockennarbigem Eisen, etwa doppelt so groß wie ein Apfel.

Er sieht zur Sonne hoch, dann auf seinen eigenen Schatten hinab, der immer kürzer wird, als die Sonne den Zenit erreicht. Schließlich hebt er den Stab mit einer Hand, sodass die Sternschnuppe nun seinen Kopf um ein Viertel seiner Körpergröße überragt.

Druiden kommen aus den vier Quadranten der Winde, schreiten stumm an den Vergobreten vorbei und betreten die Lichtung. Ihre weißen Umhänge sind mit den vielen Farben der gallischen Stämme geschmückt, die Gesichter liegen im Schatten der Kapuzen.

Sie formen einen inneren Kreis um den Erzdruiden und verharren. Guttuatr lässt den Stab wieder sinken, auf dass er die Erde berührt. Niemand bewegt sich. Niemand spricht.

Und dann ...

Und dann schiebt sich der geisterhaft bleiche Mond über das Antlitz der strahlenden Sonne.

Die Vergobreten schnappen nach Luft, als ein Schatten über die Lichtung und den Wald jenseits davon kriecht, als das Blau des Himmels langsam dunkler wird.

Der Erzdruide Guttuatr spricht.

»Wie im Himmel, so auf Erden. Die Götter der Nacht versuchen, den Tag zu erobern. Jene, die dem Dunklen dienen, kämpfen gegen die Boten des Lichts. Wie auf Erden, so im Himmel.«

Der Mond ist wie ein geöffneter Rachen, der immer mehr von der goldgelben Sonne schluckt und bestrebt zu sein scheint, sie ganz zu verschlingen.

Die Stammesoberhäupter stöhnen und scharren voller Unbehagen mit den Füßen. Die Druiden stehen reglos da, den Blick auf Guttuatr gerichtet, so als erwarteten sie ein Zeichen.

Man hört nur das Scharren der Füße, das leiser werdende Ächzen der Vergobreten und das verwirrte Zwitschern der Vögel, die sich auf Zweigen und Ästen niederlassen. Nachtvögel erwachen, und in der Ferne bellen Hunde und Wölfe, als sich das blutrote Licht eines scheinbaren Sonnenuntergangs auf den Wald senkt.

Die Brise der herbeieilenden Nacht lässt Guttuatrs Umhang flattern, und Finsternis dehnt sich aus. Aber es ist keine natürliche Nacht. Der Himmel wird schwarz, und die Sterne erscheinen, doch die Sonne ist noch zu sehen, zeigt ihr dunkles, leeres Gesicht, umringt von einem Schleier aus Licht, als würden Haare und Bart in Flammen stehen, oder von der feurigen Krone eines Himmelsgottes.

»Die Nacht zerstört den Tag!«, ruft Guttuatr, was die Männer neben den Stammesstandarten zu entsetzten Schreien veranlasst. »Die Finsternis verschlingt das Licht!«

Die Druiden setzen sich in Bewegung, gehen langsam um ihn herum.

Guttuatr beginnt mit einem würdevollen Gesang.

»Aber das Große Rad dreht sich, und wir drehen uns mit ihm ...«

Die langsam schreitenden Druiden antworten.

»Das, was ewig ist, das, was vergeht ...«

»Wie im Himmel, so auf Erden ...«

»Das Große Rad dreht sich, und wir drehen uns mit ihm ...«

»Wie auf Erden, so im Himmel ...«

»Wir drehen uns, im Kreis, im Kreis, im Kreis ...«

»Soll sich das Große Rad mit uns drehen!«, ruft Guttuatr und hebt seinen Stab, als wolle er dem Himmel gebieten. »Nacht zu Tag! Dunkelheit zu Licht! Soll sich das Große Rad ...«

Plötzlich schreien nicht nur die Vergobreten, sondern auch die Druiden, und es sind keine Schreie des Entsetzens, sondern der Verwunderung. Die Druiden bleiben abrupt stehen, drehen sich um und sehen zu etwas über und hinter Guttuatr empor. Von einem Augenblick zum anderen ist der feierliche Bann gebrochen, und eine ungestüme Menge deutet zum Himmel. Aufgeregte Stimmen erklingen.

Guttuatr dreht sich ebenfalls um und sieht ...

Ein Lichtpunkt erscheint aus dem Nichts, wird heller und heller.

Ein neuer Stern ist geboren.

Guttuatrs Mund klappt auf, und sein Stab sinkt wie von ganz allein zu Boden. Voller Ehrfurcht reißt er die Augen auf wie jemand, der Gott oder etwas noch Größeres sieht. In seiner Miene zeigt sich wissendes Staunen.

»Einmal in tausend Jahren …«, flüstert der Erzdruide.

Die Vergobreten rühren sich nicht von der Stelle, aber die Druiden kommen näher, drängen sich zusammen und richten fragende Blicke auf Guttuatr. Einer von ihnen wagt zu sprechen, ganz leise, nur für Guttuatrs Ohren bestimmt.

»Was hat das zu bedeuten, Erzdruide?«

Sehr widerstrebend wendet sich Guttuatr von dem mächtigen Omen ab.

»Dies ist das Zeichen eines Großen Wandels«, teilt er den Druiden beunruhigt mit. »Dieses Große Zeitalter stirbt und weicht einem anderen.«

»Aber was wird …«

»Kein Mensch des sterbenden Zeitalters kann wirklich sehen, was die bevorstehende Ära bringen wird«, sagt Guttuatr schnell und mit festerer Stimme. Er stellt fest, dass die Vergobreten genug Mut aufgebracht haben, um sich dem inneren Kreis zu nähern. »Wir haben mehr beschworen, als jene aus der Welt der Zwietracht wissen sollten. Wir müssen den Ritus zu Ende führen, bevor ihn der Himmel für uns beendet!«

Und erneut hebt er seinen Stab.

»Und siehe!«, ruft er. »Der Himmel zeigt uns seine Gunst! Licht aus Dunkelheit! Tag aus Licht! Das Große Rad dreht sich!«

Hastig und ein wenig unbeholfen setzen die Druiden ihren kreisförmigen Marsch und den Sprechgesang fort. Die Vergobreten weichen zurück.

»Wir drehen uns, im Kreis, im Kreis …«

»Soll sich das Große Rad mit uns drehen!«, befiehlt Guttuatr.

Wie um ihm zu gehorchen, würgt der Mond das verschlungene Licht wieder aus. Die Sonne kriecht aus seinem Maul, und der Himmel erhellt sich, zeigt das prächtige purpurne Schimmern und goldene Glühen eines scheinbaren Sonnenaufgangs. Immer heller wird das Firmament. Die Nachtvögel kehren zu ihren Ruheplätzen zurück, die Tagvögel steigen auf, der Wald erwacht. Erneut wölbt sich ein strahlend blauer Himmel über einer Welt aus üppigem Grün. Der Ritus hat Erfolg gehabt.

So scheint es wenigstens.

Fett tropfte von einem halben Dutzend Keilern und ebenso vielen Schafen in knisternde Feuer, deren Rauch herrlich duftete. Backgehilfen zogen Bretter mit dampfenden Brotlaiben aus den Öfen und legten sie zum Abkühlen beiseite. Bauern brachten Weidenkörbe, gefüllt mit reifen roten Äpfeln, weißen Rüben, orangeroten Karotten und dunkelgrünen Nesseln, schmackhaft und frisch gesammelt. Barden spielten auf ihren Harfen; hier und dort sangen Bedienstete mit ihnen.

Es war der schönste Tag in Vercingetorix' jungem Leben. Er beeilte sich, um nicht den Anschluss zu verlieren, als sein Vater Keltill mit langen Schritten über den äußeren Hof der Familienheimstatt ging – mit einem großen Festschmaus sollte der Beginn von Keltills Jahr als Vergobret der Arverner gefeiert werden.

Vercingetorix' Vater war kräftig gebaut, muskulös und für einen Gallier nur durchschnittlich groß, doch in den Augen seines vierzehnjährigen Sohns ragte er wie ein Riese auf.

Seine Ländereien, Reichtümer und auch seine Herrschaft mochte er durch den Willen der Götter bekommen haben, wie die Druiden erklärten, aber was Vercingetorix in den Augen seines Vaters sah, konnte kein Gott verleihen. Und die vielen lächelnden Gesichter, die ihn begrüßten, waren nicht mit den Goldmünzen gekauft, die er so großzügig wie Mistelzweige verteilte.

Das Volk liebte Keltill.

Er grinste und schmatzte übertrieben, als sie sich dem Karren des Braumeisters näherten. Der kahl werdende, dickbäuchige Bursche wusste um Keltills Begeisterung für seine Waren und füllte zwei Hörner mit schaumigem Bier aus zwei verschiedenen Fässern.

»Meiner Ansicht nach hat dies hier mehr Aroma, Keltill«, sagte er und reichte ihm das Horn mit seiner linken Hand. Dann hob er das in der rechten. »Aber dies ist stärker.«

Keltill probierte das erste, anschließend auch das zweite.

»Nun, welches schmeckt Euch besser?«, fragte der Braumeister.

»Wann habe ich jemals ein Bier probiert, das mir nicht schmeckt?«, erwiderte Keltill. Er lachte, sah Vercingetorix an und grinste. »Was hältst du davon, uns deine Meinung zu sagen?«

Wie jeder gallische Junge hatte Vercingetorix mit Wasser gestrecktes Bier getrunken, wenn sommerliche Hitze Milch gerinnen ließ oder Kühe plötzlich keine Milch mehr gaben. Doch diesmal durfte er zum ersten Mal richtiges Bier trinken. Vorsichtig nippte er an dem »aromatischeren« Bier, das sich als dickflüssig und süß erwies. Unter dem wachsamen Blick seines Vaters nahm er dann einen männlicheren Schluck, und daraufhin blieb ein bitterer Nachgeschmack zurück, den er nicht mochte.

»Nun?«, fragte Keltill.

»Äh ... gut. Schön, äh, schaumig.«

Keltill reichte ihm das zweite Horn. Diesmal trank Vercingetorix sofort einen großen Schluck, in der Art eines Erwachsenen. Demonstrativ ließ er die Flüssigkeit im Mund hin und her rollen, bevor er schluckte. Weniger bitter, auch weniger süß, und nicht so dickflüssig.

»Noch besser!«, erklärte er aufrichtig.

»Wie der Vater, so der Sohn«, sagte Keltill und klopfte ihm kraftvoll auf die Schulter. »Genau meine Meinung! Du hast unseren Bierprüfer gehört. Wir nehmen zwanzig Fässer – von jeder Sorte!«

»Von jeder Sorte?«, wiederholte der Braumeister und musterte Keltill skeptisch. »Was das Geld betrifft ...«

»Nennt Euren Preis! Ich bezahle Euch nach guter alter gallischer Sitte das Doppelte, wenn wir gestorben und in der nächsten Welt sind.«

»Sehr großzügig, Keltill, aber wenn ich, meine Familie und meine Brauer in dieser Welt nichts essen, müssen wir in der nächsten lange auf Eure Ankunft warten. Wenn Ihr also gestattet ...«

»Nun, wenn Ihr die Sache so seht …«, sagte Keltill schelmisch und griff in den Lederbeutel, dessen Inhalt er so großzügig verteilt hatte. Eine einzelne Münze holte er daraus hervor.

Der Braumeister war nicht amüsiert.

Keltill lachte, als er seinen verdrießlichen Gesichtsausdruck sah. »Komm mit«, sagte er. »Es gibt noch mehr davon.«

Er hielt die Münze so, dass der Braumeister sie besser sehen konnte. Vercingetorix wusste, dass sie das Porträt seines Vaters zeigte.

»Hübsch, nicht wahr?«, fragte Keltill.

Sie überquerten den äußeren Hof und passierten ein Tor in der hölzernen Palisade, die den inneren Hof umschloss. Drinnen stand ein großes, rundes Haus, die aus sorgfältig beschnittenen Brettern bestehenden Wände mit Flechtwerk abgedichtet, das konische Dach extra für diese Gelegenheit mit frischem Stroh gedeckt; es roch noch nach Erde und Heu. Wie immer krönte ein aus Holz geschnitzter Bär das Dach, das Siegeltier der Arverner. Doch jetzt kam ein zweiter Bär hinzu, aus Bronze und auf einem Pfahl neben dem Eingang – die Standarte des neuen Vergobreten.

Vor dem Haus waren bereits lange Tische aufgestellt worden. Bedienstete waren damit beschäftigt, Sitzbänke vorzubereiten, Teller auf den Tischen zu verteilen und Holz für ein Feuer aufzustapeln.

Keltill ging über den Hof und näherte sich einem Schuppen. Vercingetorix war schon einmal darin gewesen und wusste, was ihn erwartete, im Gegensatz zum Braumeister. Mit breiten eisernen Schlegeln schlugen zwei Handwerker auf Brocken aus weichem Gold ein und stellten auf diese Weise dünne Platten her, aus denen sie mit runden Pressstempeln Münzen stachen und sie in große Lederbeutel warfen, die bereits mit den Früchten ihrer Arbeit gefüllt waren.

Keltill führte den verblüfft starrenden Braumeister zu einem der Beutel. »Nimm dir, was du für angemessen hältst«, sagte er. »Nicht mehr und nicht weniger.«

Der Braumeister bedachte Keltill mit einem erstaunten Blick. Unmittelbar darauf veränderte sich der Glanz in seinen Augen, zeigte erst Dankbarkeit und dann Habgier. Er schob beide Hände in den Beutel und nahm so viele Münzen, wie er halten konnte.

Er erstarrte und sah Keltill an.

Langsam ließ er die Hälfte der Münzen in den Beutel zurückgleiten und ging.

»Du hast ihm die Möglichkeit gegeben, viel mehr zu nehmen!«, entfuhr es Vercingetorix.

»Ich habe seiner Ehre vertraut. Das ist unsere Art, Vercingetorix. Man vertraue der Ehre. Man teile das Glück. Was wären wir sonst?«

Keltill nahm eine Hand voll Münzen und stopfte sie in den Lederbeutel an seinem Gürtel.

»Wenn ein Mann als großzügig gilt, so schadet es diesem Ruf nicht, wenn die Münzen sein Abbild tragen – damit der Empfänger der Großzügigkeit nicht vergisst, woher sie kommt.« Er lachte. »Nicht *alle* Ideen der Römer sind dumm.«

Keltill nahm eine weitere Hand voll Münzen und hielt sie Vercingetorix vor die Augen. »Andererseits ... Sie jagen diesem Zeug nach und vergöttern es so sehr, dass sie sogar ihre Ehre dafür verkaufen – und das ist jämmerlich.«

»Jämmerlich, Vater?«

»Ja! Sie vergessen, wozu Gold da ist. Weißt du es, Vercingetorix?«

Der Junge schüttelte den Kopf.

»Überleg einmal«, sagte Keltill. »Man kann es nicht essen und nicht trinken. Man kann nicht darauf reiten. Man kann nicht einmal ein Schwert aus diesem ansonsten nutzlosen Metall schmieden.«

»Aber man kann Essen und Trinken und Pferde und Schwerter damit kaufen!«

»Genau!«, rief Keltill. »Man sollte das Leben nicht damit vergeuden, Geld zu verdienen und zu horten! Man esse das Fleisch! Man trinke das Bier! Man reite die Pferde! Ein Jahr als Oberhaupt des Stammes muss gefeiert werden!«

Er lachte laut und warf die ganze Hand voll Münzen in die Luft. »Geld ist dazu da, um für die Freuden des Lebens ausgegeben zu werden!«

Als die Sonne unterging, hatte das Fest begonnen, und man konnte durchaus behaupten, dass bereits viel Geld für die Freuden des Lebens ausgegeben worden war.

Eine ganze Horde von Gästen hatte sich eingefunden, die meisten von ihnen adlige Arverner, ihre Familien und Krieger, aber auch gewöhnliche Leute von Keltills Ländereien, die aus Anlass des Festes die Erlaubnis erhalten hatten, den äußeren Hof zu betreten. Hinzu kamen adlige Gäste aus anderen gallischen Stämmen und einige Druiden, gekleidet in die traditionellen weißen Umhänge mit den jeweiligen Stammesfarben. Sie hatten das Recht, überall im Land der Gallier bei jedem beliebigen Fest zu erscheinen.

Mit dem Verzehren des Fleisches mussten die Gäste warten, bis der Gastgeber das Große Feuer anzündete, aber es floss bereits viel Bier durch durstige Kehlen. Jeder hatte einen von Schaum gekrönten Becher aus Ton oder Bronze vor sich, und überall standen offene Fässer. Allein der Dunst des Biers genügte, um Jung und Alt benommen werden zu lassen.

Was aber nicht bedeutete, dass sich jemand auf die Nase beschränkte, um die fröhliche Magie des Biers wirken zu lassen. Und auch Vercingetorix trank seinen Teil, nachdem er an diesem Tag zum ersten Mal wie ein Mann davon probiert hatte.

Als Vater und Sohn den äußeren Hof hinter sich ließen und den inneren erreichten, erschien es Vercingetorix, dass die Fackeln von Regenbogenhalos umgeben waren, und die letzten von Keltill hochgeworfenen Münzen flogen wie goldene Schneeflocken durch die sirupartige Luft. Musik und Stimmen verschmolzen zu dem wortlosen Lied eines plätschernden Bachs.

Jubel begleitete Keltills Ankunft im inneren Kreis. Zwar fehlte es keineswegs an Zuneigung für das neue Oberhaupt des Stammes, aber die Mägen freuten sich mindestens ebenso wie die Herzen, als Keltill zum Holzhaufen ging, denn mit dem Anzünden begann der Festschmaus.

Ein Krieger reichte Keltill eine Fackel. Vercingetorix' Vater grinste und zögerte ganz bewusst. »Meine Freunde, bestimmt habt ihr noch nicht genug getrunken, um euren Appetit anzuregen«, sagte er. »Am besten warten wir noch ein wenig, bevor wir uns das Fleisch vornehmen.«

Ein lautes kollektives Stöhnen folgte diesen Worten.

Keltill schüttelte missbilligend den Kopf. »Als König Brenn regierte und wir alle Helden waren, erinnerten sich die Gallier erst daran, dass sie einen Magen hatten, als genug Bier durch ihre Kehlen und Blasen geflossen war, um Ariovist und alle seine teutonischen Stämme auf einem Fluss aus Urin zurück auf die andere Seite des Rheins zu schwemmen!«

Schallendes Gelächter erklang.

Keltill zuckte mit den Schultern. »Aber jetzt höre ich, wie das Knurren eurer Mägen meine mächtigen Worte der Weisheit übertönt, und deshalb …«

Er warf die Fackel durch eine Lücke zwischen den sorgfältig aufgeschichteten Scheiten – mit einem lauten Zischen fing das Reisig Feuer, und Rauch stieg auf. Die Scheite begannen zu brennen, und ihr Kieferndufft vermischte sich mit dem Geruch des bratenden Fleisches und der Wirkung des Biers. Das Ergebnis war eine Atmosphäre freudigen Hungers.

Vercingetorix wankte hinter seinem Vater zum Tisch des Gastgebers. Seine Knie vollführten einen unbeholfenen Tanz, und vor seinen Augen drehte sich alles. Er sah, wie ganze Funkenschwärme von den Fackeln und dem großen Feuer emporstiegen, den Sternen entgegenstrebten.

Der Tisch war eine Eichenplatte, die vor einem Haus auf Böcken ruhte. Nur an der Hauswand gab es eine Sitzbank, sodass diejenigen, die dort Platz nahmen, das festliche Treiben beobachten konnten. Auf dem Tisch lagen Dutzende von Brotlaiben, Messer und Bretter mit gebratenem Geflügel, Schalen mit Rüben, Karotten, gekochten Nesseln, Äpfeln, Rippen und Keulen von Lämmern und Keilern. Bei dieser besonderen Gelegenheit gab es sogar gebratene Frischlinge, die man mit viel Mühe und unter großen Schwierigkeiten gefangen hatte.

Vercingetorix war noch in der Lage, seine Mutter Gaela zu erkennen, die hinter dem Tisch saß, und es gelang ihm auch, seinen

Onkel Gobanit und dessen Frau Ette zu identifizieren, die rechts von ihr saßen. Die leeren Plätze links von Gaela waren für seinen Vater und ihn reserviert. Wiederum links davon bemerkte Vercingetorix eine streng wirkende Frau in mittleren Jahren, die einen vage vertrauten Eindruck erweckte, und links von *ihr* …

Als der Blick des Jungen auf das Mädchen fiel, verweilte er dort und verlor das Interesse an allen anderen Dingen.

In letzter Zeit hatten sich angenehme Empfindungen in seinen Lenden geregt, und da er auf einem Bauernhof aufgewachsen war, wusste Vercingetorix sehr wohl, wie sich Stiere und Schafböcke verhielten, wenn diese herrliche Lust über sie kam. Doch er sah jetzt zum ersten Mal ein Wesen, das seine eigene Begierde weckte.

Sie schien etwa in seinem Alter zu sein, hatte langes, lockiges blondes Haar, das ein Blumenkranz vom hellen, rosigen Gesicht fern hielt. Ein schlanker, anmutiger Hals ragte aus dem Oberteil eines gelben Kleids, das knapp genug saß, um knospende Brüste zu zeigen. Ihre Augen offenbarten jene schwer fassbare Farbe, die im einen Moment grün ist und im nächsten nussbraun. Die Lippen schienen wie geschaffen für Küsse, die Nase war gerade, das Kinn stark. Sie hielt den Kopf hoch erhoben – eine hochmütige Herausforderung an Vercingetorix' Männlichkeit, die ihm durch und durch ging, das Blut in seinen Adern kochen ließ.

Seine Augen schienen zu verraten, wie es ihm erging, denn sie begegnete seinem Blick mit etwas, das das Getreide auf den Feldern hätte welken lassen können und ihm das Gefühl gab, mit heraushängender Zunge dazustehen, wie ein hechelnder Hund. Dies verscheuchte ganz gewiss jeden Gedanken daran, seinen ganzen Mut zusammenzunehmen und sie anzusprechen.

Und dann begann der Festschmaus. Mit bloßen Händen wurden die Beine des Geflügels abgerissen, Rippen von Schweinen und Keilern zu einzelnen Bissen zerkleinert, alles andere mit Messern zerschnitten, dann so schnell wie möglich in den Mund gestopft und mit viel Bier hinuntergespült. Immer wieder füllten Bedienstete die Hörner.

Vercingetorix verschlang ebenfalls seinen Anteil und sprach auch dem Bier eifrig zu, aber er warf immer wieder verstohlene Blicke in Richtung des blonden Mädchens, das einen bewundernswerten Appetit zeigte, ein Zeichen dafür, dass der Appetit auf andere Freuden ähnlich groß sein mochte.

Er wünschte allerdings, dass sie beim Bier weniger Zurückhaltung geübt hätte, denn seine Phantasie gab ihm ein, dass sie umso eher aus ihrer Welt der Träume in diese Realität wechseln würde, je betrunkener sie wurde. Er beschloss, ihr ein gutes Beispiel zu geben.

Als Keltill auf den Tisch schlug, um die Aufmerksamkeit aller Anwesenden zu beanspruchen, fühlte Vercingetorix keinen Schmerz mehr und spürte auch sonst kaum noch etwas.

»Ist genug Fleisch da?«, donnerte Keltill. »Ist genug Bier da?«

Das Gebrüll der Betrunkenen und das Hämmern von Fäusten auf Tischplatten weckte Vercingetorix aus seiner Lethargie.

»Die Tradition verlangt, dass der neue Vergobret zu Beginn seines Jahrs als Stammesoberhaupt die Weisheit der adligen Arverner lobt, die einen solchen Helden wie ihn gewählt haben«, erklärte Keltill. »Aber ihr wisst ja: Mein einziger Fehler besteht darin, dass ich viel zu bescheiden bin, um mich zu rühmen …«

Gutmütiges Gelächter und amüsierte Pfiffe kamen vom Publikum.

»Deshalb soll das ein Besserer als ich übernehmen – mein nobler Sohn, der redegewandte Vercingetorix!«

Vercingetorix hatte noch nie zuvor eine Rede gehalten, und die ganze Welt schien sich um ihn herum zu drehen. Was seine Redegewandtheit betraf … Die Zunge fühlte sich wie ein Stück Holz in seinem Mund an.

Benommen und gleichzeitig erschrocken saß er da.

Doch Keltill zog ihn auf die Beine, und dort stand er, das Licht der Fackeln war von seiner Trunkenheit gedämpft, das große Feuer nahe genug, um ihn zu blenden. Er starrte in einen Wald aus Gesichtern, deren Augen im Schein der Flammen rötlich glühten. Alle Geräusche verstummten, und erwartungsvolle Stille breitete sich aus.

Vercingetorix sah zur Seite, zu dem blonden Mädchen, das seinen

Blick mit Augen erwiderte, die wie geschliffene Edelsteine glänzten und unergründlich waren. So etwas wie amüsierte Verachtung zeigte sich in dem anmutigen Gesicht.

Und dann geschah die Magie.

Vercingetorix wandte den Blick vom Mädchen ab und beobachtete die Funken, die vom großen Feuer gen Himmel stiegen. Nur die hellsten Sterne konnten sich gegen das Licht der Flammen behaupten, und sie schienen auf ihn *herabzusehen*, ihm im Gegensatz zu dem Mädchen ihre Gunst zu schenken. Als er den Blick wieder senkte und zu den vielen wie Kohlen glühenden Augen sah, die ihn eben noch erschreckt hatten, verwandelte sich die Stille in eine Einladung zum Sprechen.

Der Junge holte Luft.

»Keltill ist jetzt nicht mehr nur mein Vater, sondern auch der eure, denn der Vergobret ist der Vater seines Volkes. Und einen Mann wie Keltill zum Vater zu haben bedeutet für euch, dass ihr der glücklichste Stamm in ganz Gallien seid. Aber ich bin noch besser dran. Ich bin der glücklichste Junge in Gallien. Denn ihr habt ihn nur für ein kurzes Jahr als Vater, ich aber für immer.«

Vercingetorix legte eine kurze Pause ein und hob ein mit Bier gefülltes Horn – ein Horn, das ihm wie durch einen Zauber von den gleichen Göttern in die Hand gedrückt worden war, die ihm diesen Moment geschenkt hatten.

»Auf Keltill! Auf den Vergobreten der Arverner! Auf die Ehre, die Vertrauen verdient, auf geteiltes Glück und auf ein Leben, das den Freuden des Lebens gewidmet sein soll!«

Das zustimmende, begeisterte Gebrüll war schier ohrenbetäubend, und alle tranken. Der Jubel schien sogar noch lauter zu werden, als Vercingetorix sein ganzes Horn mit fünf großen Schlucken leerte.

Wie sich herausstellte, war dies zu viel für ihn. Bevor er bewusstlos in Keltills Arme sank, hörte er noch gutmütiges Lachen und die liebevollen, amüsierten Stimmen seiner Mutter und seines Vaters.

»Wie der Vater, so der Sohn!«

»Ganz meine Meinung!«

II

»Ganz Rom wartet auf Euren Fall«, sagte Decimus Junius Brutus, als sie zu den Bädern schritten, vorbei an Augen, die den Blick von ihnen abwandten, und an Rücken, die ihnen erstaunlicherweise immer zugekehrt waren.

»Schakale verstehen sich gut darauf, Blut zu wittern, Brutus, aber sie sind nicht mutig genug, selbst einen verwundeten Löwen anzugreifen«, sagte Gajus Julius Cäsar verächtlich. »Und dieser Fuchs hat noch immer einige Tricks parat, um eine zweite Metapher aus der Tierwelt zu benutzen.«

Brutus richtete einen fragenden Blick auf ihn.

Cäsar lachte. »Mit anderen Worten, du solltest besser nicht darauf wetten, dass man mich zu Fall bringt, junger Freund.«

So jung, so naiv, so unschuldig, dachte Cäsar. Bin auch ich einmal so gewesen? Vielleicht als Säugling an der Brust meiner Mutter? Wahrscheinlicher ist, dass ich nur nichts von den politischen Intrigen bemerkt habe, die mich umgaben, so wie ein Fisch nicht merkt, dass er im Wasser schwimmt.

Cäsars Geschlecht, die Julier, waren alte Patrizier, aber leider keine vermögenden mehr, als Cäsar geboren wurde. Für jemanden wie ihn gab es in Rom nur eine Möglichkeit, zu Reichtum zu gelangen: die Politik. Leider hatte diese Möglichkeit auch eine Kehrseite. Jedes erstrebenswerte Amt in Rom musste durch eine Wahl gewonnen werden, und die Gunst der Wähler kostete Geld – für Feste, Spiele, Bestechungen und wohlwollende Aufmerksamkeit auf dem Forum. Wenn ein Politiker nicht reich geboren war, musste er das von ihm erreichte Amt nutzen, um seine Schatzkammern neu zu füllen. Nur auf diese Weise konnte er die nächste Wahl finanzieren, um weitere Sprossen der politischen oder wirtschaftlichen Erfolgsleiter zu erklimmen. Da es für jemanden wie Cäsar keine andere Möglichkeit gab, im Staatsdienst voranzukommen, hielt er es für den Gipfel des Zynismus, in diesem Zusammenhang von Korruption zu sprechen.

Nicht dass der Zynismus riskierte, in Rom außer Mode zu geraten, dachte Cäsar, als sie die Thermen betraten.

Die Bäder waren in drei große Hauptbereiche unterteilt: das kühle Frigidarium für jene, die sich der Illusion hingaben, abgehärtete Spartaner zu sein; das Tepidarium, wo man die Temperatur auf dem zivilisierten Niveau eines angenehmen Frühlingstags hielt; und das Kaldarium, nach Cäsars Geschmack zu heiß, aber angesichts des dichten Dampfes, der vom zentralen Becken aufstieg, ein geeigneter Ort für ein politisches Treffen mit Marcus Licinius Crassus.

Crassus gehörte nicht zu den Leuten, die ohne ihre Toga gut aussahen. Dick und schwabbelig lag er bäuchlings auf einer Couch neben dem Becken, als Zugeständnis an die Ästhetik ein Handtuch über dem Hintern. Er trank Wein aus einem goldenen Becher.

»Heil, Crassus!«

»Heil, Cäsar …«

»Kennt Ihr meinen jungen Freund Decimus Junius Brutus?«

»Heil, Brutus, ich glaube, wir sind uns schon einmal begegnet.« Crassus musterte den armen Jungen so, als hätte die Begegnung vielleicht in einem Bordell stattgefunden, in dem Brutus als Lustknabe tätig gewesen war. Dann wandte er sich an Cäsar, wölbte eine buschige Braue und schien sich zu fragen, ob Brutus diesem ähnliche Dienste erwies. »Ich dachte, wir wollten ein privates Gespräch führen, Cäsar.«

»Es wäre nicht klug, einen solchen *Eindruck* zu erwecken, oder, Crassus?«, erwiderte Cäsar und verbarg sein Missfallen. »Und Brutus genießt mein volles Vertrauen.«

»Ach, tatsächlich?«, fragte Crassus und gab seiner Stimme dabei einen anzüglichen Klang.

Cäsar wusste, dass man seine Bereitschaft, junge Männer als Mentor zu unterstützen, oft für Knabenliebe im griechischen Stil hielt. Aber er hatte festgestellt, dass ihm ein Junge nicht die gleichen Freuden schenken konnte wie eine Frau. Und Sex mit einem Protegé wie Brutus zu haben … So etwas lief fast darauf hinaus, es mit dem eigenen Sohn zu treiben. Nun, er argwöhnte ohnehin, dass die homosexuellen Griechen, die eine derartige Liebe wegen ihrer einzigartigen intellektuellen Verbindung priesen, sich vor allem deshalb auf solche Beziehungen einließen, weil sie sich nach männlicher Nachkommenschaft sehnten.

»Brutus ist für mich wie der Sohn, den ich leider nicht habe«, sagte Cäsar spitz, ohne seine wahren Gefühle zu zeigen – eine Kunst, die er gut beherrschte, insbesondere in der Gegenwart von Crassus. Der Mann mochte sein Wohltäter sein, und ohne Crassus' finanzielle Hilfe hätte man ihn nicht in sein gegenwärtiges Amt gewählt, aber so sehr er sich auch bemühte: Er brachte es nicht fertig, ihn zu mögen.

»Und worum geht es bei dem Gespräch, um das Ihr mich so dringend ersucht habt?«, fragte Crassus so, als ob er es nicht wüsste.

»Wir sollten über den lächerlichen Vorwurf reden, ich hätte öffentliche Gelder unterschlagen«, sagte Cäsar.

»Sollten wir das?«

»Ich bitte dich, Crassus. Jeder Römer im Alter von mindestens zehn Jahren weiß, dass man nur dann in ein politisches Amt gewählt wird, wenn man die Maschinerie der Republik schmiert.«

Crassus trank langsam einen Schluck Wein und musterte Cäsar unschuldig. »Ich verstehe. Ihr habt Euch öffentliche Gelder angeeignet, um damit den Interessen der Öffentlichkeit zu genügen. Natürlich hat nichts davon einen Weg in Eure privaten Taschen gefunden.«

»Selbst wenn etwas in meinen privaten Taschen gelandet wäre – es verlässt sie bald genug wieder, um die Wahl in mein nächstes öffentliches Amt zu ermöglichen«, sagte Cäsar. »Und da ich zu den geschicktesten Politikern Roms zähle, dient es den Interessen der Republik.«

»Ihr wart immer ein fleißiger Schüler der Sophisten, Cäsar.«

»Besser ein geübter Anwender der sophistischen Rhetorik als ein Verehrer der zynischen Philosophie, Crassus.«

»Wir haben einen Gott für jeden Geschmack, und die Griechen hatten eine Philosophie für jeden Zweck«, sagte Crassus.

»Wie ein Pragmatiker gesprochen!«, erwiderte Cäsar. »Und von einem Pragmatiker zum anderen, Crassus ... Ihr möchtet doch nicht, dass der Senat meine Finanzen zu gründlich durchforscht, oder? Glaubt Ihr vielleicht, unsere ... Geschäfte, die uns beiden zum Vorteil gereichten, blieben dabei verborgen?«

Crassus stellte den Becher beiseite, richtete sich halb auf und bedachte Cäsar mir einem kühlen Blick.

»Ist das eine Drohung?«

»Ganz und gar nicht, mein Freund«, entgegnete Cäsar. »Ich versuche nur, Euch zu schützen. Immerhin wissen wir beide: Was an *meinen* Fingern hängen blieb, seit Ihr, ich und Pompejus zu Konsuln gewählt wurden, klebt auch an Euren.«

»Was wollt Ihr?«, fragte Crassus scharf.

»Die Statthalterschaft über Gallia Cisalpina«, sagte Cäsar.

»Nachdem man als Konsul in Rom tätig gewesen ist, wäre es ein Abstieg, eine verschlafene Provinz in Norditalien zu regieren.« Crassus behielt Cäsar aufmerksam im Auge. »Dort geschah nicht viel, seitdem wir die Barbaren vertrieben.«

»Der Senat hat allein deshalb noch keine Anklage gegen mich erhoben, weil ich als Konsul während meiner Amtszeit Immunität genieße ...«

»Und Eure Amtszeit geht bald zu Ende ...«

»Aber der Prokonsul einer römischen Provinz braucht ebenfalls keine strafrechtliche Verfolgung durch den Senat zu befürchten.«

»Ich habe vergessen, dass Ihr Anwalt seid«, sagte Crassus trocken. »Aber warum die tiefste Provinz? Warum ausgerechnet Gallia Cisalpina?«

»Weil man dort einen Statthalter braucht«, antwortete Cäsar. »Und *weil* es die tiefste Provinz ist. Es bedeutet, dass genug meiner Gegner mit meinen Freunden stimmen, um mir das Amt zu geben und so dafür zu sorgen, dass ich Rom verlasse.«

»Gut überlegt.« Crassus lächelte einschmeichelnd. »Wie kann ich es taktvoll ausdrücken ...? Nun, das scheint nicht möglich zu sein.« Er zuckte mit den Schultern. »Was ist für mich drin?«

»Abgesehen davon, peinliche Nachforschungen in Hinsicht auf

unsere so vorteilhaften Geschäfte zu vermeiden?«, fragte Cäsar. »Mehr davon. Viel mehr.«

»Gallia Cisalpina ist nicht gerade mit Reichtümern gesegnet«, sagte Crassus skeptisch.

»Im Gegensatz zum Rest von Gallien«, erwiderte Cäsar und brachte den Köder aus.

»Gallia Narbonensis? Wein, Oliven, Früchte, gute Häfen. Etwas besser, aber nicht viel, und Ihr habt gesagt …«

»Nein, nein, nicht unsere alte Mittelmeerprovinz! Das ganze Land, Crassus! Ich meine das transalpine Gallien! Die Bereiche *nördlich* von Gallia Narbonensis! Das große Herzland des *wahren* Galliens! Eine riesige Region, reich an Gold, Silber, Eisen, Edelsteinen, seltenen Farbstoffen, Vieh, Korn und erstklassigem Sklavenmaterial!«

»Aber leider von Stämmen kriegerischer Gallier und wilder Teutonen bewohnt.«

»Die Teutonen mögen wild sein«, sagte Cäsar, ohne darauf hinzuweisen, dass sie den perfekten Casus belli abgaben. »Aber die Gallier sind reich und kultiviert genug, um zu verstehen, dass es lohnt, mit uns Handel zu treiben. Derzeit befindet sich eine Handelsdelegation von ihnen in Rom.«

»Reiche Einfaltspinsel, die nur darauf warten, von uns geschröpft zu werden«, sagte Crassus und kaute nachdenklich auf dem Köder.

»Zuerst kommen unsere Händler«, erklärte Cäsar. »Dann unsere Ingenieure, um Straßen für den Handel zu bauen, dann die Handwerker, um angemessene römische Villen für die reichen Gallier zu errichten und sie nach unserer Art zu kleiden. Und Sklavenhändler. Und natürlich brauchen die Gallier erfahrene römische Bankiers, um ihre aufblühende Wirtschaft zu verwalten.«

»Ich verstehe«, sagte Crassus und schluckte den Köder. »Ein Prokonsul von Gallia Narbonensis, der die Zeichen erkennt, könnte seinen Freunden großzügige Konzessionen gewähren.«

»In der Tat!«, bestätigte Cäsar. »Wer in meiner Gunst steht, wird reicher als Crassus … ich meine Krösus.«

»Einen Augenblick«, sagte Crassus. »Die Statthalterschaft von

Gallia Cisalpina steht zur Verfügung, nicht die von Gallia Narbonensis.«

»Stimmt«, entgegnete Cäsar. »Aber wenn die Statthalterschaft von Gallia Narbonensis später frei wird, sollte es leicht sein, den Senat davon zu überzeugen, beide Ämter zu vereinen, nicht wahr?«

»Ich denke schon.«

Cäsar sah zu Brutus und fragte sich, wie weit er dabei gehen durfte, zugunsten der politischen Erziehung die Unschuld der Jugend zu zerstören.

»Und sie *wird* frei«, fuhr er fort. »Kurz nach meiner Ernennung zum Prokonsul von Gallia Cisalpina wird der Statthalter von Gallia Narbonensis einer fatalen Krankheit erliegen.«

»Woher wisst Ihr das, Cäsar?«, fragte Crassus.

»Ihr vergesst, dass ich nicht nur Pontifex gewesen bin, sondern auch zum Pontifex maximus gewählt wurde«, sagte Cäsar. »Ich kann die Zukunft in den Eingeweiden des gebratenen Geflügels vom letzten Abend lesen.«

»Lebensmittelvergiftung?«

»Das Klima ist recht warm. Man lasse einen Fasan einen Tag zu lange hängen. Oder man esse eine Auster zur falschen Jahreszeit …«

Cäsar sah erneut zu Brutus, der ihn anstarrte wie ein kleines Mädchen, das zum ersten Mal sah, was *wirklich* im Schlafzimmer der Eltern geschah. Aber dann wurde das Gesicht des jungen Mannes rasch zu einer ausdruckslosen Maske. Was zu den besten Hoffnungen berechtigte. Jeder musste früher oder später seine Unschuld verlieren.

Nach der Ernennung zum Prokonsul von Gallia Cisalpina brauchte Cäsar kein starkes Getränk, um seine Stimmung zu heben. Brutus, Junius Marius Gisstus und er ruhten auf Liegesofas am Banketttisch, warteten auf den Gesandten der Häduer und tranken gut verdünnten Wein.

»Nun, Freunde, ich bin froh, die Schlangengrube namens Rom zu verlassen«, sagte Cäsar zufrieden. »Ruhm und Reichtum warten im glorreichen Gallien auf uns!«

»Das mit dem *Reichtum* glaube ich ohne weiteres«, erwiderte Gisstus spöttisch.

Seine Lippen schienen in einem permanenten ironischen Lächeln erstarrt zu sein. Etwas in den Augen deutete darauf hin, dass er zweimal so viel gesehen hatte wie andere Männer in mittleren Jahren, ohne sonderlich davon beeindruckt zu sein. Cäsars oberster Spion war ein Mann, dem nur seine Mutter vertraute – und nicht einmal sie vorbehaltlos.

Aus pragmatischem Eigeninteresse war er Cäsar treu ergeben, denn Cäsar hatte ihm dabei geholfen, vom einfachen Zenturio bis zu seiner jetzigen Position aufzusteigen. Und für einen Mann von so bescheidener Herkunft und zwielichtigem Hintergrund gab es keine Möglichkeit, allein weiterzukommen.

»Aber *Ruhm*, Cäsar?«, fragte Brutus. »Indem Ihr über Gallia Cisalpina herrscht, eine Provinz in Italien, die seit hundert Jahren befriedet ist?«

»Du vergisst Gallia Narbonensis.«

Brutus runzelte die Stirn. »Ich wünschte, das könnte ich«, murmelte er bedrückt.

»Was beunruhigt dich, junger Freund?«

Brutus hob und senkte die Schultern. »Vielleicht mein Gewissen.«

»Lasst es sofort entfernen«, schlug Gisstus vor. »Ich kenne einen guten Arzt.«

»Vielleicht kann man es mit einem Messer aus dir herausschneiden«, fügte Cäsar hinzu.

»Habt ihr nicht vor, den Prokonsul von Gallia Narbonensis … aus seinem Amt zu entfernen, um an seine Stelle zu treten?«, fragte Brutus voller Unbehagen. »Mit anderen Worten: Ihr plant einen Mord.«

»Der richtige Ausdruck lautet: Elimination«, korrigierte Cäsar.

»Gibt es da einen Unterschied?«

»Und ob«, erwiderte Cäsar. »Ein Mord ist eine persönliche Angelegenheit. Bei einer ›Elimination‹ geht es darum, jemanden um des Staates willen zu töten. Es handelt sich um einen Akt politischer Notwendigkeit.«

Brutus wirkte nicht überzeugt. Vielleicht ein kleiner sokratischer Dialog …

»Du möchtest den Rang eines Generals erreichen und Ruhm erlangen, indem du den Feind besiegst?«

»Natürlich, Cäsar.«

»Und wie besiegst du den Feind?«

Brutus' Schweigen sprach Bände.

»Ja, mein junger Freund, indem du so viele wie möglich von ihnen tötest.«

»Aber das ist *Krieg!*«

»Tausende von Menschen werden umgebracht, um dem Staat zu dienen. Tausende von Eliminationen aus politischer Notwendigkeit.«

»Es ist nicht das Gleiche!«, beharrte Brutus. Und ein wenig unsicherer: »Oder?«

»Erklär mir bitte den moralischen Unterschied.«

Verlegenes Schweigen folgte.

»Ich verstehe noch immer nicht, wie Ihr Eure Reputation durch die Verwaltung von zwei längst eroberten Provinzen verbessern wollt«, sagte Brutus in dem Versuch, seine Verlegenheit zu überwinden.

»Erklär es ihm, Gisstus«, sagte Cäsar.

»Zweifellos wird es zu teutonischen Angriffen auf die Handelskarawanen kommen, die wir ins Land der Häduer und der anderen gallischen Stämme schicken, und natürlich kann Rom so ein unverschämtes Räuberwesen nicht ungestraft hinnehmen. Es muss Ordnung geschaffen werden im transalpinen Gallien, und da die Gallier dazu nicht imstande sind …«

»Uns bleibt nichts anderes übrig, als den Teutonen eine Lektion zu erteilen«, sagte Brutus, der allmählich zu begreifen begann.

»Viele Lektionen, fürchte ich«, sagte Cäsar. »Man kann sich darauf verlassen, dass die Teutonen schwer von Begriff sind. Leider sind wir letztendlich gezwungen, mehr Truppen als geplant einzusetzen, um die Handelswege zu sichern und Roms Freunde vor jenen blutgierigen Ungeheuern zu schützen.«

Das Licht des Verstehens leuchtete in Brutus' Gesicht. »Und wenn die Truppen erst einmal im Land der Gallier stationiert sind, haben wir es nicht eilig damit, sie wieder abzuziehen ...«

»Aus dir wird doch noch ein General«, sagte Cäsar.

»Aber mir ist noch immer nicht ganz klar, wie Ihr dadurch in Rom zu einem Helden werden könnt.«

Cäsar lachte. »Keine Sorge, Brutus. Die Berichte, die ich zum öffentlichen Vortrag auf dem Forum und im Senat nach Hause schicke, werden so klingen wie die über Alexander des Großen Marsch durch Persien nach Indien!«

»Wie könnt Ihr da sicher sein?«

»Ich habe vor, die Berichte selbst zu schreiben. Und vielleicht sammle ich sie in einem Buch, um den Ruhm meiner Eroberungen der Nachwelt zu erhalten.«

Gisstus lachte, und es klang so, als drohte er zu ersticken. Brutus schien nicht zu wissen, ob er Cäsars Worte für Prahlerei oder einen Scherz halten sollte, und was das betraf, war auch Cäsar nicht ganz sicher.

Er ritt immer an der Spitze seiner Legionen, trug dabei einen mit kostbarem tyrischem Purpur gefärbten Umhang, ein Farbton, der seinen Generälen und anderen Befehlshabern verboten war und dadurch zu seinem ganz persönlichen Zeichen wurde, das seine Position auf dem Schlachtfeld Freund und Feind verkündete.

Ob es einem gefiel oder nicht: Die Führerschaft im Krieg war Teil der Staatskunst.

Und, die Götter mögen dir beistehen, Gajus Julius Cäsar, es gefällt dir.

»Was haltet ihr von dem Titel GAJUS JULIUS CÄSAR, EROBERER VON GALLIEN?«, fragte er.

»Zu klotzig«, erwiderte Gisstus. »Warum nennt Ihr das Buch nicht einfach DIE EROBERUNG VON GALLIEN?«

»Vielleicht hast du Recht«, sagte Cäsar. »Die Leute wissen Bescheidenheit bei ihren Helden zu schätzen.«

Als Gisstus lachte, kam Calpurnia herein und wies auf die Ankunft des Gesandten der Häduer hin, eines gewissen Diviacx.

»Erinnere die Sklaven daran, seinen Wein nicht zu verdünnen«, wies Cäsar sie an und stand auf, um seinen Gast am Tor zu begrüßen, wie es sich gehörte.

»Natürlich«, sagte Calpurnia. »Immerhin lässt Wasser Eisen rosten. Man denke nur daran, was es im Innern eines Galliers anstellen könnte. Wein hingegen erhält ihn vielleicht, so wie Eingelegtes.«

»Je mehr, desto besser«, sagte Cäsar und zwinkerte seiner dritten Frau zu, als er ging.

Calpurnia war nicht so schön wie Cornelia, und es mangelte ihr auch am sexuellen Appetit von Pompeja. Sie erfüllte ihn nicht so mit Leidenschaft wie die erste Frau, schenkte ihm auch nicht so viel Lust wie die zweite, aber als Einzige von ihnen verfügte sie über den Intellekt und den Instinkt, um zu seiner Vertrauten zu werden.

Cäsar war dem Oberhaupt der gallischen Delegation bisher noch nicht begegnet, aber er wusste, dass die Häduer als mächtigster und zivilisiertester Stamm in Gallien galten. Man hatte ihn darauf hingewiesen, dass Diviacx zu einer Gruppe gehörte, die sich hochtrabend »Senat« nannte. Der Mann, dem er am Tor gegenübertrat, erwies sich als groß und kräftig gebaut, hatte fast schulterlanges eisengraues Haar, einen dazu passenden Schnurrbart und ein verschlossenes Gesicht – ein typischer Gallier, nach dem, was Cäsar gehört hatte.

Doch der mit einer Kapuze und blauem Besatz ausgestattete Umhang überraschte Cäsar, und er brauchte sein ganzes thespisches Geschick, um sich nichts anmerken zu lassen. Das Oberhaupt der gallischen Delegation war ein Druide!

Man wusste kaum etwas über diese gallischen Priester – wenn sie überhaupt Priester waren. Im Vergleich mit dem Römischen Reich schien es in Gallien mehr Priester zu geben. Es hieß, dass sie auch Richter waren. Und vielleicht auch Steuereintreiber. Es hieß außerdem, dass niemand von ihnen Steuern zahlte, ein Vorteil, den Cäsar während seiner kurzen Zeit als Pontifex leider nicht genossen hatte.

Priester? Senator? Händler? Eine bizarre Kombination aus alledem? Es mochte die Dinge komplizieren. Cäsar beschloss, besondere Vorsicht walten zu lassen.

Es erschien ihm vernünftig, den Gallier mit einem einfachen »Heil, Diviacx« zu begrüßen. Der Besucher antwortete mit »Heil, Cäsar«, und dann führte Cäsar ihn zu Calpurnia, Gisstus und Brutus am Bankettisch.

Das Mahl als »Bankett« zu bezeichnen wäre eine Übertreibung gewesen, denn nur fünf Speisende machten es sich auf den Liegen am Ende des Tisches bequem, und es gab nicht einen einzigen Musiker, der von der Konversation hätte ablenken können.

Doch Cäsar hatte eine imposante Zurschaustellung der römischen Küche vorbereiten lassen. Es war zweifellos angebracht, die Häduer mit dem zivilisierten Luxus Roms zu beeindrucken, ohne Kosten zu scheuen.

Kaum hatte Diviacx Platz genommen, wurden die ersten Gänge und Wein gebracht: Haselmäuse in Honig, in Wein und Zimt gedünstete Feigen, verschiedene geräucherte Singvögel, gegrillte Langusten in warmem, mit Safran angereichertem Olivenöl, mit ganzen Sardinen gefüllte rote Paprikaschoten, gewürzter Auberginenbrei, mit vier Arten Brot fürs Tunken serviert, kleine Schüsseln mit Essig und aromatisierten Oliven, Nüsse, Obst, kleine Pasteten mit Fasan- oder Lammfüllung, eingelegter Tintenfisch, gebratener Kalmar.

Diviacx verhielt sich wie ein guter Diplomat, probierte alles und rümpfte bei keiner Spezialität die Nase, eine beeindruckende Leistung, wie Cäsar von seinen eigenen Reisen her wusste – was ein Volk für eine Delikatesse hielt, mochte für ein anderes abscheulich sein.

Einem aufmerksamen Beobachter entging nicht, dass Diviacx Kalmar, Languste und Tintenfisch offenbar für grässliche Meeresungeheuer hielt – er nahm eher lustlos Bissen davon –, und sein Gesicht verfärbte sich ein wenig, als ihn die Höflichkeit zwang, auch die Haselmäuse und Singvögel zu kosten. Cäsar vermutete, dass er sogar bereit gewesen wäre, von einem Haufen Kot zu probieren, wenn man einen vor ihn gestellt hätte.

Die übrigen Vorspeisen schlang er so hinunter, als wären sie der einzige Gang, zeigte dabei nicht nur einen barbarischen Appetit, sondern auch barbarische Tischmanieren.

Der ohnehin eher wortkarge Gisstus und Brutus, von der Gesellschaft des Galliers überwältigt, schwiegen die meiste Zeit über, während Cäsar und Calpurnia das Gespräch auf dem Niveau einer Plauderei hielten. Sie sprachen über die Unterschiede in der Zubereitung der Speisen, die Vor- und Nachteile des Klimas in Gallien und Rom, verglichen Bier und Wein, den die Sklaven großzügig ausschenkten. Diviacx schien Gefallen daran zu finden, denn er hob den Becher immer wieder an die Lippen.

Cäsar wagte es erst, wichtigere Dinge anzusprechen, als die Sklaven den Tisch abräumten, um den Hauptgang aufzutragen. Er begann, indem er nach der wahren Natur von Diviacx' Amt fragte, ein Thema, das ihn sehr interessierte.

»Wenn ich es richtig verstehe, Diviacx, weist Euer Umhang darauf hin, dass Ihr Druide seid ...«

»Ja, das stimmt«, bestätigte der Gallier, lehnte sich träge zurück und trank erneut Wein.

»Und doch seid Ihr hier, ein Priester als Oberhaupt einer Handelsdelegation.«

Diviacx stellte den Becher vorsichtig auf den Tisch und schien zu begreifen, dass es besser war, sich nicht noch mehr zu benebeln. »Nicht alle Druiden sind Priester«, sagte er.

»Wisst Ihr, mein Mann war einmal Priester«, warf Calpurnia ein.

»Aber wie ich ist er mehr ein Mann dieser Welt als der anderen, nicht wahr?«, fragte Diviacx.

»Wie Ihr?«, entfuhr es Brutus. »Ich habe gehört, ihr seid alle Zauberer.«

»In unserer Sprache bedeutet ›Druide‹ nicht ›Priester‹, sondern ›Mann des Wissens‹. Und da es verschiedene Arten von Wissen gibt, gibt es auch verschiedene Arten von Druiden. Richter. Lehrer. Viele tragen das Wissen dieser Sphäre, einige auch das der anderen.«

»Der anderen Sphäre?«, fragte Brutus.

»Das Land der Legende.«

Diviacx wandte sich von Brutus ab und sah Cäsar an. Seine Augen waren wässrig und vom Wein gerötet, aber sie hatten trotzdem genug Macht, um Cäsars Blick zu fesseln.

»*Ihr* wisst, wovon ich spreche, nicht wahr, Cäsar?«

»Weiß ich es?«, erwiderte Cäsar. Sein Blick blieb unbewegt und wich dem Starren des Druiden nicht aus. Auch er hatte diesen Trick gelernt, nicht als Pontifex, sondern auf Rhodos, während seiner Studien der Redekunst unter der Anleitung des Meisters Apollonios Molon.

»Wie ich hörte, haltet Ihr Euch für einen Mann des Schicksals ...«

»Ich bekenne mich schuldig«, sagte Cäsar.

»Und für den Geist des wiedergeborenen Alexander des Großen.«

»Das, mein Freund, ist eine Metapher«, sagte Cäsar und kommentierte diese Vorstellung mit einem Lachen, das allerdings auch in seinen eigenen Ohren ein wenig hohl klang. Der Druide hatte einen tieferen Blick in seine Seele geworfen, als ihm lieb war. Zwar hatte er als Pontifex die Rituale der Götter durchgeführt, aber es war ihm trotzdem schwer gefallen, sie und die Welt des Jenseits ernst zu nehmen. Gleichzeitig jedoch spürte er eine direkte Verbindung zwischen der eigenen Seele und der des seit langer Zeit toten Alexander.

Er glaubte keineswegs, der wiedergeborene Alexander zu sein. Ganz im Gegenteil. Er hielt Alexander für seinen primitiven Vorläufer, so wie Alexanders Vater, König Philipp, eine bescheidenere Version des Sohnes gewesen war. Cäsar glaubte, dass es ihm bestimmt war, dort erfolgreich zu sein, wo der Makedonier versagt hatte.

Alexander hatte das größte Reich aller Zeiten geschaffen und soll geweint haben, weil es schließlich nichts mehr zu erobern gab. Das kam Cäsar merkwürdig vor, denn er hätte den Blick nur nach Westen richten müssen, zum Beispiel nach Gallien. Wenn er wirklich geweint hatte, so vermutlich deswegen, weil er zwar ein großer General gewesen war, aber kein genialer Politiker – er hatte es nicht verstanden, sein riesiges Reich in eine Nation zu verwandeln, die ihn lange überlebte. Er begann als König und starb als Kaiser, hinterließ der Nachwelt ein Imperium, um das sich dann mittelmäßige Diadochen stritten.

Cäsar würde mit einer Republik beginnen und darauf kein Reich errichten, sondern etwas anderes, das noch keinen Namen hatte, regiert nicht von seinen Erben, sondern einem von ihm geschaffenen politischen System. Das sollte sein Monument sein: größer als die Pyramiden, der Koloss von Rhodos oder die Alexandrinische Bibliothek.

Größer deshalb, weil es nicht aus Stein und Zement der materiellen Welt bestand, sondern aus der immateriellen Substanz seines Geistes. Cäsar schauderte. Wie tief reichte der Blick des Druiden? Jene Sphäre des zukünftigen Schicksals war tatsächlich das Land der Legende. Eine geheime Sphäre, die nur er kannte. Das hatte er bisher geglaubt. Aber jetzt ...

»Ist alles in Ordnung mit dir?«, fragte Calpurnia. Sie beugte sich besorgt vor und flüsterte ihm ins Ohr: »Es ist doch nicht die Fallsucht?«

»Vielleicht hatte er eine Vision«, vermutete Diviacx, und Cäsar fand, dass seine Stimme dabei viel zu wissend klang.

»Vielleicht«, erwiderte er, unterbrach den Blickkontakt und schüttelte den Kopf, um ins Jetzt zurückzukehren und gleichzeitig Calpurnias Frage zu beantworten. »Bildlich gesprochen.«

Zum Glück kamen in diesem Moment vier Sklaven herein, die eine große Bronzeplatte mit dem Hauptgang trugen, und daraufhin war es an Diviacx, verblüfft zu sein.

Cäsar hatte einen der sehr teuren gemischten Braten bestellt, die Würdenträger bei staatlichen Banketts beeindrucken sollten. In diesem Fall ging es darum, einem Fremden mit dem Reichtum und dem feudalen Stil des Gastgebers zu imponieren, einen deutlichen Hinweis auf ökonomische Macht zu liefern.

Bei großen Banketts bestand die äußere Schicht normalerweise aus einem ganzen Ochsen oder einem Hirsch, und Cäsar hatte sogar Geschichten gehört, die von Elefanten berichteten. Doch für ein so kleines Essen genügte ein Keiler, mit Honig bestrichen, einen Apfel im Maul und eine Lorbeerkrone auf dem Kopf. In seinem Innern befand sich ein über Rosmarinzweigen gebratenes Lamm mit einer Orange im Maul. Das Lamm wiederum enthielt einen Pfau mit einer Pflaume im Schnabel, und in dem Pfau steckte ein Fasan mit einer Weintraube. In dem Fasan befand sich eine Taube mit einer wilden Himbeere und in der Taube eine kleine Drossel mit einer einzelnen, vom Schnabel aufgespießten Rosine.

Amüsiert beobachtete Cäsar, wie Diviacx die Augen aufriss, als die Sklaven die ineinander verschachtelte Konfektion aus Tieren und Vögeln feierlich mit Schwertern aufschnitten, nach und nach den Inhalt enthüllten, ihn hervorholten und auf den Tisch legten.

»Glücklicherweise wart Ihr so klug, bei den Vorspeisen Zurückhaltung zu üben, Diviacx«, sagte Cäsar, als die Sklaven ihr Werk vollendet hatten.

Gisstus sah gen Himmel und rollte mit den Augen. Brutus verbarg den Mund hinter seinem Becher. Calpurnia lachte leise.

Diviacx machte den heldenhaften Versuch, alles wenigstens zu probieren, und er spülte jeden Bissen mit noch mehr Wein hinunter. Als er verzehrt hatte, was die Höflichkeit erforderte, glänzte sein Gesicht schweißfeucht, und die Augen waren glasig. Es wurde Zeit für die Verhandlungen.

»Wie Ihr wisst, hat man mich zum Prokonsul von Gallia Cisalpina gewählt«, sagte Cäsar. »Deshalb bin ich imstande, die Handelsbeziehungen zwischen Eurem Volk und Rom beträchtlich auszuweiten.«

Es gelang Diviacx, ein wenig munterer zu werden, obwohl ihn das sichtlich Mühe kostete. »Es ist kein Geheimnis, dass meine Mission genau darin besteht.«

»Nun, Ihr könnt sie für erfolgreich halten, mein Freund«, erklärte Cäsar. »Ihr werdet als reicher Mann heimkehren!«

»Ich bin hier, um den Reichtum meines Volkes zu mehren, nicht um mich selbst zu bereichern«, erwiderte Diviacx beleidigt.

»Natürlich, natürlich. Aber nichts spricht dagegen, dass es auch dem Mann gut ergehen soll, der Gutes vollbringt. Dieses Prinzip hat Rom groß gemacht und fördert auch den Wohlstand unserer Freunde.«

Diviacx setzte sich auf, was eine geradezu übermenschliche Leistung war, wenn man bedachte, wie viel er in sich hineingestopft und getrunken hatte. »Was schlagt Ihr vor, Cäsar?«, fragte er vorsichtig.

»Ich beabsichtige, den Export von Farbstoffen, Wagen, Pferden,

Metall und so weiter aus dem Land der Häduer über mein Territorium und meine Häfen abzuwickeln. Die Waren sollen nicht mehr über Land nach Rom gebracht werden, sondern übers Mittelmeer.«

»Das wäre ein Umweg …«

»Der jedoch mehr Sicherheit bietet. Die Route führt nur durchs Land der Gallier, mein eigenes und über Schifffahrtswege, die von römischen Galeeren geschützt werden. Und wegen der größeren Sicherheit erscheint es mir nur recht und billig, eine Steuer auf den Transport zu erheben, sagen wir jeweils den zehnten Teil des Wertes für den Transit der Waren durchs gallische Territorium und durch mein Gebiet. Wie ich hörte, reicht der Einfluss der Druiden über die Stammesgrenzen hinweg …«

»Das stimmt«, bestätigte Diviacx.

»Es ist mir auch zu Ohren gekommen, dass Druiden unter bestimmten Umständen solche Steuern einziehen …«

In Diviacx' Augen glühte eine Habgier, die ganz und gar von dieser Welt stammte, nicht von einer anderen. »Auch das stimmt«, sagte er.

»Darf ich davon ausgehen, dass Ihr geeignete Verwalter findet, die sich um den gallischen Teil dieser Steuern kümmern …?«

»Das sollte kein Problem sein.«

»Die gleichen Steuern werden auch auf römischen Wein, Möbel, Nahrungsmittel, Kunstgegenstände, Marmor, Instrumente und Werkzeuge der Architektur, Arzneien und alles andere erhoben, das den gleichen Weg in umgekehrter Richtung passiert …«

»Was nur angemessen ist«, sagte Diviacx.

»Außerdem wird sich der Handel vom gegenwärtigen Rinnsal in einen mächtigen Strom verwandeln«, sagte Cäsar. »Ich werde römische Ingenieure damit beauftragen, Straßen zu bauen, damit die Waren schneller transportiert werden können …«

»Ihr vergesst einige Dinge, Cäsar«, warf Gisstus ein, so wie sie es zuvor abgesprochen hatten. Cäsar bedachte ihn mit dem vereinbarten verärgerten Blick.

»Was denn, Gisstus?«, fragte er scharf.

»Zunächst einmal: Es gibt noch andere Stämme zwischen dem

Land der Häduer und Gallia Narbonensis, die vielleicht nichts davon halten, wenn ...«

»Warum gestatten wir ihnen nicht, die Vorteile der gleichen Übereinkunft zu genießen?«, schlug Diviacx hastig vor.

»Er hat Recht, Gisstus«, sagte Cäsar. »Unser Freund hat eben darauf hingewiesen, dass der Einfluss der Druiden über Stammesgrenzen hinwegreicht.«

»Was ist mit Ariovist und den Teutonen?«, fragte Gisstus. »Wir können wohl kaum Straßen durch ein Gebiet bauen, in dem sich blutrünstige Wilde herumtreiben.«

»Nun, das lässt sich nicht von der Hand weisen ...«, erwiderte Cäsar nachdenklich.

»Die Gefahr wird oft übertrieben«, behauptete Diviacx. Es klang nicht sehr überzeugend. »Unsere Krieger werden die Straßenbauer beschützen.«

»In letzter Zeit gelang es ihnen nicht einmal besonders gut, die eigenen Leute vor Unheil zu bewahren, oder?«, fragte Gisstus spöttisch.

Darauf wusste Diviacx keine Antwort. Cäsar ließ die betroffene Stille eine Zeit lang andauern, bevor er den Anschein einer spontanen Inspiration erweckte.

»Ich habe eine Idee!«, verkündete er.

»Tatsächlich?«, fragte Gisstus.

»Ich schicke ein oder zwei Legionen los, um Euer Land ein für alle Mal von den Teutonen zu befreien, Diviacx! Und ich führe sie selbst an! Ich garantiere persönlich dafür, dass römische Truppen mit den räuberischen Barbarenhorden kurzen Prozess machen! Und da es nicht lange dauert, fallen für Euch keine hohen Kosten an ...«

»*Kosten?*«

»Vom römischen Senat kann man sicher nicht erwarten, dass er einen Feldzug finanziert, um ein fremdes Land vor Raub und Plünderung zu retten. *Jemand* muss dafür bezahlen.«

»Ich weiß nicht recht, Cäsar ...«, sagte Diviacx unglücklich.

»Glaubt mir, Diviacx: Es ist politisch nicht durchsetzbar, das Geld vom Senat zu bekommen«, betonte Cäsar, was durchaus der

Wahrheit entsprach. Nachdem es seine Feinde in Rom endlich geschafft hatten, ihn loszuwerden, würden sie ihm wohl kaum Geld geben, damit er ein Heer zusammenstellen und damit triumphierend zurückkehren konnte.

Erneut ließ Cäsar das Schweigen einige Momente andauern, um die Spannung zu erhöhen.

»Natürlich!«, rief er dann und schlug sich mit der flachen Hand auf die Stirn, so als ärgerte er sich über die eigene Dummheit. »Wir *verdienen* daran! Wir beide!«

»Wie denn?«

Cäsar sah den Druiden an. Zwar mangelte es ihm an der Kraft, in Diviacx' Seele zu blicken, aber er konnte ihm eine Vision schenken.

»Wir halten die Teutonen für ein Problem, aber in Wirklichkeit sind sie eine wertvolle und reichlich vorhandene Ware«, sagte er. »Kräftig gebaut, nicht übermäßig intelligent – ideale Sklaven für Steinbrüche und Galeeren, für die Arbeit auf dem Acker und auch im Haus. Und die besten von ihnen erzielen hohe Preise als Gladiatoren. Ihr kommt für die Kosten der Gefangennahme auf, und wir teilen uns den Profit.«

»Die Teutonen sollen in die Sklaverei verkauft werden?«

Cäsar bedachte Diviacx mit einem listigen Lächeln. »Sind sie bei der Plünderung Eures Lands und bei der Vergewaltigung Eurer Frauen so rücksichtsvoll gewesen, dass es Euer Gewissen belasten würde, wenn wir die Teutonen, die wir nicht im Kampf töten, als Sklaven verkaufen?«

»Nein«, sagte Diviacx und lächelte ebenfalls.

Und Cäsar wusste, dass ihre Abmachung besiegelt war.

III

Die sechzig Reiter der römischen Kavallerie zogen sich geordnet durchs Tal zurück, ritten fast so wie bei einem Triumphzug. Doch in einem Abstand von weniger als einer Meile folgte ihnen eine aus mindestens tausend Mann bestehende teutonische Horde und kam immer näher.

Hinter den Teutonen verbreiterte sich das Tal zu einem ebenen Grasland, doch hier verengte es sich zwischen bewaldeten Hügeln. Jeweils sechs Römer ritten nebeneinander, aber die Teutonen rückten in breiter Front vor und nutzten dabei die ganze Talbreite aus. Jeder schien bestrebt zu sein, alle anderen zu überholen, um ganz nach vorn zu gelangen und den Feind als Erster zu erreichen.

Die Römer trugen Helme mit schwarzen Federbüschen, Brustharnische aus Leder und rotbraune Umhänge. Ihre Ausstattung bestand aus gleichen Schwertern, Schilden und Lanzen. Die Teutonen waren mit den unterschiedlichsten Dingen bewaffnet, und persönliche Vorlieben bestimmten ihre Kleidung: Helme aus Messing, Bronze und Eisen; lederne Kilts, karierte gallische Hosen; Umhänge aus Fellen oder Stoff; Sandalen, Gamaschen, Stiefel; Wollhemden, Lederwämser, nackte Oberkörper. Sie trugen das Haar lang, manche geflochten, andere offen, die blonden Mähnen wie goldgelbe Fahnen im Wind. Hier und dort war eingeöltes Haar zu einem zackigen Kamm hochgesteckt.

Auf den meisten Pferden saß ein Krieger, manchmal aber auch zwei – der zweite Mann hinter dem ersten Reiter, mit einem Speer, einer Streitaxt oder einem Langschwert bewaffnet. Es rollten sogar einige mit zwei Kriegern besetzte Streitwagen durchs Tal.

Die Horde machte einen fürchterlichen Lärm, und dahinter steckte Absicht. Das donnernde Trommeln der Hufe, das Rumpeln der Streitwagenräder und vor allem das Geheul von tausend und mehr Kriegern, die aus vollem Halse schrien … Aber kein Römer ließ sich dazu herab zurückzusehen. Es schien ihre Würde zu beleidigen, die näher kommende Horde auch nur zur Kenntnis zu nehmen.

Am Ende des Tales schrumpften die Hügel, und schließlich erstreckte sich vor den Römern eine Wiese am Rand eines dichten Tieflandwalds. Die Reiter hielten direkt darauf zu, offenbar mit der Absicht, zwischen den Bäumen Zuflucht zu suchen – dort würde es einer großen Streitmacht berittener Krieger schwer fallen, einzelne Reiter zu verfolgen.

Einen solchen Eindruck mussten die Teutonen gewinnen.

Doch als die Wiese nach einer Seite abfiel, sahen sie sich plötzlich einer Formation römischer Infanterie gegenüber. Es waren nur drei Kohorten von den insgesamt zehn einer vollen Legion, nicht mehr als tausend Mann, doch ihre vorderste Linie präsentierte den Teutonen einen undurchdringlichen Wall aus Schilden und kurzen, zum Zustoßen bereiten Schwertern. Etwa dreißig Meter dahinter zeigte sich eine zweite Reihe aus Schwertkämpfern, und dazwischen warteten Legionäre mit Speeren. Kleinere Gruppen mit Schwertern ausgerüstete Infanterie schützten die Flanken, unterstützt von Kavallerieeinheiten.

In der vordersten Linie der römischen Infanteristen öffnete sich eine Lücke, um die sechzig Reiter passieren zu lassen, und hinter ihnen schloss sie sich sofort wieder.

Inzwischen kannten die Teutonen die römische Infanterie, und Vorsicht hätte zum Rückzug geraten. Aber ihr Stolz verbot es ihnen, vor einer Streitmacht zu fliehen, die nicht wesentlich größer war als ihre eigene und deren Kämpfer nicht einmal auf Pferden saßen, wie es sich für richtige Krieger gehörte.

Die Römer begrüßten die Angreifer mit einem Hagel aus Speeren, als sie in Reichweite gerieten. Zuerst richteten sie keinen großen Schaden an, aber als die Teutonen näher kamen, fanden immer mehr Speere ein Ziel, richteten ein Blutbad an und schufen Chaos: Männer stürzten schreiend von ihren Pferden oder verloren die Kontrolle über sie, als sich verwundete Tiere aufbäumten, fielen und mit allen vieren traten. Andere Rösser stolperten über die Pferde am Boden und verloren ihre Reiter, als es weiterhin Speere regnete.

Die vorderste Reihe der römischen Infanterie setzte sich in Bewegung und marschierte dem Feind entgegen, gefolgt von den Speerwerfern und der zweiten Gruppe durch Schilde geschützter Schwertkämpfer.

Die Teutonen stürmten vor.

Die römischen Speerwerfer konnten von ihren Waffen keinen Gebrauch mehr machen, als die teutonische Kavallerie die römische

Infanterie erreichte. Schwerter, Äxte und Lanzen trafen auf eine Schildwand, ohne den Legionären dahinter etwas anhaben zu können.

Wütend hackten die Teutonen mit Breitschwertern und Streitäxten auf die Schilde ein, aber die Römer kauerten dahinter, hielten zweischneidige Kurzschwerter vom Typ Gladius bereit und stießen sie in weiche Ziele: die Bäuche von Pferden, Beine und Lenden der Reiter. Es dauerte nicht lange, bis Dutzende von Pferden mit aufgeschlitzten Bäuchen dalagen, und Teutonen unter ihnen. Blutende Männer wanden sich auf dem Boden hin und her, während sie verzweifelt versuchten, die Gedärme in ihre Körper zurückzustopfen. Sie starben einen langsamen, qualvollen Tod.

Dann war eine Gruppe teutonischer Reiter auf der rechten Seite klug genug, weit genug zurückzuweichen, um sich neu zu formieren und zu versuchen, die römische Infanterie seitlich zu umgehen.

Die Reiter schafften es, das rechte Ende der Frontlinie zu passieren – sie wollten sich durch den Flankenschutz kämpfen, um den Speerkämpfern dahinter in den Rücken zu fallen.

Doch die Speerträger hatten sich hinter die zweite Reihe der Infanterie zurückgezogen. Und bei den Römern *gab* es keinen ungeschützten Rücken.

Die Teutonen mussten überrascht und bestürzt feststellen: Was sie bisher für einzelne Reihen römischer Infanterie gehalten hatten, waren in Wirklichkeit die vorderen Reihen von quadratischen Formationen aus Legionären, die sich auf allen vier Seiten mit ihren Schilden abschirmten. Im Innern dieser mobilen Festungen genossen die römischen Legionäre den gleichen Schutz wie eine Schildkröte in ihrem Panzer. Schlimmer noch: Wenn man sie angriff, bekam man es plötzlich mit *Stachelschweinen* unter dem Panzer zu tun; diese Schildkröten hatten Stacheln aus Stahl und wussten, wie man damit umging.

Die Römer gestatteten es den Teutonen, zwischen ihre Formationen vorzustoßen und mit lautem Gebrüll auf die Schilde einzuschlagen. Sie ließen auch zu, dass eine weitere Gruppe teutonischer Reiter von links angriff. Und dann rückte die Nachhut vor, weitere

Schildkröten, die den Gegner wie Trauben in einer Weinpresse zermalmten.

Die schrecklichen Ereignisse hatten die Berserkerwut der Teutonen inzwischen weit genug abgekühlt, um die Überlebenden zu veranlassen, sich von den Römern abzuwenden und dorthin zu fliehen, woher sie kamen.

Sie wandten sich ab, doch fliehen konnten sie nicht.

Ein weiterer Wall römischer Infanterie versperrte ihnen den Fluchtweg und rückte unerbittlich vor.

»Erbärmlich«, sagte Gajus Julis Cäsar, als er zusammen mit Brutus über das Schlachtfeld ritt, Quintus Tulius entgegen.

Das Gras der Wiese war zertrampelt, ihr Boden aufgewühlt. Überall gab es Blut, und beim Trocknen nahm es die Farbe des freigelegten Erdreichs an. Es stank nach zerfetztem Fleisch, zerrissenen Eingeweiden und dem Dung der Pferde, die im Augenblick des Todes ihren Darm entleert hatten. Verletzte stöhnten. Schreie erklangen, als Legionäre umherwanderten und Sterbenden den Gnadenstoß gaben. Andere Legionäre nahmen den Leichen die Waffen ab. Sklaven der Sklavenhändler machten sich daran, die Verwundeten zu untersuchen. Sie töteten jene, die so schwer verletzt waren, dass sie keinen Marktwert mehr hatten. Die anderen banden sie aneinander und führten sie fort.

»Ein grässlicher Anblick«, erwiderte Brutus, der recht blass wirkte.

Cäsar zuckte mit den Schultern. »Ein Schlachtfeld …«, sagte er gleichgültig und widerstand der Versuchung, über die Reaktion des jungen Mannes zu lachen. »Ich meine die erbärmliche Kampftaktik der Teutonen.«

»Pech für sie, aber Glück für uns«, sagte Brutus.

»Im Kampf, ja, mein junger Freund, aber was die Folgen angeht nicht. Wenn die Teutonen etwas weniger dazu neigen würden, sich niedermetzeln zu lassen, und etwas mehr dazu, sich zu ergeben anstatt bis zum Tod zu kämpfen, so bekämen wir viel mehr Sklaven. Sie haben einfach keine Vorstellung von zivilisierter Kriegführung.«

Natürlich war dies nur ein Scharmützel gewesen gegen die größtenteils führungslosen Reste, die zurückgeblieben waren, nachdem sich Ariovist – ein Barbar, der zumindest *ein wenig* von Taktik verstand – auf die andere Seite des Rheins zurückgezogen hatte.

Die Teutonen waren, wie auch die Gallier, im Durchschnitt größer als die Römer und hervorragende Reiter. Cäsar wusste (obwohl er es nicht zugegeben hätte): Eine gleich große Streitmacht aus teutonischen oder gallischen Kavalleristen wäre seiner eigenen Kavallerie überlegen gewesen. Die Infanterie bildete das Rückgrat einer römischen Legion, doch weder bei den Teutonen noch bei den Galliern gab es eine echte Infanterie. Die Adligen und ihre Krieger hielten es für unter ihrer Würde, zu Fuß zu kämpfen. Deshalb bestanden die Fußtruppen aus zum Dienst gezwungenen, militärisch unerfahrenen Bauern oder sogar Sklaven. Die römische Infanterie hingegen bestand aus Berufssoldaten, die sich freiwillig für zwanzig Jahre verpflichtet hatten; hinzu kamen gut ausgebildete Wehrpflichtige aus der Bürgerschaft.

Dass eine disziplinierte und gut geführte Infanterie schlagkräftiger sein konnte als die beste Kavallerie, war ein Konzept, das der teutonischen Militärdoktrin so fremd blieb wie der taktische Rückzug, den man für Feigheit und eine Verletzung der Ehre hielt.

»Gute Arbeit, Tulius«, wandte sich Cäsar an den General, als er das Zelt erreichte, vor dem Tulius auf einem Stuhl saß, neben einem Haufen teutonischer Waffen. Ein Schreiber nahm sie mit Griffel und Tafel in ein Verzeichnis auf.

»Heil, Cäsar«, sagte Tulius und wollte aufstehen.

Cäsar hinderte ihn mit einer knappen Geste daran und stieg nicht ab. »Zum größten Teil wertlos, wie ich sehe«, meinte er mit einem Blick auf die erbeuteten Waffen.

Tulius, ein kleiner, dunkelhäutiger und drahtiger Mann, der nie viele Worte verlor, nickte nur.

Der forsche und kühne Titus Labienus war der erste von Cäsars Befehlshabern und sein Stellvertreter, aber Quintus Tulius stellte eine echte Besonderheit dar. Seit zwanzig Jahren Legionär, hatte er fünf Jahre gebraucht, um Zenturio zu werden, und dann noch einmal sieben, um das Kommando über eine Legion zu bekommen. Er war der leibhaftige römische Berufssoldat, ein Vorbild für alle.

Dadurch eignete er sich auch für notwendige, aber ruhmlose Aufgaben – man konnte sicher sein, dass er sie erledigte. Bei Labienus sah die Sache anders aus. Er verstand es besser, Menschen zu führen, und er war ein hervorragender Taktiker, aber er kämpfte vor allem aus Freude an einer glorreichen Schlacht, wie ein Teutone oder Gallier.

»Sortier die römischen und gallischen Schwerter sowie die Schutzwaffen aus«, sagte Cäsar. »Lass den Rest verrotten. Es lohnt die Mühe nicht, alles fortzuschaffen.«

Tulius nickte erneut.

»Sklaven?«, fragte Cäsar.

Das Schulterzucken des Generals war eigentlich Antwort genug, aber Cäsar wollte Einzelheiten wissen. »Wie viele?«

»Weniger als zweihundert taugliche Männer«, sagte Tulius. »Es *fällt* ihnen schwer, sich in einem Zustand zu ergeben, in dem sie noch für die Arbeit in Bergwerken und Steinbrüchen geeignet sind.«

Seine Miene erhellte sich ein wenig. »Aber dieser Wille, bis zum Tod zu kämpfen, macht sie zu ausgezeichneten Gladiatoren – wenn man sie einigermaßen intakt gefangen nehmen kann. Wir haben zwanzig oder fünfundzwanzig. Drei oder vier von ihnen könnten es in Rom weit bringen.«

Cäsar nickte ohne große Begeisterung, grüßte zum Abschied und ritt dann langsam zum eigenen Hauptquartier, um mit seinen Gedanken allein zu sein.

Teutonische Gladiatoren erzielten gute Preise, aber er hatte gehofft, während dieser Phase des Krieges mehr Sklaven zu bekommen. Derzeit musste er Verluste hinnehmen, denn der Sklavenhandel brachte nicht genug ein, um die Differenz zwischen dem auszugleichen, was die Häduer mit immer größerem Widerstreben für den Unterhalt des Heeres zahlten, und seinen eigenen wachsenden Kosten.

Schlimmer noch: Inzwischen hatte Cäsar genug in Erfahrung gebracht, um zu wissen, dass es hier nie gutes Sklavenmaterial in Hülle und Fülle geben würde. Sowohl die Gallier als auch die Teutonen starben lieber auf dem Schlachtfeld, als dass sie in der Arena für Reichtum, Ruhm und die römische Bürgerschaft kämpften. Wie seltsam. Wenn man ohnehin bereit war, bis zum Tod zu kämpfen, konnte man doch eine Karriere als Gladiator versuchen, oder? Aber so waren die Gallier und Teutonen nun einmal.

Sie schienen Vettern der gleichen Familie zu sein, obwohl beide einem die Kehle durchschneiden würden, wenn man so etwas vor ihnen sagte. Beide waren als räuberische Nomadenhorden aus den endlosen Ebenen im Osten gekommen. Die Teutonen blieben größtenteils nördlich und westlich der Alpen. Bevor man die Gallier in ihr derzeitiges Land zurückgedrängt hatte, waren sie unter ihrem so genannten »König« Brenn plündernd durch Italien gezogen, bis nach Rom. Als sie sich vor den römischen Legionen zurückziehen mussten, brach ihr »Königreich« schnell in eine Vielzahl von Stammesterritorien auseinander, jedes von einem Vergobreten regiert. Die Nation »Gallien« existierte lediglich auf römischen Karten.

Aber während die Teutonen barbarisch geblieben waren, entwickelten die Gallier so etwas wie eine Zivilisation. Als Bauern bestellten sie das Land, betrieben Bergbau und schmolzen Erz. Sie erwiesen sich als hervorragende Schmiede und stellten Schmuck her, der fast so gut war wie der in Rom. Sie hüteten das Geheimnis von Farbstoffen, die niemand anders produzieren konnte. Sie bauten einfache, aber durchaus brauchbare Straßen, errichteten auch kleine, bescheidene Städte. Einige Gallier hatten sogar gelernt, mithilfe des geborgten griechischen Alphabets in ihrer Sprache zu schreiben.

Mit einem ordentlichen Regierungssystem hätten sie durchaus die Bezeichnung »zivilisiert« verdient. Sie begannen bereits damit, den Stil, wenn nicht die Substanz der römischen Republik zu kopieren. Die Vergobreten nannten sich zwar noch nicht »Konsuln«, aber sie wurden von Stammesräten für begrenzte Amtszeiten gewählt. Einige dieser Räte hatten sich bereits den Titel »Senat« zugelegt.

Was unterschied die Gallier von den Teutonen?

Cäsar begriff, dass er dieses Rätsel lösen musste, bevor er sich ihnen zuwenden konnte. Und dabei durfte er sich nicht mehr viel Zeit lassen. Ihm gingen die Teutonen aus. Bei den mächtigsten Rivalen der Häduer, den Arvernern, wurden bereits Stimmen laut, die darauf hinwiesen, dass die römischen Legionen ihre Aufgabe erfüllt hatten und abziehen sollten.

Die Logik teilte Cäsar mit, dass der Unterschied zwischen Galliern und Teutonen etwas mit den Druiden zu tun hatte, denn bei den Teutonen gab es nichts Vergleichbares. Auch nicht bei anderen Völkern, die er kannte oder von denen er gehört hatte. Die Druiden führten nicht nur Rituale durch und brachten Opfer dar; sie sprachen auch Recht in Gallien. Doch das Recht war nirgends niedergeschrieben, und abgesehen von den Druiden schien niemand richtig zu verstehen, woraus es bestand.

Alle Gallier erkannten die Druiden als oberste Autorität an, aber sie schienen keine priesterliche Theokratie geschaffen zu haben, denn sie herrschten nicht. Doch irgendwie sorgten sie dafür, dass auch niemand anders herrschte.

Dieses Paradox war eines Zeno würdig.

Am frühen Nachmittag traf Gisstus in Cäsars Lager ein – er kam aus der Hauptstadt der Häduer, Bibracte. Cäsar saß auf einem Stuhl im warmen Sonnenschein und schrieb seinen neuesten Bericht mit Griffel und Wachstafel, bevor er ihn der Permanenz von Papier anvertraute. Er hatte festgestellt, dass der Text mehrmals überarbeitet werden musste, wenn man ein kleines Scharmützel als glorreiche Schlacht darstellen wollte.

»Heil, Cäsar«, sagte Gisstus und blickte ihm über die Schulter. »Arbeitet Ihr noch immer an DIE EROBERUNG VON GALLIEN? Hoffentlich dauert es nicht mehr lange, bis Ihr das letzte Kapitel schreiben könnt. Folgt anschließend das erste Kapitel von JULIUS CÄSAR, KÖNIG VON ROM?«

»Nein, Gisstus, mögen die Götter verhindern, dass jemals ein solches Buch geschrieben wird!«

»Aber der Sinn dieses Krieges besteht doch darin, die Macht zu ergreifen und ...«

»Und als Diktator zu *regieren,* Gisstus, wie es das Gesetz erlaubt, nicht als König zu *herrschen.* Der König, der eine Dynastie gründet, ist ein Held und Staatsmann, sein Sohn Mittelmaß, der Sohn des Sohnes ein Trottel oder ein Ungeheuer, und *dessen* Sohn vermutlich beides!«

»All dies für sechs Monate als Diktator?«, fragte Gisstus bitter. »*Wie es das Gesetz erlaubt?*«

»Gesetze kann man ändern, wenn es für das Wohl des Staates nötig ist«, sagte Cäsar.

»So spricht der Anwalt.«

»So spricht der Anwalt, der ich bin und der auch ein General mit genug Macht ist, um bei einer Debatte sehr überzeugend zu wirken. Und ich *werde* überzeugend sein.«

Gisstus lachte. »So spricht Gajus Julius Cäsar. Und was sollen die geänderten Gesetze zulassen?«

Das hatte Cäsar noch nicht entschieden. »Vielleicht einen Diktator auf Lebenszeit?«

»Dann könnte das Leben schnell enden, denn es gibt nur eine Möglichkeit, einen solchen Diktator aus dem Amt zu entfernen«, kommentierte Gisstus trocken und strich sich mit dem Finger über die Kehle.

»Oder vielleicht eine lange, begrenzte Amtszeit? Zehn Jahre? Zwanzig?«

»Ein solcher Ehrgeiz ist bescheiden genug«, sagte Gisstus spöttisch.

»In der Tat. Als Alexander der Große zehn Jahre jünger war als ich, hatte er bereits die ganze zivilisierte Welt erobert.«

»Als Alexander der Große in Eurem Alter war, Cäsar, lebte er schon nicht mehr.«

»Dann sollte ich mich besser beeilen.«

So etwas wie Sorge zeigte sich in Gisstus' Gesicht. Man musste ihn so gut kennen wie Cäsar, um sie zu bemerken.

»Was beunruhigt dich, Gisstus?«, fragte er.

»Vielleicht haben wir ein kleines Problem mit den Arvernern. Und möglicherweise ist es gar nicht so klein ...«

»Ich dachte, der kürzlich zum Vergobret gewählte Gobanit ist ein habgieriger und fügsamer Bursche ...«

»Das stimmt, und er ist auch nicht sehr intelligent«, erwiderte Gisstus. »Das Problem – das *mögliche* Problem – besteht nicht in ihm, sondern in seinem Bruder.«

»Sein Bruder?«

»Keltill, der letzte Vergobret. Und das Omen ...«

»Du meinst den so genannten neuen Stern?«, fragte Cäsar erstaunt. Die Einheimischen erzählten, dass kurz vor seinem Eintreffen ein neuer Stern am Himmel erschienen war, Zeichen für eine Veränderung des Schicksals oder etwas in der Art, wie Diviacx erklärt hatte. Cäsars Versuch, das Erscheinen des neuen Sterns als ein Zeichen dafür darzustellen, dass sein Kommen den Galliern Glück brachte, war nicht von großem Erfolg gekrönt gewesen. Aber er sah beim besten Willen nicht, wie sich aus dem Omen ein Problem ergeben sollte.

»Nicht der *neue* Stern«, sagte Gisstus. »Der *gefallene* Stern. Die Sternschnuppe.«

»Bei den Galliern gelten auch Sternschnuppen als Omen? Zu bestimmten Zeiten ist der Nachthimmel voll davon.«

Gisstus zuckte mit den Schultern. »Diese war offenbar besonders groß«, sagte er. »Groß genug, um von einigen Unwissenden Komet genannt zu werden.«

»Ich verstehe noch immer nicht ...«

»Von unserem Druidenfreund Diviacx wissen wir, dass die Gallier das Erscheinen eines Kometen für einen Hinweis darauf halten, dass die Königsherrschaft wechselt. Manche sehen darin auch ein Zeichen für den bevorstehenden Tod eines Königs.«

»Aber hier gibt es weit und breit keinen König ...«

»Jemand ermutigt die gallischen Barden dazu, von der *Ankunft* eines Königs zu singen.«

»Oh«, sagte Cäsar. »Aber warum sollte Diviacx ein solches Gerücht verbreiten?« Als früherer Pontifex, der die Tricks des priesterlichen Gewerbes kannte, wusste er: Omen konnten so interpretiert werden, wie es den Interessen des Interpretierenden entsprach.

»Er steckt gar nicht dahinter.«

»Keltill?«, fragte Cäsar.

Gisstus nickte. »Darauf deutet alles hin. Es dürfte wohl kaum ein Zufall sein, dass er ein Treffen aller Stammesoberhäupter vorbereitet …«

»Ich dachte, nur die Druiden sind dazu befugt.«

»Deshalb ist Diviacx besorgt. Keltill kann die Teilnahme an einem solchen Treffen nicht anordnen, aber er ist als großzügiger Gastgeber bekannt. Wenn er zu einem Fest einlädt, so sind nur wenige Gallier bereit, seiner Einladung keine Beachtung zu schenken.«

»Die Druiden könnten das Treffen doch verbieten.«

»Das könnten sie«, sagte Gisstus. »Nun, Diviacx gibt es nicht zu, aber offenbar hält er eine solche Maßnahme für politisch gefährlich, vor allem dann, wenn die Initiative von ihm selbst ausgeht. Keltills Popularität bei den kleineren Stämmen, ihre Furcht vor uns, außerdem der Umstand, dass Diviacx immer wieder Geld sammeln muss …«

»Er möchte, dass wir etwas dagegen unternehmen, nicht wahr?«

Gisstus nickte. »Diviacx hat deutlich zu verstehen gegeben, dass es für uns alle von Vorteil wäre, wenn sich Keltill … aus dem öffentlichen Leben zurückziehen würde.«

»So spricht der Druide Diviacx«, sagte Cäsar. »Aber vielleicht befürchtet der Häduer Diviacx, dass der Arverner Keltill in der Lage sein könnte, ein günstiges Bündnis mit mir zu schließen. Ein König von Gallien, der Rom gegenüber einen Treueid ablegt, gäbe mir die Möglichkeit …«

»Keltill ist kein Freund Roms, so viel steht fest!«, sagte Gisstus mit Nachdruck. »Eher wäre ein Lamm bereit, Wölfen Treue zu schwören.«

Cäsar dachte über die Situation nach, ohne dass ihm ein klarer Blick durch den Nebel der Verworrenheit gelang. Und vielleicht gab es nur diesen Nebel, der so typisch war für die Stammespolitik in Gallien.

»Keltill ist also als Gastgeber berühmt«, sagte er schließlich. »Vielleicht möchtest du seine Gastfreundschaft genießen.«

Gisstus kniff die Augen zusammen. »Keltills Gastfreundschaft einem ungebetenen Römer gegenüber bestünde wahrscheinlich darin, ihn an einem Spieß zu braten und als Hauptgang zu servieren.«

Cäsar musterte Gisstus von Kopf bis Fuß und schüttelte missbilligend den Kopf. »Du hast keinen Sinn für Farbe, Gisstus«, sagte er. »Ein Mann von deinem Aussehen sollte Blau tragen. Das Blau der Häduer.«

Der letzte brennende Streifen der Sonne versinkt hinter dem Horizont, und der Himmel, der über den Baumwipfeln am Rand der Lichtung ein tiefes Purpur zeigt, ist im Zenit und im Osten bereits schwarz. Ein mondloser Abend beginnt. Hier und dort schweben vereinzelt Wolken am Himmel, und die hellsten Sterne sind schon sichtbar, unter ihnen einer, der jünger ist als ein Kind, das noch nicht sprechen gelernt hat.

In den dunklen Tiefen des Waldes glühen orangefarbene Lichter, wie große Glühwürmchen. Sie nähern sich der Lichtung aus den vier Quadranten des Windes und werden zu Fackeln in den Händen von zwölf Druiden. Sie alle tragen weiße Umhänge ohne Stammesfarben. In der Mitte der Lichtung bilden sie einen kleinen Kreis, die Gesichter nach außen gewandt. Der Erzdruide kommt aus dem Wald am westlichen Rand der Lichtung, ohne Fackel, nur mit dem Stab seines Amtes, und schreitet dem Druidenkreis entgegen.

Er betritt den Kreis, und daraufhin drehen sich die Druiden um. Als er stehen bleibt, ist er von einem Feuerkreis umgeben, und zwölf erwartungsvolle Blicke richten sich auf ihn.

Nach langem Schweigen spricht er.

»Ich habe diese Versammlung der Druiden des inneren Zirkels einberufen, um ...«

»... über die Zeichen des Himmels zu sprechen ...«

»... über den neuen Stern ...«

»... über die Römer ...«

»… über Keltill …«

Der Erzdruide scheint nicht wirklich ungehalten darüber zu sein, von mehreren Stimmen unterbrochen zu werden. Aber er lässt die Versammelten nicht lange gewähren und gebietet Stille, indem er seinen Stab hebt und wieder senkt.

»Um über das Chaos am Himmel zu sprechen, das Chaos auf die Erde bringt!«, intoniert er. In einem ganz anderen Tonfall fügt er hinzu: »Oder über das Chaos unter Druiden, die alle gleichzeitig sprechen.«

Er lächelt so, als hätte er sich einen guten Witz erlaubt, aber er lacht ebenso wenig wie die anderen.

»Der Himmel hat uns ein wahres Zeichen gegeben«, sagt er. »Die Geburt eines neuen Sterns …«

»Sigill des sich drehenden Großen Rads«, sagt der Druide Zelkar.

Guttuatr nickt. »Aber es gibt einige, die behaupten, einen Kometen gesehen zu haben, und sie säen Verwirrung.«

»Wer nicht über das Wissen verfügt, macht leicht den Fehler, eine große Sternschnuppe für einen kleinen Kometen zu halten«, sagt Zelkar verächtlich und deutet zur Sternschnuppe auf dem Stab des Erzdruiden.

»Das Zeichen des Todes eines Königs, aus dem Anbeginn der Zeit«, sagt der Druide Polgar.

»Oder des *Wechsels* der Regentschaft«, sagt der Druide Gwyndo. »Und da wir derzeit keinen König haben, könnte jemand behaupten, es sei ein Zeichen für das *Kommen* eines Königs. Der gleiche Jemand, der einen Nutzen daraus zieht, eine Sternschnuppe als Kometen zu bezeichnen.«

»Dann soll es so sein wie mit dieser Sternschnuppe«, sagt Zelkar. »Sie leuchtet kurz am Himmel auf und verschwindet dann für immer.«

»Lasst uns hoffen …«

»… dass es ein Zeichen für Cäsars Rückkehr nach Rom ist!«

»Hier und dort hört man Stimmen, die sagen, das Omen weise auf Keltill hin …«

»Er widerspricht nicht …«

»Aber er behauptet auch nicht, dass es stimmt ...«

»Zumindest nicht öffentlich.«

»GENUG!«, ruft Guttuatr und pocht mit seinem Stab auf den Boden. Dann gewinnt seine Stimme einen vertraulichen Klang.

»Seit der Zeit der Großväter unserer Großväter hat kein Gallier Brenns Krone getragen. Seit damals leuchteten zahllose Sternschnuppen am Himmel, auch einige Kometen, aber solange Frieden herrschte, kam niemand auf die Idee, das eine mit dem anderen zu verwechseln, ob mit Absicht oder nicht. Aber jetzt, da es keinen Frieden gibt, blicken die Leute gen Himmel und sehen vielleicht das, was sie sehen möchten.«

»Oder was sie nach Meinung einer gewissen Person, die König sein möchte, sehen sollen«, sagt Gwyndo.

»Einen solchen Vorwurf könnten Feinde Keltills gegen ihn erheben«, meint der Druide Polgar.

»Das stimmt!«

»RUHE!«, befiehlt Guttuatr und zuckt dann mit den Schultern. »Wir sind Männer des Wissens, und doch müssen wir feststellen, dass die Zeichen, ob echt oder falsch, selbst unter uns tiefe Zwietracht säen ...«

»Darf ich sprechen, Erzdruide?«, fragt Polgar in einem gemäßigten Tonfall.

Guttuatr nickt.

»Wir wissen, dass ein Großer Wandel bevorsteht, von einem Zeitalter zum nächsten«, sagt Polgar. »Vielleicht ... vielleicht ...«

Er zögert, als ihm die Worte im Hals stecken bleiben.

»Könnte es sein, dass im kommenden Großen Zeitalter der Himmel mit einer anderen Sprache spricht?«

»In der falsche Kometen zu wahren Zeichen werden?«, spottet Zelkar.

»Eine Sprache, die kein in diesem Zeitalter geborener Mensch versteht ...«, sagt Guttuatr leise. »Und hat der Himmel bereits damit begonnen, in dieser Sprache zu sprechen?«

Die Druiden schnappen unwillkürlich nach Luft, doch abgesehen davon bleibt es still. Nur das zischende Knistern der brennenden Fackeln, das Rauschen des Winds in den Baumwipfeln und der ferne Ruf einer Eule sind zu hören.

»Es wäre möglich«, sagt Guttuatr schließlich. »Und als Männer des Wissens drehen wir uns mit dem Großen Rad, um nicht darunter zermalmt zu werden.«

»Aber *wie*, Erzdruide?«, fragt Zelkar.

Guttuatr seufzt tief, und es gibt keine Antwort in seinen Worten, keine Gewissheit in seinem Gesicht.

»Ich weiß es nicht«, erwidert er.

Diese einfachen Worte veranlassen die Männer des Wissens, voller Kummer zu stöhnen.

»Ich *kann* es nicht wissen.«

Guttuatr hebt den Kopf und sieht gen Himmel in die sternenbesetzte schwarze Tiefe einer grenzenlosen Weite, einer noch ungeborenen Zeit.

»Denn kein Mensch aus dem zu Ende gehenden Zeitalter kann wirklich in das Zeitalter sehen, das gerade geboren wird. Wir müssen jenen suchen, der dazu imstande ist. Jenen, den das Schicksal erwählt, Galliens Volk in die neue Zeit zu führen.«

IV

»Wer sonst wäre großzügig genug, mit einem Fest das *Ende* seines Jahrs als Vergobret zu feiern?«, freute sich Vercingetorix, als Vater und Sohn nach Gergovia ritten.

»Dies ist weniger als ein Fest und gleichzeitig mehr«, erwiderte Keltill. »*Viel* mehr, so die Götter wollen.«

Die Worte verrieten, dass hier Geheimnisse mit im Spiel waren, ohne irgendwie darauf hinzuweisen, worum es dabei ging.

Ein Jahr als Vergobret hatte Veränderungen in Vercingetorix' Vater bewirkt. Immer weniger Zeit hatte er damit verbracht, auf die Jagd zu gehen, zu reiten und sich draußen aufzuhalten, wie ein Mann der Natur. Selbst für seinen Sohn fand er nicht mehr so viel

Zeit wie früher. Stattdessen saß er im Haus, zusammen mit Adligen, Kriegern und Steuereintreibern.

Zunächst sah Vercingetorix darin eine normale Entwicklung, denn wie er es selbst verkündet hatte: Als Vergobret war Keltill nicht nur sein Vater, sondern der Vater des ganzen Stammes. Nach dem Ende der Amtszeit, so vermutete er, würde alles wieder so sein wie vorher.

Aber während der letzten drei oder vier Mondphasen waren die Veränderungen in Keltill deutlicher geworden und präsentierten etwas Neues: Keltill, den alle mochten, bekam Feinde.

Und zwar die Römer. Niemand liebte sie, und es hieß, dass sie ihrerseits niemanden liebten. Nach Keltills Meinung hielten zu viele Gallier, die es eigentlich besser wissen sollten, sie für Wohltäter und eine Quelle von Reichtümern; in Wirklichkeit, so fand er, waren sie hinterlistige und verschlagene Eroberer.

Der früher so offene und aufgeschlossene Keltill war verschwiegen geworden. Außerdem hörte er sich stundenlang die Balladen des Stammes an, manchmal ganz allein mit dem Barden.

Und Keltill, der für alle Stämme Galliens ein Fest gab, um das Ende seines Jahres als Vergobret zu feiern, wies nun darauf hin, dass seine Großzügigkeit einem verborgenen Zweck diente.

Vercingetorix fand die Atmosphäre des Geheimnisvollen aufregend, aber für einen Jungen, den so wenig von einem Mann trennte, war es enttäuschend, außerhalb der wogenden Nebelschwaden des Geheimnisses verharren zu müssen, ohne einen Blick auf das werfen zu können, was sie verbargen.

Die Straße von Keltills Heimstätte nach Gergovia war viel älter als jeder lebende Mensch und breit genug, um zwei Karren aneinander vorbeirollen zu lassen. Der Verkehr hatte alle Unebenheiten geglättet, und bei diesem guten Wetter gab es auch keinen Schlamm. Fast wie ein lebendes Wesen wirkte die Straße, als sie sich am Waldrand entlangwand, wirkte verwurzelt mit dem Boden und der Welt.

Je näher sie Gergovia kamen, desto mehr Reisenden begegneten sie. Die meisten von ihnen waren in Richtung Stadt unterwegs: Wagen mit Bierfässern, Obst, Gemüse, Getreide und Brotlaiben,

Fleisch von Rotwild, Wildschweinen und Geflügel; Viehtreiber mit Schafen und Schweinen; Barden, Dirnen und Musikanten; Händler mit Edelsteinen, Stoffen und sogar römischem Wein; Adlige und Krieger der Arverner und anderer Stämme; gelegentlich ein Druide.

Wie es seine Angewohnheit war, nahm Keltill dann und wann Goldmünzen aus dem am Sattel befestigten Lederbeutel und warf sie den anderen Reisenden zu. Er achtete darauf, keine Adligen, Druiden oder Krieger, die nicht dem Stamm der Arverner angehörten, zu beleidigen, indem er das Geld in ihre Richtung schnippte. Doch sein großes, gewinnendes Lächeln galt allen, zeigte Überschwänglichkeit und seinen extravaganten Stil.

Vercingetorix spürte, dass diesmal mehr Absicht dahinter steckte. Die mit solcher Deutlichkeit zur Schau gestellte Freude lief auf ein Ritual hinaus, obgleich die Fröhlichkeit, die Keltill damit erntete – winkende Hände, lächelnde Lippen, lautes Klopfen auf Schilde – von Herzen kam.

»Alle scheinen zum Feiern aufgelegt zu sein«, sagte Vercingetorix in dem Versuch, die Aura des Mysteriösen zu durchdringen, die seinen Vater umgab.

»Und warum auch nicht?«, erwiderte Keltill mit seiner alten guten Laune. »Sie werden Gäste sein beim größten Fest in der Geschichte Galliens!«

»Warum sagst du dann, dass es weniger als ein Fest ist und gleichzeitig mehr?«

»Es ist das Mehr, für das ich bezahle, und das Weniger besteht darin, wofür die Gäste *nicht* bezahlen«, sagte Keltill und fügte diesen Worten ein lautes Lachen hinzu, das direkt Vercingetorix' Herz erreichte.

»Und das Mehr erfordert das Wohlwollen der Götter?«, fragte der Junge.

Keltill zügelte sein Pferd, ließ es noch langsamer laufen und beugte sich zu seinem Sohn. »Kannst du ein Geheimnis bewahren?«, fragte er so leise, dass seine Stimme fast ein Flüstern war.

»Natürlich nicht«, entgegnete Vercingetorix schelmisch. »Was auch immer du mir erzählst: Auf dem Marktplatz von Gergovia verkünde ich es aus vollem Hals, wenn die Sonne ihren höchsten Stand erreicht hat und ich sicher sein kann, dass mich die ganze Welt hört.«

»Wie der Vater, so der Sohn!«, freute sich Keltill, klopfte Vercingetorix auf die Schulter und brüllte vor Lachen. Schließlich beugte er sich erneut zu dem Jungen.

»Ich kann dir Folgendes sagen: Der wahre Zweck des Festes besteht darin, die Oberhäupter der Stämme zu versammeln, was sich auf andere Weise kaum bewerkstelligen ließe. Es geht nicht um eine Feier. Was sollten wir auch feiern? Die Überfälle der Teutonen? Die Plage der Römer, die von den Häduern aus dem Süden eingeladen wurden, damit sie uns vor den Teutonen schützen? Den Verlust unserer Freiheit und unserer Ehre?«

»Unserer Ehre?«

»Welche Ehre liegt darin, Cäsars Söldnerarmee für uns kämpfen zu lassen? Was wird mit unserer Freiheit geschehen, wenn er die Teutonen endgültig besiegt hat?«

»Aber wir sind wenige, und es gibt viele Teutonen.«

»Nein, Vercingetorix, wir sind nur dann wenige, wenn jeder Stamm einzeln kämpft, aber wir *Gallier* sind viele! Wenn wir gemeinsam kämpfen, könnten wir die Teutonen über den Rhein zurücktreiben und die römischen Legionen ins Meer!«

»Aber so etwas ist nicht geschehen, seit Brenn regierte, seit wir einen …«

Die Zügel glitten Vercingetorix aus der Hand, als er seinen Vater anstarrte, als sich das, was bisher verborgen gewesen war, so deutlich zeigte wie die strahlende Mittagssonne, die den Dunst des frostigen Morgens auflöste.

»Seit wir einen *König* hatten!«

»Habe ich das gesagt?«, fragte Keltill scharf. Und dann, mit einem Zwinkern: »Auch du solltest so etwas nicht sagen!«

Er ließ sein Pferd traben. »Zumindest nicht, bis es soweit ist!«, rief er über die Schulter zurück, als Vercingetorix das eigene Pferd antrieb, um zu seinem Vater aufzuschließen.

»Und jetzt gebe ich dir den sonderbarsten Rat, der jemals meinen Mund verließ«, sagte Keltill, als sie wieder nebeneinander ritten. »Bleib heute Abend nüchtern!«

Vercingetorix richtete einen verwunderten Blick auf seinen Vater.

»Achte darauf, nüchtern genug zu bleiben, um dich an den kommenden Abend zu erinnern, Vercingetorix. Damit du einmal *deinem* Sohn gegenüber damit prahlen kannst, dass du ein Ereignis erlebt hast, über das die Barden in aller Zukunft singen werden!«

Gergovia war auf der Kuppe eines Hügels errichtet worden, damit die Stadt leichter verteidigt werden konnte. Irgendwann in ferner Vergangenheit mochte der Hügel einmal bewaldet gewesen sein, aber jetzt zeigte sich Gras dort, wo einst Bäume gestanden hatten. Er erhob sich am Rand einer breiten Wiese, durch die das Wasser eines kleinen Flusses plätscherte. Die Breite der Wiese und die Baumlosigkeit des Hügels waren Menschenwerk: Man hatte die Bäume nicht nur gefällt, um Holz für die Palisaden und die Gebäude der Stadt zu bekommen, sondern auch, um mögliche Angreifer schon von weitem zu sehen.

Eine vier Mann hohe Wand aus Steinen in einem dicken Balkengerüst, in regelmäßigen Abständen von niedrigen Türmen verstärkt, die aus dem gleichen Material bestanden, umgab die Stadt. Größere, mit Brüstungen ausgestattete Türme flankierten die derzeit einladend offen stehenden Tore. Wenn Feinde versuchten, mit Rammböcken in die Stadt zu gelangen, regnete es nicht nur Pfeile von den hohen Türmen, sondern auch Speere, Steine, kochendes Pech und siedendes Wasser.

Heute boten die Wiese und Gergovia den prächtigsten Anblick, den Vercingetorix je gesehen hatte. Eine zweite Stadt, fast so groß wie die erste, erstreckte sich über den Hang des Hügels – dort lagerten die Gesandten der anderen Stämme, Adlige und ihr Gefolge. Selbst die ältesten noch lebenden Männer hatten noch keine größere Versammlung der Völker Galliens erlebt.

Vor den ledernen Zelten der Vergobreten zeigten sich die Stammesstandarten: Bär, Falke, Keiler, Wolf, Pferd und andere Tiere, aus

Holz geschnitzt oder in Bronze gegossen – der Keiler der Häduer bestand sogar aus Silber –, auf hohen Pfählen stolz präsentiert. Darum herum standen die Zelte der Adligen und Krieger, mit Wimpeln in den Stammesfarben geschmückt.

Zwischen den einzelnen Stammeslagern herrschte ein reges Treiben aus Bediensteten, Stallburschen, Barden, Musikanten, Handwerkern und Händlern, die Schmuck, Tücher in den vielen Stammesfarben, Bier, Brot, frisches und gekochtes Fleisch, sogar Krüge und Amphoren mit römischem Wein feilboten.

Vercingetorix' Brust schwoll voller Stolz an, als er an der Seite des Mannes über den Hang in dieses fröhliche Durcheinander ritt, der es geschaffen hatte.

Keltills Münzenbeutel war bald leer, und daraufhin konnte er nur noch winken und seinen Bewunderern zulächeln, als sie die einzelnen Lager passierten. Er zeigte sein Wissen, indem er die Stämme anhand der Standarten und Wimpel identifizierte.

»Der Hirsch, die Cadurker ... braun, die Sequaner ... die Eule, die Bituriger .... grün und gelb ... ah, das ist ein Stier, also müssen es die Turonen sein ... und da sind die Karnuten!«

Keltill ritt am größten Zelt der Karnuten vorbei, das die Pferdestandarte des Vergobreten zeigte. Er zügelte sein Ross vor einem kleineren Zelt mit einem rotschwarzen Wimpel.

»Warum hältst du ausgerechnet hier?«, fragte Vercingetorix.

»Um dir einen Gefallen zu erweisen, Sohn, denn dies ist das Zelt von Epona, der Witwe Arthaks, Vergobret der Karnuten, auf dem Schlachtfeld von den Teutonen erschlagen, und einer alten Freundin ...«

»Ich verstehe nicht ...«

»Oh, du wirst verstehen«, sagte Keltill, zwinkerte und lachte, als er abstieg. Mit einem Wink forderte er Vercingetorix auf, seinem Beispiel zu folgen.

»Sei gegrüßt, Epona, wir sind da!«, rief er und trat zum Eingang des Zelts.

Eine streng wirkende Frau mit mehr Grau als Braun im Haar kam nach draußen. Sie trug ein schwarzes, umhangartiges Gewand mit einer großen, kunstvoll verzierten und wie ein Pferd geformten silbernen Brosche an der rechten Schulter.

»Sei gegrüßt, Keltill«, sagte sie nicht annähernd so laut. Sie umarmten sich freundschaftlich, als Vercingetorix abstieg. »Du erinnerst dich vielleicht an meinen Sohn, Vercingetorix …«

»Wer könnte den redegewandten Vercingetorix vergessen?«, erwiderte Epona in einem trockenen Tonfall, der Vercingetorix' Ohren brennen ließ.

»Sind wir uns schon einmal begegnet?«, fragte der Junge unsicher.

Sein Vater und Epona wechselten einen amüsierten Blick, der Vercingetorix noch mehr Unbehagen bescherte.

»Wenn ich mich recht entsinne, galt deine Aufmerksamkeit zu jenem Zeitpunkt einer anderen Person«, sagte Epona.

Aus irgendeinem unerfindlichen Grund lachte Keltill. »Epona magst du vergessen haben«, sagte er zu seinem Sohn. »Aber an ihre Tochter Marah erinnerst du dich bestimmt.«

Er behielt Recht.

Das Mädchen, das jetzt aus dem Zelt kam, war das erste Objekt seiner pubertären Lust gewesen. Jenes Mädchen, das ihm beim Fest aus Anlass des Amtsantritts seines Vaters die kalte Schulter gezeigt hatte. Damals war er nicht mutig genug gewesen, Marah anzusprechen, aber ihre Präsenz hatte ihn irgendwie beflügelt und ihn befähigt, eine kurze Ansprache zu halten.

Ihr Gesicht hatte inzwischen einen goldenen Ton gewonnen, und sie trug das lange blonde Haar offen und frei. Ein schlichtes weißes Hemdkleid umhüllte ihren Leib und saß knapp genug, um auf Brüste hinzuweisen, die einer Frau gehörten. Die Lippen waren voller, und in den Augen zeigte sich etwas … Neues. Nüchtern fand er ihren Anblick noch berauschender als betrunken.

Keltill gab dem starrenden Vercingetorix einen Stoß in die Rippen. »Nun, wenn ich einige Jahre jünger wäre … Das heißt, eigentlich …«

»Denk nicht einmal daran, Keltill«, sagte Epona.

Keltill seufzte übertrieben. »Nun, mein Sohn kann mich vertreten …« Und ernster: »Sie bilden ein hübsches Paar, findest du nicht? Und deine Familie ist ohne einen Mann als Oberhaupt …«

»Hier wäre eine Vereinbarung möglich …«, sagte Epona. Etwas schärfer fügte sie hinzu: »Aber wir müssen dringendere Angelegenheiten besprechen, nicht wahr, Keltill?«

»In der Tat«, bestätigte er. »Warum besprechen wir sie nicht im Zelt und überlassen diese beiden sich selbst, um festzustellen, ob sie ihrem Instinkt folgen?«

Vercingetorix errötete, denn genau daran hatte er gedacht.

»Hör nicht *zu sehr* auf den Instinkt, Marah«, mahnte Epona, und daraufhin errötete auch das Mädchen. Keltill und Epona verschwanden im Zelt, ließen Vercingetorix und Marah allein, die mit roten Wangen dastanden und sich verlegen ansahen.

Es war nicht unbedingt ein idealer Anfang, aber wenigstens verband sie etwas.

Schließlich brachte Vercingetorix genug Mut auf, um vorzuschlagen: »Sollen wir am Fluss entlanggehen?«

»Nun, warum nicht?«, erwiderte Marah. »Mir scheint, derzeit habe ich nichts Besseres zu tun.«

Unbehagen begleitete Vercingetorix, während er mit Marah vorbei an den Lagern den Hügel hinunterging, und es verdichtete sich, als er mit ihr unter den Bäumen am Flussufer allein war.

Am Hang hatte er die unangenehme Stille zwischen ihnen vertreiben können, indem er die Namen der einzelnen Stämme nannte, mit Keltills Reichtum angab und sich glücklich schätzte, der Sohn eines so großen Mannes zu sein.

Aber hier, allein mit Marah in den kühlen braunen Schatten, mit keinen anderen Geräuschen als dem Plätschern des Flusses, dem Zwitschern der Vögel und dem Seufzen des Winds in den Baumwipfeln, fehlten dem redegewandten Vercingetorix plötzlich die Worte. Er dachte nur an eines und hoffte, dass seine Hose weit genug war, um nicht zu verraten, was sich darin regte.

Andererseits …

»Weißt du, was dein Name – Marah – bedeutet?«

»Weibliches Pferd. Stute.«

»Ich würde dich gern bespringen, Stute.«

Der Blick, den Marah ihm zuwarf, bevor sie gen Himmel sah und mit den Augen rollte, wäre imstande gewesen, den Fluss gefrieren zu lassen.

»Zwischen einem Jungen und einem Mädchen sollte mehr geschehen als die Zusammenführung der richtigen Blutlinien in einem Stall!«

»Ich ... ich ... wollte sagen, dass du eines Tages meine Königin sein wirst«, stammelte Vercingetorix.

»Deine *Königin?«*

»Äh ... ich meine, wenn du mein wärst ..., dann würde ich mich wie ein König *fühlen*«, sagte Vercingetorix. Eine bessere Ausrede fiel ihm nicht ein, um das zu verbergen, was ein Geheimnis bleiben musste. So lahm es auch klang – es hatte die gewünschte Wirkung.

»Nun, das ist schon etwas zungenfertiger«, erwiderte Marah und brachte ihm ein wenig mehr Wohlwollen entgegen als einem über die Straße laufenden Köter.

»Zungenfertiger?«, wiederholte Vercingetorix neckisch und dachte sich: Wer wagt, gewinnt. Er griff nach Marahs Händen, zog sie zu sich heran, küsste sie kühn auf die Lippen und schob die Zungenspitze zwischen sie.

Marah schien sich zunächst zu widersetzen, aber als Vercingetorix hartnäckig blieb, öffnete sich ihr Mund wie eine Blume, und ein Blitz fuhr von seinem Mund zu den Lenden, als ihre Zunge ihn ganz kurz berührte und dann scheu zurückwich.

Marah löste sich aus seinem Griff. »So habe ich das nicht gemeint«, sagte sie, aber es klang nicht sehr überzeugend, wie Vercingetorix voller Freude zu hören glaubte. »Aber nicht schlecht für jemanden, der vermutlich nie zuvor ein Mädchen geküsst hat.«

»Wer behauptet, ich hätte nie zuvor ein Mädchen geküsst?«, rief Vercingetorix. Mit Wagemut versuchte er, seinen Kummer darüber zu tarnen, dass Marah die Wahrheit gesagt hatte. »Wer behauptet, ich hätte nie zuvor ein Mädchen geliebt? Sag nur ein Wort, und ich beweise es dir!«

»Das Wort lautet ordinär«, sagte Marah von oben herab. »Hoffentlich gibt dir das Feilschen um meine Mitgift genug Zeit, um etwas erwachsener zu werden.«

Vercingetorix' Ohren brannten. »Es … es war nur ein Angebot …«, stotterte er.

»Sehr großzügig, Euer Majestät«, sagte Marah trocken. Zeigte sich dabei ein winziges Lächeln auf den Lippen, die er so gern erneut geküsst hätte, oder sah er, was er zu sehen wünschte? Ohne Gewissheit konnte Vercingetorix nur dastehen und starren.

Marah erwiderte seinen Blick, ohne irgendetwas zu verraten. Schließlich beugte sich Vercingetorix vor und …

Marah lachte, hauchte ihm einen Kuss auf die Wange und griff nach seiner Hand.

»Kommt, Euer Majestät«, sagte sie. »Es wird Zeit, zur Stadt zurückzukehren. Ich möchte Euch auf keinen Fall von Euren königlichen Pflichten abhalten.«

Der Große Versammlungssaal der Arverner war das größte Gebäude in Gergovia, ein hohes, rechteckiges Bauwerk aus sandfarbenen, gemörtelten Steinblöcken und mit so altem grauem Holz verkleidet, dass man die Maserung kaum von den geschnitzten Blumenmustern unterscheiden konnte.

Er grenzte an den Hauptplatz der Stadt, der normalerweise den Buden und Ständen des Marktes vorbehalten blieb. Aber an diesem Tag hatte man sie abgebaut, und das war auch gut so: Als Vercingetorix und Marah den Platz erreichten, wimmelte es dort bereits von drängelnden Leuten. Einige waren Bedienstete, die Lebensmittel zum Großen Saal brachten und sicher sein konnten, dass man ihnen Einlass gewährte. Dann gab es die Adligen der Arverner und weiterer Stämme, die eine Einladung bekommen hatten und ebenfalls damit rechnen durften, dass man sie nicht zurückwies. Hinzu kam eine Menge aus Neugierigen, bereits Betrunkenen und anderen, die hofften, den Großen Saal betreten zu können, nicht wenige von ihnen Dirnen, Musikanten, Barden, Jongleure und sogar jemand mit einem kleinen dressierten Bären. Sie alle behaupteten beharrlich, dass die Feier im Saal ohne ihre Teilnahme kaum vollständig sein konnte.

Mitverantwortlich für die allgemeine Drängelei waren die beiden Arverner-Krieger, die am Zugang des Saals standen, skeptische Blicke auf alle richteten, die eintreten wollten, viele zurückwiesen und nur wenige passieren ließen, jeweils zu zweit oder dritt. Seltsamerweise überprüften sie auch Krieger aus dem eigenen Stamm mit der gleichen langsamen Gründlichkeit.

Vercingetorix wollte die Gelegenheit nutzen, Marah zu beeindrucken, und er zerrte sie mit sich.

»Was hast du vor?«, fragte sie, prallte von einem Mann ab, der ein Bierfass auf der Schulter trug, und stieß gegen eine fluchende Hure.

»Ich bringe uns in den Saal«, erwiderte Vercingetorix. »Macht Platz für den Sohn des Keltill!«, rief er, ohne die erhoffte Wirkung zu erzielen.

Er schluckte nur einen kleinen Teil seines Stolzes hinunter und nutzte den Vorteil seiner geringeren Größe, um wie eine Schlange durch die Menge zu schlüpfen, dem Eingang des Saals entgegen. Diese Methode war zwar weniger ehrenhaft, dafür aber viel effektiver. Er kam schneller voran, zog dabei die protestierende Marah hinter sich her. Nach kurzer Zeit erreichten sie eine kleine ruhige Zone um einen Mann mit einer Nase so krumm wie der Schnabel eines Falken. Sein faltiges Gesicht und die tief in den Höhlen liegenden grünen Augen wirkten viel älter als das schwarze Haar und der Bart; der von Motten zerfressene purpurne und gelbe Umhang schien noch älter zu sein. Er jonglierte mit drei zerbrechlich aussehenden gefärbten Glaskugeln: rot, weiß und blau.

Der Platz, den die Menge dem Jongleur gewährte, war nicht sehr groß, und es ging dort auch nicht sehr ruhig zu. Ein sequanischer Krieger streifte den Artisten im Vorbeigehen, und dadurch verlor er seine Konzentration – die Glaskugeln flogen Vercingetorix entgegen. Der Junge reagierte ohne einen bewussten Gedanken und fing sie auf, eins, zwei, drei!

»Gut mitgespielt, Vercingetorix!«, rief der Jongleur.

»Du kennst mich?«, erwiderte Vercingetorix überrascht.

»Welcher Barde in Gallien hat noch nicht von Vercingetorix gehört, dem vortrefflichen Sohn des großen Keltill?«, donnerte der Jongleur aus vollem Halse.

Die Leute hatten sich zunächst näher geschoben, und jetzt wichen sie respektvoll zurück. Vercingetorix musterte den Barden argwöhnisch und glaubte, dass der Mann irgendeinen Vorteil zu erringen hoffte. Doch andererseits hatte der Jongleur *ihm* etwas geschenkt, den Respekt der Menge und, was noch wichtiger war, Marahs Bewunderung.

»Du bist also auch ein Barde?«, fragte Vercingetorix.

»Unter anderem«, sagte der Jongleur.

»Wo ist dann deine Harfe?«

»Leider gehört Geschick bei Glücksspielen nicht zu meinen vielen Talenten«, erwiderte der Jongleur und zuckte mit den Schultern. »Zumindest nicht in letzter Zeit. Es würde meine Finanzen sicher erheblich verbessern, wenn ich Zugang zu dem Fest dort drüben bekommen könnte, durch die Gunst eines adligen Gastes ...«

Aha, dachte Vercingetorix und richtete erneut einen abschätzenden Blick auf den Barden. Aber warum nicht? Sollte dieser schlaue Bursche den Weg frei machen und sich seinen Lohn verdienen.

»Na schön«, sagte er. »Weise auf meine Präsenz hin, damit die Leute zur Seite weichen, denn ich bin viel zu bescheiden, um das selbst zu tun ...« Bei diesen Worten stöhnte Marah. »Dann gewähre ich dir Zutritt. Wie, hast du gesagt, lautet dein Name?«

»Ich habe ihn noch nicht genannt ...«

Genau in diesem Augenblick schwebte ein flaumiger Samen vorbei.

»Nenn mich ... Sporos«, sagte der Barde. »Denn ich bin eine Spore der wilden Pilze im Wald, ein in der Luft fliegender Same der Legende.«

Vercingetorix lachte. »Nun, dann komm, Sporos. Bestimmt lässt sich im Saal eine Harfe für dich finden.«

»Macht Platz für Vercingetorix!«, rief Sporos. »Macht Platz für Keltills Sohn!«

Vercingetorix nahm Marahs Arm und führte sie hinter Sporos stolz durch die Menge. Die Leute wichen tatsächlich beiseite, teils aus Respekt, teils amüsiert über den heruntergekommen wirkenden Ausrufer.

Doch als sie die Arverner-Krieger erreichten, die am Zugang des Versammlungssaals Wache hielten, sah die Sache anders aus. Vercingetorix kannte die beiden Männer seines Vaters nicht, und erstaunlicherweise schienen sie ihn ebenfalls nicht zu kennen.

»Wohin willst du, Junge?«, fragte der auf der linken Seite.

Vercingetorix' Empörung war stärker als seine Verlegenheit.

»Was fällt dir ein?«, entfuhr es ihm. »Wie kannst du es wagen, so mit dem Sohn deines Befehlshabers zu sprechen?«

»Gobanits Sohn ...?«, fragte der andere Krieger.

»Der Sohn Keltills, Narr!«, sagte Vercingetorix scharf. »Und dies ist Marah, bald meine Anverlobte, und dieser Barde genießt meine Gunst!«

Als der erste Krieger das hörte, trat er nervös auf den Fuß des zweiten.

Die beiden Krieger wechselten betretene Blicke und wirkten angemessen reuevoll. »Ich bitte tausendmal um Verzeihung, oh ... *Sohn des Keltill*«, sagte der linke. »Dieser Mann ist neu hier. Ich verspreche, dass es nicht noch einmal geschehen wird.« Er sprach diese Worte auf eine Weise, die Vercingetorix nicht gefiel.

Trotzdem nickte er würdevoll und bedeutete Marah und Sporos, den Saal zu betreten. »Fürchtet nicht meinen Zorn«, wandte er sich beruhigend an die Wächter. »Er wird nicht auf euch fallen.«

Keltill hatte ihn gelehrt, dass offenherziges Verzeihen geringer Fehler letztendlich Loyalität bei den eigenen Truppen schuf.

Der Große Saal war bereits halb voll, als Vercingetorix ihn mit Marah und Sporos betrat. Vergobreten und andere wichtige Gäste nahmen ihre Plätze an dem langen Eichentisch in der Mitte des Saals ein. Wer Arverner-Orange trug, saß auf den Sitzbänken, die dem Eingang am nächsten waren, den vielen gegenüber, deren Mäntel und Hosen die Farben der anderen gallischen Stämme zeigten.

Direkt hinter den Abordnungen der einzelnen Stämme am zentralen Banketttisch saßen die wenigen Wächter, die jede Stammesgruppe begleiten durften. Hinter ihnen wiederum gab es kleinere Tische und Sitzbänke für jene Gäste, die einen geringeren Rang bekleideten und nun hereinkamen: Adlige, ihre Frauen und das Gefolge, einige Druiden. Auch in diesem Fall saßen die Arverner auf der einen Seite und die Angehörigen der übrigen Stämme auf der anderen.

Dienstmädchen füllten Krüge, Humpen und Hörner mit Bier aus Fässern, die so schnell wie möglich wieder geleert wurden.

Vercingetorix gewann den Eindruck, dass er nicht etwa ein Gebäude betreten hatte, sondern ein von Zwielicht umhülltes kleines Tal im tiefen Wald der Legende: Die steinernen Wände, vor langer Zeit verputzt, waren mit bunten Farben bemalt, zeigten Reben, Bäume, Blumen, sowohl vertraute als auch fremdartige Geschöpfe. Jahrelang hatte rußiger Rauch aus den großen steinernen Kaminen an beiden Enden des Saals einen Schatten darauf gelegt. Das blasse Sonnenlicht, das durch die hohen, schmalen Fensterschlitze fiel, und die langen, breiten Schatten zwischen ihnen verstärkten die dämmrige Atmosphäre.

In hohen bronzenen Halterungen steckende Fackeln vertrieben die Schatten an den Wänden. In ihrem flackernden Schein zeigten sich erbeutete Schilde, Speere, Schwerter, Äxte, Lanzen, Wimpel und Standarten. Weiteres Beutegut hing an Seilen und Stricken unter dem Dachgebälk, daneben auch die Schädel besiegter Feinde. Unter ihnen häuften sich die Stammesschätze der Arverner: Truhen mit Gold- und Silbermünzen, Edelsteinen und Schmuck; Statuen unbekannter Götter aus weißem Marmor oder mit naturgetreuen Farben bemalt; Stoffballen, schlicht und bestickt, einige von Goldfäden durchsetzt; große Fässer mit Salz vom Meer.

Ein aufgespießter Keiler und ein Schaf brieten über dem Feuer, und das von ihnen herabtropfende Fett zischte auf den brennenden Scheiten. Das Fleisch schien gar zu sein – darauf deuteten die knusprige braune Haut und der köstliche Duft hin.

Keltill trat an den Keiler heran, schlug mit seiner Streitaxt ein

Stück ab, biss hinein und kaute nachdenklich, als Vercingetorix Marah und Sporos zu ihm führte.

»All dies wird eines Tages dir gehören!«, wandte sich Vercingetorix an Marah. Keltill schluckte den Bissen hinunter und nickte den Köchen zu. Dann, in der einen Hand die Axt und in der anderen das Stück Fleisch, trat er den Neuankömmlingen entgegen.

»Nun, Marah«, sagte er, »hat dir mein Sohn bewiesen, dass der Apfel nicht weit vom Stamm fällt?«

»Äh, ich nehme besser bei meiner Mutter Platz«, erwiderte Marah und eilte zu Epona, die bereits bei den Karnuten am Tisch saß.

Keltill schien ihre Verlegenheit kaum zur Kenntnis zu nehmen, richtete stattdessen erst einen fragenden Blick auf den schäbig gekleideten Sporos und dann auf seinen Sohn.

»Dies ist *dein* Gast, Vercingetorix?«, fragte er skeptisch.

»Der Barde Sporos«, sagte der Junge nervös, dem plötzlich klar wurde, wie abstoßend sein Gast mitten in einer so noblen Gesellschaft erscheinen musste.

Keltills Blick kehrte zu Sporos zurück. »Und wo ist deine Harfe, Barde?«

Der Barde wandte den Blick nicht ab, zwinkerte nicht einmal. Er sah den Vergobreten der Arverner an, ohne sich von ihm einschüchtern zu lassen.

»Verloren im Wind des Unglücks, der jetzt durch unser Land weht«, sagte er. Für Vercingetorix' Ohren enthielten die Worte keine Magie, aber Keltill wirkte wie gebannt.

»Wie willst du dann die alten Lieder singen?«, fragte er.

»Um ganz ehrlich zu sein: Ich hoffe, heute Abend ein neues Lied zu lernen.«

Keltills Blick wurde noch durchdringender, wenn das überhaupt möglich war, und Argwohn erklang in seiner Stimme, als er fragte: »Von wem?«

»Von jenem, der es wagt, die andere Welt zu betreten ...«

Vercingetorix spürte, wie etwas Sonderbares zwischen den beiden Männern geschah. Die ausgesprochenen Worte schienen mehr zu bedeuten, als das, was gesagt wurde; Keltill und Sporos unterhielten sich offenbar in einer geheimen Sprache, die nur sie verstanden.

»Die andere Welt …?«

Eine neue, tiefere Resonanz ließ sich nun in Sporos' Stimme vernehmen. »Die ewige Welt, deutlich zu sehen und doch verborgen in der verstreichenden«, sagte er. »Die Welt von Taten, die ein ganzes Zeitalter formen, eine Welt tapferer Helden … und edler Könige. Das Land der Legende. Vielleicht betritt es heute Abend jemand. Wer weiß? Vielleicht sogar Ihr, Keltill.«

Vercingetorix riss die Augen auf. Wusste der Barde Bescheid? Hatte er, ohne es zu ahnen, einen Spion in den Großen Saal geführt? Und wenn das stimmte … Für wen spionierte Sporos?

»Weißt du etwas, das du nicht wissen solltest?«, fragte Keltill, dem offenbar ähnliche Gedanken durch den Kopf gingen.

An Sporos' Blick, der auch weiterhin Keltill galt, änderte sich nichts, aber auf seinen Lippen erschien ein freudloses Lächeln.

»Gelegentlich wirft man uns … Barden vor, verbotenes Wissen zu haben. Aus dem Anbeginn der Zeit, Keltill.«

Keltill erwiderte das Lächeln. »Dann sollten wir, die wir hoffen, dass unsere Geschichten im Land der Legenden gesungen werden, den Meistern dieser, äh, noblen Kunst gegenüber nicht ungastlich sein. Nimm Platz … Sporos. Jeder Gast meines Sohnes ist auch mein Gast.«

Keltill reichte seine Axt einem Bediensteten, biss erneut von dem Stück Fleisch ab, trat zur Mitte des Tisches und setzte sich auf der Arvernerseite links neben seine Frau. Als Vercingetorix links neben seinem Vater Platz nehmen wollte, bedeutete ihm Keltill, sich neben seinen Onkel Gobanit zu setzen.

Vercingetorix mochte Gobanit nicht sonderlich – er war wabbelig dort, wo sein Bruder Muskeln hatte, verdrießlich und knauserig, wo Keltill Freundlichkeit und Großzügigkeit zeigte. Hinzu kam: Von seinem Vater am Tisch getrennt zu sein konnte als ein Zeichen dafür gewertet werden, dass ihm geringere Ehre zukam. Er war alles andere als begeistert.

Bis er feststellte: Keltill hatte dafür gesorgt, dass er Epona und

Marah gegenübersaß, die neben dem Vergobreten der Häduer, Dumnorix, und seinem Bruder, dem Druiden Diviacx, Platz genommen hatten.

Die Sonne war längst untergegangen, und das einzige Licht im Großen Saal, orangefarben, flackernd und düster, stammte vom Feuer in den Kaminen zu beiden Enden des Saals und den Fackeln an den Wänden. Das Essen und Trinken dauerte an, fand inzwischen allerdings mit weniger Überschwang statt. Hunde bekamen leckerere Brocken, und das Bier floss langsamer. Die Feiernden saßen benommen und in sich zusammengesunken am langen Tisch, die Augen glasig und blutunterlaufen.

Auf der Arvernerseite des Tisches gab es nur noch zwei Personen, die wach wirkten: Keltill, der weitaus weniger getrunken hatte als sonst, und Vercingetorix, der dem Rat seines Vaters gefolgt und nüchtern geblieben war. Der Blick des Jungen war auf Marah fixiert, während sich sein Vater immer wieder umsah und die Situation einschätzte.

Dumnorix, der blonde, kräftig gebaute und schnurrbärtige Vergobret der Häduer, saß entspannt auf der anderen Seite des Tisches. Sein Druidenbruder Diviacx warf immer wieder Blicke über die Schulter und sah zu einem direkt hinter ihm sitzenden, in Blau gekleideten Häduer-Krieger. Der Mann war klein und drahtig, hatte schwarzes Haar, eine dunklere Haut als die meisten Gallier und ein verschlossenes Gesicht.

Keltill hob die Stimme, um das allgemeine Gemurmel zu übertönen, in der Art eines Gastgebers, der einen Trinkspruch für seine Gäste ausbringen möchte. Allerdings fehlte ein Humpen oder Horn in seiner Hand.

»Gutes Essen, gutes Bier, ein großzügiges Herz, die Liebe unserer Familien und die Bewunderung unserer Freunde! Was können sich Galliens Krieger mehr wünschen für ein perfektes Leben?«

Plötzlich schlug er mit der Faust auf den Tisch.

»Den Sieg über unsere Feinde bei einem ehrenvollen Kampf!«, donnerte er.

»Wohl gesprochen!«, rief ein muskulöser, grauhaariger Krieger am Ende des Arvernertisches und trank einen großen Schluck Bier, um seine Begeisterung zu betonen. »Und zum Glück fehlen uns keine Feinde, die wir besiegen können!«

»Auch Ihr habt wohl gesprochen, Critognat«, sagte Keltill. »Wir lassen zu, dass die Teutonen unser Land verwüsten, und wir lassen zu, dass die Römer für uns kämpfen! Ist das etwa ehrenhaft?«

»Nein!«, rief Critognat benommen. »Wir sollten sie alle töten!«

Plötzlich wurde es still im Großen Saal. Alle Gespräche fanden ein jähes Ende. Der hinter Vercingetorix sitzende Barde Sporos hörte damit auf, gelegentlich an den Saiten einer geliehenen Harfe zu zupfen. Selbst die Hunde nagten nicht mehr an Knochen. Alle Blicke richteten sich auf Keltill.

Epona brach schließlich das Schweigen, als sei dies zuvor vereinbart worden. »Die Teutonen haben meinen Mann umgebracht, aber wenigstens konnte er einen ehrenvollen Tod auf dem Schlachtfeld sterben.«

Diviacx warf ihr einen kurzen misstrauischen Blick zu, sah dann aber sofort wieder zu Keltill.

»Niemand von uns mag die Teutonen«, sagte er. »Aber ich verstehe nicht, wieso ...«

»Es wird Zeit, dass wir uns selbst um sie kümmern!«, rief Keltill so laut, dass Staub von den Dachsparren rieselte. »Und wenn wir dazu unsere Traditionen ändern müssen, so ändern wir sie eben!«

»Unsere Traditionen ändern, Bruder?«, fragte Gobanit. Er sah zu Keltill, richtete dann einen bedeutungsvollen Blick auf Diviacx.

»Ja, Gobanit, wir müssen sie ändern, um sie zu bewahren!«

»Wer keinen Weg findet, sich mit dem Rad der Zeit zu drehen, wenn es in Bewegung gerät, wird darunter zermalmt!«, entfuhr es dem Barden Sporos.

Die Edelleute zu beiden Seiten des Tisches nahmen seine unverschämte Einmischung zum Anlass, ihm giftige Blicke zuzuwerfen, doch Keltill bedachte ihn mit einem sonderbaren Lächeln.

»Wohl gesprochen ... Barde!«, sagte er.

Lauter und an alle Anwesenden gerichtet fügte er hinzu: »Ob es uns gefällt oder nicht, wir können den Mangel an echter Führung nicht länger hinnehmen!«

Diviacx und Gobanit wechselten einen längeren Blick. Hinter ihnen wurden die Krieger nervös.

»Willst du über deine rechtmäßige Amtszeit hinaus ein weiteres Jahr Vergobret der Arverner bleiben und mir das Recht nehmen, Oberhaupt unseres Stammes zu sein?«, fragte Gobanit.

Keltill lachte. »Natürlich nicht, Bruder. Wir müssen diese kleinlichen Stammesrivalitäten hinter uns lassen, wenn wir unsere Lebensweise bewahren wollen!«

Gobanit sah zu seinen Wächtern. Diviacx schüttelte andeutungsweise den Kopf.

»Wo liegt das Problem?«, fragte er in einem besänftigenden Tonfall. »Bald haben uns Cäsars Legionen endgültig von den Teutonen befreit.«

»Und was kommt dann, Diviacx?«, donnerte Keltill. »Laden wir die Wölfe auf unsere Höfe ein, um unsere Hühner vor den Füchsen zu schützen?«

Gelächter erklang, aber Diviacx und Gobanit lachten nicht.

»Besser die Truppen Roms, die Ordnung und Reichtum bringen, als die Teutonen, Boten der Zerstörung und des Todes!«, sagte Diviacx mit Nachdruck.

»Wir sollten sie beide loswerden, bevor Euer Freund Cäsar wahre Gallier in falsche Römer verwandelt und unser Land zu einer weiteren versklavten römischen Provinz macht!«

»Und wozu wollt Ihr die Situation benutzen, Keltill?«, fragte Diviacx. »Wollt Ihr die Macht übernehmen, entgegen unserer heiligen Tradition?«

»Heilige Tradition! Welche heilige Tradition bleibt uns als Provinz von Rom? Um zu bewahren, was wir sind, müssen wir alle Stämme vereinen und sowohl die Teutonen als auch die Römer aus unserem Land vertreiben! Lasst uns wieder zu den großen gallischen Kriegern werden, die wir waren, als König Brenn Rom erzittern ließ!«

»Das wird erneut geschehen!«, rief Critognat. »Nachdem wir die

Teutonen getötet haben, marschieren wir noch einmal nach Rom, und diesmal machen wir es richtig! Keine Gnade! Kein Lösegeld! Wir brennen die Stadt nieder!«

Fäuste und Humpen knallten auf den Tisch. Die Arverner-Krieger hinter Keltill ließen ihre Schwertknäufe an die Schilde pochen. Zustimmende Rufe ertönten, und es dauerte eine Weile, bis wieder Ruhe einkehrte. Daraufhin ergriff Epona das Wort.

»Wohl gesprochen, Keltill! Aber es sind nur Worte!«

Erwartungsvolle Stille folgte.

»Möchtest du Taten sehen?«, fragte Keltill bedeutungsvoll. »Ich werde dir Taten zeigen!«

Und er griff in einen ledernen Beutel, der bisher unbemerkt unter dem Tisch gelegen hatte.

Keltill entnimmt dem Beutel eine staubige alte Goldkrone, ein Band, hinten dünn und vorn mit verzierten Zacken, wie um den Träger mit einer Miniaturdarstellung hoher Berge zu schmücken.

Als er sie auf Armeslänge hoch über den Kopf hebt, steht der Barde im purpurnen und gelben Umhang auf, die Augen groß und staunend.

»Brenns Krone!«, verkündet Keltill. »Vor langer Zeit von einem getragen, den wir jetzt brauchen – einem König!«

Er greift nach einem Krug, schüttet Bier auf die alte Krone und beginnt, sie mit dem Saum seines Mantels zu putzen. »Es wird Zeit, die Spinnweben von dieser verstaubten alten Krone zu entfernen und sie wieder glänzen zu lassen! Es wird Zeit zu tun, was diese finsteren Tage verlangen!«

Erneut hebt Keltill die Krone, und diesmal funkelt sie im flackernden Schein des Feuers.

»Es wird Zeit, dass Galliens Stämme unter der Führung eines Oberhaupts gegen Teutonen und Römer kämpfen.«

Niemand wagt zu sprechen. Der Barde ist die einzige Ausnahme. »Ihr, Keltill? Ihr wollt Brenns Krone tragen? Die Krone, die seit Menschengedenken niemand mehr getragen hat?«

Erneut reagieren die Adligen mit zornigen Blicken auf die Unverschämtheit. In Keltills Gesicht aber zeigt sich kein Ärger, als er Sporos ansieht.

»Jemand muss sie tragen, denn sonst sind wir alle verloren ... Barde.«

»Der Preis könnte höher sein, als Ihr glaubt ...«

»Wie hoch der Preis auch sein mag – jemand muss ihn zahlen«, sagt Keltill. Langsam dreht er sich nach rechts und links, bietet die Krone der Versammlung an. »Möchte ihn jemand an meiner Stelle zahlen?«

Völlige Stille herrscht. Niemand bewegt sich.

»Das dachte ich mir«, sagt Keltill und hebt die Krone wieder über den Kopf.

»Ihr wollt Euch selbst zum König von Gallien krönen?«, fragt der Barde.

»Es wäre mir lieber, wenn mir der Erzdruide die Krone aufs Haupt setzen würde, wie es die heilige Tradition verlangt«, erwidert Keltill und sieht ihn so an wie ein Wolf, der seine Beute in die Enge getrieben hat. »Aber die Tradition schwindet immer mehr, die Stunde ist gekommen, und vom Erzdruiden fehlt jede Spur, oder ... Barde?«

»Tu das nicht, Bruder!«, ruft Gobanit, wirft erneut einen Blick über die Schulter und sieht dann zu Diviacx. Doch Keltill schenkt ihm keine Beachtung.

»Epona von den Karnuten hat Taten verlangt. Taten, die ein Zeitalter formen, nicht wahr ... Sporos? Du hast gehofft, heute Abend ein neues Lied zu lernen, über jemanden, der es wagt, das Land der Legende zu betreten ...«

Diviacx sieht fragend den schwarzhaarigen, dunkelhäutigen Häduer-Krieger an, der hinter ihm sitzt und nickt, als gäbe er auf diese Weise einen Befehl oder bestätige eine Anweisung.

»Sing *hiervon*, Barde«, sagt Keltill.

Und er setzt sich die Krone auf den Kopf.

»Euer Bruder maßt sich die Macht der Götter an, Gobanit!«, rief Diviacx. »Nehmt ihn gefangen!«

Gobanit zögerte kurz, drehte sich dann um und gab den Befehl an die Krieger weiter. »Ihr habt den Druiden gehört!«

Die arvernischen Krieger hinter Gobanit standen voller Unbehagen auf und zogen ihre Schwerter. Keltills Wächter waren sofort auf den Beinen, einige mit gezückten Schwertern, andere nicht. Keine Seite brannte darauf, den ersten Schlag gegen arvernische Landsleute zu führen.

Keltill trug die Krone, als er auf den Tisch sprang und sein Schwert zog.

»Willst du dem Befehl eines Häduers gehorchen, der in unserem eigenen Großen Saal Arverner gegen Arverner aufbringt, Bruder?«

»Ich gehorche dem Befehl eines *Druiden!*«

Die Häduer-Krieger auf der anderen Seite des Saals waren ebenfalls aufgestanden und hielten ihre Schwerter in der Hand.

Dumnorix, Vergobret der Häduer, wirbelte herum und wandte sich an seine Männer. »Nein!«, rief er. »Dies müssen die Arverner allein erledigen!«

Einige Augenblicke lang schwiegen alle, und niemand rührte sich von der Stelle.

Dann …

»Ergreift ihn!«, befahl Gobanit. »Nehmt ihn gefangen! Gehorcht dem Druiden!«

Sechs Männer eilten zum Tisch.

Critognat kam betrunken auf die Beine und zog sein Schwert. »Steht nicht einfach so da!«, rief er Keltills Wächtern zu.

»VATER, HINTER DIR!«, rief Vercingetorix.

Keltill drehte sich ruckartig um und sah, wie drei von Gobanits Männern auf den Tisch kletterten. In dieser ungünstigen Position konnten sie sich nicht zur Wehr setzen, als er angriff. Dem ersten Krieger schlug er fast ganz den Kopf ab und gab ihm einen Tritt, der ihn nach hinten fallen ließ, während Blut aus dem Hals spritzte. Er riss das Schwert herum, traf das Gesicht des zweiten Kriegers und bohrte die Klinge unter dem Brustbein in den Leib des dritten.

Vercingetorix saß wie erstarrt, als Arverner gegen Arverner

kämpften. Auf der anderen Seite des Tisches standen Krieger aller Stämme, mit Schwertern in den Händen. Marah sah ihn entsetzt an, als Krieger der Karnuten sie, ihre Mutter und den Vergobreten Graton abschirmten.

Dumnorix schrie etwas, woraufhin die Häduer-Krieger an ihrer Seite des Tisches in Position gingen, mit dem Rücken zu Keltill. Eine Palisade aus Schwertern verhinderte, dass Kämpfer der Karnuten oder der anderen Stämme dem ehemaligen Vergobreten der Arverner zu Hilfe kommen konnten.

Vier weitere von Gobanits Männern näherten sich dem Tisch, auf dem Keltill stand, und diese versuchten nicht, auf ihn zu klettern. Stattdessen trachteten sie danach, Keltills Beine und Füße zu treffen, während der Mann mit der Krone immer wieder mit dem Schwert zustieß, ohne die Gegner außer Gefecht setzen zu können.

Der auf diese Weise abgelenkte Keltill sah nicht, dass weiter hinten zwei Männer auf den Tisch sprangen. Humpen, Krüge, Servierplatten, Fleischbrocken und halb abgenagte Knochen fielen zu Boden, als sie über massives Eichenholz stapften.

Keltill hörte die Geräusche, drehte sich um, parierte den ersten Hieb mit seinem Schwert und gab dem ersten Mann einen Tritt, der ihn gegen den zweiten taumeln ließ. Aber Vercingetorix sah, dass Gobanit inzwischen genug Mut aufgebracht hatte, um sein Schwert zu ziehen und sich Keltill unbemerkt von hinten zu nähern.

Als Gobanit auf die Sitzbank trat, um Keltill das Schwert in die Seite zu stoßen, sprang Vercingetorix auf, griff mit beiden Händen nach Gobanits Schwertarm und zerrte ihn mit seiner ganzen Kraft zurück und nach unten.

Gobanit schrie, als er zur Seite schwankte. Keltill hörte ihn, wirbelte um die eigene Achse, sah Vercingetorix, der mit seinem Bruder rang, trat Gobanit ans Kinn und schickte ihn zu Boden, wodurch Vercingetorix frei kam. Brenns Krone löste sich von seinem Haupt …

Die goldene Krone fliegt durch die rauchige Luft.

Die Hand eines Jungen fängt sie, bevor sie auf den Boden fällt.

Und er hält Brenns Krone hoch über den Kopf.

Der flackernde Schein einer hinter ihm brennenden Fackel verwandelt sie für kurze Zeit in einen neuen, strahlenden Stern. Als er die Krone senkt und an sich drückt, verschwindet der Stern nicht, sondern scheint zu steigen.

»Nicht der Vater, aber der Sohn?«, flüstert der Mann im purpurnen und gelben Umhang. »Nicht der Wechsel eines Königs, sondern ... sondern ...«

Vercingetorix hielt Brenns Krone in der linken Hand, griff mit der rechten nach einem auf dem Boden liegenden Schwert, hob es mühsam mit einer Hand und versuchte, seinem Vater zu helfen, als sechs weitere von Gobanits Männern auf den Tisch kletterten.

»Nein!«, rief Keltill. »Du kannst mir nicht helfen. Bring dich in Sicherheit! Lauf! LAUF!«

»Aber ...«

Ein arvernischer Krieger entschied die Sache für Vercingetorix, indem er ihm mit einem wuchtigen Hieb das Schwert aus der Hand schlug. Der Junge warf sich unter den Tisch und rollte sich zur anderen Seite.

V

»Ich *habe* dort drüben etwas gehört, ich bin ganz sicher!«

Das furchterfüllte Pochen des eigenen Herzens erschien Vercingetorix so laut wie das Geräusch der näher kommenden Schritte, als er in einem schmalen Durchgang hockte.

In der linken Hand hielt er noch immer Brenns Krone, und mit der rechten tastete er nach irgendeinem Gegenstand. Er fand einen Stein, nahm ihn, beugte sich zur Querstraße vor, warf mit aller Kraft und wich zurück.

Der Stein klackte in einiger Entfernung an eine Mauer, fiel dann auf die Straße. Ein Hund bellte.

»Ich habe es dir ja gesagt!«, rief jemand. Wenige Augenblicke später liefen drei Arverner-Krieger an dem Durchgang vorbei, in dem Vercingetorix kniete. Als sie fort waren, stand er auf und eilte tiefer hinein in das Labyrinth der dunklen Straßen, in dem er schon seit einer ganzen nächtlichen Ewigkeit, wie es ihm erschien, vor den Verfolgern floh.

Er konnte Gergovia nicht verlassen, denn die Tore waren geschlossen und wurden von Gobanits Kriegern bewacht.

Selbst wenn es ihm gelungen wäre, den Wall ungesehen und unverletzt zu überwinden – er durfte nicht erwarten, in den Lagern am Hang des Hügels Zuflucht zu finden. Immerhin war er jetzt der Sohn eines Geächteten, der sich Brenns Krone auf den Kopf gesetzt hatte und dem ein Druide vorwarf, sich die Macht der Götter angemaßt zu haben.

Die Krieger aller Stämme suchten nach Vercingetorix. Oder besser gesagt: nach dem Objekt, das er sich geschnappt hatte und das ihm nun anvertraut war.

Sie haben es auf die Krone abgesehen, nicht auf mich, dachte Vercingetorix erneut. Ich kann keine Gnade erwarten, wenn man sie mir mit Gewalt abnimmt. Aber …

Es *gab* eine Möglichkeit, diese albtraumhafte Verfolgungsjagd zu beenden. Er konnte sich zum Platz schleichen, wo er vor einigen Stunden Diviacx gesehen hatte, der sich hämisch über das Schicksal seines Vaters freute – Keltill war in einem Käfig aus Korbgeflecht gefangen. Wenn er dem Druiden Brenns Krone in der Gegenwart von Zeugen reichte, damit seinen einzigen Verstoß gegen das Gesetz wieder gutmachte … Dann würde er leben und frei sein.

Aber neben einem so unehrenhaften und schändlichen Verrat an Keltill wirkte die feige Flucht vom Ort der Gefangennahme seines Vaters wie eine heldenhafte Tat, von der die Barden noch in tausend Jahren singen würden.

Eine Straße hinunter, durch eine weitere Gasse, dann wieder eine Straße, ohne ein Ziel, nur mit der Absicht, den Verfolgern zu entkommen. Vercingetorix hatte das Gefühl, schon einmal durch diese Straßen und Gassen gelaufen zu sein, und vielleicht stimmte das sogar, denn im Dunkeln sahen die Gebäude alle gleich aus, und so groß war Gergovia nicht: In einer Stunde konnte man durch die Stadt laufen, und Vercingetorix floh schon seit mehreren Stunden.

Und wenn der Morgen dämmerte, wenn das Licht des neuen Tages kam, wären die Verfolger ihm gegenüber im Vorteil …

Vercingetorix war zu sehr in diese Gedanken vertieft und bemerkte zu spät, dass er in eine Sackgasse geraten war.

Besser gesagt: Die Gasse, in der er sich jetzt befand, führte an der Stadtmauer entlang und endete an einem Palisadenturm.

Und dann hörte er das Geräusch von Schritten, die sich ihm von der Straße her näherten. Er drehte sich um, mit der Absicht, dorthin zurückzukehren, woher er gekommen war …

Und stellte fest, dass der Fluchtweg versperrt war, von einer Gestalt, die einen Umhang trug und sich im matten Licht der Sterne als Unheil verkündende schwarze Silhouette zeigte.

»*Nicht* so gut mitgespielt, Vercingetorix«, sagte eine vertraute Stimme.

»Sporos!«

Doch als die Gestalt auf die Kreuzung trat, unter den größeren Baldachin der Sterne, sah Vercingetorix, dass der Umhang von fleckenlosem, ungeschmücktem Weiß war. Und das Haar und der Bart waren eisengrau.

»Ihr seid nicht der Barde! Ihr …«

»Ich mache uns unsichtbar!«

Er griff nach unten, hob den Saum seines Umhangs und zog ihn sich über den Kopf. Zum Vorschein kam eine dürre, blasse Gestalt, deren Bekleidung nur noch aus einem Lendentuch bestand und Bewegungen vollführte, die Vercingetorix in der Dunkelheit nicht genau erkennen konnte. Als der Mann unmittelbar darauf den Umhang wieder übergestreift hatte, trug er Lumpen, und sein Gesicht war aufgrund einer Krankheit oder eines Unfalls schrecklich entstellt. Speichel tropfte von bebenden Lippen.

»Was ist das für eine Magie?«, entfuhr es Vercingetorix.

»Unsichtbarkeit?«, schnatterte Sporos mit der Stimme eines schwachen, geistesgestörten Alten. »Eine kleine Kunst, die du lernen wirst.«

Er ergriff den verblüfften Vercingetorix an seinem Hemd und zerriss den Stoff. Dann bückte er sich, nahm eine Hand voll einer graubraunen, nach Kot stinkenden Masse auf, beschmierte die Kleidung des Jungen damit und klatschte ihm eine weitere Hand voll davon ins Gesicht.

Er stieß Vercingetorix zurück, drückte ihn an der Palisadenwand zu Boden, ging neben ihm in die Hocke und tastete nach den Sehnen zwischen Schulter und Hals. Der Junge hatte das Gefühl, dass sich ihm dort die Krallen eines Falken ins Fleisch bohrten, und einen Moment später griffen beide Hände des Mannes nach seiner Kinnlade, verursachten dort einen noch größeren Schmerz. Alles geschah innerhalb weniger Momente, während das Geräusch der Schritte immer lauter wurde.

Sporos entdeckte einen grässlichen Knochen in einem Haufen aus Innereien, nahm ihn und drückte ihn Vercingetorix in die Hand.

»Nage so daran, als sei er ein Leckerbissen, Idiotenkind. Und ja, sabbere!«

Drei Krieger in den blauen Umhängen der Häduer eilten an der Palisadenwand entlang, verharrten und rümpften voller Abscheu die Nase, als sie die beiden schmutzigen Bettler sahen, die auf dem Boden saßen – ein verdreckter Alter, der sofort die Hand hob, in der Hoffnung auf ein Almosen, und ein sabberndes, entstelltes und schwachsinniges Kind, das an einem Knochen nagte, den nicht einmal die Straßenköter angerührt hatten, und das aus gutem Grund.

»Hast du einen Jungen gesehen?«

»Einen Dieb mit einer gestohlenen Krone?«, brabbelte der Alte.

»Ja! Wohin ist er gelaufen?«

Der Bettler streckte dem Krieger eine stinkende Hand entgegen. »Der kleine Mistkerl hat mir meine letzte Münze genommen!«, kreischte er zornig. Und in einem listigen Tonfall: »Vielleicht könnt Ihr sie ersetzen?«

Einer der Häduer hob verärgert das Schwert, aber derjenige, der das Wort an den Bettler gerichtet hatte, holte ein kleines Goldstück hervor und hielt es hoch.

»Über die Mauer und in den Wald!«

Der Krieger ließ die Goldmünze in die Hand des Bettlers fallen und lief zusammen mit den beiden anderen zum nächsten Stadttor. Der Alte prüfte die Münze, indem er sie zwischen die vorderen Zähne klemmte und dann mit den Fingern nach unten drückte.

Sie zerbrach – innen bestand sie aus minderwertigem Metall.

»Der Erzdruide bist du, wie?«, fragte Vercingetorix spöttisch, als er neben dem Bettler an der Palisadenwand lehnte, der sich zuvor als Barde Sporos vorgestellt hatte und nun behauptete, der Erzdruide Guttuatr zu sein.

»Ich habe uns unsichtbar gemacht, nicht wahr?«, erwiderte Guttuatr beziehungsweise Sporos – oder wie auch immer sein Name lautete. Falls er überhaupt einen hatte. »Und wir bleiben unsichtbar. Ist das keine Magie?«

Vercingetorix richtete einen verächtlichen Blick auf ihn. »Mit einigen Lumpen und einer Hand voll Dreck ist jeder zu einer solchen Magie fähig.«

»Jeder, der weiß, worauf es dabei ankommt«, sagte der Bettler. In seinem entstellten Gesicht wirkte das Lächeln so seltsam, dass Vercingetorix nicht wusste, ob es wirklich Heiterkeit zum Ausdruck brachte. »Magie liegt nicht in einem Haufen Lumpen, in einer Hand voll Dung, einer Alraune oder irgendeinem Talisman, sondern in der Kenntnis davon, wie man sie benutzt. Magie ist keine Sache. Magie ist Wissen.«

Diese Worte klangen sehr tiefsinnig und schienen gar nicht zu dem Mann zu passen, der sie sprach. Vercingetorix blieb skeptisch, aber gleichzeitig wünschte er sich, dass dies tatsächlich der Erzdruide Guttuatr war, denn wenn es stimmte … Dann saß er neben dem einzigen Mann in Gallien, der Keltill retten konnte.

»Beweis mir, dass du der Erzdruide bist«, sagte er herausfordernd. »Zeig mir *wahre* Magie.«

»Es gibt immer einen Preis«, erwiderte der Mann, der sich Guttuatr nannte.

Vercingetorix griff nach der Hälfte der falschen Goldmünze, die der Bettler hatte fallen lassen, und warf sie ihm zu. »Guttuatr« fing sie nicht auf. »Nicht du wählst den Preis, den es zu zahlen gilt«, sagte er. »Der Preis wählt dich.«

Erneut legte er eine knochige Hand auf Vercingetorix' Schulter. »Steh auf«, fügte er hinzu und übte einen komplexen, aber nicht sehr schmerzvollen Druck aus. »Oder versuch es.«

Vercingetorix sprang verärgert auf.

Das heißt, er wollte verärgert aufspringen. Aber sein Körper gehorchte ihm nicht, schien sich in Stein verwandelt zu haben.

»Beweg dich nicht«, sagte Guttuatr. Er veränderte seinen Griff.

Gegen seinen Willen stand Vercingetorix nun auf.

Guttuatr – Vercingetorix begann zu glauben und zu hoffen, dass es wirklich Guttuatr war – ließ ihn los, und er sah den »Erzdruiden« mit neuem Respekt, vielleicht auch mit ein wenig Furcht an.

»Das *ist* Magie«, gestand er. »Magie, die ich lernen möchte.«

»Die erste Lektion habe ich dich bereits gelehrt«, sagte Guttuatr und winkte. »Die Magie ist weder in meiner Hand noch in deinem Leib.«

»Aber zu wissen, wie man sie verwendet …«, flüsterte Vercingetorix.

Guttuatr nickte. »Du könntest Druide werden«, sagte er. »Wenn du bereit bist, den Preis zu zahlen.«

»Seid Ihr *wirklich* ein Druide?«, fragte Vercingetorix. Er war allmählich überzeugt, nicht durch magische Kunststücke, sondern durch etwas anderes, das er nicht ganz verstand. Vielleicht lief auch das auf Magie hinaus. »Seid Ihr wirklich der Erzdruide Guttuatr?«

»Welchen Zweck hätte es zu lügen?«

»Welchen Zweck hat es, mich zu retten?«

Die Maske des Bettlers fiel. Die zuvor fast komisch wirkende übergroße Nase verwandelte sich in etwas Edles, das an den Schnabel eines Adlers erinnerte, und in den Augen glänzte wache Intelligenz, als sich ihr Blick bis in Vercingetorix' Seele bohrte.

»Das solltest du noch nicht erfahren«, sagte der Erzdruide Guttuatr mit einer tiefen, klangvollen Stimme, und Vercingetorix zweifelte jetzt nicht mehr daran, dass er wirklich der Erzdruide war. »Der Preis für jenes Wissen könnte so hoch sein, dass du ihn nicht zu zahlen bereit bist.«

»Steht die Entscheidung darüber nicht mir zu?«, fragte Vercingetorix und spürte eine Furcht, die er nicht erklären konnte.

»Nicht, solange du unwissend bist«, erwiderte Guttuatr. »Jenes Wissen steht nur einem Druiden zu. Und deshalb biete ich dir die Möglichkeit, zu lernen und ein Druide zu werden.«

»Wie lange dauert das?«

»Jahre. Ein Leben.«

»Uns bleibt nicht einmal ein Tag, um meinen Vater zu retten!«, entfuhr es Vercingetorix. »Er soll verbrannt werden, wenn die Sonne ihren höchsten Stand erreicht.«

»Dein Vater kann nicht gerettet werden, Vercingetorix.«

»Wenn Ihr der Erzdruide seid, genügt ein Wort von Euch, um ihn zu retten!«

»Dein Vater sollte nicht gerettet werden«, sagte Guttuatr.

»Wie könnt Ihr so etwas sagen?«, fragte Vercingetorix scharf.

»Dein Vater *darf* nicht gerettet werden.« In Guttuatrs kühler Stimme erklang nicht das geringste Mitgefühl.

»WARUM?«, rief Vercingetorix.

Der Erzdruide zögerte. Als er erneut sprach, hörte Vercingetorix zwar Gewissheit in seiner Stimme, gewann aber trotzdem den Eindruck, dass er sich verstellte.

»Weil am Himmel geschrieben steht, dass er nicht gerettet wird«, sagte Guttuatr.

»Nicht von Euch!«, entgegnete Vercingetorix voller Zorn. »Also muss ich das selbst erledigen!« Er wollte loslaufen, kam aber nur einen Schritt weit, bevor …

… ihn die knochige Hand des Erzdruiden einmal mehr an der Schulter berührte und erstarren ließ.

»Ich werde jetzt sprechen, und du wirst mir zuhören, Vercingetorix, Sohn des Keltill«, sagte Guttuatr. Vercingetorix stellte fest, dass er weder sprechen noch den Blick von den Adleraugen des Erzdruiden abwenden konnte. Reglos wartete er.

»Keltill hat ohne das richtige Wissen versucht, mit dem Metallring, den du unter deiner Kleidung verbirgst, Magie zu beschwören. Gib ihn mir, Vercingetorix, Sohn des Keltill.«

Der Junge sah auch weiterhin in Guttuatrs kalt brennende Augen, als er ihm Brenns Krone reichte.

Der Erzdruide setzte sie auf.

»Bin ich jetzt ein König?«, fragte er. Er setzte die Krone auf Vercingetorix' Kopf. »Und auch du bist kein König.«

Er nahm Brenns Krone und ließ sie unter seinem Umhang verschwinden.

»Magie ist nicht materiell. Eine Krone macht einen Mann nicht zum König.«

Guttuatr nahm die Hand von Vercingetorix' Schulter, und daraufhin war der Junge wieder imstande, Arme und Beine zu bewegen. Er konnte jetzt fliehen, wenn er wollte. Aber er entschied sich dagegen.

»Keltill versuchte, mit verbotener Magie König zu werden. Er glaubte, dass die Magie in der Krone lag. Er versuchte, Magie ohne Wissen zu verwenden, und deshalb war die Magie falsch und versagte. Aber selbst wenn sie nicht die gewünschte Wirkung hatte – er muss den Preis bezahlen.«

Vercingetorix fand genug Mut und Kraft, um zu flüstern: »Er … er muss sterben?«

Guttuatrs Blick schien etwas sanfter zu werden, ein wenig mehr wie der eines Mannes, der mit einem Jungen sprach.

»Dein Vater wusste, dass der Preis des Misserfolgs darin bestehen würde, Vercingetorix«, sagte er. »Aber jetzt wird er die größte Magie vollbringen, die einem Menschen möglich ist.«

»Die größte Magie, die einem Menschen möglich ist …?«

»Die Magie seines Todes. Die ganz allein ihm gehört. Je größer die Magie, umso höher der Preis, der dafür bezahlt werden muss.«

Als die Sonne an einem Himmel emporkletterte, der einen zarten grauen Wolkenschleier trug, füllte sich der Platz in Gergovia mit bedrückt wirkenden Menschen. Guttuatr hatte betont: Ob als Bettler verkleidet oder nicht – Vercingetorix durfte sich erst dann auf den Platz begeben, wenn sich dort bereits eine große Menge eingefunden hatte und alle Blicke auf den Käfig gerichtet waren. Deshalb herrschte auf dem Platz bereits dichtes Gedränge, als Vercingetorix und der Erzdruide seinen Rand erreichten.

Der Junge sah nur den oberen Teil des Käfigs aus Korbgeflecht, und alles in ihm drängte danach, einen letzten Blick auf seinen Vater zu werfen.

»Dies ist Eure Schuld, Erzdruide!«, wandte er sich wütend an Guttuatr. »Mit welcher Magie wollt Ihr uns durch *diese* Menge führen?«

Guttuatr legte ihm die Hand auf die Schulter, aber diesmal drückte er nicht zu. »Selbst ein Publikum, das auf eine Verbrennung wartet, lässt einen kranken Blinden passieren. Führe mich, Junge!«

Er rollte die Augen zurück, sodass sich nur noch das Weiße in ihnen zeigte – ein Anblick, der Vercingetorix ganz und gar nicht gefiel –, und diese Magie funktionierte. Voller Unbehagen machten die Leute dem brabbelnden, blinden und vermutlich auch kranken Bettler Platz, der von einem schmutzigen, stinkenden Gassenkind geführt wurde.

Es waren hauptsächlich Arverner, die sich auf dem Platz versammelt hatten, um Keltills Tod zu sehen. Seine früheren Gäste aus den Lagern am Hügelhang hatten klugerweise beschlossen, sich während dieses traurigen und unwillkommenen Rituals von ihnen fern zu halten. Vercingetorix hörte nichts von Bedeutung, als er sich durch das Gedränge wand – sowohl die Edelleute als auch das gemeine Volk hüteten sich davor, mit offenen Worten ihre Gedanken und Loyalitäten zu verraten.

Vercingetorix verstand sehr gut, warum es die Arverner für besser hielten, ihre Meinungen für sich zu behalten, denn die Treue Gobanit und den Göttern gegenüber musste in jeder einzelnen Person von der Treue zu Keltill und dem eigenen Herzen getrennt werden. Und wer wusste schon, auf welcher Seite der Nachbar stand?

Keltill war sehr beliebt, und Gobanit genoss bestenfalls widerwilligen Respekt. Zwar hatte Keltill die Götter beleidigt und war von einem Druiden dafür verurteilt worden, aber der Druide gehörte zum Stamm der Häduer.

Als Vercingetorix den blinden Bettler schließlich ganz nach vorn geführt hatte, sah er, dass es für die Arverner guten Grund gab, bei Diviacx nicht die übliche druidische Distanz zu der ganzen Angelegenheit zu vermuten.

Ein rechteckiger Scheiterhaufen aus Eichenholz war in der Mitte des Platzes einer kleinen Hütte gleich errichtet worden, das Innere mit Kienspänen gefüllt. Darauf stand der Käfig mit Keltill. Arvernische Krieger umgaben den Scheiterhaufen, und Gobanit stand auf der linken Seite, ein angemessener Platz für den neuen Vergobreten der Arverner. Deshalb war es auch nur recht und billig, dass der zuständige Druide Diviacx, ob Häduer oder nicht, neben ihm stand. Aber was hatte Dumnorix, Vergobret der Häduer, neben seinem Bruder zu suchen? Und warum schirmten zwanzig Krieger der Häduer sie von den vielen Arvernern ab?

Doch die Komplexitäten der Stammesrivalitäten und die Geheimnisse in den Handlungen von Druiden und Vergobreten wichen aus Vercingetorix' Gedanken, als er seinen Vater sah, zum ersten Mal seit dem Kampf im Großen Saal.

Frisches, noch nicht getrocknetes Blut bildete Flecken an Keltills Hemd, stammte aus verborgenen Wunden in der Brust und an der Seite. Im linken Unterarm zeigte sich ein langer Schnitt. Das eine Auge war angeschwollen.

Der Anblick brach Vercingetorix das Herz und erfüllte ihn gleichzeitig mit Stolz, denn in seinem Käfig auf dem Scheiterhaufen zeigte Keltill nicht die Furcht eines Mannes, den ein schrecklicher Tod erwartete. Er wirkte auch nicht wie ein Sünder, der es bereute, die Götter beleidigt zu haben. Stattdessen stand er breitbeinig und mit verschränkten Armen da, die Schultern gerade, der Blick stolz und ohne Angst, so fest wie der eines Löwen.

Er wirkte wie ein König.

Diviacx trat einen Schritt vor. Die Menge murmelte, und es klang wie das dumpfe Zischen eines gereizten Stiers. Anspannung erfasste die Leibwächter des Druiden.

Diviacx wirkte unsicher und nervös, als er zu sprechen begann. »Keltill von den Arvernern hat Götter und Menschen beleidigt ...«

»Sprich für die Götter, Druide!«, rief jemand aus der Menge. »Aber nicht für die Arverner, *Häduer!*«

Hunderte von Zuschauern brummten zustimmend.

»Keltill von den Arvernern hat die Götter beleidigt, indem er versuchte, sich selbst zum König von Gallien zu krönen!«, rief Diviacx zornig. »Für dieses Sakrileg muss er sterben!«

»Keltill!«, donnerte Critognat im Schutz der Menge. Andere Arverner stimmten mit ein. »Keltill! Keltill! Keltill!«

Die Leibwächter aus dem Stamm der Häduer zogen ihre Schwerter. Die arvernischen Krieger am Scheiterhaufen legten ihre Hände auf die Schwertknäufe, und auch das nur zögerlich. Sie zogen die Klingen nicht aus den Scheiden.

»Dies ist kein Disput zwischen Häduern und Arvernern«, sagte Diviacx. »Es ist kein Disput unter Menschen! Nicht die Häduer oder Arverner verlangen, dass Keltill stirbt. Es sind die von ihm herausgeforderten Götter, die seinen Tod wollen, und für die Götter spreche ich!«

Dumpfes Stöhnen ersetzte den Sprechchor, ein zorniges, aber auch trauriges, halb resigniertes Geräusch, wie von Vieh, das weiß, dass es dem Schlachten nicht entkommen kann.

Ein kleiner, dunkelhaariger Häduer flüsterte Gobanit etwas ins Ohr. Gobanit runzelte die Stirn und schüttelte den Kopf. Der Häduer flüsterte erneut, und darauf trat Gobanit vor. Der Dunkelhaarige warf Diviacx einen befehlenden Blick zu, und der Druide wich beiseite.

»Es ist mein eigener ... mein eigener Bruder, der sterben muss, um ... um die Götter zu besänftigen«, erklärte Gobanit unsicher. »Keltill hat gegen die heiligen Traditionen der Arverner verstoßen, und deshalb ... und deshalb ...«

Gobanit schaffte es, die Menge still werden zu lassen, aber es war eine gnadenlose Stille, eine Leere, die sich unter den Arvernern auftat. Der Häduer-Krieger, der mit Gobanit geflüstert und Diviacx stumme Anweisungen übermittelt hatte, nickte einem arvernischen Krieger zu. Dieser entzündete eine Fackel und gab sie Gobanit.

Jeder Mann, der Keltill im Käfig und Gobanit mit der Fackel sah, bereit dazu, den Scheiterhaufen anzuzünden, schien so zu empfinden wie Vercingetorix. Alles in ihm verlangte, nach vorn zu springen und die Arverner aufzufordern, seinen Vater zu retten. Er …

Eine Kralle aus Schmerz bohrte sich ihm in die linke Schulter, und eine Stimme flüsterte an seinem Ohr. »Nein«, raunte sie. »Die Magie seines Todes gehört allein ihm. Dir bleibt nichts anderes übrig, als alles zu ertragen!«

Und Vercingetorix konnte weder einen Schritt vortreten noch den Blick abwenden.

Furchterfüllt starrte Gobanit auf die Fackel in seiner Hand.

»Und so … und so, mein Bruder, den ich liebe …«

Diviacx trat vor, Falten des Ärgers in der Stirn.

»Und so muss *jeder Mann* im Feuer sterben, der sich zum König der freien Stämme Galliens krönt!«, rief er.

Gobanit reichte ihm die Fackel. Der Druide wich zurück.

Keltill hatte das katastrophale Bemühen um eine würdevolle Zeremonie mit stolzer Verachtung beobachtet. Vom Käfig auf dem Scheiterhaufen aus blickte er über sein Volk hinweg in die Ewigkeit, als hätte er die Welt der Menschen bereits verlassen und sich in ein Bild verwandelt, dem Land der Legende angemessen, das er bald betreten würde.

Doch jetzt lachte er.

Und sprach in das verblüffte Schweigen, das dadurch entstand.

»Häduer! Arverner! Sklaven Roms! Selbst hierbei fehlt euch der Mut, einig zu sein? Ihr seid es nicht wert, euch Gallier zu nennen! Ihr habt mehr Angst davor, mich zu töten, als ich davor, durch eure Hände zu sterben! Reicht mir die Fackel, ihr Feiglinge, damit ich das Feuer selbst anzünde!«

Die Menge lachte und jubelte. Gobanit gab sich einen Ruck und warf die Fackel zum Scheiterhaufen, eine jähe Geste, die mehr auf Ärger als auf neu entdeckter Entschlossenheit basierte.

Stumm und starr beobachtet Vercingetorix, wie die Kienspäne im Innern des Scheiterhaufens Feuer fangen. Orangefarbene Flammen züngeln und lecken nach den Scheiten. Der Junge weiß nicht, ob ihn die Hand des Erzdruiden noch immer zurückhält oder nicht. Jetzt gibt es nichts mehr in dieser oder irgendeiner anderen Welt, das ihn veranlassen kann, sich zu bewegen oder den Blick abzuwenden.

Als Keltill hoch aufgerichtet in seinem Käfig steht, als sich das Feuer unter ihm ausbreitet und die Flammen nach seinen Füßen tasten, weicht der Schmerz in seinem Herzen einer brennenden Leidenschaft. Mit dem gleichen Mut, den sein Vater zeigt, beobachtet er den Tod des besten Mannes, den er kennt und liebt. Er will sich seiner würdig erweisen, um einen kleinen Teil vom Geiste seines Vaters aufzunehmen, sodass die Leute eines Tages »Wie der Vater, so der Sohn« sagen und damit auch die Wahrheit sprechen konnten.

Vielleicht blicken die Götter mit grausamer Gunst auf ihn herab, denn als die Flammen höher und höher lodern, als Schmerz Keltills Gesicht verzerrt, gleitet sein Blick über die Menge. Und als der Rauch aufsteigt und seinen verbrennenden Leib verhüllt, als seine Kleidung Feuer fängt, findet der Blick, was er sucht.

Vercingetorix sieht Keltill direkt in die Augen und zweifelt nicht daran, dass sein Vater ihn sieht. Als das Haar eine Krone aus Feuer bildet, weicht der Schmerz aus dem Gesicht und zeigt die eiserne Entschlossenheit, über Pein und Qual zu triumphieren. Keltills Augen brennen heller als das Feuer, das ihn verzehrt, als sie von der nächsten Welt in diese sehen und dem Blick des Sohnes begegnen.

Und wenn es doch noch einen Rest von Zweifel in Vercingetorix' Herz gegeben hat, so verschwindet er, als Keltill aus den Flammen spricht, laut und klar, auf dass die ganze Welt ihn höre. Vom Scheiterhaufen aus deklamiert er seine eigene Bestattungsode.

»Im Feuer werde ich zu der Geschichte, aus der die Barden machen ein Lied.

Im Feuer betrete ich das Land der Legende, und als König ich schied!«

Immer höher lecken die Flammen. Vercingetorix sieht nur noch das Feuer und die Augen, die daraus hervorschauen und deren Blick bis in die Tiefen seiner Seele reicht.

»Im Feuer wird mein Geist frei sein,

Und im Feuer wirst du gedenken mein.«

Etwas geht von jenen Augen in die von Vercingetorix über, oder noch seltsamer: Für den Hauch eines Moments sieht Keltill durch einen Vorhang aus orangerotem Feuer in die Augen eines schmutzigen, in Lumpen gekleideten Jungen, mit Liebe und Stolz in seinem brennenden Herzen.

Nur einen sterbenden Herzschlag lang dauert es.

Und als es vorbei ist, gibt es nur noch die Flammen.

Und Vercingetorix weiß, dass der Junge, der er war, mit seinem geliebten Vater gestorben ist.

Und er legt einen stummen Eid ab bei den Flammen, die sie beide verschlangen. Er schwört, dass der Vater, den er liebte, in dem Mann weiterleben soll, zu dem er werden muss.

VI

»Was sind die drei notwendigen Tugenden eines Mannes des Wissens?«

Eine Abendbrise wehte durch den Wald und schüttelte die Wipfel der Bäume. Funken stiegen vom Feuer auf, segelten dem violetten Himmel entgegen.

Die Stimmen setzten ihr Murmeln fort.

Vercingetorix hörte sie, aber er hörte nicht zu.

Er saß auf dem festgetretenen Boden, mit den anderen Schülern im Halbkreis vor Gwyndo, nicht weit vom abendlichen Feuer entfernt. Hinter dem dicken und kahlköpfigen Druiden stand ein kleiner, quadratischer Tempel aus grob geschliffenem Granit. Dahinter zeigten sich die aus Flechtwerk bestehenden und mit Stroh gedeckten Hütten, in denen Vercingetorix seit zwanzig Mondphasen zusammen mit den anderen Schülern wohnte, und hinter ihnen wiederum erhoben sich die dunklen Eichensäulen des Waldes. Jenseits dieses verhassten und unwürdigen Refugiums erstreckte sich die Welt, aus der man ihn verbannt hatte, die Welt, nach der er sich sehnte.

All dies bot sich Vercingetorix dar, aber er sah es nicht wirklich. Seine Aufmerksamkeit galt allein den Flammen, den Augen, die immer wieder aus dem Feuer blickten.

»Der Mut, in dieser Welt, in die er geboren wurde, dem Willen der Götter zu folgen ...«

In Vercingetorix' Ohren klangen die Worte weidenrindenbitter. Welche feigen Götter verlangten, dass er diese Lektionen über sich ergehen lassen musste, die ihn nichts vom Wissen eines Kriegers lehrten? Welche grausamen Götter wollten, dass er die Verachtung der Söhne von Vergobreten und Adligen aus vielen Stämmen ertrug? Für sie war er ein Geächteter, der hier nur durch den Willen des Erzdruiden – und gegen seinen eigenen – Zuflucht gefunden hatte. Wo verbarg sich dahinter Mut?

»Der Wille, im Land der Legende das eigene Schicksal zu bestimmen ...«

Oh, den *Willen* habe ich, dachte Vercingetorix bitter. Ich habe den Willen, das große Werk zu vollbringen, das mein Vater begann und für das er starb. Ich habe den *Willen,* der Sohn meines Vaters zu sein. Aber wo ist mein Mut zu handeln?

»Vercingetorix? VERCINGETORIX?«

Gwyndo rief seinen Namen. Einige der anderen Schüler lachten.

»Wenn du aus der anderen Welt in diese zurückgekehrt bist, Vercingetorix«, sagte Gwyndo, »so erlaubt dir die dort gesammelte Weisheit vielleicht, meine Frage zu beantworten.«

Neuerliches Gelächter.

»Die dritte notwendige Tugend eines Mannes des Wissens?«, murmelte Vercingetorix. »Die Weisheit, das eine vom anderen zu unterscheiden«, sagte er verdrießlich. Er kannte die richtige Antwort, aber sie bedeutete ihm nichts.

»Um was von was zu unterscheiden?«, höhnte Viridwx. »Diese Welt von der, die du im Feuer zu erreichen hoffst?«

Viridwx war drei Jahre älter als Vercingetorix und der Sohn eines Häduers, der sich als Krieger einen guten Ruf erworben hatte, ein Jahr lang Vergobret seines Stammes gewesen war und jetzt durch den Handel mit den Römern immer reicher wurde. Er brauchte die Worte *So wie dein Vater* nicht hinzuzufügen – Vercingetorix hörte sie in seiner Stimme.

»Wir alle müssen die andere Welt früher oder später betreten, Viridwx«, sagte Vercingetorix und ballte die Fäuste. »Einige von uns mit Ehre, andere nicht.«

»Du stellst meine Ehre in Frage, Vercingetorix?«

»Ich meine nur, dass einige von uns später in die nächste Welt wechseln, andere hingegen eher, als sie es sich wünschen oder es erwarten«, sagte Vercingetorix mit falscher Freundlichkeit.

»Ist das eine Drohung, Arverner?«

»*Fühlst* du dich bedroht, Häduer?«, erwiderte Vercingetorix mit der gleichen spöttischen Zuvorkommenheit, und in seinen Augen funkelte es. Viridwx mochte schwerer und um die Hälfte einer Hand größer sein, aber bei den früheren Kämpfen hatte Vercingetorix nicht nur empfangen, sondern auch ausgeteilt. Er war durchaus bereit, es auf eine neuerliche Konfrontation ankommen zu lassen.

»Genug!«, rief Gwyndo.

»Vielleicht ist der Sohn von Keltill zu tief in seine Träume eingetaucht, um zu bemerken, dass wir hier die Tugenden lernen, die einen Mann des Wissens auszeichnen, und nicht etwa die Kunst des Kampfes«, sagte ein anderer Häduer. Wieder lachten die Schüler auf Vercingetorix' Kosten.

Die Worte stammten von Litivak, in Größe und Statur Vercingetorix ebenbürtig, aber wie Viridwx älter und der Sohn eines Adligen der Häduer. Während Viridwx dumm war, mangelte es Litivak nicht an Intelligenz. Viridwx zeigte Feindseligkeit allem Arvernischen gegenüber, doch Litivaks Spitzen waren klüger und subtiler, wurden oft von einem heiteren Lächeln begleitet.

»Muss der Mann des Wissens stumm zuhören und mit den Zähnen knirschen, bis sie zu Stummeln werden, während die Ehre des Vaters beleidigt wird?«

»Ich habe keine Beleidigung der Ehre deines Vaters gehört«, erwiderte Litivak sanft.

»Vielleicht habe ich mich geirrt.« Vercingetorix richtete seinen Blick wieder auf Viridwx. »Viridwx braucht nur zu sagen, dass Keltill ein Mann der Ehre und ein Held war. Dann bin ich gern bereit, meinen Fehler einzugestehen und ihn einen Bruder zu nennen.«

Litivak stöhnte.

Und dann folgte Stille, als Viridwx verwirrt in der Falle saß, die Vercingetorix für ihn vorbereitet hatte.

Auch wenn Guttuatr Vercingetorix befohlen hatte, die Welt jenseits des Waldes zu meiden, so hörte er doch von den dortigen Ereignissen. Jene, die kamen und gingen, erzählten ihm davon.

Unter den Arvernern gab es Leute, die es für angebracht hielten, Gobanit zu unterstützen; für sie war Keltill zu Recht von den Druiden verurteilt worden, weil er dem Willen der Götter getrotzt hatte. Andere waren bereit, nicht nur gegen die Teutonen und Cäsars Legionen zu kämpfen, sondern auch gegen die Häduer und alle anderen, die sie hinter der feigen Ermordung Keltills vermuteten – diese Arverner sahen einen Helden in Vercingetorix' Vater.

Die meisten anderen Stämme fanden sich damit ab, dass Keltill die Götter beleidigt hatte, aber die von Cäsar angerichteten Verwüstungen überzeugten sie immer mehr davon, dass sie sich lange genug zusammenschließen mussten, um die Römer zu vertreiben. Nur die Häduer, die dank der Zusammenarbeit mit den Römern immer reicher, stärker und ihrer Meinung nach auch »zivilisierter« wurden, vertraten den Standpunkt, dass die Dinge ruhig so bleiben sollten, wie sie waren.

Da in den Schulen der Druiden Kinder aus allen Stämmen zusammenkamen, spiegelte diese Welt die jenseits des Waldes wider. Mit einem Unterschied: Hier hatte die Erinnerung an Keltill einen lebenden Erben und Verteidiger. Es mochte ein banales Spiel sein, aber für Vercingetorix gab es kein anderes. Der dumme Viridwx hatte zumindest genug Grips, um zu erkennen: Was auch immer er jetzt sagte – es war in jedem Fall falsch.

Wenn er Keltill als einen Mann der Ehre und Helden anerkannte, bekam er zwar die Zustimmung derjenigen, die ihn dafür hielten. Aber die anderen Häduer würden ihn als Verräter verachten und glauben, dass er aus Feigheit sprach. Wenn er eine solche Anerkennung verweigerte, bekamen die arvernischen Schüler einen Vorwand, sich gegen die Häduer zu wenden, und ganz gleich, wie der Kampf ausging: Vercingetorix würde in ihrer Achtung steigen.

Gwyndo bemerkte Vercingetorix' Absicht und erhob seine Stimme, bevor Viridwx eine Antwort geben musste. »Sieh nur, was deine Worte im Namen der Ehre deines Vaters anrichten, Vercingetorix. Und dann sag uns, dass es für dich nichts mehr über die Weisheit eines Mannes des Wissens zu lernen gibt.«

»Muss ein Mann des Wissens ohne Ehre sein?«, erwiderte Vercingetorix zornig.

»Wäre der Vater, dessen Ehre du zu verteidigen suchst, stolz auf einen Sohn, der Zwietracht zwischen Galliens Stämmen säen will?«

Vercingetorix schwieg, denn er konnte nicht leugnen, dass Gwyndo die Wahrheit gesagt hatte, eine Wahrheit, die ihn beschämte.

»Wohl gesprochen, Gwyndo«, brachte er schließlich hervor.

»So spricht ein Mann des Wissens, der auch ein Mann der Ehre ist.«

»Aber …«

Aber ihr *Männer des Wissens* habt meinen Vater getötet!, dachte Vercingetorix, zögerte jedoch, einen Druiden auf diese Weise herauszufordern.

»Aber?«, hakte Gwyndo nach.

Es fehlte Vercingetorix noch immer der Mut, die zornigen Worte in seinem Herzen auszusprechen. »Ihr beruft Euch auf Keltills Ehre, um mich in Verlegenheit zu bringen, und zu Recht, aber … aber …«

»Aber das Gesetz der Druiden verurteilte ihn zum Tod auf dem Scheiterhaufen«, sagte Gwyndo.

Vercingetorix nickte nur.

»Keltill wurde nicht wegen irgendeines Mangels an Ehre verurteilt«, fuhr Gwyndo fort. »Er handelte mit reinem Herzen und glaubte an die Richtigkeit seiner Sache. Keltill lebte und starb als ein Mann der Ehre, daran besteht kein Zweifel.«

Ein warmes Glühen entstand in Vercingetorix' Brust, doch die nächsten Worte des Druiden lösten es wieder auf.

»Aber Keltill war kein Mann des Wissens, und so trotzte er dem Willen der Götter und unseren Traditionen in reinherziger und ehrenhafter *Ignoranz*«, sagte Gwyndo. »Und *dafür* wurde er verurteilt.«

Er sah Vercingetorix direkt in die Augen. »Du hast gerade gezeigt, dass es für einen Mann des Wissens möglich ist, ein Mann der Ehre zu sein, Vercingetorix«, fügte er hinzu. »Aber dein Vater zeigte, dass es für einen Mann der Ehre notwendig ist, ein Mann des Wissens zu werden oder auf jene zu hören, die es sind, denn sonst kann er nicht zu einem Mann des Schicksals werden und betritt das Land der Legende, so wie dein Vater, der auf ehrenhafte Weise *versagte.«*

»Wie der Vater, so der Sohn«, spottete Viridwx.

Doch derzeit stand Vercingetorix nicht der Sinn nach einem neuen Wortgefecht.

Erstaunlicherweise war es Litivak, der seinem Häduer-Gefährten einen giftigen Blick zuwarf.

Litivak trat an die Seite von Vercingetorix, als die Schüler durch den Wald schlenderten, auf dem Weg zum Spielfeld.

»Warum provozierst du den armen, dummen Viridwx immer wieder?«, fragte er.

»Viridwx provoziert *mich*, indem er das Andenken meines Vaters entehrt«, erwiderte Vercingetorix unwirsch. Die dunkelgrünen Äste und kühlen Schatten des Eichenwaldes konnten den Zorn nicht aus ihm vertreiben.

Litivak richtete einen Blick auf ihn, in dem sich sanfter Spott zeigte. »Das stimmt so weit«, räumte er ein. »Aber warum benutzt du den Narren, um einen Stamm gegen den anderen aufzuhetzen?«

»Das mache ich nicht!«

»Doch, das machst du!«

»Nein!«

»Bei den Lektionen und Gesprächen lässt du keine Gelegenheit aus, das Thema Keltill anzuschneiden, und zwar auf eine Weise, durch die jene, die ihn nicht loben, zu deinen Feinden werden«, sagte Litivak. »Die meisten Menschen versuchen, Freunde und Verbündete zu finden. Dir scheint daran zu liegen, Feinde zu sammeln.«

»Das stimmt nicht!«

»So verhältst du dich aber, Vercingetorix. Auf wen kannst du hier als Verbündete zählen, von den Arvernern einmal abgesehen? Und selbst unter ihnen ...«

»Verhalte ich mich wirklich so?«, fragte Vercingetorix den Häduer mit ungewohnter Offenheit.

»Willst du mir etwa weismachen, du wüsstest nichts davon, dass Keltills Ehre ein Zwietracht und Streit schürendes Thema ist? Für viele Angehörige deines Stammes war er ein Held, für andere Stämme, darunter auch meinen, ein Usurpator ...«

»Nennst du meinen Vater einen Usurpator, Litivak?«, fragte Vercingetorix scharf.

Litivak lachte. »Na bitte, du machst es schon wieder!«

Fast gegen seinen Willen lachte Vercingetorix über sich selbst, was nicht sehr häufig geschah. »Du hast meine Frage noch nicht beantwortet«, sagte er mit einem weiteren Lachen.

Litivak zuckte mit den Schultern. »Ein Arverner, der sich selbst zum König von Gallien krönt, erfüllt mein Häduer-Herz kaum mit Freude«, sagte er. »Aber ...«

»Deinem Häduer-Herzen wäre wahrscheinlich ein Häduer-König lieber, wie?«, schnappte Vercingetorix.

»Bei den Göttern, du machst es erneut!« Diesmal erklang echter Ärger in Litivaks Stimme. »Du wirfst mir vor, etwas gesagt zu haben, das mir überhaupt nicht über die Lippen gekommen ist, und du lässt mich gar nicht zu Wort kommen!«

»Sprich, Häduer!«

»*Ich wollte sagen,* dass dein Vater Recht hatte, als er sagte, dass wir uns gegen die Römer zusammenschließen müssen. Sonst tragen wir bald alle Togen, trinken sauren Weintraubensaft und verehren Venus und Jupiter!«

»Das wolltest du sagen …?«, fragte Vercingetorix kleinlaut und kam sich ziemlich dumm vor.

Litivak nickte. »So spricht nicht das Herz des Häduers, aber …« Er zuckte mit den Schultern.

»Aber das des Galliers?«, vermutete Vercingetorix.

Erneut hob und senkte Litivak die Schultern.

»Ich glaube, darum ging es meinem Vater«, sagte Vercingetorix ernsthaft. »Und darum geht es auch mir. Ich möchte nicht die Stämme gegeneinander aufbringen, sondern jene zusammenführen, die so empfinden, ganz gleich, aus welchem Stamm sie kommen.«

»Du bist dabei nicht viel besser als dein Vater, oder, Vercingetorix?«

»Was meinst du *damit?*«, fragte Vercingetorix, als der Zorn erneut in ihm erwachte.

»Du benutzt Worte wie ein Schwert«, sagte Litivak. »Sogar gegen dich selbst.«

»Gegen *mich?*«

»Wem schadest du wirklich, wenn du Worte gegen jemanden verwendest, den du für dich gewinnen könntest?«

»Meinst du *dich* damit, Litivak von den Häduern?«, fragte Vercingetorix. Das war ein ganz neuer Gedanke.

Litivak lachte. »Wie man's nimmt«, sagte er. »Ich möchte dir einen Rat geben, Vercingetorix von den Arvernern. Um Männer für dich zu gewinnen, solltest du dich nicht so sehr auf Worte verlassen, sondern eher auf ehrenhafte Taten, die ihre Tugendhaftigkeit deutlich zeigen.«

Dieser Hinweis schuf eine seltsame Unruhe in Vercingetorix, doch das Gespräch endete an dieser Stelle, denn sie erreichten das Spielfeld: eine weite Wiese, geschaffen von Bibern, die vor langer Zeit einen Bach gestaut hatten, anschließend von Menschen erweitert, die den Wald am Rand der Lichtung zurückdrängten. Geblieben waren einige kleine Bäume, Brombeersträucher und halb im Boden steckende Felsbrocken – Hindernisse, die das Kriegsspiel interessanter machten.

Am einen Ende des Spielfelds stand das grob geschnitzte, hölzerne Bildnis eines Pferds, auf der anderen das eines Keilers, beide verwittert, durch Regen und Wind gesplittert und moosüberwachsen. Es schien, als wären sie aus dem Boden gewachsen, der sie im Lauf der Jahre allmählich zurückforderte.

Die Regeln des Spiels waren einfach. Die Schüler wurden in zwei gleich große »Heere« aufgeteilt, die »Pferde« und die »Keiler«. In der Mitte des Spielfelds traten sie sich gegenüber, in beliebigen »Kampfformationen«. Eine mit Stroh gefüllte Schweinsblase wurde zwischen die beiden Gruppen geworfen, und dann begann das Spiel, indem die »Heere« versuchten, den Ball zu bekommen und ihn lange genug zu behalten, um ihn über die Wiese zu tragen und damit das jeweilige Siegeltier zu berühren. Den Sieg errang, wer als erster zwölf »Berührungen« erzielte. Bisse waren ebenso verboten wie Schläge an den Kopf oder in die Hoden.

Damit sich die Krieger der beiden Heere im Durcheinander erkennen konnten, behielten die »Pferde« ihre Hemden an, während die »Keiler« mit bloßem Oberkörper antraten. Über die Zugehörigkeit zur einen oder anderen Seite entschieden Strohhalme, die Salgax hielt, ein noch recht junger und muskulöser Druide, der die Künste des Körpers und das Wissen ums Überleben im Wald lehrte – kurze Halme für die Pferde, lange für die Keiler. Wie sich herausstellte, wurde Vercingetorix den Keilern und Litivak, ebenso wie Viridwx, den Pferden zugeteilt.

Salgax warf die ausgestopfte Blase zwischen die beiden Gruppen, und die Jungen stürmten los, griffen nach dem Ball, stießen sich zur Seite und schlugen aufeinander ein. Das Kriegsspiel begann.

Ein Keiler nahm den Ball und lief eine kurze Strecke in Richtung seiner Statue, bevor sich ein Pferd von hinten auf ihn stürzte. Im Fallen warf er den Ball einem anderen Keiler zu, der ihn fing, einem Pferd, das ihn aufzuhalten versuchte, den Ellenbogen in die Rippen rammte und loslief. Er wahrte das Gleichgewicht, als ihm ein Pferd einen Tritt in den Hintern versetzte, kämpfte sich an zwei anderen Pferden vorbei und wurde von einem weiteren Pferd zu Fall gebracht.

Er stürzte auf den Boden, und der Ball rollte fort. Sechs Pferde und Keiler rauften sich darum, schlugen und traten. Schließlich gelang es einem Pferd, die Schweinsblase zu schnappen, und es lief damit zum anderen Ende des Spielfelds …

Nach wenigen Metern stieß es gegen einen Keiler, der plötzlich hinter einem Baum hervortrat und sich duckte. Durch den Aufprall wurden Gegner und Ball über seinen Rücken geschleudert …

Im kühlen Schatten des Waldes, gerade hinter dem Rand der Lichtung, steht der Erzdruide Guttuatr mit Gwyndo und beobachtet das Spiel.

»Auf dem Spielfeld bleiben sie Jungen«, sagt Gwyndo. Es klingt reumütig und auch liebevoll.

Im hellen Sonnenschein auf der Wiese rollt der Ball wieder fort. Zehn oder mehr Jungen folgen ihm, bringen sich dabei gegenseitig zu Fall, schlagen aufeinander ein und stoßen sich die Ellenbogen in die Seiten. Im Gras wälzen sie sich hin und her, ringen um den Ball.

»Nur zu oft ist das auch in der Welt der Zwietracht der Fall«, sagt Guttuatr. »Hier lehren wir sie die Tugenden eines Mannes des Wissens, aber selbst wenn wir dabei erfolgreich sind: In einem Mann des Wissens steckt immer auch ein Mann des Handelns. Leider trifft das Gegenteil nur selten zu.«

»Ihr sprecht von Keltills Sohn?«

»Er ist von Zorn und dem Verlangen nach Rache erfüllt. Und doch …«

Die Intensität des Blickes, mit dem der Erzdruide das Geschehen auf der Wiese beobachtet, straft sein Achselzucken Lügen. Es ist fast so, als hielte er am Himmel nach einem weiteren Zeichen Ausschau.

»Und doch hat er einen wachen Verstand, dem es allerdings nicht immer gelingt, die Zunge unter Kontrolle zu halten. Und er *ist* noch ein Junge …«

Der Ball hüpfte ohne einen Besitzer über die Mitte des Spielfelds, gefolgt von Keilern und Pferden, wobei die letzteren in der Minderzahl waren. Dennoch erreichte ein Pferd die Schweinsblase als erster, hob sie hoch, lief einige Meter und blickte über die Schulter.

Hinter ihm hatten einige andere Pferde mehrere Keiler-Verfolger zu Boden gestoßen, aber drei weitere blieben auf den Beinen und näherten sich schnell. Der Pferde-Krieger mit dem Ball sah übers Spielfeld und bemerkte Viridwx, der nicht weit vom hölzernen Pferd entfernt hinter einem großen Brombeerstrauch hervorgesprungen war, winkte und ihn aufforderte, den Ball zu werfen.

Das Pferd holte aus und warf den Ball mit ganzer Kraft ...

Vercingetorix war fast übers ganz Spielfeld gelaufen, hatte einen Ballträger der Pferde verfolgt und ihm die Schweinsblase entrissen. Vier andere Pferde hatten ihn zu Boden gestoßen und mit den Fäusten bearbeitet, zornig über die von ihm vereitelte Berührung. Schmerzerfüllt und außer Atem duckte er sich hinter einen Baum, um einige Augenblicke lang zu verschnaufen, und da sah er, wie es geschah.

Viridwx sprang hinter einem großen Brombeerstrauch hervor und forderte den derzeitigen Ballträger winkend auf, ihm die Schweinsblase zuzuwerfen. Der Ball wurde geworfen, flog durch die Luft, prallte auf den Boden, sprang wieder hoch ...

Und Viridwx fing ihn auf. Sofort wirbelte er herum und lief auf das hölzerne Pferd zu. Vercingetorix stellte fest, dass er der einzige sichtbare Verteidiger zwischen Viridwx und der Statue war. Er vergaß die Atemnot und den Schmerz, duckte sich zum Sprung, um Viridwx daran zu hindern, sein Ziel zu erreichen. Doch bevor er springen konnte ...

Ein Keiler, der Arverner Fragar, schob sich hinter einem nahen Felsen hervor, als Viridwx vorbeilief. Anstatt diesen mit einem fairen Tritt zu Fall zu bringen, trat er ihm in die Hoden.

Viridwx ging schreiend zu Boden, schaffte es aber, den Ball festzuhalten, als er sich schmerzerfüllt hin und her wand.

Aus einem Reflex heraus lief Vercingetorix los, als ...

Fragar versetzte Viridwx einen Schlag an die Stirn und zerrte ihm den Ball aus den Händen.

Vercingetorix erreichte den Ort des Geschehens, als Fragar sich umdrehte, um den Ball zum anderen Ende des Spielfelds zu tragen. Er griff nach seinem Arm, drehte ihn um, rammte ihm die Faust ans Brustbein und nahm den Ball an sich, als Fragar zu Boden ging.

Die Zeit schien stillzustehen, als sich Litivak der seltsamen Szene näherte. Er sah, wie Viridwx die Hände an die schmerzende Leiste presste und verwirrt zu Vercingetorix aufsah, während der arvernische Junge einen zornigen Blick auf ihn richtete. Vercingetorix stand unschlüssig da, mit einem sonderbaren Gesichtsausdruck, die Schweinsblase in der Hand. Wie Fragar vor ihm schien er die Regeln des Spiels vergessen zu haben.

Aber Keltills Sohn hatte, wie sein Vater, ohnehin nur wenig für Regeln übrig, ob sie nun von Göttern oder Menschen stammten. Litivaks Vater erklärte oft, so etwas wäre typisch für die Arverner, was ihnen den Unwillen der Götter einbringen würde, wohingegen die Häduer in ihrer Gunst stünden. Diese Meinung vertraten vor allem Häduer-Krieger im reiferen Alter.

Warum Galliens Götter einen Stamm bevorzugen sollten, der durch ein feiges Bündnis mit den römischen Verehrern von Jupiter und Venus Reichtum und Macht errungen hatte, war eine Frage, über die vielleicht einige Vertreter von Litivaks Generation nachdachten, die aber niemand dem Vater zu stellen wagte.

Möglicherweise war es dies, was Litivak an dem unreifen Arverner faszinierte. Vercingetorix genoss eine Freiheit, die Litivak fürchtete und um die er ihn auch beneidete. Sein Zorn auf jene, die ihm den Vater genommen und ihn enterbt hatten, erlaubte es ihm, der Hitze des Blutes freien Lauf zu lassen und alle Regeln in Frage zu stellen – die der Väter, der Stämme und selbst der Druiden.

Vercingetorix sieht auf den wütenden Fragar und den verblüfften Viridwx hinab. Es scheint ein in der Zeit eingefrorener Moment zu sein, sowohl rätselhaft als auch absurd.

Der Arverner Fragar ist »auf seiner Seite«.

Der Häduer Viridwx ist »auf der anderen Seite« und außerdem auch sein persönlicher Feind.

Doch er hat ohne einen Gedanken gegen seinen »Verbündeten« gekämpft, um Ungerechtigkeit dem »Feind« gegenüber zu bestrafen.

Verbündeter?

Feind?

Dies ist kein Krieg. Dies ist nur ein Spiel.

Und er hält kein Schwert in der Hand, sondern eine mit Stroh gestopfte Schweinsblase.

Und er erinnert sich an die Worte, die Litivak vor nicht sehr langer Zeit an ihn richtete: Um Männer für dich zu gewinnen, solltest du dich nicht so sehr auf Worte verlassen, sondern eher auf ehrenhafte Taten, die ihre Tugendhaftigkeit deutlich zeigen.

»Du hast nicht fair gespielt, Fragar«, sagt er, zieht Viridwx auf die Beine und reicht ihm den Ball.

»Auf welcher Seite stehst du?«, fragt Viridwx verwirrt.

Und Vercingetorix findet Worte, die der Tat angemessen sind.

»Auf der Seite der Ehre, Viridwx. Ist das nicht die richtige Seite für uns alle?«

»Der Junge des Handelns trägt den Keim eines Mannes des Wissens in sich, Gwyndo«, sagt der Erzdruide Guttuatr und lächelt über das, was er gesehen hat.

»Glaubt Ihr wirklich, dass wir aus diesem zornigen Jungen einen Druiden machen können?«, fragt Gwyndo skeptisch.

»Ob Zorn oder nicht – und er hat einen guten Grund, zornig zu sein: Ich glaube, wir haben gerade gesehen, wie er den ersten Schritt zum Mann hinter sich brachte …«

»Zu einem *Mann des Wissens*?«

»Hoffen wir es, Gwyndo«, erwidert Guttuatr, und seine Stimme klingt ernster dabei. »Wir müssen alles versuchen, damit er zu einem solchen Mann wird. Wenn nicht …«

Der Erzdruide schaudert.

Der Druide Gwyndo kennt den weltlichen Anlass für Guttuatrs Präsenz an diesem Ort, doch nicht den tieferen Grund, so wie er auch die Geschichte von Galliens Stämmen kennt, von Erzählern wie ihm über Generationen hinweg überliefert, und auch die Gesetze der Druiden, nicht aber das, was sie verbindet, was durch sie fließt, den langsamen, unsichtbaren Fluss, der alle Dinge formt.

Der Erzdruide ist gekommen, um zu »beobachten«, wie er die Geschichte von Brenn erzählt, und dort steht er hinter dem Kreis aus nervösen Schülern, denen seine Gegenwart Unbehagen bereitet, unerbittlich und reglos im Schatten des Tempeleingangs, wie eine marmorne römische Statue.

Gwyndo weiß, dass Guttuatr einen rachsüchtigen Jungen – nach den Zeichen des Himmels jemand, um den sich das Große Rad drehen wird – vom Pfad des Handelns auf den des Wissens führen will. Gwyndo weiß, dass Guttuatr die Ankunft eines Königs fürchtet. Gwyndo weiß: Das Gesetz der Druiden bestimmt, dass Gallien keinen König haben *darf*. Aber den Grund dafür kennt er nicht.

Jener Grund gehört zu dem tiefen Wissen des inneren Wegs. Und Gwyndo ist einer der Vielen, nicht einer der Wenigen. Er ist Hüter der Annalen und des Gesetzes, und er lehrt die entsprechenden Dinge. Er ist kein Druide des inneren Weges. Als man ihm jenes Wissen anbot, lehnte er ab, denn der dafür zu zahlende Preis war ihm zu hoch.

Er ist Druide. Er ist ein Mann des Wissens.

Aber nicht des Wissens der Eiche.

Von allen Schülern, die vor Gwyndo saßen und nicht nur wegen der Mittagssonne schwitzten, kam Vercingetorix einem entspannten Zustand am nächsten. Auf die anderen mochte der Erzdruide einschüchternd wirken, aber wenn Vercingetorix den Blick auf Guttuatr richtete, sah er auch Sporos in seinem abgetragenen Umhang, damals, als er ihn um die Möglichkeit gebeten hatte, am Fest seines Vaters teilzunehmen. Er sah auch den blinden Bettler, der sich auf seine Schulter gestützt hatte, nur ein Lendentuch am dürren Leib, als er den prächtigen weißen Umhang wendete und in Lumpen verwandelte, als er zu sabbern begann und sie beide mit Kot beschmierte. Zwar war er nicht so unverschämt, den Erzdruiden für einen Freund zu halten, aber er brachte es auch nicht fertig, eine erhabene, Furcht erregende Gestalt in ihm zu sehen.

Gwyndo erläuterte die Geschichte von Brenn, und da Vercingetorix sie gut kannte, hörte er nur mit halbem Ohr zu, als Guttuatr plötzlich in den Kreis der Schüler trat, neben Gwyndo stehen blieb, seinen Stab auf den Boden stieß und Keltills Sohn ansah.

»Sag uns, was es mit der Geschichte von Brenn wirklich auf sich hat, Vercingetorix«, sagte er.

Und dies war nicht Sporos, kein blinder Bettler, kein verdreckter Flüchtling, der Unsichtbarkeitsspiele spielte, sondern der Erzdruide Guttuatr in all seiner feierlichen Würde. Gespannte Stille folgte, und Vercingetorix fühlte alle Blicke auf sich gerichtet. Er wusste, dass dies ein Test war. Oder eine Falle. Oder beides. Er wusste, welche Bemerkungen man von ihm erwartete, denn er hatte diese Geschichte oft benutzt, um Keltill und sein Tun zu rühmen. Er wusste auch, dass die Druiden, die seinen Vater verurteilt hatten, die gleiche Geschichte benutzten, um auch seine gerechte Sache zu verurteilen.

»Brenn war der letzte König Galliens«, sagte Vercingetorix langsam. »Nach ihm kam kein anderer ...«

»Und kannst du uns den Grund dafür nennen?«, fragte der Erzdruide.

»Seit damals haben wir keinen König gebraucht«, erwiderte Vercingetorix verdrießlich. Er verzichtete darauf, ein *bis heute* hinzuzufügen, wusste aber, dass alle diese unausgesprochenen Worte hörten.

»Und warum haben wir keinen König gebraucht?«, fragte der Erzdruide.

Vercingetorix suchte vergeblich nach einer Antwort.

»Was ist die Aufgabe eines Königs?«, fragte Guttuatr.

»Sein Volk zu führen.«

»Und wohin führt er sein Volk?«

Für einen langen, stillen Moment sah Vercingetorix in Guttuatrs Augen. Sie verrieten ihm nichts. Und doch ...

Und doch schienen die gleichen Augen im nächsten Moment aus einer Welt des Feuers zu blicken, und etwas sprach zu ihm. Ob aus dem eigenen Innern oder aus dem Feuer, oder ob das eine mit dem anderen identisch war – das wusste er nicht.

»In den Krieg!«, entfuhr es Vercingetorix. »König Brenn führte Galliens Stämme gegen Rom, um sie zu vereinen!«

»Tatsächlich?«, fragte Guttuatr. »Oder vereinte er Galliens Stämme, um sie gegen Rom in den Krieg zu führen?«

»Gibt es da einen Unterschied?«, entgegnete Vercingetorix.

Einige Schüler lachten leise. Gwyndo lachte laut und offen. Selbst Guttuatr lächelte kurz. Vercingetorix' Ohren brannten, und voller Verdruss knirschte er mit den Zähnen.

»Was machte Brenn, nachdem er sein Heer aus Galliern nach Rom geführt und seinen großen Sieg errungen hatte?«, fragte Guttuatr.

»Er kehrte mit seinen Kämpfern zurück«, gestand Vercingetorix widerstrebend.

»Warum?«, fragte Guttuatr. »Warum? Warum krönte sich Brenn nicht zum König von Rom?«

»So wie sich Cäsar zum König von Gallien, Rom, der ganzen Welt und auch des Himmels krönen würde, wenn wir ihn gewähren ließen?«, platzte es zornig aus Vercingetorix heraus.

»Genau«, bestätigte der Erzdruide.

Vercingetorix wusste nicht, was er darauf sagen sollte. Seiner Meinung nach war Brenn zwar ein hervorragender Anführer im Krieg gewesen, letztendlich aber ein Narr. Er hatte die Römer besiegt und gedemütigt, aber darauf verzichtet, sie zu unterwerfen. Für diesen damals begangenen Fehler musste Gallien heute bitter bezahlen.

Guttuatr schritt zu einer Eiche am Rand der Lichtung.

»Hier ist eine Eiche, die aus dem Boden Galliens wächst«, sagte er und legte die Hand auf die raue Borke. »Würde sie in den heißen Ländern jenseits des südlichen Ozeans gedeihen? Doch in jenen Ländern gibt es andere Bäume, die in brütender Hitze wachsen. Würde es ihnen auch bei uns gut ergehen?«

»Was haben *Bäume* mit der Geschichte von Brenn zu tun?«, fragte Vercingetorix.

»Die Römer glauben, jedes von ihnen eroberte Land sei ihr Besitz. Aber auch Menschen wurzeln im Boden ihrer Heimat. Früher oder später, selbst wenn es tausend Jahre dauert, stirbt der Baum Galliens im Boden Italiens, und der Baum aus Rom stirbt in gallischer Erde. Brenn wusste, dass wir nicht für immer über Rom herrschen konnten. Ebenso wenig kann Rom für immer über Gallien herrschen.«

»Man muss kein Mann des Wissens sein, um zu erkennen, dass Menschen keine Bäume sind!«, erwiderte Vercingetorix verächtlich. »Bäumen bleibt nichts anderes übrig, als schutzlos dazustehen und sich der Axt des Holzfällers zu beugen! Wollt Ihr, dass wir uns daran ein Beispiel nehmen? Dass wir die Schwerter in den Scheiden lassen, uns dem Willen Cäsars beugen und eine weitere versklavte Provinz Roms werden?«

Vereinzelte zustimmende Rufe erklangen, und Vercingetorix glaubte, dass es mehr gewesen wären, wenn er nicht ausgerechnet den Erzdruiden herausgefordert hätte.

Guttuatr schnitt eine finstere Miene, und Vercingetorix nutzte seinen Vorteil, in der Art eines Kriegers. »Sind wir *Bäume* oder *Gallier*?«, fragte er. »Ich meine, dass wir uns zusammenschließen und gegen die Römer in den Kampf ziehen müssen, um sie aus unserem Land zu vertreiben!«

Die Rufe wurden lauter und zahlreicher, und der Ärger des Erzdruiden drohte sich in Zorn zu verwandeln. »Unter einem König?«, fragte Guttuatr grimmig.

»Ist nicht ein Komet das Zeichen für die Ankunft eines Königs?«, fragte Vercingetorix. »Und hat man nicht einen am Himmel gesehen?«

»Hat man das?«, erwiderte Guttuatr. »Kein Mann des Wissens sah so etwas. Ein Komet bleibt lange am Himmel, doch eine Sternschnuppe verschwindet nach wenigen Augenblicken, ganz gleich, wie hell sie brennt. Könnte das, was man am Firmament sah, nicht ein Zeichen für den *Tod* des Mannes gewesen sein, der in stolzer Eitelkeit eine Krone auf sein Haupt setzt, dem Gesetz zum Trotz? Und geschah nicht genau so etwas?«

Vercingetorix ballte die Fäuste und schien für einen irren Moment bereit, vorzutreten und den Erzdruiden Galliens zu bedrohen.

»Heil dir, Vercingetorix, König von Gallien!«, rief ein Mistkerl aus dem Stamm der Häduer, und schallendes Gelächter verhinderte das Undenkbare.

Vercingetorix lief fort, floh vor dem Unerträglichen, vor dem grellen, heißen Sonnenschein auf der Lichtung, um seine Tränen zu verbergen und das Blut in den ruhigen, schattigen Tiefen des Waldes abzukühlen.

Das Tal war breit hier am unteren Ende, und es wurde schmaler, als es langsam aufstieg, durch die grasigen Vorberge zu den mächtigen graubraunen Graten der Seealpen, die sich in dunstiger Ferne abzeichneten. Das grüne Gras begann gerade erst, braun zu werden, aber auf den höchsten Gipfeln zeigte sich das Weiß des Schnees, und ein kühler Wind wehte von den Bergen herab, ließ die Fahnen flattern und trug den Staub fort, den Wagenräder und Hufe aufwirbelten – ein Vorbote des Herbstes im transalpinen Gallien.

Er war ein Zeichen dafür, dass es Zeit wurde, für den Winter nach Süden zu ziehen, nach Aix, bevor die Pässe zuschneiten.

Cäsar hatte seine Legionen hierher geführt, abgesehen von den Garnisonstruppen, die unter dem Befehl von Titus Labienus zurückblieben. Als er jetzt den Blick über sie hinwegstreichen ließ, vom Rücken seines Lieblingspferdes aus, das auf der Kuppe eines niedrigen Hügels stand, glaubte er fast, ein weites Feld mit von ihm gesätem Getreide zu sehen, gut gereift und für die Ernte bereit. Die an der Brust festgebundenen Helme der Fußsoldaten glänzten wie gelbe Sonnenblumen; die nach oben zeigenden Speere und Standarten wirkten wie lange Reihen von Riesenspargel; und die von Federbüschen geschmückten Helme der Reiter tanzten wie Binsen im Wind auf und ab. In der Mitte dieser Felder seiner Phantasie sah Cäsar die bereits eingebrachte reiche Ernte: lange Kolonnen aus Wagen und Karren, beladen mit Farbstoffen, Metallwaren, Pelzen, Silber, Gold – der Ertrag dieser Saison, sowohl Kriegsbeute als auch Tribut.

Aber Cäsar war nicht zufrieden.

»Nun, es wird angenehm sein, in die Zivilisation zurückzukehren«, sagte Gisstus und zügelte sein Pferd neben ihm. »Beziehungsweise das, was in Gallia Narbonensis als Zivilisation gilt.«

»Glaubst du?«, erwiderte Cäsar bedrückt.

»Was belastet Euch, Cäsar? Wir bekommen Tribut, wir haben eine recht große Anzahl von Sklaven, es mangelt nicht an Beute, der Widerstand ist gering und sporadisch, und der Senat hat Euch für eine weitere Amtsperiode zum Prokonsul von Gallia Cisalpina und Gallia Narbonensis gewählt.«

»Und wenn sie abläuft, wird er mir nur zu gern noch eine Amtszeit gewähren, und danach eine weitere! Sicher wäre er bereit, mich auf Lebenszeit zum Prokonsul von Gallien zu ernennen – ich brauche nur zu fragen! Julius Cäsar, auf Dauer Prokonsul dieses barbarischen Lands, auf Dauer fern von Rom!«

Gisstus zuckte mit den Schultern. »Ihr kommt vielleicht langsamer voran als geplant«, räumte er ein. »Aber Ihr habt jetzt sechs Legionen und genug Geld, um ...«

»Um sie für immer hier zu lassen, als Besatzungsheer!«, erwiderte Cäsar verärgert. »Und diese elenden Stämme werden sie mit ihren unaufhörlichen kleinen Rebellionen eine Ewigkeit lang beschäftigt halten! Nein, Gisstus, ich muss endlich das transalpine Gallien erobern, damit die drei Teile Galliens offiziell zu einer römischen Provinz vereinigt werden können. Nur das wird den Senat zwingen, mir einen Triumphzug durch Rom zu gestatten, was mir Gelegenheit gibt, dieses Heer zur Grenze von Italien zu bringen, ohne dabei auf Widerstand zu stoßen.«

Gisstus verstand und nickte. »Um den Senat dazu ... zu *überreden*, Euch zum Diktator zu wählen. Und danach ...«

Cäsar nickte ebenfalls, während er Gisstus aus dem Augenwinkel musterte. Wie viel kann ich ihm sagen?, überlegte er. Gisstus kennt mich besser als sonst jemand, abgesehen von Calpurnia. Und selbst sie weiß nicht über alle Dinge Bescheid. Es dürfte besser sein, ihm nicht alles anzuvertrauen.

Ich sollte *niemandem* verraten, dass ich nicht jenem Diktum gehorchen will, nach dem kein Prokonsul seine Truppen über die

Grenzen der eigenen Provinz hinausbringen darf, ganz zu schweigen von der Grenze Italiens.

Ein Mann, der Geschichte *macht*, darf sich nicht von der Geschichte behindern lassen, die vor ihm gemacht und vom Gesetz des Senats festgeschrieben wurde. Das Gesetz ist nichts weiter als das Überbleibsel vergangener Politik. Das Gesetz darf nicht dazu dienen, das Schicksal zu behindern.

Wenn die Narren im Senat es darauf ankommen lassen, werden sie feststellen, dass Gajus Julius Cäsar es ernst meint und den Mut hat, dem eigenen Stern zu folgen. Wenn die Präsenz dieses Heeres an der Grenze zwischen Gallien und Italien nicht genügt, um sie zu überzeugen ...

Nun, darum kümmere ich mich, wenn es so weit ist.

Und ich werde mir von keinen juristischen Horatiern den Weg versperren lassen.

»Wisst Ihr, Cäsar«, sagte Gisstus, »wenn Ihr eine förmliche Eroberung braucht, so könnten wir nach unserer Rückkehr im Frühling die wichtigsten Städte plündern, alle Vergobreten hinrichten lassen und den Sieg erklären.«

»Das ist nicht komisch, Gisstus!«, erwiderte Cäsar scharf.

Doch er spürte, dass ein Samen auf den fruchtbaren Boden seines Geistes gefallen war.

»Nein, es ist alles andere als komisch«, sagte er in einer etwas besseren Stimmung.

»Könnten wir die Zeichen falsch gedeutet haben, Zelkar?«, fragt Guttuatr zum Erstaunen des Druiden Salgax.

Zelkar schüttelt langsam den schweren Kopf mit den fleischigen Wangen. »Das Zeichen des neuen Sterns weist so deutlich auf einen Großen Wandel hin, wie ein Blitz den Donner ankündigt.«

»Aber zeigt es tatsächlich auf den Jungen ...?«, murmelt Kifris skeptisch.

»Vercingetorix trotzt allen Gesetzen, *weil* es Gesetze sind«, sagt Polgar. »Das Gesetz verlangte den Tod seines Vaters, und dadurch wird das Gesetz selbst zu seinem Feind. So sieht er es jedenfalls.«

Die fünf Druiden sitzen auf Holzstühlen an einer steinernen Kohlenpfanne im kleinen Tempel der Schule. Zwar fällt der verblassende goldene Sonnenschein des Nachmittags durch den rechteckigen Eingang und formt einen fast massiv wirkenden Strahl mit klar abgegrenzten Rändern, aber das Licht vertreibt die Schatten nicht. Der vom Becken mit den glühenden Kohlen aufsteigende Rauch zieht nicht richtig ab, liegt schwer in der Luft und trägt zu einer Atmosphäre der Düsternis, Muffigkeit und Enge bei. Salgax mag diesen Ort nicht. Es gefällt ihm nicht, von Wänden und Dächern umgeben zu sein.

Kifris hütet das Wissen der Rituale. Polgar hütet das Wissen des Gesetzes. Zelkar hütet das Wissen des Himmels. Salgax weiß nicht, warum der Erzdruide ihn an dieser Beratung teilnehmen lässt. Sein Wissen betrifft die Bäume und den Wald, Menschen und Tiere, die dort leben und wie Teile in seinem lebendigen Leib sind, so wie Finger als lebendige Teile zur Hand eines Mannes gehören. Er weiß kaum etwas von himmlischen Zeichen, Gesetzen und Ritualen, hat nur wenig Interesse daran und überhaupt keins an jenen Dingen, die die Druiden des inneren Weges Wissen der Eiche nennen. Ihm wäre es am liebsten, wenn ihn die Götter für seine Dienste in diesem Leben mit einer *Wiedergeburt* als Eiche im nächsten belohnen würden.

»Der Junge wird eher zu einem Räuber als zu einem Druiden«, sagt Kifris verächtlich.

»Der Junge ist ein Junge«, erwidert Salgax und spricht damit zum ersten Mal, zu seiner eigenen Verwunderung. »Und wie alle normalen Jungen möchte er ein Krieger sein. Könnte man von einem jungen Wolf erwarten, dass er versucht, ein Lamm zu werden?«

»Ich weiß nicht, was das …«

»Lasst Salgax sprechen!«, sagt der Erzdruide scharf und schenkt ihm ein freundliches Lächeln. Und jetzt versteht Salgax, weshalb Guttuatr ihn hierher bestellt hat.

Die anderen tragen das Wissen von Ritualen, Sternen und Gesetzen, aber seit langer Zeit haben sie ein anderes Wissen vergessen. Sie erinnern sich nicht daran, was es bedeutet, den Geist eines Jungen zu besitzen, der dicht vor dem Mannesalter steht, und den gesunden Körper eines jungen Mannes zu haben. Dieses Wissen gehört zu den Dingen, die er bewahren und an zukünftige Generationen weitergeben soll.

»So wie ein Fohlen zu einem Pferd werden muss, bevor Druiden oder Krieger auf ihm reiten können, muss ein Junge zu einem Mann werden, bevor er *entscheiden* kann, Druide oder Krieger zu werden«, erklärt Salgax. »Der Körper wird vor dem Geist zum Mann. Bevor er derartige Entscheidungen treffen kann, muss der Junge seinen natürlichen Wunsch befriedigen, das Leben eines Kriegers kennen lernen und so zum Herrn der Leidenschaft werden anstatt zu ihrem Sklaven.«

»Schlagt Ihr vor, dass wir Vercingetorix geben sollen, was er will?«, fragt Polgar argwöhnisch.

»Oder was er derzeit zu wollen glaubt ...«, murmelt der Erzdruide nachdenklich, und Salgax hört eine gewisse Erleichterung in seiner Stimme.

»Ihr müsst dem Jungen erst geben, was er zu wollen glaubt«, sagt er. »Wenn der Mann sich das wünschen soll, was Ihr ihm geben möchtet.«

Der Erzdruide nickt.

»Weisheit«, erwidert er schlicht.

»Aber wer soll ihn hier unterrichten?«, protestiert Zelkar. »Kein Druide kennt die Art des Kriegers.«

»Aber beherbergen wir nicht jemanden, der darüber Bescheid weiß?«, fragt Salgax.

»Noch mehr Weisheit, Salgax«, lobt der Erzdruide. Und zu Salgax' großer Überraschung lacht er. »Eine größere Weisheit, als du ahnst!«

Herbstlicher Morgennebel verhüllte die Baumwipfel, als Guttuatr Vercingetorix von der Druidenschule fortführte, in einen tiefen Teil des Waldes, in dem er noch nie zuvor gewesen war. Erwachende Tagvögel zwitscherten; gelegentlich eilten unsichtbare Tiere durchs Unterholz. Abgesehen davon und den leisen Geräuschen ihrer Schritte herrschte eine Stille, die schwerer wirkte als der leichte Nebel.

Guttuatr hatte Vercingetorix im Morgengrauen unsanft geweckt, indem er ihn mit seinem Stab anstieß. Und dann hatte er ihm ein Schwert gegeben, noch bevor er sich den Schlaf aus den Augen reiben konnte.

»Wie alle ... Jungen möchtest du den Weg des Kriegers kennen lernen, und so sei es«, hatte er gesagt und ihn fortgeführt, ohne ein weiteres Wort zu verlieren.

»Was habt Ihr mit mir vor?«, fragte Vercingetorix einmal mehr.

Diesmal ließ sich der Erzdruide zu einer Antwort herab. Er richtete einen Blick auf Vercingetorix, der ihn mehr frösteln ließ als die morgendliche Kühle.

»Ich werde dich mit dem gefährlichsten Tier konfrontieren, dem ein Mann begegnen kann!«, erwiderte er.

Vercingetorix zog das Schwert aus der Scheide und schloss die Hand fest um den Knauf. Mit plötzlicher Wachsamkeit blickte er durch den Wald und hörte jedes noch so leise Geräusch.

»Meint Ihr einen Keiler? Einen Bären? Einen Löwen?« Es gelang ihm nicht ganz, seine Furcht zu verbergen.

Guttuatr schwieg wieder. Während der nächsten halben Stunde huschte Vercingetorix' Blick hin und her. Er ließ sich von Hasen erschrecken, schwang sofort das Schwert, wenn er ein Geräusch in der Ferne hörte. Als sie eine kleine Lichtung vor dem Zugang einer Höhle in einer Felswand erreichten, hatte sich der Nebel gelichtet, und eine blasse Sonne versuchte zu scheinen.

Guttuatr näherte sich dem Höhleneingang. »Wir sind da!«, rief er. »Komm hervor!« Und dann trat er zur Seite, fort von der Höhle, damit es Vercingetorix allein mit dem Geschöpf zu tun bekam, das darin lauerte.

Vercingetorix stand breitbeinig, spannte die Muskeln und hob das Schwert mit beiden Händen.

Eine Frau mit langem, rabenschwarzem Haar kam aus der Höhle, gekleidet in einen weißen Umhang.

»Siehe das gefährlichste Tier, dem ein Mann begegnen kann!«, rief Guttuatr. Und lachte.

»*Sie?*«

Bis auf das Gesicht der Frau verhüllte der Umhang alles. Sie war einen Kopf kleiner als Vercingetorix und schien einige Jahre älter zu sein. Ihr Haar glänzte, die braunen Augen blickten streng und unerschütterlich unter einer edlen Stirn. Die Nase war etwas zu groß, die Lippen dünn und leicht verzogen, um Heiterkeit oder vielleicht auch Entschlossenheit anzudeuten. Das Gesicht war zweifellos eindrucksvoll, aber zu markant, um von einem Mann schön genannt zu werden.

»Das ist Rhia, Vercingetorix«, sagte Guttuatr. »Sie wird dich den Umgang mit dem Schwert lehren. Und andere Dinge.«

»Ihr scherzt!«

»Fürchte dich nicht«, sagte Rhia mit einer kühlen, sanften Stimme. »Ich werde dir keine Schmerzen zufügen, die du nicht ertragen kannst.«

Sie hob den Umhang über ihren Kopf und warf ihn beiseite.

Darunter trug sie nur ein weißes Lendentuch und einen ledernen Gürtel, an dem ein Schwert hing.

Vercingetorix hatte noch nie eine nackte Frau gesehen, aber genug Blicke auf dies und das erhascht, um sich gewisse Vorstellungen zu machen.

Rhias Körper entsprach nicht dem Bild seiner Phantasie.

Sie war nicht übermäßig muskulös, aber jeder einzelne Muskel zeichnete sich so deutlich ab, als wäre er von einem Meister der Bildhauerkunst im Verlauf anstrengender Stunden geformt worden. Ihre Brüste, ausgestattet mit kleinen, harten und braunen Warzen, waren nicht groß, doch die Brustmuskeln hielten sie stolz nach oben. Die seltsam maskuline Schönheit ihres Körpers wurde beeinträchtigt – nein nicht beeinträchtigt, eher betont – von alten Schwertnarben am Bauch und am Oberschenkel eines der beiden mächtigen Beine, die einen Schatz zu bewachen schienen, den nur ein Held berühren durfte.

Vercingetorix' Schwert aus Fleisch richtete sich eisenhart auf. Hinter seiner Stirn herrschte völlige Verwirrung.

Mit einer Hand zog Rhia ihr Schwert, eine so schnelle und fließende Bewegung, dass Vercingetorix ihr kaum folgen konnte. Sie fügte der ersten Hand am Knauf die zweite hinzu und richtete die Klinge auf Vercingetorix. Er vermutete, dass ihr Schwert leichter war als seins. Wenn nicht … Es hätte bedeutet, dass sie stärker war als er, und das konnte unmöglich der Fall sein.

»Greif mich mit deinem Schwert an«, sagte Rhia.

»Ich kann nicht …«, brachte Vercingetorix hervor.

»Hab keine Angst davor, mich zu verletzen.«

»Warum sollte ich dich verletzen wollen?«

Rhia befeuchtete ihre Lippen und schob das Becken vor. »Wenn du auch nur einen einzigen Tropfen Blut aus meinem Körper holst, bekommst du das Blut meiner Jungfräulichkeit.«

Vercingetorix hob zögernd das Schwert und trat vor.

Rhia blieb still stehen und sah ihm mit einer Kraft in die Augen, die geradewegs Vercingetorix' Lenden erreichte und ihn dennoch zwang, den Blick abzuwenden.

»Sei nicht schüchtern«, sagte sie verführerisch. »Ich warte. Ich warte schon seit langer Zeit.«

Vercingetorix schlug nach Rhias Schwert – er brachte es noch immer nicht fertig, auf ihren Leib zu zielen. Sie ließ ihre Klinge sinken, ging in die Hocke, wirbelte herum und duckte sich gleichzeitig unter Vercingetorix' Schwert hinweg, war dabei so schnell, dass er kaum mehr sah als eine schemenhafte Bewegung. Hinter ihm kam sie wieder hoch und versetzte ihm mit der flachen Seite der Klinge einen demütigenden Schlag an den Hintern.

Wütend drehte sich Vercingetorix um und schlug blindlings zu, aber Rhia duckte sich erneut, kam hinter ihm in die Höhe und berührte ihn mit der Schwertspitze zwischen den Schulterblättern. Wieder drehte sich Vercingetorix um, aber diesmal wich er dabei zurück, kam Rhias Reaktion zuvor und schlug nach ihren Füßen. Allerdings versuchte Rhia gar nicht, sich an ihm vorbeizudrehen. Stattdessen sprang sie über sein Schwert hinweg und hielt ihm die Schneide ihrer Waffe an die Kehle.

»Achte auf die Augen, nicht auf das Schwert«, sagte sie.

Sie sprang fort und richtete herausfordernd das Schwert auf ihn. Vercingetorix schenkte ihm keine Beachtung, stieß nach vorn, beobachtete Rhias Augen und bemerkte, dass sie nach links sah. Um ihrer Abwehr zu entgehen, neigte er sein Schwert noch beim Zustoßen nach rechts.

Plötzlich war Rhias Klinge unter seiner und kam abrupt nach oben. Die flache Seite stieß gegen Vercingetorix' Schneide, und sein Schwert flog durch die Luft. Rhia fing es auf dem Weg nach unten auf und reichte es ihm. »Vertrau nicht allem, was dein Gegner sagt«, riet sie.

Erneut trat sie zurück und richtete ihr Schwert auf ihn. Das Blut rauschte in Vercingetorix' Ohren, als er gekränkt und wütend mit den Zähnen knirschte und sich zur Ruhe zwang, um seinen nächsten Angriff zu planen. Er beschloss, sich nach rechts zu wenden, das Schwert dann nach links zu stoßen und …

Rhias Schwert verwandelte sich in einen Wirbelwind aus Metall, und Vercingetorix wich entsetzt zurück, so schnell, dass er das Gleichgewicht verlor, fiel und auf dem Rücken liegen blieb. Mit gespreizten Beinen stand Rhia über ihm, und er starrte direkt zwischen die muskulösen Säulen ihrer Beine, auf das Lendentuch und zu den Brüsten jenseits davon. Die Spitze ihres Schwerts berührte seine Leiste, was er nicht nur als demütigend empfand, sondern auch als sehr erregend.

»Hör auf zu denken«, sagte Rhia. »Es verlangsamt den Geist.«

»Ich bin nie zuvor einer Frau wie dir begegnet«, flüsterte Vercingetorix.

»Hast du überhaupt jemals eine Frau näher kennen gelernt?«, fragte Rhia. Neckisch ließ sie die Spitze ihres Schwerts um Vercingetorix' Becken kreisen, immer weiter nach innen.

Vercingetorix errötete in stummer Verlegenheit, denn er hatte tatsächlich noch nie eine Frau gehabt.

Rhia deutete seine wortlose Reaktion richtig. »Das ist keine Schande. Ich hatte noch nie einen Mann.«

»Dann soll dies dein Glückstag sein!«, rief Vercingetorix, rollte unter ihr hervor, gab ihr einen Stoß, sprang auf und stieß sein Schwert …

… dorthin, wo sie eben noch gewesen war.

Der Stoß hatte Rhia nicht zu Fall gebracht – sie stand erneut hinter ihm. Mit einem raschen Sprung erschien sie vor Vercingetorix, das Schwert gehoben.

»Nicht schlecht«, sagte sie. »Für einen *Jungen.*«

Außer sich vor Lust, Zorn und Scham befolgte Vercingetorix Rhias Rat – er konnte gar nicht anders. Eine rote Flut spülte alle bewussten Gedanken fort, und wütend schlug er immer wieder zu, ohne Rücksicht auf Rhia oder sich selbst zu nehmen.

Irgendwie – er erinnerte sich nicht an Einzelheiten – endete das Duell, als er mit dem Rücken an einem Baum stand; die Schwerter waren an den Knäufen gekreuzt und blockiert. Sie pressten sich beide gegen ihre Waffen, und ganz deutlich spürte Vercingetorix Rhias Brüste. Ihr Gesicht war ihm nahe genug, dass er ihren warmen Atem fühlen konnte, als sie sprach.

»Heißes Blut kann den Geist eines Kriegers benebeln.«

»Dann gib mir Gelegenheit, meine Hitze in dir zu kühlen!«

»Heißes Blut kann auch Macht verleihen, wenn man damit umzugehen weiß und bereit ist, den Preis zu zahlen.«

»Kannst du wahrheitsgemäß behaupten, dass du mich nicht ebenso begehrst wie ich dich?«

Rhia presste ihr Becken an seins, und er stöhnte voller Lust.

»Nein«, sagte sie und rieb sich an ihm. »Ich brenne vor Verlangen. Die ganze Zeit über.«

»Nun, dann …«

Rhia schüttelte den Kopf. »Jenes Feuer ist meine Kraft«, sagte sie. »Vor Lust zu brennen und doch den Eid der Jungfräulichkeit zu achten – das ist eine Quelle mächtiger Kraft.«

»Ich … ich verstehe nicht …«

»Ich werde es dich lehren«, versprach Rhia.

Und zu Vercingetorix' großem Bedauern trat sie zurück und gab ihn frei.

»Du hast gesagt, ich könnte dich haben, wenn ich einen Tropfen Blut aus deinem Körper hole! Das war eine Lüge!«

Rhia schüttelte den Kopf. »Ich habe die Wahrheit gesagt. Wenn du einen Tropfen von meinem Blut nimmst, sollst du alles haben.«

»Ich würde dir nie all dein Blut nehmen.«

»Meine Jungfräulichkeit ist meine Magie. Wer sie mir nimmt, nimmt auch mein Leben. Und so muss ich sie mit dem Schwert verteidigen, nicht wahr?«

Und sie hob ihr Schwert zu einer neuen Herausforderung.

»Jede Magie hat ihren Preis ...«, flüsterte Vercingetorix. »Je größer die Magie, umso höher der Preis, der für sie gezahlt werden muss ...«

Rhia nickte. »Aber je höher der Preis, den man zu zahlen bereit ist, desto größer die Magie, die man zu leisten vermag. Jetzt zeige ich dir, wie du dein heißes Blut unter Kontrolle bringen, einen Feind in einen Partner verwandeln und diese Anstrengungen zu einem Tanz machen kannst.«

Sie löste ihr Versprechen ein – oder begann zumindest damit: Bis die Herbstsonne ihren höchsten Stand erreichte, tanzten Vercingetorix und Rhia mit ihren Schwertern.

Zuerst zeigte sie ihm ein bestimmtes Bewegungsmuster ganz langsam und forderte ihn auf, diesem Angriff mit einem Konter zu begegnen. Anschließend gab sie ihm die Möglichkeit, seine eigenen Angriffe auszuprobieren, und bot ihre Konter an. Mit der gleichen übertriebenen Langsamkeit wurden die einzelnen Bewegungsabläufe miteinander verbunden.

Schließlich kam Vercingetorix Rhias früherer Aufforderung nach und wechselte von Figur zu Figur, ohne dabei zu denken. Er reagierte auf Rhias Attacken, ging zu Gegenangriffen über, die sie parierte. Zustoßen und kontern, ausweichen, zur Seite springen, sich ducken, das alles wurde zu einem fließenden Tanz, die Berührungen der Schwerter zu Liebkosungen.

Und schließlich, ohne dass Vercingetorix wusste, wann und wie es begann, wurde der Rhythmus des Tanzes schneller und schneller, ohne an Anmut zu verlieren, bis sie ihn mit voller Kampfgeschwindigkeit darboten.

Es war herrlich und aufregend. Es brachte das Blut in Wallung und wärmte das Herz. Als sie schließlich ermüdeten, blieben sie aneinander gelehnt stehen, schweißbedeckt und keuchend wie ein Paar, das sich voller Hingabe geliebt hatte.

Vercingetorix beugte sich fast unmerklich näher.

Rhia trat zurück, schüttelte den Kopf, warf ihm einen traurigen, wissenden Blick zu und verschwand in ihrer Höhle.

»Offenbar hast du ... Gefallen gefunden an dem Unterricht«, sagte Guttuatr voller Ironie, als er Vercingetorix durch den Wald zurück zur Druidenschule führte. »Sie ist gefährlicher als ein Löwe, nicht wahr?«

»*Euch* scheint das Zuschauen gefallen zu haben«, erwiderte Vercingetorix missmutig. »Wer ist sie?«

»Unsere Zauberin des Schwertes«, sagte der Erzdruide.

»Das ist keine Antwort!«

»Die richtigen Fragen sind das Werkzeug, das du brauchst, um die gesuchten Antworten aus ihren Schalen zu holen.«

Vercingetorix war müde und verschwitzt, litt außerdem an den Nachwirkungen von unerfülltem Verlangen. Unter solchen Umständen lag ihm nichts an weiteren Lektionen oder Rätseln.

»In Gallien gibt es keine zweite Frau wie sie«, sagte er.

»Das ist keine Frage«, stellte Guttuatr fest. »Aber du hast Recht.«

»Woher kommt sie?«

»Von irgendwo jenseits der nördlichen Gewässer«, sagte Guttuatr. »Sie erreichte die Küste in einem Boot, mit der Leiche einer als Kriegerin gekleideten Frau und einem Schwert. Damals war sie etwa zehn Jahre alt und konnte nicht sprechen. Als sich Fischer ihr näherten, nahm sie das Schwert, erschreckte die Leute mit einem wüsten Angriff und floh.«

Der Erzdruide zuckte mit den Schultern. »Was ihre nächsten Jahre betrifft, gibt es nur Geschichten und Legenden über ein Mädchen, das mit einem Schwert bewaffnet ist, wie ein wildes Tier den Wald durchstreift, alle verjagt, die versuchen, ihm zu helfen, und jene tötet, die es vergewaltigen oder versklaven wollen.«

»Ein kleines Mädchen!«, entfuhr es Vercingetorix. »Was für ein Zauber ist dies?«

»Der Zauber, den sie dich lehrt«, entgegnete Guttuatr trocken.

»Aber wo hat sie diese Magie gelernt? Und von wem?«

»Sie erinnert sich nicht an ihr Leben vor der Ankunft an unserer Küste, und in Hinsicht auf die Jahre im Wald sind ihr nur … Visionen geblieben.«

»Visionen …?«

»Sie erinnert sich nur an Bilder, Geräusche und Gerüche aus jener Zeit, denn damals kannte sie keine menschliche Sprache, um deren Bedeutung mit Worten an die Erinnerung zu binden.«

»Die Bedeutung mit Worten zu binden?«

»Die Tiere des Waldes sehen, hören und riechen, aber ohne Worte denken sie nicht wie wir und können sich nicht an die Bedeutung dessen erinnern, was sie gesehen, gehört und gerochen haben. Worte sind die erste und größte Magie. Sie machten aus Tieren Männer und Frauen.«

»Dann war Rhia wie ein Tier?«

Guttuatr nickte. »Einige furchterfüllte Bauern überwältigten sie im Schlaf und brachten sie zu den Druiden. Wir mussten ihr das Sprechen beibringen, ihr dabei helfen, wieder zu einem Menschen zu werden.«

»Was hat sie in ein Tier verwandelt, Guttuatr?«

Der Erzdruide zuckte mit den Schultern. »Vielleicht sah der Geist des Mädchens mehr, als er ertragen konnte, und so starb er, während das Fleisch weiterlebte. Er starb, um sich von allen Erinnerungen zu befreien, bis auf die, die das Schwert betrafen, und um später als die Frau wiedergeboren zu werden, die sie heute ist. Oder … oder die Götter leerten sie, um sie anschließend zu füllen mit …«

Der Erzdruide unterbrach sich.

»Womit?«, fragte Vercingetorix.

»Über bestimmte Dinge darf man nicht mit jemandem sprechen, der ohne das Wissen der Eiche ist«, sagte der Erzdruide.

Vercingetorix blieb abrupt stehen. Jeden anderen als den Erzdruiden hätte er jetzt an der Schulter gepackt und herumgedreht.

Guttuatr ging ungerührt weiter, und Vercingetorix musste laufen, um zu ihm aufzuschließen, fühlte sich dabei wie ein junger Hund, der versuchte, bei Fuß zu gehen.

»Mit Visionen!«, rief Vercingetorix.

Daraufhin blieb der Erzdruide stehen und sah ihn an. »Woher weißt du das?«, fragte er scharf.

»Was sonst könnte eine starke Frau in der Blüte ihrer Jahre dazu bringen, sich mit einem Jungfräulichkeitsschwur zu quälen?«, erwiderte Vercingetorix.

Guttuatr lachte. »Du meinst, was sonst könnte sie veranlassen, die Leidenschaft eines prächtigen jungen Hengstes, wie du einer bist, zurückzuweisen?«

Vercingetorix spürte, wie seine Wangen zu glühen begannen. »Sagt mir, woraus die Visionen bestanden!«, stieß er hervor, um über seine Verlegenheit hinwegzutäuschen.

»Bestimmte Dinge kann niemand *verstehen*, der ohne das Wissen der Eiche ist«, sagte der Erzdruide und ging weiter. Diesen Worten fügte er nichts mehr hinzu.

Zu Beginn des Winters hatte sich Gajus Julius Cäsar nach Rom begeben, freute sich dort über das Wiedersehen mit Calpurnia und genoss den Luxus und die Kultiviertheit wahrer Zivilisation. Doch Feinde, Rivalen und Gläubiger umschwärmten ihn wie Fliegen einen Dunghaufen, und der Senat stellte viele unangenehme Fragen in Bezug auf Dinge, über die er nicht Bescheid wissen musste und über die Cäsar keine Auskunft geben wollte. Schließlich sorgte er dafür, dass man ihn »zurückrief« in seine Provinzhauptstadt Aix, um sich dort der nicht mehr existierenden Bedrohung durch Angriffe von Barbarenhorden zu widmen.

Er blieb in seiner Villa, widmete sich den Aufgaben des Prokonsulats, rekrutierte eine weitere Legion und half bei der Zusammenstellung des Lehrplans für die »Geiselschule«.

Wie es der gallische Brauch erlaubte und die römische Praxis gebot, hatte Cäsar Kinder möglicher Gegner als Geiseln genommen, um Friedfertigkeit zu gewährleisten. Ihm war in den Sinn gekommen, dass es zwei Vorteile hatte, wenn er diese Gelegenheit zu »Bildungszwecken« nutzte. Wenn er den Eltern versicherte, dass ihre Kinder eine römische Schule besuchten, fanden sie sich viel leichter mit ihrer Gefangenschaft ab. Und langfristig gesehen: Den jungen Geiseln eine solide römische Bildung zu vermitteln stellte eine ausgezeichnete Methode zur Schaffung einer romanisierten Elite dar, durch die Gallien viel einfacher verwaltet werden konnte, sobald eine echte römische Provinz daraus geworden war.

Deshalb achtete Cäsar darauf, dass die jungen Geiseln auf angenehme Weise mit der römischen Zivilisation vertraut gemacht wurden, ohne dass Zwang ausgeübt wurde. Er stellte ihnen komfortable Unterkünfte zur Verfügung, ließ sie echte römische Küche und anständigen Wein genießen, von guten Lehrern unterrichten. Er leistete einen eigenen Beitrag, um die Schüler für die Vorzüge der römischen Kultur zu begeistern, indem er den attraktiveren und vielversprechenderen Schülern eine anspruchsvolle und raffinierte erotische Erziehung im Stile Roms gewährte.

Doch eigentlich war das nur ein Zeitvertreib, bis der Frühling kam und Cäsar nach Norden zurückkehren konnte, um Gallien endgültig zu erobern. Als es schließlich Zeit wurde, die Legionen auf den Marsch über die Berge vorzubereiten, musste er feststellen, dass sich seine Ungeduld in Sorge verwandelt hatte.

Gallien endgültig erobern? Die unangenehme Wahrheit lautete: Er wusste nicht, wie er dieses Ziel erreichen sollte.

»Das Problem besteht darin, dass die Schwäche der Gallier auch ihre Stärke ist«, wandte er sich an Gisstus, als sie an einem milden Abend allein im Hof seiner Villa saßen. Die Bediensteten hatte er fortgeschickt.

Da Gisstus keine Truppen befehligte, war er der einzige Mann, dem Cäsar von seinen bösen Ahnungen erzählen konnte, ohne zu riskieren, die Kampfmoral des Heeres zu beeinträchtigen. Gisstus kam fast einem Spiegel seines Geistes gleich, und er brauchte jetzt einen sokratischen Dialog mit dem eigenen Selbst. Nicht mit Gisstus darüber zu sprechen … Die einzige Alternative hätte darin bestanden, mit Selbstgesprächen zu beginnen, und dort lauerte Wahnsinn.

»Ist dies eins Eurer Rätsel, Cäsar?«, fragte Gisstus trocken und trank einen Schluck vom lokalen Wein. Er war herber und von geringerer Qualität als der Wein Italiens, aber wenigstens verlor er nichts von seinem Aroma, während er in Amphoren versiegelt übers Meer transportiert wurde.

»Ja, es ist ein Rätsel, Gisstus«, sagte Cäsar und trank ebenfalls einen Schluck. Der Wein stillte seinen Durst, erinnerte ihn aber auch daran, wo er sich befand und wohin er nicht gehörte: hierher in die Provinzen, fern vom viel besseren Wein Roms.

»Wenn sich die Gallier zusammenschließen, könnten sie ein uns zahlenmäßig überlegenes Heer aufstellen, und ihre Reiter sind Furcht erregend«, sagte er. »Ich vertraue dies nur dir an, niemandem sonst: Wenn es tatsächlich dazu käme, könnte es uns sehr schwer fallen, unsere Stellungen zu halten.«

»Ihr macht Euch zu viele Sorgen, Cäsar. Es gibt mehr Stämme, als jemand zählen kann, und die Gallier wechseln ihre Verbündeten öfter als sie baden.«

»Das ist die Schwäche, die sie daran hindert, uns zu besiegen«, erwiderte Cäsar. »Aber es ist auch ihre Stärke, die *uns* daran hindert, Gallien wirklich zu erobern.«

Gisstus bedachte ihn mit einem seltsamen Blick und neigte den Kopf dabei zur Seite.

»Wie soll man etwas erobern, das eigentlich gar nicht existiert?«, fragte Cäsar und hörte den Zorn in seiner Stimme. »Wie soll man ein Land ohne Herrscher erobern? Wie soll man Gallien erobern, wenn die Gallier niemanden haben, der sich ergeben könnte? Genauso gut könnte man versuchen, Wasser mit einem Sieb zu sammeln!«

Cäsar spürte, wie ihm das Blut in den Ohren rauschte, und sein Zorn wuchs. Sei vorsichtig, ermahnte er sich. Halte dich unter Kontrolle. Atme tief. Die Sterne am Himmel haben keinen Schleier, der Mond zittert nicht, mein Blick bleibt klar. Die Fallsucht nähert sich noch nicht, aber fordere sie nicht durch Wut heraus.

Erneut trank er einen Schluck Wein, und als er sprach, klang seine Stimme ruhiger. »Es ist leicht, sich mit irgendeinem habgierigen Adligen eines Stammes zu verbünden, in der Art von Gobanit oder Diviacx. Aber kaum gibt es ein solches Bündnis, entstehen Gruppen, die sich dagegen verschwören. Und je besser wir mit den Häduern zurechtkommen, desto widerspenstiger werden die Arverner …«

»Die ideale Situation für eine Besatzungsmacht. Teile und herrsche.«

»Nein, Gisstus«, entgegnete Cäsar verärgert. »Teile und herrsche *nicht!*«

Gisstus hob und senkte die Schultern. »Wir könnten es mit meinem Plan versuchen …«

»Mit welchem Plan?«

»Die Städte plündern, die Vergobreten töten, die Adligen versklaven und Gallien für erobert erklären«, sagte Gisstus schlicht.

»Ist das dein Ernst?«

Gisstus zuckte erneut mit den Schultern. »Wenn wir schnell und erbarmungslos genug vorgingen, könnten wir alles hinter uns bringen, bevor die Gallier Gelegenheit erhalten, sich zu organisieren und uns aufzuhalten«, sagte er. »Wenn sie dazu überhaupt in der Lage wären.«

»Und dann was?«

»Und dann was?«

»Es wäre ein Pyrrhussieg, Gisstus. Alle Gallier würden zu unseren Gegnern, für immer, und wir bräuchten ein doppelt so großes Heer wie jetzt, um mit gezücktem Schwert Tribut zu fordern. Wir könnten Gallien nicht lange genug befrieden, um eine römische Provinz daraus zu machen. Und dafür, eine solche Situation geschaffen zu haben, würde mich der Senat belohnen, indem er mich darüber herrschen lässt, bis ich alt und grau bin oder entscheide, mich in mein eigenes Schwert zu stürzen, was auch immer eher geschieht.«

»Habt Ihr eine bessere Idee?«

Cäsar zuckte mit den Schultern und trank mehr Wein.

»Vielleicht sind wir zu hart gegen die Teutonen vorgegangen«, sagte Gisstus. »Es wäre gut, jemanden zu haben, der all jene Unruhe stiftenden Mistkerle für uns erledigt.«

»Warum nicht?«, entfuhr es Cäsar. Ein Nebel schien sich zu heben, und plötzlich war Cäsars Geist klar und von einem Elan erfüllt, der sicher nicht auf den zweitklassigen Wein zurückzuführen war. »Es ist perfekt!«, rief er.

»*Was* ist perfekt?«

»Was haben all die Vergobreten und Möchtegern-Vergobreten gemeinsam, Gisstus?«

»Sie dürsten nach blutigem Ruhm und gieren nach Gold?«

»Stimmt«, bestätigte Cäsar. »Und genau das geben wir ihnen!« Er lachte, begeistert von der eigenen Idee.

»Offenbar seid Ihr wieder ganz der Alte«, sagte Gisstus, »denn ich kann Euch nicht länger folgen.«

»Britannien«, erwiderte Cäsar und lachte erneut.

»Britannien?«, fragte Gisstus. »Wenn ich mich recht entsinne, war Euer Vorstoß dorthin keine sehr erbauliche Erfahrung. Ich glaube, Ihr habt es folgendermaßen ausgedrückt: ›Bewohnt von Wilden, die so primitiv sind, dass sie es für überaus modisch halten, sich blau anzumalen. Im Vergleich mit ihnen sind die Gallier wie die Bevölkerung von Athen während des Goldenen Zeitalters von Perikles.‹«

»Aber Britannien ist auch reich an Metall und eine gute Quelle für erstklassige Sklaven.«

»Britannien erobern? Nicht die Kosten an Männern und Geld wert – so lautete Euer Urteil.«

Cäsar lachte einmal mehr. »Wir versuchen gar nicht, Britannien zu *erobern*. Wir fallen nur ein, erringen den einen oder anderen schnellen Sieg und verlassen das Land mit der Beute.«

»Ich verstehe nicht …«, sagte Gisstus.

»Perfekt!«, rief Cäsar. »Wenn *du* es nicht verstehst, kommen auch die Gallier nicht dahinter!«

Er stand auf und ging umher, während er sprach. Neue Kraft erfüllte ihn, bestärkte sein Selbstvertrauen. Er hatte das Gefühl, als hieße er sich selbst als alten Freund willkommen.

»Wir nehmen gallische Hilfstruppen mit, angeführt von den Vergobreten und Adligen aller Stämme, und ihnen überlassen wir den größten Teil des Kampfes«, sagte Cäsar.

»Ich wusste gar nicht, dass Ihr auch ein Zauberer seid«, erwiderte Gisstus skeptisch.

»Bestimmt können es die Gallier gar nicht abwarten aufzubrechen, wenn wir ihnen die Hälfte der Beute versprechen«, sagte Cäsar. »Selbst jene, die sich für Feinde Roms halten, müssen mitkommen, weil man sie sonst für den Rest ihres Lebens als Feiglinge verachtet!«

»Nicht schlecht. Aber lasst Euch von Eurer natürlichen Großzügigkeit nicht dazu verleiten, es zu übertreiben, Cäsar. Ein Viertel der Beute genügt sicherlich.«

Cäsar lachte. »Keine Sorge, Gisstus, wir können es uns leisten, den wenigen Glücklichen gegenüber großzügig zu sein.«

»Den wenigen Glücklichen gegenüber?«

»Damit meine ich unsere guten Freunde, die Überlebenden. Denn es *werden* nur unsere guten Freunde überleben«, sagte Cäsar. »Mars ist ein launischer, unberechenbarer Gott. Der Einfall in Britannien könnte weitaus mehr Opfer verlangen als erwartet. Ich wäre nicht überrascht, wenn die meisten Stammesoberhäupter, die *keine* Freunde Roms sind, einen glorreichen Tod im Kampf finden.«

Cäsar gestattete sich ein weiteres Lachen. »Und weißt du, was das Schönste daran ist?«, fragte er listig.

Er sah, wie Verstehen im Gesicht seines Meisterspions dämmerte. Gisstus lächelte.

»Die Gallier bezahlen die ganze Sache?«, vermutete er.

Der Schnee des Winters schmolz, die Eichen zeigten ihre Knospen, und Vercingetorix fühlte den Saft des bevorstehenden Frühlings in sich aufsteigen, als die letzte Runde des Schwerttanzes mit Rhia endete. Keuchend und schweißüberströmt standen sie da, einander nahe genug, um gegenseitig ihre Wärme zu spüren. Nur wenige Zentimeter trennten ihre Gesichter.

Vercingetorix beugte sich näher, suchte Rhias Lippen mit den eigenen …

Sie wich zurück, hakte ihm den Fuß hinter die linke Ferse und brachte ihn zu Fall.

»Du musst noch immer viel lernen«, sagte sie, ohne zu lachen.

»Ich habe bereits mehr gelernt, als mir lieb ist«, erwiderte Vercingetorix mürrisch, als er wieder auf die Beine kam.

Er hatte die Annalen der Stämme Galliens gelernt, die Gesetze der Druiden und die Zeichen des Himmels. Er hatte gelernt, wozu sich die Kräuter und Wurzeln von Wiesen und Wäldern verwenden ließen. Er kannte die Geheimnisse des menschlichen Körpers.

Und von Rhia hatte er gelernt, mit dem Schwert umzugehen. Inzwischen war er mit Bewegungsmustern und Figuren vertraut, die der gallische Kampfstil nicht kannte. Er hatte gelernt, mit dem Schwert eins zu sein, die Gedanken eines Mannes des Wissens zu unterbrechen, weil sie den Geist des Mannes der Tat verlangsamten, und sich ganz dem Tanz zu widmen. Er glaubte, genug gelernt zu haben, um jeden Krieger in Gallien besiegen zu können, mit Ausnahme seiner Lehrerin.

Rhia konnte er nicht übertreffen, und er bezweifelte, dass es ihm je gelingen würde, ihr einen kostbaren Tropfen Blut zu nehmen. Des Nachts träumte er voller Sehnsucht und Begierde von dem Körper, den er sah, aber nicht berühren durfte, und die Schwerttänze wurden zu einer so schmerzhaften Qual, dass sie etwas Süßes gewannen, etwas so Süßes, dass es eine Agonie für das Fleisch war.

»Warum hören wir nicht auf mit diesem törichten Spiel?«, fragte Vercingetorix.

»Dies ist kein Spiel«, erwiderte Rhia kühl, obgleich er die Leidenschaft in ihren Augen sah und das Verlangen in ihrem Atem roch.

»Dies ist eine Qual für uns beide!«

»Dies ist *Macht* für uns beide.«

»Du begehrst mich, und ich begehre dich. Es brennt in uns beiden. Kannst du es leugnen?«

Rhia antwortete nicht mit Worten, doch ihr abgewandter Blick vermittelte eine deutliche Botschaft.

»Es liegt große Magie in einem solchen Feuer, solange es unberührt bleibt«, sagte Rhia. »Es ist eine mächtigere Waffe als jedes Schwert. Und das hast du noch nicht gelernt.«

»Das *will* ich auch gar nicht lernen!«, stieß Vercingetorix hervor, kehrte Rhia den Rücken zu und ging fort.

Cäsar blickte aus dem Zelt und stellte fest, dass alles in Ordnung war. Trotz des Nieselregens, der aus einer bleigrauen Wolkendecke fiel, standen die Legionäre aufrecht und still in geordneten Reihen. Feuchtigkeit tropfte von ihren Helmen, die sie auf dem Kopf trugen, um besonders eindrucksvoll zu wirken. Vor der Formation steckte die Standarte im weichen Boden der Ebene, und vor Cäsars Zelt reckte sich sein Zeichen, der Adler, zwei Köpfe höher. Auch die Trompeter waren bereit. Es handelte sich zweifellos um eine sehr eindrucksvolle militärische Demonstration, aber Cäsar sah darin eher eine Gladiatorentruppe, die in kleineren Städten Italiens in heruntergekommenen Arenen auftrat und versuchte, den Ortsansässigen mit Prunk und Pracht zu imponieren.

»Wirklich, Labienus, warum haltet Ihr nicht diesmal die Rede?«, fragte Cäsar nur halb im Scherz. »Ihr habt sie oft genug von mir gehört, um sie auswendig zu kennen.«

Gisstus unterdrückte ein Lachen. Titus Labienus hatte keinen besonders ausgeprägten Sinn für Ironie, musterte Cäsar voller Unbehagen und fragte sich, ob er gerade einen Befehl bekommen hatte.

»Ich bin Soldat, kein ... Redner wie Ihr, Cäsar«, sagte er.

Cäsar war ziemlich sicher, dass Labienus nicht »Redner« meinte, sondern »Politiker«. Er verabscheute Politiker nicht in dem Sinne, schien sie vielmehr für eine andere Spezies zu halten. Auf ähnliche Weise konnten viele Dichter nicht verstehen, warum jemand Interesse an Technik haben sollte.

Vielleicht war das auch ganz gut so. Hoch gewachsen, wie Apoll gebaut, mit einer üppigen Mähne aus schwarzem Haar, um das ihn der kahl werdende Cäsar nur beneiden konnte – Labienus war ein charismatischer Anführer und ein hervorragender General, auf dem taktischen Niveau. Mit politischem Ehrgeiz wäre er ein gefährlicher Rivale gewesen. Selbst die Gallier bewunderten diesen perfekten Krieger.

Deshalb hatte Cäsar eine Rundreise mit Labienus und fünf Kohorten aus seiner Legion beschlossen – dadurch würde es ihm leichter fallen, die Gallier für seinen Plan zu gewinnen. Er hatte auch gehofft, dass ihm Labienus einen Teil der Mühe abnahm, immer wieder die gleiche Ansprache halten zu müssen. Aber nein, der furchtlose Soldat, der es vor dem Mittagessen ganz allein mit einem Rudel Löwen aufnehmen würde und danach mit einer Herde Elefanten, bekam es mit der Angst zu tun bei der Vorstellung, eine Rede halten zu müssen.

Andererseits, nichts in diesem barbarischen Land war so leicht, wie es auf den ersten Blick zu sein schien, dachte Cäsar missmutig. Fünf Kohorten römischer Infanterie waren in keiner der gallischen Redouten willkommen, die man auf Hügelkuppen errichtet hatte, nicht einmal in Bibracte, der Hauptstadt der Häduer. Das zwang die Soldaten, in Sichtweite des Komforts und der Freuden jener primitiven Städte im Freien zu schlafen, und auch Cäsar musste seine Ansprache draußen halten, diesmal sogar im Regen.

Dieser letzte Auftritt wäre unter normalen Umständen nicht nötig gewesen. Als Bruder des Vergobreten und Druide hätte Diviacx eigentlich in der Lage sein sollen, das Rekrutieren selbst zu übernehmen. Aber nein, als Druide konnte Diviacx nicht an einem Krieg teilnehmen, durfte in diesem Zusammenhang nicht einmal stumm an Cäsars Seite stehen. Und wie Cäsar inzwischen wusste: Die Vergobreten waren nur dem Namen nach Oberhäupter ihrer Stämme, sobald es darum ging, Truppen zusammenzustellen. Jeder Adlige hatte seine eigenen Krieger, und dem Vergobreten fehlte die Macht, ein Heer aufzustellen – es sei denn, er verfügte über ausreichend Charisma und rhetorisches Talent.

Da wir gerade dabei sind, du solltest besser das Kinn vorschieben, ein Lächeln auf deine Lippen zaubern, deine Augen glänzen lassen und selbst ein wenig Charisma beschwören, dachte Cäsar.

Er nickte Labienus zu, der wiederum einem Zenturio im Zelt zunickte und dabei sehr erleichtert wirkte. Der Zenturio trat nach draußen und gab den Trompetern ein Zeichen, die daraufhin eine Fanfare erklingen ließen. Labienus verließ das Zelt und nahm seinen Platz neben der Standarte der Legion ein, vor den Soldaten, die den versammelten Häduern gegenüberstanden.

Die Trompeter bliesen eine lautere, längere und prächtiger klingende Fanfare, und daraufhin trat Cäsar in den Nieselregen. Er achtete darauf, den karmesinroten Umhang mit gespreizten Ellenbogen zu bauschen, und drehte mehrmals die Schultern, um ihn angemessen herumwirbeln zu lassen, als er zur Karte schritt, die an einer in den Boden gerammten Lanze hing. Dort wandte er sich forsch den Galliern zu.

Gisstus erschien lautlos an seinem üblichen Platz neben der Karte. Als Helfer getarnt, konnte er Cäsar von dort aus all das zuflüstern, was er wissen musste.

»Heil, Cäsar!«, rief Labienus und streckte den Arm zu einem zackigen Gruß.

»HEIL, CÄSAR!«, donnerten die Legionäre von fünf Kohorten wie aus einem Mund.

Wie üblich waren die Gallier so unverschämt, nicht zu grüßen.

Dort standen sie, nicht mehr als hundert, hinter ihnen ihre Stadt auf dem Hügel, deren Konturen sich grau im Sprühregen zeigten. Nur hundert Krieger vor fünf Kohorten einer römischen Legion. Und genau darum ging es Cäsar.

»Bewohner von Gallien, ich grüße euch!«, begann Cäsar.

Das brachte ihm hier und dort ein höfliches »Heil, Cäsar« ein, was er in seinem nächsten Bericht an Rom als begeisterte Ovation darstellen würde.

»Rom hat euch von der Plage der Teutonen befreit, Straßen, Aquädukte und Brücken gebaut, euch den Handel mit der größten Zivilisation auf Erden ermöglicht«, erklärte Cäsar.

Mürrisches Brummen folgte diesen Worten, denn selbst die Häduer, denen es besser erging als den meisten anderen Stämmen, waren nicht dumm genug, um zu übersehen, dass nicht nur alle Straßen nach Rom führten, sondern auch der größte Teil des Profits in jene Richtung floss.

Es war ein alter rhetorischer Trick. Cäsar hatte ihn so oft benutzt, dass er ihn im Schlaf beherrschte.

»Und jetzt wird Rom euch Reichtum und Ruhm bringen!«

Das schuf immer Interesse. Plötzlich zog Cäsar sein Schwert, was wie üblich dazu führte, dass die Leute nach Luft schnappten.

Mit einer schwungvollen Gebärde entrollte Gisstus hinter ihm die Karte. Sie zeigte die Nordküste Galliens und die Insel Britannien so, dass die in Aussicht stehende Beute möglichst groß erschien und der Kanal, der überquert werden musste, um sie zu erreichen, möglichst klein. Cäsar bohrte die Schwertspitze in die Mitte Britanniens, als wäre die Insel eine saftige Feige am Ende eines Küchenmessers.

»Britannien, meine Freunde, über alle Maßen reich, und doch bewohnt von Menschen, die so primitiv sind, dass sie es für den Gipfel der Zivilisation halten, sich blau anzumalen!«, rief er.

Das brachte ihm spöttisches, Überlegenheit verkündendes Lachen ein. Eine solche Reaktion erzielte er immer.

»Gold, Silber, Edelsteine, riesige Schätze, bewacht nicht von großen Heeren oder mächtigen Kriegern, sondern nur von Wilden – nicht einmal hundert von ihnen könnten es mit einem einzigen Gallier aufnehmen!«

Das führte zum üblichen Jubel. Schwerter und Dolche schlugen an Schilde.

»Ich beabsichtige, jenen unbedarften Wilden die Vorteile der römischen Zivilisation nahe zu bringen …«

Spöttisches Gejohle. »Und ihnen ihre Reichtümer zu nehmen!«, rief jemand. Immer rief jemand so etwas. Man konnte darauf zählen.

»In der Tat, Freunde! Und die Reichtümer und den Ruhm des Triumphes möchte ich mit *euch* teilen!«

Von einem Augenblick zum anderen wurde es völlig still. Vielleicht konnte man hier und dort einige Tropfen Sabber fallen hören.

»Rom ist der schrecklichste aller Feinde, wie die Teutonen und einige fehlgeleitete Gallier erfahren haben. Aber Rom ist auch der größte aller Freunde, wie ihr jetzt feststellen könnt. Rom macht euch reich und bringt euch Glorie! Denn wir werden gemeinsam in Britannien einfallen, Freunde, die ehrenvollen Krieger von Gallien …«

Cäsar drehte sich halb um und deutete mit seinem Schwert auf die Kohorten rechts von ihm. Auf dieses Signal hin zogen die Soldaten ihre Schwerter und reckten sie hoch in die Luft.

»... und die unbesiegbaren Legionen Roms!«

»HEIL, CÄSAR!«, donnerten die Legionäre. Einige Gallier grüßten ebenfalls, und da die Soldaten angewiesen waren, den Gruß zu wiederholen, entstand die Illusion, dass alle zusammen riefen.

»HEIL, CÄSAR!«

Die Illusion wiederum erzeugte Realität, was bei solchen Illusionen oft der Fall war, und der Gruß wurde spontan wiederholt.

»Mir gefällt das nicht!«, rief ein vorn stehender blonder Mann mit einem großen, ungepflegten Schnurrbart.

In jeder Menge gab es mindestens einen.

»Dumnorix«, flüsterte Gisstus. »Diviacx' Bruder, aber nicht unbedingt ein Freund Roms.«

»Wovor fürchtet sich der große Krieger Dumnorix, etwa vor einer Horde halbnackter Wilder?«, spottete Cäsar und achtete darauf, seine Worte von einem Lächeln begleiten zu lassen, sodass die Spöttelei Gelächter hervorrief. Nur Dumnorix lachte nicht, errötete und richtete einen finsteren Blick auf Cäsar.

»Ich fürchte niemanden!«, rief er.

»Was hält Euch dann zurück, leichten Reichtum und ehrenvollen Ruhm zu gewinnen, o furchtloser Dumnorix?«

Diese Worte weckten zwar Zorn in Dumnorix, aber er war klug genug, ihn hinunterzuschlucken und zu versuchen, mit einer scherzhaften Bemerkung zu entkommen.

»Wir sind kein Volk von Seefahrern, und im Kanal geht es oft stürmisch zu«, sagte er. »Vielleicht haben wir unsere Innereien herausgewürgt, bevor wir Britannien erreichen. Ganz zu schweigen davon, was die Pferde anstellen könnten!«

Die anderen Gallier belohnten diese Worte mit einem zurückhaltenden Lachen.

»Hat der große Krieger Dumnorix etwa Angst vor ein wenig Seekrankheit?«, fragte Cäsar gutmütig und erlaubte ihm die Flucht. »Gibt es sonst noch jemanden, der nicht bereit ist, einen Bauch voll

Erbrochenes für einen Berg Gold und einen Päan des Ruhms zu opfern?«

Lauteres und spöttischeres Gelächter.

»Nun, wenn das der Fall ist … Es gibt viele andere Krieger in Gallien, die bereit sind, euren Anteil zu übernehmen.« Cäsar zuckte mit den Schultern, drehte sich um und erweckte den Anschein, fortgehen zu wollen.

Aber er ging nur zwei oder drei Schritte weit. Dann blieb er plötzlich stehen und schnippte so mit den Fingern, als hätte er etwas vergessen. Erneut wandte er sich den Galliern zu.

»Oh«, sagte er, »habe ich bereits darauf hingewiesen, dass die Hälfte der Beute euch gehören soll?«

»Heil, Cäsar!«, ertönte es begeistert, und lauterer, längerer Jubel erklang. Cäsar kehrte in sein Zelt zurück, bevor es wieder still wurde.

»Wieder eine gute Rede, Cäsar«, sagte Gisstus, als Labienus fortgegangen war, um die Soldaten wieder biwakieren zu lassen, und man Wein gebracht hatte, um Cäsars Kehle zu beruhigen. »Zum Glück die letzte.«

Cäsar seufzte. »Es *ist* langweilig geworden«, erwiderte er.

»Aber auch sehr wirkungsvoll. Kaum jemand von ihnen ist imstande, der eigenen Habgier zu widerstehen. Und die wenigen, die unserer Großzügigkeit mit Argwohn begegnen, müssen mitkommen, wenn sie nicht als Feiglinge dastehen wollen.«

»Bis auf den Fettkloß namens Gobanit«, sagte Cäsar. »Ihn beschämt nichts.«

Die Arverner neigten dazu, gegen alles zu sein, was die Häduer befürworteten, und je näher die Häduer einem Bündnis mit Rom kamen, desto widerspenstiger wurden die Arverner. Es war also zunächst eine gute Idee gewesen, den größten Unruhestifter – Keltill – durch seinen habgierigen und leicht zu beeinflussenden Bruder zu ersetzen und von ihm eine »arvernische Republik« gründen zu lassen, deren »Senat« ihn immer wieder zum Vergobreten wählen konnte.

Aber inzwischen hatte Gobanit ausgedient. Er war so dick und träge geworden, dass die Vorstellung, er könnte die Arverner in den Kampf führen, völlig absurd erschien. Pflichtgemäß hatte er sich für den Einfall in Britannien ausgesprochen, aber auch darauf hingewiesen, dass er nicht den Kanal überqueren würde. Was bedeutete: Ihm fehlte das Charisma, um die Hitzköpfe unter den Arvernern, die aus Keltill praktisch einen Gott gemacht hatten, dazu zu bringen, trotz ihrer ablehnenden Haltung Rom gegenüber an dem Raubzug teilzunehmen. Und die ganze Sache diente vor allem dazu, genau jene Elemente zu eliminieren.

Schlimmer noch: Wenn die störrische Führung der anderen Stämme eliminiert werden sollte, ohne dass dies auch bei den Arvernern geschah, so wurde die relative Macht des größten Feindes von Rom unter den Galliern gestärkt.

»Bevor wir nach Britannien aufbrechen, muss in Hinsicht auf die Arverner etwas unternommen werden, Gisstus«, sagte Cäsar.

Gisstus schlug die für ihn typische Lösung vor, indem er sich mit dem Zeigefinger über die Kehle strich.

Cäsar schüttelte den Kopf. »Wenn Gobanit jetzt ums Leben käme, würde die Hälfte des arvernischen Adels uns verdächtigen und versuchen, seinen Platz einzunehmen. Chaos bräche aus.«

»Also *ersetzen* wir ihn durch jemanden, der beliebter und gefügiger ist.«

»Ja ...«

»Aber mit wem?«, sagte Gisstus.

»Finde jemanden«, erwiderte Cäsar.

»Und wo soll ich nach einem so mythischen Geschöpf suchen?«

Cäsar zuckte mit den Schultern. »Wenn man kein Einhorn finden kann, muss man ein Antilopenhorn nehmen und es einer weißen Ziege an die Stirn kleben.«

Die Frühlingssonne wärmte das Land, Krokusse blühten auf den Wiesen, und die mit ihren Paarungsgesängen beginnenden Vögel schienen Vercingetorix aufzufordern, seine feige Zuflucht aufzugeben, mit dem Lernen aufzuhören und fortzugehen, zu sein, zu *handeln.*

Aber wohin sollte er gehen? Wer sollte er sein? Und was sollte er unternehmen?

Darauf hatte er noch keine Antwort gefunden.

Und er bezweifelte, ob er an diesem Ort eine Antwort finden konnte.

Und so hörte Vercingetorix voller Verdruss den Druidenlehrern zu und wartete darauf zu erfahren, was er nicht wusste. Allein übte er die Figuren des Schwerttanzes bis zur Erschöpfung und wartete. Jede Nacht träumte er von Rhias Körper und wartete. Er brannte vor Ungeduld und wartete.

Erst als Guttuatr erneut in der Druidenschule erschien, begriff Vercingetorix, auf was – beziehungsweise auf wen – er gewartet hatte.

Der Erzdruide hatte ihn hierher gebracht. Der Erzdruide hatte ihm befohlen zu bleiben. Dem Erzdruiden musste man gehorchen. Nur der Erzdruide konnte ihn von der Gefangenschaft an diesem Ort befreien.

Zwei Tage lang ging Guttuatr Vercingetorix aus dem Weg, beobachtete ihn aus der Ferne, begann Gespräche mit den anderen Druiden, wenn er sich näherte, scheute wie ein nervöses Fohlen oder ein neckisches Mädchen vor ihm zurück.

Aber schließlich ließ Guttuatr es zu, dass Vercingetorix am Rande des Waldes an ihn herantrat.

»Wie lange muss ich noch hier bleiben?«, fragte Vercingetorix geradeheraus.

»Bis du gehst.«

»Das ist keine Antwort!«

»Stell eine bessere Frage.«

Vercingetorix versuchte, seinen Zorn unter Kontrolle zu halten. »Darf ich gehen, wenn ich möchte?«

»Niemand wird dich aufhalten.«

»Darf ich gehen, wohin ich will?«

»Das kann niemand«, erwiderte der Erzdruide.

Vercingetorix unterdrückte seinen Ärger, gab stattdessen der ehrlichen Verwirrung in seinem Herzen Ausdruck.

»Bitte, Guttuatr, sprecht klar und offen, wie der Vater, den ich nicht habe. Was soll ich tun? Wer soll ich werden?«

»Glaubst du, für die Suche nach einem solchen Wissen bereit zu sein?«, fragte Guttuatr. »Bist du bereit, den Preis zu zahlen?«

»Würde ich solche Fragen stellen, wenn ich nicht bereit wäre?«

»Du kennst den Preis nicht«, sagte Guttuatr unheilvoll.

»Er kann nicht schlimmer sein als der Preis, den ich für meine Unwissenheit zahle!«, rief Vercingetorix.

»Komm mit mir«, sagte der Erzdruide und führte Vercingetorix in den Wald.

Sie schwiegen, bis die Spuren der Menschen außer Sicht gerieten und sich die Geräusche der Druidenschule im Zwitschern der Vögel und dem Flüstern des Winds in den Baumwipfeln verloren, bis der lehmige Geruch des Waldes so war wie damals, vor der Zeit der Menschen, und wie er danach wieder sein würde.

»Hast du dich nie gefragt, warum man dich hierher in Sicherheit gebracht hat?«, wandte sich Guttuatr schließlich an Vercingetorix.

»Stellt man Freundlichkeit in Frage?«, erwiderte Vercingetorix unaufrichtig.

»War es freundlich, dich stumm den Tod deines Vaters im Feuer beobachten zu lassen?«

»Gewiss nicht! Das war grausam!«

»Aber eine notwendige Grausamkeit«, sagte Guttuatr.

»Wie könnt Ihr etwas so Grausames notwendig nennen?«

»Warum hat dich Rhia den Umgang mit dem Schwert gelehrt?«

»Das ist keine Antwort!«, entgegnete Vercingetorix aufgebracht.

»Da irrst du dich«, widersprach Guttuatr. »Die beiden Fragen haben die gleiche Antwort. Eine Antwort, die gleichzeitig eine Frage ist.«

»Könnt Ihr Euch *nie* klar ausdrücken?«, rief Vercingetorix.

»Das Schicksal ist sowohl die Antwort als auch die Frage«, sagte Guttuatr ruhig. »Und oft spricht es weitaus weniger klar als ich.«

»Das Schicksal? Wessen Schicksal?«

»Deins natürlich. Das von Gallien … vielleicht. Es gab ein Zeichen am Himmel …«

»Ein Komet verkündete das Kommen eines Königs. Das wissen alle …«

»Jene, die es glauben wollen«, sagte Guttuatr. »Aber es erschien kein Komet.«

»Es gab kein Zeichen?«

»Das habe ich nicht gesagt, Vercingetorix. Es erschien kein Komet, aber es *gab* ein Zeichen, ein wahres Zeichen, eins von viel größerer Bedeutung, und nur wenige tragen das Wissen darüber in sich.«

Sie näherten sich einer kleinen Lichtung im Wald. Vercingetorix blickte durch die Schatten zwischen den Bäumen und sah eine einzelne, mächtige Eiche im Sonnenschein.

»Das Zeichen eines Großen Wandels«, sagte Guttuatr. »Des Todes jenes Zeitalters, in dem wir leben, und der bevorstehenden Geburt des nächsten. Und …«

»*Und?*«

Guttuatr richtete einen seltsamen Blick auf Vercingetorix.

»Als Brenns Krone von Keltills Haupt fiel, als deine Hand sie fing, bevor sie den Boden erreichen konnte …«

Der Erzdruide zögerte.

»Ja? *Ja?*«

»Ich habe das Zeichen erneut gesehen.«

Der Erzdruide hob die Hand, bevor Vercingetorix etwas sagen konnte. »Frag mich nicht, was es bedeutet. Ich weiß es nicht und kann es nicht wissen, denn es war ein Zeichen *deines* Schicksals, nicht des meinen, Vercingetorix. Du hast die Wahl. Entweder folgst du ihm blindlings, oder du strebst … Wissen an.«

Sie betraten die Lichtung. Dunkelgrünes Moos bedeckte den Boden, und in der Mitte ragte eine einzelne, uralte Eiche auf. Zwischen ihren knorrigen Wurzeln wuchsen weiß getüpfelte braune Pilze.

»Was hat es mit diesem Baum auf sich …?«, fragte Vercingetorix. Aber er kannte die Antwort bereits, denn an diesem Ort gab es eine Magie, die er deutlich fühlte.

»Man hat dir erklärt, dass Druide ›Mann des Wissens‹ bedeutet, doch die innere Bedeutung …«

»Das Wissen der Eiche … Dieses Baums …?«

»Ja, das Wissen *dieser* Eiche«, sagte Guttuatr. Er legte die Hand auf die Rinde der mächtigen Eiche. »Dies ist der Baum des Wissens.«

»Der Baum des Wissens?«

»Manche nennen ihn ›Baum des Lebens‹, denn er ist auch das. Hier wird ein Mann zum Druiden des Inneren Weges. Wenn er eine solche Wahl trifft.«

»Wenn er eine solche Wahl trifft?«

»Nur wenige Druiden entscheiden sich dafür, den inneren Weg zu beschreiten. Denn es bedeutet, das eigene Schicksal zu kennen.«

»Wer möchte nicht darüber Bescheid wissen …«

Der Erzdruide brachte Vercingetorix zum Schweigen, indem er erneut die Hand hob und einen unheilvollen Blick auf ihn richtete. »Welches Wissen ist am schwersten zu tragen?«, fragte Guttuatr.

Vercingetorix schwieg, denn er wusste es nicht.

»Das Wissen ums eigene Schicksal«, sagte der Erzdruide.

»Warum sollte es so schwer zu tragen sein?«

»Welches Schicksal teilen alle Menschen?«, fragte Guttuatr.

Und Vercingetorix verstand. Und obgleich sich die großen grünen Blätter der uralten Eiche überhaupt nicht bewegten, spürte er plötzlich einen kühlen Wind, der über die Lichtung wehte, durch seine Seele.

»Ja, der Tod ist das Schicksal aller Menschen«, sagte der Erzdruide. »Wer von der Frucht des Baums des Wissens isst, verlässt den Traum, den Menschen Zeit nennen, und erfährt, dass unser Leben nicht Moment für Moment verstreicht, wie Perlen an einer Schnur. Es bedeutet, auf einem Hügel zu stehen, über einem von Nebel verhüllten Wald, und auf das hinabzusehen, was sein wird. Der Hügel ist dein Tod, und von seiner Bedeutung zu wissen – das ist die größte Macht, die ein Mensch haben kann. *Wenn* er den Mut hat, dieses Wissen zu seinen Lebzeiten zu empfangen.«

Guttuatr bückte sich, pflückte einen Pilz und bot ihn Vercingetorix an.

»Ich biete dir jetzt das Geschenk jenes Wissens«, sagte er. »Aber ich warne dich. Ob bitter oder süß, es ist ein Geschenk, das nicht zurückgegeben werden kann.«

Vercingetorix nahm den Pilz entgegen.

»Hast du Angst?«, fragte Guttuatr.

»Ja«, sagte Vercingetorix.

»Gut«, erwiderte der Erzdruide. »Wer sich nicht davor fürchtet, ein solches Wissen zu tragen, ist ein Narr und somit unwürdig. Du kannst jetzt essen.«

Vercingetorix stellte fest, dass sich der langsame Gedanke, der den Geist in Furcht erstarren ließ, bereits aufgelöst hatte, und er biss in den Pilz, der sich als recht bitter erwies. Rasch würgte er den Rest hinunter, um den Geschmack nicht länger als unbedingt nötig ertragen zu müssen. Dann setzte er sich zwischen die Wurzeln, lehnte sich an den Stamm des Baums des Wissens und fragte sich, ob das, was ihn jetzt erwartete, noch bitterer sein würde.

Vercingetorix erwacht in einem so dichten weißen Dunst, dass er nicht einmal den eigenen Körper sehen kann. Das einzige Geräusch ist ein fernes Flüstern, ein wortloses Lied der Verlockung.

Der Dunst beginnt zu glühen.

Und Licht erscheint.

Ein silberner Punkt über ihm.

Ein Stern.

Ein Stern, der immer heller und heller wird, so hell, dass Vercingetorix den Blick abwenden muss. Das Strahlen stammt von der Sonne und verbrennt den Dunst. Vercingetorix findet sich auf dem Gipfel eines von Nebelschwaden umwogten Berges wieder und hört den Sprechchor einer unsichtbaren Menge wie das Raunen einer Geliebten im Ohr:

»Vercingetorix … Vercingetorix …«

Der Berg unter ihm dreht sich, oder der Nebel dreht sich um ihn, die ganze Welt dreht sich um den Ort, an dem er steht, um den Mittelpunkt des großen Rads, das den Tanz des Lebens durch die Zeit bewirkt.

Er ist wieder der unschuldige glückliche Junge, der neben seinem

Vater nach Gergovia reitet. »Kannst du ein Geheimnis bewahren?«, fragt Keltill.

Keltill schüttet Bier auf eine alte Krone und putzt sie, bis sie glänzt, setzt sie Vercingetorix dann auf den Kopf. »Was auch immer der Preis sein mag, du musst ihn bezahlen«, sagt er und geht in Flammen auf. »Denn es gibt niemanden, der ihn an deiner Stelle zahlen kann.«

Keltill brennt in einem Käfig aus Korbgeflecht, und Vercingetorix sieht hilflos zu, nimmt den Geruch von verkohlendem Fleisch wahr. Seine Kehle ist wie zugeschnürt, und Tränen strömen ihm aus den Augen.

»Im Feuer wirst du gedenken mein!«, verkündet sein Vater und verschwindet in den Flammen, aber seine Augen starren aus dem feurigen Riesen, zu dem der Käfig geworden ist.

Der flammende Gigant schreitet durch grüne Wiesen und goldene Kornfelder, hinterlässt Asche, schwarzen, verbrannten Boden und die qualmenden Skelette von Bäumen.

Vercingetorix hört die Stimmen einer fernen Menge, die ihn zum Kampf ruft.

»Vercingetorix! Vercingetorix!«

Und er wird zu dem brennenden Riesen.

Erneut steht er auf dem Berg über dem Tanz des Lebens durch die Zeit. Unten lichtet sich der Nebel, und er sieht ein großes Heer aus Galliern, Krieger aus allen Stämmen unter den Standarten des Keilers und des Falken, der Eule und des Pferdes, des Wolfes, Hirsches und Luchses.

Und er reitet an der Spitze dieses Heeres, mit Freude im Herzen, das im Rhythmus der pochenden Hufe schlägt. Neben ihm reitet Rhia und hält die Bär-Standarte der Arverner.

Aber Vercingetorix trägt den Adler Roms. Und er reitet ein weißes Pferd, geschmückt mit dem goldenen und roten Staatsgeschirr eines römischen Generals, und er trägt einen prächtigen karmesinroten Umhang.

Lauter wird der Sprechchor:

»Vercingetorix! Vercingetorix!«

Er reitet über den Platz von Gergovia, durch eine jubelnde Menge, die Treppe des Großen Saals empor und in ein römisches Feldlager, in ein riesiges Zelt, geschmückt mit Gobelins, in denen Goldfäden glänzen, erleuchtet von goldenen Lampen. Teppiche bedecken den nackten Boden.

Er genießt den Komfort einer weichen Liege und trinkt berauschenden Rotwein aus einem goldenen Kelch. Auf der Liege neben ihm hat sich ein untersetzter, kahl werdender Römer mit karmesinrotem Umhang ausgestreckt. Der Römer bietet ihm eine Krone aus dornigen grünen Lorbeerblättern an.

»Vercingetorix? König von Gallien?«

Vercingetorix lehnt die Krone aus Lorbeerblättern ab.

Der Römer bietet ihm Brenns Krone an.

Vercingetorix zögert.

Der Römer wird zum Erzdruiden Guttuatr.

»Je höher der Preis, desto größer die Magie«, sagt der Erzdruide. Und er setzt Vercingetorix Brenns Krone auf.

Guttuatrs Umhang wird zu weißem Dunst, der sich dreht und dreht, zum Gewand einer Frau ohne Gesicht wird, mit dem Gesicht von Gaela, mit dem Gesicht von Epona, mit dem Gesicht einer blonden Frau, die Vercingetorix von irgendwoher kennt, mit den Gesichtern, so scheint es, aller Frauen im Fluss der Zeit.

Sie wiegt ein Kind in der rechten Armbeuge. In der linken Hand hält sie einen Dolch.

Sie bietet Vercingetorix den Dolch an. Er nimmt ihn entgegen.

Und stößt ihn ins eigene Herz.

Die blonde Frau steht nackt und wunderschön vor ihm. Sie küsst ihn. »Nimm das mit dir ins Land der Legende, Vercingetorix, König von Gallien«, sagt sie und setzt ihm Brenns Krone auf den Kopf.

Und Vercingetorix fährt in einem goldenen Streitwagen, neben dem Römer im karmesinroten Umhang und mit einer Krone aus Lorbeerblättern. Der Römer winkt der jubelnden Menge auf der breiten Straße zu, die durch eine endlose Schlucht weißer Gebäude aus verziertem Marmor führt, im Herzen einer Stadt, die nur Rom sein kann.

Und Vercingetorix empfängt die Anerkennung von ganz Rom, als er mit Brenns Krone im Triumphzug schreitet.

»VERCINGETORIX, KÖNIG VON GALLIEN! VERCINGETORIX, KÖNIG VON GALLIEN!«

Sein Herz ist voller Stolz. Freude erfüllt ihn, verlässt den Körper und bekommt Flügel.

Doch der Vogel, der daraus wird, ist der schwarze Rabe des Todes.

Nach unten fliegt er, immer weiter nach unten, landet schließlich auf dem Sims vor einem vergitterten Fenster und blickt in eine feuchte steinerne Zelle.

Vercingetorix der Rabe sieht Vercingetorix den Menschen tot in einer Lache des eigenen Blutes.

»VERCINGETORIX, KÖNIG VON GALLIEN!«

Der Rabe krächzt und hüpft in die Zelle, krächzt erneut, als er weiterhüpft, durchs Blut und dann auf die Brust des Toten, auf Vercingetorix' Gesicht. Dort pickt er nach den Augen der Leiche ...

Vercingetorix' Geist geht vom Leichnam auf den Raben über. Und dadurch verwandelt sich der Rabe in einen Adler.

Die Gitterstäbe im Fenster schmelzen fort. Heller Sonnenschein fällt in die Zelle. Der Adler fliegt hinaus, höher und höher in den Himmel über Rom.

»VERCINGETORIX, KÖNIG VON GALLIEN! VERCINGETORIX, KÖNIG VON GALLIEN!«

Durch den perlmuttartigen weißen Dunst einer Wolke segelt der Adler. Dahinter ist eine andere Zeit. Dahinter erstreckt sich ein sternenloser Nachthimmel.

In dieser perfekten Schwärze wird ein Stern geboren.

Er schwillt an, glüht heller und heller. Er wird zu einer gelben Sonne, deren Glanz die Nacht verbrennt und einen blauen Mittagshimmel enthüllt.

Unten lösen sich die Dunstschwaden auf, und eine große Stadt wird sichtbar.

Es kann nur eine Stadt im Land der Legende sein. Denn es ist eine magische Stadt.

Ein magischer Strom fließt durch sie. Es muss ein magischer

Strom sein, denn sonst würden die großen Schiffe darauf sinken – sie bestehen aus Metall, nicht aus Holz. Und es müssen magische Schiffe sein, denn sie gleiten ohne Segel oder Ruder flussabwärts und flussaufwärts.

Viele Wagen rollen durch die Straßen der Stadt, gezogen allein von Magie, denn es sind keine Pferde oder Ochsen zu sehen.

Zwar ist es helllichter Tag, aber hier und dort hat man magische Fackeln an Pfosten aufgestellt. Die Köpfe dieser Fackeln bestehen nicht aus mit Pech getränktem Stroh, das mit einer rauchigen orangeroten Flamme brennt, sondern aus großen Edelsteinen – Rubine, Smaragde, Bernstein –, die von innen heraus hell scheinen, als seien sie ausgehöhlt und mit Glühwürmchen gefüllt.

Nahe beim Fluss erhebt sich ein Turm aus Korbgeflecht, hoch wie ein Berg. Magie hat das Korbgeflecht in Metall verwandelt.

Über dem Turm und über dem Adler, der um seine Spitze kreist, fliegt ein silberner Vogel mit unmöglicher Geschwindigkeit und hinterlässt einen magischen Streifen am blauen Himmel, dünn, gerade wie ein Pfeil und weiß wie Kreide.

Vercingetorix' Adlergeist legt die Schwingen an und stößt hinunter, tiefer und tiefer, aus der Magie des Himmels in die Magie der Stadt.

Er landet auf dem Kopf einer Statue.

Der Statue eines arvernischen Kriegers, der auf einem edlen Ross sitzt, das Schwert hoch erhoben.

Und eine unsichtbare Menge ruft mit der mächtigen Stimme der Götter:

»VERCINGETORIX, KÖNIG VON GALLIEN! VERCINGETORIX, KÖNIG VON GALLIEN!«

Das Gesicht aus Stein wird zu einem Gesicht aus Fleisch.

Und es ist Vercingetorix' Gesicht.

Und die lebenden Arme des Baums des Wissens, sanft wie eine Mutter mit ihrem Kind, setzen ihn zwischen den Wurzeln auf den Boden.

Wo er in dem Zeit genannten Traum erwacht.

VII

»War deine Suche erfolgreich?«

»Meine Suche?«, murmelte Vercingetorix und verstand kaum, wo er sich befand und wer der grauhaarige Mann in dem weißen Umhang war, der einen so intensiven Blick auf ihn richtete. Er wusste nicht einmal, wer *er selbst* war, ganz zu schweigen davon, was er gesucht hatte.

»Die Bedeutung deines Todes! Dein Schicksal!«

Langsam kehrte der Geist in den Körper zurück, der ihm in dieser Welt als Heimstatt diente. Der Nachmittag neigte sich dem Ende entgegen – darauf deuteten das dunklere Blau des Himmels und die langen Schatten der Bäume am Rand der Lichtung hin, auf deren moosigem Boden er saß, den Rücken an die Rinde einer mächtigen Eiche gelehnt. Er spürte die raue Borke so deutlich wie auf nackter Haut. Er sah Staubkörner, die in der Luft glänzten, und winzige Fliegen, die zwischen ihnen hin und her glitten. Er hörte den sanften Wind in den Baumwipfeln, den Gesang einer Amsel in der Ferne und das Zwitschern von näheren Staren. Er roch das Harz der Bäume und spürte die Wärme von Sonnenschein auf lebendem Holz.

Vercingetorix atmete die kühle Nachmittagsluft tief ein, nahm dabei den lehmigen Duft des Waldbodens wahr und behielt ihn in den Lungen. Die Verwirrung wich aus ihm, als er den Atem entweichen ließ, und er erinnerte sich.

»O ja, ich habe mein Schicksal gesehen, Guttuatr«, sagte er. »Ich war … ich bin … Mein Schicksal besteht darin, zum … König von Gallien zu werden!«

»Zum König von Gallien!«, entfuhr es dem Erzdruiden kummervoll.

»Was beunruhigt Euch?«, fragte Vercingetorix. »Ihr selbst habt mir … werdet mir Brenns Krone auf den Kopf setzen.«

»Niemals werde ich einen König von Gallien krönen!«

»Ich habe es gesehen, Guttuatr«, sagte Vercingetorix ruhig. »Aber …«

»*Aber?*«

Vercingetorix' Geist war in den Körper zurückgekehrt, fragte sich jedoch, ob er jetzt in dem gleichen Leib steckte wie zuvor. Es gab viele Dinge, an die er sich erinnern musste – oder die er besser vergessen sollte? –, bevor der tote König von Gallien in einer steinernen Zelle Roms wieder ganz zu diesem lebenden Jungen werden konnte, der an einer Eiche lehnte.

»In *Rom* hat man mich zum König von Gallien ausgerufen!«, entfuhr es Vercingetorix. Er erinnerte sich erst daran, als er darüber sprach. »Und dort werde ich auch sterben!«

Und dann war er wieder der Schüler, zumindest für den Moment, und suchte demütig Erkenntnis beim Mann des Wissens. Doch dieser Augenblick verstrich, als Guttuatr den Kopf schüttelte, denn es war die langsame, schwere Geste eines besorgten Alten, nicht die eines allwissenden Erzdruiden. Und seine Worte brachten auch keine Erleuchtung.

»Es war *deine* Vision, Vercingetorix, nicht meine«, sagte Guttuatr. »Erwarte von niemandem, dass er dir erklärt, was sie bedeutet. Die Magie deines Todes gehört dir allein, was auch geschehen mag.«

»Aber was ist mit der Magie, die ich nach meinem Tod sah, Guttuatr? Könnt Ihr …

»*Du hast über deinen Tod hinaus gesehen?*«, platzte es aus dem Erzdruiden heraus. »Das ist nie zuvor jemandem gelungen!«

Einige Augenblicke lang hörte man nur die Vögel in den Bäumen. Selbst das Seufzen des Winds schien aufzuhören, als sich Guttuatrs Blick nach innen kehrte.

»Niemand in diesem Zeitalter, das zu Ende geht …«, murmelte er. »Sag mir, was du gesehen hast.«

»Als ich starb, glitt mein Geist in den Körper eines Raben …«

»Der Vogel des Todes …«

»Aber als *Adler* stieg ich zum Himmel auf …«

»Der Vogel der Macht …«

»Ich flog über einer Stadt und sah die Statue eines triumphierenden Helden, so wie die Römer sie errichten, um mit ihren größten Siegen zu prahlen. Aber …«

»*Aber?*«

»Aber das Gesicht der Statue war mein eigenes! Und die Stadt war eine magische Stadt, nicht Rom! Ich kenne keine Worte, um die dortige Magie zu beschreiben, und mein Verstand genügt nicht, um sie zu verstehen.« Vercingetorix vollführte eine hilflose Geste.

Der Junge, der das Land der Legende betreten hatte, schien als der Mann zu sprechen, zu dem er jetzt geworden war. Vereinte er nicht alles in sich, Jungen und Mann, Rabe und Adler, die Leiche auf dem steinernen Boden und den König von Gallien? Würden sie nicht in seiner Erinnerung in dieser Welt leben, solange er selbst lebte, und anschließend im Land der Legenden, nach seinem Tod?

Vercingetorix setzte sich auf und spürte, wie Kraft in seinen Leib zurückkehrte, Klarheit in seine Gedanken und Macht in seinen Geist. Mehr noch: Nie zuvor hatte er so viel Kraft, Klarheit und Macht gefühlt.

»Ja«, sagte er, »die Magie meiner Vision gehört mir allein!«

»Und kannst du mir sagen, was sie bedeutet?«, fragte der Erzdruide.

Vercingetorix schwieg, denn das konnte er nicht. Die Bedeutung schien gerade außerhalb seiner Reichweite zu bleiben, wie eine kleine Mücke, die ganz langsam flog, sich aber trotzdem nicht fangen ließ.

»Na schön, dann erkläre *ich* dir, was die Magie deines Todes wirklich bedeutet«, sagte der Erzdruide mit sanfterer Stimme und streckte die Hand aus, um Vercingetorix auf die Beine zu helfen.

»Aber eben habt Ihr behauptet, nicht dazu imstande zu sein!«

»Sie bedeutet das, was du aus ihr *machst, Druide,* denn dazu bist du jetzt geworden«, sagte Guttuatr, als sie sich gegenüberstanden, von Angesicht zu Angesicht, als Ebenbürtige. »Solche Visionen im Land der Legende haben keine klare Botschaft, denn hätten sie eine, wären wir nichts weiter als Sklaven der Götter, unser Leben von dem bestimmt, was am Himmel geschrieben steht.«

»Sind wir das nicht?«

»Wenn wir es sind, so möchten die Götter nicht, dass wir es wissen«, erwiderte Guttuatr düster. »Oder vielleicht sind *wir* es, die den Visionen ihre wahre Bedeutung geben, indem wir sie *Wirklichkeit werden lassen.*«

»Wir gestalten also unser eigenes Schicksal?«

»Wer weiß?«, entgegnete der Erzdruide. »Wer kann das schon? Als ich als junger Mann den Pilz aß, sah ich, wie mich die lebenden Arme des Baums des Wissens hochhoben und auf seinen höchsten Zweig setzten. Ein großer weißer Vogel kam vom Himmel herab und wurde zu einer Wolke, die sich mir um die Schultern schlang und in einen weißen Umhang verwandelte ...«

Guttuatr zuckte mit den Achseln. »Ich wusste nicht, was es bedeutete, begriff es erst, als ich Erzdruide wurde. Wenn es nicht dazu gekommen wäre ... Vielleicht hätte sich die Vision dann auf eine andere Weise erfüllt.«

»Und Euer Tod?«, erdreistete sich Vercingetorix zu fragen.

»Ein riesiger Mühlstein rollt übers Land und zermalmt alles unter sich, und ich reite auf ihm, ohne dass mir etwas geschieht«, sagte Guttuatr leise. Er sah Vercingetorix an, aber sein Blick reichte in die Ferne, als könnte er die geschilderten Ereignisse direkt beobachten.

»Er nähert sich dem Zugang einer Höhle oder vielleicht einem Tunnel, denn die Höhle ist keine Öffnung im Boden, sondern eine im Himmel. Als der Mühlstein in die Höhle rollt, befindet sich mein Umhang noch auf ihm. Ich sehe, dass er leer ist, während ich auf dem Boden liege und zerdrückt werde.«

»Was bedeutet das?«

»Ich wusste es nicht, bis ich die Geburt des neuen Sterns sah. Und dann wurde mir klar, dass ich dazu bestimmt bin, als letzter Erzdruide dieses Großen Zeitalters zu sterben. Und ich muss jenen finden, der uns ins nächste Große Zeitalter führt.«

Da verstand Vercingetorix, warum sich Guttuatr nicht klar ausgedrückt hatte. *Er* war derjenige, auf den die Vision des Erzdruiden hingewiesen hatte.

Vercingetorix, König von Gallien.

Tot in einer steinernen Zelle.

In Rom.

Und dann traf ihn die wahre Bedeutung seiner eigenen Vision mit der plötzlichen Wucht eines Hammerschlags. Er wäre auf die Knie gesunken, wenn sein Geist nicht emporgestrebt wäre wie der Adler, zu dem er einmal werden sollte.

»Wenn ich als König von Gallien in Rom sterbe, muss ich zunächst König von Gallien werden und kann nicht den Tod finden, bevor das geschieht!«, rief er triumphierend. »Und ich kann nicht in Gallien sterben! Mit diesem Wissen brauche ich niemanden zu fürchten, keinen Mann und keine Schlacht, keine noch so wagemutige Tat. Ich brauche nicht zu fürchten, jenen gegenüberzutreten, die meinen Vater ermordeten, nicht einmal dann, wenn ich ganz allein vor sie trete! Ich könnte es sogar mit einem ganzen Heer aufnehmen!«

»Du bist kein Gott, Vercingetorix!«

»Aber ich bin bestimmt, ein König zu sein! Und ich kann nicht getötet werden, bevor sich mein Schicksal erfüllt und ich Brenns Krone trage!«

»Und dann stirbst du!«

»Alle Menschen sterben. Aber nicht alle Menschen wissen wo, wann und wie. Ich hingegen weiß es. Ich sterbe als König in Rom. *Das* ist die Magie meines Todes. Ich habe den Preis bezahlt, und jetzt gehört sie mir.«

»Und was willst du damit anfangen?«

»Ich werde den Tod meines Vaters rächen«, erklärte Vercingetorix. »Ich werde das große Werk vollenden, für das er sein Leben ließ. Ich werde Gallien unter einem König vereinen und die Ehre unseres Landes wiederherstellen.«

»Da spricht kein Mann des Wissens! Da spricht ein Junge, der zu viel getrunken hat!«

Vercingetorix richtete einen unerschütterlichen Blick auf den Erzdruiden. Er sah einen Mann des Wissens, so wie auch er jetzt ein Mann des Wissens war. Aber er sah auch einen Alten, der ihn Dinge gelehrt hatte, deren Zweck er selbst nicht ganz verstand.

Die Visionen im Land der Legende haben keine klare Botschaft, hatte Guttuatr gesagt. Vielleicht nicht für einen alten Mann, der dazu bestimmt war, zusammen mit diesem Großen Zeitalter zu sterben. Aber für einen jungen Mann, den das Schicksal dazu ausersehen hatte, König von Gallien zu werden, war die Botschaft klar genug.

Das ist sicher der Grund, warum allein ich über meinen eigenen Tod hinaussehen konnte und eine Vision vom kommenden Großen Zeitalter bekam.

»Nein, Guttuatr«, sagte Vercingetorix. »Dies *ist* ein Mann des Wissens, der jetzt spricht, kein Junge. Ein Mann, der jung und stark genug ist, um die Magie dieses Wissens wie ein unbesiegbares Schwert zu verwenden.«

Der Erzdruide Guttuatr schüttelt den Kopf, als er neben dem Tempel der Druidenschule steht und beobachtet, wie Vercingetorix im Wald verschwindet. Der junge Mann trägt Hemd und Hose im Orange der Arverner. An seinem Gürtel hängt ein Schwert. Er sieht nicht zurück.

»Was habe ich geschaffen?«, murmelt Guttuatr.

»Haben wir die Macht, irgendjemanden zu erschaffen?«, fragt der Druide Nividio in einem besänftigenden Tonfall. Er ist nicht auf Befehl des Erzdruiden gekommen, sondern weil Guttuatr ihn braucht, denn für ihn ist er fast so etwas wie ein Freund.

Guttuatr seufzt. »Da hast du natürlich Recht, Nividio«, sagt er. »Aber wir alle haben die Macht, Fehler zu begehen.«

Nividios Umhang zeigt keine Stammesfarben, aber er wurde als Santone geboren. Nividio ist kein Richter. Nividio lehrt nicht. Nividio ist ein Druide des inneren Wegs, und diese kleine Gruppe wählt den Erzdruiden. Aber Nividio möchte nicht Erzdruide werden. Er wäre bereit, die entsprechenden Pflichten wahrzunehmen, wenn man ihn darum bäte, aber er weiß, dass ihm das erspart bleiben wird, denn er hat die Frucht vom Baum des Wissens gegessen, und das Leben, das er vor sich sieht, ist wie das Leben hinter ihm – das Leben eines durch den Wald wandernden Druiden, eines Geschöpfes, dessen Zweck darin besteht, keinen Zweck zu haben – kein Sänger, sondern das Lied.

Und der Tod, den er gesehen hat, ist der eines sehr alten Mannes, der sich allein tief im Wald unter einer Eiche zur Ruhe legt, dessen Fleisch langsam in den weichen, feuchten Boden schmilzt, um die Wurzeln des Baums zu nähren und mit dem Saft in die Zweige zu steigen, zu den Blättern zu werden und sich dem Herbstwind anzuvertrauen.

»Sind die Zeichen jemals klar?«, fragt Guttuatr. »Das Zeichen des Großen Wandels war eindeutig, und es zeigte auf den Jungen, aber ...«

Guttuatrs Blick flackert, was Nividio noch nie zuvor beobachtet hat, und seine Unterlippe zittert. »Ich vertraue dies dir an und niemandem sonst, denn ich muss es jemandem sagen ...« Seine Stimme ist kaum mehr als ein Flüstern. »Ich hätte Keltills Hinrichtung selbst dann nicht verhindert, wenn ich dazu imstande gewesen wäre. Denn ich wollte ... ich wollte nicht ...«

»Du wolltest nicht, dass ein König kommt«, sagt Nividio. »Und dabei hattest du Recht.«

»Aber als die Zeichen auf Vercingetorix deuteten, als jenen, der den Großen Wandel bringt, fürchtete ich mich vor dem, wozu das nächste Große Zeitalter werden könnte«, sagt Guttuatr zornig. »Deshalb versuchte ich, ihn als meinen Nachfolger aufzuziehen, als den Erzdruiden, der das nächste Große Zeitalter bringt, aber vielleicht habe ich einen schrecklichen Fehler gemacht. Ich gab Vercingetorix die Frucht vom Baum des Wissens, damit er das Land der Legende betritt und als Mann des Wissens zurückkehrt, als Druide des inneren Wegs. Doch er kam mit der Vision, dass ihn das Schicksal dazu bestimmt hat, ein Mann der Tat und ein König zu sein.«

Nividio kennt jene Furcht, und persönliche Dinge können selbst das klare Denken eines Erzdruiden trüben. Er weiß, dass sich Druiden nicht in die Welt der Zwietracht einmischen dürfen. Und das hat Guttuatr unabsichtlich getan.

Er hätte Guttuatr von der schweren Bürde befreit, wenn er dazu imstande gewesen wäre.

»Du bist zu streng mit dir, Guttuatr«, sagt er sanft und wagt es, dem Erzdruiden eines Freundes Hand auf die Schulter zu legen.

»Es gibt nichts Böses in deinem Herzen. Du bist nur deinem eigenen Schicksal gefolgt. So wie wir alle unserem Schicksal folgen.«

Guttuatr nickt, seufzt und greift nach Nividios Hand auf seiner Schulter. »Aber indem ich meinem Schicksal gefolgt bin, habe ich der Welt einen Mann des Wissens gebracht, der den heißblütigen Pfad des Mannes der Tat beschreitet«, sagt er. »Ein Druide, der König sein will. So etwas hat es noch nie zuvor auf Erden gegeben.«

Vercingetorix wusste nicht, wie lange es dauern würde, bis er Gergovia erreichte, oder was er dort unternehmen sollte, aber trotzdem spürte er einen sonderbaren Frieden, als er nach Osten durch den Wald wanderte. Zum ersten Mal in seinem Leben war er ganz allein und fand großen Gefallen daran. Um ihn herum fehlten die Menschen, ihre Geräusche und Gerüche. Es gab nur den Duft von Lehm, Moos und Harz. Sonnenschein sprenkelte die Baumwipfel, in denen der Wind rauschte. Vögel zwitscherten und sangen; manchmal deutete ein Rascheln auf im Unterholz verborgene Tiere hin.

Vercingetorix fühlte sich nicht wie ein Eindringling in dieser Umgebung, kam sich stattdessen wie ein Geschöpf vor, das hier zu Hause war. Er trug kaum mehr bei sich als ein Schwert und orientierte sich am Sonnenstand, wenn es keine Pfade gab, an den Winkeln der Schatten sowie dem Moos an Felsen und Baumstämmen.

Hier gab es keine Schule, keine Zwietracht zwischen den Stämmen, keinen Kampf Mann gegen Mann, Gallien gegen Rom, Pflicht gegen Wunsch, Weg des Wissens gegen den Weg der Tat. Hier gab es keine Zeichen am Himmel oder Visionen des Schicksals. Hier war er frei. Und zu seiner Überraschung und auch Bestürzung stellte er fest: Freiheit war etwas, das er nie zuvor gefühlt hatte.

Eine Zeit lang spielte er amüsiert mit der Vorstellung, für immer im Wald zu bleiben. Er wusste, wie man Wurzeln, Pflanzen, Früchte und Beeren fand, welche essbar waren und welche nicht. Er wusste, wie man Fallen baute, um kleine Tiere zu fangen, wie man Gruben für größere anlegte. Er hatte ein Schwert und einen Feuerstein. Er wusste, wie man Heilkräuter fand, für den Fall, dass er krank wurde, und wenn er keine Höhle entdeckte: Er konnte eine Hütte bauen, um sich vor schlechtem Wetter zu schützen. Was brauche ich mehr?, neckte er sich.

Aber ihm war klar, dass er nicht für den Rest seines Lebens ein Bewohner des Waldes sein konnte. Ein ermordeter Vater, ein Schicksal, das sich nicht auf Dauer leugnen ließ, die Welt der Zwietracht, die die Welt der Menschen war – das alles würde ihn früher oder später aus dem Wald holen.

»Ich begreife noch immer nicht, warum ich hier bin«, stöhnte Diviacx und hüpfte ungeschickte im Sattel auf und ab. Cäsar hoffte, dass ihm ordentlich die Hoden schmerzten, denn der Druide ging ihm immer mehr auf die Nerven.

»Als jemand, der hier als Weiser gilt, sollte Euch eigentlich klar sein, dass so etwas ein menschlicher Dauerzustand ist«, erwiderte Cäsar trocken und ließ sein Pferd traben, um so entweder den Verdruss des Druiden zu verstärken oder seinem Jammern zu entkommen.

Labienus blieb an der Spitze seiner Truppen zurück, aber der neben Cäsar reitende Gisstus lachte kurz und trieb sein Pferd an, ebenso wie die Leibwächter aus dem Stamm der Häduer, die Diviacx mitgebracht hatte. Der Abstand zwischen den sechs Reitern und den Fußsoldaten der fünf Kohorten vergrößerte sich schnell. Diviacx schnitt eine Grimasse und wollte offenbar nicht zurückbleiben. Cäsar fragte sich, was – wenn überhaupt etwas – die Druiden unter ihren Umhängen trugen und ob sie klug genug waren, bei langen Ritten ihre Lenden zu schützen.

Ein unerwünschtes Bild entstand vor Cäsars innerem Auge, und er kam zu dem Schluss, dass er eigentlich gar nicht Bescheid wissen wollte. Er bedauerte es inzwischen, sich mit diesem Druiden belastet zu haben. Wie so vieles andere in Gallien, das später lästig wurde, hatte er es zunächst für eine gute Idee gehalten, Diviacx mitzunehmen.

Krieger vieler Stämme würden in dem Lager zusammenkommen, das Cäsar bei Portus Itius an der Kanalküste errichten wollte, und unter solchen Umständen schien die Präsenz eines Druiden obligatorisch zu sein – er sollte bei Streitereien schlichten und als Richter fungieren, damit sich die Gallier nicht gegenseitig umbrachten, bevor das wahre Gemetzel begann. Für diesen Zweck stand nur Diviacx zur Verfügung, der einzige Druide weit und breit, der sich auch nur in der Nähe eines Römers sehen ließ.

Vielleicht verabscheue ich den Mann deshalb immer mehr, dachte Cäsar mürrisch. Ganz abgesehen von seinen dauernden Beschwerden über das Essen, den Staub und die Pferde.

Diviacx war und ist ein nützliches Instrument, ein Handlanger, der sich bereichert hat, während er mir wertvolle Dienste erwies. Aber jetzt ist er zu einem verwöhnten Nörgler geworden, zu einem habgierigen Narren und auch, um kein Blatt vor den Mund zu nehmen, zu einem Verräter, wenn man die Dinge aus gallischer Perspektive sieht. Jemand, dem es nicht nur an Verstand mangelt, sondern auch an Ehre. Wie soll man einen solchen Mann lieben, auch wenn man ihn selbst geschaffen hat?

Man kann es nicht, fand Cäsar. Es ist schon schlimm genug, seine Gesellschaft zu ertragen. Er begann mit einem lockeren Galopp, um der Präsenz des Druiden zu entkommen oder seinen Genitalien noch mehr Unannehmlichkeiten zu bereiten, falls Diviacx darauf bestand, bei jenen zu bleiben, die nicht nur besser ritten, sondern ihm auch in moralischer Hinsicht überlegen waren.

Vercingetorix nahm die ungewöhnlichen Geräusche zuerst als ein fernes Klappern und Rasseln wahr, das nicht auf die Bewegungen von Tieren zurückgeführt werden konnte. Als ihn der Weg nach Osten dem Ursprung dieser unwillkommenen Geräusche näher brachte, wurden sie lauter als das Lied des Waldes und offenbarten sich schließlich als das Rumpeln von Wagen und Karren, begleitet vom Geplapper menschlicher Stimmen. Und dann sah er sie. Vercingetorix verließ den Wald, und sein Blick fiel auf eine römische Straße.

Er hatte noch nie zuvor eine gesehen, wusste aber, dass es eine römische Straße sein musste, denn Gallier bauten so etwas nicht. Sie war breit genug für acht Reiter nebeneinander und erhob sich eine Armeslänge über den Boden, auf einer Plattform aus Steinen und

Kalkmörtel, flankiert von zwei Gräben. Flache, auf und in Mörtel ruhende Steine bildeten ein Pflaster, das fast so eben war wie ein oft benutzter Holztisch. Die Straße passte sich nicht etwa der Landschaft an und wurde eins mit ihr, so wie es bei gallischen Straßen der Fall war, sondern reichte pfeilgerade von Horizont zu Horizont, stieß wie ein steinernes Schwert durch Hügel, Tal und Wald.

Mit Korn beladene Karren der Bauern waren unterwegs, der Wagen eines römischen Händlers, dessen Amphoren vermutlich Wein enthielten, ein Schweinehirt mit seinen Tieren, Bauern zu Fuß und ...

... Reiter, die sich im Galopp von Westen näherten. Die Leute auf der Straße wichen hastig beiseite, um ihnen Platz zu machen.

Ohne einen bewussten Gedanken stieg Vercingetorix auf den Straßendamm, während die Reiter näher kamen. Als die Entfernung zu ihnen gering genug geworden war, dass er sie erkennen konnte, schnappte er unwillkürlich nach Luft.

Die sieben Männer ritten nebeneinander. Vier trugen das Blau der Häduer, einer die Bronzerüstung eines römischen Kriegers; dieser Mann erschien Vercingetorix irgendwie vertraut.

Aber die anderen beiden!

Zu beiden Seiten von zwei Häduern begleitet, ritt Diviacx, der Druide, der bei Keltills Feuertod zugegen gewesen war.

In der Mitte bemerkte Vercingetorix einen prächtigen Rotschimmel mit einer rötlichen Satteldecke, die gelbe Tressen aufwies. Darauf saß ein Römer, der zwar einen Brustharnisch trug, aber keinen Helm, und einen besonders auffallenden karmesinroten Umhang, der wie eine Fahne hinter ihm wehte – ein Mann, den Vercingetorix in dieser Welt zum ersten Mal sah.

Aber er kannte ihn aus dem Land der Legende. Dies war der Römer, der ihm zuerst die Krone aus Lorbeerblättern und dann Brenns Krone anbieten würde. Dies war der römische General, in dessen vergoldetem Triumphwagen er fahren würde. Dies war der Mann, den das Schicksal dazu bestimmt hatte, ihn in Rom zum König von Gallien auszurufen.

Es konnte nur Gajus Julius Cäsar sein.

Vercingetorix zog sein Schwert, hielt es hoch über den Kopf und trat in die Mitte der Straße.

Was ist das für eine verrückte Erscheinung?, fragte sich Cäsar.

Weiter vorn trat ein Mann auf die Straße, gekleidet in ein orangefarbenes Hemd und eine gallische Hose in der gleiche Farbe. Er trug keine Rüstung, aber ein Schwert, das er hob, als wollte er damit nicht nur sechs bewaffnete Reiter aufhalten, sondern auch die fünf Kohorten aus römischen Legionären hinter ihnen.

Cäsar wurde neugierig. Anstatt den lächerlichen Burschen einfach niederzureiten, zügelte er sein Pferd und bedeutete Gisstus und den anderen, seinem Beispiel zu folgen. Vor dem Mann hielten sie an. Beziehungsweise vor dem Jungen.

Denn das war er, ein Junge kurz vor dem Mannesalter: groß, über den Lippen die Andeutung eines Schnurrbarts, was ihn vermutlich älter aussehen lassen sollte, das lange blonde Haar zerzaust. Er war muskulös und stand so gerade wie ein erfahrener Soldat, aber er konnte höchstens achtzehn sein.

Doch das galt nicht für die seltsamen blauen Augen. Zwar glänzten sie im faltenlosen Gesicht der Jugend, aber sie schienen eine Tiefe zu haben, die bis zum Anbeginn der Zeit reichte.

Als Vercingetorix Cäsars Blick spürte, wusste er: Diesen Mann hätte er selbst dann als außergewöhnlich erkannt, wenn er ihm nicht bereits im Land der Legende begegnet wäre.

Cäsar war nicht groß, aber kräftig gebaut, und das kurze dunkle Haar wich weit über die Stirn zurück, wodurch sein Kopf größer wirkte, was wiederum den Eindruck erweckte, dass mehr in ihm steckte als in einem gewöhnlichen Schädel. Die Augen verstärkten diesen Effekt, denn aus ihnen blickte ein Geist mit unerschütterlichem Selbstvertrauen. Ein Mann, der Legionen befehligte. Und ein Mann, der von sich glaubte, *gegen* Legionen bestehen zu können, bewaffnet nur mit einem Schwert und seinem Schicksal.

Hatte dieser Mann ebenfalls sein Schicksal im Land der Legende gesehen?

Aber es war nicht Cäsar, an den Vercingetorix zuerst das Wort richtete.

»Ich grüße Euch, Diviacx«, sagte er, schwang das Schwert und versuchte, seine Stimme möglichst drohend klingen zu lassen.

»Du kennst mich, Arverner?«, erwiderte der Druide.

»Ihr seid kaum jemand, den man vergessen kann – für Keltills Sohn.«

Daraufhin erbleichte Diviacx, und seine Leibwächter zogen ihre Schwerter.

»Was haben wir hier, Diviacx?«, fragte Cäsar mit einer Stimme, die sowohl Verachtung als auch Autorität zum Ausdruck brachte. »Wieder eine Eurer kleinen Fehden?«

»Dies ist Vercingetorix, Cäsar, der vermisste Sohn des Arverners Keltill, von einigen Leuten für tot gehalten.«

»Und Ihr würdet am liebsten dafür sorgen, dass er tatsächlich tot ist, nicht wahr?«, fragte Cäsar spöttisch und ließ sich nicht anmerken, dass er sich über diese unerwartete Begegnung freute.

Gisstus und seine Spione hatten nach einem fügsamen, aber auch beliebten Arverner gesucht, der Gobanit ersetzen konnte. Das einzige Ergebnis ihrer Bemühungen bestand aus der Erkenntnis, dass ein derart widersprüchliches Geschöpf wahrscheinlich nicht existierte.

Und jetzt präsentierten ihm die Götter – oder nur das Glück – ausgerechnet Keltills Sohn! Doch »nur« Glück gab es nicht für einen Mann des Schicksals, denn die Götter waren jenem wohlgesonnen, der das eine zum anderen machte.

»Aber das kommt nicht in Frage, Diviacx«, sagte Cäsar. »Dies ist eine römische Straße, und dieser junge Mann steht ebenso unter meinem Schutz wie alle anderen, die auf ihr unterwegs sind.«

Er warf dem Druiden einen verächtlichen Blick zu, sah dann wieder Vercingetorix an, der sich nicht bewegt hatte, keine Furcht zeigte und nicht bereit zu sein schien, beiseite zu treten.

»Aber wie es den Anschein hat, braucht *Ihr* vielleicht meinen Schutz, Diviacx«, sagte Cäsar. »Du siehst mich so an, als wüsstest du, wer ich bin«, wandte er sich an Vercingetorix.

»Wer kennt nicht Gajus Julius Cäsar?«, erwiderte Vercingetorix in einem ironischen Tonfall, der Cäsar endgültig davon überzeugte, es nicht mit einem Jungen zu tun zu haben.

»Sind wir uns schon einmal begegnet?«

»Nur im Land der Legende.«

Die Sache wird immer sonderbarer, dachte Cäsar. Aber auch immer vielversprechender. Dieser Junge ... nein, dieser *Mann ... hat etwas.* Und *er* ist Keltills Sohn.

»Wo hast du dich versteckt?«, fragte Cäsar.

Vercingetorix deutete zum Wald. »Vor allen Augen.«

»Und wohin bist du unterwegs?«

»Nach Gergovia, um dort Anspruch zu erheben auf das Vermächtnis meines Vaters.«

Ein guter Politiker musste auch ein guter Schauspieler sein. Andernfalls wäre es Cäsar jetzt sehr schwer gefallen, seine Begeisterung zu verbergen. Dies war fast zu schön, um wahr zu sein. Eine so gute Gelegenheit durfte man nicht ungenutzt verstreichen lassen.

»Das Vermächtnis deines Vaters?«, fragte er, und es klang unschuldig. »Aber wenn ich mich recht entsinne, wurde Gobanit erneut zum Vergobreten gewählt. Dieses Amt geht nicht vom Vater auf den Sohn über ...«

»Ich meine die Ländereien meines Vaters, seine Pferde, sein Vieh, sein Gold und seine ... Ehre. Solche Dinge gehen nicht von Jahr zu Jahr in andere Hände über.«

»Nun, für eine Weile führen unsere Wege in die gleiche Richtung, denn ich reite zur Kanalküste, um dort ein großes Abenteuer zu beginnen«, sagte Cäsar. »Steck dein Schwert ein und lass uns eine Zeit lang zusammen reisen.«

»Eine Zeit lang, Cäsar«, entgegnete Vercingetorix und schob das Schwert in die Scheide. Mit einem kurzen Blick forderte Cäsar die vier Häduer-Krieger auf, dem Beispiel des jungen Arverners zu folgen. Diviacx sah aus, als hätte er in eine Kröte gebissen. Es wurde immer besser!

»Aber du bist ohne Pferd«, sagte Cäsar. »Erlaub mir, dir eins zu leihen.«

»Erlaubt mir, eins von Euch zu kaufen, Cäsar. Mir scheint, Ihr seid kein Mann, in dessen Schuld man gerne steht.«

»Du machst nicht den Eindruck, viel Geld zu haben.«

»Ich habe überhaupt keins, um ganz ehrlich zu sein. Aber mein Vater war ein reicher Mann, und ich kann Euch bezahlen, sobald ich mein Erbe angetreten habe«, sagte Vercingetorix. »Oder ...«

»Oder?«

Vercingetorix lächelte hintergründig. »Oder wir folgen einem alten gallischen Brauche: Im Land der Legende, nach unserem Tod, bezahle ich Euch das Zehnfache dessen, was ich Euch schulde.«

»Welch ein prächtiger Brauch!«, rief Cäsar. »Wenn ich meine Gläubiger in Rom nur dazu bringen könnte, ihn zu übernehmen!« Er lachte.

Vercingetorix blieb ernst.

»Gib ihm eins meiner Pferde«, sagte Cäsar zu Gisstus. »Den weißen Hengst, denke ich.«

Gisstus rechnete immer damit, dass Cäsar irgendetwas einfiel, und deshalb nickte er nur. Bevor er zu den Kohorten und dem Tross zurückritt, beugte er sich vor und flüsterte Cäsar ins Ohr:

»Soll ich auch nachsehen, ob sich Leim und ein Antilopenhorn finden lässt?«

Cäsar trieb sein Pferd zu einem vollen Galopp an, und Vercingetorix folgte ihm. Erst als sie die römische Infanterie, Diviacx, seine Leibwächter und alle anderen weit hinter sich zurückgelassen hatten, ließ Cäsar sein Ross im Schritt gehen, ein Tempo, das besser für ein Gespräch geeignet war.

Seite an Seite wie zwei alte Kameraden ritten sie über die nach Gergovia führende Straße, vorbei an Bauern mit ihrer Ernte und Händlern mit ihren Waren. Mit einem Schock, den er als traurig, süß, bitter und seltsam empfand, erinnerte sich Vercingetorix daran, dass er auf diese Weise vor langer Zeit mit seinem Vater nach Gergovia geritten war. Doch sein jetziger Begleiter war ausgerechnet der Mann, gegen dessen schlaue und heimliche Eroberung Galliens Keltill hatte kämpfen wollen.

»Warum habt Ihr all die Jahre hier verbracht, so weit von Eurer Heimat entfernt?«, wandte sich Vercingetorix an Cäsar. In Wirklichkeit hätte er lieber gefragt, warum er dieses prächtige weiße Pferd bekommen hatte, geschmückt mit dem Rot und Gold eines römischen Generals, warum sich Cäsar so freundlich und großzügig gab dem Sohn des Mannes gegenüber, der sein Feind gewesen war.

»Die gleiche Angelegenheit, die dich zur Straße nach Gergovia gebracht hat«, antwortete Cäsar. »Schicksal.«

»Schicksal ...?«, erwiderte Vercingetorix so kühl wie möglich, um über seine Verblüffung hinwegzutäuschen. Dieser Mann schien entweder seine Gedanken zu lesen oder irgendwie seine Vision im Land der Legende zu teilen.

»Du kannst mir nichts vormachen, junger Freund, du weißt genau, was ich meine«, sagte Cäsar. »Die meisten Menschen leben ein Leben, das nicht mehr bedeutet als die Existenz der Tiere auf den Feldern. Einige wenige leben ein Leben, das zur Legende wird. Nicht deshalb, weil sie es wollen, sondern weil das Schicksal sie dazu bestimmt.«

Verwirrt und erschrocken stellte Vercingetorix fest, dass er sich zu Cäsar hingezogen fühlte. Kein Mann des Wissens hatte ihm jemals solche Gedanken so kühn und offen anvertraut, noch dazu auf eine Weise, die ihn zu einem Gleichberechtigten machte. Bei seinen Druidenlehrern hatte er dies ebenso wenig erlebt wie bei Guttuatr. Nicht einmal bei seinem Vater. Erneut hatte Vercingetorix das gespenstische Gefühl, dass Cäsar seine Vision teilte. Dies war der Mann, den das Schicksal dazu ausersehen hatte, ihn in Rom zum König von Gallien auszurufen. Wie war das möglich? Und Cäsar sprach so, als wüsste er Bescheid.

Darf ich es wagen, ihn danach zu fragen?, überlegte Vercingetorix. Doch eine solche Frage erschien viel zu verfrüht. »Wie ein Druide gesprochen ...«, sagte er vorsichtig.

»Oh, ich war einmal Pontifex, jemand, der priesterliche Rituale durchführte, eine Art Druide, könnte man sagen«, erwiderte Cäsar vergnügt. »Aber dann beschloss ich, einer höheren Sache zu dienen als unserem Pantheon banaler Götter.«

»Höher als die Götter?«, entfuhr es Vercingetorix. »Was könnte das sein?«

»In einem Wort: *Rom.* Dorthin werden eines Tages alle Straßen führen!«

»Die Sache Roms ist Euch wichtiger als die Götter!«

»In der Tat«, bestätigte Cäsar. »Denn die Sache der Götter betrifft die Vergangenheit, während die Sache Roms die Zukunft ist, die Sache der Zivilisation. Und weitaus einträglicher für jene, die ihr dienen. Straßen wie diese, Brücken, Aquädukte, Städte mit Bädern, Kanalisation und Arenen. Kunst, Handel und Technik. Die Herrschaft von Recht und Ordnung, die einst die ganze Welt umfassen wird!«

»Der selbstlose Cäsar kommt also nach Gallien, um uns armen Barbaren die Zivilisation zu bringen!«

Cäsar lachte, aber nur kurz, um dem Spott in Vercingetorix' Worten die Wirkung zu nehmen. Dann wurde er wieder ernst. »Das Geniale der Republik von Rom, jenes Etwas, das sie über alle anderen Nationen erhebt und sie zur Herrin der Welt machen wird, besteht darin, dass man als Grieche, Skythe oder auch Gallier geboren sein mag und das Recht *erwerben* kann, römischer Bürger zu sein!«

»Man muss nicht als Römer geboren sein ...?«

Cäsar lachte erneut. »Ich leugne nicht, dass das ein Vorteil ist!«, gestand er. »Es mag schwer sein, das römische Bürgerrecht zu bekommen, so wie es schwer ist, eine begehrte Trophäe zu gewinnen, aber es liegt durchaus in der Reichweite eines fähigen, mutigen Mannes. Männer aus vielen Völkern und aller Ränge haben dieses Ziel erreicht. Gelehrte, Politiker, Soldaten. Sogar Gladiatoren und Sklaven! Es ist nicht einmal nötig, den eigenen Ursprung zu verleugnen.«

»Wie ist das möglich?«, fragte Vercingetorix, dem dieses seltsame Konzept ein Rätsel blieb.

»Ein Zeichen Roms sind die Faszes«, erklärte Cäsar. »Schlichte Rutenbündel. Jede Rute ist ein Volk in den römischen Provinzen, das nach wie vor über seine individuelle Eigenständigkeit verfügt, aber gleichzeitig zu dem Bündel namens Rom gehört. Die einzelnen Ruten können selbst über dem Knie eines schwachen Mannes zerbrochen werden. Aber zusammengebunden, als Gemeinschaft, sind sie unbesiegbar. Du siehst also, man kann ebenso leicht gleichzeitig Gallier und Römer sein wie ein Arverner und Gallier. Nach dem, was ich hier gesehen habe, ist das sogar viel einfacher!«

Bei der letzten Bemerkung gewann Cäsars Stimme einen zynischen Ton, doch in den nächsten Worten kamen Respekt und Offenheit zum Ausdruck, außerdem auch eine Wahrheit, die Vercingetorix nicht leugnen konnte.

»Dein Vater verstand das in gewisser Weise. Er wusste, dass die Arverner Arverner bleiben konnten, und die Häduer Häduer, während sie gleichzeitig in den Faszes von Gallien zusammengebunden sind. In dieser Hinsicht dachte er wie ein Römer, obgleich ihm das nicht klar war. Seine Tragödie bestand darin, dass die gallischen Stämme nicht zivilisiert genug waren, um dies zu begreifen, und deshalb brachten sie ihn um.«

»Ihr beklagt den Tod eines Mannes, der Euch als seinen Feind bezeichnete?«

Cäsar brauchte nur einen kurzen Blick auf das Gesicht des jungen Mannes zu werfen, um zu wissen, dass dieser ihm in die Falle ging.

»Man kann jemanden nach der Qualität seiner Feinde beurteilen, Vercingetorix, und deshalb ist es richtig, gute Feinde in ihrem Tod zu ehren«, sagte er. »Dadurch ehrt man sich selbst.«

Die Verwunderung in Vercingetorix' Gesicht wies Cäsar darauf hin, dass diese Art von Sophismus ein wenig zu griechisch für ihn war. Etwas Einfacheres und Vertrauteres war nötig.

»Dein Vater hat mich nie kennen gelernt«, sagte Cäsar. »Wir konnten nie so miteinander sprechen, wie wir beide es jetzt tun. Andernfalls hätten sich die Dinge vielleicht besser für ihn entwickelt. Ich wäre imstande gewesen, ihm zu zeigen, dass wir das gleiche Ziel haben. Er versuchte, die Stämme Galliens unter sich zu vereinigen, um mich zu vertreiben. Ich versuche, Galliens Stämme unter dem Schutz der Republik von Rom zusammenzuschließen.«

Vercingetorix drehte den Kopf und sah zu den Kohorten, die langsam zu ihnen aufschlossen.

»Du willst uns mit deinen Legionen erobern – darauf läuft es hinaus«, sagte er.

»Vielleicht, junger Freund. Aber nicht unbedingt so, wie du es meinst …«

Cäsar hielt sein Pferd an und sorgte dafür, dass es sich aufbäumte und in einer fließenden Bewegung drehte, den römischen Fußsoldaten entgegen. Es war ein beeindruckendes Beispiel von Reitkunst, dem Vercingetorix nacheiferte, wenn auch mit weitaus weniger Anmut.

»Sieh sie dir an, Vercingetorix!«, sagte Cäsar. »Sei ehrlich – ein Furcht erregender Gegner, nicht wahr?«

Vercingetorix musste zugeben, dass Cäsar Recht hatte.

Die Schilde auf den Rücken geschnallt, Helme und Schwerter an der gepanzerten Brust, marschierten die römischen Fußsoldaten, jeweils zwölf neben- und zwanzig hintereinander. Jeder Helm, jeder Brustharnisch, jeder Schild und jedes Schwert sahen gleich aus, schienen vom gleichen Schmied im gleichen Moment geschaffen worden zu sein. Dadurch sollten die *Legionäre* identisch aussehen. Der Anblick hatte etwas Übernatürliches. Wenn man einem solchen Gegner im Kampf gegenübertrat, gewann man den Eindruck, es mit einem Heer großer, in Metall gehüllter Ameisen zu tun zu haben.

Cäsar drehte sein Pferd erneut auf den Hinterläufen und ritt langsam über die Straße. Vercingetorix folgte seinem Beispiel.

»Stell dir jetzt die Legionen Roms als deine Verbündeten vor«, sagte Cäsar. »Als deinen Schild. Stell dir vor, nicht mit ihnen konfrontiert zu werden, sondern vor ihnen – an der Seite ihres Befehlshabers, so wie jetzt – in die Schlacht zu ziehen.«

Vercingetorix hörte ein Geräusch, das von tausenden marschierenden Soldaten verursacht wurde: das rhythmisch donnernde Pochen von Füßen auf der steinernen Straße. Als sie näher kamen, glaubte er, den von ihnen aufgewirbelten Staub zu atmen und Schweiß auf Leder zu riechen. Dies war nur ein kleiner Teil der gewaltigen Streitmacht, die Cäsar befehligte, doch ihre Bewegung schien die Welt zu erschüttern.

»Anstatt Gallien zu erobern und die Krieger dieses Landes von meinen Legionen zu Staub zermalmen zu lassen, erobere ich damit die Herzen der Gallier und vereine Gallien nicht *gegen* Rom, sondern *mit* uns«, sagte Cäsar.

»Seid Ihr auch ein Zauberer, nicht nur General und manchmal auch Priester?«, fragte Vercingetorix.

»Und ich bin auch noch Anwalt!«, sagte Cäsar. Er lachte. »Und außerdem ein recht guter Autor, wenn ich das von mir sagen darf. Doch keine dieser Künste ist erforderlich, um die stolzen Krieger Galliens für das Wagnis zu gewinnen, das ich plane – dafür genügt das Geschick des Politikers. Denn ich weiß: Der sicherste Weg, Feinde in Freunde zu verwandeln, besteht darin, die eigenen Interessen zu ihren zu machen.«

Vercingetorix war nie zuvor einem Mann begegnet, der wie Cäsar sprach, ihm im einen Augenblick das Gefühl gab, ein Barbar zu sein, und ihm im nächsten neue Erkenntnisse ermöglichte, die ihn über sich selbst hinauswachsen ließen. Er spürte, dass dieser Mann ein geschickter Lügner war, aber auch die profundesten Wahrheiten zum eigenen Nutzen verwenden konnte.

Er fühlte auch, dass Roms Macht nicht nur in den Legionen wurzelte, dass Cäsar noch eine andere, größere Macht ausübte, deren wahre Natur sich derzeit seinem Verständnis entzog.

»Und worin besteht das Wagnis, mit dem Ihr etwas vollbringen wollt, das unmöglich scheint?«, fragte Vercingetorix.

Jetzt habe ich dich, dachte Cäsar. »Ich werde meine Truppen nach Britannien führen, junger Freund«, sagte er. »In ein Land, das reicher ist, als es sich selbst der Habsüchtigste vorstellen kann, aber nur von primitiven Barbaren verteidigt wird. Meine unbesiegbare Infanterie und die beste Kavallerie auf der Welt, bestehend aus Kriegern aller gallischen Stämme. Seite an Seite sollen sie kämpfen, um Ruhm, Ehre und Reichtum zu erringen. Und die Gallier bekommen die Hälfte unserer Beute!«

»Wir sollen Euch dabei helfen, Britannien auszuplündern, so wie Ihr Gallien ausgeplündert habt?«

»Was für ein hässliches Wort!«, erwiderte Cäsar. »Und es ist auch nicht angemessen. Sieh es als ein ordentliches System des Tributs. Die Britannier zahlen Gallien einen bestimmten Betrag, Gallien zahlt Rom einen bestimmten Betrag, und dafür wahren unsere Legionen den Frieden, ziehen die Steuern ein, bauen Straßen für den Handel, bringen die Vorteile unserer Medizin, unserer Künste und unserer Schulen, wodurch sich die Zivilisation ausbreitet. Auf diese Weise hilft Rom seinen Freunden, sich selbst zu helfen.«

Cäsar stellte zufrieden fest: Vercingetorix war ganz offensichtlich fasziniert, aber er hielt seinen habgierigen Enthusiasmus im Zaum und musterte ihn argwöhnisch. Gut. Wenn er dumm genug gewesen wäre, einfach alles für bare Münze zu nehmen, hätte er einen weitaus geringeren Nutzen gehabt.

»Und der Preis, Cäsar?«, fragte Vercingetorix. »Zweifellos werden die Gallier für die Kosten aufkommen müssen, die der Unterhalt jener Streitmacht verursacht, mit der wir Eure Legionen unterstützen sollen.«

Cäsar lachte. »Wie ein Römer gesprochen! Rom mag viel sein, aber sicher kein Verteiler von Almosen!« Dann seufzte er schwer. »Wie schade!«

»Schade ...?«

»Du gefällst mir, Vercingetorix, Sohn des Keltill. Du wärst es würdig, der Sohn zu sein, den ich leider nicht habe. Es ärgert mich, dass du an unserem großen und glorreichen Abenteuer nicht teilnehmen kannst.«

»Und warum nicht?«, fragte Vercingetorix.

»Mit einem Wort: Gobanit«, antwortete Cäsar.

»*Gobanit?*«, wiederholte Vercingetorix.

»Die Vergobreten aller großen und auch die der meisten kleineren Stämme sind bereit, sich uns anzuschließen. Nicht aber der faule und feige Gobanit, der den Kriegern der Arverner ihren gerechten Anteil an Reichtum und Ruhm vorenthält.«

»Ich halte nichts von Gobanit!«, schnappte Vercingetorix. »Er kann *mir* nicht sagen, was ich zu tun und zu lassen habe!«

»Wirklich nicht?«, fragte Cäsar wie eine schnurrende Katze, gab sich übertrieben überrascht und fügte auch noch ein katzenhaftes Grinsen hinzu. Die Botschaft lautete: Er wusste, dass Vercingetorix Bescheid wusste. »Ganz meine Meinung.«

Als Vercingetorix diese Worte hörte, stach Kälte durch sein Herz, wie mit einem Dolch aus Eis. Er erinnerte sich nicht mehr ans Wo oder Wann, wusste aber, dass sein Vater die gleichen Worte gesprochen hatte. Konnte es sein, dass in diesem Moment Keltills Geist Cäsars Mund benutzte, um aus dem Land der Legende zu ihm zu sprechen?

»Gobanit entzündete das Feuer, das meinen Vater verbrannte«, sagte Vercingetorix und spürte, dass er Cäsar damit nichts Neues verriet.

»Davon habe ich gehört«, erwiderte Cäsar. »Du reitest also nach Gergovia, um die Ermordung deines Vaters zu rächen und Anspruch auf dein Geburtsrecht zu erheben, nur recht und billig für einen treuen Sohn. Aber wie willst du dabei vorgehen?«

Vercingetorix berührte den Knauf seines Schwerts.

»Du willst allein nach Gergovia reiten und dort dein Schwert durch all das Fett ins schwarze, feige Herz des Vergobreten der Arverner bohren?«

Vercingetorix nickte.

»Im Ernst?«, fragte Cäsar.

»Es ist mein Schicksal, und ich habe es im Land der Legende gesehen«, sagte Vercingetorix. »Ich kann nicht …«

Vercingetorix unterbrach sich, denn er hatte sagen wollen: *Ich kann nicht auf dem Boden von Gallien sterben.* Und das war sicher mehr, als Cäsar wissen sollte. »Ich werde den Gedanken anhalten, der den Geist verlangsamt«, sagte er stattdessen.

»Und *du* hast *mich* Zauberer genannt?«, entgegnete Cäsar.

Sie näherten sich jetzt einer Stelle, an der die staubige, kurvenreiche und aus festgetretenem Boden bestehende gallische Straße nach Gergovia auf die pfeilgerade römische Straße aus Stein traf.

»Hier trennen sich unsere Wege«, sagte Cäsar. »Aber nicht für lange, glaube ich. Ich spüre in dir einen Mann des Schicksals.«

»Wie Ihr selbst einer seid, Cäsar?«

Cäsar lachte. »Ja«, sagte er. »Und so, von einem Mann des Schicksals zum anderen, von einem Zauberer zum anderen, erlaube mir, dir ein Stück *meiner* Magie mitzugeben.«

Er wurde ernst, brachte erneut sein Pferd in die Höhe und drehte es, einmal, zweimal, dreimal, die rechte Hand hoch erhoben.

Und hinter ihm, so weit die Straße entlang, wie der Blick reichte, und vielleicht noch weiter, unterbrachen die römischen Legionäre ihren donnernden Marsch. Eine Reihe nach der anderen blieb stehen, wie eine Welle, die auf magische Weise übers Meer zurückrollte. Innerhalb weniger Momente verharrten tausende, standen still und stumm, wie aus Fleisch und Metall bestehende Bäume eines menschlichen Waldes.

Cäsar nahm seinen karmesinroten Umhang ab und schlang ihn Vercingetorix um die Schultern.

»Trag meinen Umhang, wenn du auf meinem Pferd in die Stadt Gergovia reitest«, sagte er. »Kein anderer Römer in all meinen Legionen darf diesen Farbton tragen, und deshalb werden alle wissen: Dieser junge Mann im Orange der Arverner auf dem weißen Ross eines römischen Generals trägt den Umhang von Gajus Julius Cäsar. Die Leute müssen entweder glauben, dass du ihn mir gestohlen hast oder dass du hoch in meiner Gunst stehst.«

Cäsar lachte, aber seine Augen waren so hart und kalt wie poliertes Metall. »Niemand wird etwas gegen dich unternehmen, ohne zu wissen, welche der beiden Möglichkeiten zutrifft. Das sollte genügen, um … die Gedanken zu wecken, die den Geist verlangsamen, und um dir zu gestatten, deine eigene Magie wirken zu lassen, mein junger Freund.«

Auf die römische Art griff er nach dem rechten Arm von Vercingetorix.

»Falls du Erfolg hast, kannst du mir den Umhang zurückgeben, wenn du an der Spitze einer Streitmacht aus arvernischen Kriegern kommst«, sagte er. »Wenn nicht, gibst du ihn mir im Land der Legende zurück, nach unserem Tod. Denn so oder so, ich bin sicher, dass wir es beide erreichen werden.«

»Ja, das bin ich auch«, erwiderte Vercingetorix. »Aber wer weiß, welche Rolle wir in der Legende des anderen spielen?«

Im Anschluss an diese Worte trieb er sein Pferd an und ritt allein nach Gergovia.

Cäsar saß auf seinem Pferd und beobachtete, wie Vercingetorix über die primitive gallische Straße fortritt, jener junge Mann, der nun seinen Umhang trug. Er fragte sich, warum er ihn in seine eigenen Farben gekleidet hatte, wer in Wirklichkeit wen benutzte.

Hatte auch König Philipp von Makedonien einen solchen Augenblick erlebt, als er sah, wie sein Sohn Alexander fortritt, dem eigenen Schicksal entgegen? Es gab etwas in Vercingetorix' Augen, in seiner unlogischen Gewissheit in Hinsicht auf sich selbst und sein Schicksal, ein Etwas, das Philipp auch in seinem Sohn gesehen haben musste, der ihn so weit übertroffen hatte.

Und so absurd es auch sein mochte, Cäsar fühlte sich von Neid erfasst. Reinkarnation war natürlich Unsinn. Aber wenn nicht ... Dann wäre der Schatten Alexanders nicht zurückgekehrt, um die Welt durch seine Augen zu sehen, sondern ...

»Auch den Umhang, Cäsar? Was kommt als Nächstes? Die Standarte?«

Gisstus war zu ihm geritten und unterbrach seine Überlegungen, wie es niemand sonst wagen durfte.

»Ich habe andere«, erwiderte Cäsar. »Und auch andere Pferde. Ein Ross und ein Umhang, darauf gewettet, dass Gobanit durch jemanden ersetzt wird, der Grund hat, mir gegenüber loyal zu sein ...«

Er zuckte mit den Schultern.

»Die Chancen mögen gering sein, aber zum Glück steht für ihn weitaus mehr auf dem Spiel als für mich. Ich möchte so viel wie möglich über ihn wissen. Mir liegt nichts an einem ungezähmten Pferd in unserer Mitte. Finde seine Zügel.«

»Glaubt Ihr *wirklich*, dass er die Stadt Gergovia ganz allein erobern kann?«, fragte Gisstus.

»Mit Gewalt natürlich nicht, Gisstus. Aber mit ... einer bestimmten Art von Magie ...? Ja, aus irgendeinem Grund halte ich das tatsächlich für möglich!«

VIII

Je näher er Gergovia kam, desto mehr Menschen waren auf der Straße unterwegs. Aber selbst als Vercingetorix durch jenes Land ritt, das einst seinem Vater gehört hatte – niemand grüßte ihn als den Sohn des Keltill. Dass ihn niemand erkannte, war kaum Magie, aber dass es niemand wagte, seinem Blick zu begegnen, musste an dem Zauber des Umhangs liegen, den er von Gajus Julius Cäsar erhalten hatte.

Er konnte das Unbehagen der Leute gut verstehen, ihre Furcht und auch ihre Hoffnung, als sie einen jungen Mann im Orange der Arverner sahen, ohne Rüstung und Helm, mit einem gewöhnlichen Schwert bewaffnet, aber auf dem Rücken eines weißen Pferdes mit dem Staatsgeschirr eines römischen Generals. Und der Umhang, den er trug, zeigte das für Cäsar reservierte Karmesinrot. Hatte der Jüngling das Pferd *gestohlen,* Cäsar gar *umgebracht?* Aber wenn das stimmte: Warum zeigte er sich dann ganz offen?

Niemand sprach ihn an, doch Vercingetorix hörte die vielen murmelnden Stimmen. Zwar sah ihm niemand in die Augen, aber er spürte zahllose Blicke und eine Prozession, die sich hinter ihm bildete. Selbst als er langsamer ritt, langsamer noch als die schwer beladenen Karren, überholte ihn niemand.

Als die Schutzwälle Gergovias auf dem fernen Hügel in Sicht gerieten, führte Vercingetorix diese Prozession an, wie der Geist des Vergobreten, der sein Vater gewesen war, oder wie der Geist des Königs, zu dem er werden sollte.

Am Fuß des Hügels trieb er sein Pferd ein wenig an, damit die rumpelnden und rasselnden Wagen und Karren hinter ihm schneller rollten, die Bauern schneller gingen, damit der ihm folgende Zug zur Vision seines zukünftigen Heeres wurde.

Baravax, Hauptmann der Stadtwache von Gergovia, ließ das Tor tagsüber, wenn es geöffnet war, nur von zwei Männern am Boden bewachen. Sechs weitere, mit Lanzen bewaffnet, standen oben hinter der Brustwehr auf dem Schutzwall, zwischen den beiden Türmen. Von dort aus konnten sie mühelos mit Unruhestiftern fertig werden, die versuchten, in die Stadt zu gelangen.

Solche Maßnahmen mochten übertrieben erscheinen, denn in Baravax' vier Jahren als Hauptmann waren die schlimmsten Zwischenfälle von Betrunkenen verursacht worden. Aber Baravax war der dritte Sohn einer armen Hirtenfamilie, und er war Wächter geworden, um dem Leben in Armut zu entkommen; er wollte seine eigene Stellung ebenso gut hüten wie die Stadt.

Seit er zum Hauptmann befördert worden war, hatte sich nichts Dramatisches ereignet. Deshalb reagierte Baravax mit Überraschung und Bestürzung, als Milgar vom Schutzwall rief, dass sich eine Horde oder vielleicht gar ein Heer der Stadt näherte. Er kletterte die nächste Leiter zum Wehrgang hoch, und Milgar deutete mit seiner Lanze zur Straße.

Mit der einen Hand schirmte sich Baravax die Augen vor dem hellen Schein der Sonne ab, aber es fiel ihm trotzdem schwer, etwas zu erkennen. Zuerst sah er nur eine Staubwolke, die sich der Stadt ungewöhnlich schnell näherte. Dann stellte er fest, dass Milgars »Heer« aus den üblichen Wagen und Karren bestand. Aber sie rollten so schnell über die Straße, dass die vielen Leute zu Fuß laufen mussten, um nicht den Anschluss zu verlieren. Dann bemerkte Baravax den Mann auf dem weißen Pferd, der das Durcheinander anzuführen schien. Weitere Menschen eilten über die Ebene und schlossen sich der Prozession an.

Von einem »Heer« konnte gewiss nicht die Rede sein, auch nicht von einer »Horde«. Es waren Bauern und Händler, auf dem Weg zum Markt. Nichts Besonderes. Abgesehen von dem Mann auf dem weißen Pferd. Er trieb sein Ross nun zu einem Galopp an und ließ alle anderen rasch hinter sich zurück. Als er zum Tor ritt, sah Baravax, dass das Pferd mit dem Rot und Gold eines römischen Generals geschmückt war.

Der Reiter erwies sich als junger Mann, nicht älter als zwanzig, und er trug die schlichte orangefarbene Kleidung eines Arverners. Er hatte ein Schwert, aber weder Rüstung noch Helm. Schild und Standarte fehlten ebenfalls. Um seine Schultern wehte der karmesinrote Umhang von Gajus Julius Cäsar.

Als diese beunruhigende Erscheinung näher kam, verhielten sich Baravax' Männer so, wie man es von ihnen erwartete. Die beiden Wächter auf dem Boden traten nebeneinander und kreuzten ihre Lanzen, um den Weg zu versperren. Die auf dem Wehrgang hoben drohend ihre Speere und ließen keinen Zweifel an ihrer Bereitschaft, von den Waffen Gebrauch zu machen, falls es notwendig werden sollte.

Baravax kehrte nach unten zurück, schritt dem Reiter entgegen und blieb hinter den beiden Wächtern stehen.

»Wer bist du?«, fragte er.

Der blonde Jüngling auf dem Pferd saß so still und stumm wie eine Statue.

»Wer bist du?«, wiederholte Baravax.

Dies gefiel ihm ganz und gar nicht. Seit Gobanit Keltill abgelöst hatte, waren seine Pflichten immer komplexer geworden. Damals, zu Keltills Zeiten, war alles ganz einfach gewesen. Seine Pflicht hatte darin bestanden, den Frieden zu wahren, Streitereien zu beenden, bevor jemand ernsthaft zu Schaden kam, Diebe zu fassen oder, besser noch, zu verhindern, dass sie die Stadt betraten. Jetzt gab es bei den Arvernern einzelne Gruppen, unter denen Zwietracht herrschte: Gobanits Helfer; junge Leute, die Gobanit hassten, weil er Keltill verbrannt hatte; Feinde von Rom; Freunde von Rom; der alte Critognat und seine Gefährten, die nicht wussten, auf welcher Seite sie standen, aber sicher waren, dass ihnen die derzeitige Situation nicht gefiel. Einem Hauptmann der Wache fiel es schwer, sich von den Wirbeln und Strudeln dieser gefährlichen Strömungen fern zu halten, aber Baravax wusste: Wenn er hineingeriet, wurde er fortgespült.

Ein Arverner, der Cäsars Umhang trug, war etwas Neues und völlig Unverständliches. Baravax hatte keine Ahnung, auf welcher

Seite der Unbekannte stand, und solange er das nicht wusste, sollte er besser vorsichtig sein.

»Wer bist du?«, fragte Baravax erneut. »Sprich, reite fort oder stirb!«

Der Arverner mit Cäsars Umhang ließ sein Pferd aufsteigen. »Ich bin Vercingetorix, Sohn des Keltill!«, rief er. »Ich bin gekommen, um Anspruch auf mein Geburtsrecht zu erheben! Und ich bringe Reichtum und Ruhm!«

Die Menge hinter ihm starrte überrascht auf diese Gestalt.

Mit Mühe unterdrückte Baravax ein kummervolles Stöhnen. Er hatte natürlich nicht das Recht, den Sohn des Keltill daran zu hindern, die Stadt zu betreten. Wenn er ihn aufzuhalten versuchte, bekam er sicher Schwierigkeiten mit all diesen Leuten. Aber wenn er ihn passieren ließ, ergaben sich zweifellos Probleme mit Gobanit, der sich derzeit im Großen Saal mit seinem Senat beriet. Wie auch immer: Baravax musste *jetzt* handeln. Und zwar mit Vorsicht.

Er bedeutete den beiden Wächtern, ihre Lanzen zu heben und Vercingetorix in die Stadt reiten zu lassen. Als er das Tor passierte, gefolgt von Wagen, Karren und vielen Leuten, rief er Milgar vom Schutzwall herunter und befahl ihm, sich einige Wächter zu nehmen und Vercingetorix nicht aus den Augen zu lassen.

Vercingetorix war noch nicht sehr weit in die Stadt geritten, als er bemerkte, dass ihm der Hauptmann der Wache und etwa ein Dutzend Wächter in diskretem Abstand folgten. An diesem Tag fand in Gergovia der Markt statt, was viel Verkehr auf der Straße bedeutete, die zum zentralen Platz führte. Vercingetorix musste sein Pferd ganz langsam im Schritt gehen lassen und bekam dadurch Gelegenheit, die Veränderungen zu sehen, zu denen es in Gergovia gekommen war, seit er sich zum letzten Mal in der Stadt aufgehalten hatte. Von der Zeit und von Rom bewirkte Veränderungen.

Hier und dort schmückten lächerliche, von weiß gestrichenen Holzsäulen getragene Portiken die Vorderfronten gewöhnlicher Gebäude aus grauem Holz und braunem Flechtwerk. Einige neue Häuser bestanden ganz aus quadratischen, rotbraunen Ziegeln. Vercingetorix sah Frauen in weiten römischen Gewändern mit kunstvoll frisiertem Haar, von Stirnreifen und silbernen Kämmen zusammengehalten, oder von schillernden grauen Dingen, die wie ein Regenbogen glänzten. Er sah Krieger mit römischen Helmen und Brustharnischen, bewaffnet mit römischen Schwertern. Er sah Männer, die er für Händler hielt und die weiße römische Togen trugen. Einer von ihnen – wie absurd! – trug sie über seiner orangefarbenen arvernischen Hose.

Als er den Platz erreichte, stellte er fest, dass dieser Platz jetzt gepflastert war, mit Steinen in Mörtel. Ein steinerner Brunnen erhob sich in der Mitte, und dort spritzte Wasser aus den Mäulern von vier grob aus Stein gemeißelten Bären. Sie standen auf einem runden Sockel und blickten in die vier Richtungen des Windes.

Verkaufsstände boten die üblichen bratfertigen Keiler und Schafe an, außerdem lebendes Geflügel, Rüben und Karotten, Fässer und Krüge mit Bier, orangefarben und grau karierte Tücher, Silberschmuck im guten alten Stil, Eisenwaren, Felle und gegerbtes Leder, Kräuter, Wurzeln und Pilze aus dem Wald. Aber einige Marktbuden unter bunten, gefransten Markisen präsentierten Dinge, die aus der Ferne kamen: Amphoren und Fässer mit Wein, Stoffe in Farben, die man in Gallien nie zuvor gesehen hatte, römische Kleidung, getrocknete braune Früchte an Schnüren, kunstvoll aus Holz geschnitzte Stühle, kleine Throne aus Holz und Leder, wundersame durchsichtige Kelche, lederne Zylinder, darin Rollen aus weißem Tuch, und noch sonderbarere Dinge, deren Zweck Vercingetorix verborgen blieb. Die Händler in jenen Buden trugen römische Kleidung, und die meisten von ihnen schienen Römer zu sein, nach der geringen Größe, dem schwarzen Haar und der dunkleren Haut zu urteilen. Sie beschäftigten Sklaven, deren Haut in einigen Fällen dunkler war als stark gegerbtes Ochsenleder.

Vercingetorix bemerkte auch die üblichen Barden, Jongleure und Musikanten, aber manche von ihnen spielten auf seltsam aussehenden Harfen oder schufen schrille und dumpfe Töne, indem sie in unterschiedlich langes Schilfrohr bliesen. Ungewohnte Gerüche lagen in der Luft, manche angenehm, andere fast ekelhaft süß.

Gergovia war von Cäsars »Zivilisation« berührt worden. Vercingetorix fand den größten Teil davon abscheulich, konnte aber nicht behaupten, dass *alle* Veränderungen schlecht waren. Die Stadt wirkte jetzt sauberer, und der Gestank der Abwasserrinnen war verschwunden.

Aber die Art und Weise, in der der Große Saal am Ende des Platzes versuchte, jene »Zivilisation« nachzuahmen, kam einer Schändung gleich. Eine neue Schicht aus weiß gestrichenem Flechtwerk bedeckte den sandfarbenen Stein, das graue Holz und die ehrwürdigen Blumenschnitzereien. Steinsäulen flankierten den Eingang und trugen ein weißes Holzdach über einer breiten steinernen Treppe.

Eine angemessene Zuflucht für Gobanit und seine Freunde.

Ganz langsam ritt Vercingetorix durch die Menge auf dem Marktplatz, näherte sich dem Brunnen in einer Spirale, die ihn dreimal um den Platz führte. Er schwieg, begegnete keinem Blick, sah starr geradeaus und spürte, wie die Leute immer neugieriger wurden. Nach einer Weile hörte er, wie man seinen Namen flüsterte. Als er den Brunnen erreichte, herrschte dort ein besonders dichtes Gedränge, und niemand schien sich mehr für die angebotenen Waren zu interessieren.

Vercingetorix hielt an, und daraufhin traten die Wächter vor, die ihm über den Platz gefolgt waren, formten einen Kreis um ihn. Er wusste nicht, ob sie die Menge zurückhalten wollten, um ihn zu schützen, oder ob ihre Absicht darin bestand, ihn zu ergreifen. Vielleicht wussten sie es selbst nicht, denn die Schwerter blieben in den Scheiden. Einige von ihnen blickten zur Menge, andere auf Vercingetorix. Wieder andere reckten den Hals, wandten sich hierhin und dorthin, wirkten dabei unsicher und unschlüssig. Eine erwartungsvolle Stille breitete sich aus, und alle Blicke richteten sich auf ihn – die Menge rechnete damit, nun die Stimme des zungenfertigen Vercingetorix zu hören.

Doch die einzige öffentliche Rede, die Vercingetorix jemals gehalten hatte, waren einige lobende Worte über seinen Vater gewesen, im betrunkenen Zustand gesprochen. Zum ersten Mal seit seiner Ankunft in der Stadt empfand Vercingetorix so etwas wie Furcht.

Er gab sich einen inneren Ruck.

»Ich bin Vercingetorix, Sohn des Keltill! Ihr kennt meinen Namen, aber ihr kennt nicht *mich,* denn als Junge musste ich fliehen, als Gobanit die Heiligkeit des Großen Saals der Arverner entweihte, indem er meinen Vater ergreifen ließ und alles stahl, was Keltill besaß, bis auf das, was für meinen Vater am kostbarsten war, seinen Namen und seine Ehre!«

Hier und dort riefen Leute »Keltill!«, aber es erklang auch kehliges Brummen. Die arvernischen Krieger um Vercingetorix griffen nach den Schwertknäufen. Einige von ihnen, die sich ihm zugewandt hatten, richteten nun sorgenvolle Blicke auf die Menge, während andere nur den Kopf drehten und Vercingetorix argwöhnisch musterten.

»Seht nur, was der Mann, der den Scheiterhaufen anzündete und Keltill ermordete, aus dem Herzen unseres Volkes und unserer Stadt gemacht hat!«, wetterte Vercingetorix und deutete auf die romanisierte Fassade des Großen Saals. »Gobanit täuscht Roms Pracht mit weißer Farbe und steinernen Nachahmungen vor, aber es steckt nichts dahinter, denn er hat nicht den Mumm, sich an Cäsars einzigartiger Tugend ein Beispiel zu nehmen und an der Spitze der arvernischen Krieger in den Kampf zu ziehen!«

Die Rufe wurden lauter und zahlreicher. Der Hauptmann der Wache nickte und zog sein Schwert, ebenso wie die anderen Wächter. Auf seinen Wink hin richteten sie ihre Klingen auf Vercingetorix.

»Cäsar selbst gab mir das Pferd, auf dem ich sitze«, erklärte Vercingetorix. »Als Zeichen seines Versprechens, dass alle Gallier, die mit ihm nach Britannien ziehen, die Hälfte der Beute unter sich aufteilen dürfen. Das wisst ihr bereits. Gobanit wird euch nicht führen, damit ihr an dem großen Abenteuer teilnehmen könnt, und auch das wisst ihr.«

Er griff nach dem Rand des karmesinroten Umhangs und breitete ihn wie Adlerschwingen aus.

»Aber erfahrt auch dies! Dies ist Cäsars eigener Umhang! Ihr wisst, dass es stimmt, denn allen anderen ist es verboten, einen Umhang in dieser Farbe zu tragen. Aber Cäsar hat es *mir* erlaubt. Ich soll ihm den Umhang zurückgeben, wenn ich ihn gegen einen im Orange der Arverner eintausche und an der Spitze einer arvernischen Streitmacht zu seinem Lager zurückkehre! Als Junge musste ich fliehen, aber jetzt kehre ich als Mann zurück, um mir das Geburtsrecht zu nehmen, das man mir stahl! Um alle, die mir folgen wollen, zu Ruhm und Reichtum zu führen! Und um den Mörder meines Vaters zu töten!«

»Das reicht!«, rief der Hauptmann der Wache. »Ergreift ihn!«

Die Krieger traten Vercingetorix entgegen. Als sie der Menge den Rücken zukehrten, gerieten die ganz vorn stehenden Leute in Bewegung. Rufe und Flüche erklangen, Fäuste wurden geschwungen. Chaos drohte auszubrechen.

Vercingetorix zog sein Schwert, ließ sein Pferd aufsteigen und drehte es auf den Hinterläufen. Die Vorderhufe traten durch die Luft und zwangen die Wächter zurück.

Vercingetorix sprang vom Pferd auf den Rücken des Hauptmanns, stieß ihn auf den steinernen Boden, zog ihn mit einer Hand wieder auf die Beine und hielt ihm mit der anderen das Schwert an die Kehle.

Nicht mehr als einige Momente waren verstrichen. Noch war es nicht zu tödlichen Hieben oder Verletzungen gekommen. Die Menge hatte vier Wächter entwaffnet und ihnen die Arme auf den Rücken gedreht. Die anderen Krieger hielten ihre Schwerter und wussten nicht recht, wie sie darauf reagieren sollten.

»AUFHÖREN!«, rief Vercingetorix so laut er konnte. »SO WIE ICH NICHT DIESEN ARVERNERBRUDER TÖTEN WÜRDE, SOLLT IHR NICHT ZULASSEN, DASS ANDERE ARVERNER ARVERNERN EIN LEID ZUFÜGEN!«

Aber in der Menge zeigten sich weiterhin zornig erhobene Fäuste, und Schreie der Furcht, Wut und Verwirrung erklangen.

Vercingetorix begriff, dass Worte allein nicht genügten.

Das Schwert am Hals des Hauptmanns, führte er diesen zum Brunnen, ließ ihn über den runden Rand hinweg ins seichte Wasser treten, zur Mitte, wo das Wasser aus den Mäulern der vier steinernen Bären floss, und zog ihn neben sich auf den runden Sockel.

Dann nahm er das Schwert von der Kehle des Hauptmanns und reichte es ihm.

Der Wächter stand reglos da, hielt das Schwert locker in der Hand und wirkte vollkommen verdutzt. Stille herrschte, und Vercingetorix füllte sie mit seiner Stimme.

»Töte mich, wenn du willst« sagte er. »Töte Ehre und Ruhm im Dienst von Schande und Verachtung! Verzichte auf Reichtümer im Dienste der Feigheit!«

Der Hauptmann stand wie erstarrt, den Kopf ein wenig zur Seite geneigt. Er musterte Vercingetorix mit klug blickenden Augen, sah zur Menge, um einen Eindruck von *ihrer* Stimmung zu gewinnen, wandte sich dann erneut an Vercingetorix und nickte kurz.

Vercingetorix streckte ihm die Hand entgegen, nickte Richtung Eingang des Großen Saals und sprach zur Menge. »Oder gib mir mein Schwert zurück, damit ich jenes Spinnennest allein betreten kann, um Gobanit zu einem fairen, ehrenhaften Kampf herauszufordern. Sollen die Götter entscheiden! Sollen *sie* unser Schicksal wählen!«

Die Menge grölte ihre Zustimmung, was Vercingetorix nicht anders erwartet hatte, denn kein Arverner oder Gallier, wem auch immer seine Treue galt, konnte jemandem das Recht nehmen, mit einer solchen Herausforderung zum Kampf den Willen der Götter zu beschwören.

»Gut und richtig gesprochen«, sagte der Hauptmann und gab Vercingetorix das Schwert zurück. Donnernder Applaus kam von der Menge.

Vercingetorix stieg vom Brunnen herab und sah zum Eingang des Großen Saals. Eine Gruppe von Wächtern war aus dem Gebäude gekommen. Sechs von ihnen blieben oben auf der Treppe stehen, Schulter an Schulter, mit gezogenen Schwertern – sie blockierten den Weg ins Innere des Saals. Sechs weitere traten die Stufen hinunter und gingen dann noch einige Schritte.

Vercingetorix lief zu seinem Pferd, schwang sich auf den Rücken des Schimmels und ritt im vollen Galopp auf den Großen Saal zu, das Schwert gezückt.

Die Wächter vor der Treppe zögerten kurz. Einige von ihnen hoben drohend ihre Schwerter, während die anderen zur Seite springen wollten, um sich in Sicherheit zu bringen. Dadurch stießen sie gegeneinander.

Vercingetorix wartete nicht, bis sich eine Lücke bildete, ließ sein Pferd über und durch das Durcheinander springen, und dann ging es die Treppe hinauf, direkt auf die Wächter zu, die den Weg ins Innere des Gebäudes versperrten.

Zwei Wächter warfen sich zur Seite, und zwei weitere zögerten. Die restlichen zwei blieben tapfer stehen und richteten ihre Schwerter auf die Brust des Pferdes, verteidigten den Zugang mit ihren Körpern und spitzem Stahl.

Vercingetorix drehte sein Ross nach rechts und schlug die flache Seite seines Schwerts gegen die Klinge eines Wächters, dicht über dem Knauf, riss ihm dadurch die Waffe aus der Hand. Als sich der andere Wächter nach links wandte, trat er ihm an den Unterkiefer, wodurch er das Gleichgewicht verlor und die Treppe hinunterfiel. Einmal mehr richtete Vercingetorix sein Pferd auf, und als es wieder herabkam, donnerten die Vorderhufe gegen die Tür und rissen sie aus ihrer Verankerung. Er ritt darüber hinweg ins Gebäude.

Auch das Innere des Großen Saals der Arverner hatte sich verändert.

Die Truhen mit Gold, Silber, Edelsteinen und Schmuck – es gab recht viele von ihnen – waren jetzt verschlossen und in ordentlichen Reihen aufgestellt. Man hatte die alten Malereien an den Wänden von Fett und Ruß gereinigt, war an einigen Stellen aber zu gründlich vorgegangen; dort hatte sich auch die Farbe gelöst. Der angerichtete Schaden war mit frischen und zu hellen Farben »renoviert« worden. Der neue römische Stil neben dem altehrwürdigen gallischen war ebenso unpassend wie empörend.

Ein Halbrund aus weißen Holzbänken, fünf Reihen tief und nach hinten hin ansteigend, umschloss einen offenen Bereich, wo einst der lange Bankettisch aus Eichenholz gestanden hatte. Jetzt sah Vercingetorix dort einen kleineren und niedrigeren, schwarz lackiert und mit krummen, vergoldeten Beinen, die an die Klauen eines Adlers erinnern sollten. Weich gepolsterte Liegen umgaben ihn. Auf dem Tisch standen große Schalen voll Obst und Käse; mit gemalten Waldszenen geschmückte Servierplatten präsentierten Gebackenes, mit Meereswellen verzierte Tafeln kleine Fische.

Auf den Liegen ruhten acht Männer, zweifellos Mitglieder von Gobanits »Senat«, und genossen die Kost, während drei Serviermädchen Kelche mit Wein aus kleinen Amphoren füllten. Vier von ihnen trugen Hemden und orangefarbene arvernische Hosen. Zwei waren wie Römer in weiße Togen mit orangefarbenen Paspeln gekleidet. Zwei weitere trugen Togen über gallischen Hosen. Vercingetorix stellte zufrieden fest, dass Critognat nicht zu den Anwesenden zählte.

Die einzige Person, die er erkannte, war Gobanit. Sein aufgeschwemmtes, fleischiges Gesicht deutete darauf hin, dass er erheblich zugenommen hatte. Wie stark, ließ sich angesichts seiner weiten Toga kaum feststellen.

Vercingetorix ritt mit gezücktem Schwert auf ihn zu. Die entsetzten Serviermädchen stolperten hastig rückwärts, um den Hufen des weißen Rosses zu entkommen.

»Wächter!«, rief Gobanit. »Wie konntet ihr diesen Barbaren hereinlassen!«

Als sich kein Wächter zeigte, richtete er seinen Zorn auf Vercingetorix. »Wie kannst du es wagen, auf diese unverschämte Weise die Beratungen des Vergobreten der Arverner mit seinen Senatoren zu stören?«

»Ich diene dem Willen der Götter und des Volkes«, erwiderte Vercingetorix.

»Du dienst ... Bei den Göttern, wer bist du?«

»Ich bin Vercingetorix, Sohn des Keltill, und hiermit erhebe ich Anspruch auf mein Geburtsrecht!«

Inzwischen saßen die Senatoren aufrecht und wechselten Blicke, in denen Verwirrung, Furcht und auch Schläue zum Ausdruck kamen.

»Was willst du von mir?«, fragte Gobanit.

»Was rechtmäßig mein ist!«

Gobanits Haltung änderte sich abrupt. »Oh, natürlich«, sagte er und lächelte salbungsvoll. »Es war nicht nötig, wie ein teutonischer Barbar hier hereinzureiten, Neffe. Als einziger Erbe – so schien es – bekam ich Land und Vermögen deines Vaters, aber da du ganz offensichtlich am Leben bist …«

»Was ist mit meiner Mutter?«

»Du hast nichts davon gehört?«, entgegnete Gobanit.

»Wovon?«

»Deine Mutter … hat sich Keltill im Land der Legende hinzugesellt, Vercingetorix«, sagte Gobanit und mied dabei den Blick seines Neffen. »Gaela starb einen sehr ehrenvollen Tod. Man hat gesehen, wie sie sich einen Dolch ins Herz stieß, als sie teutonischen Räubern in die Hände fiel. Dadurch wollte sie unehrenhafter Versklavung – oder Schlimmerem – entgehen. Du kannst sehr stolz auf sie sein …«

Gobanits Blick huschte nach rechts und zu etwas, das sich hinter Vercingetorix befand. Der junge Mann drehte den Kopf und sah die zwölf Wächter, die vergeblich versucht hatten, ihn aufzuhalten. Sie waren in den Großen Saal zurückgekehrt und näherten sich langsam mit gezogenen Schwertern.

Vercingetorix sprang vom Pferd herunter und hielt die Spitze seines Schwerts unter Gobanits Kinn.

»Ich glaube dir nicht, Gobanit!«, sagte er, übte etwas mehr Druck mit der Klinge aus und zwang seinen Onkel aufzustehen. »Du hast sie ebenso ermordet wie meinen Vater!«

Angst flackerte in Gobanits Augen.

»Wer auch immer dir das gesagt hat, ist ein Lügner! Ich versichere dir, dass ich weder deinen Vater noch deine Mutter getötet habe!«

»Du bist der Lügner! Du hast das Feuer angezündet! Ich habe es selbst gesehen!«

Schweißperlen bildeten sich auf Gobanits Stirn und Wangen. »Mir blieb keine Wahl!«, winselte er. »Wenn du es gesehen hast, so weißt du auch, dass ich dem Befehl des Druiden Diviacx folgte!«

»Du hättest dich weigern können!«

»Zu welchem Zweck? Irgendein Häduer hätte den Scheiterhaufen angezündet, und ich wäre wegen Ungehorsams einem Druiden gegenüber hingerichtet worden.«

»Du hättest deine Ehre bewahrt! Zieh dein Schwert, Gobanit, denn ich möchte *meine* Ehre bewahren, indem ich dir in einem fairen Kampf den ehrenvollen Tod gewähre, den du meinem Vater vorenthalten hast.«

Er zog das Schwert vom Hals seines Onkels zurück.

Aber anstatt eine Waffe hervorzuholen und sich der Herausforderung zu stellen, wankte Gobanit zurück und schrie: »Tötet ihn! TÖTET IHN!«

Alle Gedanken hörten auf, als Vercingetorix herumwirbelte, das Schwert vor sich, parallel zum Boden. Er sah, dass sich nicht etwa die Wächter genähert hatten, sondern drei der arvernischen Senatoren – sie waren von ihren Liegen aufgestanden und sprangen vor, um ihn mit ihren Schwertern zu durchbohren.

Vercingetorix setzte die Drehung fort, trat gleichzeitig einen Schritt zurück und erlaubte es dem Bewegungsmoment seiner Gegner, sie an ihm vorbeizutragen. Er drehte sich noch immer, als sein Schwert einem Senator tief durchs Gesäß schnitt, trat dann den beiden anderen gegenüber, als sie unbeholfen versuchten, sich ihm zuzuwenden. Die Klinge hinterließ eine klaffende Wunde in der Kehle des einen Mannes und bohrte sich dem anderen unterm Brustbein in den Leib.

Mit einer weiteren Drehung zog Vercingetorix das Schwert aus dem Körper des Sterbenden und sah sich Gobanit gegenüber, der schwerfällig ein Schwert unter seiner Toga hervorholte. Ohne zu zögern stieß er ihm die Klinge in den Bauch und drehte dann die Hand, um den scharfen Stahl bis zum Herzen zu führen.

Gobanit schrie, fiel und war bereits tot, als Vercingetorix das blutige Schwert aus ihm herauszog. Die Gedanken kehrten zurück. Wenn das, was der Mann der Tat vollbracht hatte, in einem Augenblick geschehen zu sein schien, so dauerte der nächste Moment eine Ewigkeit, als der Mann des Wissens die Resultate betrachtete.

Ein Mann lag schreiend und heulend auf dem Bauch, in einer größer werdenden Blutlache. Ein zweiter lag reglos auf dem Rücken. Ebenso der dritte, dessen Kopf unnatürlich weit zur Seite geneigt war; Blut strömte aus der tiefen Wunde im Hals wie Wasser aus einer Quelle in den Bergen. Gobanit lag mit dem Gesicht nach unten in einem weiteren Teich aus Blut.

Vercingetorix hatte ohne zu denken getötet, nicht nur einmal, sondern gleich dreimal. Wie bei einem Tanz hatte er Leben ausgelöscht, mit heißem Blut und singendem Schwert, aber jetzt spürte er, wie ihm das Herz schwer wurde und Übelkeit in ihm emporstieg. Es fiel ihm schwer, in seiner Tat so etwas wie Ruhm zu erkennen.

Er verbannte den Ekel aus sich, denn dies war nicht der geeignete Zeitpunkt, um sich zu übergeben oder über das Geschehene nachzudenken. Die vier anderen »Senatoren« Gobanits waren ebenfalls aufgestanden, aber niemand von ihnen hatte den Mut, ein Schwert zu ziehen. Die zwölf Wächter hinter ihnen starrten verblüfft und bestürzt auf das Blutbad, richteten dann unsichere Blicke auf den Hauptmann. Vercingetorix begriff, dass er sofort den Befehl übernehmen musste.

»Ihr ... Ihr habt nicht nur den Vergobreten getötet, sondern auch zwei Senatoren!«, brachte Baravax hervor. »Das war kein fairer und ehrenhafter Kampf ...«

Wie sollte er sich jetzt verhalten? Wessen Befehlen musste er gehorchen? Sicher nicht denen eines Toten, oder? Denen der übrig gebliebenen Senatoren? Aber sie schienen ebenso unschlüssig zu sein wie er.

»Gewiss nicht«, sagte Vercingetorix. »Ich habe Gobanit einen ehrenvollen Kampf angeboten, nicht wahr? Doch er lehnte es ab, sich der Herausforderung zu stellen, wollte mich stattdessen von diesen Feiglingen hinterrücks umbringen lassen. Ich habe also keinen Mann der Ehre getötet. Ich habe niemanden getötet, der es *wert* ist, Oberhaupt der Arverner zu sein!«

Diesen Worten konnte Baravax nicht widersprechen.

»Du willst mit Waffengewalt an Gobanits Stelle treten!«, lamentierte einer der Senatoren.

»So etwas ist noch nie geschehen!«

»Es muss eine Wahl stattfinden!«

»Ich beabsichtige nicht, mich mit Waffengewalt zum Vergobreten zu erklären, denn so etwas widerspricht unseren Traditionen«, sagte Vercingetorix. »Ich erhebe nur Anspruch auf das Land meines Vaters, auf sein Vermögen und die Loyalität jener Edelleute und Krieger, die ihm Loyalität schulden. All jene, die mir folgen wollen, führe ich zu Cäsar, auf dass wir gemeinsam in den Kampf gegen die Britannier ziehen. Wer auch immer Vergobret werden möchte: Ich fordere ihn auf, sich mir mit seinen Kriegern anzuschließen. Warten wir mit der Wahl bis zu unserer Rückkehr. Sollen unsere Taten auf dem Schlachtfeld für uns sprechen.«

»Wohl gesprochen!«, rief Baravax und besiegelte seine Entscheidung, indem er das Schwert zum Gruß hob und den Wächtern zunickte, die seinem Beispiel nach kurzem Zögern folgten. Im Großen Saal gab es außer Vercingetorix ganz offensichtlich niemanden, der seiner Loyalität *würdig* war.

Und mit ziemlicher Sicherheit würde er schließlich der Mann sein, der die Macht hatte, einen Hauptmann der Wache nach seiner Wahl zu bestimmen.

IX

Die technische Truppe unter Junius Gallius hatte die Palisade des Lagers errichtet, sie mit den üblichen Gräben umgeben und die Anlegestellen in weniger als einer Woche fertig gestellt. Zweihundert Schiffe waren bereits vom Mittelmeer gekommen, ohne nennenswerte Zwischenfälle.

Cäsar ließ seine vier Legionen im Innern der Befestigungsanlage biwakieren, während sich die Lager der Gallier draußen befanden, in sicherer Entfernung. Selbst Dumnorix, den Cäsar für recht intelligent hielt, obgleich er sich immer wieder als Dummkopf darstellte, hatte sich von seinem durchaus berechtigten Argwohn ablenken lassen, als man ihm die sybaritischen Unterkünfte zeigte, die für bevorzugte gallische Anführer im Innern der römischen Bastion vorbereitet worden waren.

An diesem Tag schien die Sonne an der nördlichen Küste Galliens, einer Region, die nicht gerade für ihr gutes Wetter bekannt war, und selbst der sonst immer so finstere Gisstus lächelte offen, als er zu Cäsar vor seinem Zelt trat. Er trug einen geheimnisvollen Beutel.

»Ich habe gute, schlechte und amüsante Nachrichten, Cäsar. Vercingetorix ist nur zwei oder drei Tage entfernt, und was das Zaumzeug für Euer junges Einhorn betrifft: Wir haben es bereits gefunden, bei den karnutischen Geiseln. Ihr kennt sie selbst, seid mit ihr intim gewesen.«

»Tatsächlich?« Cäsar zuckte mit den Schultern. Die Erinnerungen an seine erotischen Lektionen für die Geiseln im vergangenen Winter waren sehr angenehm, aber es hatte so viele hübsche junge Gesichter und reifende, attraktive Körper gegeben, dass alles in einem rosaroten Nebel miteinander verschwamm.

»Eine junge Frau aus dem Stamm der Karnuten? Und ihr Name lautet …?«

»Marah«, sagte Gisstus.

»Und Vercingetorix verbindet liebevolle Erinnerungen mit ihr?«

»Ja. Er ist ihr nur ein- oder zweimal begegnet, aber sie sollten verheiratet werden, um ein Bündnis zwischen Arvernern und Karnuten zu schmieden. Nach der Flucht aus Gergovia besuchte er eine Druidenschule, und soweit ich weiß, beschränken sich die sexuellen Erfahrungen der Jungen dort auf die eigene Gesellschaft. Von solchen Beziehungen halten die Gallier sehr wenig. Deshalb bezweifle ich, dass Vercingetorix ein Mädchen vergessen hat, das appetitlich genug war, um *Euren* kultivierten erotischen Gaumen zu erfreuen, Cäsar. Ich glaube, er könnte noch unberührt sein.«

»Unberührt!«, entfuhr es Cäsar.

»Wir sind hier nicht in Rom. Ist Euch das schon aufgefallen?«

Cäsar hatte tatsächlich bemerkt, dass die sexuellen Praktiken in diesem Teil der Welt seltsam waren. Die Teutonen *verspotteten* sogar Krieger, die sich sexuellen Genüssen hingaben, bevor sie fünfundzwanzig oder älter wurden. Sie glaubten, dass ihre Kampfkraft darunter litt.

»Hier ist noch eine kleine Überraschung für Euch«, sagte Gisstus. Er griff in den Beutel und holte eine Krone hervor. »Brenns legendäre Krone!«

Die Krone wirkte eher primitiv, aber sie bestand aus Gold.

»Ist sie echt?«, fragte Cäsar.

»Nun, sie ist aus Gold«, sagte Gisstus. »Aber ich habe sie herstellen lassen. Vielleicht erinnert Ihr Euch daran, dass ich die echte mit eigenen Augen gesehen habe. Wenn es die echte war und nicht etwas, das *Keltill* herstellen ließ. Falls es überhaupt eine echte gibt. Wie ich aus gewissen zynischen Quellen gehört habe, behauptet mehr als ein unbedeutendes gallisches Stammesoberhaupt, die echte Krone zu verstecken. Vorausgesetzt natürlich, dass Brenn jemals eine getragen hat.«

»Und du glaubst wirklich, dass sich Vercingetorix davon täuschen lässt?«

»Ist er ein Goldschmied?«

»Aber trug er nicht die echte Krone bei sich, als er floh? Wie kann er glauben, dass ich ...«

Mit der freien Hand vollführte Gisstus eine dramatische Geste über der Krone. »Druidenmagie!«, verkündete er. »Brenns Krone hat einen eigenen Willen und ist auf Reisen, um das vom Schicksal für sie auserwählte Haupt zu finden!«

Cäsar lachte. »Was *würde* ich nur ohne dich anstellen, Gisstus?«

»Vielleicht Euren Sinn für Humor verlieren?«, erwiderte Gisstus.

Critognat hatte mehr Männer im Kampf getötet, als er zählen konnte, was Dutzende von Narben bewiesen, und er ritt nun als stellvertretender Befehlshaber neben einem Mann, der nicht einmal halb so alt war wie er, über keine Kampferfahrung verfügte und doch die arvernische Streitmacht anführte.

Und Critognat fühlte sich wohl dabei!

Viertausend Krieger ritten hinter ihnen, und etwa die Hälfte davon hatte bereits Vercingetorix' Vater die Treue geschworen. Die meisten anderen waren Gefolgsleute von Critognat oder von erfahrenen Kriegern wie Cavan, Blosun und Rackelanar, die zu ihm aufsahen. Critognat wusste, dass er sehr wohl in der Lage gewesen wäre, die Führung der arvernischen Streitmacht zu beanspruchen. Ebenso hätte er auf einer sofortigen Wahl eines neuen Vergobreten bestehen können und sie vermutlich auch gewonnen.

Aber er hatte von keiner dieser beiden Möglichkeiten Gebrauch gemacht. Etwas Magisches haftete dem jungen Sohn Keltills an und veranlasste einen alten Krieger nicht nur, ihn zu mögen, sondern auch dazu, entgegen aller Vernunft und Erfahrung seiner Führung zu vertrauen. Die Magie lag darin, wie Vercingetorix die Führung errungen und auf welche Mittel er dabei *verzichtet* hatte.

Als Critognat von Vercingetorix' Vorschlag erfuhr, die Wahl zu verschieben, um allen Anwärtern auf das Amt des Vergobreten die Chance zu geben, sich auf dem Schlachtfeld zu beweisen, hatte er vor Freude geweint. Ob mit oder ohne Kampferfahrung: Hier war ein Mann mit dem Herzen eines wahren Galliers! Hier war ein Anführer, dem Ehre mehr bedeutete als Macht und der verstand, dass die Loyalität der Krieger mit dem Schwert gewonnen werden musste.

Wenn Vercingetorix ihn verzaubert hatte, so war es die *richtige* Art von Zauber. Die Magie der Ehre und des Schwertes. Jene Magie, die Brenns Heer den Sieg über Rom ermöglicht hatte.

Dort, an der nordöstlichen Küste der rollenden grauen See, gab es eine römische Palisade. Und vor ihr sah Critognat zehntausende von Kriegern in einem riesigen Heerlager. Gallier vieler Stämme, nach den Standarten und Wimpeln zu urteilen.

»Ich habe noch nie eine so große Versammlung der Stämme gesehen«, sagte Critognat. »Und ich hätte nie gedacht, so etwas jemals zu erblicken.«

»Seit Brenn hat es keine so große gallische Streitmacht gegeben«, sagte Vercingetorix.

»Aber sie wurde nicht von einem Gallier, zusammengerufen, sondern von einem *Römer*«, brummte Critognat und schüttelte reumütig den Kopf.

»Was machen wir jetzt?«, fragte Critognat.

Auf diese gute Frage wusste Vercingetorix keine Antwort. Sie näherten sich dem Rand des gallischen Lagers vor der römischen Palisade, und es schien nirgends Platz zu geben. Mehr noch: Ein gewaltiges Durcheinander bot sich ihnen dar.

Standarten steckten die Territorien ab, die von einzelnen Stämmen beansprucht wurden, und tausende von Kriegern drängten sich dort zusammen. Schmale Schneisen erstreckten sich zwischen den Stammeszonen. Sie waren breit genug für Marketender und Händler, die ihre Waren anboten, aber es gab nicht annähernd genug Platz, um die arvernischen Truppen passieren zu lassen – für den Fall, dass näher an der Palisade ein freier Bereich existierte, in dem sich Vercingetorix' Streitmacht niederlassen konnte.

Doch auch die Krieger der bereits eingetroffenen Stämme waren nicht richtig untergebracht. Kreuz und quer standen die Zelte. Unternehmungslustige Bauern brieten Schweine, Schafe und Geflügel über großen Feuern, um das Fleisch zu verkaufen. Es gab Brotlaibe in Hülle und Fülle, aber nirgends einen Backofen. Brauer boten Bier aus Fässern an, doch angesichts der überall präsenten Amphoren mit römischem Wein gingen ihre Geschäfte nicht sehr gut.

Pferde waren angebunden, leerten Blase und Darm in der Nähe ihrer Herren, die um Geld spielten, aßen und vor allem tranken und den Boden in ähnlicher Weise beschmutzten. Von dem chaotischen Lager ging ein Gestank aus, der Critognat veranlasste, die Nase zu rümpfen.

»Ich habe ordentlichere Schweineställe gesehen«, sagte er. »Und sie rochen besser. Wo sollen wir unsere Krieger lagern lassen? Wo sind die Vergobreten? Wer trägt hier die Verantwortung?«

»Die Männer sollen auf ihren Pferden sitzen bleiben«, wandte sich Vercingetorix an ihn. »Ich versuche, Klarheit zu gewinnen.«

Er rief Baravax zu sich und ließ von ihm ein Dutzend Krieger auswählen, bevor er sich ins wirre Lager wagte. Die Sache gefiel ihm nicht, was nicht nur am dampfenden Urin und den von Fliegen umschwirrten Dunghaufen lag. Flankiert von seinen Wächtern ritt er im Zickzack durch die Schneisen und näherte sich dem Palisadentor.

Er trug jetzt nicht mehr Cäsars karmesinroten Umhang, sondern einen im Orange der Arverner, aber er benutzte noch immer Cäsars Pferd mit der roten und goldenen Satteldecke, eine Kombination von Farben, die sich hier offenbar keiner großen Beliebtheit erfreute. Mürrische Blicke trafen ihn, und Stimmen brummten. Nur die Präsenz der Eskorte verhinderte Flüche und Beleidigungen.

Vercingetorix näherte sich der Keiler-Standarte und freute sich, als er dort ein vertrautes Gesicht sah.

»Litivak!«

»Vercingetorix! Wie ich hörte, bist du ein großer General geworden.« Sein Tonfall verriet nicht, ob er es ernst oder ironisch meinte.

»Jene, die meinem Vater folgten, folgen nun mir, wenn du das meinst«, erwiderte Vercingetorix vorsichtig. »Kannst *du* mir vielleicht sagen, was hier los ist? Ich sehe weder Römer noch Vergobreten. Niemand scheint sich hier um irgendetwas zu kümmern.«

»Cäsar lässt seine Legionen im Innern der Befestigungsanlage lagern. Dort stehen den Vergobreten und allen, die er verführen möchte, luxuriöse Unterkünfte zur Verfügung. Der Rest von uns genießt die Freiheit, für sich selbst zu sorgen.«

»Nun, ich erkenne Weisheit darin, Römer und Gallier getrennt zu halten ...«, sagte Vercingetorix.

»Das hilft derzeit, den Frieden zu wahren«, pflichtete ihm Litivak bei. »Aber wenn wir schließlich Seite an Seite kämpfen ...« Er zuckte mit den Schultern.

»Unter wessen Befehl?«

»Unter dem Cäsars natürlich.«

»Ich meine die Streitkräfte all dieser Stämme.«

»Soweit ich weiß, hat Cäsar das Kommando über die gallischen Hilfstruppen seinem bevorzugten Statthalter übertragen, Titus Labienus.«

»Ein *Römer?*«

»Kannst du dir vorstellen, dass all diese Stämme einen *Gallier* als ihren Oberbefehlshaber akzeptieren?«, spottete Litivak.

»Also kümmert sich Labienus um die Organisation des Heerlagers?«

Litivak hob und senkte die Schultern. »Sieht es für dich danach aus, als sei hier *irgendetwas* organisiert?«

»Wohin soll ich meine Truppen führen?«

Litivaks Aufmerksamkeit galt dem Pferd. »Du reitest das Pferd eines römischen Generals, nicht wahr?«, fragte er argwöhnisch.

»Es gehört Cäsar«, sagte Vercingetorix.

»*Cäsar!* Wie in aller Welt bist du dazu gekommen?«

»Er hat es mir geliehen ... oder verkauft«, entgegnete Vercingetorix. »Es ist eine seltsame Geschichte ...«

»Nun, Cäsars Pferd sollte dir zumindest die Möglichkeit geben, in Cäsars Festung zu gelangen«, sagte Litivak.

Vercingetorix setzte den Ritt zum Palisadentor fort. Es war geöffnet, aber vier römische Legionäre, die eher gelangweilt als feindselig wirkten, versperrten den Weg.

»Du bist ...?«, fragte einer von ihnen, ein älterer Mann mit einer langen Wangennarbe und mehr Grau als Schwarz im Haar.

»Vercingetorix von den Arvernern.«

»Ah, der berühmte Sohn Keltills«, ließ sich ein anderer höhnisch vernehmen. »Stimmt es, dass du in Gergovia eigenhändig hundert Männer getötet und in einer einzigen Nacht ihre Witwen bedient hast, um dir dann die Pferde vorzunehmen?«

Der grauhaarige Legionär brachte ihn mit einem giftigen Blick zum Schweigen.

»Niemand darf herein, ohne identifiziert zu werden«, wandte er sich in einem entschuldigenden Tonfall an Vercingetorix. »Du könntest auch jemand anderes sein. Nichts für ungut.«

»Ich verstehe«, sagte Vercingetorix.

»Melde ihn, Claudius«, sagte der Befehlshaber der Wachtruppe, und der Legionär, von dem die abfälligen Worte stammten, ging fort.

Während Vercingetorix wartete, dachte er darüber nach, auf welche Weise Cäsar die Truppen untergebracht hatte. Er kam zu dem

Schluss, dass es keine Alternative gab. Gallier und Römer gemeinsam lagern zu lassen kam einer Einladung zum Streit gleich. Und wenn Cäsar den gallischen Kriegern vorgeschlagen hätte, *in* der Bastion zu lagern, umringt von seinen Legionen außerhalb, so wären sie auf der Stelle fortgeritten. Aber warum befanden sich die gallischen Heerführer im Innern der Befestigungsanlage und nicht bei ihren Männern?

Claudius kehrte verwundert zurück.

»Nun?«, fragte der Befehlshaber der Wachgruppe.

Claudius sah Vercingetorix mit weitaus mehr Respekt an als bei der Begrüßung.

»Wir sollen ihn passieren lassen«, sagte er. »Aber ohne seine Eskorte. Er höchstpersönlich erwartet ihn.«

»*Auf Lateinisch, damit wir dich verstehen können*, Claudius.«

»Er höchstpersönlich, Marius«, erwiderte Claudius. »Gajus Julius Cäsar.«

»Heil, Vercingetorix«, sagte Cäsar, als der Gallier auf dem weißen Pferd durchs Tor ritt.

Amüsiert stellte er fest: Zwar hatte Vercingetorix den karmesinroten Umhang gegen einen orangefarbenen eingetauscht, aber der Schimmel trug noch immer das Geschirr eines römischen Generals. Cäsar hielt es für angemessen, Stammesoberhäupter im Beisein von Labienus zu begrüßen, und seine Erheiterung nahm zu, als Labienus mit offensichtlicher Verwirrung auf den Anblick des Pferdes reagierte. Er schien fast Anstoß daran zu nehmen. Andererseits: Es war nicht weiter schwer, Titus Labienus zu schockieren.

Für einen langen, von Unbehagen geprägten Moment blieb Vercingetorix stumm auf dem Pferd sitzen und schien nicht bereit zu sein, den römischen Gruß zu erwidern, vermutlich aus Sorge, so etwas könnte als Zeichen der Loyalität gedeutet werden. Der junge Mann hatte einen guten politischen Instinkt.

»Ich grüße Euch, Cäsar«, sagte er schließlich.

»Äh, heil, Vercingetorix«, ließ sich Labienus vernehmen, ebenso unsicher wie der Gallier hinsichtlich der richtigen diplomatischen

Etikette für diese Situation; gleichzeitig versuchte er, nicht zu auffällig das Pferd anzustarren.

»Mein Statthalter, Titus Labienus«, stellte Cäsar vor.

»Ich grüße Euch, Labienus«, sagte Vercingetorix. »Ich habe viel von Euch gehört.«

»Habt Ihr das …?«

»Eure Feinde – Eure früheren Feinde – beschreiben Euch als den würdigsten aller Gegner, einen klugen General, so tapfer wie ein Löwe …«, sagte Vercingetorix. Labienus' Wangen verfärbten sich ein wenig, und Cäsar gewann den Eindruck, dass Vercingetorix aufmerksam genug war, um es zu bemerken. »Fast so tapfer wie ein Gallier«, fügte er mit einem Lächeln hinzu, dem er ein leises Lachen folgen ließ, in das Labienus einstimmen und damit seine Verlegenheit überwinden konnte.

Vercingetorix löste einen großen Beutel vom Sattel und stieg ab. Er öffnete den Beutel und entnahm ihm Cäsars Umhang, säuberlich zusammengefaltet. »Danke dafür, dass Ihr mir dies geliehen habt«, sagte er und reichte Cäsar den Umhang. »Er hat mich gut geschützt, aber Orange ist mir lieber.«

Vercingetorix holte einen kleineren Lederbeutel aus dem größeren, und als Cäsar ihn öffnete, sah er darin fünf Goldmünzen, mit dem Antlitz des jungen Mannes geschmückt.

»Was ist das?«, fragte er.

»Damit bezahle ich das Pferd«, sagte Vercingetorix. »Ich habe es Euch versprochen, nach der Rückgewinnung meines Geburtsrechts, über das ich jetzt verfüge.«

»O nein.« Cäsar gab ihm das Geld zurück »So einfach kommst du nicht davon, mein junger Freund! Hiermit berufe ich mich auf den gallischen Brauch und verlange *fünfzig* Goldmünzen, wenn wir beide tot sind und uns im Land der Legende begegnen!«

Er und Vercingetorix lachten.

Die Verwirrung in Labienus' Miene war vorzüglich.

»Komm, junger Freund«, sagte Cäsar und ergriff Vercingetorix wie einen alten Kameraden am Arm. »Erlaube mir, dir dein Quartier zu zeigen.«

Das Innere der Befestigungsanlage bildete einen auffallenden Kontrast zu dem Heerlager außerhalb. Wohin Vercingetorix auch blickte, überall sah er Ordnung und Sauberkeit. Es gab Backöfen, und offene Feuer dienten nicht nur dazu, Fleisch zu braten – dort blubberte auch Brei in großen schwarzen Eisenkesseln. In regelmäßigen Abständen waren Amphoren mit Wein und Wasserfässer aufgereiht. Dunggräben waren ausgehoben worden, weit genug von den Legionären entfernt, und die römischen Pferde, weit weniger als die der Gallier, befanden sich ebenfalls ein ganzes Stück von den Männern entfernt in Pferchen.

Die Legionäre biwakierten in ordentlichen Reihen aus identischen Lederzelten für jeweils acht Mann, durch schnurgerade unbefestigte Wege voneinander getrennt. Tausende saßen draußen im Sonnenschein, aßen Brei, tranken Wein, reparierten ihre Rüstungen, schärften Schwerter und Lanzen.

Cäsar führte Vercingetorix an einer wesentlich kleineren Zeltgruppe vorbei, die vom Hauptlager der römischen Truppen getrennt war und seltsamerweise bewacht wurde. Vercingetorix verbarg sein Erstaunen nicht, als er dort Diviacx sah, der von einem Zelt zu einem anderen ging.

»Das sind die Unterkünfte der Schüler«, erklärte Cäsar.

»Der Geiseln, meint Ihr wohl.«

»Sie *kommen* in den Genuss einer römischen Bildung ....«, beharrte Cäsar sanft.

»Diviacx bringt Galliern bei, wie man ein Römer wird?«

»Wir haben hier die Schüler vieler Stämme, und wem würden die Stammesoberhäupter in einem römischen Feldlager die Aufsicht über sie anvertrauen, wenn nicht einem Druiden?«

»Und der einzige Druide, der bereit ist, Euch zu dienen, heißt Diviacx«, sagte Vercingetorix bitter.

»Druide oder nicht, ich glaube, du magst ihn nicht sehr«, vermutete Cäsar.

»Wie kann ich den Mann mögen, der meinen Vater zum Tod verurteilte?«

»Ja, wie soll so etwas möglich sein?« Cäsar richtete einen nachdenklichen Blick auf Vercingetorix. »Von einem Mann des Schicksals zum anderen: Zwar ist er in gewisser Weise ein Verbündeter, aber ich halte ebenfalls nicht viel von Diviacx. Es gibt etwas an ihm, das ich verachtenswert finde.«

»Warum greift Ihr trotzdem auf seine Hilfe zurück?«

»Warum bringst *du* ihn nicht um?«, fragte Cäsar listig.

»Einen Druiden umbringen?«, entfuhr es Vercingetorix. »Wenn ich mich dazu hinreißen ließe, würden selbst die Arverner …« Er unterbrach sich, als er begriff, dass Cäsar eine rhetorische Frage gestellt hatte.

Cäsar nickte. »Selbst Männer des Schicksals sind Sklaven der Notwendigkeit«, sagte er. »Manche Werkzeuge gefallen einem: ein gut geschmiedetes Schwert, ein gutes Messer, sogar ein hübsch verzierter Griffel. Andere Dinge – ein gewöhnlicher Holzhammer, ein schlichter Topf, die Sense eines Bauern – sind zwar ohne Reiz, aber durchaus nützlich. Und wenn man nichts anderes hat …« Er zuckte mit den Schultern.

Sie erreichten einige Zelte, die unweit der östlichen Palisade standen, weit entfernt von den Lagern der Legionäre und den Unterkünften der Geiseln. Es waren insgesamt zwanzig, und sie standen weiter auseinander als die Zelte der Legionäre. Vor jedem zeigte sich die Standarte eines gallischen Stamms. Cäsar verharrte beim Bären der Arverner.

»Dein Quartier«, sagte er, zog die Eingangsplane beiseite und konfrontierte Vercingetorix mit etwas, das eher nach dem Schlafzimmer einer römischen Hure als nach dem Feldquartier eines Offiziers aussah.

Ein Bett im römischen Stil stand auf gewölbten, mit Schnitzereien verzierten Holzbeinen, und darauf lagen Bären- und Luchsfelle. Es gab mehrere Holztische, große und kleine, alle rot und schwarz gestrichen, der größte von ihnen mit Messingbeschlägen ausgestattet. Es gab Tabletts aus Messing und Bronze, mit Silber geschmückte Pokale. Duftöl brannte in Messinglampen, ein ekelhaft süßlicher Lavendelgeruch ging davon aus. Über dem Bett hing ein Wandteppich und zeigte drei Geschöpfe, die eine Mischung aus Mensch und

Ziege zu sein schienen, beim Geschlechtsakt mit nackten Frauen. Jähes Verlangen wärmte seine Lenden, und das Blut schoss ihm ins Gesicht.

»Ein wenig spartanisch, zugegeben«, sagte Cäsar. »Aber ich hoffe, du findest es gastfreundlich genug für ein militärisches Lager. Wenigstens brauchst du nicht zu befürchten, des Nachts zu frieren und allein zu sein.«

Er klatschte in die Hände, einmal, zweimal, dreimal, und zwei Frauen kamen ins Zelt, die eine rothaarig und in ein weites schwarzes Gewand gehüllt, die andere schwarzhaarig und in einen roten Umhang gekleidet. Beide waren sehr jung und atemberaubend schön. Vercingetorix beugte sich aus den Hüften heraus ein wenig vor, um seine Erregung zu verbergen. Cäsar nickte, und die Schwarzhaarige holte Kelche, während die Rothaarige eine kleine Amphora nahm und Wein einschenkte.

»Deine Leibdienerinnen«, sagte Cäsar. »Und keine Sorge: Sie verstehen es ausgezeichnet, deinem Leib zu dienen.«

Er nickte erneut, und die beiden Frauen lächelten schlüpfrig, streiften dann die Gewänder ab. Darunter trugen sie nur winzige Lendentücher, schwarz für die Schwarzhaarige, rot für die Rote, sonst nichts.

Vercingetorix hatte nie zuvor in seinem Leben zwei fast nackte Frauen nebeneinander gesehen. Nie zuvor hatte er Frauen mit so perfekten Figuren wie diese beiden gesehen, und nie zuvor auch nur eine einzelne, die bereit war, seine Begierde zu stillen. Aber er spürte deutlich Gefahr, eine süße Falle, in der diese beiden Frauen und alles, das sie umgab, den Köder darstellten.

Außerdem musste er an seine Männer denken, und nicht nur wegen der unerträglichen Umstände, die sie hinnehmen mussten – was würden sie von einem Heerführer halten, der in Luxus schwelgte, während sie draußen bei ihren Pferden lagerten?

Es scheint zu stimmen!, dachte Cäsar, als er Vercingetorix' Reaktion auf die Entblößung schöner Frauenkörper beobachtete. Die Augen traten ihm fast aus den Höhlen, und seine Erektion war ebenso deutlich wie der verlegene Versuch, sie zu verbergen. Entweder ist der junge Mann tatsächlich noch unberührt, oder seine sexuellen Erfahrungen sind sehr gering.

Vercingetorix nickte den beiden Leibdienerinnen auf eine Weise zu, die er vermutlich für würdevoll hielt, beugte sich dann zu Cäsar. »Ein vertrauliches Wort ...«, flüsterte er.

Cäsar führte ihn in eine Ecke des Zelts.

»Es ist keineswegs so, dass ich Eure Gastfreundschaft nicht zu schätzen weiß, Cäsar«, sagte Vercingetorix. »Aber ich halte es nicht für klug, einen solchen Luxus zu genießen, während meine Männer draußen im Freien schlafen. Ein Heerführer sollte sich nicht von seinen Kriegern isolieren, sondern ihre Gefahren teilen, auch ihre Verhältnisse. Ich schlafe draußen bei der Truppe, wenn es Euch nicht beleidigt.«

»Ich verstehe dich«, erwiderte Cäsar. »Dieses Zelt steht dir zur Verfügung, wann immer du willst.« Er nickte in Richtung der Leibdienerinnen, die nun wieder ihre Gewänder überstreiften. »Du kannst es ganz nach deinen Wünschen benutzen.«

Errötete der junge Mann? Selbst wenn das der Fall war: Vercingetorix richtete einen kühlen, abschätzenden Blick auf ihn, aus Augen, die Jahrzehnte älter zu sein schienen als der Rest von ihm. »Ich finde es eigenartig, dass Ihr den gallischen Befehlshabern solche Unterkünfte zur Verfügung stellt ...«

»Wieso?«, erwiderte Cäsar und achtete darauf, Gesichtsausdruck und Stimme neutral zu halten.

»Warum die Heerführer von ihren Kriegern trennen?«, fragte Vercingetorix. »Warum rivalisierende Oberhäupter nahe beieinander unterbringen?«

Welch ein sonderbarer junger Mann dieser Vercingetorix doch war: im einen Moment ein verlegener Junge, im nächsten ein schlauer General. Und es bestand die Gefahr, dass er die tatsächliche Situation zu genau erkannte.

»Deine zweite Frage ist die Antwort auf die erste, mein junger Freund. Ich hoffe, dass die Nähe der einzelnen gallischen Heerführer Kameradschaft ermöglicht. Sie sollen sich selbst als Anführer einer vereinten gallischen Streitmacht sehen.« Er bedachte Vercingetorix mit einem falschen Lächeln. »Hat nicht auch dein Vater so etwas versucht?«

»Um Euch aus Gallien zu vertreiben«, erwiderte Vercingetorix. »Und dafür brachte man ihn um«, fügte er hinzu. »Ich begreife noch immer nicht ganz, warum Euch so viel an einem Zusammenschluss der Gallier liegt ...«

»*Unter* Rom, nicht gegen uns«, betonte Cäsar. »Die Bemühungen deines Vaters blieben ohne Erfolg, weil die Vergobreten Galliens keine Vorteile darin sahen, sich unter *ihm* gegen *mich* zusammenzuschließen. Aber ich zeige ihnen, dass es sich lohnt, unter einem römischen Prokonsul einig zu sein. Indem ich ihnen Reichtum und Zivilisation bringe.«

Ob sexuell unerfahren oder nicht: Cäsar sah, dass Vercingetorix nicht naiv genug war, um dies alles für bare Münze zu nehmen, obgleich mehr Wahrheit als Lüge darin steckte.

»Speise heute Abend in meinem Zelt mit mir«, sagte er. »Dann wird vieles klar.«

Aber nicht alles, mein junger Freund.

Hatte das Vercingetorix angebotene Zelt den Eindruck eines römischen Bordells erweckt, so wäre Cäsars eigene Unterkunft einem römischen König – hätte es einen gegeben – angemessen gewesen. Es war viermal so groß wie die gewöhnlichen Zelte und in einzelne Zimmer unterteilt, von Gobelins, die Landschaften fremder Länder zeigten, bei denen es sich vermutlich um römische Provinzen handelte und in deren Rand Goldfäden glänzten. Teppiche lagen auf dem Boden. Goldene Öllampen erleuchteten das Zelt und verbreiteten einen subtilen Duft. Zwei Musikanten saßen in einer fernen Ecke des Speiseraums; einer von ihnen spielte auf einem Saiteninstrument, der andere blies in etwas, das wie eine Ansammlung mehrerer Holzpfeifen aussah. Auf einem großen, niedrigen Esstisch standen silberne Tafeln und goldene Teller mit Obst, Nusskernen, Oliven, unterschiedlich gefärbtem sonderbarem Brei, Fisch in Soßen, goldene Kelche und eine kleine Amphore mit Wein.

Drei üppig gepolsterte Liegen säumten den Tisch. Eine war leer. Cäsar ruhte auf einer anderen, trug jetzt keine militärische Kleidung mehr, sondern eine weiße Toga mit karmesinrotem Besatz. Auf der dritten hatte es sich eine hinreißend schöne junge Frau bequem gemacht. Aus dem blonden Haar und der hellen Haut zu schließen, handelte es sich um eine Gallierin, aber sie trug ein durchscheinendes und tief ausgeschnittenes Gewand im römischen Stil. Ihr Haar war kunstvoll frisiert, von bunten Bändern und einem Diadem geschmückt, an dem kleine graue Perlen glänzten.

Sie begrüßte Vercingetorix mit einem strahlenden Lächeln.

Cäsar stand auf und führte ihn mit einer einladenden Geste zur dritten Liege. Wenn er diese Geste mit Worten begleitete, so nahm Vercingetorix sie nicht wahr. Die Frau hatte seine ganze Aufmerksamkeit gefesselt, nicht nur durch ihre Schönheit, sondern auch durch ihren Blick, der allen seinen Bewegungen folgte. Sie sah ihn selbst dann an, als Cäsar ihr einen Kuss auf die Lippen hauchte und zu seiner Liege zurückkehrte.

Es war erregend und faszinierend, aber es brachte ihn auch in Verlegenheit, denn offenbar kannte sie ihn, was bedeutete, dass sie sich schon einmal begegnet waren. Aber wie konnte er eine solche Frau vergessen haben?

»Dieses liebliche Geschöpf ist eine der besten Schülerinnen unserer römischen Schule und außerdem mein, äh, Protegé«, sagte Cäsar. »Sie heißt …«

»Marah«, sagte sie.

»Marah!«

»Ihr kennt euch …?«, fragte Cäsar. »Welch ein erstaunlicher Zufall!«

Er war *zu* erstaunlich, um ein Zufall zu sein. »Wir sind uns als … Kinder begegnet«, erwiderte Vercingetorix vorsichtig.

»Er bot mir an, mich zu seiner Königin zu machen«, sagte Marah mit einem leisen Lachen, das nicht nur ein wenig spöttisch klang, sondern auch liebevoll.

»Zu seiner Königin?«, fragte Cäsar.

»Es ist eine lange Geschichte«, sagte Vercingetorix ausweichend und errötete, als er sich an seine damalige Prahlerei erinnerte. Gleichzeitig fühlte er sich von einer besonderen Wachsamkeit erfasst, denn hier kamen drei Dinge zusammen: seine damalige Angeberei, das Mädchen – beziehungsweise die Frau –, dem jene Worte gegolten hatten, und der Mann, den seine Vision dazu bestimmte, ihn zum König auszurufen.

Marah übte keine Zurückhaltung.

»Es geschah an jenem Tag, als sein Vater versuchte, sich zum König zu machen«, sagte sie. »Er konnte das Geheimnis nicht ganz für sich behalten, und ich war ein kleines Mädchen aus der Provinz, beeindruckt vom Sohn eines Stammesoberhaupts, der noch mehr von sich selbst eingenommen war …«

»Und was bist du jetzt?«, erwiderte Vercingetorix scharf. Die Erinnerung behagte ihm nicht, und es ärgerte ihn, dass Marah so offen darüber sprach.

»Eine zivilisierte und gebildete Dame …«

»Beeindruckt von einem *römischen General,* der noch mehr von sich selbst eingenommen ist!«

Cäsar löste die Spannung durch ein Lachen. »Kannst du ihr deshalb Vorwürfe machen? Und kann man es mir vorwerfen? Immerhin bin ich ein sehr eindrucksvoller Mann!« Er lachte erneut. »Wir *drei* sind sehr eindrucksvoll!«

Er selbst füllte drei Kelche mit Wein und hob seinen zu einem Trinkspruch. »Darauf können wir getrost trinken!«, sagte er.

Bisher lief das von Cäsar inszenierte kleine Spiel ganz gut, aber es war besser, die Dinge nicht zu überstürzen. Als ein Gang nach dem anderen aufgetragen wurde, als er mit eigener Hand immer wieder die Kelche füllte, beschränkte er sich darauf, den Eindruck zu erwecken, mehr Wein zu trinken, als es in Wirklichkeit der Fall war. Gleichzeitig verleitete er Vercingetorix dazu, mehr in sich hineinzuschütten, als ein an Bier gewöhnter Gallier vertragen konnte. Aufmerksam hörte er zu, wie die beiden jungen Leute, die hoffentlich bald ein Liebespaar wurden, Kindheitserinnerungen austauschten und dann über ihre unterschiedlichen Wege ins Erwachsenenalter sprachen.

Römer verdünnten ihren Wein *tatsächlich* mit Wasser, um seine berauschende Wirkung abzuschwächen, wenn sie einen plötzlichen Anfall von Enthaltsamkeit erlitten, aber meist diente es dazu, den zu herben Geschmack eines mittelmäßigen Jahrgangs zu lindern. So wurde auch der Wein behandelt, den man an die Gallier verkaufte – er war nur wenig stärker als ihr Bier. Aber Cäsar ließ zu dieser Mahlzeit einen Spitzenwein auftragen, und ihn zu verdünnen wäre einem Frevel Bacchus gegenüber gleichgekommen. Nicht etwa deshalb, weil er Vercingetorix für einen Kenner hielt, sondern weil der Wein glatt und mit voller Kraft durch seine Kehle rinnen sollte, wie es Bacchus' Wünschen und auch seinen eigenen entsprach.

Marahs Rolle in diesem Drama hatte er nicht genau festgelegt, nur kurz mit dem Hinweis auf die Identität des Gastes umrissen und hinzugefügt, dass er von ihrer früheren Beziehung wusste. Er spielte den onkelhaften Liebhaber, der zur Seite trat und zum Kuppler für das junge Paar wurde. Wie jeder gute Sophist wusste: Die besten Verstellungen und Heucheleien waren jene, die der Wahrheit am nächsten kamen.

Und so aß er, trank wenig und hörte zu, wie Vercingetorix Marah die Geschichte seines Lebens erzählte, woraufhin Marah von den Vorzügen der römischen Bildung und Zivilisation berichtete. Er versuchte nicht, die Gespräche in die von ihm gewünschte Richtung zu lenken, bis Vercingetorix schließlich angetrunken war und die Konversation etwas Bitteres bekam.

»Du scheinst geradezu *froh* zu sein, dass Rom dich als Geisel nahm, Marah.«

»Ja, das bin ich tatsächlich! Mit dem, was ich jetzt weiß, hätte ich mich freiwillig gemeldet!«

»Du wärst freiwillig zur Geisel geworden?«

»Ja, wenn darin der Preis für eine römische Bildung bestanden hätte. Was wäre ich ohne sie?«

»Die Frau eines arvernischen Vergobreten?«

»Ein Mädchen, das verheiratet wurde, um ein Bündnis zwischen Arvernern und Karnuten zu besiegeln.«

»Was wäre daran so schlecht gewesen?«

»Zwischen einem Jungen und einem Mädchen sollte es mehr geben.«

»Und gab es nicht mehr?«

»Das bestreite ich nicht … Aber sollten wir nicht beide benutzt werden, um Keltill zu helfen, König von Gallien zu werden? Ein Plan, der von vornherein zum Scheitern verurteilt war.«

»Der falsche Mann mit der richtigen Idee«, warf Cäsar ein und nahm die Gelegenheit wahr.

»Der richtigen Idee? Um Eure Legionen ins Meer zu treiben?«

»*Das* war von vorneherein zum Scheitern verurteilt. Aber Gallien einen König zu geben …«

Zum ersten Mal seit einer ganzen Weile wandte Vercingetorix den Blick von Marah ab und richtete ihn auf Cäsar. Seine Augen waren blutunterlaufen und ein wenig glasig, und Cäsar sah einen unerfahrenen Jüngling, der sich in einem Streit mit der Frau verfangen hatte, die er begehrte – verzweifelt suchte er nach einem Ausweg. Aber in dem Jüngling steckte ein Mann, und diesen Mann wollte Cäsar erreichen.

Als Vercingetorix' Aufmerksamkeit ihm galt, schickte er die Musikanten und Diener fort.

»Ich bin lange genug in Gallien, um zu wissen, dass das hiesige politische System einfach nicht funktioniert«, sagte er, als sie allein waren.

»Diesen Eindruck mögt *Ihr* gewonnen haben, Cäsar«, sagte Vercingetorix. »Aber *uns* hat es seit Brenns Zeit gute Dienste geleistet.«

»Dann glaubst du also, dass sich dein eigener Vater irrte?«, fragte Cäsar schlau. Dies brachte den jungen Mann zum Schweigen und verwirrte ihn. »Ich habe mich mit der Geschichte und den Regierungen vieler Länder befasst, und die wichtigste Lehre, die ich daraus gezogen habe, ist diese: Völker müssen ihre Regierungsformen den Notwendigkeiten der jeweiligen Zeit anpassen. Auch in Rom herrschte einst das Chaos zänkischer Stämme. Dann wurde ein Königreich daraus, und schließlich eine Republik. Und in der Zukunft wird Rom zu dem, was das Schicksal erfordert …«

Er hob seinen Kelch.

»Ich glaube, so viel verstand Keltill, und dafür grüße ich ihn!«

Diese Geste schien Vercingetorix zu rühren.

»Es war schön und gut für eure Stämme, von Vergobreten regiert zu werden, die jedes Jahr wechselten – solange ihr euch kleine Fehden und eine gelegentliche Schlacht als Sport und Unterhaltung leisten konntet«, sagte Cäsar. »Aber dieses System klappte nicht mehr, sobald ihr mit der Notwendigkeit konfrontiert wurdet, gegen die Teutonen Krieg zu führen. Daraufhin wart ihr gezwungen, Rom um Hilfe zu bitten.«

»*Diviacx* bat Rom um Hilfe!«

»Und das war auch gut so. Andernfalls hätten die Teutonen euer Land zugrunde gerichtet.«

»Stattdessen sind wir nun mit Rom konfrontiert!«

»Und ich glaube immer mehr, dass Gallien einen König braucht, um diese Konfrontation erfolgreich zu bestehen«, sagte Cäsar.

Vercingetorix benötigte einen weiteren Schluck Wein, um dies zu verdauen. »Cäsar will Gallien dabei helfen, gegen seine Legionen zu kämpfen!«, entfuhr es ihm.

»Nein«, widersprach Cäsar. »Gallien kann sich nicht gegen die Legionen von Rom durchsetzen. Ich möchte Gallien dabei helfen, die Konfrontation mit Rom zu überleben. Die gallischen Stämme brauchen einen König, der sie zu einer erfolgreichen Partnerschaft mit der Zivilisation führt, der es bestimmt ist, über die ganze Welt zu herrschen.«

Erstaunlicherweise nahm Vercingetorix keinen großen Anstoß daran. »Aber Rom hat keinen König!«, sagte er stattdessen.

»Rom hatte einst Könige, aber dann wuchsen wir über sie hinaus und gründeten eine Republik«, erklärte Cäsar und ging unbekümmert über ein oder zwei Jahrhunderte blutigen und turbulenten Haders hinweg.

»Und heute wird Rom von einem Senat aus gebildeten und erleuchteten Männern regiert, die harmonisch zusammenarbeiten, innerhalb eines von den Gesetzen festgelegten Systems«, sagte Marah mit dem Überschwang einer Konvertitin. Diesmal brauchte

Cäsar einen Schluck Wein, um diese Beschreibung des Senats hinunterzuspülen.

»Unser Regierungssystem ist keineswegs perfekt«, brachte er mit unbewegtem Gesicht hervor. »Auch Rom leidet darunter, dass es keinen einzelnen starken Herrscher gibt, der lange genug im Amt bleibt, um bestimmte Dinge zu erledigen ...«

»... aber das römische Gesetz erlaubt die Wahl eines ›Diktator‹ genannten Königs, wenn es erforderlich ist«, warf Marah ein. »Und Cäsar ...«

»Gallien ist noch längst nicht bereit für so komplexe politische Lösungen«, unterbrach Cäsar die junge Frau hastig. »Dieses Land ist noch nicht einmal eine richtige römische Provinz.«

»Und das wird es auch nie sein!«, sagte Vercingetorix mit Nachdruck. »Wie könnt Ihr davon sprechen, dass die gallischen Stämme einen König brauchen, obwohl Ihr Gallien zu einer römischen Provinz machen wollt?«

»Warum sollte das eine das andere ausschließen?«, erwiderte Cäsar, und als er diese Worte sprach, eröffnete sich ihm ein ganz neuer Ausblick. Bis zu diesem Moment hatte seine Absicht darin bestanden, diesen Jungen zum Marionettenkönig zu krönen und ihn zu benutzen, um die Stämme lange genug zu einen, damit er Gallien zu einer eroberten Provinz erklären und triumphierend nach Rom zurückkehren konnte. Aber jetzt begriff er, dass er auf ein System gestoßen war, das ihm gute Dienste leisten konnte, sobald er Diktator wurde. Und nicht nur ihm, sondern auch dem neuen Rom, das er schaffen wollte.

»Jede römische Provinz wird von einem Prokonsul regiert, den der Senat wählt«, sagte Cäsar aufgeregt und dachte laut. »Fast immer wird ein römischer Politiker damit beauftragt, ein unterworfenes Volk zu regieren. Aber wenn es dort einen *König* gibt, der akzeptiert, dass sein Land eine römische Provinz wird, falls er dafür auf Lebenszeit zum Prokonsul gewählt wird, so könnte Gallien – um ein Beispiel zu nennen – eine römische Provinz sein und gleichzeitig vom eigenen König regiert werden! Und so wird die Quadratur des Kreises möglich!«

Er richtete einen verführerischen Blick auf Vercingetorix.

»Was hältst du davon, mein junger Freund?«

Die Augen des jungen Mannes blieben blutunterlaufen, aber etwas hinter ihnen schien klarer zu werden, als er den Blick unerschütterlich erwiderte. In ihrem Innern schien sich etwas aufzulösen, wie Dunstschwaden über zwei kleinen Teichen, und zum Vorschein kamen zwei unauslotbare blaue Tiefen.

»Ihr wollt nicht selbst Prokonsul von Gallien werden«, sagte Vercingetorix. Es war keine Frage.

»Mögen es deine Götter und auch meine verhüten!«, erwiderte Cäsar und meinte es ehrlich. »Ich sage es ganz offen: Mein Schicksal ist es, Rom zu regieren, nicht Gallien, und da Gallien dann einen anderen Prokonsul braucht ... Warum keinen gallischen König?«

»Das klingt so, als dächtet Ihr an eine bestimmte Person ...«, sagte Vercingetorix. Seine Stimme klang sonderbar, so als hätte ihn der Wein zu einem anderen Ort geführt oder als spräche er aus einem Traum.

»Es muss jemand sein, der reich genug ist, damit er nicht mehr als einen gerechten Anteil der Steuern einstreicht ...«

»Jemand mit einer römischen Bildung«, fügte Marah hinzu. »Oder wenigstens mit ... einer Königin, die über eine solche Bildung verfügt.«

»Kennst du jemanden, der einer solchen Beschreibung entspricht, Vercingetorix?«

»Ihr könnt nicht einfach jemanden auswählen und ihn zum König ernennen, Cäsar«, sagte Vercingetorix. »Gallier folgen nur einem Helden, der sich bewährt hat. Einem ... Mann des Schicksals.«

»Helden werden gemacht, nicht geboren, mein junger Freund. Besser gesagt: Sie können sich selbst zum Helden machen, wenn ihre Freunde ein wenig nachhelfen. Und unser Feldzug in Britannien bietet vielen Galliern Gelegenheit, sich eine Lorbeerkrone zu verdienen. So die Götter wollen.«

Cäsar zuckte mit den Schultern. »Andererseits ... Mars ist ein launischer Gott und entscheidet vielleicht, dass ein Held völlig genügt, um Lorbeeren zu tragen. Oder ... wenn es die politische Notwendigkeit erfordert, könnte ich selbst eine derartige Entscheidung treffen ...«

»Ihr bietet mir eine Lorbeerkrone an?«, fragte Vercingetorix.

Und erneut schien er aus dem Innern eines Traums zu sprechen.

»Ich kann von Euch keine Heldenkrone entgegennehmen, die ich mir nicht selbst verdient habe, Cäsar«, sagt Vercingetorix zu dem römischen General, so wie er auch im Land der Legende die Lorbeerkrone zurückgewiesen hat. Er scheint jetzt wieder dort zu sein, im Land der Legende, außerhalb des Traums, den man Zeit nennt, doch *in* der Welt der Zwietracht. Er weiß, was Cäsar als Nächstes tun wird, denn er hat es bereits gesehen, und er konnte es sehen, weil er auf dem Berg des eigenen Todes gestanden und auf das hinuntergesehen hat, was war, was ist und was sein wird, und sein Leben verstreicht nicht Moment für Moment, wie Perlen an einer Schnur.

Er erinnert sich daran, das Wissen Guttuatr anvertraut zu haben, und er ist nicht überrascht, als Cäsar in den Lederbeutel hinter ihm greift und Brenns Krone daraus hervorholt – oder *eine* Krone von Brenn – und sie ihm zeigt. Auch dies hat er bereits gesehen. Die einzige Überraschung erscheint in Cäsars Gesicht, und sie gilt dem Umstand, dass *er* nicht überrascht ist.

Aber Cäsar fasst sich sofort wieder und fährt so fort, als hielte er sich ebenfalls im Land der Legende auf. »Und was ist mit *dieser* Krone, Vercingetorix?«

»Auch Brenns Krone kann ich nicht von Euch annehmen«, sagte er. »Was aber nicht bedeutet, dass es mir nicht bestimmt ist, sie zu tragen.«

Und als er diese Worte spricht, begreift Vercingetorix, dass er zu viel gesagt hat, der Zauber bricht, und er kehrt aus dem Land der Legende in die Welt der Zwietracht zurück.

Wo er in allen Einzelheiten wusste, wie sich seine Vision im Land der Legende erfüllen würde. Er wusste, wie – und vielleicht auch warum – Gajus Julias Cäsar ihn zum König von Gallien machen würde und weshalb es möglich war, dass er in Rom dazu ausgerufen wurde.

Der Mann der Tat freute sich über diese Offenbarung, und noch mehr über den verzückten, begierigen Blick jener Frau, der er versprochen hatte, sie zu seiner Königin zu machen. Doch der Mann des Wissens war besorgt. Die Vision im Land der Legende hatte ihn zwar darauf hingewiesen, dass sein Schicksal darin bestand, von Rom und Cäsar zum König von Gallien ausgerufen zu werden, aber sie hatte ihm nicht mitgeteilt, ob er Gallien diente und dem Andenken seines Vaters gerecht wurde oder beides verriet, indem er sein Schicksal akzeptierte.

Und was noch beunruhigender war: Wenn das Leben eines Mannes nicht von Moment zu Moment verstrich, wie Perlen an einer Schnur, wenn er auf dem Berg des eigenen Todes gestanden und sein ganzes Schicksal gesehen hatte – lag die Entscheidung darüber, es anzunehmen oder abzulehnen, überhaupt bei ihm?

Für Vercingetorix gab es mehr zu verdauen als das reichliche römische Essen mit den sonderbaren Soßen, und so verbrachte er eine unruhige Nacht im Freien bei seinen Männern. Wer würde nicht in Versuchung geraten durch das Angebot einer Krone und das Erscheinen des Mädchens, das er als Junge begehrt hatte und das als schöne, kultivierte Frau bereit war, seine Königin zu werden? Käme es einem Verrat an Gallien gleich, wenn ich ein solches Angebot annähme?, fragte er sich. Aber wie wäre das möglich, wenn Gallien vereint ist und von einem Gallier regiert wird, wenn Cäsars Legionen nach Rom zurückkehren?

Diese Gedanken störten Vercingetorix' Schlaf nachhaltiger als das laute Schnarchen der Krieger um ihn herum. Sein Verstand fand keinen Grund, Cäsars Angebot abzulehnen, aber sein Herz vertrat eine andere Ansicht.

Am nächsten Morgen frühstückte Vercingetorix mit seiner Streitmacht, wies Critognat an, im Lager Ordnung zu schaffen, und kehrte dann in die Befestigungsanlage zurück, um dort die anderen gallischen Heerführer zu treffen. Bei den Kriegern der übrigen Stämme schien sich herumgesprochen zu haben, dass das Oberhaupt der Arverner die Nacht bei seiner Truppe verbracht hatte, denn als Vercingetorix an ihren Lagern vorbeikam, grüßten ihn viele, indem sie lächelten, ihm zunickten oder sogar mit Schwertern an Schilde schlugen. Es war nicht nur ein Lob für ihn, sondern auch eine Rüge für die eigenen Heerführer.

Die anderen gallischen Befehlshaber, die die Nacht in der römischen Bastion verbracht hatten, begrüßten ihn auf eine ganz andere Art und Weise. Sie versammelten sich im Freien, unweit der Zelte, die Cäsar ihnen zur Verfügung gestellt hatte. Einige saßen bereits auf römischen Stühlen, andere erholten sich noch von den ausgelassenen Feiern der vergangenen Nacht. Es waren etwa zwanzig, und unter ihnen erkannte Vercingetorix Epirod von den Santonen, Comm von den Atrebaten, Luctor von den Cadurkern, Cottos von den Karnuten ... und Dumnorix, ein Mann, dessen Gesicht Keltills Sohn kaum vergessen konnte.

Dumnorix saß fast in der Mitte des Halbkreises und klagte.

»Rostiger alter Schrott, der mehr Feldzüge erlebt hat als eine hundert Jahre alte Hure!«

»Die Holzschwerter, mit denen wir als Kinder gespielt haben, waren besser«, sagte ein Sequaner, den Vercingetorix nicht kannte.

»Was beunruhigt Euch?«, wandte er sich an den Sequaner und vermied es demonstrativ, den Bruder jenes Mannes anzusprechen, der seinen Vater verurteilt hatte.

»Die Qualität der Waffen, die uns die römischen Händler verkauft haben, um unsere Krieger auszurüsten, ist noch geringer als ihr Preis.«

»Ihr habt Eure Heere unbewaffnet hierher geführt?«, rief Vercingetorix.

»Nicht ganz. Aber die meisten von uns hatten nicht genug Schwerter, um alle Männer zu bewaffnen ...«

»Uns blieb auch nicht genug Zeit, um sie zu schmieden ...«

»Und die römischen Händler boten an, alle Waffen zu liefern, die unsere Männer benötigen ...«

»Ihr habt Waffen gekauft, ohne zuvor einen Blick auf sie zu werfen?«, fragte Vercingetorix ungläubig. »Was habt ihr erwartet?«

»Wir sind nicht alle so reich wie ... der Sohn des Keltill!«

»Und wir speisen auch nicht alle allein mit Cäsar«, fügte Dumnorix spöttisch hinzu.

»Sie waren nicht allein! Cäsars Geliebte leistete ihnen Gesellschaft.«

»Eine wahre Schönheit!«

Vercingetorix' Ohren brannten, vielleicht aufgrund des Drangs, Marahs Ehre zu verteidigen, vielleicht aus Ärger darüber, die Wahrheit zu hören. Unwillkürlich glitt seine Hand zum Schwertknauf.

»Eine Karnutin, gekleidet wie eine römische Hure«, sagte Comm.

»Hütet Eure Zunge!«, rief Vercingetorix.

»Zu dritt waren sie?«, fragte ein Parisiner. »Wie ich hörte, kümmert es Cäsar nicht, in welches Loch er seine Standarte steckt. Oder in wessen. Vielleicht hat Vercingetorix genug ... Erfahrungen gesammelt, um uns zu sagen, ob das stimmt.«

Vercingetorix zog sein Schwert und sprang vor. Doch Dumnorix stand auf und rief: »Der Mann, der in dieser römischen Falle das Blut eines anderen Galliers vergießt, wird mit seinem eigenen dafür büßen!«

Das überraschte nicht nur Vercingetorix, sondern auch die anderen. Alle schwiegen. Niemand rührte sich.

»Narren!«, fuhr Dumnorix fort. »Glaubt ihr, Cäsar will uns wirklich mit der Hälfte der Beute belohnen? Der gleiche Cäsar, dessen Händler uns betrogen? Er wird uns als erste in die Schlacht ziehen lassen, auf dass wir die meisten Verluste erleiden, und dann ...«

»Wenn Ihr so wenig Lust auf den Kampf habt, warum seid Ihr dann hier?«, fragte Comm.

Dumnorix zuckte mit den Schultern. »Weil ich Gallier bin«, sagte er und lachte. »Weil ich den Tod auf dem Schlachtfeld weniger fürchte, als von euch für einen Feigling gehalten zu werden!«

Darauthin lachten auch die anderen, und die finstere Stimmung verflog. Vercingetorix schob sein Schwert in die Scheide, wollte

Dumnorix aber nicht ungeschoren davonkommen lassen. »Vielleicht seid Ihr ja wie eine Motte, die vom Licht angezogen wird. Vielleicht konntet Ihr dem Köder in dem Zelt dort drüben nicht widerstehen, obwohl ihr an eine Falle glaubt, Dumnorix.«

Vercingetorix sprach diese Worte in einem leichten Tonfall, aber es verbarg sich nichts Scherzhaftes in dem Blick, den Dumnorix und er wechselten.

»Es ist seltsam, so etwas von einem Mann zu hören, der die Nacht in Cäsars Zelt verbrachte«, sagte Dumnorix.

»Ich habe die Nacht draußen bei meinen Männern verbracht, und alle, die außerhalb der Palisade geschlafen haben, wissen es«, erwiderte Vercingetorix und wandte sich verächtlich an die Adligen: »Es wäre auch Euch bekannt, wenn Ihr die Widrigkeiten Eurer Männer mit ihnen geteilt hättet!«

Das bewirkte einige verlegene Gesichter, aber noch mehr unwilliges Brummen, und Vercingetorix begriff: Es war jetzt an ihm, Frieden zu schließen, ob es ihm gefiel oder nicht.

»Ich missgönne Euch nicht die von Cäsar angebotenen Freuden«, sagte er. »Ich habe draußen geschlafen, um bei den Neidischen unter Euch nicht den Eindruck zu erwecken, die besondere Gunst von Cäsar erlangen zu wollen, indem ich seine Einladung annahm.«

Und so habe ich mit meiner ersten zungenfertigen Lüge den ersten Schritt in Richtung des mit Rom verbündeten Königtums getan, dachte Vercingetorix.

»Ihr hättet die Einladung zurückweisen können, wenn Ihr so sehr unsere Verachtung gefürchtet habt«, sagte Comm.

»Um damit den Oberbefehlshaber des Feldzugs zu beleidigen, noch bevor wir Gallien verlassen haben?«

Vercingetorix fügte der Lüge ein Lächeln hinzu, das hoffentlich lüstern genug wirkte.

»Seid gewiss, dass ich nicht immer solche Zurückhaltung üben werde«, sagte er und nahm sich vor, gelegentlich Nächte in dem Zelt zu verbringen, das Cäsar ihm angeboten hatte. Doch auf die Dienste der »Leibdienerinnen« wollte er nicht zurückgreifen, obgleich er nicht verstand, was ihn daran hinderte.

Er trat auf Dumnorix zu und zwang sich trotz seines Ekels, den Häduer zum Gruß am Arm zu ergreifen.

»Wie Dumnorix schwöre ich: Jeder Gallier, der im Innern dieser römischen Bastion das Blut eines anderen Galliers vergießt, wird mir dafür mit seinem eigenen büßen!«, erklärte er. »Hier müssen wir den Römern zeigen, dass wir Gallier eine Gemeinschaft sind und als Brüder zusammen kämpfen!«

Zustimmende Rufe erklangen, und da es keine Schilde gab, wurde mit Dolchen und Schwertern an Stühle geklopft. Dumnorix schien aufrichtig gerührt zu sein.

Nach ihrem gemeinsamen Essen vermied es Vercingetorix, mit Cäsar gesehen zu werden. Er wollte nicht den Eindruck verstärken, ein Günstling des Römers zu sein.

Die Arverner und Häduer waren die mächtigsten Stämme und alte Rivalen, weshalb es sich gar nicht vermeiden ließ, dass die Vergobreten der anderen Stämme in Vercingetorix und Dumnorix Rivalen beim Anspruch um die Führung der gallischen Streitkräfte sahen. Deshalb konnte es anscheinend auch keinen Oberbefehlshaber des vereinigten gallischen Heeres geben, denn die Arverner würden nie die Führung eines Häduers akzeptieren und die Häduer nie die eines Arverners. Wer von ihnen ganz offen den Befehl über die gemeinsamen Truppen anstrebte, musste damit rechnen, die Gunst der anderen Stammesoberhäupter zu verlieren.

Also setzten Vercingetorix und Dumnorix die brüderliche Farce fort, mit der sie begonnen hatten, dienten sowohl als Sammelpunkt für zerstrittene Gruppen und auch als Friedensstifter. Dumnorix brachte Skepsis in Hinsicht auf Cäsars Absichten zum Ausdruck, und Vercingetorix bekundete heißblütigen Kampfeifer. Als Oberhaupt des Stammes, der bereits so etwas wie ein Bündnis mit Rom geschlossen hatte, fand sich Dumnorix in der unangenehmen Situation wieder, den Römern, die sein eigener Bruder nach Gallien geholt hatte, mit Argwohn zu begegnen. Und der Sohn des Mannes, der die Römer hatte vertreiben wollen, trat als eine Art Fürsprecher Cäsars auf.

Vercingetorix vermutete, dass Cäsar die Entwicklung der Dinge irgendwie in diese Richtung gesteuert hatte, denn Keltills Sohn als Verfechter seiner Sache wirkte besonders glaubwürdig und Diviacx' Bruder in der Rolle des Kritikers alles andere als glaubhaft. Wenn der Feldzug in Britannien erfolgreich war, würde Dumnorix als Narr dastehen und Vercingetorix könnte als König auch von den Häduern akzeptiert werden. Er dachte bereits wie ein Prokonsul von Gallien, wie ein Römer, als wäre Cäsar ein Magnet und er nur ein eiserner Nagel.

Der Verdacht, dass Cäsar Marah ganz bewusst für seine Zwecke einsetzte, wurde keineswegs zerstreut, als er ihr »zufällig« wieder begegnete.

Die Sonne ging an einem teilweise bewölkten Himmel unter, gab dem Sand des felsigen Strands, über den Vercingetorix wanderte, die Farbe von Kupfer und dem Meer die von Eisen. Am Himmel schuf sie ein komplexes Muster aus orangefarbenen Streifen und purpurnen Flecken. Er hatte sich ein ganzes Stück von den Anlegeplätzen entfernt, wo die römische Invasionsflotte immer größer wurde, und die einzigen Geräusche waren das Rauschen der Wellen an den Felsen und das raue Krächzen der Möwen. Vercingetorix blickte gedankenverloren übers Meer und bemerkte die sich ihm über den Strand nähernde Gestalt erst, als sie nahe genug gekommen war, dass er sie erkennen konnte: Marah.

Sie war barfuß und trug ein schlichtes braunes Kleid, das ihr bis über die Knie reichte. Das lange blonde Haar wehte im Wind. Auf diese Weise wirkte sie wie das Sinnbild eines ehrlichen, natürlichen gallischen Mädchens, das noch verlockender war als die kultiviert gekleidete Halbrömerin in Cäsars Zelt. Doch Vercingetorix fragte sich, ob sich sorgfältige Vorbereitung hinter diesem Anschein von Unschuld verbarg. Und vielleicht auch hinter der »zufälligen« Begegnung. Im nächsten Moment rügte er sich für diese unfreundlichen Gedanken.

»Worüber denkst du nach, während du übers Meer siehst, Vercingetorix?«, fragte Marah sanft. »Über Britannien? Den Ruhm der bevorstehenden Schlacht?«

»Über das Schicksal«, antwortete Vercingetorix und ärgerte sich sofort darüber, wie gewichtig und überheblich es klang.

»Übers Schicksal …?«, wiederholte Marah und lachte. »Über *wessen* Schicksal, Euer zukünftige Majestät?«

Seine Ohren brannten, als er daran dachte, wie er sich damals zum Narren gemacht hatte, als Marah und er noch Kinder gewesen waren. Er schien kaum an Reife gewonnen zu haben. Die unangenehme Wahrheit lautete: Er mochte zungenfertig sein in der Gesellschaft von Männern, aber er verstand nichts von der Kunst, mit einer Frau zu scherzen.

»Meines, deines und Cäsars«, sagte er. »Er hat dich zu mir geschickt, nicht wahr? Andernfalls wäre eine solche Begegnung sicher nicht erlaubt.«

Marah bedachte ihn mit einem Blick, der älter zu sein schien als sie. Oder zumindest älter als *er*. »Hier geschieht nichts, das Cäsar nicht erlaubt«, gestand sie.

Vercingetorix fragte sich, wie viel mehr sie zugeben würde. Wie viel wollte er überhaupt erfahren? »Und du genießt seine … besondere Gunst?«

»Glaub mir, es gibt niemanden, der Cäsars … besondere Gunst genießt«, sagte Marah und lachte.

»Worüber lachst du?«

Marah lachte erneut. »Über dich, Vercingetorix«, erwiderte sie spöttisch. »Das ist nicht die Frage, die du stellen möchtest, oder?«

Erneut schienen Vercingetorix' Ohren in Flammen zu stehen, und eine sonderbare Leere bildete sich in seiner Magengrube.

»Du und Cäsar …«

»Nur zu, heraus damit!«

»Seid ihr ein *Liebespaar* gewesen?«, brachte Vercingetorix hervor. Tonfall, Verlegenheit, die eigene Unreife und etwas anderes, über das er lieber nicht nachdenken wollte, sorgten dafür, dass er sich gleich viermal wie ein Narr fühlte.

»Eine Zeit lang«, sagte Marah ruhig. Ihre Ungezwungenheit verstärkte Vercingetorix' Unbehagen.

»Für wie lange?«

»Du bist eifersüchtig!«, entfuhr es Marah. »Als hättest du von mir erwartet, dass ich auf dich warte!« Sie lächelte sardonisch, sah dadurch ganz und gar wie eine Römerin aus. »Und jetzt willst du vielleicht auch noch behaupten, *du* hättest auf *mich* gewartet!«

Vercingetorix stellte fest: Für nichts in seinem bisherigen Leben war so viel Mut erforderlich gewesen wie dafür, in diesem speziellen Moment Marahs Blick standzuhalten. Es wurde nicht leichter, als sie lachte und dann nach seiner Hand griff.

»Schon gut«, sagte sie unbekümmert. »Es ist nett und ein gutes Zeichen.«

»Ein gutes Zeichen?« Vercingetorix hätte fast gestottert.

»Sei unbesorgt«, sagte Marah. »Julius Cäsar ist ein großer Mann, und als seine gelegentliche Gefährtin habe ich mehr von der Welt gelernt, als du dir vorstellen kannst. Aber er ist auch doppelt so alt wie ich, verheiratet und ein Mann, dessen Schicksal nicht in den Provinzen und bei mir liegt, sondern im Mittelpunkt der Welt, in Rom …«

»Was … was … sagst du da?« Diesmal stotterte Vercingetorix tatsächlich.

»Cäsar hat mich die erotischen und sinnlichen Künste gelehrt, außerdem auch noch andere römische Dinge, aber das war alles«, entgegnete Marah. »Und er hatte viele Schülerinnen wie mich.«

»Warst du nicht eifersüchtig?«

»Worauf? Ist ein Huhn eifersüchtig auf die anderen Hühner, die die Dienste des Hahns genießen? Glaubst du etwa, ich sei eifersüchtig auf jedes andere Mädchen, das *du* gehabt hast?«

Vercingetorix errötete. Seine Verlegenheit galt nicht etwa dem, was er *getan* hatte, sondern seinem eklatanten *Mangel* an Erfahrung.

»Wie eine Römerin gesprochen«, sagte er leise.

»Und warum auch nicht? Du solltest besser damit beginnen, dir ebenfalls etwas von der römischen Kultiviertheit anzueignen, Vercingetorix, zukünftiger König und Prokonsul von Gallien!«

»Glaubst du wirklich, Cäsar hat sein Angebot ernst gemeint?«, fragte Vercingetorix und hatte es eilig damit, auf sicheres Gelände zurückzukehren.

»Hätte er mich zu einem Teil davon gemacht, wenn das nicht der Fall wäre?«, erwiderte Marah neckisch.

»Du gibst es also zu?«, konterte Vercingetorix.

»Er benutzt mich für seine Zwecke, so wie er auch alle anderen benutzt – wenn du das meinst«, sagte Marah. »Aber ich bin sein bereitwilliges Werkzeug, so wie er auch meins ist.«

»Was soll das denn bedeuten?«

»*Dies*«, sagte Marah und küsste ihn kurz, aber mit offenem Mund. Sofort war Vercingetorix' Begierde geweckt, und er versuchte, Marah zu umarmen, doch mit einem weiteren Lachen tanzte sie fort.

»Du kennst Cäsar ... intim, Marah«, sagte Vercingetorix, um einen weiteren Moment unreifer Verlegenheit zu verbergen. »Vertraust du ihm?«

»Völlig«, antwortete sie.

»Völlig?«

»Ich vertraue darauf, dass er Julius Cäsar ist! Ich vertraue ihm ebenso, wie ich dir vertraue.«

»Wie meinst du das?«

»Damit meine ich, dass ihr beide Männer des Schicksals seid«, sagte Marah. »Und von solchen Männern kann man nur erwarten, dass sie ihren eigenen Sternen folgen.«

Sie blickte Vercingetorix tief in die Augen, griff dann mit beiden Händen nach seinem Nacken und gab ihm einen längeren, leidenschaftlicheren Kuss, der einen Blitz des Verlangens zu seinen Lenden schickte.

Dann wich sie fort.

»Das macht sie so aufregend!«, sagte sie, lief über den Strand und ließ einen Mann des Schicksals zurück, der sich zwölf Jahre alt fühlte.

Einige der größeren Wolken am Himmel zeigten einen Hauch von Grau, und die graugrünen Wellen des Oceanus Britannicus trugen die für sie typischen Schaumkronen, doch das gute Wetter hielt an. Die letzten Schiffe waren vom Mittelmeer gekommen, die von Gallius gebauten Rümpfe waren fertig, ihre Masten aufgebaut – derzeit wurden sie mit der Takelage ausgestattet. Fünfhundert Schiffe schwankten auf den rollenden Wellen des Kanals.

Cäsar stand am Ufer und betrachtete zufrieden die riesige Flotte, als Gisstus auf ihn zutrat. Seine Legionen sollten an Bord der Kriegsgaleeren und seetüchtigen Handelsschiffe untergebracht werden, die er zu diesem Zweck requiriert hatte, ebenso Vercingetorix und seine Arverner, vielleicht auch die Streitkräfte einiger anderer Stämme, um den Schein zu wahren. Die übrigen Gallier mussten mit den von Gallius zusammengezimmerten Truppentransportern nach Britannien segeln. Eigentlich waren es kaum mehr als Lastkähne mit spitzem Bug, ausgestattet mit Rudern und Segeln, aber der Kanal war nicht sehr breit und jene Männer mussten nur kräftig genug für *eine* Überfahrt sein.

»In drei Tagen geht's auf nach Britannien«, sagte Cäsar, als Gisstus ihn erreichte.

»In drei Tagen sind wir also nicht mehr auf dem Land, sondern auf dem Wasser«, erwiderte Gisstus.

Cäsar lachte. »Fürchtest du etwa die Seekrankheit wie unser misstrauischer Freund Dumnorix?«

»Oh, ich bin mutig genug, um mich für Roms Ruhm zu übergeben, Cäsar«, sagte Gisstus. »Aber die Götter dieses Meeres stehen in dem Ruf, besonders launisch zu sein, und das Wetter hier kann ganz plötzlich schlecht werden. Vielleicht sollten wir auf die griechische Art Neptun ein oder zwei Ochsen opfern, nur für den Fall.«

»*Musst* du immer an das Schlimmste denken, Gisstus?«

»Dafür bezahlt Ihr mich, Cäsar«, erinnerte ihn Gisstus, und das stimmte natürlich. Ein Optimist wäre ein schlechter Meisterspion gewesen. Überdies wusste Cäsar, dass seine Zuversichtlichkeit von einem Mann ausgeglichen werden musste, der ihm Missmutiges ins Ohr flüsterte.

Erst recht dann, wenn alles wie am Schnürchen lief. Am nächsten Tag konnten sie damit beginnen, die Schiffe mit Vorräten zu beladen, und dann würden die Legionen an Bord gehen, gefolgt von den Galliern, die sich nicht auf ein gemeinsames Oberhaupt einigen konnten und denen daher nichts anderes übrig blieb, als ihre Truppen unter den Befehl eines römischen Generals zu stellen. Cäsar hatte sie beschwichtigt, indem er den römischen General wählte, den sie mehr als alle anderen bewunderten: Labienus.

Sie wussten nicht, dass er durch Tulius ersetzt werden sollte, sobald sie Britannien erreichten. Labienus war der letzte Mann, den Cäsar als Oberbefehlshaber bei diesem zugegebenermaßen recht schmutzigen Unternehmen wollte, wohingegen Tulius unbelastet war von übertriebenem Streben nach Ruhm oder einem zu gut ausgeprägten Gewissen. Tulius hatte keine Bedenken, jene gallischen Führer, die Cäsar beseitigen wollte, in gut ausgewählte Fiaskos zu schicken. Vercingetorix und seine Arverner sollten die leichtesten Rollen bei diesem heroischen Drama bekommen. Nach einigen Schlachten, bei denen die Oberhäupter gewisser anderer Stämme ihre Truppen in blutige Katastrophen führten und dabei den Tod fanden, waren die Überlebenden sicher bereit, sich in Vercingetorix' Heer aufnehmen zu lassen.

Wenn sich Dumnorix' Schicksal erfüllt hatte, konnten auch die Häduer in die Streitmacht von Vercingetorix eingegliedert werden, wodurch er praktisch zum Oberbefehlshaber aller gallischen Truppen wurde, die an der Seite von Roms Legionen kämpften. Wenn sich der Staub gelegt hatte, sollten sich die Gallier eigentlich dazu bewegen lassen, einen gut präsentierten Helden wie Vercingetorix als ihren König zu akzeptieren. Und bestimmt war es auch nicht schwer, den römischen Senat dazu zu bringen, ihn zum Prokonsul von Gallien zu wählen.

»Hast du noch weitere Bedenken, Gisstus, vom Wetter abgesehen?«, fragte Cäsar gut gelaunt.

»Nun, da wären immer noch die Britannier«, erwiderte Gisstus. »Eine so große Flotte dürfte ihrer Aufmerksamkeit kaum entgehen. Vielleicht haben sie mächtige Magier. Vielleicht verfügen sie über geheime Waffen. Und wie dem auch sei: Wie ich aus zuverlässigen Quellen weiß, ist das Essen in Britannien schrecklich.«

Cäsar lachte herzhaft. »Du enttäuschst mich nie, nicht wahr, Gisstus?«, sagte er und klopfte ihm auf die Schulter. »Ich *wusste*, dass dir etwas einfallen würde!«

»Ein Heer ist eine Kriegsmaschine«, sagte Cäsar zu Vercingetorix, als sie an den Anlegestellen und Landungsstegen vorbeigingen. »Wenn es gut bewaffnet und versorgt ist, hat man die Schlacht schon zur Hälfte gewonnen.«

Cäsar hatte den jungen Arverner zu sich gerufen, um ihm das Beladen der Schiffe zu zeigen, womit er ihn zweifellos beeindrucken wollte. Was ihm auch gelang: Vercingetorix *war* beeindruckt. Er sah eine riesige Flotte und war erstaunt, dass überhaupt so viele Schiffe existierten. Von ihren Ankerplätzen wurden sie zu den Kais gerudert, um beladen zu werden, und anschließend ruderte man sie wieder hinaus, um für andere Platz zu schaffen. Einige der Dinge, die Vercingetorix bei der Fracht bemerkte, erstaunten ihn und hätten ihn sicher erschreckt, wenn er Britannier und zivilisiert genug gewesen wäre, um zu begreifen, worum es sich handelte. Schwerter, Schilde, Rüstungen, Pfeile und Speere in Hülle und Fülle, aber auch Wagen – auseinander genommen, damit sie besser verstaut werden konnten – und Teile von Dingen, die Cäsar Belagerungstürme, Katapulte und Ballisten nannte, die Schwärme aus Pfeilen, länger als ein Mann, und dreimal so schwere Steine schleudern konnten. Hinzu kamen alle Arten von Werkzeugen und Instrumenten, um während des Feldzugs weitere Waffen dieser Art zu bauen.

Vercingetorix hatte angenommen, dass sich die Legionäre von den Lebensmitteln ernähren sollten, die sie in Britannien erbeuteten, und deshalb überraschte es ihn zu beobachten, dass große Mengen Getreide an Bord gebracht wurden. Seine Überraschung wuchs, als er von Cäsar hörte, dass Kampfkraft und Entschlossenheit der römischen Kämpfer selbst dann nicht nachließen, wenn Fleisch in ihrem Essen fehlte. Auch Wein gehörte zur Ladung, denn in Britannien gab es vermutlich keinen, erklärte Cäsar, zumindest keinen trinkbaren. Als Vercingetorix scherzhaft um Bier für die Gallier bat, gab Cäsar seinen Quartiermeistern die ernsthafte Anweisung, sich darum zu kümmern.

»Rom hat den Krieg von einer Kunst in eine Wissenschaft verwandelt«, sagte Cäsar, als sie die letzten Anlegestellen erreichten.

Dort wurden Zelte, Stühle, Möbel, Wachstafeln, Schriftrollen, Karten, Teppiche, Breitbeile, Sägen, Hämmer und Fässer mit Nägeln verladen. »Es ist der Unterschied zwischen einer Gruppe von Kriegern, wie groß sie auch sein mag, und einem *Heer.*«

»Aber ist es ruhmvoll, den Feind mit großen Apparaten zu überwältigen, die schwere Steine und Pfeile schleudern?«, fragte Vercingetorix. »Wer kann sich dann zu Recht damit rühmen, den Sieg im mutigen Kampf errungen zu haben?«

»Sei unbesorgt, mein junge Freund«, erwiderte Cäsar. »Ich kann gut genug mit Worten umgehen, um mich darum zu kümmern!« Er lachte, als er Vercingetorix' Verwirrung bemerkte. »Die Aufgabe eines Heeres besteht darin, mit allen Mitteln den Sieg zu erringen«, fügte er ernster hinzu. »Ihr Gallier kämpft für den Ruhm. Roms Legionen kämpfen um den *Sieg.* Besser ein ruhmloser Sieg als eine ruhmreiche Niederlage.«

»Der Sieg bedeutet alles?«

»Vielleicht nicht«, sagte Cäsar. »Denn selbst der Sieg ist eigentlich nur ein Mittel zum politischen Zweck. Es gibt sogar etwas, das wir ›Pyrrhussieg‹ nennen, nach einem griechischen König, der viele große und ruhmvolle Schlachten gewann, aber mit so hohen Verlusten an Männern und Ausrüstung, dass er damit seine Streitmacht zerstörte und das Königreich verarmen ließ.«

Vercingetorix dachte stumm über dieses Rätsel nach, und auch Cäsar schwieg, als sie den Weg über den Strand fortsetzten, sich dabei von den Schiffen entfernten. Als sie ganz allein waren, änderte sich Cäsars Gebaren. Er wirkte plötzlich unschlüssig, fast unsicher – auf diese Weise hatte ihn Vercingetorix nie zuvor gesehen.

»Ich spüre, dass Ihr mit mir über etwas sprechen wollt, das nichts mit militärischen Dingen zu tun hat«, sagte Vercingetorix schließlich.

Cäsar nickte, sah ihn aber nicht an. Und was ganz und gar nicht typisch für ihn war: Es schien ihm schwer zu fallen, die richtigen Worte zu finden.

»Worum geht es?«, fragte Vercingetorix sanft. »Ihr könnt ganz offen zu mir sein.«

»Kann ich das?«, entgegnete Cäsar und blickte übers Meer.

»Eine solche Zurückhaltung sieht Euch gar nicht ähnlich …«

»Ja, das stimmt«, bestätigte Cäsar und mied noch immer Vercingetorix' Blick. »Dies ist eine Angelegenheit, die Zartgefühl erfordert, und ich bin kein sehr feinfühliger Mann …«

»Nehmt kein Blatt vor den Mund. Sprecht von Mann zu Mann.«

Cäsar zuckte mit den Schultern, drehte den Kopf und sah Vercingetorix in die Augen.

»Es geht um Marah«, sagte er.

»Um Marah …?«

»Wie soll ich es ausdrücken …? In Rom habe ich eine Ehefrau, die ich liebe. Ich bin alt genug, um Marahs Vater zu sein, während du …«

»Worauf wollt Ihr hinaus, Cäsar?«

»Für mich war sie eine Gefährtin, die mir in einsamen Nächten weit von der Heimat entfernt Gesellschaft leistete. Aber für dich … ist sie viel mehr …«

»Das war vor langer Zeit …«

»Würdest du mir glauben, wenn ich dir sage, dass ich nichts davon wusste?«, fragte Cäsar.

»Nein«, antwortete Vercingetorix.

»Gut.« Cäsar lächelte dünn. »Ich würde nicht so mit einem Mann sprechen, der ein Narr ist. Ja, ich wusste davon, aber nicht vor unserer ersten Begegnung. Und was ich dir zu sagen versuche, mein junger Freund …«

Er zögerte und wandte erneut den Blick ab.

»Du hast keinen Vater, und ich habe keinen Sohn, und …«

Erneut schienen dem sonst so redegewandten Cäsar die Worte zu fehlen.

»Was ich sagen möchte, ist dies: Wenn es dazu kommen sollte, dass Marah zu deiner …«

»Zu meiner *Königin* wird?«

Cäsar lachte, und eine gewisse Anspannung löste sich. »*Gemahlin,* ob Königin oder nicht«, sagte er. »Du sollst wissen: Das ist keineswegs etwas, das uns voneinander trennen muss. Wenn es mir möglich wäre, einen Sohn zu wählen …«

Einmal mehr unterbrach er sich und ergriff Vercingetorix dann am rechten Arm. Jener Mann, der der Frau die Jungfräulichkeit genommen hatte, die Vercingetorix heiraten wollte, teilte ihm mit, dass er nicht böse sein würde, wenn er sie ihm stahl. Bei einem Römer deutete dies auf ein sehr großzügiges Herz hin. Außerdem gab ihm der Feind seines Vaters zu verstehen, dass er stolz wäre, ihn als Sohn zu haben. Vercingetorix wusste nicht, was er in diesem Augenblick tatsächlich empfand. Er wusste nur, dass es ein sehr starkes Gefühl war, das tief in ihm wurzelte und ihm Tränen in die Augen trieb.

Wortlos erwiderte er Cäsars Gruß.

X

Das letzte blasse Sonnenlicht tauchte die dunklen Wolken, die den Horizont verhüllten, in ein blutiges Purpur, und ein böiger Wind heulte über den Oceanus Britannicus, brachte Regen und verwandelte das schiefergraue Meer in einen brodelnden Hexenkessel aus hohen Wellen und schäumenden Brechern. Die Schiffe, voll beladen mit römischen Legionären, schlingerten Übelkeit erregend und stießen gegen die leichteren, nicht so stabilen Kähne, die für den Transport der Gallier bestimmt waren, derzeit aber noch leer an ihren Anlegestellen vertäut lagen.

Völlig durchnässte römische Seeleute und Techniker fluchten, als sie versuchten, die Landungsbrücken mit den Dingen zu polstern, die sie auftreiben konnten: Heuballen, Säcke mit Korn und Seilrollen. Sie wollten verhindern, dass die leeren Boote zu Schaden kamen. Römische Legionäre, die an Bord gegangen waren, bevor ganz plötzlich das Unwetter losbrach, beugten sich über die Reling der Galeeren, erbrachen sich oder atmeten tief durch, um nicht würgen zu müssen. Sie waren besser dran als die anderen, hatten die Reling als erste erreicht und verteidigten ihren Platz mit Knien, Ellenbogen und Fäusten. Den Legionären hinter ihnen blieb nichts anderes übrig, als sich auf dem Deck zu übergeben, wobei sie sich gegenseitig besudelten. Wer es nicht aufs Deck geschafft hatte, war noch schlimmer dran.

Das römische Feldlager war leer, abgesehen von den Unterkünften der Geiseln, Cäsars Zelt und einer trostlosen Nachhut, die aus einer Kohorte bestand, das Tor bewachte und im Platzregen durch ein Meer aus Schlamm patrouillierte.

Außerhalb der Befestigungsanlage war es unmöglich, Lagerfeuer zu entzünden, und die meisten Gallier hatten keine Zelte. Dann und wann, einzeln oder in kleinen Gruppen, stahlen sich Krieger fort, worauf die anderen mit nicht sehr überzeugend wirkendem Spott reagierten.

Es gleißten keine Blitze, und es grollte kein Donner. Es war ein langweiliges, unverdrossenes Unwetter von der Art, die stunden- oder gar tagelang anhalten konnte, und nichts deutete auf ein baldiges Ende hin.

Der Regen trommelte auf Cäsars Zelt, und heftiger Wind zerrte an den Planen, ließ das Licht der Öllampen flackern. Bis auf die notwendigsten Dinge war alles eingepackt und verladen, und die Atmosphäre im Zelt entsprach der düsteren Stimmung Cäsars. Er war nicht der Einzige, der auf diese Weise empfand. Alle seine Generäle, die am Feldzug teilnahmen, bis auf Tulius, befanden sich an Bord der Schiffe bei ihren Legionären, und zweifellos wünschten sie sich ins Zelt zurück.

Cäsar hatte Labienus mitgeteilt, dass er zurückbleiben und als »amtierender Prokonsul von ganz Gallien« tätig sein sollte. Er war bemüht gewesen, es als etwas Positives darzustellen, aber Labienus ließ sich nicht zum Narren halten und warf Tulius immer wieder verdrießliche Blicke zu. Seine Stimmung verbesserte sich auch nicht durch Cäsars Anordnung, den Wechsel des Oberbefehlshabers vor den Galliern geheim zu halten, bis sie nach Britannien unterwegs waren und sich damit abfinden mussten.

Als pflichtbewusster Pragmatiker wusste Tulius sehr wohl: Der unschuldige Labienus mochte glauben, dass Cäsar ihn, Tulius, vorgezogen und befördert hatte, aber die Wirklichkeit sah ganz anders aus. Es war ein scheußlicher Auftrag, jene Gallier zu eliminieren, die eliminiert werden sollten; und bestimmt wurden alle Gallier sehr zornig und misstrauisch, wenn sie von dem unerwarteten Wechsel des Oberbefehls erfuhren.

Cäsar hatte wie geplant die Oberhäupter der gallischen Hilfstruppen im römischen Feldlager zurückgehalten, als die Legionen an Bord der Schiffe gingen. Aber er bedauerte nun, ihre Zelte abgebrochen zu haben, bevor das Unwetter begann. Jetzt hockten sie über lange Stunden hinweg in seinem Zelt, brummten, klagten und zankten sich. Cäsar verbrachte mehr Zeit als nötig bei der Nachhut, in Schlamm und Regen – er zog das schlechte Wetter der schlechten Stimmung der Gallier vor. Die Hälfte von ihnen verlangte, dass er aufgab und wieder den Komfort des Lagers schuf. Die andere Hälfte behauptete, die Götter hätten das ganze Unternehmen verdammt, weshalb der Feldzug aufgegeben werden musste.

Cäsar wollte die Legionäre nicht wieder von Bord gehen und an Land lagern lassen. Nachdem er eine solche Entscheidung getroffen hatte, würde sich vermutlich die Sonne wieder zeigen, und dann würde Apoll, Bezwinger Neptuns, über ihn lachen. Aber der Flotte zu befehlen, während eines solchen Wetters in See zu stechen, forderte Neptuns Zorn sicher noch mehr heraus, und ein Verzicht auf den Feldzug kam nicht in Frage.

Sollte er die Legionäre an Land gehen lassen, die Schiffe entladen und auf besseres Wetter warten, um dann noch einmal von vorn zu beginnen?

Oder war es besser, die Gallier mit ihren Pferden einzuschiffen und sie aufbrechen zu lassen, in der Hoffnung, dass das Wetter besser wurde und die Flotte Britannien erreichte?

Die Entscheidung lag bei Cäsar, und die Wahrscheinlichkeit dafür, die richtige zu treffen, war ebenso groß wie für die falsche. Andererseits durfte er nicht mehr lange zögern, und deshalb schickte er Gisstus mit dem Auftrag los, Demetrius zu holen, den griechischen Wahrsager. Cäsar vertraute kaum darauf, dass Wahrsagerei tatsächlich einen Blick in die Zukunft ermöglichte, aber manchmal hatte sie einen anderen Nutzen. Als ehemaliger Pontifex beherrschte er die Kunst, Knochen und Eingeweide das sagen zu lassen, was er von ihnen hören wollte.

Aber da er nicht wusste, *was* er hören wollte, stellte das diesmal keine Lösung dar. Er musste eine Entscheidung treffen, die vielleicht den Ausgang des ganzen Abenteuers bestimmte. Das Orakel eines Wahrsagers mochte nicht besser sein als der Wurf einer Münze, aber es war auch nicht schlechter. Und wenn später jemand die Schuld für falsches Raten traf, so besser Demetrius als Gajus Julius Cäsar.

Gisstus kehrte tropfnass zurück, mit einem grauhaarigen Alten in einem weißen Umhang, der dem eines Druiden ähnelte und mit Sternen, Kometen, Sternbildern und anderen astrologischen Symbolen bestickt war. Doch diesmal wollte sich kein mystischer Effekt einstellen, denn durch den Regen war der Umhang transparent geworden, klebte außerdem am Leib und verriet die Ähnlichkeit des Mannes mit einem wichtigen Werkzeug der Wahrsagerei – einem dürren Huhn.

»Wann hört das Unwetter auf, Demetrius?«, fragte Cäsar.

»Die Omen sind nicht klar, edler Cäsar …«

Brauche ich dich, um mir das zu sagen?, dachte Cäsar verdrießlich, obgleich er Demetrius auch Mitgefühl entgegenbrachte. Wie jeder gebildete Wahrsager übte er sein Gewerbe aus, indem er nicht etwa irgendwelche Omen deutete, sondern die Hoffnungen der Menschen, die seine Dienste in Anspruch nahmen, um ihnen dann das zu sagen, was sie sich wünschten.

»Dann erlaube mir, dir dabei zu helfen, sie besser zu erkennen«, sagte Cäsar. »Sprich! Wann hört das schlechte Wetter auf? Wenn du Recht behältst, mache ich dich zu einem reichen Mann. Wenn du dich irrst, nagele ich dich ans Kreuz und füttere die Fische mit dir!«

Demetrius warf ihm einen verwirrten und auch erschrockenen Blick zu, der so viel bedeutete wie: *Ist das Euer Ernst?* Cäsars Gesicht blieb streng, als er kurz zu den im Halbkreis aufgereihten Galliern sah, die die Drohung offenbar für echt hielten.

»Großer Cäsar, der Himmel ist verborgen, und die Götter dieses

Landes sind nicht die unsrigen«, sagte Demetrius. »Doch das schlechte Wetter endet innerhalb einer Woche, wenn Neptun ein Ochse geopfert wird.«

Cäsar erinnerte sich daran, dass Gisstus ironischerweise etwas Ähnliches vorgeschlagen hatte, und er musste sich sehr beherrschen, um nicht zu lächeln. Gisstus schien es noch schwerer zu fallen, nicht laut zu lachen.

»Und wann hört es auf, wenn wir zwei Ochsen opfern?«, fragte Cäsar. »Wie viele sind nötig, damit morgen die Sonne scheint?«

Demetrius zuckte mit den Schultern.

»Vielleicht lässt sich das mit der Opferung *eines griechischen Wahrsagers* erreichen«, sagte Cäsar, dessen gespielter Ärger sich immer mehr in echten Zorn verwandelte.

Demetrius erbleichte. »Sollen die Götter selbst sprechen«, sagte er, holte eine Münze hervor und hielt sie wie einen Talisman. »Und nicht durch ein so geringes Geschöpf wie mich, sondern durch einen Mann des Schicksals – durch Euch, Cäsar.« Er reichte ihm die Münze. Sie war alt und griechisch. Auf der einen Seite trug sie ein Porträt Alexanders des Großen.

»Werft sie in die Luft und lasst sie fallen. Wenn der große Alexander nach oben zeigt, endet das schlechte Wetter bei Tagesanbruch.«

»Und wenn nicht?«, fragte Cäsar.

»Wenn nicht …«, sagte Demetrius und sah ihn dabei an, »… haben die Götter beschlossen zu schweigen, und nicht einmal Ihr könnt ihnen befehlen zu sprechen.«

Cäsar lachte innerlich, obgleich der Spaß auf seine Kosten ging. All dies, um zu vermeiden, eine Münze zu werfen. Und Demetrius wand sich heraus, indem er den Wurf einer Münze vorschlug.

Er warf die Münze und ließ sie auf den Boden fallen, der sich jetzt nicht mehr unter einem Teppich verbarg. Die Gallier kamen näher und blickten auf das Zeichen hinab.

»Gesicht nach oben!«, rief Comm von den Atrebaten. Seine Gier nach Beute und Ruhm schien noch immer größer zu sein als die Furcht vor dem stürmischen Meer.

Gisstus bückte sich, nahm die Münze und warf sie Cäsar zu. »Alexander hat gesprochen.«

»Hoffentlich hast du Recht«, sagte Cäsar und schnippte die Münze in Richtung des Wahrsagers, der sie so geschickt fing wie ein gut dressierter Affe. *Ich hoffe es für uns alle.* »Wir schiffen uns ein.«

»Auf den Wurf einer Münze hin«, stöhnte Dumnorix.

»Schon wieder seekrank, Dumnorix?«, höhnte Comm. Spöttisches Gelächter erklang.

»Es ist der Wille der Götter«, sagte Luctor.

»Und wenn das schlechte Wetter noch *Tage* dauert?«, fragte Dumnorix.

»Vertraut Ihr nicht dem Wort der Götter?«, entgegnete Cäsar.

»Es sind *Eure* Götter, nicht *meine*«, sagte Dumnorix.

»Und es sind auch gar nicht *Eure* Götter, Cäsar«, warf Epirod ein. »Es ist nicht einmal eine römische Münze. Alexander ist kein römischer Held.«

»Da haben sie nicht ganz Unrecht, Cäsar«, sagte Tulius.

»*Was?*«, entfuhr es Cäsar.

»Es liegt mir fern, die Worte der Götter anzuzweifeln, die durch geworfene Münzen oder aus den Eingeweiden von Hühnern zu uns sprechen«, sagte Tulius nicht ohne Spott. »Aber wenn wir unsere Freunde jetzt an Bord gehen lassen und sich dann herausstellt, dass jene Götter, die durch geworfene Münzen sprechen, sich einen Scherz mit uns Sterblichen erlaubt haben ...«

Tulius hob und senkte übertrieben die Schultern und richtete einen mitfühlenden Blick auf die Gallier. Cäsars erste Reaktion bestand aus Ärger über einen Untergebenen, der es wagte, im Beisein anderer seinen Befehlen zu widersprechen. Dann begriff er, dass der schlaue Tulius die Situation nutzte, um die Gunst der Gallier zu gewinnen, was sich später als nützlich erweisen würde.

Außerdem war ein solcher Einwand durchaus berechtigt.

Andererseits ...

»Was meinst *du?*«, wandte sich Cäsar an Vercingetorix, seinen größten Befürworter bei den Galliern. »Würden ein paar Tage an

Bord von Schiffen, die durch einen Sturm segeln, eure Krieger in wehleidige Feiglinge verwandeln, die nicht mehr in der Lage sind, es mit Wilden aufzunehmen?«

»Gallier kämpfen immer tapfer, selbst unter den schlechtesten Bedingungen!«

Mehr als die Hälfte der Gallier stimmten ihm zu, auch wenn sie dabei nicht besonders begeistert klangen.

Dumnorix blieb skeptisch. »Wohl gesprochen, zungenfertiger Vercingetorix«, sagte er sarkastisch. »Aber mehrere Tage an Bord von Schiffen, die während eines Sturms vor Anker liegen, die ganze Zeit über zu kotzen und gleichzeitig zu versuchen, verängstigte Pferde zu beruhigen, und anschließend die Fahrt über den Oceanus Britannicus ... Das *sind* die ›schlechtesten Bedingungen‹.«

»Ihr sprecht wie ein Mann mit einer besseren Idee«, sagte Vercingetorix.

»Leider spreche ich wie ein Mann mit einer Idee, die nur etwas weniger schlecht ist«, erwiderte Dumnorix.

»Oder wie ein Feigling«, brummte Comm.

»Ein Feigling soll ich sein?«, rief Dumnorix und wirbelte zu ihm herum. »Ich werde Euch zeigen, wer hier ein Feigling ist!« Er wandte sich an Cäsar. »Hört meine Herausforderung, Cäsar, falls Ihr genug Mut habt, sie anzunehmen! Bringt uns und unsere Pferde an Bord Eurer Schiffe. Und bei Tagesanbruch segeln wir nach Britannien, ob das Wetter nun schlecht ist oder nicht. Nicht einmal Regen so stark wie ein Wasserfall oder Wellen so hoch wie Berge sollen es verhindern!«

Verblüfftes Schweigen folgte. Man hörte nur das Flattern der Zeltplanen und das Prasseln des Regens darauf.

Dumnorix ließ den Blick langsam über die Gesichter der versammelten Stammesoberhäupter wandern, und Cäsar sah, dass er ihre volle Aufmerksamkeit hatte. Die nächsten Worte klangen so, als besiegelte er einen Schwur, und sie beeindruckten nicht nur die Gallier, sondern auch Cäsar.

»Nehmt diese Herausforderung von einem seekranken Feigling an«, sagte er, »und ich führe meine Männer als erster an Bord!«

Die Gallier konnten nur zustimmend brüllen – sie waren eben Gallier.

»Auch ihr habt wohl gesprochen, zungenfertiger Dumnorix!«, rief Vercingetorix und umfasste den Arm des früheren Rivalen. »Ich werde der zweite sein!«

»So sei es!«, sagte Cäsar. Mit einem spöttischen römischen Gruß verabschiedete sich Dumnorix von Cäsar, verließ das Zelt mit stolzen Schritten und trat hinaus ins Unwetter.

Also hatten die Götter ihm in dieser dunklen, stürmischen Nacht doch noch ihre Gunst geschenkt, dachte Cäsar. Denn die Gallier führten sich selbst genau dorthin, wo er sie haben wollte.

Zwei römische Legionäre neben und einen Zenturio hinter sich, stapfte Dumnorix durch den Schlamm zum Palisadentor. Schon nach wenigen Schritten war er völlig durchnässt. Das lange Haar klebte an seiner Stirn, und Regenwasser tropfte vom Schnurrbart. Er hatte nie daran gezweifelt, dass der Feldzug durch Britannien eine Falle war, und nicht einmal eine sehr raffinierte. Aber er war auch eine sehr wirksame Falle, denn jedes gallische Stammesoberhaupt, das sie meiden wollte, würde als Feigling dastehen. Und ein als Feigling geltendes gallisches Stammesoberhaupt hatte bald keine Krieger mehr unter seinem Befehl.

Cäsar glaubte, dass seine Götter das schlechte Wetter als einen Fluch geschickt hatten. Und sein Zauberer hatte ihm geraten, Neptun mit Opfern zu besänftigen. Aber dies war noch immer Gallien, nicht Rom. Hier herrschten gallische Götter, keine römischen. Dumnorix glaubte, dass einer seiner Götter das Unwetter geschickt hatte, vermutlich der Kriegsgott Teutates, und nicht als Fluch, sondern als Segen. Denn erst jetzt sah er eine Möglichkeit, der römischen Falle zu entkommen.

Das Tor der Palisade war geschlossen und verriegelt. Vier missmutige und nasse Legionäre bewachten es. »Öffnet das Tor!«, rief Dumnorix. »Dumnorix, Vergobret der Häduer, möchte zu seinen Kriegern sprechen und ihnen Befehle erteilen!«

Die Wächter rührten sich nicht und blieben stumm.

»Es ist alles in Ordnung«, sagte der Zenturio. »Er überbringt ihnen Cäsars Anweisungen. Die Gallier werden endlich eingeschifft. Anschließend können wir hier dichtmachen und brauchen nicht länger im Schmutz zu stehen!«

Die Wächter schoben den Riegel beiseite und öffneten das Tor.

Dumnorix schritt mit seiner römischen Eskorte nach draußen, durch Schlamm und Regen, vorbei an den Lagern anderer Stämme, bis er die Häduer erreichte. Unter Mänteln und Decken, die als Ersatz für Zelte dienen mussten, hockten seine Krieger im Matsch. Er machte den Standartenträger ausfindig, ließ das Zeichen des Keilers in der Mitte des Lagers aufstellen und wies einen Trompeter an, zum Appell zu blasen. Dann stand er im strömenden Regen und wartete, bis möglichst viele Krieger in Hörweite gekommen waren.

Es war eine traurige Versammlung, und viele Häduer brummten verdrießlich, schienen sich kaum über die Rückkehr ihres Vergobreten zu freuen. Dumnorix konnte es ihnen nicht verdenken. Immerhin hatte er sie in diese Katastrophe geführt, wenn auch unwissentlich. Und jetzt stand ihr Anführer im Regen vor ihnen, allem Anschein nach von drei Römern bewacht. Als einer von euch hätte ich ebenfalls nichts für diesen Vergobreten der Häduer übrig, dachte Dumnorix bitter. Nun, ich habe euch in diese Lage gebracht, und die Ehre verlangt, dass ich euch daraus befreie. Selbst auf Kosten der Ehre.

»Ich wurde von Cäsar angewiesen, euch bei diesem Wetter an Bord der Schiffe zu bringen«, begann er und winkte mit dem linken Arm, um vom rechten abzulenken, dessen Hand zum Knauf des Schwerts kroch.

Kummervolles Stöhnen und verärgertes Brummen folgte auf diese Worte. Damit hatte Dumnorix gerechnet. Er hob die linke Hand, mit dem Handteller nach außen, forderte die Krieger mit dieser Geste auf, wieder still zu sein. Die rechte Hand legte er auf den Schwertknauf. Die protestierenden Stimmen brachte er damit nicht zum Schweigen, aber darum ging es ihm auch gar nicht.

»Ich weiß, was ihr denkt!«, rief Dumnorix in einem verächtlichen

Ton. »Ihr glaubt, die Römer wollen uns während dieses Unwetters an Bord ihrer Schiffe bringen, um uns auf hoher See im Mahlstrom ertrinken zu lassen.«

Empörte Schreie ertönten, aber sie klangen auch verwirrt. Zwar stimmten die Krieger Dumnorix' Worten zu, aber der höhnische Ton überraschte sie.

Dumnorix holte tief Luft.

»Nun, ihr habt Recht!«, donnerte er, zog sein Schwert und stieß es in den Hals des rechts von ihm stehenden Römers, bevor der Mann begriff, wie ihm geschah. »Es ist eine Falle! Zerstreut euch in alle Winde! Kehrt in unser Land zurück, wohin wir gehören!«

»Wer führt seine Männer nach Vercingetorix an Bord?«, fragte Cäsar. »Sprecht nicht alle gleichzeitig ...«

Er unterbrach sich mitten im Satz und blickte verblüfft zum Eingang des Zelts. Vercingetorix wirbelte herum und sah einen römischen Zenturio, der stark aus Wunden am rechten Arm und linken Oberschenkel blutete. Halb stolperte er und halb fiel er ins Zelt, hielt sich nur noch mit eisernem Willen auf den Beinen.

»Die Häduer ... Dumnorix ... Cäsar ...«

Cäsar eilte zu dem Verletzten und stützte ihn, obgleich er sich dadurch mit Blut beschmierte. »Geh zu den Schiffen und hol einen Arzt!«, wies er Tulius an. Erst als der General mit diesem Auftrag wie ein gewöhnlicher Diener forteilte, sprach Cäsar mit dem Zenturio und offenbarte einen Sinn für Prioritäten, von dem sich Vercingetorix beeindruckt fühlte.

»Ganz ruhig, Hilfe ist unterwegs«, sagte Cäsar sanft. »Glaubst du, du kannst uns sagen, was geschehen ist?«

»Dumnorix ... er ... überlistete uns ... als er zu seinen Männern sprach ...«

Der Zenturio zögerte und verzog schmerzerfüllt das Gesicht. Dann zwang er sich fortzufahren. »›Die Römer wollen uns bei diesem Wetter ertrinken lassen‹, rief er. Plötzlich ... zog er sein Schwert und tötete einen der Wächter, bevor ... bevor ich ... mein Schwert ... ziehen konnte. Die Häduer stürzten auf uns los, um

Dumnorix zu helfen, und er forderte sie auf zu fliehen ... Es war ein kurzer Kampf und ein heilloses Durcheinander ...«

Cäsars Gesicht verfinsterte sich vor Zorn, als er diese Worte hörte.

»Ich schäme mich, versagt zu haben, Cäsar«, sagte der Zenturio. »Aber wir waren nur zu dritt ... und der Angriff kam so überraschend ...«

Purpurne Adern pulsierten in Cäsars Schläfen, doch er beherrschte sich gut genug, um den verletzten Zenturio vorsichtig auf den Boden sinken zu lassen. »Dich trifft keine Schuld«, sagte er. »Für deinen Mut einer gewaltigen Übermacht gegenüber befördere ich dich zum Primus Pilus.«

Doch als er sich den Galliern zuwandte, ließ er seinem Zorn freien Lauf. »Ich werde den feigen Mistkerl kreuzigen, wenn ich ihn erwische, ihn und alle, die mit ihm flohen!«, brüllte er. »Und wenn dieser Mann stirbt, richte ich auch die Geiseln die Häduer hin! Ich ... ich ...«

»Beruhige dich, Cäsar«, sagte Gisstus. »Du weiß doch, dass ...«

»Ich ... ich ...«

Cäsars Zunge schien sich in Holz zu verwandeln, und er bebte am ganzen Leib. Die Knie gaben nach, und die Augen rollten nach oben, zeigten nur noch das Weiße. Die Gallier wichen zurück, als sich Schaum auf Cäsars Lippen bildete, wie bei einem tollwütigen Hund.

Vercingetorix hatte in der Druidenschule von dieser Krankheit gehört und erkannte sie, noch bevor Gisstus ihren römischen Namen nannte.

»Die Fallsucht!«

»Von den Göttern berührt!«, rief Comm.

Vercingetorix sank neben Cäsar auf die Knie und ergriff die Maßnahmen, die man ihn gelehrt hatte. Er schob den linken Handballen in Cäsars Mund, um zu verhindern, dass er sich die Zunge durchbiss, nahm den Schmerz hin, als er Cäsars Zähne auseinander presste. Den Daumen der rechten Hand drückte er fest an den Nacken des Kranken und ließ ihn rhythmisch kreisen.

»Was macht er da ...?«

»Druidenmagie!«, sagte Epirod. »Ich habe sie schon einmal gesehen.«

Cäsar kehrte aus dem blendenden Weiß des Anfalls zurück und fand sich auf dem Boden wieder, auf dem Rücken, mit einer Hand im Mund und einem nicht unangenehmen Druck am Nacken.

Er sah auf und erkannte das Gesicht von Vercingetorix, der auf ihn herabblickte, und er begriff: Die Hand in seinem Mund gehörte ihm. Und seine Zähne bissen hinein. Er schmeckte Blut.

Hastig spuckte er die Hand aus, stemmte sich hoch und stellte fest, dass das Blut von Vercingetorix stammte, nicht von ihm.

»Deine Hand …«

»Es ist nichts weiter, Cäsar. Nach einem zu ungestümen Spiel mit Hunden haben meine Hände manchmal schlimmer ausgesehen.«

»Trotzdem …«

Als sich Cäsars Geist wieder klärte, bemerkte er eine Mischung aus Furcht und Achtung in den Mienen der Gallier, und dann erinnerte er sich: Viele Abergläubische vermuteten, dass die Opfer der Fallsucht – unter ihnen auch der große Alexander, wie es hieß – in der Gunst der Götter standen. Manchmal glaubte er das sogar selbst, wenn er mit Visionen von jenem Ort zurückkehrte, den sein Selbst während eines Anfalls aufsuchte.

Diesmal war das nicht der Fall.

Andererseits …

»Was starrt ihr mich an?«, rief er. »Habt ihr nie zuvor gesehen, wie die Götter auf diese Weise zu einem Menschen sprechen?«

Die Gallier wichen furchterfüllt zurück, so wie es sich für die verräterischen und verlogenen Mistkerle gehörte. Vercingetorix hingegen streckte ihm die unverletzte Hand entgegen.

Cäsar griff danach und kam ein wenig unsicher auf die Beine, als Tulius einen Arzt ins Zelt führte.

»Cäsar …«

»Ich bin in Ordnung, Tulius«, sagte Cäsar brüsk. Und zum Arzt: »Kümmere dich um den Verwundeten, während ich mich um *diese* Leute kümmere.«

Er richtete einen finsteren Blick auf die Gallier. »Mir scheint, Dumnorix und die Häduer haben uns um Ruhm und Reichtum gebracht …«

»Was?«, entfuhr es Tulius.

»Dumnorix ist mit einer unbekannten Anzahl seiner Krieger geflohen«, sagte Labienus. »Damit dürfte es Euch kaum mehr möglich sein, ein Heer aus Galliern zum Sieg zu führen, Tulius. Der Feldzug kann jetzt nicht mehr stattfinden …«

»Darüber entscheide *ich*«, sagte Cäsar scharf.

»Ich wollte nur …«

»Schon gut, Labienus. Ich beauftrage *Euch* damit, hier Ordnung zu schaffen. Holt so viele Männer von den Schiffen, wie Ihr braucht. Und lasst alle so genannten Oberhäupter der Häduer, die noch hier sind, zu mir bringen. Auch den Bruder des verlogenen Hundes, Diviacx!«

Diesmal hatte ihm die Fallsucht keine Vision gewährt, als Ausgleich für Schmerz und Demütigung. Aber Cäsar brauchte keinen göttlichen Rat, um zu wissen: Um die Situation zu retten, musste Dumnorix unverzüglich gefangen genommen werden, auf dass sein eigener Druidenbruder ihn zum Tode verurteilte, wegen Verrats, Feigheit und dafür, Schande über sein Volk gebracht zu haben. Er verdiente eine langsame Kreuzigung, aber in politischer Hinsicht war es besser, ihm die Gnade zu erweisen, vor den Resten seines Heeres von den Häduern verbrannt zu werden.

Nur wenig wurde bei den Galliern gesprochen, während die Römer ihre Gefangenen aus dem Stamm der Häduer zusammentrieben, und auch Vercingetorix fehlten die Worte. Cäsar saß in einer Ecke des Zelts und führte dort ein leises Gespräch mit Gisstus, dessen Gesicht Vercingetorix erneut vertraut erschien und der offenbar Cäsars Vertrauen genoss, obwohl er weder ein römischer Adliger noch ein General war.

Decimus Brutus, ein römischer Offizier und nicht viel älter als Vercingetorix, brachte schließlich zwölf durchnässte Häduer herein, bewacht von ebenso vielen Legionären. Unter ihnen befanden sich auch ein ängstlicher Diviacx und ein trotzig wirkender Litivak.

»Wie Ihr seht, habe *ich* Euch nicht verraten«, sagte Diviacx rasch. »Ich bin noch hier …«

»Ruhe!«, donnerte Cäsar. »Dumnorix ist dein Bruder, du verräterisches Schwein!«

»Bin ich dafür verantwortlich? Ich werde Litivak beauftragen …«

»Noch ein ungebetenes Wort, und ich schwöre, dass ich dir die Zunge aus dem Mund reiße!«, drohte Cäsar. »Brutus, wie ist die Lage dort draußen?«

»Es herrscht großes Durcheinander, Cäsar. Etwa zwei Drittel der Häduer sind zusammen mit Dumnorix geflohen.« Brutus nickte Litivak zu. »Doch dieser Mann sammelte die anderen und hinderte sie daran, uns ebenfalls zu verlassen.«

»Tatsächlich …?«

»Jemand musste die Ehre der Häduer wahren«, sagte Litivak. »Wir sind nicht alle Eidbrecher, Cäsar!«

»Wir werden sehen, was es mit der Ehre der Häduer auf sich hat, wenn Dumnorix vor uns steht«, erwiderte Cäsar. »Brutus, nimm so viele Männer, wie du brauchst, und verfolge ihn …«

»Das dürft Ihr nicht, Cäsar!«, rief Diviacx.

»*Du* sagst *mir*, was ich darf und was nicht?«, donnerte Cäsar. »Und wer hat dir erlaubt zu sprechen?«

»Ich bitte demütigst um Verzeihung«, sagte Diviacx in einem unterwürfigen Tonfall, bei dem sich Cäsar der Magen umdrehte. »Aber erlaubt mir zu erklären.«

Cäsar nickte ihm kurz und verächtlich zu. Ganz offensichtlich war er von ihm ebenso angewidert wie Vercingetorix.

»Dies ist eine Angelegenheit der Häduer-Ehre …«

»Die Ehre der Häduer?«, rief Cäsar. »Sie ist ebenso real wie die Zähne von Hühnern!«

»Mein Bruder hat sie uns gestohlen, und jetzt muss sie zurückgebracht werden«, sagte Diviacx. »Er muss von einem Druiden verurteilt werden, der das gallische Gesetz vertritt …«

»Herzlichen Glückwunsch, Diviacx«, sagte Cäsar. »Du hast dich gerade freiwillig gemeldet. Urteil und Strafe sollten besser nicht in Zweifel gezogen werden.«

»So sei es«, entgegnete Diviacx leise. »Aber wenn Eure Männer Dumnorix gefangen nehmen, gibt es keinen Gallier, der darin nicht eine Maßnahme Roms sieht.«

»Er hat Recht!«, rief Comm. »Kein Gallier darf von Rom gefangen genommen werden!«

»Es stimmt«, wandte sich Vercingetorix an Cäsar. »Dumnorix hat Schande über die Häduer gebracht, aber wenn Eure Leute ihn fassen, nehmen sie den Häduern die Möglichkeit, ihre Ehre zurückzugewinnen. In seiner Bestrafung wird man dann keine Druidengerechtigkeit sehen, sondern Eure Rache.«

»Er hat Recht«, bestätigte Litivak. »Wenn Ihr Dumnorix verfolgen und gefangen nehmen lasst, wird mich der Rest des Häduer-Heeres nicht mehr als Oberhaupt anerkennen – es sei denn, ich verurteile Eure Entscheidung.«

Cäsar wurde nachdenklicher, als er diese Worte hörte. »Ich verstehe«, murmelte er. »Aber ...«

»Schickt Litivak«, schlug Diviacx vor. »Er hat seine Loyalität bewiesen.«

»Ich vertraue keinem Häduer mehr, bis Dumnorix gefasst und bestraft ist.«

»Dann schickt Vercingetorix«, sagte Litivak.

»*Vercingetorix*?«, entfuhr es Cäsar und Diviacx gleichzeitig. Auch Vercingetorix selbst war überrascht.

»Er ist ein Arverner, der die Bewunderung vieler Häduer gewonnen hat«, fügte Litivak hinzu. Er sah Keltills Sohn mit mehr Herzlichkeit an, als Vercingetorix von einem Häduer erwartet hätte.

»Vercingetorix ...?«, wiederholte Cäsar in einem ganz anderen Ton. Etwas, das Vercingetorix nicht verstand, beschwichtigte den Zorn des Römers.

»Soll er mit einer gemischten Gruppe aus Arvernern und Häduern aufbrechen«, sagte Litivak.

»O nein«, widersprach Cäsar. »Ich werde keine Häduer davonziehen lassen, bis Dumnorix gefangen, verurteilt und hingerichtet ist.«

Einige Augenblicke lang herrschte Stille, während sich Cäsar und die Gallier anstarrten.

Dann lächelte Cäsar.

»Ich schicke entweder Brutus mit einer Streitmacht aus Römern oder Vercingetorix mit seinen Arvernern«, sagte er in einem Tonfall, als biete er ihnen einen mit Honig gesüßten Schierlingsbecher an. »Aber man soll Cäsar nicht nachsagen, er sei unvernünftig. Die Wahl liegt bei *euch.*«

Wieder herrschte Stille.

»Gibt es irgendwelche Stimmen für Brutus?«, fragte Cäsar.

Als es weiterhin still blieb, wandte er sich an Vercingetorix und hob fragend eine Braue. Gisstus versuchte offenbar, seine Aufmerksamkeit zu gewinnen, aber Cäsar schenkte ihm keine Beachtung.

»Ich kann dir nicht befehlen, Dumnorix zu verfolgen und gefangen zu nehmen, mein Freund«, sagte Cäsar. »Und selbst wenn ich es könnte – einen solchen Befehl würde ich dir nicht erteilen. Aber wärst du freiwillig dazu bereit?«

»Ein solches Anliegen kann ich nicht zurückweisen«, sagte Vercingetorix, und mit einem zornigen Blick auf Diviacx fügte er hinzu: »Ebenso wenig kann ich behaupten, es sei eine unangenehme Aufgabe.«

»Schick sie fort«, flüsterte Gisstus Cäsar ins Ohr, als Vercingetorix gegangen war. »Wir müssen unter vier Augen miteinander reden.«

Es klang wie ein Befehl, und Cäsar hätte normalerweise Anstoß daran genommen, von jemandem auf diese Weise angesprochen zu werden. Aber er kannte Gisstus gut genug, um zu wissen: Dies war die Stimme der Sorge, nicht der Arroganz.

»Tulius, bring diese *noblen* Gallier zu ihren Männern und lass sie dafür sorgen, dass es nicht erneut zu Treubruch kommt«, befahl er. »Sorg außerdem dafür, dass sie angemessen bewacht werden. Brutus, führe Diviacx zu seinem Zelt zurück und schütze ihn dort vor Einsamkeit.«

»Ihr habt einen Fehler gemacht, Cäsar«, sagte Gisstus sofort, als sie allein waren.

»Wo und wann?«, erwiderte Cäsar gereizt.

Es gefiel ihm nicht, wenn man ihm Fehler vorwarf. Aber jeder

Befehlshaber, der nicht mindestens einer Person erlaubte, ihn ohne Furcht vor Repressalien auf so etwas hinzuweisen, forderte eine Katastrophe heraus. Für ihn war Gisstus ein solcher Mann.

»Dumnorix weiß vielleicht zu viel«, sagte Gisstus.

»Glaubst du? Zu viel für wen?«

»Vercingetorix.«

»*Keltill!*«, stöhnte Cäsar und begriff, dass Gisstus Recht hatte. Die eigentlich zweitrangige Angelegenheit, jenen Unruhestifter zu eliminieren, konnte jetzt zu einem großen Problem werden.

Diviacx hatte Keltill nach dem Gesetz der Druiden verurteilt, aber er war von Cäsar dazu »ermutigt« worden. Anders ausgedrückt: Cäsar hatte ihm praktisch befohlen, Keltill zu verurteilen, wenn es die Situation erforderte. Niemand sonst wusste das, bis auf Gobanit, der nicht mehr lebte, und natürlich Gisstus.

Das hatte Cäsar bisher angenommen.

Aber Dumnorix war Diviacx' Bruder.

Was auch immer Diviacx ihm erzählt hatte oder auch nicht: Dumnorix wusste, dass Gisstus bei Keltills Gefangennahme zugegen gewesen war, verkleidet als einfacher Krieger der Häduer …

»Glaubst du wirklich, er weiß Bescheid?«, fragte Cäsar.

Gisstus zuckte mit den Schultern. »Wir können wohl kaum sicher sein, dass er *nicht* Bescheid weiß.«

»Aber wenn du Recht hast … Wieso hat er dann bisher geschwiegen?«

»Wenn Dumnorix tatsächlich die Hintergründe kennt, hat er geschwiegen, um seinen Bruder zu schützen und zu vermeiden, dass die Arverner an den Häduern Rache nehmen. Aber jetzt will die Hälfte der Häduer nichts mehr mit ihm zu tun haben, und Diviacx ist bereit, ihn zum Tod zu verurteilen …«

»Er hat also keinen Grund mehr zu schweigen, aber jeden Anlass, zu sprechen und Vergeltung zu üben, bevor er stirbt …«, stöhnte Cäsar. »Kümmere dich selbst darum, Gisstus. Aber verwende eine teutonische Waffe. Auch bei dieser Sache muss unsere Hand unsichtbar bleiben.«

Es regnete noch immer in Strömen, als Vercingetorix das Lager der Arverner erreichte. Mond und Sterne spendeten kein Licht, und Dumnorix' Abtrünnige hatten kleine Gruppen gebildet und sich zerstreut. Aber Vercingetorix begriff, dass sich Dumnorix nicht in jede beliebige Richtung wenden konnte. Im Nordwesten erstreckte sich das Meer, im Osten das Land der teutonischen Stämme. Der Vergobret der Häduer würde zweifellos versuchen, nach Süden zu gelangen, in sein Heimatland, und um dieses Ziel zu erreichen, musste er ein keilförmiges Territorium zwischen der Küste und dem Rhein durchqueren. Sein Vorsprung betrug nicht einmal eine Stunde.

Vercingetorix überließ den Rest seiner Männer Critognats Führung, teilte tausend Krieger in einzelne Gruppen ein und schickte sie nach Süden. Sie sollten in einer immer breiter werdenden Front vorstoßen und nicht nur direkt nach Dumnorix suchen, sondern auch alle Leute befragen, denen sie begegneten – *irgendjemand* musste Dumnorix und seine Männer gesehen haben.

Mit Baravax und einem Dutzend Wächter ritt Vercingetorix einige Meilen hinter dem Zentrum der breiter werdenden Front. Wenn eine Gruppe Dumnorix entdeckte, sollte sie nicht etwa versuchen, ihn gefangen zu nehmen, sondern der Spur vorsichtig folgen und einen Boten zu Vercingetorix schicken.

Mit hochgezogenen Schultern saßen die beiden Männer auf ihren Pferden, während der Regen auf sie herabprasselte. Sie trugen die groben braunen Umhänge von Bauern, doch an den Sätteln waren teutonische Speere befestigt. Etwa eine Meile hinter Vercingetorix' Gruppe ritten sie, durch Regen und Dunkelheit vor ihr verborgen. Es war nicht weiter schwer, ihr zu folgen: Das Wiehern der Pferde und der von den Hufen aufgewühlte Schlamm boten deutliche Hinweise.

»Was *machen* sie, Gisstus?«, fragte einer der beiden Männer. Er war untersetzt, und sein Kopf wurde allmählich kahl. In seinem Gesicht zeigte sich etwas Grimmiges. »Und warum folgen wir ihnen? Ich dachte, wir sollten Dumnorix verfolgen.«

»Das tun wir, Marius, und sie ebenfalls«, erwiderte Gisstus. »Deshalb folgen wir Vercingetorix. Er hat hunderte von Männern und setzt sie wie eine Meute Jagdhunde ein. Die Hunde finden die Spur, und dann holen die Jäger die Beute ein …«

»Aber wenn die Schakale ihn in die Enge treiben …«

»*Wölfe*, Marius, *Wölfe!«*, sagte Gisstus. »Ein viel ehrenhafteres Raubtier! Seine Zitzen nährten unsere noblen Vorfahren Romulus und Remus.«

Das schlechte Wetter besserte sich allmählich, obwohl es noch immer regnete. Vercingetorix bemerkte eine Andeutung von Grau am schwarzen Himmel überm Horizont, als ein Reiter in vollem Galopp aus Südwesten kam und sich seiner Gruppe näherte. Das Pferd, ein Rotschimmel, war regen- und schweißnass; es schnaufte vor Erschöpfung. Der Reiter war ein drahtiger blonder Mann, nur wenige Jahre älter als Vercingetorix. Er trug keinen Helm und hatte sich seinen Mantel im Orange der Arverner über den Kopf gezogen, um einigermaßen vor dem Regen geschützt zu sein. Atemlos vor Aufregung erstattete er Bericht.

»Wir haben Dumnorix gefunden! Meine Männer folgen ihm, während ich diese Worte an Euch richte!«

»Wo ist er?«

Der Mann schien den Atem anzuhalten und sich selbst zu zügeln, so wie er zuvor sein Pferd gezügelt hatte. »Nun, eigentlich haben wir nur seine *Spur* gefunden, Vercingetorix«, gestand er ein wenig kleinlaut.

»Ihr habt Dumnorix nicht direkt gesehen?«

Der Mann schüttelte den Kopf.

»Nun, woher wisst Ihr dann …«

»Ein Dorf. Wir hörten, dass sechs Häduer hindurchgeritten waren …«

»Woher wussten die Leute …«

»Bei einem von ihnen sahen sie die Standarte des Vergobreten. Nicht hoch erhoben, sondern am Sattel befestigt. Ein Junge erkannte den Keiler.«

»Aber wenn Ihr die Reiter nicht selbst gesehen habt ...«

»Ich bin *Oranix*«, sagte der junge Mann, als wäre das Erklärung genug. Als Vercingetorix nicht die gewünschte Reaktion auf das zeigte, was vermutlich ein Prahlen gewesen war, fügte er hinzu: »Ihr habt noch nicht von mir gehört? Ich bin der beste Spurenleser der Arverner, und alle meine Männer sind erfahrene Jäger. Wenn wir eine Spur finden, verlieren wir sie nie. Einmal bin ich einem verletzten Hirsch sechs Tage lang gefolgt, über einen Boden, auf dem ganze Herden von Rotwild unterwegs waren, bis ich ihn schließlich stellte und erlegte.«

Irgendetwas an dem jungen Mann ließ Vercingetorix lächeln. »In welche Richtung reiten Dumnorix und seine Leute?«, fragte er.

»Nach Südwesten.«

Vercingetorix wandte sich an Baravax. »Einer deiner Männer soll das Pferd mit dem großen Oranix tauschen«, befahl er. »*Könnt* Ihr uns dorthin führen, wohin Eure Freunde ritten?«

»Natürlich!«, sagte Oranix empört. »Sie hinterlassen eine Spur für uns, wie das in solchen Fällen üblich ist! Oder glaubt Ihr, wir seien innerhalb der Schutzwälle Gergovias zu Männern herangewachsen?«

Oranix' Jäger hatten tatsächlich eine Spur hinterlassen, der Oranix leicht folgen konnte, obwohl Vercingetorix überhaupt nichts bemerkte. Sie ritten absichtlich langsam, während Oranix und seine Begleiter ihre Pferde so schnell galoppieren ließen, wie es der schlammige Boden erlaubte. Nach einer Stunde schlossen sie zu den vier Jägern auf, die Bögen trugen, weder Helme noch Schilde hatten und wie Waldbewohner gekleidet waren.

Nur eine Meile trennte sie von den Sümpfen an der Küste. Ein neuer Tag begann, und aus dem strömenden Regen war ein unangenehmes Nieseln geworden. Der Boden bestand aus klebrigem Matsch, und Vercingetorix benötigte keine Hinweise von Oranix oder seinen Männern, um zu erkennen, dass die Spur aus aufgewühltem Schlamm und zertretenem Gras direkt in den Sumpf führte.

»Es sind sechs.«
»Vielleicht auch acht.«
»Nicht mehr als eine halbe Stunde.«
»Vielleicht weniger.«

Vercingetorix' Männer waren alles andere als begeistert, als er sie ins Moor führte, und ihm erging es ähnlich. Dumnorix hatte eine schlaue Wahl getroffen. Im Sumpf gab es zahllose Flüsschen und Rinnsale, und die so genannten »Trockenflächen« bestanden aus Schlick, in dem Huf- und Fußabdrücke unmittelbar nach ihrem Entstehen wieder verschwanden. Im Innern des Moors konnte Dumnorix einen beliebigen Punkt wählen, um es wieder zu verlassen. Entweder brauchte man ein Heer, um das ganze Sumpfland zu umstellen, oder unerhörtes Glück, um den Vergobreten der Häduer abzufangen.

Selbst Oranix und seine Jäger wirkten bedrückt, als sie den Rand des nassen und abschreckenden Durcheinanders aus moosbedeckten Bäumen, hohem Gras, Tümpeln mit stehendem Wasser und stinkendem Schlamm erreichten. Ein dichter Nebelschleier hing darüber, und darin erklangen die klagenden Rufe unsichtbarer Vögel, das kehlige Krächzen von Fröschen, außerdem ein gelegentliches Pochen, Knacken und Platschen, das von irgendwelchen gefürchteten Geschöpfen stammen mochte, die im Verborgenen blieben, bis man ganz plötzlich auf sie stieß – oder bis sie einen fanden.

»Könnt Ihr der Spur auch *hier* folgen, Oranix?«, fragte Vercingetorix den jungen Mann, der sich selbst zum besten Spurenleser der Arverner ernannt hatte.

Oranix schüttelte den Kopf. »Unmöglich. Wir müssen Eure Methode verwenden, Vercingetorix, ausschwärmen und die Beute aufscheuchen, so wie man mit Hunden Fasane jagt. Wir teilen uns in Zweiergruppen auf ...«

»Aufteilen?«, stöhnte Baravax.

»*Da drin?*«

Vercingetorix' Krieger schämten sich nicht, ihre Furcht zu zeigen. Oranix und seine Jäger richteten verächtliche Blicke auf sie.

»Habt ihr Angst?«, rief Vercingetorix. »Vor Fröschen, Vögeln und Schlamm? Ich selbst reite allein. Wir bleiben in Rufweite und verständigen uns gelegentlich mit dem Ruf eines Vogels …«

»Einer Amsel«, schlug einer der Jäger vor.

»Eine gute Wahl, denn dieser Vogel meidet den Sumpf«, pflichtete ihm ein anderer bei.

»Wir wissen immer, dass ein solcher Ruf von unseren Leuten stammt, und Dumnorix kennt sich in diesen Dingen bestimmt nicht gut genug aus, um den Unterschied zu bemerken«, erklärte Oranix. »Außerdem bezweifle ich, dass er und seine Männer dem Zwitschern von Vögeln große Aufmerksamkeit schenken«, sagte der Jäger, der die Amsel vorgeschlagen hatte. »Es klingt so.« Und er ließ einen lieblichen, harmonischen, trillernden Pfiff erklingen.

»Wer auf mehr Leute stößt, als er überwältigen kann, heult wie ein Wolf, um Hilfe anzufordern«, sagte Vercingetorix.

»Dadurch lockt er das nächste Wolfsrudel an!«, entfuhr es Baravax.

Die Jäger lachten. »Sei unbesorgt«, sagte Oranix. »Wölfe mögen den Sumpf ebenso wenig wie wir.«

»Jetzt stoßen sie ins Moor vor«, sagte Gisstus. Er lag bäuchlings im hohen Gras einer Hügelkuppe. »Und wir müssen uns ein Beispiel an ihnen nehmen.«

»Zu Pferde?«, stöhnte Marius.

Gisstus schüttelte den Kopf. »Du hast Recht«, sagte er. »Dort drin kann man ein umherstapfendes Pferd meilenweit hören. Dumnorix und seine Begleiter wollen nicht entdeckt werden, und deshalb werden sie bald zu Fuß gehen, wenn sie nicht bereits abgestiegen sind. Auch daran müssen wir uns ein Beispiel nehmen.«

»Es gefällt mir nicht, Gisstus. Dort drin erwartet uns ein schmutziges Durcheinander.«

Gisstus stand auf. Schlamm klebte an der Vorderseite seines Mantels. »Unser Gewerbe ist immer ein schmutziges gewesen, Marius«, sagte er. »Oder hast du das nicht bemerkt?«

Vercingetorix watete durch knietiefes, schlammiges Wasser und führte sein Pferd, das ihm hier im Sumpf nichts mehr nützte. Er hatte das Gefühl, schon seit Stunden ziellos umherzuirren, obgleich ihm die Position der blassen Sonne, die gelegentlich durch den sich auflösenden Nebel drang, anzeigte, dass es noch nicht Mittag war.

Schreie in der Ferne, das Klirren von Metall auf Metall und dreimaliges ungeschicktes Wolfsheulen wiesen ihn darauf hin, dass einige seiner Männer auf die Leute von Dumnorix gestoßen waren. Aber nicht auf Dumnorix, hoffte Vercingetorix, denn den wollte er für sich selbst. Cäsar hatte angeordnet, ihn lebend zurückzubringen, damit er von Diviacx verurteilt werden konnte, aber wenn er Widerstand leistete ...

Wieder ein Wolfsheulen, diesmal viel näher, gefolgt von Rufen und Schreien, den Geräuschen eines Kampfes, einem weiteren Wolfsheulen, dann noch einem und noch einem, wiederum gefolgt von weiteren Kampfgeräuschen und lauterem Klirren von Stahl.

Vercingetorix watete in die entsprechende Richtung, war aber nicht weiter als eine Viertelmeile gekommen, als es plötzlich still wurde ...

Oder stammte jenes dumpfe, saugende Schmatzen von langsamen Schritten?

Vercingetorix verharrte lautlos wie ein Baum in diesem Sumpf.

Ja, es waren Schritte, schwer genug, um von einem Menschen oder vielleicht auch einem Pferd zu stammen.

Aber ein Pferd fluchte nicht leise vor sich hin.

Die Schritte schienen sich zu nähern, doch angesichts des hohen Grases, des dichten Gestrüpps und der dämpfenden Wirkung des Nebels konnte Vercingetorix nicht sicher sein ...

Sein Pferd wieherte.

Der Unbekannte blieb stehen.

Vercingetorix dachte kurz über sein Pech nach und kam dann auf die Idee, es in Glück zu verwandeln. Er ließ die Zügel los, zog sein Schwert und schlug mit der flachen Seite auf die Hinterbacke des Rosses.

Es wieherte erneut, diesmal protestierend, stapfte dann schwerfällig und laut durchs Sumpfgras. Vercingetorix huschte von Baum zu Baum, von Busch zu Busch, von Schatten zu Schatten, folgte dem Pferd in diskretem Abstand und versuchte, mit der Umgebung zu verschmelzen.

»Ich sage dir, Marius, nicht einmal ein verhungernder Wolf würde sich in diesen Sumpf wagen, erst recht kein ganzes Rudel«, hauchte Gisstus, als die beiden Römer im hohen Gras kauerten. »Und selbst wenn sie verzweifelt genug wären, um hierher zu kommen, sie würden bestimmt besser heulen.«

»Und wie, wenn ich fragen darf, willst du hier jemanden finden, Gisstus?«

»Das will ich gar nicht. Ich möchte, dass die anderen uns finden.«

»Aber sie wissen nicht einmal, dass wir hier sind.«

»Sie verständigen sich durch Wolfsgeheul. Hast du nicht die Kampfgeräusche gehört? Wir rufen sie einfach hierher.«

Marius runzelte kummervoll die Stirn. »Aber woher willst du wissen, ob du Vercingetorix' Gruppe oder Dumnorix' Leute rufst?«

»Ich weiß es nicht, und es spielt auch gar keine Rolle. Die einen suchen die anderen. Wir lassen sie hierher kommen und übereinander herfallen, während wir im Verborgenen warten, bis sich Dumnorix zeigt.«

Im Anschluss an diese Worte neigte Gisstus den Kopf nach hinten, hob die Hände zum Mund und heulte wie ein Mensch, der ungeschickt das Heulen eines Wolfes nachzuahmen versuchte.

Das Heulen schien aus der Nähe zu kommen, aber Vercingetorix widerstand der Versuchung, sich in die entsprechende Richtung zu wenden. Er folgte weiterhin dem Pferd, dem Köder seiner mobilen Falle, denn das Tier war ziemlich laut, als es durch den Sumpf stapfte. Irgendwo im Nebel setzte sich der Unbekannte, der zuvor stehen geblieben war, wieder in Bewegung und wandte sich in die Richtung der vom Pferd verursachten Geräusche.

»Was ist das?«, flüsterte Marius nervös und legte sich im Schlamm auf den Bauch, als etwas Schweres auf sie zustapfte. Auch Gisstus duckte sich ins Sumpfgras und stöhnte leise, als er ein reiterloses

Pferd sah, das aus der Baumgruppe kam, die etwa eine Zehntelmeile entfernt war. Es begann zu grasen.

Stumm und reglos stand Vercingetorix hinter dem moosbedeckten Stamm eines alten Baums, beobachtete sein Pferd beim Grasen und lauschte den Schritten, die sich der anderen Seite der Sumpfgraswiese näherten. Der Unbekannte wandte sich hierhin und dorthin, versuchte offenbar, einen Eindruck von der Situation zu gewinnen.

Schließlich kam Dumnorix zum Vorschein, ohne Schild und zu Fuß, schlammbedeckt, hier und dort mit schmierigen grünen Streifen, die von Moos und Algen stammten, und auch mit roten, vom Blut des Kampfes. Zwischen zwei Bäumen stand er und spähte zum Pferd.

Vercingetorix sank auf Hände und Knie, begann damit, unsichtbar und lautlos durchs hohe Gras zu kriechen. Dumnorix duckte sich, blieb aber für seinen Gegner weiterhin sichtbar, als er den Blick wachsam umherschweifen ließ und sich dem Pferd näherte.

Als er das Ross fast erreicht hatte, war auch Vercingetorix heran. Er zog sein Schwert, sprang auf und lief dem Häduer entgegen. »Dumnorix! Verteidige dich, du feiges Häduer-Schwein!«

Das Pferd scheute und stob davon.

Dumnorix wandte sich dem jungen Arverner zu, nahm das eigene Schwert zur Hand und parierte den ersten Hieb. Stahl prallte klirrend auf Stahl.

»Ich hätte nicht gedacht, dass Cäsar seinen Lustknaben nach mir schickt!«, rief Dumnorix und holte zu einem schwungvollen Hieb aus, den Vercingetorix mühelos abwehrte. Weitaus mehr Mühe kostete es ihn, seinen Zorn unter Kontrolle zu halten.

»Es geht nicht um Cäsar!«, erwiderte er und schlug erneut zu. Wieder parierte Dumnorix. »Es geht um meinen Vater!«

»Hast du das gehört?«, fragte Marius.

Gisstus hielt ihm den Mund zu, richtete sich halb auf und sah übers Sumpfgras hinweg zu den beiden Männern, die mit ihren Schwertern aufeinander einschlugen und sich dabei anschrien.

Dann ließ er sich zu Boden sinken und kroch den beiden Kämpfenden im Schutz des Grases entgegen, in der einen Hand einen teutonischen Speer.

»Um deinen *Vater?«*, fragte Dumnorix verwirrt und ließ sein Schwert sinken. Die Ehre verbot es Vercingetorix, diesen Vorteil zu nutzen, selbst gegen jemanden wie Dumnorix.

»Glaubst du etwa, ich wüsste nichts davon?«, rief er. »Du hast meinen Vater getötet!«

»Ich habe *was*?«, erwiderte Dumnorix. Langsam hob er sein Schwert wieder und wich zurück.

Vercingetorix begann mit einem langsamen Tanz, der ihn näher an seinen Gegner heranführte, aber finstere Gedanken erfüllten seinen Geist, und im Herzen brannten Erinnerungen. Das Blut rauschte in seinen Ohren, und er konnte nicht zuschlagen, ohne zuvor alles aus sich herauszulassen.

»Gobanit setzte den Scheiterhaufen in Brand, aber dein elender Bruder hat meinen Vater verurteilt, und *du* warst dabei, als Befehlshaber der Wächter! Es war *dein* Plan! *Dein* Verrat! *Dein* Befehl! DU HAST MEINEN VATER GETÖTET!«

»Du Narr! Du Idiot!«

Mit einem wortlosen Schrei sprang Vercingetorix vor und versuchte, das Schwert in Dumnorix' Bauch zu rammen. Der Häduer parierte, allerdings recht ungeschickt – Vercingetorix konnte seine Klinge an der des Gegners entlanggleiten lassen. Etwa eine Fingerlänge tief bohrte sie sich in Dumnorix' Leib, dicht unter der Gürtelschnalle. Der junge Arverner wollte sich vorbeugen, um das Schwert tiefer in den Körper des verhassten Dumnorix zu treiben, als plötzlich ...

Ein Speer bohrte sich in den Rücken des Häduers, so tief, dass die Spitze aus der Brust trat. Dumnorix schrie voller Empörung und Schmerz.

»Es war Cäsar!«

»Cäsar ...?«, flüsterte Vercingetorix, als der sterbende Dumnorix zurücktaumelte und in den Schlamm sank. »*Cäsar ...?*«

»Ich schwöre es mit meinem letzten Atem.« Dumnorix hob mühsam den Kopf, und Blut rann ihm aus dem Mund, als er sprach. »Wer sonst könnte erreichen, dass Gobanit und Diviacx zusammenarbeiten …? Wer sonst war Keltills erklärter Feind …? Wer sonst würde Feindschaft säen zwischen Arvernern und Häduern? Wer außer …«

»Cäsar?«

Etwas bewegte sich im hohen Gras, in jener Richtung, aus der der Speer gekommen war …

Vercingetorix wirbelte herum und sah einen fortlaufenden Mann. Zorn und Schmerz bestimmten sein Empfinden, aber der Geist war unbelastet von Gedanken, die ihn hätten verlangsamen können. Er warf das Schwert wie einen Speer, und es durchbohrte den Rücken des Fliehenden, so wie der Speer Dumnorix durchbohrt hatte, der nun reglos in einer größer werdenden Blutlache lag.

Vercingetorix lief zu dem Mann, den er gerade getötet hatte und der mit dem Gesicht nach unten im hohen Gras lag. Er zog sein Schwert aus der Leiche, drehte sie um und erkannte … Gisstus.

Cäsars Vertrauter.

Er trug keine römische Kleidung, sondern den schlichten braunen Umhang eines gallischen Bauern ….

Die Zeit schien stillzustehen, als Vercingetorix auf das Gesicht des Toten hinabstarrte. Das dunkle Haar. Die olivbraune Haut. Die Zeit bewegte sich rückwärts, zu einem Ereignis der Vergangenheit, auf dem Platz von Gergovia, zum Tag von Keltills Hinrichtung. Und plötzlich wusste Vercingetorix, warum ihm das Gesicht von Gisstus immer vertraut erschienen war.

Als er es nun im Tod betrachtete, sah er die Szene wieder deutlich vor sich. Gisstus, im Blau eines Kriegers der Häduer beim letzten Fest seines Vaters. Gisstus, der einem besorgten, widerstrebenden Gobanit Befehle ins Ohr flüsterte und auch dem Druiden Diviacx Anweisungen erteilte. Und es gab nur einen Mann, von dem Gisstus seinerseits Befehle empfing.

»CÄSAR!«, rief Vercingetorix in seelentiefer Pein. »CÄSAR!«

Und dann sprang ein weiterer von Cäsars feigen Mördern auf und lief um sein erbärmliches Leben durchs Sumpfgras.

Diesen Mann wollte Vercingetorix lebend, obgleich er nicht wusste, warum. Er war kein Bewohner des Waldes und verfügte auch nicht mehr über die Kraft der Jugend. Eine kurze Jagd genügte, um ihn zu erschöpfen und vor einem dichten Gestrüpp in die Enge zu treiben.

Der als Bauer verkleidete Römer hatte kein Schwert, nur einen Speer und einen Dolch. Er ließ beides fallen.

»Ich ergebe mich!«, rief er voller Furcht.

»Du ergibst dich? Na und?«

»Würdest du einen unbewaffneten Mann töten? Wo ist deine Ehre, Barbar?«

»Wo ist deine, Römer, während du um dein wertloses Leben flehst?«

Und dann begriff Vercingetorix, warum er diesen Mann lebend brauchte. »Nun, vielleicht ist es nicht ganz wertlos«, sagte er kalt.

Er drückte dem Mann die Schwertspitze fest genug an den Rücken, um Blut fließen zu lassen, ohne eine ernste Verletzung zu verursachen. Auf diese Weise führte er ihn zu Gisstus' Leiche.

»Du möchtest dein Leben, und du sollst es haben«, sagte Vercingetorix. »Für mich hat es nur einen Nutzen ...«

Mit der linken Hand griff er nach Gisstus' Haar, hob den Kopf und trennte ihn mit einem kurzen Schwerthieb vom Rest des Körpers. Er warf ihn dem Römer zu, der ihn aus einem Reflex heraus fing; Blut und Schleim tropften auf seinen Bauernumhang.

»*Jemand* muss Cäsar meinen Tribut bringen«, sagte er.

Als der Römer entsetzt fortlief, hob Vercingetorix den Blick zum Himmel, wo der Nebel einem zarten Blau gewichen war, und schrie, ließ dem Zorn freien Lauf, der sein ganzes Wesen durchströmte und den Geist füllte. Er heulte aus vollem Hals, wie ein Wolf, und das Heulen galt dem Himmel, den Göttern, Gajus Julius Cäsar, der eigenen Dummheit und dem Schicksal.

Nur Tulius und Labienus leisteten Cäsar in seinem Zelt Gesellschaft, als Marius eintraf und Gisstus' Kopf auf den Feldtisch legte. Von dort aus starrte er zu Cäsar empor, die Haut blau, die Augen blind. Irgendwie gelang es Gisstus selbst im Tod, seinen sardonischen Gesichtsausdruck zu wahren, als wollte er ihm auf diese Weise einen letzten verdrießlichen Gruß übermitteln.

»Tribut hat er es genannt!«, rief Cäsar. »*Tribut!*«

»So lauteten seine Worte«, bestätigte Marius voller Furcht. »Und als ich entkam, heulte er wie ein tollwütiger Hund.«

Tränen quollen Cäsar in die Augen, Tränen, die ihn überraschten, denn bis zu diesem schrecklichen Moment war ihm nicht klar gewesen, wie viel ihm der mürrische, wenig liebenswerte Gisstus bedeutet hatte. Doch er wollte die Tränen nicht seinen Statthaltern zeigen, und erst recht keinem Fremden.

Anders sah es mit dem Zorn in seinem Herzen aus. Zorn auf jenen Mann, den er zum König gemacht und wie einen Sohn geliebt hätte, durch den der ganze Feldzug nach Britannien jetzt zu einer sinnlosen Farce wurde und der ihm die einzige Person in ganz Gallien genommen hatte, mit der er seine geheimen Gedanken teilen konnte. Diesen Zorn hielt er nicht zurück.

»*Tribut* nannte er es?« Cäsar brüllte wie ein Löwe in Agonie. »Ich werde den Mann reich belohnen, der mir den Kopf von *Vercingetorix* als Tribut bringt! Und der Kopf eines jeden, der ihm Schutz gewährt, wird auf einer römischen Lanze stecken!«

»Ist das klug, Cäsar?«, fragte Tulius.

»Was erwartest du von mir, Tulius? Soll ich ihn mit einem Lorbeerkranz dafür belohnen, meinen Freund getötet zu haben?«

Tulius warf Marius einen kurzen Blick zu.

»Geh«, wies Cäsar Marius an.

»Nun, Tulius?«, fragte er, als der Mann das Zelt verlassen hatte. Tulius trat nervös von einem Bein aufs andere und schien nicht gern im Beisein von Labienus zu sprechen.

»Wie wollt Ihr solche Maßnahmen den Galliern erklären?«

»Wie ich … Oh.«

Cäsar versuchte, sich zu beruhigen. Der durch den offenen Zelteingang fallende Sonnenstrahl verfärbte sich purpurn am Rand. Er durfte nicht seinen Gefühlen nachgeben, sondern musste den Verstand benutzen. Unkontrollierter Zorn brachte die Fallsucht. Viermal atmete er tief durch und zwang sich, im heißblütigsten aller Momente kühl zu denken.

Tulius, der alles wusste, hatte genug gesagt, ohne mehr zu verraten, als der unwissende Labienus hören musste.

Ich kann Vercingetorix nicht ächten, weil er Gisstus getötet hat, dachte Cäsar. Die Gallier dürfen nicht erfahren, dass mein Vertrauter beim Tod von Dumnorix zugegen war und hinter der Hinrichtung von Keltill steckte. Andererseits …

»Gegen meinen Befehl, gegen den Willen der Druiden, tötete Vercingetorix Dumnorix, der sich gegen Keltill verschwor«, sagte Cäsar. »Ihr habt gehört, wie er diesen absurden Vorwurf erhob, Labienus.«

»Nein, das habe ich nicht!«, erwiderte Labienus empört.

»O doch.«

»Solche Worte sind mir nicht zu Ohren gekommen!«

»Ich *befehle* Euch, sie gehört zu haben.«

»Ihr befehlt mir zu *lügen?«,* brachte Labienus verwirrt hervor. Einem General zu befehlen, etwas zu tun, wozu Politiker fast täglich gezwungen waren … Für Labienus schien es so schlimm zu sein wie der Befehl, die eigene Mutter zu töten.

»Seht es als eine militärische Notwendigkeit, Labienus«, sagte Cäsar, um sein überempfindliches Gewissen zu beruhigen. »Dadurch fällt es Euch leichter, den Befehl über die Gallier zu führen.«

»Wie bitte?«

»Wir sind wieder beim Status quo ante, Labienus. Vercingetorix' Verrat wird uns nicht daran hindern, in Britannien einzufallen. Ich befehle *Euch,* diese Version der Ereignisse den Galliern zu präsentieren, die noch hier sind, und das Kommando über die gallischen Hilfstruppen zu übernehmen.«

»Tatsächlich?«, entfuhr es Labienus.

»Und als Geste des guten Willens und der Großzügigkeit könnt Ihr den Galliern mitteilen, dass ich die Geiseln freigebe. Wer Euch folgt, trifft diese Entscheidung aus freiem Willen. Ich wünsche Euch viel Spaß, mein Freund. Das schlechte Wetter ist vorbei. Auf zu Ruhm. Heil, Titus Labienus!«

»Heil, Cäsar!«, rief Labienus glücklich und grüßte so hingebungsvoll, dass er sich dabei fast den Arm auskugelte.

»Was hat das alles zu bedeuten?«, fragte Tulius verwundert, als Labienus gegangen war.

»Ich erfülle dem nobelsten meiner Generäle seinen Herzenswunsch.«

»Aber jetzt werden sich die meisten Häduer gegen die Arverner wenden, weil Vercingetorix Dumnorix getötet hat, und die meisten Arverner werden sich gegen die Häduer wenden, weil sie glauben, dass die Häduer sich gegen Keltill verschworen.«

»Genau«, bestätigte Cäsar.

»Aber wenn Ihr die Geiseln freilasst, kehren die meisten Häduer und Arverner einfach heim ...«

»Vor allem die Argwöhnischsten und größten Unruhestifter«, sagte Cäsar.

»Das bedeutet, Euer Plan ...«

»Mein Plan hat sich geändert. Deshalb habe ich Labienus an deiner Stelle mit diesem nutzlosen Abenteuer beauftragt. Für dich habe ich hier andere Arbeit. Ich begleite die anderen nach Britannien, um den Schein zu wahren. *Du* wirst die in Gallien verbleibenden Legionen führen und Jagd auf Vercingetorix machen ...«

»Vier Legionen, um einen Mann zu fassen?«

»Wir haben uns einen Feind gemacht, den wir besser als Verbündeten hätten, aber auch ein guter Feind kann von Nutzen sein«, sagte Cäsar. »Es dürfte sehr schwer werden, Vercingetorix gefangen zu nehmen. Und es wird eine Weile dauern. Bestimmt gibt es arvernischen Widerstand, der gebrochen werden muss. Sorg dafür, dass es zu einem solchen Widerstand kommt. Dann bleibt dir nichts anderes übrig, als das Land der Arverner und der mit ihnen verbündeten Stämme zu erobern und zu besetzen.«

»Und da Vercingetorix Dumnorix getötet hat, werden die Häduer nichts unternehmen ...«

»Abgesehen davon, dass sie vielleicht applaudieren«, sagte Cäsar. »Und die übrig gebliebenen Arverner werden den Häduern nicht helfen, wenn wir uns anschließend *ihnen* zuwenden.«

»Absolut erbarmungslos und zynisch ...«, kommentierte Tulius anerkennend.

Cäsar nickte. »Deshalb kann ich eine solche Aufgabe nicht Labienus anvertrauen«, meinte er. »Gisstus schlug einmal vor, die Oberhäupter der Stämme, jeden Unruhestifter und alle Gallier zu töten, die ihren Platz einnehmen könnten, Gallien außerdem weitgehend zu verwüsten, dieses Land zu einer eroberten Provinz zu erklären und im Triumphzug heimzukehren. Auf diesen Vorschlag greifen wir nun zurück.«

Cäsar legte sanft die Hand auf das blutige Haupt seines toten Freunds und zwang sich, ein letztes Mal in sein Gesicht zu sehen. Erst jetzt gestattete er sich Tränen.

»Hätte ich doch nur sofort auf ihn gehört«, murmelte er. »Dann wäre dieser absolut erbarmungslose und zynische Mann heute noch am Leben.«

Und dann wäre ich hier nicht so allein, fügte Cäsar in Gedanken hinzu.

XI

Während die Arverner, die Vercingetorix in den Sumpf geführt hatte, ebenso entsetzt die Flucht ergriffen wie das im römischen Feldlager zurückgebliebene arvernische Heer, begann Keltills Sohn in seiner wölfischen Tollheit mit einem wilden Galopp nach Gergovia. Vier Tage brauchte er, um die zur Stadt führende gallische Straße zu erreichen. Unterwegs sah er römische Infanterie-Kohorten, die das Land durchstreiften, begleitet von kleinen Reitergruppen und vielen leeren Wagen. Sie erweckten nicht den Eindruck, jemanden zu suchen, schienen stattdessen vor allem an Plünderungen interessiert zu sein. Mehrmals glaubte Vercingetorix, entdeckt worden zu sein, aber erstaunlicherweise versuchten die Römer nicht einmal, ihn zu verfolgen.

Die Straße war voller Menschen, die vor dem wachsenden Schrecken auf dem Land flohen und ihn ansahen, als wäre er ein Wolf aus dem Wald. Aber niemand machte Anstalten, ihn aufzuhalten oder gar gefangen zu nehmen, bis er den Fuß des Hügels erreichte, auf dem die Stadt lag. Dort versperrten zwölf arvernische Krieger, angeführt von Baravax, den Weg. Sie trugen Schwerter, hatten sie aber nicht gezogen, und deshalb ließ Vercingetorix seins in der Scheide, als er das Pferd vor ihnen zügelte.

»Vercingetorix!«, rief Baravax. »Seid Ihr verrückt? In Gergovia gibt es eine römische Garnison. Man hat einen Preis auf Euren Kopf ausgesetzt. Ihr könnt nicht dorthin reiten!«

»Wie ich sehe, hat man dir deinen alten Rang angeboten, Baravax«, sagte Vercingetorix bitter. »Und du hast ihn angenommen.«

Baravax kam näher und sprach leise, nur für Vercingetorix' Ohren; hinter ihnen blieben die Leute stehen, und die Menge schwoll immer mehr an.

»Seid froh, dass man mir meinen alten Rang anbot«, sagte er. »Und seid froh, dass ich ihn angenommen habe, denn jemand anders würde vielleicht versuchen, Euch zu ergreifen, anstatt Euch zu warnen.« Und er flüsterte weiter: »Trotzdem darf man mich nicht dabei beobachten, wie ich Euch warne. Ich sorge für Ablenkung. Nutzt die Gelegenheit und flieht.«

Hinter seinem Rücken gab er den Kriegern mit der Hand ein Zeichen.

»Ein hoher Preis ist auf seinen Kopf ausgesetzt!«, rief einer von ihnen.

»Warum streichen wir ihn nicht ein?«

Drei Wächter traten langsam vor und zogen noch langsamer ihre Schwerter.

»Wollt ihr einen von uns den verdammten Römern ausliefern?«, ertönte es aus der Menge.

»Er ist der Sohn von *Keltill!*«

Nur wenige Stimmen erklangen gegen Vercingetorix, und der Zorn der Menge wuchs, wandte sich gegen die Wächter, die voller Furcht zurückwichen. Vercingetorix begriff, dass Baravax diese Situation ganz bewusst geschaffen hatte.

»Zieht eure Schwerter!«, befahl Baravax. »Zerstreut die Menge!«

Die arvernischen Wächter zogen ihre Schwerter, zeigten aber nur wenig Bereitschaft, damit gegen die Menschen aus dem eigenen Stamm vorzugehen.

Mit gespieltem Zorn wandte sich Baravax an Vercingetorix. »Seht nur, was Ihr angerichtet habt! Ich lasse nicht zu, dass meine Männer im Dienste Roms Arverner töten oder von Arvernern getötet werden! Fort mit Euch, bevor von Arvernern vergossenes Arvernerblut an Euch klebt!«

Er ließ die flache Seite seines Schwerts auf das Hinterteil von Vercingetorix' Pferd klatschen. Das Ross richtete sich auf, stob davon, und Vercingetorix half ihm dabei, den Eindruck eines außer Kontrolle geratenen Galopps zu erwecken.

Im Tal weiter unten glühten Feuer blutrot in der Dunkelheit, und in ihrem flackernden Schein zeigten sich die dunklen Silhouetten in Schutt und Asche gelegter Gehöfte. Herrenlose Hunde heulten; gelegentlich blökte verwaistes Vieh. Vercingetorix zügelte sein Pferd auf dem Gratweg und zwang sich, die Verwüstung zu betrachten, bevor er in den Schutz des Waldes zurückkehrte. Dies war zweifellos die dunkelste der vielen Nächte, die vergangen waren, seit Cäsars Zorn sich über sein Volk ergossen hatte.

Wenn es sich wirklich um Zorn handelte und nicht um etwas Schlimmeres. Denn die Römer verbrannten das Getreide nicht, sondern ließen es von den Bauern ernten und brachten es dann fort. Schafe, Ziegen und Schweine töteten sie nicht einfach, sondern trieben sie weg. Sie machten sich sogar die Mühe, Gänse, Enten und Hühner einzufangen. Die Männer, auf die sie stießen, brachten sie nicht um, sondern fesselten die Gesunden unter ihnen und führten sie in die Sklaverei.

Erst wenn dies alles geschehen war, ließen sie die Gebäude in Flammen aufgehen und setzten auch die Stoppeln auf den Feldern in Brand. Jene, die zu alt, zu jung oder zu schwach waren, um sich als Sklaven zu eignen, überließen sie in einem schwarzen, von Asche bedeckten Ödland ihrem Schicksal. Cäsar war nicht einmal in Gallien gewesen, als die Katastrophe begann. Er hatte seine Befehle gegeben, um anschließend nach Britannien aufzubrechen und alles Weitere seinem Statthalter Tulius zu überlassen.

Unter solchen Umständen konnte man wohl kaum von heißblütiger Rache sprechen. Die Verheerungen geschahen methodisch, wurden von disziplinierten Truppen durchgeführt, aus Gründen, die Vercingetorix nicht verstand. Cäsar hatte einen Preis auf seinen Kopf ausgesetzt, und Tulius hatte verkündet, Rom würde das Land der Arverner so lange besetzen, bis Keltills Sohn entweder getötet oder gefangen genommen war. Doch das Verhalten der Römer deutete darauf hin, dass ihnen gar nichts an Vercingetorix' Tod oder Gefangennahme lag.

Während der ersten Tage nach seiner schmachvollen Flucht von Gergovia war er ziellos unterwegs gewesen und dabei im Wald geblieben, der Sicherheit versprach. Er hatte sich recht gut von den Dingen ernährt, die er fand, und unter Bäumen geschlafen, versuchte dabei ohne Erfolg, einen Plan zu schmieden, um das Unrecht wieder gutzumachen, das er dem unschuldigen Dumnorix und seinem eigenen Volk angetan hatte.

Alles wegen einer Vision.

Und wenn jene Vision falsch war?

Schließlich begriff er, dass es nur eine Möglichkeit gab, die Wahrheit der Vision vom eigenen Schicksal zu überprüfen. Es ließ sich nicht feststellen, ob man ihn eines Tages in Rom zum König von Gallien ausrufen würde, aber er konnte leicht herausfinden, ob es möglich war, ihn auf gallischem Boden zu töten.

Er brauchte nur den Tod herauszufordern.

Wenn er starb, hatte er sich von einer falschen Vision leiten lassen und dadurch für sein Volk eine Katastrophe heraufbeschworen – dann war sein Tod die gerechte Strafe.

Immer wieder verließ er den Schutz des Waldes, zeigte sich ganz offen auf Straßen und in noch nicht geplünderten Orten, lud die Verzweifelten und Habgierigen ein, den von Cäsar auf seinen Kopf ausgesetzten Preis zu beanspruchen. Niemand hatte Erfolg, weder einzeln noch zu zweit, zu dritt oder zu viert, und Vercingetorix'

Schwert nahm mehr Leben, als er zählen wollte, offenbar genug, um die Legende von seiner Unbesiegbarkeit entstehen zu lassen – schließlich war kein Arverner mehr bereit, gegen ihn anzutreten.

Aber dies ließ sich vielleicht auf Rhias Unterricht zurückführen, denn sie hatte ihn zu einem Schwertkämpfer gemacht, den niemand in diesem Land besiegen konnte, abgesehen von ihr. Vercingetorix beschloss, den letzten schwer mit Korn beladenen Wagen einer römischen Kolonne anzugreifen. Er enthauptete die Legionäre, die ihn lenkten, steckte ihn anschließend in Brand und entkam mühelos den römischen Reitern.

Vielleicht war die Flucht *zu* leicht.

Oder vielleicht konnte er tatsächlich nicht auf dem Boden Galliens getötet werden. Oder – nach der Mühelosigkeit zu urteilen, mit der er römischen Verfolgen entkam – aus irgendeinem unerfindlichen Grund *wollte* Cäsar gar nicht, dass man ihn tötete oder gefangen nahm. Was auch immer der Fall sein mochte: Vercingetorix fühlte sich zu Dreistigkeit ermutigt.

An diesem Nachmittag hatte er aus sicherer Entfernung eine Kohorte römischer Infanterie beobachtet, begleitet von einer kleinen Kavallerieabteilung und einer langen Kolonne aus leeren Wagen. Das Ziel: ein Bauernhof, den die Römer in einer knappen Stunde erreichen würden.

Eine Plünderung konnte Vercingetorix nicht verhindern, aber er wollte versuchen, die auf dem Gehöft lebenden und arbeitenden Gallier vor der Sklaverei zu bewahren.

Wenn er auf gallischem Boden nicht getötet werden konnte – bedeutete das auch, dass er und seine Gefolgsleute bei einem Kampf *unbesiegbar* waren?

Und so ritt Vercingetorix los und erreichte den Bauernhof vor den Römern. Eine Palisade, so neu, dass die Pfähle teilweise noch grün waren, schützte das große, runde und mit Stroh gedeckte Gebäude des Bauern, den Hof, eine Scheune, einen Schweinestall, Schuppen mit Enten, Hühnern und Gänsen, eine Schmiede und ein Backhaus. Jenseits der Einfriedung erstreckten sich, so weit der Blick reichte, goldene Getreidefelder, für die Ernte bereit.

Das Palisadentor stand offen, und Vercingetorix ritt hindurch, ohne dass sich ihm jemand in den Weg stellte. Fast unbemerkt erreichte er das Durcheinander auf dem Hof. Sechs Frauen beluden Karren mit Haushaltsdingen, und einige Heranwachsende versuchten, widerspenstige Pferde anzuspannen. Männer zerschnitten hastig das Fleisch frisch geschlachteter Schweine und einer Kuh. Kleine Jungen und Mädchen trachteten danach, Hühner und Gänse einzufangen und sie in Weidenkörbe zu stecken.

Ein großer, kräftig gebauter Mann auf einem schwarzen Hengst – ohne Helm, Schild und Rüstung, aber mit einem Schwert – schien alles zu beaufsichtigen, und er wurde als erster auf Vercingetorix aufmerksam.

»Wer im Namen der Götter von Scheiße und Pisse bist du?«, fragte er. »Was machst du hier? Weißt du nicht, dass die Römer hierher unterwegs sind?«

»Ich führe euch gegen sie«, sagte Vercingetorix.

»Du willst uns *gegen sie führen?* Wir können nur versuchen, mit einigen Habseligkeiten zu fliehen und dadurch vielleicht der Sklaverei zu entkommen.«

»Eine Flucht ist sinnlos. Die Römer sind dicht hinter mir. Ihre Reiter holen euch schnell ein, und die Fußsoldaten erledigen den Rest.«

»Was schlägst du vor, *großer Anführer?*«, fragte der Mann auf dem schwarzen Hengst spöttisch. »Bist du übergeschnappt? Für wen hältst du dich?«

»Ich bin Vercingetorix, Sohn des Keltill.«

Plötzliche Stille herrschte. Alle wandten sich von dem ab, womit sie beschäftigt gewesen waren, und sahen Vercingetorix an.

Dracovax, Sohn des Marnil, hielt sich weder für einen reichen noch für einen armen Mann. Er hatte keine Sklaven, obwohl dreiundsiebzig Arverner ihm Treue schuldeten, seine Felder bestellten, sich um das Vieh kümmerten und sich ansonsten unter seiner Schirmherrschaft den Lebensunterhalt verdienten. Als hitzköpfiger junger Mann hatte er in der einen oder anderen Schlacht gekämpft, um seine Männlichkeit zu beweisen, aber er war kein Krieger. Als erfolgreicher Bauer näherte er sich dem Ende der mittleren Jahre, zufrieden mit dem Leben, das er führte.

Besser gesagt: das er bis zu diesem Tag geführt hatte. Jetzt standen er und die anderen kurz davor, alles zu verlieren, was sie besaßen, das Generationen von Vorfahren unter großen Mühen dem Boden abgerungen hatten. Und das aus Gründen, die nur Menschen wie Cäsar und die Adligen und Krieger verstanden, die ihm folgten oder gegen ihn kämpften. Und jene Gründe hatten nichts zu tun mit dem Säen und Ernten des Getreides für die dreiundsiebzig Personen, die *ihm* folgten, nicht für Ruhm und Eroberungen, sondern für einen vollen Magen.

»Vercingetorix ...«

»Angeblich hat er hundert Römer erschlagen ...«

Dracovax hatte gehört, dass dieser junge Mann die Ursache seines Unglücks war. Er hatte einen wichtigen Häduer getötet und dadurch Cäsar nicht nur gegen sich selbst aufgebracht, sondern gegen alle Arverner und die kleineren Stämme, die bisher unter ihrem Schutz gestanden hatten.

»Es heißt, er kann im Kampf nicht besiegt werden ...«

Auch das war Dracovax zu Ohren gekommen, und darüber hinaus wusste er, dass denjenigen, der Vercingetorix tötete oder gefangen nahm, eine hohe Belohnung erwartete. Aber welcher Arverner würde den römischen Dieben und Sklavenhändlern einen anderen Arverner ans Messer liefern, der einen Häduer umgebracht hatte, jemanden, der den Tod zweifellos verdiente?

Es schien Wahnsinn zu sein, gegen die Römer zu kämpfen, aber Dracovax sah keine andere Hoffnung für sich oder seine Leute. Vielleicht wurde er allmählich zu alt für den Kampf, aber er war noch zu jung für die Sklaverei. Und das würde er auch dann noch sein, wenn ihm der letzte Zahn ausfiel und das letzte weiße Haar vom Kopf verschwand.

»Ich bin Dracovax, Sohn des Marnil, und dies ist mein Gehöft«, sagte der Mann auf dem schwarzen Hengst. »Ich würde meine Leute gern vor der Sklaverei bewahren. Stimmt es, dass die Römer dich nicht besiegen können?«

»Das weiß ich nicht«, erwiderte Vercingetorix wahrheitsgemäß.

Er zögerte. Dann sprach er Worte, die er bisher für sich behalten hatte, weil er nicht wusste, ob sie die Wahrheit zum Ausdruck brachten oder eine zungenfertige Lüge waren. Aber er wusste, dass er sie jetzt aussprechen musste, um selbst Gewissheit zu erlangen.

»Aber ich *weiß*, dass ich auf dem Boden Galliens nicht getötet werden kann«, sagte er. »Das haben mir die Götter in einer Vision gezeigt.«

Die Menschen, die Vercingetorix und den Mann auf dem schwarzen Hengst umgaben, schnappten nach Luft. Es klang wie das Seufzen des Windes in den Baumkronen eines Walds.

»Druidenmagie ...«, sagte eine Frau.

»Bist du ein Druide?«, fragte Dracovax.

Bin ich das?, dachte Vercingetorix. Und was bin ich geworden?

»Ich bin ein Mann des Wissens«, sagte er. »Aber ich bin auch ein Mann der Tat.«

»Aber Druiden haben noch nie gekämpft«, sagte Dracovax.

»Wir hatten es auch nie zuvor mit einem so mächtigen Feind wie Roms Legionen zu tun«, erwiderte Vercingetorix. »Wenn sich das Rad von einem Großen Zeitalter zu einem anderen dreht, müssen sich selbst Druiden mit ihm drehen, wenn sie nicht zermalmt werden wollen.«

»Wohl gesprochen!«

»Die Worte eines Druiden ...«

»Aber auch die eines Kriegers!«, rief Vercingetorix und zog sein Schwert.

Und damit verpflichtete er sich und die Bewohner von Dracovax' Gehöft zu einem Kampf, der völlig aussichtslos zu sein schien.

Eine römische Kohorte bestand aus fast vierhundert Männern. Vercingetorix führte weniger als vier Dutzend an: Bauern, Bäcker, Schmiede und Stallburschen, ein Drittel von ihnen nur halb erwachsen. Für zwölf gab es Schwerter und Speere; die anderen mussten sich mit Sensen, Beilen und Fleischermessern begnügen.

Sechs Pferde standen zur Verfügung, und keins von ihnen hatte jemals an einer Schlacht teilgenommen.

»Finde dich damit ab, dass du die Felder und deine Besitztümer nicht schützen kannst, Dracovax«, sagte Vercingetorix, als er seine jämmerliche Streitmacht versammelt hatte. »Überlass sie nicht den Römern. Vergiss die Karren. Bring deine Leute fort und setz hier alles in Brand. Alle sollen zu Fuß durch die Kornfelder fliehen und diese hinter sich in Flammen aufgehen lassen. Zurück bleiben nur wir beide und diese fünf Reiter. Wenn die Römer das Feuer sehen, schicken sie ihre Kavallerie voraus. Wir reiten ihr entgegen und versuchen, sie lange genug aufzuhalten, um deinen Leuten die Flucht in den Wald zu ermöglichen.«

Dracovax musterte ihn mit einer Mischung aus Ehrfurcht und Entsetzen. »Wir sieben gegen eine römische Kavallerieabteilung!«, ächzte er.

»Ich habe die Reiter der Kohorte gesehen. Es können nicht viel mehr als zwanzig sein.«

»Drei oder vier gegen einen! Schlechte Aussichten!«

»Ja, das stimmt«, bestätigte Vercingetorix. »Denn unsere Gegner sind nur Römer, aber wir sind Gallier! Vielleicht sollten wir die Hälfte unserer Leute zurücklassen, damit der Kampf fair wird!«

Jubel erklang, ließ Vercingetorix' Blut brennen und seine Seele fliegen. Mit hoch erhobenem Schwert und Flammen der Zerstörung im Rücken ritt er Cäsars Kavallerie entgegen, an der Spitze seiner kleinen Streitmacht aus Bauern und Stalljungen.

Die römischen Kavalleristen ritten zu zweit nebeneinander über den schmalen Weg, der zum Bauernhof führte. Als ihr Befehlshaber den kleinen gallischen Trupp sah, ließ er seinen Trompeter einige kurze Signale geben, und daraufhin schwärmten die Römer aus, bildeten eine Reihe zu beiden Seiten des Weges.

Vercingetorix führte seine Begleiter vom Weg herunter nach links, als beabsichtigte er, die Römer an der Flanke zu passieren. Aber das war natürlich ein Täuschungsmanöver, denn immerhin wollte er ihnen nicht entkommen, sondern sie aufhalten. Als nur noch ein halbes Dutzend Pferdelängen die beiden Gruppen voneinander trennten, riss Vercingetorix sein Ross plötzlich herum und hielt direkt auf die Mitte der römischen Reihe zu. Er hoffte, sie zu durchbrechen, Chaos entstehen zu lassen und die rechte Flanke von hinten anzugreifen.

Mit dem ersten Schwerthieb schnitt er dem Römer rechts von ihm den Hals auf, duckte sich unter der Klinge des Gegners auf der linken Seite hinweg, durchbrach die Reihe und griff von hinten an. Sein Schwert traf den Helm eines Römers, ohne Schaden anzurichten. Der Mann drehte geschickt sein Pferd, doch es war eine Lücke in der Reihe entstanden, und Vercingetorix' Männer ritten hindurch.

Zumindest einige von ihnen.

Vercingetorix war so sehr damit beschäftigt, römische Schwerter abzuwehren, dass er nicht sah, was geschah. Irgendwie lagen nach wenigen Momenten zwei seiner Männer tot auf dem Boden, und die römische Kavallerie war nicht etwa in Unordnung geraten, sondern bildete einen Kreis um Vercingetorix und seine vier restlichen Mitstreiter.

Er ließ sein Pferd aufsteigen, schlug nach der Hand eines Angreifers, sah, wie das Schwert zu Boden fiel, und stieß die eigene Klinge einem anderen Römer ins Auge.

Er drehte sein Ross und stellte fest, dass weitere seiner Männer auf dem Boden lagen, dort von den Hufen reiterloser und in Panik geratener Pferde zertreten wurden. Ein Speer flog auf Vercingetorix zu, und mit dem Schwert schlug er ihn beiseite. Ein anderer Speer traf einen seiner Kämpfer im Bauch. Erneut riss er sein Pferd hoch und sah, wie eine Lanze den Hals eines schreienden bartlosen Jungen durchbohrte. Er neigte sich nach vorn, dem Hals des Pferds entgegen, drückte das Schwert an seinen Leib und sprengte den Römern entgegen.

Speere sausten an ihm vorbei, und einer prallte von seinem Helm ab. Einmal mehr ließ er sein Pferd aufsteigen, hob das Schwert, schlug nach dem Römer auf der rechten Seite und beobachtete …

… wie ein, zwei, drei Speere Dracovax trafen, an der Brust, im Rücken und im Bauch. Für den Hauch eines Moments begegneten sich ihre Blicke, und Vercingetorix sah Verblüffung, Schmerz, Zorn und Enttäuschung, bevor Dracovax tot zu Boden fiel.

Im nächsten Moment durchbrach Vercingetorix den Kreis der Römer, die sich wieder formierten und zu zweit nebeneinander ihren Ritt über den Weg fortsetzten, in Richtung der brennenden Felder, wo die Freunde und Familienangehörigen des Mannes, der bei diesem unsinnigen Kampf sein Leben geopfert hatte, zu fliehen versuchten.

»Verdammte Feiglinge!«, rief Vercingetorix den Römern nach. »Kommt zurück und kämpft! Ich bin Vercingetorix, Sohn des Keltill! Kommt zurück und kämpft! Tötet mich, wenn ihr könnt!«

Eine Zeit lang folgte er den Reitern, rief und schwang sein Schwert, aber es war so sinnlos wie der Tod, den er jenen tapferen Männern gebracht hatte, die ihm gefolgt waren. Es gelang ihm nicht, zu den Römern aufzuschließen, und sie lehnten es ab, sich seiner Herausforderung zu stellen.

Er beobachtete, wie die Reiter direkt durch die Flammen ritten. Was aus den Galliern wurde, die jenseits davon um ihr Leben liefen – Vercingetorix erfuhr es nie.

Er warf noch einen letzten gequälten Blick auf die glühenden Reste der verbrannten Gebäude. Die Dunkelheit der Nacht verbarg gnädig die schwarzen Felder, die noch vor wenigen Stunden goldgelb gewesen waren. Irgendwo heulte kummervoll ein Hund, und Vercingetorix fügte ein schmerzerfülltes Stöhnen hinzu.

Er wusste nicht, ob den übrigen Bewohnern des Gehöfts die Flucht gelungen war oder ob sie in der Sklaverei endeten, aber vergessen konnte er sie nicht. Denn auf ihre Kosten hatte er eine wichtige, bittere Erfahrung gemacht.

Vielleicht wollte Cäsar nicht, dass man ihn tötete oder gefangen nahm.

Oder vielleicht *konnte* er auf gallischem Boden nicht getötet werden.

Aber jene, die ihm folgten, starben so schnell wie ein Huhn, dem ein Bauer den Hals umdrehte.

Zwei Nächte und zwei Tage lang blieb Vercingetorix im Wald. Ein Schleier hatte sich auf seine Seele gelegt, so wie Nebel den Wald verschleierte, als wollte er ihn verspotten. Schwer lastete das nasse Grau auf den Zweigen, und Keltills Sohn fühlte sich völlig niedergeschlagen. Schließlich entschied er, zu dem Ort zurückzukehren, an dem er den Weg des Mannes des Wissens verlassen hatte, in der vagen Hoffnung, klügeren Rat als den eigenen zu finden.

Jenseits der Baumkronen glitt die Sonne dem Horizont entgegen, als Vercingetorix die Druidenschule erreichte. Lange, zitternde Schatten fielen auf die gespenstische Szene einer planmäßigen Zerstörung. Die mit Stroh gedeckten Hütten waren niedergebrannt worden, aber man hatte dabei Vorsicht walten lassen, denn weder das Gras der Lichtung noch ein einziger Baum zeigten verkohlte Stellen, und der steinerne Tempel war unversehrt geblieben. Nicht eine einzige Person hielt sich an diesem Ort auf, aber es gab auch keine Leichen, und Hinweise auf einen Kampf fehlten ebenfalls.

Vercingetorix stieg ab, untersuchte die Asche der Hütten, schritt am Rand der Lichtung entlang und spähte in die tiefer werdenden Schatten des Waldes. Niemand. Die einzigen Geräusche stammten von den Tagvögeln, die jetzt ihre Schlafplätze aufsuchten, und von den Nachtvögeln, die mit ersten Liedern begannen.

Es gab nur einen anderen Ort, den er aufsuchen, nur den Rat einer anderen Person, den er einholen konnte; und so stieg Vercingetorix wieder auf und ritt durch den Wald zu Rhias Höhle.

Blutrotes Zwielicht herrschte, als Vercingetorix sein Ziel erreichte, und ebenso blutig wirkender Feuerschein fiel durch die Öffnung in der Felswand.

Vercingetorix ließ sein Pferd zurück und betrat die Höhle. Zwar hatte ihn Rhia draußen oft im Schwertkampf unterwiesen, ihn jedoch nie in die Kaverne eingeladen, und er war nicht von sich aus bestrebt gewesen, sich darin umzusehen. Vorsichtig folgte er nun dem Verlauf eines dunklen, schmalen Tunnels und näherte sich dem Schein des Feuers an seinem Ende.

Er gelangte in einen runden Raum, und dort brannte das Feuer in einer großen Kohlenpfanne aus Bronze. Davor stand, mit dem

Rücken zu Vercingetorix, eine Person, offenbar ein Krieger, der eine Rüstung samt Helm trug und beide Hände um den Knauf eines Schwerts geschlossen hatte, dessen Spitze den felsigen Boden berührte.

Rhia wirbelte herum, als sie ein Geräusch hörte, hob das Schwert hoch über die eine Schulter. Vercingetorix stellte fest, dass er ohne zu denken das eigene Schwert gezogen hatte und es auf die gleiche Weise hielt.

Rhia lächelte freudlos. »Gut gelernt«, sagte sie.

»Gut gelehrt«, erwiderte Vercingetorix. »Wo sind alle? Die Druiden der Schule ...«

»Sie gingen in den Wald, um sich dort zu verstecken.«

»Und du bist hier geblieben, um dich ganz allein Cäsars Zorn zu stellen?«

»Ich bin geblieben, um auf dich zu warten«, sagte Rhia. »Denn nun beginnt das Schicksal, für das mein Leben geformt wurde.«

»Geformt ...?«

»Wird nicht jedes Leben für ein Schicksal geformt, das wir nicht kennen, von Göttern, Kräften oder Magie, die wir weder sehen noch verstehen?«

»Manche von uns sehen ihr Schicksal, bevor es kommt«, sagte Vercingetorix düster. »Aber ob das ein Segen oder ein Fluch ist ...« Er zuckte mit den Schultern.

»Spielt es eine Rolle?«, fragte Rhia. »Können wir uns dem Schicksal widersetzen? Als ich ein wildes Geschöpf des Waldes war und ohne Worte lebte, mit deren Hilfe ich hätte denken können, sah ich ohne Gedanken und war eins mit dieser Welt und dem Land der Legende. Ich sah ... ich sah ...« Falten entstanden in ihrer Stirn, als sie nach Worten suchte, um das zu fassen, was nicht in Worte gefasst werden konnte.

»Ich habe *dich* gesehen, Vercingetorix«, sagte Rhia schließlich. »Und auch mich selbst ... mein zukünftiges Leben ... meinen Tod ...«

»So wie ich mein Schicksal unter dem Baum des Wissens sah ...«

»Vielleicht«, sagte Rhia. »Ich sah meins mit den Augen eines

Tiers.« Sie hielt das Schwert noch immer hoch erhoben und zitterte wie ein Faun. Vercingetorix spürte den Wunsch, das Bedürfnis, ihr Trost zu spenden.

»Lass uns nicht von solchen Dingen sprechen«, flüsterte sie. »Nur dies möchte ich dir sagen: So wie dieses Schwert von Menschen geschmiedet wurde, um meine Waffe zu sein, so wurde mein Leben von den Göttern geformt, um dir als Waffe zu dienen.«

Rhia trat vor. Aber nicht, um ihn zu umarmen. Stattdessen senkte sie mit einer Hand das Schwert, schob die Spitze unter Vercingetorix' Klinge und hob beide, sodass die beiden gekreuzten Schwerter sie voneinander trennten.

»Ich bin deine Waffe, bis zu meinem letzten Blutstropfen«, sagte Rhia. »Nicht mehr und nicht weniger. Deine Schwertschwester. Du musst unser Schicksal akzeptieren, denn uns bleibt keine Wahl. Schwöre diesen Eid gemeinsam mit mir!«

Sie strich mit der freien Hand über die Schneide ihres Schwerts, und Blut quoll aus dem langen Schnitt.

Dann küsste sie die Innenfläche ihrer Hand, schmierte sich das eigene Blut auf die Lippen.

Für einen langen Moment starrte Vercingetorix sie verblüfft und wie gelähmt an. Dann verstand er. Auch er strich mit der freien Hand über die Schneide seines Schwerts und hob sie anschließend zum Mund.

Ihre Schwerter blieben gekreuzt, als sie sich küssten, mit geschlossenem Mund, aber lange, ohne das Feuer der Erotik, doch mit einer tieferen Leidenschaft.

»Bruder und Schwester des Schwertes!«, erklärte er.

»Bis uns der Tod in dieser Welt voneinander trennt«, sagte Rhia. »Bis wir für immer im Land der Legende zusammen sind.«

Bin ich beunruhigt oder zufrieden?, fragte sich Cäsar, und die Frage war ihre eigene Antwort, denn in diesem Stadium seines Lebens schien jede Stimmung den Keim der anderen zu enthalten. Der Vorstoß nach Britannien war so sinnlos gewesen, wie er vermutet hatte, doch nach seiner Rückkehr erwartete ihn eine angenehme Überraschung: Tulius hatte in Hinsicht auf die Unterwerfung der Arverner und der ihnen tributpflichtigen Stämme so gute Arbeit geleistet, dass der Wert seiner Beute an Gütern und Sklaven die Kosten des britannischen Feldzugs übertraf.

Als Cäsar nun unter einem blauen, wolkenlosen Himmel nach Süden ritt, zeigten nur die höchsten Gipfel der Alpen das Weiß des Schnees, und das Gras in den Tälern war noch immer grün. Die Reise nach Gallia Narbonensis erwies sich als leicht und angenehm. Neben ihm ritt Brutus, so wie auch in Britannien, als Spiegel für seine innersten Gedanken vielleicht kein guter Ersatz für Gisstus, aber seine Jugend und Naivität vertrieben die Düsternis aus Cäsar.

Hinter ihnen marschierten geordnet die Legionen. Zwischen den Formationen aus Infanterie und Kavallerie gab es lange Kolonnen von Sklaven und ganze Herden von Schafen und Pferden, außerdem viele Wagen, die nicht nur Nahrungsmittel und Leder transportierten, sondern auch Farbstoffe, die nur den Galliern bekannt waren, Edelsteine, erstklassige Metallwaren und mehr Gold, als sich Cäsar erhofft hatte. Die Stimmung der Männer war gut, und warum auch nicht? Nach einem erfolgreichen und lukrativen Feldzug zogen sie nach Süden, um dort einen Winter in Ruhe zu verbringen.

»Sie würden es nicht wagen!«, rief Brutus.

Vier Reiter kamen über den Berghang, näherten sich schnell und bewarfen sich dabei übermütig mit Schneebällen.

Brutus lachte, als sie näher kamen.

»Oder vielleicht doch?«

Als die Reiter Cäsar und Brutus erreichten, boten sie ihnen Schneebälle an, und ein dritter goss Wein darüber.

»Probiert das!«, rief der Mann fröhlich, als Brutus und Cäsar die Schneebälle entgegennahmen.

Brutus biss sofort in seinen. »Köstlich!«, rief er aus.

Es blieb Cäsar gar nichts anderes übrig, als seinem Beispiel zu folgen. Der Geschmack war tatsächlich köstlich und verblüffte ihn. Wenn es jemandem gelang, eine solche kühle Leckerei in der Hitze des römischen Sommers anzubieten, so konnte er ein Vermögen damit verdienen.

»Wundervoll!«, sagte Cäsar und zeigte ein freudiges Lächeln. Aber sein Herz war nicht dabei, und das spürte Brutus.

»Die Stimmung der Männer könnte kaum besser sein«, sagte er, als die Reiter fort waren. »Ihr hingegen seid bedrückt, Cäsar. Warum?«

»Weil wir im Frühling in die entgegengesetzte Richtung marschieren, Brutus«, erwiderte Cäsar. »Nachdem wir Gallien einen Winter lang sich selbst überlassen haben …«

»Aber die Arverner sind unterworfen, was bedeutet, dass wir uns den Häduern zuwenden können …«

»Ja«, bestätigte Cäsar.

»Warum seid Ihr dann besorgt?«

»Mit einem Wort: Vercingetorix«, sagte Cäsar. »Er ist noch immer auf freiem Fuß.« Ich kann ihm wohl kaum anvertrauen, dass meine eigenen Anweisungen dahinter stecken. Anweisungen, die sich inzwischen als Fehler erwiesen haben.

»Ein Flüchtling im Wald, mit Ausnahme der Arverner von allen gehasst, weil er Dumnorix umbrachte«, sagte Brutus verächtlich.

»Auch das stimmt, mein junger Freund. Aber die Arverner verwandeln ihn in eine Legende.«

»Ein mythischer Held ohne Heer. Was kann ein einzelner Mann anrichten?«

»Bin nicht auch *ich* nur ein einzelner Mann, Brutus?«, entgegnete Cäsar sardonisch.

Der erste Schnee des Winters lag weiß und leicht auf den Zweigen. Vercingetorix saß nahe bei Rhia, als sie sich an einem Lagerfeuer wärmten, von dem Funken in die klare Nacht aufstiegen. Der appetitanregende Duft des aufgespießten und bratenden Hasen stieg ihm verlockend in die Nase, während sie dann und wann nach einem Fleischbrocken griffen. Er vermischte sich mit Rhias Moschusgeruch, der einen ganz anderen Appetit in Vercingetorix weckte, einen, der nicht durch Fleisch gestillt werden konnte.

Hier sitzen wir, dachte er missmutig, allein an einem kalten frühen Winterabend, genießen frisch gebratenes Fleisch an einem wärmenden Feuer, und wenn wir ein normales Paar wären, würden wir uns bald mit unseren Körpern wärmen. Aber als Bruder und Schwester des Schwertes durften sie sich nicht derartigen Vorstellungen hingeben. Seit zwei Mondwechseln verbrachte er sowohl die Tage als auch die Nächte mit Rhia, und er wusste nicht, was ihm mehr Verdruss bescherte.

Cäsar hatte seine Hauptstreitmacht für den Winter nach Süden geführt und nur Garnisonen zurückgelassen, um Gergovia und die größeren Siedlungen zu halten. Aber Vercingetorix wusste, dass die Römer im Frühling zurückkehren würden. Er musste jetzt ein Heer aufstellen, die Garnisonen überwältigen und für die entscheidende Konfrontation bereit sein, wenn der Schnee auf den Gebirgspässen schmolz.

Deshalb hatte er aus Eichenholz einen Bären geschnitzt und ihn an einem Stock befestigt, den er Rhia gab und sie zur »Standartenträgerin des Heeres der Arverner« ernannte. Er hoffte, dass die Legende von seiner Unbesiegbarkeit, die Präsenz einer so geheimnisvollen Standartenträgerin an seiner Seite und die Frechheit, überhaupt eine solche Standarte zu zeigen, die Arverner veranlasste, sich ihm anzuschließen.

Doch es gelang ihm immer nur, ein paar echte Krieger und einige Hunger leidende Bauern um sich zu scharen, um mit ihnen kleine Dorfgarnisonen anzugreifen, die aus nicht mehr als einer Hand voll Legionären bestanden. Auf diese Weise errang das »Heer der Arverner« ein halbes Dutzend leichte, armselige »Siege«. Sie töteten die Römer und alle, die als Kollaborateure galten, tranken den ganzen Wein, stopften sich den Bauch voll und verschwanden wieder, bevor römische Verstärkung eintraf.

Vor einer Woche hatte diese enttäuschende Routine, die praktisch auf Banditentum hinauslief, zu einer Katastrophe geführt.

In dem angegriffenen Dorf gab es einen großen Vorrat an römischem Wein, und deshalb hatte das »Heer der Arverner« sich stärker betrunken als sonst und die ganze Nacht seinen Rausch ausgeschlafen. Ein oder zwei Römer mussten im allgemeinen Durcheinander entkommen sein, denn als Vercingetorix und seine Gefährten erwachten, hatte eine halbe Kohorte römischer Infanterie den Ort umstellt.

Als die Sonne aufging, näherten sich die Römer aus allen Richtungen – wie eine Faust, die sich langsam um einen Pfirsich schloss. Vercingetorix, Rhia und ein halbes Dutzend Arverner mit Pferden mussten kämpfen, um lebend zu entkommen. Da den Römern keine Kavallerie zur Verfügung stand, fiel es ihnen nicht weiter schwer, mit ihren Schwertern eine Bresche in die dünne Infanterielinie zu schlagen. Die Römer versuchten auch gar nicht ernsthaft, sie an der Flucht zu hindern, widmeten sich stattdessen der viel leichteren Aufgabe, diejenigen zu massakrieren, die keine Pferde hatten.

Es wäre ganz leicht gewesen zu entkommen, denn Fußsoldaten konnten wohl kaum Reiter verfolgen, aber alles in Vercingetorix sträubte sich dagegen, seine übrigen Gefährten dem Tod zu überlassen. Als die römische Infanterie seiner kleinen fliehenden Reitergruppe den Rücken kehrte, riss er sein Pferd herum und ließ es aufsteigen. Rhia folgte seinem Beispiel und hob die Standarte so hoch sie konnte.

»Zum Angriff!«, rief Vercingetorix, zog sein Schwert und ritt den Römern entgegen.

Er hatte noch nicht einen vollen Galopp erreicht, als Rhia plötzlich neben ihm auftauchte und ihm mit seiner eigenen Standarte den Weg versperrte.

»Was …«, begann er.

»Sieh zurück!«, rief Rhia.

Vercingetorix drehte den Kopf und stellte fest: Anstatt mit ihm zu reiten, die römischen Legionäre von hinten anzugreifen und ihre Gefährten im Ort zu retten, verschwanden seine sechs »Kavalleristen« in der Ferne.

»Feige Hunde!«, rief er ihnen wütend nach.

Er hätte die Römer ganz allein angegriffen, aber Rhia packte die Zügel seines Pferds und drohte ihm mit ihrem Schwert, bis er vernünftig wurde.

Als die Römer das Dorf unter ihre Kontrolle brachten, schnitten sie Sehnen durch, stießen Messer in Oberschenkel, schlugen Füße ab und setzten ihre Gegner auf andere Weise außer Gefecht, ohne sie zu töten. Sie machten so viele Gefangene wie möglich, brachten sie zur Straße nach Gergovia und kreuzigten sie dort. Angeblich dauerte es Tage, bis die Opfer starben. Weniger Zeit brauchten die Aasvögel, um das Fleisch von den Knochen zu picken.

Seitdem brachte es Vercingetorix nicht mehr fertig, seine Standarte zu heben. Wer wäre bereit gewesen, ihrem Ruf zu folgen?

Eine Eule schrie. Ein ferner Wolf heulte. Ein anderer antwortete. Ein kleines Geschöpf huschte durch den Wald, auf der Flucht vor einem größeren. Ein schrilles Quieken, kurzes Zappeln, und dann herrschte wieder Stille.

Während er sich seinen düsteren Erinnerungen hingegeben hatte, war Vercingetorix unbewusst näher an Rhia herangerückt. Der »Krieg« gegen Cäsar endete in Schande, bevor er richtig begann, und sein »Heer« beschränkte sich auf die Frau an seiner Seite. War es unter solchen Umständen sinnvoll, weiterhin den Blutschwur zu achten, der sie zu Bruder und Schwester des Schwertes machte?

Vielleicht *waren* die Nächte schlimmer als die Tage, wenn sie dicht genug nebeneinander lagen, um sich zu wärmen, wenn Rhia neben ihm im Schlaf murmelte und sich bewegte, während sie, wie Vercingetorix zu hoffen wagte, einen erotischen Traum hatte, in der er ihr erschien. Welche Gründe gab es, sich jene Wünsche *nicht* zu erfüllen?

»Unsere Zeit als Bruder und Schwester des Schwertes scheint vorbei zu sein, Rhia«, sagte er.

»Du darfst dich nicht geschlagen geben.«

»Darf ich auch nicht darauf hinweisen, dass morgens die Sonne aufgeht, ob ich will oder nicht?«, erwiderte Vercingetorix bitter.

»Du hast dein Schicksal in einer Vision gesehen …«

»Können Visionen nicht lügen?«

»Ihre Wahrheit mag nicht deutlich sein, aber sie lügen nie.«

»Ebenso wenig weisen sie auf den Weg ihrer Erfüllung hin. Was sollen wir jetzt unternehmen?«

Rhia schwieg und mied seinen Blick. Aus irgendeinem Grund

fühlte sich Vercingetorix ermutigt, noch näher an sie heranzurücken. Sie schien sich ihm entgegenzubeugen, und Vercingetorix wagte es, ihren Oberschenkel zu berühren …

Rhia zuckte von ihm fort, als hätte die Hand in Flammen gestanden. »Nein, Vercingetorix«, sagte sie sanft, konnte oder wollte ihn aber noch immer nicht ansehen. »Dazu dürfen wir uns nicht hinreißen lassen. Das Schicksal hat uns nicht zusammengebracht, damit wir uns der Wollust hingeben. Wir sollen einen ganz bestimmten Zweck erfüllen …«

»Ob Schicksal oder nicht, Rhia, wird sind Mann und Frau.«

»Ich habe meinen Eid abgelegt, und du …«

»Ein Eid muss gehalten werden!«

Das war die Stimme von Guttuatr. Wie ein Geist kam er aus der Dunkelheit, aber er wurde sofort zu einem Geschöpf aus Fleisch und Blut, als er zum Lagerfeuer schritt, in die Hocke ging und ohne Einladung eine Keule vom aufgespießten Hasen abriss.

»Das Fleisch jener, die unter anderen Umständen ein Liebespaar wären, muss unberührt bleiben«, brachte er hervor, während er gierig aß. »Opfer müssen gebracht werden …«

»Ich kann nicht erkennen, dass *Ihr* Fleisch unberührt lasst oder Opfer bringt«, erwiderte Vercingetorix trotzig.

Guttuatr erstarrte, nahm die Hasenkeule aus dem Mund und warf sie in den Wald. Im rötlichen Schein des Feuers wirkte sein faltiges Gesicht scharf geschnitten, und großer Ernst zeigte sich darin, als er Vercingetorix ansah.

»Welches Opfer erwartest du von mir … Druide?«, fragte er.

Vercingetorix zügelte nicht länger seine Verzweiflung und seinen Zorn.

»Befehlt den Stämmen Galliens, sich gegen Rom zusammenzuschließen!«

Guttuatr wich zurück, als sähe er sich mit dem Unsagbaren konfrontiert. »Einen solchen Befehl kann ich nicht geben!«, rief er aus.

»O doch, Ihr könnt!«

»Du weißt nicht, was du verlangst!«

»Ich weiß es genau!«, widersprach Vercingetorix. Zwar waren

dies die zornigen Worte des Mannes der Tat, aber als er sie sprach, wurden sie wahr, und Ruhe erfasste seinen Geist. Als Mann des Wissens wandte er sich nun an einen anderen Druiden.

»Ich fordere Euch auf, von der Welt des Wissens herabzusteigen zur Welt der Tat. Ich fordere Euch auf, das zu opfern, was Euch am wichtigsten ist – die Reinheit Eurer Seele.«

»Du verlangst von mir etwas, das kein Druide tun sollte«, sagte Guttuatr leise. »Was nie zuvor ein Erzdruide getan hat.« Zum ersten Mal, seit Vercingetorix Guttuatr kannte, glaubte er, in seinem Gesicht so etwas wie Furcht zu erkennen.

»Ihr müsst dieses Opfer bringen, denn sonst wird es bald keine Druiden mehr geben. Wenn Ihr Euch weigert ... Dann unterwirft Cäsar bei seiner Rückkehr im Frühling uns alle. Gallien wird dann nur noch der Name einer eroberten Provinz Roms sein, und Ihr müsst die kostbare Reinheit des Druidenumhangs gegen eine Toga eintauschen!«

»Wer wagt es, etwas so Schreckliches von mir zu verlangen?«, fragte Guttuatr und starrte ihn an wie einen Dämon.

Vielleicht, dachte Vercingetorix, *spricht* ein Dämon aus mir. Und wenn schon. Guttuatr hat dabei mitgeholfen, jenen Dämon in mir zu schaffen.

»*Wer es wagt?*«, donnerte Vercingetorix. »Ich wage es, Vercingetorix, Sohn des Keltill, der im Feuer starb, weil er unser Volk retten wollte! Ich wage es, ich, der Junge, den Ihr zu Eurem Werkzeug ausgebildet habt, weil der Himmel es Euch befahl! Ich wage es, ich, Vercingetorix, dem die Freuden eines gewöhnliches Mannes verboten sind! Ich, Vercingetorix, an dessen Händen Blut klebt! Ich habe dies alles nicht gewollt! Wenn ich ein Ungeheuer bin, so habt Ihr mich dazu gemacht!«

»Meinen Eid zu brechen, die Kunst des Druiden nicht zu verwenden, um das weltliche Schicksal der Menschen zu beeinflussen ...«, murmelte Guttuatr unschlüssig.

Und diese Unschlüssigkeit war Antwort genug. Vercingetorix begriff, dass seine Worte den Erzdruiden überzeugt hatten, und er wahrte sein Schweigen.

Guttuatr seufzte. »Du verlangst eine schreckliche Magie von mir, und sie wird einen schrecklichen Preis fordern.«

»Je größer die Magie, desto höher der Preis, der für sie bezahlt werden muss. Jemand hat mich immer wieder darauf hingewiesen.«

»Für diese Kunst brauche ich das Leben eines Menschen«, sagte Guttuatr.

»Es geschieht nicht zum ersten Mal«, erwiderte Vercingetorix kühl. »Und ich habe bereits zahllose Leben geopfert, ohne etwas zu bewirken.«

Bildete er es sich nur ein, dass die Nacht plötzlich völlig still wurde? Und Guttuatrs Gesicht veränderte sich, wurde von dem des Alten, dessen Willen er gezähmt hatte, zu dem des grimmigsten aller legendären Erzdruiden.

»Noch nie haben Druiden solche Magie beschworen«, sagte er. »Deshalb muss der Preis ein Leben sein, wie es noch nie zuvor den Göttern geopfert wurde. Das Leben eines *Druiden* ... Nicht genommen, sondern aus freiem Willen gegeben.«

Die Kronen der Bäume tragen noch immer Schnee, aber die durch graue Winterwolken zum Zenit aufsteigende Sonne hat ihn auf der runden Lichtung schmelzen lassen. Dadurch kommen die Reste von bräunlichem Gras und Steine zum Vorschein, auf denen sterbendes Moos und zähere Flechten purpurne Flecken bilden, wie von Blut.

Der Erzdruide Guttuatr steht in der Mitte der Lichtung, und in der kalten Luft weht ihm der Atem als weiße Fahne von den Lippen. In der einen Hand hält er den langen Eichenstab seines Amtes, gekrönt von der Sternschnuppe.

Einmal, zweimal, dreimal klopft er mit dem unteren Ende des Stabs auf einen Felsen, und aus den vier Quadranten der Winde kommen Druiden auf die Lichtung. Es sind viele, etwa zweihundert, eine ungewöhnliche Anzahl für die kleine Lichtung, auf der nun kein Platz mehr bleibt. Die weißen Umhänge zeigen die Farben aller gallischen Stämme. Es herrscht nicht etwa eine feierliche, ernste Stimmung, sondern Verdrossenheit. Alle warten darauf, dass der Erzdruide zu sprechen beginnt.

»Ich habe Euch aus ganz Gallien hierher gerufen, damit Ihr Zeugen werdet eines heiligen Urteilskreises, wie es ihn nie zuvor gab …«

Die versammelten Druiden murmeln miteinander.

»Denn es soll über einen Druiden geurteilt werden.«

Fast zweihundert Männer schnappen nach Luft, und es klingt wie Wind, der durch die Bäume streicht. Als sie wieder ausatmen, entsteht eine Dunstwolke, die sie für einige Momente verhüllt.

»Und es geht um mehr. Um viel mehr. Ich rufe den Druiden Diviacx von den Häduern zu mir.«

In der Mitte der Menge kommt es zu Unruhe, und dann weichen die Druiden für Diviacx beiseite, der einen Umhang mit blauem Besatz trägt. Mit festen Schritten geht er, das Gesicht ausdruckslos. Nur der hierhin und dorthin huschende Blick verrät nervöses Unbehagen.

»Sollen die Druiden über mich urteilen?«

»Es ist viel schlimmer als das, Diviacx. Ihr sollt über Euch selbst urteilen.«

»Über mich selbst?«

»Wer kann die Geschichte Eures Lebens in dieser Welt besser beurteilen und dann entscheiden, ob es an der Zeit ist, dieses Leben zu beenden und das in der nächsten Welt zu beginnen?«

»Ihr verlangt Schweres von mir, Erzdruide.«

»Habt Ihr nicht schon früher schwere Dinge vollbracht, Diviacx?«, kommt eine Stimme aus der Menge, und Vercingetorix tritt vor. Er trägt den Umhang eines Druiden, so weiß wie der Guttuatrs, ohne Stammesfarben.

»Oder war es leicht, ein Komplott zu schmieden und die Römer hierher zu bringen, zu Eurem Vorteil?«, fragt er und nähert sich.

Diviacx wendet sich Vercingetorix und den anderen Druiden zu. »Ich habe es getan, um uns vor den Teutonen zu retten! Und die stellen jetzt keine Gefahr mehr dar, oder?«

»Ihr habt dabei vor allem an die Häduer gedacht!«

»Nein, an Gallien!«

»Dann beweist es uns«, sagt Vercingetorix in einem herausfordernden Tonfall. »Seid Ihr jetzt bereit, uns vor den Römern zu retten? Auch die Arverner, *Häduer*?«

»Ich bin zuerst Druide und dann Häduer«, erwidert Diviacx. »Ich wünschte, ich könnte uns vor den Römern retten«, fügt er mit echt klingendem Kummer hinzu. »Aber ich weiß nicht, wie.«

»Beginnt damit, indem Ihr schwört, in diesem heiligen Kreis nichts als die Wahrheit zu sagen«, wendet sich Guttuatr an ihn. »Ganz gleich, wohin jener Pfad führt.«

Diviacx holt einen Dolch unter seinem Umhang hervor. »Mit offenem Herzen und dem letzten Tropfen meines Bluts, Erzdruide«, sagt er ruhig, schneidet in die Innenfläche seiner Hand, hebt sie und lässt einige Tropfen Blut auf seinen weißen Umhang fallen.

»Habt Ihr Euch mit Cäsar verschworen, um meinen Vater zu töten?«, fragt Vercingetorix.

»Wollte sich Euer Vater nicht zum König von Gallien krönen, gegen unsere Gesetze und Traditionen?«, ruft Diviacx. »Und habt *Ihr* nicht meinen Bruder Dumnorix ermordet?«

»Nein, das habe ich nicht.«

»Was?«

»Ich schwöre, im Innern dieses heiligen Kreises nichts als die Wahrheit zu sagen, wohin dieser Pfad auch führen mag«, sagt Vercingetorix und holt unter seinem Druidenumhang keinen Dolch hervor, sondern sein Schwert. »Mit offenem Herzen und dem letzten Tropfen meines Bluts.« Und er schneidet nicht in die Innenfläche seiner Hand, sondern in den Unterarm, lässt das Blut über den Ärmel des weißen Umhangs strömen.

»Die Wahrheit ist, ich *wollte* Euren Bruder töten, Diviacx, und dieses Schwert stach in sein unschuldiges Fleisch, denn ich glaubte, er hätte sich mit Euch und Cäsar verschworen, um Keltill zu töten. Dafür bitte ich seine Seele um Vergebung. Und dafür biete ich dem Bruder seiner Seele an, mein Leben zu nehmen.«

Mit diesen Worten reicht Vercingetorix dem verblüfften Diviacx sein Schwert.

»Aber bevor Ihr mein Leben nehmt, Diviacx, sollt Ihr wissen: Es war *Cäsars* Hand, die Euren Bruder tötete, nicht meine …«

»Cäsar …«, flüstert Diviacx und hält das Schwert in der schlaffen Hand. »*Cäsar?*«

»Er schickte seinen Mörder Gisstus«, sagt Vercingetorix. »Und als Schlange, die er war, tötete er Dumnorix mit einem Speer aus dem Hinterhalt.«

»*Gisstus!*«, ruft Diviacx, und in seinen weit aufgerissenen Augen zeigt sich echte Überraschung.

»Mein Schwert brachte Gisstus um, und ich ließ seinen Kopf zu Cäsar bringen, als Zeichen meines Zorns und des Krieges zwischen ihm und mir.«

»Kanntet Ihr den Mann?«, fragt der Erzdruide.

Diviacx' Kopf hängt tiefer als das Schwert in seiner Hand. »Er war Cäsars geheimer Gesandter in … in …«

»In Gergovia!«, platzt es aus Vercingetorix heraus. »Als man meinen Vater ergriff und verbrannte!«

»Warum sollte ich glauben, dass er meinen Bruder getötet hat?«, stößt Diviacx hervor.

»Ihr habt gerade eine geheime Verschwörung mit ihm zugegeben, die meinen Vater das Leben kostete.«

»Ich habe nichts dergleichen zugegeben«, erwidert Diviacx, aber seine Stimme klingt schwach dabei, und er senkt den Blick.

»Leugnet Ihr es unter dem Bluteid?«, fragt der Erzdruide.

»Ich … ich kann nicht«, erwidert Diviacx kläglich, mit einer Stimme, die kaum mehr ist als ein Flüstern. Und dann, voller Kummer: »Stimmt es wirklich? Gisstus hat meinen Bruder umgebracht? Aus dem Hinterhalt? Ohne Ehre?«

»Ich schwöre es unter dem Bluteid als der Mann, der es sah und Dumnorix rächte«, sagt Vercingetorix in einem Tonfall, der nicht ganz ohne Mitgefühl ist.

»Und Cäsar gab ihm den Befehl?«

»Wer sonst konnte Gisstus Befehle erteilen?«

Diviacx seufzt, und seine Augen trüben sich. Die Unterlippe zittert. »Cäsar hat mich verraten!«, ruft er. »Und er brachte mich dazu, mein Volk zu verraten! Und er ließ meinen Bruder töten!«

Die versammelten Druiden haben bisher voller Ehrfurcht geschwiegen, aber jetzt brummen und murmeln sie. Der Erzdruide lässt sie eine Zeit lang gewähren, bevor er seinen Stab hebt, und daraufhin wird es wieder still.

»Seht das Werk Roms, das nicht nur die einzelnen gallischen Stämme gegeneinander aufbrachte, sondern auch Häduer gegen Häduer, Arverner gegen Arverner, Bruder gegen Bruder, *Druide gegen Druide!«*

»Ich tat alles zum Wohle Galliens – das dachte ich jedenfalls«, sagt Diviacx. »Ich bin das unwissende Werkzeug des verräterischen Cäsar gewesen. Und doch …«

»Und doch?«, wiederholt Vercingetorix.

»Und doch hat mein Bruder, voller Ehre, mit seinem Leben für meine Taten bezahlt!«, bringt Diviacx schmerzerfüllt hervor.

»Und möchtet Ihr nun das Werkzeug Galliens sein, Diviacx?«, fragt Guttuatr.

Es beginnt leicht zu schneien. Die Druiden seufzen, als sähen sie ein Zeichen darin. Aber sie wissen nicht, was es bedeutet. Und Diviacx weiß es ebenso wenig.

»Ich verstehe nicht …«

»Ihr habt zugegeben, die Römer ins Land geholt zu haben, um Gallien vor den Teutonen zu retten. Ihr habt auch zugegeben, Euch gegen Keltill verschworen zu haben, um unser Volk vor Unheil zu bewahren und seine Traditionen zu schützen …«

»Ich schwöre, dass es wahr ist!«

»Seid Ihr jetzt bereit, Euch ebenso sehr für den Schutz Galliens und seiner Traditionen vor den *Römern* einzusetzen?«

»Mit dem letzten Tropfen meines …«

Diviacx unterbricht sich, als sich ihm eine schreckliche Erkenntnis offenbart. Die Druiden schnappen nach Luft, murmeln kurz und sind dann so still, dass man fast hören kann, wie die Schneeflocken auf ihre Umhänge fallen.

»Mit dem letzten Tropfen meines Blutes«, sagt Diviacx leise und senkt demütig den Kopf.

Guttuatr tritt einen Schritt vor und scheint zu zögern. Auch in seiner Stimme ist etwas Zögerndes, als er spricht.

»Es entspricht nicht unserer Art, vereint unter einem Herrscher zu kämpfen. Die Unterschiede zwischen uns waren bisher unsere Stärke und garantierten Freiheit. Sie schützten Galliens Stämme vor Machtgierigen. Die Druiden sind immer Hüter des Geistigen gewesen und haben nie das weltliche Schicksal Galliens beeinflusst. Aber jetzt … Wenn wir jetzt nicht eingreifen, droht der Geist Galliens zu sterben …«

»Nein!«

»So etwas darf nicht geschehen!«

Zum ersten Mal erklingen Stimmen des Protestes in der großen Versammlung der Druiden.

»Ruhe!«, donnert der Erzdruide. Mit einer Hand hebt er den Stab mit der schweren Kugel aus Stein und Eisen.

»Hört meine Worte und tragt die Geschichte darüber, was heute hier geschieht, in alle Ecken dieses Landes und auch ins Land der Legende! Ich, Guttuatr, Erzdruide von Gallien, nehme es auf meine Seele, ein geringeres Übel anzurichten, um ein größeres zu vermeiden. Ich befehle … ja, ich *befehle* einen Pakt, einen Pakt, der gegen unsere Natur ist, einen Pakt aller gallischer Stämme!«

Er wendet sich an Diviacx, der noch immer den Kopf gesenkt hält. »Und es gibt nur eine Möglichkeit, ihn zu besiegeln«, fügt er viel leiser hinzu.

Langsam hebt Diviacx den Kopf und begegnet dem Blick des Erzdruiden.

»Ihr wisst, was ich meine, nicht wahr, Diviacx?«

»Ein Blutopfer …«

»Das aus freiem Willen gegeben wird, Diviacx, aus freiem Willen.«

»Gibt es keine andere Möglichkeit?«, fragt Diviacx. Sein Blick gleitet langsam über die Druiden, auf der Suche nach einer Antwort, doch seine Stimme verrät das Wissen, dass es keine geben kann.

Niemand spricht. Niemand bewegt sich, für einen Moment, der lange genug erscheint, um das Tor zur Ewigkeit zu sein.

»So sei es …«, sagt Diviacx.

»Sprecht Euer Urteil, Diviacx!«

Er zögert, hebt dann den Kopf und spricht mit lauter, stolzer Stimme.

»Vor den Stämmen von Gallien erkläre ich dieses Opfer als angemessenes Ende meiner Geschichte in dieser Welt und als einen würdigen Anfang meiner Geschichte im Land der Legende!«

»Wessen Hand, Diviacx? *Ihr* müsst wählen.«

Langsam dreht sich Diviacx um und sieht Vercingetorix an.

»Um den Pakt unter den Stämmen mit dem Blut eines Häduers zu besiegeln, wähle ich einen Arverner. Im Namen der Gerechtigkeit wähle ich den Mann, dessen Vater, wie ich jetzt weiß, dem gleichen Schicksal diente und das gleiche Opfer dafür brachte. Um unsere Heimat Gallien zu einen, der ich die Geißel Roms brachte, und um unser Land zu retten, muss ich mein Leben geben, und ich gebe es dem Mann, der vom Himmel dafür ausersehen wurde, uns zu führen.«

Er gibt Vercingetorix das Schwert zurück.

»Ich wähle Vercingetorix, Sohn des Keltill.«

Vercingetorix sieht Diviacx tief in die Augen, und sein Gesichtsausdruck ist sanft. »Ehrenvolle Worte, Diviacx«, sagt er leise.

Dann wendet er sich an die zehnmal zwanzig Druiden.

»Seht nun, es ist nicht der Sohn des Keltill, der Diviacx im Namen der Rache von dieser Welt in die nächste schickt, auch kein Arverner im Namen der Ehre seines Stammes, sondern ein *Druide* im Namen des Volkes und des Geistes von Gallien!«

Diviacx breitet die Arme aus und bietet seine Brust dar.

»Ich biete mein Leben mit offenem Herzen, auf dass jener Geist fortbesteht!«

Vercingetorix legt die Spitze seines Schwerts auf Diviacx' Brust. Er zögert, nimmt erst die rechte Hand des Häduers und führt sie zum Knauf, dann auch die linke, sodass ihre vier Hände darum geschlossen sind.

Und zusammen stoßen sie das Schwert in Diviacx' Herz.

XII

»Siehst du, dass sich die Wolken bewegen?«, fragte Rhia.

Vercingetorix sah zur bleiernen Decke aus schmutzig grauen Wolken empor, von denen man Schnee oder Regen erwarten durfte. Es waren nicht die dunklen, wie aufgebläht wirkenden Wolken eines Unwetters, das nach kurzer Zeit Sonnenschein wich.

Er schüttelte den Kopf.

»Ich auch nicht«, sagte Rhia.

»Ich glaube, dieses Wetter dauert an ...«

»Und der Mond wird nicht scheinen.«

Gergovia erhob sich auf der Kuppe eines Hügels, der inmitten einer großen Wiese lag, die man vor langer Zeit abgeholzt hatte. Doch an den Ufern des Flusses, der durch die Wiese strömte, gab es einige kleine Gehölze. Ein Dorf war im Schutz jener Bäume entstanden, einfache Hütten aus Weidenruten und Flechtwerk mit kegelförmigen Strohdächern, errichtet von verarmten Bauern, deren Wintervorräte und Vieh die Römer gestohlen hatten und die bis zum Frühling zu überleben hofften, indem sie im Fluss angelten und die kleinen Tiere jagten, die sein Wasser tranken.

Das sollte die römische Garnison, die Gergovia besetzt hielt, jedenfalls glauben.

Vercingetorix und Rhia standen am Flussufer; sie waren weit genug unter den Bäumen hervorgetreten, um den Nachmittagshimmel zu beobachten.

»So sei es«, sagte Vercingetorix. »Also heute Nacht.«

Die meisten Bewohner des Dorfes *waren* Hunger leidende Bauernfamilien und auch Jäger mit ihren Frauen und Kindern. Gut ein Dutzend von ihnen, angeführt von Oranix, hatten zu den ersten Ankömmlingen gezählt; zuvor waren sie von plündernden Römern gejagt worden.

Vercingetorix hatte sie sofort damit beauftragt, die zerstreuten, hungrigen *Krieger* zu finden, die einzeln oder in kleinen Gruppen Cäsars Legionen entkommen waren und sich im Wald versteckten.

Inzwischen gab es etwa fünfzig von ihnen im Dorf. Viele waren ohne Waffen gekommen, aber auch Schmiede hatten im Wald Zuflucht gesucht, um dort neue Schwerter und Äxte zu schmieden.

Vercingetorix hatte das so armselig aussehende Flüchtlingsdorf als Tarnung errichten lassen. Von hier aus wollte er Gergovia von den Römern zurückerobern.

Wie alle gallischen Festungen war Gergovia so gebaut, dass die Stadt leicht verteidigt und nur sehr schwer eingenommen werden konnte. Ein sich näherndes Heer war schon von weitem zu sehen, wodurch die Verteidiger Zeit bekamen, einen Pfeilhagel zur Begrüßung vorzubereiten. Der römische General Tulius glaubte offenbar, dass einige hundert Legionäre genügten, um die Stadt während des Winters gegen die verstreuten Reste des arvernischen Heeres zu halten.

Vercingetorix hatte gehofft, dass ihm die Fürsprache der Druiden Krieger aus anderen Stämmen einbrachte, insbesondere die intakte Streitmacht der Häduer, um die etwa sechshundert Römer in der Stadt mit großer zahlenmäßiger Überlegenheit zu bezwingen.

Aber die Druiden hatten versagt.

Von allen Stämmen kam die gleiche Antwort. Erobere deine Stadt zurück, Vercingetorix, und dann überlegen wir, ob wir uns deinem gallischen Heer anschließen. Selbst Litivak, der jetzt genug Häduer befehligte, um wirklich etwas auszurichten, ließ Vercingetorix mitteilen, dass er seine Position nicht in Gefahr bringen wollte, indem er seine Krieger dorthin führte, wohin sie nicht gehen wollten.

Und so bestand Vercingetorix' Streitmacht nur aus fünfzig echten Kriegern sowie etwa dreihundert Bauern und Jägern, und er versteckte sie direkt vor den Augen der Römer. Es wäre selbstmörderischer Wahnsinn gewesen, mit einem solchen »Heer« zu versuchen, die Stadt zu stürmen, ihre Schutzwälle zu überwinden und das Tor aufzubrechen. Selbst seine kleine Streitmacht hatte er nur bilden und zusammenhalten können, indem er ihr unter einem Bluteid versicherte, dass er keine derartigen Versuche von ihr verlangte.

»Das Tor wird sich für euch öffnen«, versprach er immer dann, wenn sich Unschlüssigkeit ausbreitete. »Wenn es sich nicht öffnet, wisst ihr, dass man mich getötet hat. Und man kann mich nicht auf gallischem Boden töten.«

Glaube ich wirklich daran oder versuche ich nur, mir selbst und den anderen Mut zu machen?, fragte sich Vercingetorix erneut.

Und er gab sich die gleiche Antwort wie immer. Nur sein Tod konnte beweisen, dass die Vision und seine Behauptungen falsch waren. Ganz gleich, wie oft er dem Tod getrotzt und überlebt hatte – er wusste nicht, ob das nächste Mal vielleicht das letzte Mal war.

Heute Nacht würde er den Tod einmal mehr herausfordern.

Die einzige Magie, die er wirklich besaß, war jene Magie, die er schaffen musste.

Unter anderen Bedingungen hätte Vercingetorix einen kalten Nieselregen kaum für ein günstiges Omen gehalten, doch in dieser mondlosen Nacht unter einem sternenlosen Himmel kam er einem Geschenk der Götter gleich, denn er bot zusätzlichen Schutz vor Entdeckung.

Vercingetorix und Rhia krochen den Hügel hoch, unter Decken, die mit Schlamm beschmiert waren und außerdem auch noch eine Schicht aus bräunlichen Wintergrasresten trugen. Sie legten rasch einige Meter zurück und verharrten für längere Zeit in Reglosigkeit, sodass die Römer auf dem Schutzwall nur durch einen Zufall die Bewegungen bemerken konnten.

Sie kamen nur langsam und unter großen Anstrengungen voran, aber es lohnte die Mühe, denn schließlich erreichten sie den Wall, ohne dass jemand Alarm schlug. Unten, dicht an der Wand, blieben sie für die Wächter oben auf dem Wehrgang verborgen, und sie eilten zu einer Stelle in der Mitte zwischen zwei Türmen.

Vercingetorix vergewisserte sich, dass Schwert und Horn sicher an seinem Gürtel befestigt waren – das Seil, das er sich um die Hüften geschlungen hatte, verhinderte ein verräterisches Klirren. Er nickte Rhia zu, die zwei Dolche zog und sie ihm reichte. Der geschickteste Schmied hatte sie extra für diesen Zweck angefertigt. Die Klingen waren kurz und robust, nur auf halber Länge geschärft. Die Griffe, aus dem gleichen Stück geformt wie die Klingen, erwiesen sich als besonders groß, und ihre breiten, flachen Seiten bildeten zu den Schneiden der Klinge einen rechten Winkel.

Gergovias Schutzwall bestand aus großen, grob behauenen Steinen, die von einem Balkengerüst gehalten wurden und nicht durch Mörtel miteinander verbunden waren. Die Balken waren nicht in einem regelmäßigen Muster angeordnet, ergänzten und verstärkten die Barriere aus Steinen. Es gab viele Ritzen und kleine Lücken zwischen Fels und Holz.

Vercingetorix schob den ersten Dolch auf Kniehöhe in einen solchen Spalt, den zweiten in eine andere Ritze, etwa in Hüfthöhe. Rhia reichte ihm einen weiteren Dolch, den er in Kopfhöhe über dem ersten in die Wand stieß. Er setzte den rechten Fuß auf den Griff des ersten Dolchs, hielt sich am dritten fest und hob den linken Fuß zum zweiten Dolch. Er stand nun auf zwei Dolchen und benutzte sie wie Stufen.

Rhia gab ihm einen vierten Dolch, den er eine Armeslänge über dem dritten platzierte. Dann nahm er den ersten, bohrte ihn eine Armeslänge über dem vierten in die Wand, hielt sich am höchsten Dolch fest und kletterte eine weitere Stufe nach oben.

Langsam und vorsichtig erkletterte Vercingetorix die Wand auf einer beweglichen Leiter aus Dolchen. Es war sehr anstrengend, und als er schließlich das obere Ende des Schutzwalls erreichte, schnaufte er, die Muskeln in Armen und Beinen schmerzten, und er schwitzte selbst in der kalten Winternacht. Doch er konnte nicht ausruhen, verharrte dicht unter dem Rand der Brustwehr auf den Messern, löste das Seil und ließ es zu Rhia hinab.

Anschließend hob er den Kopf und spähte über die Brustwehr hinweg. Ein einzelner, mit einer Lanze bewaffneter Legionär patrouillierte zwischen den beiden Wachtürmen und näherte sich. Vercingetorix duckte sich, bis er hörte, wie der Wächter ihn passierte, zum rechten Turm schritt, dort kehrtmachte, zum linken Turm ging und von dort aus zurückkehrte. Vercingetorix hielt sich an den Dolchen fest, während er den Wächter seine Runde zweimal wiederholen ließ und dabei die Zeit abschätzte.

Als sich die Schritte des Legionärs zum dritten Mal nach links entfernten, winkte er Rhia zu, zog sich auf den Wehrgang, stieß zwei Dolche in den oberen Teil des Schutzwalls und band sein Ende des Seils daran fest, damit Rhia schnell nach oben klettern konnte.

Als der Wächter den linken Turm erreichte und sich dort umdrehte, legten sich Vercingetorix und Rhia im Schatten auf den Bauch. Rhia reichte ihm ihr Schwert und den Gürtel, streifte dann den Umhang ab.

Darunter war sie vollkommen nackt.

Sie kroch dem sich nähernden Römer entgegen, bis sie nur noch eine Körperlänge von ihm trennte, stand dann abrupt auf.

Der Römer erschrak und hob seine Lanze, doch im nächsten Augenblick erstarrte er.

»Woher … woher kommst *du* denn?«, brachte er hervor.

»Aus einem kalten und einsamen Bett«, gurrte Rhia, trat vor und breitete die Arme aus, um den Legionär zu umarmen.

Der verblüffte Römer ließ die Lanze sinken, ohne darüber nachzudenken, was Vercingetorix gut verstand, denn: So unangemessen es in der gegenwärtigen Situation auch sein mochte, selbst *sein* Gehirn konnte nicht verhindern, dass ihr Anblick ihn erregte.

Rhia schmiegte sich nackt an den Römer, der nicht protestierte, hob beide Hände zu seinem Nacken, wie um den Kopf des Legionärs herunterzuziehen und ihn zu küssen.

Es knackte kurz, als sie dem Mann das Genick brach, und mit einem leisen Ächzen hauchte er sein Leben aus.

Fast zärtlich ließ sie den Toten zu Boden gleiten, als Vercingetorix zu ihr lief. Sie legte ihr Schwert an und warf sich den Umhang um die Schultern, obgleich er nur wenig verhüllte. Rasch eilten sie zur Leiter am Turm und kletterten nach unten.

Sie befanden sich im Innern der Stadt.

Rhia hatte ihre Magie eingesetzt.

Jetzt muss ich es wagen, erneut meine eigene Magie anzuwenden, dachte Vercingetorix.

Die Straßen von Gergovia waren größtenteils verlassen und still, denn in dieser regnerischen Nacht war niemand unterwegs, der nichts Dringendes zu erledigen hatte. Vercingetorix' Gedächtnis leistete ihm gute Dienste, als er Rhia vom Schutzwall fort und in Richtung Stadttor führte, durch ein Labyrinth aus Gassen, in denen das Geräusch von Schritten rechtzeitig vor den wenigen römischen Patrouillen warnte.

Schließlich erreichten sie die Hauptstraße zwischen dem Platz und dem Stadttor, und zwar nicht weit vom Tor entfernt. Um diese Zeit war niemand auf der Straße unterwegs. Vercingetorix und Rhia huschten von Tür zu Tür, von Schatten zu Schatten, bis sie zum kleinen offenen Bereich vor dem Tor gelangten.

Damit war der leichte Teil vorbei.

Zwei niedrige Steintürme flankierten das Tor, und jeweils zwei mit Lanzen bewaffnete Legionäre standen zu beiden Seiten der Türme auf dem Wehrgang, den Blick nach außen gerichtet. Zwei weitere mit Lanzen ausgerüstete Römer bewachten auf dem Boden die Innenseite des Tors.

»Sechs zu zwei, nicht schlecht«, flüsterte Vercingetorix.

»Und die Lanzen eignen sich besser dazu, Bewohner der Stadt einzuschüchtern oder mit Pferden fertig zu werden«, erwiderte Rhia. »Wie dumm, die Wächter nicht mit Schwertern auszustatten.«

»Sie rechnen sicher nicht damit, aus dem *Innern* der Stadt von Schwertkämpfern angegriffen zu werden …«, hauchte Vercingetorix.

Er sah Rhia in die Augen, und ruhig erwiderte sie seinen Blick. In diesem Moment, der vielleicht ihr letzter war, wollte er sie küssen – wollte dies mehr als jemals zuvor. Er zweifelte nicht daran, dass sie seinen Wunsch teilte, aber er wusste auch, dass er unerfüllt bleiben musste.

»Fort mit den Gedanken, die den Geist verlangsamen …«, raunte er und hörte die gleichen Worte von ihr. Und dann …

Lautlos, die Schwerter in der Hand, liefen sie den Römern entgegen, die das Tor bewachten.

Die Legionäre schrien, und einer war so dumm, seine Lanze zu werfen; Vercingetorix schlug sie mit seinem Schwert beiseite. Vom

Wehrgang kamen weitere Rufe, und dann erreichten sie die Wächter.

Rhia schlug dem Römer, der die Lanze geworfen hatte, halb den Kopf ab. Vercingetorix duckte sich unter dem ersten Stoß des anderen Legionärs hinweg, rollte sich am zweiten Stoß vorbei, kam wieder auf die Beine und rammte dem Wächter das Schwert in den Leib.

Der Römer gab einen Todesschrei von sich und schrie noch lauter, als Vercingetorix das Schwert zurückzog – Gedärm quoll aus der Wunde. Zusammen mit Rhia lief er zum Tor, schob den Riegel beiseite und zog die beiden Flügel auf. Vercingetorix zog die Lanze aus der schlaffen Hand des sterbenden Römers und rammte sie in die untere Angel der rechten Torhälfte, blockierte sie auf diese Weise. Rhia hielt nach etwas Ausschau, mit dem sich der linke Flügel blockieren ließ, fand nichts, zuckte mit den Schultern, nahm Umhang und Gürtel ab und stopfte beides in die oberen und unteren Angeln auf der linken Seite.

Vercingetorix blies ungeschickt in sein Horn, um das vereinbarte Signal zu geben. Dann trat er zusammen mit Rhia, die bis auf ihr Schwert nackt war, in den Tordurchgang, als Römer die Turmleitern herunterkletterten.

Sie mussten dafür sorgen, dass das Tor etwa fünf Minuten lang geöffnet blieb. Wenn der Mut Vercingetorix' bunt zusammengewürfelte Streitmacht nicht verlassen hatte, lief sie jetzt auf das offene Tor zu, und sobald sie sich im Innern der Stadt befand, war sie den Römern ebenbürtig, denn die meisten Besatzer würden völlig unvorbereitet aus dem Schlaf schrecken.

Das Tor war breit genug, um zwei Wagen passieren zu lassen, was unter den gegenwärtigen Umständen ungünstig war. Aber die Länge des Durchgangs entsprach der Dicke der Mauer, und die Römer hatten bestimmt nicht damit gerechnet, ihn von Verteidigern zurückerobern zu müssen, die sich bereits in der Stadt befanden. Bestimmt erwarteten sie auch nicht, mit einer nackten Frau konfrontiert zu werden, die ein Schwert schwang.

Als ein halbes Dutzend und mehr Legionäre verwirrt zum Tor

herabkletterten, bezogen Vercingetorix und Rhia zu beiden Seiten Aufstellung, mit dem Rücken zur Wand und das Schwert in Armhöhe, um den Durchgang zu blockieren.

Es blieb eine Lücke von etwa einer Wagenbreite, und nach kurzem Zögern sprangen drei römische Lanzenträger und zwei Schwertkämpfer in diesen offenen Bereich.

Wieder war ein Römer so dumm, seine Lanze wie einen Speer zu werfen, und wieder schlug Vercingetorix sie mit seinem Schwert beiseite. Der jetzt waffenlose Römer versuchte klugerweise zu fliehen, aber die anderen Legionäre hinter ihm versperrten den Weg.

Vercingetorix trat einen langen Schritt auf ihn zu, schwang das Schwert mit beiden Händen hoch und seitwärts, köpfte den Gegner mit einem einzigen Hieb und stieß die kopflose Leiche zur Mitte des Durchgangs.

Rhia hatte einen der römischen Schwertkämpfer getötet; seine Leiche lag bereits in der Mitte des Durchgangs. Der von Vercingetorix enthauptete Legionär fiel zuckend auf ihn, und Blut strömte aus dem Hals, während Rhia ihre Klinge dem zweiten römischen Schwertkämpfer in den Bauch stieß. Mit ihrem Schwert riss sie den schreienden Mann herum und benutzte ihn als Schild, um sich vor einer geworfenen Lanze zu schützen, stieß ihn dann zu den beiden Leichen. Er war noch nicht tot, konnte aber nur noch voller Pein heulen.

Die beiden anderen Römer hatten beobachtet, wie ihre Gefährten innerhalb weniger Momente außer Gefecht gesetzt und in eine Barrikade verwandelt wurden. Voller Entsetzen wichen sie zurück. Vercingetorix sah kurz zu Rhia und lächelte wild. Sie erwiderte das Lächeln, nackt, keuchend, voller Blut und unglaublich begehrenswert.

Dieser bizarre Gedanke wich aus Vercingetorix, als weitere Römer in den Durchgang drängten, und erneut wurde er eins mit seiner Waffe.

Schwerter blitzten und klirrten, Männer brüllten und schrien, Blut floss und spritzte, in der Mitte des Durchgangs sammelten sich Leichen, Sterbende stöhnten und starben in einem anschwellenden roten See.

Vercingetorix verlor jedes Gefühl für die Zeit. Immer wieder sprangen ihm Angreifer entgegen, und er schlug mit dem Schwert zu, trennte Gliedmaßen ab, schlitzte Bäuche auf, durchbohrte Herzen. Er spürte das scharfe Stechen der eigenen Wunden, nicht als Schmerz, sondern als Ansporn. Das eigene Herz klopfte heftig, er atmete frei und tief, und alles bereitete ihm eine schreckliche Genugtuung.

Je mehr Römer kamen, desto länger und breiter wurde die Barrikade aus Leichen und desto leichter ließ sich der Durchgang verteidigen. Vercingetorix kämpfte jetzt Seite an Seite mit Rhia, nahe genug, um den berauschenden Duft ihres Kampfschweißes zu riechen, nahe genug, um sie zu berühren.

Die überraschten Rufe und schmerzerfüllten Schreie, Rhias zorniges Heulen und sein eigenes, das Rauschen des Blutes in den Ohren – das alles wurde zu einem donnernden Strom aus Geräuschen, der Vercingetorix' Geist aufsteigen ließ. Das Schwert in seiner Hand schien ein eigenes Leben zu besitzen und *ihn* als ein Instrument zu benutzen, und er gab sich ihm hin, spürte dabei eine Mischung aus Grauen und Ekstase.

»Sie sind da! Sie sind da!«

Vercingetorix begriff, dass diese Worte von Rhia stammten. Und dann merkte er, dass es sich bei dem Donnern in seinen Ohren nun um die jubelnden Rufe und Kampfschreie einer Menge handelte, die sich ihnen näherte.

Er drehte sich, sah zwanzig und mehr arvernische Krieger, die ihre Schwerter hoben und schrien, als sie die letzten Meter der Straße hinter sich brachten, die zum Tor führte, und glaubte, Oranix unter ihnen zu erkennen. Ihnen folgten hunderte von Bauern, Jägern, Schmieden, Halbwüchsigen und sogar Frauen, bewaffnet mit Speeren, Sicheln, Hacken, Fackeln, Messern und Ästen.

Ihm blieb ein Moment, um Rhia anzusehen, nackt bis auf einen Schleier aus Blut, zerkratzt, schweißnass, schnaufend und erschöpft. Doch ihre Lippen formten ein triumphierendes Lächeln, und in ihren Augen leuchtete das Feuer des Sieges, als sich ihre Blicke begegneten.

Dann waren die arvernischen Krieger heran, traten und schoben die Barrikade aus Leichen beiseite. Es fiel Vercingetorix schwer, sich einen Weg durch die eigene Streitmacht zu bahnen, um an ihrer Spitze zu kämpfen und jene Arverner anzuführen, die nun durch das Tor von Gergovia strömten, um das zurückzunehmen, was ihnen gehörte.

Der größte Teil der Nacht verstrich für Vercingetorix wie Zeit im Land der Legende, voller blutiger Visionen von ruhmvollem, Rache bringendem Tod und Zerstörung.

Der Aufruhr am Tor weckte die Bewohner der Stadt aus ihrem Schlaf. Sie kamen auf die Straßen, und als sie sahen, was geschah, verwandelten sich Verblüffung und Verwirrung in rachsüchtige Begeisterung. Wer nicht bewaffnet war, kehrte ins Haus zurück und nahm, was er fand – Schwert, Messer, Axt, Hammer –, bevor er auf die Straße zurückkehrte und an der blutigen Suche nach römischen Legionären teilnahm.

Die meisten Römer erwachten in einem Chaos, das sie mit einem zahlenmäßig weit überlegenen Feind konfrontierte – praktisch die ganze Bevölkerung der Stadt griff an. Es folgte ein blutiger Wirrwarr ohne Ordnung oder Strategie – so etwas war auch gar nicht notwendig.

Als die meisten Römer in Stücke geschnitten oder erschlagen und die übrigen gefangen genommen waren, richtete sich der allgemeine Zorn gegen jene, die als Kollaborateure galten. Läden, die Wein und andere römische Waren verkauften, wurden geplündert. Mit Holzsäulen romanisierte Gebäude und Häuser mit zu viel weißer Tünche wurden in Brand gesetzt. Wer in den Straßen mit römischer Kleidung erwischt wurde, konnte von Glück sagen, wenn er mit einer Tracht Prügel davonkam.

Vercingetorix war in dieser Nacht der Vergeltung nicht der Anführer, der sie ermöglicht hatte, sondern ein Arverner unter vielen, der seinem Zorn freien Lauf ließ. Er nahm an dem Blutbad teil, stieß sein Schwert immer wieder in römische Leiber, zertrat offene Amphoren, gehörte zu der Gruppe, die das Lager eines Händlers in

Flammen aufgehen ließ. Doch immer achtete er darauf, keinem Gallier ein Leid zuzufügen, auch keinem romanisierten.

Dann fand er sich auf dem Platz wieder, zusammen mit zahlreichen freudig-zornigen Arvernern. Dutzende von ihnen waren auf den römischen Springbrunnen geklettert und griffen die aus Stein gemeißelten Bären ohne großen Erfolg mit Hacken und Holzhämmern an. Allgemeines Gebrüll, das Schwenken von Fackeln und das Werfen von Trümmerstücken wiesen darauf hin, dass nicht der ganze römische Wein auf das steinerne Pflaster des Platzes geschüttet worden war. Ein Teil davon war durch durstige Kehlen geflossen.

Auf der anderen Seite des Platzes hatte sich eine ebenfalls betrunkene und rachsüchtige Menge vor dem Großen Saal eingefunden und sammelte genug Mut, um ihn zu stürmen und zu versuchen, den römischen Portikus zu zerstören, den man dem Eingang hinzugefügt hatte. Doch am Fuß der Treppe standen Baravax und zwanzig arvernische Krieger, bewaffnet mit Äxten und Lanzen. Tapfer versuchten sie, den Großen Saal zu verteidigen.

Baravax, Hauptmann der Wache unter Gobanit. Baravax, der pflichtbewusst versucht hatte, Vercingetorix am Brunnen gefangen zu nehmen, als er nach Gergovia zurückgekehrt war. Baravax, der sich ihm nach Gobanits Tod als erster angeschlossen hatte. Baravax, der auch unter den Römern Hauptmann der Wache geblieben war, aber alles riskiert hatte, um Vercingetorix die Flucht zu ermöglichen.

Jetzt lief Baravax Gefahr, von der Menge in Stücke gerissen zu werden, die Vercingetorix zum Aufstand gegen die Römer angestachelt hatte, und dadurch erwachte der Mann des Wissens im gedankenlosen Mann der Tat. Vercingetorix wusste nicht wie, aber die Schuld der Ehre musste zurückgezahlt werden.

Die Leute schenkten ihm keine Beachtung, während er sich einen Weg durchs Gedränge bahnte, und Baravax richtete drohend die Lanze auf ihn, als er die Treppe erreichte.

Dann erkannte er ihn.

»Vercingetorix!«

»Tod den Römern!«, rief ein Betrunkener.

»Tod den Kollaborateuren!«

Steine und kleine Trümmerstücke flogen aus der Menge.

»Du hast *mir* das Leben gerettet, und jetzt wird es Zeit, dass ich *deins* rette«, sagte Vercingetorix zu Baravax und stieg die Treppe hoch. Oben sah man ihn ganz deutlich, und nach und nach erkannten ihn die Leute, erst einer, dann fünf, ein Dutzend, zwanzig und schließlich alle. Die Rufe und Schreie wichen Stille, und kurze Zeit später begann ein donnernder Sprechchor.

»Vercingetorix! Vercingetorix!«

König von Gallien! König von Gallien!

Stimmen, die seiner Phantasie entsprangen, fügten diesen Refrain hinzu. Vercingetorix genoss die Rufe länger als nötig, fand sie berauschender als Wein, Bier oder die heiße Aufregung des Kampfes.

Vielleicht waren sie auch gefährlicher.

»Die Römer sind besiegt, und Gergovia ist frei!«, rief er, um den Sprechchor und sein süßes Delirium zu beenden. »Heute haben wir Gergovia von Rom befreit, morgen das Land der Arverner und danach ganz Gallien!«

»Vercingetorix! Vercingetorix! VERCINGETORIX! VERCINGETORIX!«

War es eine aus seinem Wunsch geborene Halluzination, oder ertönten jetzt *tatsächlich* einzelne Stimmen, die »König von Gallien!« hinzufügten?

»Die Schlacht ist gewonnen, der Feind geschlagen! Geht jetzt heim und lasst nicht zu, dass sich die Hand eines Arverners gegen einen Arverner erhebt!«

Es folgte nicht etwa Beifall, sondern höhnisches Gejohle. Der überraschte Vercingetorix begriff, dass die Menge erst dann Ruhe geben wollte, wenn sie das Fleisch bekommen hatte, nach dem sie gierte, bis sie hörte, was sie hören wollte.

»Der Feind ist Rom! Der Feind ist Cäsar! Vom heutigen Tage an soll sich keine Hand eines Arverners gegen einen anderen Arverner erheben, und keine Hand eines Galliers gegen einen anderen Gallier! Fügt dem Großen Saal keinen Schaden zu, denn von heute an gehört er *euch*, euch allen, vom erhabensten Adligen bis hin zum

Bastardkind des Ackerbauern mit dem wenigsten Land! Schlaft gut mit der Erinnerung an einen ruhmreichen Sieg, denn morgen könnt ihr seine süßen Früchte genießen. Morgen versammeln wir uns hier, um einen neuen Vergobreten zu bestimmen. Er soll nicht von einem Lakaiensenat gewählt werden wie zur Zeit von Gobanit, auch nicht von einem Rat aus Edelleuten wie zur Zeit meines Vaters, sondern *von uns allen!* Ein neuer Vergobret, gewählt von *euch*, den tapferen Arvernern, die sich aus eigener Kraft vom Joch Roms befreit haben!«

Zum ersten Mal erlebte Vercingetorix, wie eine große Menge ihm so gehorchte, als *wäre* er König – die Leute kamen seiner Aufforderung nach und gingen heim.

Als Vercingetorix am nächsten Tag kurz vor Mittag den Großen Saal betrat, hatte sich dort eine so große Menge wie nie zuvor eingefunden, und die Leute riefen und sangen seinen Namen. Krieger, Bauern, Stadtbewohner, Handwerker, sogar Bettler und Huren. Im Großen Saal drängten sich die blutbesudelten, mit weit aufgerissenen Augen starrenden, von Bier, Triumph und Ruhm trunkenen Arverner.

In der Mitte hatte man wieder den alten Tisch aus Keltills Zeit aufgestellt, und dort stand der große alte Krieger Critognat. Zusammen mit zwölf anderen ebenso betagten Kriegern hielt er die Plätze frei.

Critognat winkte Vercingetorix zum Tisch. Rhia, Baravax und ein halbes Dutzend Wächter mussten für ihn einen Weg durch die jubelnde, ausgelassene Menge bahnen. Aus den Sprechchören wurde wildes Geschrei, als er sich dem Tisch näherte und dann auf ihn stieg.

»Die Arverner sind ohne einen Vergobreten, und ich …«

Die Rufe »Vercingetorix! VERCINGETORIX!« wiederholten sich, begleitet von einem rhythmischen Pochen, als Schwerter und Dolche an Schilde schlugen, Füße auf den steinernen Boden stampften. Das Donnern wirkte fast berauschend.

Doch während der Nacht hatte sich Vercingetorix' Kopf abgekühlt. Jetzt genoss er den ihm geltenden Jubel nicht nur, sondern versuchte auch, ihn zu formen und zu lenken.

»Hört mich an, bevor ihr mich wählt!«, rief er und hob beide Hände, um eine Stille zu schaffen, die er mit seinen Worten füllen konnte. »So wie die Arverner ohne einen Vergobreten sind, ist Gallien ohne ein Oberhaupt, und wahrlich, ich möchte beides sein!«

Ein wortloses Donnern, und dann ein neuer Sprechchor, mit Worten, die man seit Brenn nicht mehr gehört hatte.

»Vercingetorix! König von Gallien! VERCINGETORIX! KÖNIG VON GALLIEN!«

»NEIN!«, rief Vercingetorix. Als der Sprechchor andauerte, als noch immer Schwerter gegen Schilde klopften und Füße auf den Boden stampften, rief er noch lauter: »NEIN!«

»Nein, Arverner«, fuhr er fort, sobald sich verwunderte Stille im Großen Saal ausgebreitet hatte. »Ihr habt die Macht und das Recht, mich zum Vergobreten zu ernennen, aber kein einzelner Stamm kann mich zum König von Gallien ausrufen. Das kann nur *Gallien*! Und ich werde Brenns Krone nicht eher tragen, als bis ich sie mir im Kampf verdient habe! Ich möchte ein gallisches Heer zum Sieg führen, aber nicht als König, denn ich kann erst dann über Gallien herrschen, wenn es wirklich ein Gallien gibt!«

Verwundertes Murmeln folgte diesen Worten, und damit hatte Vercingetorix gerechnet.

»Aber versteht mich nicht falsch«, fügte er hinzu. »In einer Vision habe ich eine solche Zukunft gesehen! Ein König von Gallien wird im Triumphzug durch Rom ziehen!«

»Vercingetorix! König von Gallien! VERCINGETORIX! KÖNIG VON GALLIEN!«

Diesmal wartete Vercingetorix, bis die Sprechchöre von allein verstummten.

»Früher hatte ein Rat aus Adligen unseren Vergobreten gewählt, und dann wurde er von Gobanits Senat aus Verrätern bestimmt. Aber jetzt dreht sich das Große Rad, und wir alle müssen groß werden, um uns mit ihm zu drehen. Deshalb möchte ich, dass mich das *ganze* Volk zum Vergobreten ernennt!«

»Ver-cin-getorix! Ver-go-bret!«, rief jemand, dann ein Zweiter, und dann wurde eine Art Lied daraus, die Worte gesungen von Stimmen, der Rhythmus geschlagen von stampfenden Füßen und Schwertern und Dolchen an Schilde.

»So sei es!«, sagte Vercingetorix schließlich, als es wieder still wurde. »Und dies sind meine ersten Worte als euer Vergobret: Ich, Vercingetorix, Vergobret der Arverner, geächtet von Cäsar, ächte nun *Gajus Julius Cäsar!* Ich erkläre hiermit, dass er mit seinem Leben bezahlen muss, wenn er noch einmal den Fuß auf gallischen Boden setzt! Und ich ächte auch alle Römer in Gallien! Ihre gesamte Habe soll dem ersten getreuen Gallier gehören, der davon Besitz ergreift! Nehmt, was ihr wollt, und zerstört den Rest! Lasst uns alles Römische aus unseren Herzen und unserem Land fegen! Lasst uns hier und heute mit dieser freudigen Aufgabe beginnen!«

Daraufhin erklang schier ohrenbetäubender Jubel, den Vercingetorix erwartet hatte – und als Nächstes sollte dies geschehen: Die Leute sollten den Großen Saal verlassen und mit dem beginnen, wozu er sie aufgefordert hatte, mit der Säuberung des Landes der Arverner von allen römischen Dingen, womit sie den anderen gallischen Stämmen ein Beispiel gaben, dem sie folgten, wenn auch nur aus Habgier.

Aber dieser Plan ging schief.

»Tod dem Cäsar!«, rief jemand. »Tod den Römern!«

Begeistertes Gebrüll erklang. Der Große Saal leerte sich nicht etwa, wie Vercingetorix gehofft hatte, sondern füllte sich mit dem Sprechchor »TOD DEM CÄSAR! TOD DEN RÖMERN!« Schreie der Wut und des Zorns folgten.

Entsetzt stellte Vercingetorix fest, dass sich die Stimmung der Versammelten genauso plötzlich änderte, wie sich am blauen Himmel des Sommers die dunklen Wolken eines Gewitters bildeten. Aus der Freude über den errungenen Sieg wurde blutgierige Rachsucht. Gesichter röteten sich, Augen traten aus den Höhlen, Adern pulsierten in Schläfen, Speichel spritzte von den Lippen der Schreienden, Zähne wurden gefletscht, Fäuste geschwungen, Dolche und Schwerter gehoben. Es war ein grässlicher, Furcht erregender Anblick, das Antlitz der Tollheit der vergangenen Nacht im hellen Licht des Tages. Und das Wissen, Teil jenes Wahnsinns gewesen zu sein, machte alles noch schlimmer.

Wie halb verhungerte Wölfe wünschten sich die versammelten Arverner etwas, das sie zerreißen und töten konnten. Vercingetorix sah und hörte es, roch es im Atem und im Schweiß der Leute, spürte den gleichen Wunsch in seinem Innern.

»TOD DEM CÄSAR! TOD DEN RÖMERN!«

Und dann stieß man die Opfer in ihre Mitte.

»TOD DIESEN RÖMERN!«, rief ein grauhaariger alter Krieger am Eingang des Großen Saals.

Zwanzig Römer wurden hereingeführt, immer wieder angestoßen von Speeren, Schwertern, Besenstielen und Heugabeln. Sie trugen keine Rüstungen und Helme mehr, nur noch ihre Lendentücher. Die Hände hatte man ihnen auf den Rücken gefesselt, die Körper waren zerkratzt, die Gesichter grün und blau geschlagen.

Das Erscheinen der Gefangenen ließ die Schreie der Menge verstummen. Dutzende von Arvernern drängten den hilflosen Römern entgegen, traten und schlugen mit Fäusten zu. Einige hoben Schwerter oder Dolche.

»AUFHÖREN!«, rief Vercingetorix so laut er konnte. »HÖRT AUF, BEVOR IHR VOR DEN GÖTTERN UND GANZ GALLIEN SCHANDE ÜBER EUCH BRINGT!«

Das genügte, um die Aufmerksamkeit der Menge zu wecken und sie innehalten zu lassen. Aber Vercingetorix wusste, dass er sie nur für einen Moment von dem Wunsch nach Vergeltung abgebracht hatte.

»Sollen wir zu den Barbaren werden, für die die Römer uns halten?«, fragte er. »Entspricht es unserem Wesen, wie tollwütige Hunde über unsere Feinde herzufallen, oder sind wir Gallier?«

»Ist es etwa richtig, *diese tollwütigen Hunde* am Leben zu lassen?«, rief der alte Krieger, der als erster das Blut der Römer verlangt hatte.

»Alle Römer in Gallien sind geächtet!«

»Auf Geheiß unseres Vergobreten!«

»Tötet sie!«

»Reißt sie in Stücke!«

»Nein!«, befahl Vercingetorix.

»Wollt Ihr sie verschonen, Vercingetorix, Vergobret der Arverner?«

»Nein«, sagte Vercingetorix. »Ich will sie nicht verschonen.«

Er blickte über sein Volk hinweg, sah gerötete, blutgierige Gesichter, einen Zorn, der sich gleich wieder Bahn brechen würde, wenn ihm nicht die richtigen Worte einfielen. Doch der zungenfertige Vercingetorix wusste nicht, was er sagen sollte. Und so verbannte er den Gedanken, der den Geist verlangsamte, und ließ sein Innerstes sprechen.

»Nein, ich will die Römer nicht verschonen, aber mir liegt auch nichts daran, ihre Leben zu vergeuden«, sagte er. Als ihm diese Worte über die Lippen kamen, wusste er plötzlich, was er sagen und welche Entscheidung er treffen würde. Das Wissen ließ ihn erzittern.

»Ich werde ihren Tod für Magie nutzen«, erklärte er, und daraufhin wurde es still im Großen Saal. Alle Blicke richteten sich auf Vercingetorix, auf den Krieger, den Vergobreten, der im Umhang eines Druiden das Opfer des Lebens von Diviacx entgegengenommen hatte.

Vercingetorix wusste, was den Leuten durch den Kopf ging.

Sie fragten sich, welche Magie er mit dem Tod von zwanzig Römern beschwören wollte.

Vercingetorix kannte die Antwort, zu seinem Kummer.

»Ich werde Ihren Tod für einen großen Zauber nutzen«, sagte er. »So wie Cäsar und Rom meinen Vater verbrannten, so werde ich diese Römer verbrennen. Ich verbrenne sie nicht nur als Vergobret, sondern als Druide mit dem Erzdruiden an meiner Seite vor allen Stämmen Galliens. Wir werden erneut den Pakt besiegeln, der schon einmal mit dem Leben von Diviacx besiegelt wurde, diesmal mit dem Leben der Feinde Galliens! Was nur recht und billig ist!«

Was nur recht und billig ist, Guttuatr, dachte Vercingetorix grimmig.

So wie Ihr mir befohlen habt, tatenlos zuzusehen, wie mein Vater verbrannte, so müsst Ihr es nun über Euch ergehen lassen, mir bei dieser schrecklichen Magie zu helfen. Das Schicksal, dem ich Eurem Willen nach dienen soll, zwingt mich dazu.

Eine riesige Menge hatte sich versammelt, auf der Wiese und halb den Hügel empor, auf dem sich Gergovia erhob. Alle Bewohner der Stadt und viele Besucher hatten sich für dieses besondere Schauspiel eingefunden: Arverner vom Land, die Oberhäupter der meisten anderen Stämme und ihre neugierigen Gefolgsleute, Barden, Druiden, Musikanten. Es war ein kühler Tag im späten Winter, doch der Himmel zeigte ein wolkenloses Blau, und die dem Zenit entgegenstrebende Sonne wärmte Blut und Seele, wie auch das in Strömen fließende Bier. Eine fröhliche, festliche Atmosphäre herrschte.

»Es ist *falsch,* Vercingetorix«, sagte Guttuatr, als die römischen Gefangenen mit auf den Rücken gebundenen Händen durch die höhnisch grölende und lachende Menge zum Weidenmann geführt wurden.

»Es ist falsch, jemanden durch Verbrennen hinzurichten?«, fragte Vercingetorix. »Sagt das dem Geist Keltills!«

»Dein Vater hätte so etwas nie getan, nicht einmal als König«, sagte der Erzdruide.

»Er hätte keine gefangenen Feinde geopfert? Sie nicht in einem Weidenmann verbrannt, was früher oft genug geschah?«

Die Römer hatten Gelegenheit bekommen, viel Wein zu trinken, bevor man sie holte, sodass sie gerade noch gehen konnten. Als man sie nun in den Weidenmann schob und stieß, flößte man ihnen noch mehr Wein ein – Vercingetorix wollte nicht, dass sie mehr litten, als es die Zeremonie erforderte. Viele Zuschauer mochten sich über das freuen, was nun bevorstand, aber für ihn war es eine grässliche Notwendigkeit.

Beim »Weidenmann« handelte es sich um einen Käfig in Menschengestalt, einer alten Tradition gemäß aus den oberen Ästen einer Weide geformt. Ein großer Weidenmann war nötig, um zwanzig Römer aufzunehmen. Der Kopf ragte weiter empor als der Wipfel der höchsten Eiche, und er erwies sich als ein recht dicker Bursche: Die Gefangenen brauchten Platz, auch wenn sie teilweise übereinander lagen.

»Dein Vater hätte es sich nicht erlaubt, bei einer solchen Versammlung den Umhang eines Druiden zu tragen«, sagte Guttuatr.

Vercingetorix und der Erzdruide standen vor dem Weidenmann, nur in der Gesellschaft von Baravax und seiner Wächter, die die Römer im Käfig unterbrachten, dann Holzscheite und Kienspäne an dessen Fuß aufhäuften. Guttuatr trug wie üblich einen weißen Umhang und auch den Stab seines Amtes.

Vercingetorix trug die Kleidung eines arvernischen Kriegers, mit Schwert und Helm, aber über dem linken Arm lag ein zusammengefalteter Druidenumhang, weiß und ohne Stammesfarben.

»Ihr erhebt mehr Einwände gegen die Kleidung, die ich tragen möchte, als gegen das Verbrennen der Römer oder die Worte, die ich sprechen werde«, sagte Vercingetorix in dem Versuch, die Spannung zwischen ihnen ein wenig zu lösen.

»Ich bin kein Narr, Vercingetorix«, erwiderte Guttuatr kühl. »Du willst eine Magie beschwören, wie sie noch nie zuvor beschworen wurde. Ich will nicht behaupten zu wissen, wohin sie uns führen mag, wenn du erfolgreich bist.«

»Ich weiß es ebenso wenig«, gestand Vercingetorix. »Aber wir wissen beide, dass Gallien an Cäsar fällt, wenn ein Erfolg ausbleibt.«

Der Erzdruide seufzte. »Deshalb bin ich hier«, sagte er ohne Enthusiasmus.

Vercingetorix hatte Guttuatr dazu gebracht, nicht nur selbst zugegen zu sein, sondern auch die Vergobreten, Oberhäupter und Adligen aller gallischen Stämme zu rufen, auf dass sie Zeuge wurden bei der Verbrennung der Römer.

Der Erzdruide hatte es zunächst abgelehnt, bei einer solchen Gräueltat zu helfen.

»Ihr müsst dabei zugegen sein, so wie auch ich dabei zugegen sein muss«, hatte Vercingetorix gesagt. »Und zwar *weil* es eine schreckliche Gräueltat ist. Alle Anwesenden sollen erkennen: Diese Tat wird Cäsar so zornig machen, dass eine weitere Zusammenarbeit mit ihm völlig ausgeschlossen ist. Auf diese Weise entsteht eine Verbindung zwischen den Stämmen Galliens, trotz ihrer Unterschiede. Anschließend gibt es kein Zurück mehr.«

Die meisten Vergobreten waren gekommen. Vercingetorix sah ihre Standarten in der Mitte, die Abstände zwischen ihnen recht groß. Doch der Keiler des Häduer-Vergobreten fehlte. Liscos war genau zum richtigen Zeitpunkt krank geworden und ließ sich von Litivak vertreten. Besser gesagt: Er hatte Litivak nicht verboten, sich mit vierzig Kriegern auf den Weg zu machen.

Bei ihrer Begegnung war Litivak kühl und zurückhaltend gewesen. An seinem Unbehagen konnte kein Zweifel bestehen. »Warum hast du eine solche Entscheidung getroffen, Vercingetorix?«, hatte er gefragt. »Du weißt doch, dass du dadurch Cäsars Zorn heraufbeschwörst.«

»Die Arverner haben Cäsars Zorn bereits zu spüren bekommen«, erwiderte Vercingetorix. »Jetzt wird Rom den Zorn Galliens fühlen.«

»Den Zorn der Arverner, meinst du wohl. Glaub nur nicht, ich wüsste nicht über deine Absichten Bescheid. Du *willst*, dass Roms Zorn ganz Gallien gilt.«

Vercingetorix konnte diesen wahren Worten nicht widersprechen. »Wenn du das glaubst ... Warum bist du dann hier?«, fragte er ausweichend.

Litivak zuckte mit den Schultern und seufzte. »Liscos glaubt nach wie vor, dass sich Cäsar nicht gegen die Häduer wenden wird, wenn er mit den Arvernern fertig ist, aber ich bin anderer Ansicht. Und deshalb bin ich nicht sicher, ob das, was du hier machst, nicht doch richtig ist.«

»Wie ein wahrer Gallier gesprochen!«, erwiderte Vercingetorix erfreut.

»Gesprochen wie ein Mann, der weiß, dass ihm keine Wahl bleibt«, sagte Litivak, drehte sich um und ging fort.

Schlimmeres erwartete Vercingetorix, als die Karnuten eintrafen.

Ihr Vergobret Cottos begrüßte Vercingetorix freundlich, ebenso Epona, aber Marah begegnete seinem Blick mit einem zornigen Blitzen in den Augen.

Sie sprach erst, als Epona ihr einen verärgerten Stoß gab, und ihre Worte waren wie ein Dolch in seinem Herzen.

»Du solltest ihm wenigstens das sagen, was du auch mir gesagt hast«, forderte Epona sie auf. »Das bist du ihm schuldig.«

»Ich bin diesem Barbaren gar nichts schuldig.«

»Warum bist du dann hier?«, fragte Vercingetorix.

»Weil meine Mutter verlangte, dass ich mir dieses grässliche, abscheuliche Schauspiel ansehe«, sagte Marah und warf dabei Epona einen finsteren Blick zu.

»Sie versteht nichts von den Notwendigkeiten der ...«

»Ich verstehe den Unterschied zwischen Barbarei und Zivilisation!«, rief Marah. Ihr Zorn galt sowohl der Mutter als auch Vercingetorix. »Cäsar hat seine Geiseln *freigelassen*, als sie nicht mehr seinen ... *Zwecken* dienten. Er ließ sie nicht aus einem unreifen, kindlichen Zorn heraus töten. Was man von diesem ... diesem ... Barbaren*jungen* nicht sagen kann.«

Und damit drehte sie sich um, wie zuvor Litivak, und ging fort.

Vercingetorix tritt einen Schritt vor und hebt die linke Hand.

Die Tür des Weidenkäfigs ist geschlossen, und die Wächter weichen zur Menge zurück, die nun erwartungsvoll schweigt. Die einzigen Geräusche, die man hört, sind die entsetzten Schreie und zornigen Flüche der betrunkenen Römer im Weidenmann.

»Ihr habt mir gesagt: Erobere deine Stadt von den Römern zurück, Vercingetorix, und dann überlegen wir, ob wir deinem Beispiel in unserem Land folgen«, beginnt er und deutet auf die Römer im Käfig. »Seht, dies habe ich getan, und Gergovia ist frei. Hier stecken Cäsars Männer in einem gallischen Käfig, und mit ihnen tilgt das Feuer Plünderung, Tod und Entweihung, die sie unserem Land brachten!«

Jubel folgt diesen Worten, aber er stammt fast ausschließlich von Arvernern. Die Vergobreten und Adligen der anderen Stämme stehen mit steinernen Mienen neben ihren Stammeszeichen. Einige von ihnen haben die Arme verschränkt.

»Wenn Cäsar mit seinen mächtigen Legionen zurückkehrt, wirst du dir wünschen, nie geboren zu sein, du feiger arvernischer Scheißhaufen!«, ruft ein Römer kühn aus dem Käfig.

Vercingetorix lächelt, so als hätte der Römer auf sein Zeichen hin gesprochen.

»Wenn Cäsar mit seinen mächtigen Legionen zurückkehrt, wird er auf das noch mächtigere Heer Galliens treffen!«, verkündet er laut.

Tausende von Arvernern schlagen mit Dolchen und Schwertern an ihre Schilde und stampfen mit den Füßen, ein Donnern, das ihren Sprechchor begleitet.

»VERCINGETORIX! KÖNIG VON GALLIEN! VERCINGETORIX! KÖNIG VON GALLIEN!«

Die Bituriger, Santonen, Turonen, Parisiner, Atrebaten und Bellovaker sind den brüllenden Arvernern gegenüber weit in der Minderzahl, und sie stehen stumm. Einige von ihnen sehen sich besorgt um, und in manchen Blicken zeigt sich Empörung. Sie begreifen, dass sich Vercingetorix anschickt, sie alle dem Zorn Roms auszusetzen, ob es ihnen gefällt oder nicht. Litivak kneift die Augen zusammen, wie ein Befehlshaber, der nachdenklich ein Schlachtfeld betrachtet.

»Ja, ich will mit allen Galliern, die mir folgen, gegen die Römer in den Kampf ziehen und sie aus unserem Land vertreiben«, erklärt Vercingetorix. »Denn ich bin Vercingetorix, dessen Name ›großer Anführer von Kriegern‹ bedeutet, aber man könnte diesen Namen auch deuten als ›Anführer von großen Kriegern‹. Und das seid ihr, Häduer, und ihr, Karnuten, und ihr, Santonen, Atrebaten, Bituriger und Parisiner, das seid ihr, *Gallier*, denn dazu müssen wir alle werden, wenn wir nicht zugrunde gehen wollen!«

Die Arverner jubeln erneut. Hier und dort stimmen die Krieger anderer Stämme mit ein. Sogar einige Vergobreten: Epirod von den Santonen, Comm von den Atrebaten, Cottos von den Karnuten, mit der ebenfalls beistimmenden Epona an seiner Seite. Marah wirft ihrer Mutter einen frostigen Blick zu.

Erneut beginnt ein Sprechchor.

»VERCINGETORIX! KÖNIG VON GALLIEN! VERCINGETORIX! KÖNIG VON GALLIEN!«

Der Erzdruide Guttuatr hebt seinen Stab. »RUHE!«, befiehlt er.

Und Ruhe tritt ein.

»Vercingetorix sagt die Wahrheit. Dies ist die Zeit eines Großen Wandels, und die Völker Galliens müssen sich mit dem Rad drehen oder von der Erde verschwinden. So stand es am Himmel geschrieben, und ...«

Der Erzdruide zögert kurz, bevor er fortfährt: »Und es stand auch am Himmel geschrieben, dass sich die Stämme Galliens ... zusammenschließen müssen ... unter einem Oberbefehlshaber, und das soll Vercingetorix sein, Sohn des Keltill!«

»VERCINGETORIX! KÖNIG ...«

Aber bevor der Sprechchor zu voller Lautstärke anschwellen kann, lässt der Erzdruide seinen Stab auf den Boden pochen.

»ABER NICHT ALS KÖNIG!«, donnert er.

Das führt zu Verwirrung. Arverner und die Angehörigen der anderen Stämme murmeln verwundert.

Vercingetorix sorgt dafür, dass es wieder still wird.

»SO SEI ES!«, ruft er, entfaltet den weißen Druidenumhang und streift ihn über die Kleidung und Waffen des Kriegers.

»So sei es«, wiederholt er als der Druide, zu dem er geworden ist. »Als Druide lege ich einen Eid ab. Den Eid eines Kriegers biete ich euch und den des Oberbefehlshabers aller Streitkräfte Galliens, auf Geheiß des Erzdruiden Guttuatr. Und seht, es ist ein dreifacher Eid, abgelegt von ein und derselben Person. Nie soll ich König von Gallien sein, solange ein römischer Soldat auf dem Boden unseres Landes bleibt. Möge man mir Leben und Ehre nehmen, wenn ich diesen Eid breche.«

»Vercingetorix!«, ertönt es hier und dort, aber es sind vereinzelte Rufe, und sie verstummen rasch. Niemand kann sich vorstellen, den Namen eines Druiden wie den eines großen Kriegers zu rufen, und kaum jemand weiß, wer jetzt spricht.

Critognat kommt aus der Menge und reicht Vercingetorix eine

Fackel. »Als Oberbefehlshaber der Heere Galliens sage ich: Von diesem Moment an sind wir alle *Gallier* oder verräterische Lakaien Roms!«, erklärt Vercingetorix. »Wer nicht mit uns ist, ist gegen uns! Und alle, die gegen uns sind, müssen sterben!«

Vercingetorix dreht sich halb um und tritt zu den Holzscheiten zu Füßen des Weidenmannes. Die darin gefangenen Römer schreien voller Entsetzen.

»Als der Sohn des Keltill, der im Feuer starb, erfülle ich nun das Schicksal meines Vaters und besiegele mit Feuer unser Bündnis gegen Rom, für das er sein Leben gab. Dieses Feuer zeigt allen Römern, dass alle Gallier ihre Feinde sind. Dieses Feuer zeigt jedem Gallier, dass Cäsar ihm kein Pardon geben wird. Nicht mehr Pardon als wir diesen Männern geben, die sterben müssen, um jene Magie zu schaffen, die uns eint.«

Und damit wirft er die Fackel auf den Scheiterhaufen.

Stumm beobachtet Vercingetorix, wie die Kienspäne Feuer fangen, wie die Flammen auf Holzscheite und dann den Weidenmann übergreifen. Er möchte sich abwenden und zur Menge sehen, aber dazu ist er nicht imstande. Er beobachtet den brennenden Riesen, hält nach jemandem Ausschau, der sich dort befindet und doch nicht existiert, nach dem Umriss eines Mannes, von Flammen gezeichnet, nach der Seele eines Mannes, die alles überragt und gleißend brennt.

Im Innern des flammenden Geistes winden sich Römer hin und her und schreien voller Pein, und von jenem Geist aus dem Land der Legende kommen der appetitanregende Duft von bratendem Fleisch und der widerliche Gestank verkohlender menschlicher Körper, und beides ist ein und dasselbe, der Geruch des bratenden Keilers am glücklichsten Tag seines Lebens, den er als Junge an der Seite seines Vaters verbrachte, und der des schlimmsten Tages, als sein Vater verbrannte.

Irgendwie ist beides der Geruch von Keltill.

Vercingetorix möchte den Blick abwenden, aber das kann er nicht. Er kann sich nicht bewegen. Denn es sehen Augen aus dem lodernden Weidenmann, und er weiß, welchem Geist sie gehören, und sie fangen seinen Blick ein, halten ihn fest. Durch sie fällt er ins Land der Legende.

Dort kann er noch immer die Flammen sehen und die Schreie hören. Aber es ist eine Leiche, die in einem Bestattungsfeuer verbrennt, während Krieger feierlich mit ihren Schwertern eine Totenklage auf ihre Schilde klopfen. Und die Schreie stammen aus den Kehlen von hungernden Kindern und Greisen, die in baumloser, unversöhnlicher Erde nach Wurzeln und Würmern wühlen.

Doch Vercingetorix trägt Brenns Krone, als er auf dem Rücken eines weißen Pferds triumphierend an einer Ehrenwache aus römischen Zenturionen vorbeireitet, Cäsar entgegen, der demütig vor ihm sitzt.

Und er hört den vertrauten Sprechchor.

»Vercingetorix! König von Gallien! Vercingetorix! König von Gallien!«

Und dann ist er mitten in einer Schlacht, auf einem Pferd, umringt von Römern, Galliern, Pferden, Männern, Schwertern, Blut, Schreien, Flüchen, dem Klirren und Rasseln von Waffen. Und er sieht Cäsar, der von seinem Ross gefallen ist und zu Fuß kämpft.

Cäsars Schwert fliegt durch die Luft, und Vercingetorix lässt sein Pferd aufsteigen, die Zeit dehnt sich …

Und Vercingetorix fängt das Schwert auf, so wie er als Junge Brenns Krone aufgefangen hat. Das Schwert wird zur Krone, und er setzt sie auf, reitet in der Mitte eines großen Heers aus Galliern.

Wie der Schatten einer dunklen Wolkenfront, der sich mit magischer Geschwindigkeit bewegt, reitet Vercingetorix' Heer durchs heitere, sonnige Gallien, durch Ebenen mit goldenem, reifendem Korn, durch grüne Täler voller Schafe, vorbei an Bäumen, beladen mit Obst, an Bauernhöfen mit prall gefüllten Kornspeichern.

Doch eine Flammenwand folgt dem Heer, verbrennt das Getreide auf den Feldern, lässt Schafe verkohlen und Obstbäume zu Asche zerfallen. Nur qualmende Ruinen bleiben von den Bauernhöfen übrig, und der Himmel schwärzt sich vom Rauch, und auch das Land wird schwarz.

Ein riesiges römisches Heer verfolgt die Gallier über die öde

Landschaft. Aber es ist ein Heer aus Reitern, die mit krummen Rücken ihre abgemagerten Pferde führen, aus Fußsoldaten, die zu schwach sind, um Rüstungen zu tragen, deren Rippen sich dort zeigen, wo die abgewetzte Kleidung sie nicht bedeckt. Nur ein Mann sitzt auf einem Ross, das mit den Farben eines römischen Generals geschmückt ist, und dieser Mann trägt den karmesinroten Umhang Cäsars. Aber das Pferd ist ein Skelett aus bleichen Knochen, so wie auch der Mann.

Und Vercingetorix hört Keltills Stimme, wie sie vor Jahren erklang.

»Im Feuer werde ich zu der Geschichte, aus der die Barden machen ein Lied.

Im Feuer betrete ich das Land der Legende, und als König ich schied!«

Vercingetorix stimmt mit ein.

»Im Feuer wird mein Geist frei sein ...«

Und dann steht er vor einem lichterloh brennenden menschenförmigen Käfig aus Weidenzweigen, von dem dunkler Rauch aufsteigt, mit dem grässlichen Geruch von verbrennendem Menschenfleisch. Er richtet den Blick auf die Menge, die Zeuge der schrecklichen Magie geworden ist, die er beschworen hat, verlässt das Land der Legende und spricht die letzten Worte der Todesode seines Vaters.

»Und im Feuer wirst du gedenken mein.«

XIII

Cäsar fröstelte, obgleich er einen schweren Wintermantel trug. Erneut musste er absteigen und sein Pferd durch von den Berghängen ins Tal gerutschten Lawinenschnee führen, unter dem sich Felsen, weicher Boden oder Schmelzwassertümpel verbergen mochten.

Die eigenen Unannehmlichkeiten belasteten ihn nur als ein Aspekt des größeren logistischen Problems. Reiter, die ihre Pferde führen mussten. Wagen, die in Schnee und Schlamm stecken blieben. Gebrochene Räder. Gebrochene Achsen. Schnee und Nieselregen. Die Infanterie hatte es am besten. Oder anders ausgedrückt: Die Infanteristen waren daran gewöhnt, zu Fuß durch jedes Gelände zu marschieren, und deshalb beklagten sie sich am wenigsten über die Mühsal.

Die Infanterie bildete das Herz der Legionen, und ihr galt Cäsars besondere Zuneigung. Wenn es für den Befehlshaber nicht unangemessen gewesen wäre, hätte er ganz auf sein Pferd verzichtet, um zusammen mit den Legionären zu Fuß zu gehen.

Derzeit *ging* er zu Fuß, denn die einzigen Männer vor ihm waren die Wegbereiter, die mit Stangen den Boden untersuchten und die größten Schneeansammlungen mit Schaufeln beseitigten.

Der junge Brutus führte ebenfalls sein Pferd und stapfte neben Cäsar, aber Labienus, Antonius, Trebonius, Galba und die anderen Generäle blieben beim Hauptteil der Streitmacht – sie konnten auf Wegen über die Pässe reiten, die tausende von Soldatenfüßen festgetreten hatten.

Vielleicht sollte ich ihnen *befehlen,* ihre Truppen wie ich an der Spitze zu führen, dachte Cäsar. Es geschähe ihnen recht.

Sie waren alle erbleicht bei der Vorstellung, mit einem Heer Anfang März von Süden über die Alpen zu ziehen.

»Das hat noch nie jemand fertig gebracht«, hatte Galba gebrummt.

»Hannibal überquerte die Alpen mit *Elefanten*«, hatte Cäsar erwidert. »Und auch das geschah zum ersten Mal.«

»Wollt Ihr wirklich ein solches Wagnis eingehen?«, fragte Labienus.

»Selbst Ihr fürchtet Euch, Labienus?«

»Ich fürchte nicht die Gefahren der Schlacht«, entgegnete Labienus mit angemessener Empörung. »Aber wer kann gegen das Wetter kämpfen? Tapferkeit nützt uns nichts, wenn uns in den hohen Pässen ein später Schneesturm überrascht.«

»Habt Ihr mehr Angst vor ein bisschen Schnee und Eis als die Gallier?«, fuhr Cäsar seine Generäle an. »Wollt Ihr Euch von schlechtem Wetter davon abhalten lassen, Vergeltung zu üben an den Wilden, die römische Soldaten bei lebendigem Leib verbrannten?«

Cäsars Gedanken kehrten in die Gegenwart zurück. Er ging schneller und beschloss, den Wegbereitern ganz an der Spitze des riesigen Heeres Gesellschaft zu leisten, wie schon einige Male zuvor. Er wollte sich körperlich betätigen und einen direkten Beitrag dazu leisten, möglichst schnell die andere Seite der Bergkette zu erreichen.

Brutus schnaufte und stöhnte beherzt, hielt mit ihm Schritt. »Wer hätte es für möglich gehalten, so früh im Jahr die Berge zu überqueren?«

»Niemand, Brutus, erst recht nicht die Gallier, die glauben, wir Römer seien nicht so abgehärtet wie sie!«, erwiderte Cäsar. »Und deshalb haben wir uns auf den Weg gemacht. Um die Barbarenhorde zu vernichten, bevor Vercingetorix sie in ein echtes Heer verwandeln kann.«

Der junge Arverner war kein dummes, barbarisches Stammesoberhaupt, sondern ein kluger und erbarmungsloser Anführer. Vielleicht sogar etwas noch Schlimmeres.

Zuerst hatten Cäsar die Berichte von Reisenden erreicht, und sie klangen wie Hirngespinste, dazu bestimmt, Leichtgläubige an dunklen, stürmischen Abenden zu erschrecken.

Nur begleitet von einer nackten Amazone hatte Vercingetorix mit Magie das Tor von Gergovia geöffnet. Anschließend war eine wutentbrannte Menge in die Stadt gestürmt, um die römische Garnison mit bloßen Händen in Stücke zu reißen, zu braten und dann zu verspeisen. Vercingetorix hatte einen großen hölzernen Käfig in Gestalt eines Mannes errichten lassen und in seinem Innern hundert Legionäre verbrannt. Eine andere grausige Geschichte erzählte davon, dass Vercingetorix zum Erzdruiden aufgestiegen war, mithilfe eines abscheulichen magischen Rituals, bei dem man Diviacx Pluto als Menschenopfer dargebracht hatte.

Dann gelang es Tulius, einen Kurier nach Gallia Narbonensis zu schicken. Der von ihm übermittelte Bericht war zwar weniger ausgeschmückt, aber noch schlimmer, vom praktischen Blickpunkt aus betrachtet.

Diviacx war tatsächlich tot. Man *hatte* ihn bei einer grässlichen Druidenzeremonie geopfert. Vercingetorix war nicht zum Erzdruiden aufgestiegen, aber die Druiden folgten nun seiner Weisung und riefen die anderen Stämme Galliens zum Krieg gegen Rom auf, unter dem Befehl von Vercingetorix.

Es stimmte auch, dass alle römischen Soldaten in Gergovia getötet worden waren, bis auf zwanzig, die Vercingetorix *tatsächlich* bei lebendigem Leib verbrannt hatte, um ein Eidritual zu besiegeln, in Anwesenheit der Vergobreten fast aller Stämme. Anschließend hatte er alle Römer in Gallien zum Tode verurteilt, und dieses Urteil konnte von jedem Gallier vollstreckt werden, der sich den Besitz der Betreffenden aneignen wollte.

Viele Stämme hatten sich gegen die isolierten römischen Garnisonen erhoben. Gefangene wurden nicht gemacht. Tulius hatte es geschafft, die Überlebenden zu einer einzelnen Streitmacht in der Nähe von Avaricum zusammenzufassen. Sie war groß genug, um die Bituriger zumindest derzeit daran zu hindern, ebenfalls zu den Waffen zu greifen; ihre abschreckende Wirkung reichte auch aus, um Vercingetorix von einem Angriff abzuhalten.

Diese unheilvollen Nachrichten hatten Cäsar so sehr mit Zorn erfüllt, dass er einen Fallsucht-Anfall erlitt. Welche Gefilde sein Geist auch aufsuchte: Wenn sich ihm dort eine Vision offenbarte, so kehrte er ohne die Erinnerung daran zurück. Aber nach dem Anfall war Cäsar ruhiger und konnte Vercingetorix' mitleidlose Schlauheit nur bewundern.

Wie Vercingetorix die Druiden zu seinem Werkzeug gemacht hatte, mochte ein Geheimnis bleiben, aber das Verbrennen der Römer im Beisein der Vergobreten war ein dämonischer Geniestreich, denn er verband alle Anwesenden in einer ungeheuerlichen Gräueltat gegen Rom. Vercingetorix hatte die anderen Vergobreten durch die Furcht vor Vergeltung zusammengeführt. Das alte Spiel der wechselnden Bündnisse zwischen den Stämmen und Rom war vorbei, und der Krieg konnte nur ein totaler sein, Gallien gegen Rom, ob es den Stammesoberhäuptern gefiel oder nicht.

Cäsar war sicher, dass Vercingetorix versuchen würde, ein wirkliches Heer aufzustellen, mit dem er ihm nach der Schneeschmelze im Frühling entgegentreten wollte. Tulius hatte in seinem Bericht darauf hingewiesen, dass sich Liscos, gegenwärtiger Vergobret der Häduer, in Bibracte befand, zusammen mit den Kriegern, die ihm treu ergeben waren. Aber Liscos hatte Litivak nicht daran gehindert, sich mit seinen Kriegern Vercingetorix anzuschließen. Auch Kriegerscharen aus anderen Stämmen griffen hier und dort römische Garnisonen an.

Es ließ sich nicht feststellen, wie weit die Befehlsgewalt von Vercingetorix über jene Streitkräfte reichte. Zweifellos blieben sie nur so lange loyal und eine Gruppe, wie sie plündern konnten. Ganz anders sah die Sache aus, wenn sie es mit dem Zorn und der überwältigenden Macht von Rom zu tun bekamen.

Vercingetorix war schlau. Vercingetorix war erbarmungslos. Vielleicht hielten ihn die abergläubischen Gallier sogar für einen Meister der Druidenmagie. Aber er war auch ein Gallier, der gallische Barbaren anführte, und sein Gegner Gajus Julius Cäsar befehligte die Legionen Roms.

Cäsar schloss zu den Wegbereitern auf, und sie begrüßten ihn wie einen Gefährten. Sie waren nicht mehr überrascht und freuten sich darüber, ihn zu sehen.

»Ich möchte euch erneut helfen«, sagte Cäsar und zog sein Schwert. »Je mehr ich euch helfe, desto schneller könnt ihr den Weg bahnen, desto schneller kann unser Heer marschieren, desto eher erreichen wir die andere Seite der Berge und desto eher können wir uns an dem Schwein rächen, das unsere Kameraden bei lebendigem Leib verbrannte!«

Er bohrte sein Schwert in eine Schneewehe, benutzte es so, wie die Wegbereiter ihre Stangen benutzten. Und als er an der weißen Wand entlangstapfte, stieß er mit seinem Schwert zu, als wollte er damit Feinde aufspießen. Er sah Bilder in dem weißen Glanz, und sie zogen ihn in ihre Welt: brennende Menschen, brennende Felder, eine brennende Stadt, Flammenwände, so heiß und hell, dass sie weiß loderten, das Weiß bleicher Knochen, des salzigen Bodens dort, wo einst Karthago gestanden hatte, eine leblose Wüste, und seine Legionen marschierten hindurch, über weißen Sand, weiße Asche, unter einer erbarmungslosen Sonne, die an einem silbrigweißen Himmel gleißte, Kopfschmerzen, der Geschmack von brennendem Kupfer und dünnem Blut …

Und ein brennender Riese schritt über die trostlose Landschaft, ihm entgegen, zermalmte seine Legionen zu Staub, und sein Gesicht war das von Vercingetorix. Auf seinem Haupt ruhte die falsche Krone von Brenn, die Gisstus hatte anfertigen lassen, oder vielleicht war es die echte, und er lachte, warf ihm den abgeschlagenen Kopf seines Freundes zu und rief: »Hier ist Euer Tribut, Cäsar! Nehmt Euren Triumph mit nach Rom!«

»Du wirst sehen, wer von uns beiden der Härtere ist, Vercingetorix!«, erwiderte Cäsar und stieß sein Schwert ins flammende Herz des Riesen. »Du wirst sehen, was mit einem Volk geschieht, das zu plündern wagt, was Rom gehört! Und wie Cäsar mit einem Mann verfährt, der die Freundschaft zurückweist, die so offen angeboten wurde, wie sie ein Vater dem Sohn anbietet!«

»Cäsar? Cäsar?«

Cäsar blinzelte und kehrte aus der weißen Vision in die weiße Gegenwart zurück.

Er lag auf dem Rücken, in einer Schneewehe, im Mund den kupfrigen Geschmack des eigenen Blutes – offenbar hatte er sich in die Zunge gebissen.

Die Fallsucht. Und eine Vision.

Eine, an die er sich erinnerte. Aber er verstand sie nicht.

»Cäsar? Ist alles in Ordnung mit Euch?«

Brutus stand neben ihm und streckte die Hand aus, um ihm auf die Beine zu helfen. Die Wegbereiter hatten ihre Arbeit unterbrochen und bildeten einen besorgten Kreis um Cäsar.

Er verschmähte die ausgestreckte Hand, stand ohne Hilfe auf und zwang sich zu lachen. »Nur die Fallsucht, Freunde«, sagte er. »Es heißt, sie sei ein Geschenk der Götter, aber wenn ich die Wahl hätte, würde ich einen Pokal voller Gold oder mit Wein vorziehen.«

Brutus' Gesicht zeigte sorgfältig zur Schau gestellte Ausdruckslosigkeit, doch die einfachen und ehrlichen Legionäre starrten ihren Befehlshaber mit einer Mischung aus Nervosität und einer gewissen abergläubischen Ehrfurcht an.

»Aber manchmal gewähren mir die Götter dabei eine Vision«, sagte Cäsar. »Das ist heute geschehen.«

»Und was habt Ihr gesehen, Cäsar?«, fragte schließlich einer der Wegbereiter.

»Ich habe die Gallier gesehen, meine Freunde, wie sie betrunken ihre Gräueltaten feiern, sich um die Beute zanken und nicht ahnen, dass eine gewaltige römische Streitmacht über sie herfallen wird. Und wisst ihr warum?«

»Weil noch nie zuvor ein römisches Heer im Winter über die Berge gezogen ist?«

»Ja, genau!«, bestätigte Cäsar. »Weil die Gallier Barbaren sind – und wir Römer! Weil Barbaren das für unmöglich halten, was noch nie zuvor vollbracht wurde. Sie werden nie verstehen, dass für Römer wie uns *nichts* unmöglich ist. Und deshalb werden wir sie besiegen.«

Diese kleine Rede schien die Wegbereiter zufrieden zu stellen, denn sie kehrten an ihre Arbeit zurück und zeigten dabei größeren Eifer als zuvor. Cäsar ließ sich etwa zwanzig Schritte zurückfallen, zur großen Erleichterung von Brutus.

»Eine vortreffliche Rede, Cäsar«, sagte er.

»Und wahr, was das betrifft«, erwiderte Cäsar. »Aber es gibt noch einen anderen, wichtigeren Grund, warum wir den Sieg über Vercingetorix und seine Gallier erringen werden.«

Brutus richtete einen neugierigen Blick auf ihn.

Cäsar nickte in Richtung der Wegbereiter, drehte sich dann und zeigte auf seine Streitmacht: Reiter, Wagen und in Formation marschierende Fußsoldaten füllten die ganze Breite des Alpentals und reichten so weit zurück, wie man sehen konnte, und noch weiter, durch den sich dahinwindenden und schmaler werdenden Pass, der sich über den Horizont hinaus erstreckte.

»Das ist der andere Grund, Brutus!«, erklärte Cäsar, und der Stolz in seiner Stimme war echt. »Während die streitsüchtigen Stammesangehörigen von Vercingetorix den Winter damit verbringen, ihre kleinen Siege zu feiern, stapfen meine treuen Legionen pflichtbewusst durch den Schnee dieser Berge! Vercingetorix kommandiert einen gallischen Pöbelhaufen, aber ich führe den Befehl über ein römisches Heer! Seine Männer kämpfen für Beute und Ehre. Meine Männer kämpfen, um den Sieg zu erringen.«

»Seht Ihr?«, fragte Oranix. »Dort sind sie!«

»Es stimmt!«, stieß Litivak hervor.

Als Oranix von römischen Soldaten berichtet hatte, die noch vor der Schneeschmelze über die Alpenpässe zogen, war Vercingetorix zunächst sicher gewesen, dass es sich nur um Spähtrupps handelte. Aber Oranix bestand darauf, dass seine Männer ein römisches *Heer* gesehen hatten, und der skeptische Vercingetorix beschloss, mit ihm nach Osten zu reiten, um sich die Sache selbst anzusehen.

Rhia, die jetzt nie von seiner Seite wich, begleitete ihn, ebenso Critognat, gelangweilt vom gelegentlichen Plündern, und Litivak, der kurz davor gewesen war, seine Krieger aus dem Heer von Gallien abzuziehen, als der Bericht eintraf. Die Häduer wurden unruhig und verdrießlich im Land der Arverner, denn es gab kaum etwas für sie zu tun. Und Liscos, Vergobret der Häduer, drängte Litivak immer heftiger, die Krieger heimkehren zu lassen.

»Liscos glaubt, Cäsar gibt sich damit zufrieden, die Arverner zu vernichten«, hatte Litivak Vercingetorix mitgeteilt.

»Und du ...?«

»Ich möchte es mit eigenen Augen sehen«, hatte Litivak erwidert. »Wenn Liscos Recht hat, wird er vielleicht noch einmal zum Vergobreten gewählt. Aber wenn es dort draußen *tatsächlich* ein römisches Heer gibt, das uns alle unterjochen soll ... Nun, dann brauchen die Häduer ein mutigeres Oberhaupt ...«

Vercingetorix und seine vier Begleiter saßen auf ihren Pferden, zwischen den letzten Bäumen des Waldes auf einem Vorberg im Nordwesten des Passes, über den das römische Heer nach Gallien zog.

Und es war wirklich ein Heer. Eine Formation nach der anderen marschierte durch den schmalen Pass und breitete sich dann in der

Ebene aus, wie Honig, der aus der Tülle eines Krugs auf den Tisch floss. Zuerst kam eine Vorhut aus Reitern, gefolgt von fünf Reihen Infanterie, ihrerseits gefolgt von Wagen mit Proviant und Versorgungsmaterial, dann wieder fünf Reihen Infanterie, und dann weitere Reiter an der Spitze der nächsten Formation. Und so ging es weiter, immer weiter, wie geordnete Wellen, die über ein Meer aus schmelzendem weißem Schnee und gefrorenem braunem Schlamm rollten.

»Die Götter gewähren uns ihre Gunst!«, entfuhr es Critognat voller Begeisterung.

Oranix und Rhia sahen ihn an, als hätte er den Verstand verloren.

»Wir können mehr Römer töten, als wir hoffen durften!«

Vercingetorix hätte gelacht, wenn die Situation nicht so ernst gewesen wäre. Vermutlich meinte es Critognat sogar ernst – so furchtlose Gallier wie er waren mit Brenn geritten.

»Ist die Gefahr groß genug, um den Kampfgeist der Häduer zu wecken, Litivak?«, fragte er mit gutmütigem Spott.

»Dieses Heer kommt zweifellos, um Gallien zu erobern«, sagte Litivak. Er schüttelte den Kopf. »Wir sind nicht auf die Konfrontation mit einer solchen Streitmacht vorbereitet.«

Und das werden wir auch nie sein, fügte Vercingetorix in Gedanken hinzu. Er hütete sich davor, diese Worte laut auszusprechen.

»Das ist der Grund, warum Cäsar so unerwartet früh zurückkehrt«, sagte er stattdessen. »Um uns zu überraschen, während wir unvorbereitet sind. Bestimmt will er uns dazu verleiten, ihn mit dem anzugreifen, was wir haben.«

Damit meinte Vercingetorix eine Streitmacht aus zwölftausend arvernischen Kriegern, auf die er zählen konnte, etwa halb so viele Häduer unter dem Befehl von Litivak und ein unorganisiertes Durcheinander aus Kämpfern kleinerer Stämme, dessen Größe und Zusammensetzung sich von Tag zu Tag änderte.

»Eine würdige Herausforderung«, erklärte Critognat. »Wir sollten Cäsar danken, uns solchen Ruhm zu gewähren, indem wir ihm einen ehrenvollen Tod auf dem Schlachtfeld zuteil werden lassen, anstatt ihn nach unserem Sieg bei lebendigem Leib zu verbrennen.«

»Ihr werdet weich im Alter«, sagte Vercingetorix und lachte.

Nur Critognat lachte mit ihm, denn in Wirklichkeit gab es nicht viel zu lachen. Wenn sie Cäsars Herausforderung annahmen und ein so großes Heer angriffen, bestand der einzige Ruhm aus einer glorreichen totalen Niederlage.

Das beabsichtigt Cäsar, dachte Vercingetorix. Er hofft, dass ihn eine unvorbereitete und zahlenmäßig unterlegene Streitmacht aus Galliern wie Critognat angreift, Krieger, die den Tod nicht fürchten, für Ruhm und Ehre kämpfen und keinen anderen Befehlen folgen als denen ihres tapferen, stolzen Herzens.

Warum sollte er *sonst* riskieren, noch im Winter über die Berge zu ziehen? Und Gallien zu erreichen, wenn noch kein Getreide auf den Feldern reift und es auch an frischem Gras für die Pferde fehlt? Hatte nicht Cäsar selbst darauf hingewiesen, dass die gute Versorgung eines Heeres die Hälfte der Schlacht ausmachte?

»Der Vorteil der Überraschung ist auf Cäsars Seite«, sagte Vercingetorix. »Aber wir können die Zeit zu unserem Verbündeten machen.«

»Wie?«, fragte Litivak. »Du klingst, als hättest du einen Plan.«

»Vielleicht habe ich einen …«, murmelte Vercingetorix und dachte laut. »Der Winter geht zu Ende, und unsere Streitmacht ist kleiner als die Cäsars …«

»Das hört sich fast so an, als sei es ein Vorteil!«, rief Litivak.

»Und warum auch nicht, wenn wir es richtig anfangen?«, erwiderte Vercingetorix, als die Strategie in seinen Gedanken Gestalt annahm. »Wir haben so viel Proviant und Futter wie möglich gelagert, und wir sind in unserer Heimat. Dort marschiert ein riesiges Heer durch ein winterlich ödes, feindliches Land und muss sich mit dem begnügen, was es mitgebracht hat. Deshalb zählt Cäsar vermutlich auf eine schnelle Folge großer Schlachten.«

»Vielleicht nur eine!«, begeisterte sich Critognat. »Alle Krieger Galliens gegen alle seine Legionen! Tag und Nacht! Ohne Pause oder Schlaf! Gallier sind dazu imstande! Diese Römer gewiss nicht! Wir kämpfen, bis sie vor Erschöpfung umfallen oder sich voller Verzweiflung ergeben, was auch immer zuerst geschieht!«

»Nein, Critognat«, widersprach Vercingetorix. »Warum sollten wir dem Feind geben, was er sich erhofft? Stattdessen kämpfen wir so gegen Cäsars Legionen wie Ameisen, die den Käfer überwältigen, der in ihr Nest vorgedrungen ist, mit zahllosen kleinen Bissen, die ihn peinigen, erschöpfen und schließlich vertreiben.«

»Ameisen!«, donnert Critognat. »Wir sind keine Ameisen!«

»Wie ein Rudel Wölfe, das einen großen Hirsch überwältigt, indem es ihm den Bauch aufreißt.«

»Das klingt schon besser. Aber ich weiß noch immer nicht, was es bedeutet.«

»Wir hungern den Feind aus«, sagte Vercingetorix. »Mit schnellen Angriffen auf den Tross. Wir stoßen vor, zerstören, setzen uns ab und wiederholen das immer wieder.«

»Wo liegt darin Ruhm?«, fragte Critognat.

»Im Sieg, Critognat, im Sieg!«

»Wer möchte sich eines solchen Sieges ohne Ehre rühmen?«

»Er hat Recht«, warf Litivak ein. »Mit dem Ruf zu einer so unrühmlichen Schlacht lässt sich kaum gallischer Kampfgeist wecken. Viele würden so etwas für feige halten, und nicht ohne Grund.«

Als Mann der Tat wusste Vercingetorix, dass das stimmte, und auch er empfand auf diese Weise, aber dem Mann des Wissens war klar, dass alle anderen Wege zur Niederlage führten, zu einem von Rom eroberten Gallien. Und wo verbargen sich *darin* Ehre und Ruhm?

Deshalb musste er den anderen etwas vormachen.

Vielleicht sogar sich selbst.

»Wenn die Römer keinen Proviant mehr haben und von Hunger geschwächt sind, *dann* vernichten wir sie in einer großen, glorreichen Schlacht.«

»Es *könnte* klappen«, brummte Litivak. »Und ehrlich gesagt, ich sehe keine andere Möglichkeit.«

»Trotzdem erscheint es mir feige«, wandte Critognat ein. »Ich verabscheue die Römer, aber selbst sie sollten nicht gezwungen sein zu kämpfen, während sich ihre Rippen unter der Haut zeigen.«

Das Tal war breit, die Berge im Osten waren niedrig und fast kahl, aber im Westen erstreckte sich Wald, und die pfeilgerade durchs Tal führende Straße kam an manchen Stellen bis auf weniger als eine Meile an ihn heran. Römische Infanterie, zwanzig Reihen breit und zehn Reihen tief, marschierte energisch und selbstbewusst durch das Tal, im Schutze der Kavallerie. Hinter den Fußsoldaten rumpelten Dutzende von Wagen mit Versorgungsgütern über die Straße und bildeten eine lange, schmale und verwundbare Linie. Doch fünf Reihen tiefe Infanterie schützte den Tross über seine ganze Länge hinweg, ihrerseits flankiert von kleinen Reitergruppen.

Eine ungestüme Horde aus fast tausend Galliern galoppierte auf breiter Front aus dem Wald, schwang Lanzen, heulte und schrie und griff die westliche Flanke des römischen Versorgungszugs an.

Die römischen Reiter, die den Tross bewachten, wandten sich den Galliern zu, und die Infanterie hinter ihnen formte Schildkröten – die Legionäre der vorderen Reihe hielten die Schilde nach vorn, die hinter ihnen nach oben, um ein schützendes Dach zu bilden.

Die Gallier behielten ihre Lanzen und warfen sie nicht wie Speere, als sie mit donnerndem Lärm auf die römischen Reiter stießen, der zwar beeindruckend klang, aber nicht viel ausrichtete – Schilde blockierten die meisten Lanzen. Allerdings stieß die Wucht des Aufpralls viele Römer von den Pferden, und in dem Durcheinander wurden sie auf dem Boden zertrampelt.

Doch die Verteidigungslinie hielt, und die Römer zogen ihre Schwerter, die den Lanzen der Angreifer im Nahkampf überlegen waren. Schon nach kurzer Zeit durchbrachen sie die gallische Linie in der Mitte ...

So hatte es wenigstens den Anschein, als sich die eine Hälfte der Gallier nach Norden wandte und die andere nach Süden. Sie flohen entlang der Straße, verfolgt von der römischen Kavallerie. Andere römische Reiter schwenkten in einem weiten Bogen herum, um ihnen den Fluchtweg abzuschneiden.

Aber hinter der ersten Welle aus Galliern kam eine schmalere, straffere Formation aus gallischer Kavallerie. Die vorderen Reiter waren mit Schwertern und Äxten bewaffnet, und Vercingetorix selbst führte sie an. Hinter ihnen kamen mehrere hundert gallische Reiter mit Fackeln.

Vercingetorix brachte seine Krieger durch eine Lücke in der römischen Kavallerie. Schwerter und Äxte schmetterten auf die Schilde der Schildkröten, und die Gallier hinter ihnen warfen ihre Fackeln über die römische Infanterie hinweg. Die meisten von ihnen fielen vor dem Ziel zu Boden, prallten von Schilden ab und bewirkten nur ein wenig Unordnung in den hinteren Reihen.

Aber einige erreichten Wagen, die schwer mit Getreidesäcken beladen waren. Zehn von ihnen fingen Feuer und gingen in Flammen auf.

Die Schilde schützten die Legionäre vor dem gallischen Stahl vor ihnen, nicht aber vor der sengenden Hitze hinter ihnen. Viele Römer gerieten in Panik und versuchten zu fliehen, wodurch die geordnete Formation auseinander brach. Das wiederum schuf Chaos bei den Infanteriereihen zu beiden Seite der Bresche, als Römer gegen Römer stießen.

Die gallische Kavallerie teilte sich. Die eine Hälfte folgte Vercingetorix durch die Lücke in der römischen Infanterie, gelangte *hinter* die Schildkröten und wandte sich dort den nach Norden rollenden Wagen zu. Die andere Hälfte passierte die Bresche ebenfalls, erreichte die Straße und wandte sich nach Süden.

Gallier ritten in beiden Richtungen die Straße entlang, zwischen den Wagen und Schildkröten. Krieger mit Schwertern und Äxten schirmten Fackelträger ab, die einen Wagen nach dem anderen in Brand setzten.

Als die Wagen Feuer fingen, gerieten die Pferde in Panik und außer Kontrolle. Sie zogen die Wagen kreuz und quer, wodurch sie gegen andere Wagen stießen und Panik und Feuer sich weiter ausbreiteten.

Beide Gruppen der ersten gallischen Angriffswelle ritten inzwischen auf den Wald zu, verfolgt vom größten Teil der römischen Kavallerie, die versucht hatte, ihnen den Weg abzuschneiden. Die übrigen römischen Reiter brachen die Verfolgung ab und kehrten zur Straße zurück, wo die Infanterie, die den Tross bewacht hatte, in

Unordnung geraten war und versuchte, den sich rasch ausbreitenden Flammen zu entkommen.

Keine zehn Minuten waren vergangen, seit die ersten Gallier den Wald verlassen und mit dem Angriff begonnen hatten, als Vercingetorix ein Hornsignal blies. Die restlichen Gallier wandten sich von der Straße ab, durchbrachen die sich auflösende römische Formation und verschwanden kurze Zeit später im Wald, aus dem sie gekommen waren.

Die Hänge des Passes waren steil und mit Felsbrocken übersät, aber nicht so steil, dass nichts auf ihnen wuchs. Schon zeigte sich das Grün von frischem Frühlingsgras. Das Tal war nicht schmal genug, um als Schlucht bezeichnet werden zu können, aber auch nicht breit genug, um eine Bergwiese zu sein.

Vercingetorix hockte hinter einer natürlich wirkenden Ansammlung von Felsen, die seine Männer an der Kammlinie aufeinander gestapelt hatten, und beobachtete den sich nähernden römischen Tross. Dies war keine der direkten Routen durch die Alpen, aber der Pass bot genug Platz für eine Infanteriewache zu beiden Seiten des Wagenzugs.

»Schlaue Beute«, sagte der neben Vercingetorix kauernde Oranix. »Geht nie zweimal in die gleiche Falle …«

»Das klingt anerkennend.«

»Oh, ich weiß es durchaus zu schätzen«, erwiderte Oranix und beobachtete die Römer mit dem aufmerksamen, konzentrierten Blick des Jägers. »Dumme Beute macht die Jagd langweilig.«

Dumme Beute – diese Bezeichnung verdiente Cäsars Heer gewiss nicht. Der erste Angriff auf einen römischen Tross war der leichteste gewesen, denn Cäsar hatte es vermutlich noch nie zuvor mit einer solchen Taktik zu tun bekommen. Aber anschließend ließ er die Wagen mit dem Proviant und den Versorgungsgütern nie wieder auf einer Straße in Kolonne fahren. Jede seiner Legionen marschierte mit ihrem eigenen Tross in der Mitte einer großen Infanterie-Formation. Die Römer vertrauten nicht mehr den Straßen und hielten sich vom Wald fern.

Dadurch bekam Cäsar die Möglichkeit, aus seiner Kavallerie große Spähergruppen zu bilden und sie nach dem »Heer von Gallien« suchen zu lassen.

Vercingetorix hatte seine Streitmacht in drei Hauptgruppen aufgeteilt: die Arverner unter seiner Führung, die Häduer unter Litivak und eine dritte Abteilung aus den Kriegern der kleineren Stämme unter dem Befehl des Atrebaten Comm. Die gallischen Befehlshaber kannten das Gelände weitaus besser als die umherstreifenden römischen Reitergruppen, und deshalb fiel es ihnen leicht, sie in den Hinterhalt zu locken.

Doch Cäsar teilte seine Truppen neu auf, diesmal in legiongroße Einheiten, und ließ die Kavallerie nie zu weit vor der Infanterie reiten; und er schickte sie unabhängig voneinander auf die Suche nach dem Gegner.

Als der Schnee geschmolzen war und die Saat begann, gaben die Römer die Suche nach den gallischen Streitkräften auf, setzten stattdessen den Bauern auf den Feldern zu und plünderten Dörfer. Sie wollten einen Angriff provozieren und die Gallier lange genug in einen Kampf verwickeln, bis sie Verstärkung heranführen konnten.

Vercingetorix griff an, aber nicht so, wie es sich Cäsar wünschte. Er kam nur mit genug Kriegern, um einzelne Legionen zu attackieren, und er kämpfte nur lange genug, um den Proviant zu vernichten. Er erlaubte nie, dass der Kampf länger dauerte als eine halbe Stunde. Losreiten, zum Tross vorstoßen, so viele Wagen wie möglich in Brand setzen, fortreiten, in den Wald fliehen und sich dort zum nächsten Angriff sammeln. Wieder und immer wieder.

Erneut gruppierte Cäsar sein Heer um, diesmal in drei Hauptgruppen, jede mit den Versorgungswagen in der Mitte, jede zu groß, als dass der Feind ihre Linien bis zum Tross hätte durchstoßen können. Aber diese undurchdringlichen Formationen waren zu schwerfällig, um den Gegner zu jagen. Sie konnten nur versuchen, einen selbstmörderischen Angriff zu provozieren, indem sie Dörfer zerstörten, hilflose Menschen versklavten und kleinere Städte plünderten. Mehrere Kriegergruppen aus den kleineren Stämmen desertierten, um in ihre Heimat zurückzukehren, als sich Vercingetorix weigerte, den Köder anzunehmen, und schlauerweise hörte Cäsar damit auf, jene Länder zu verwüsten.

Als auch Litivak offen darüber nachdachte, die gemeinsame Streitmacht zu verlassen, sah sich Vercingetorix gezwungen, eine Beratung seiner wichtigsten Befehlshaber anzuberaumen. Sie fand in der Gesellschaft eines bratenden Keilers und eines Bierfasses statt, tief im Wald und weit von anderen Ohren entfernt, denn Vercingetorix wusste sehr wohl, was er hören würde.

»Dies ist ohne Ehre!«, klagte Critognat.

»Selbst die Arverner nennen Euch einen Feigling!«, stieß Comm hervor. »Und ich bin immer mehr ihrer Meinung!«

»Warum kämpfen, wenn wir nicht einmal unsere eigenen Stämme schützen können?«, fragte Luctor von den Cadurkern. »Was sollen wir unseren Männern sagen, damit sie uns nicht verlassen?«

»Cäsar greift die Bauernhöfe der Stämme an, deren Krieger zu deiner Streitmacht gehören«, sagte Litivak. »Die anderen lässt er in Ruhe.«

»Auf diese Weise will er uns auseinander bringen«, erwiderte Vercingetorix.

»Und damit hat er auch Erfolg«, betonte Litivak. »Liscos *verlangt* jetzt, dass ich meine Männer abziehe. Wenn ich nicht gehorche, bekomme *ich* die Schuld dafür, dass sich Cäsar gegen die Hädur wendet, sobald er mit den Arvernern fertig ist.«

»Aber wenn du nicht gehorchst, wird der Ruhm dir gehören, nicht Liscos«, sagte Vercingetorix.

»*Ruhm?* Welcher Ruhm?«

»Der Ruhm, den Krieg zu gewinnen.«

»Den Krieg zu gewinnen!«, knurrte Critognat. »Wir haben noch nicht einmal eine richtige Schlacht gewonnen!«

»Kein Ruhm!«

»Kein Sieg!«

»Aber auch keine Niederlage«, gab Vercingetorix zu bedenken. »Und wenn jemand von euch eine nennen kann, so möge er jetzt sprechen.«

Verdrießliches Schweigen folgte diesen Worten.

»*Wir gewinnen den Krieg*«, beharrte Vercingetorix. »Wir besiegen die größte Macht der Welt. Cäsar hat sein Heer noch im Winter hierher geführt und wusste, dass er mit dem Proviant auskommen muss, den er mitgebracht hat, bis das Korn auf den Feldern gereift ist und frisches Gras wächst. Aber das Getreide hat gerade erst zu wachsen begonnen, und wir haben die Hälfte dessen zerstört, was die Römer mitbrachten, um bis zum Sommer durchzuhalten. Sie werden Hunger leiden. Cäsar muss sich entweder über die Berge zurückziehen oder mit einem Heer gegen uns kämpfen, dessen Pferde tot sind oder sterben, dessen Legionäre so schwach sind, dass sie sich kaum mehr auf den Beinen halten können. Und *dann* wird Gallien den ruhmreichsten Sieg in der Geschichte der Welt erringen, denn wir werden etwas vollbringen, was kein anderes Volk geschafft hat, weder die Griechen noch Karthago mit Hannibal und all seinen Elefanten – wir werden Rom besiegen und demütigen!«

Mit jener zungenfertigen Rede hatte Vercingetorix seine Streitmacht zusammengehalten, aber er wusste: Um den versprochenen Sieg zu erringen, mussten seine Gefährten bald eine noch viel bitterere Strategie akzeptieren.

Doch derzeit …

Als die Spitze des römischen Versorgungszugs seine Position passierte, sah Vercingetorix, dass er allein von Infanterie bewacht wurde. »Diesmal überhaupt keine Reiter …«, murmelte er.

»Schlaue Beute«, wiederholte Oranix. »Die Römer haben gelernt, dass wir Hänge wählen, die für ihre Pferde zu steil sind.«

Hinter den Felsen auf der Kammlinie lagen Heuballen, um kleinere Felsbrocken gewickelt, damit sie schwer genug waren, und mit klebrigem Pech getränkt. Vercingetorix' Männer warteten auf der anderen Seite des Hangs, entlang der Kammlinie, und waren wie die Heuballen vom Pass aus nicht zu sehen.

Vercingetorix blickte ins Tal, dann zu den Felsen, dann wieder zu den Römern. Die Mitte des Versorgungszugs befand sich jetzt genau unter ihm.

Er hob das Horn an die Lippen und blies das erste Signal.

Überall entlang der Kammlinie setzten seine Männer mit dicken Ästen Felsen in Bewegung. Hunderte von ihnen, groß und klein, rollten den Hang hinunter, lösten dicke Erdklumpen aus dem Boden und rissen weitere Felsen und Steine mit sich. Eine riesige Staubwolke bildete sich, und den Römern donnerte eine gewaltige Geröllawine entgegen.

Trotz der recht großen Entfernung hörte Vercingetorix die entsetzten Schreie der Legionäre. Die vorderen Reihen der römischen Infanterie knieten sich nieder und versuchten vergeblich, die mächtige Welle aus Staub und Felsen mit ihren Schilden aufzuhalten …

… die immer schneller zu werden schien, als sie das Ende des Hangs erreichte, den schmalen Boden des Tals überquerte, gegen die Schilde donnerte und die Legionäre zurückschleuderte, ihren Gefährten entgegen. Die gewaltigen Felsmassen zermalmten und pulverisierten menschliche Körper, erreichten die Wagen, zerstörten Räder und Achsen, ließen die Pferde in Panik geraten, als …

… Vercingetorix das zweite Signal blies. Seine Männer entzündeten die Heuballen und schickten eine zweite Lawine über den Hang, diesmal eine brennende.

Zwar trugen die in Flammen stehenden Heuballen Steine in ihrem Innern, aber sie waren trotzdem leichter als die Felsbrocken und rollten langsamer, ließen schwelendes Gras hinter sich zurück. Als sie den Boden des Tals erreichten, waren sie gerade schnell genug, um durch die dezimierte römische Infanterie bis hin zum chaotischen Durcheinander aus umgekippten und zerschmetterten Wagen zu rollen und alles in Brand zu setzen.

»Wir müssen durchhalten, bis das auf den Feldern wachsende Getreide geerntet werden kann – etwas anderes bleibt uns nicht übrig«, sagte Cäsar. »Die Umstände verlangen, dass wir die Rationen erneut kürzen.«

»Noch einmal?«, stöhnte Tulius und hob seinen Napf, der nur eine Hand voll Getreidebrei enthielt, vermischt mit Gras, um den schwindenden Vorrat an Korn zu strecken. »Die Männer richten bereits hungrige Blicke auf die Pferde, und ich muss zugeben, dass sie auch mir appetitlich erscheinen.«

»Das kann doch nicht Euer Ernst sein!«, entfuhr es dem ehrlich schockierten Labienus. »Ohne die Kavallerie haben wir überhaupt keine Chance.«

»Natürlich nicht«, sagte Cäsar verdrießlich. »Wir haben schon zu viele Pferde verloren, und jetzt gibt es wenigstens genug Gras für jene, die uns geblieben sind.«

»Schade nur, dass es nicht auch *uns* ernährt«, warf Galba ein.

»Vielleicht muss es das, wenn es nötig wird«, sagte Cäsar.

»Das könnt Ihr unmöglich ernst meinen!«

Cäsar aß den restlichen klebrigen und geschmacklosen Brei seiner eigenen Ration, der kaum etwas gegen den dumpfen Schmerz in seiner Magengrube ausrichtete. Meine ich es ernst?, fragte er sich.

Ein Frühlingsregen ging nieder, und Cäsar hätte zu gerne sein Zelt aufgestellt. Aber er bestand darauf, dass seine Befehlshaber und auch er selbst die Mühsal der Legionäre teilten und dass man sie dabei sah.

Wenn die gewöhnlichen Legionäre während des Mittagessens draußen im Regen saßen, so mussten auch sie sich ein Beispiel daran nehmen. Wenn die Männer mit zwei Hand voll grüner Grütze am Tag auskamen, dann durften die Generäle und auch Cäsar nicht mehr zu sich nehmen. Die Moral war auch so schon schlecht genug, ohne dass man sich Geschichten von sagenhaftem Luxus – zum Beispiel einige Löffel Brei mehr – erzählte, über den sich die hohen Offiziere freuten.

»Warum nehmen wir nicht eine der wichtigeren Städte ein?«, schlug Labienus vor. »Einige Siege dieser Art würden die Moral erheblich verbessern. Und wenn sich Vercingetorix uns dann zum Kampf stellt, haben wir ihn, wo wir ihn haben wollen.«

»Und dann müssen wir in jeder eroberten Stadt Garnisonen zurücklassen, um eine feindselige Bevölkerung unter Kontrolle zu halten, während die Rationen für unsere Truppen knapp bleiben. An Vercingetorix' Stelle würde ich in Ruhe beobachten, wie wir eine Stadt nach der anderen besetzen.«

»Vielleicht sollten wir uns nach Süden zurückziehen und es noch einmal versuchen, wenn die Situation besser ist«, schlug Trebonius vor.

»Und was, wenn ich fragen darf, essen wir während des langen Rückzugs, etwa Gras, Würmer und Murmeltiere?«, erwiderte Cäsar mit beißendem Spott. »Und was finden wir vor, wenn wir später zurückkehren, abgesehen von einem größeren gallischen Heer, ermutigt von unserer Schmach?«

Er hielt es für besser, nicht »*falls* wir zurückkehren« zu sagen. Seine vielen Feinde im Senat würden sich die Hände reiben und sich freuen, wenn er mit einem halb verhungerten Heer über die Alpen zurückkehrte, und er bezweifelte, dass man ihm Gelegenheit geben würde, einen zweiten Versuch zu unternehmen.

Bestimmt legte es Vercingetorix genau darauf an. Ich hätte nicht so offen mit ihm sprechen sollen, als ich ihn zu meinem Verbündeten machen wollte. Ich hätte ihn nicht darauf hinweisen sollen, dass die Versorgung des Heers die halbe Schlacht bedeutet. Und was noch schlimmer ist: Ich bin so dumm gewesen, ihm zu sagen, dass die Eroberung Galliens nur der notwendige militärische Auftakt für die politische Eroberung Roms ist.

Selbst Cäsars Generäle wussten *davon* nichts!

Der mit einem übermäßigen Sinn für Ehre ausgestattete Labienus würde es dem Senat melden, dachte er. Und ich müsste damit rechnen, dass mich die meisten anderen allein aus Ehrgeiz verraten. Nein, seit Gisstus' Tod gibt es niemanden mehr, mit dem ich solche Gedanken uneingeschränkt teilen kann. Seit Vercingetorix das Vertrauen missbrauchte, durch das er zu einem solchen Mann hätte werden können.

Ich bin allein.

Es muss mir gelingen, Gallien zu erobern. Ohne meinen Sieg hier bin ich in Rom erledigt. Ein General, der Schande über sich brachte, indem er sich von einer Barbarenhorde besiegen ließ. Eher sterbe ich.

Und bei den Göttern, ich *werde* eher sterben, als so etwas zuzulassen, schwor sich Cäsar.

»Schickt mehr Männer auf die Suche nach Nahrung«, wies er seine Befehlshaber an. »Jagt Rotwild, Wildschweine und *Hasen,* holt alle Mäuse und Maulwürfe aus ihrem Bau. Reißt die Borke von den Bäumen, kratzt das Moos von den Steinen und kocht es zu einer bitteren Suppe. Wir müssen nur lange genug überleben, bis das Korn auf den Feldern reif ist, und *dann* greifen wir jede Stadt in Gallien an, eine nach der anderen, wenn es sein muss, nicht um sie zu halten, sondern um sie zu plündern. Dann *zwingen* wir die Gallier zum Kampf, um sich zu verteidigen. *Dann* vernichten wir sie. *Dann* werden die Gallier eine Niederlage schlucken müssen, die weitaus bitterer ist als alles, das wir derzeit in unseren Näpfen finden.«

Wenn wir Gras essen müssen, dann essen wir eben Gras. Und wenn es nur noch Dung gibt, esse ich auch den. Denn es gibt Bissen, die noch weniger nahrhaft sind als Gras, Schicksale, die schwerer hinunterzuwürgen sind als Dung, und so etwas werde ich *nie* schlucken.

Vercingetorix blickte ins Tal hinab und betrachtete, was er angerichtet hatte. Rußiger Rauch stieg dem blauen Himmel entgegen, und Feuer verbrannte das Korn auf den Feldern, dort, wo es nicht schon zu Asche geworden war. Hier und dort zeichneten die glimmenden Reste von Obstgärten ein hässliches Orange in die geschwärzte Landschaft.

Vercingetorix und Rhia ritten eine Pferdelänge vor der Gruppe aus fünfzig Kriegern. Er hatte die Streitmacht, mit der er ins Tal geritten war, in zwanzig solche Gruppen aufgeteilt. Zu jeder von ihnen gehörte ein Druide, der hoffentlich verhinderte, dass Gallier gegen andere Gallier Gewalt anwendeten.

Vor Vercingetorix erstreckte sich das Tal wie ein goldenes Meer aus reifem Korn und gelegentlichen Stoppeln dort, wo bereits geerntet worden war. An einigen Stellen gab es kleine Gehölze aus Apfelbäumen voller roter Früchte. Schafe grasten auf den grünen Wiesen in der Nähe von Gehöften, deren Kornkammern sich zu füllen begannen; in den Ställen säugten dicke Säue ihre Ferkel, und die ersten Jungen der Hühner, Enten und Gänse waren geschlüpft. Alles deutete auf Wohlstand und Wohlergehen hin.

Vercingetorix hob den rechten Arm und bewegte die Hand im Kreis, als sich seine Gruppe dem kleinen Dorf näherte, den Häusern aus Holz und Flechtwerk, mit Stroh gedeckt, den Kornkammern, Schweineställen, Ententeichen und Wiesen mit den Schafen. Dreißig Krieger schwärmten aus, um die Gebäude in der Mitte des Dorfes einzukreisen, wo sich bereits die Bauern versammelt hatten. Die anderen begleiteten Vercingetorix, um ihn vor erwartetem und nicht ungerechtfertigtem Zorn zu schützen.

Dagavar, Frau von Pithrin, Mutter von Comak, Belandra, Frisa und Dirnor, beobachtete den großen Helden, als er ins Dorf ritt, und Wut füllte ihr verständnisloses Herz. Sie wusste, dass dies Vercingetorix war, denn neben ihm ritt die Kriegerin mit der Bär-Standarte. Es beschämte sie fast, diesen Jungen zu hassen, der kaum sechs Jahre älter als ihr ältester Sohn sein konnte. Aber Dagavar hasste diesen Vergobreten ihres eigenen Stammes, diesen Zauberer und Verwüster des Landes.

Die Druiden wiesen darauf hin, dass Cäsar und die Römer der Feind waren. Sie liebte sie nicht, denn ihr war klar: Wenn die Römer zu Hause geblieben wären, hätte dieser blonde Junge seine Krieger nicht mit der Absicht hierher geführt, das Leben zu zerstören, das Pithrin und sie für ihre Kinder geschaffen hatten.

Aber wie konnte jemand in ihrem Dorf Vercingetorix nicht hassen und fürchten, wenn man bloß in die Richtung blicken musste, aus der er kam, um die Rauchsäulen zu sehen und zu wissen, dass er und seine Krieger die Kornfelder und Bauernhöfe in Brand gesetzt hatten und auch dieses Gehöft niederbrennen wollten?

Und wofür? Damit ein Stamm aus Blutsaugern über sie alle herrschen und ungerechten Tribut verlangen konnte? Um einen Teil des Korns für »Gallien« anstatt für »Rom« zu stehlen?

Der Krieg sollte den Adligen und Kriegern überlassen bleiben, und den Leuten des Landes sollte man gestatten, Korn zu ernten und Vieh zu hüten.

Was war das für ein Krieg, der Bauern in Bettler verwandelte und das Land zerstörte, um es zu bewahren?

Vercingetorix ritt auf den staubigen kleinen Hof, wo sich etwa zwanzig Männer mit ihren Frauen und Kindern eingefunden hatten. Er hielt vor ihnen an und stieg nicht ab; die anderen Krieger blieben an seiner Seite.

»Ich bin Vercingetorix, Befehlshaber des …«

»Der große Held von Gallien!«, rief ein untersetzter grauhaariger Mann verächtlich, was seine Begleiter zu höhnischen Rufen veranlasste. Einige der Männer hatten Sensen, Hacken, Heugabeln und Messer, aber die Präsenz der Krieger hinderte sie daran, diese Geräte drohend zu heben.

»Warum verwüstest du das Land und verbrennst das Korn deines eigenen Volkes?«, fragte eine dickliche Frau, die im gleichen Alter zu sein schien wie der Grauhaarige und neben ihm stand. Zorn blitzte in ihren Augen.

»Um die größere Plünderung ganz Galliens durch Cäsars Legionen zu verhindern«, erwiderte Vercingetorix, so wie immer. »Die Römer würden ohnehin alles stehlen, was zurückbleibt.«

»Von den Römern gestohlen, von dir verbrannt – welchen Unterschied macht es für uns? Wir stehen in jedem Fall mit leeren Händen da.«

Und wie immer griff Vercingetorix in den großen Lederbeutel an seinem Sattel, holte eine Hand voll Goldmünzen hervor und warf sie in ihre Mitte.

»Glaubt ihr, Cäsar bezahlt für das, was er sich nimmt?«

Hände griffen nach den Münzen, aber die Erwachsenen wirkten weniger begierig als die Kinder.

»Glaubst du, wir können dein Gold essen?«

»Genug!«, rief Vercingetorix und ärgerte sich nicht über die Bauern, sondern über sich selbst. Er verabscheute es, dieses unehrenhafte Handeln dauernd wiederholen zu müssen. Aber so wie die Bauern das bittere Opfer in dieser Welt darbringen mussten, damit Gallien frei blieb, so musste er etwas im Land der Legende opfern – seine Ehre.

Denn dort hatte er das Ergebnis jener Opfer gesehen: die Legionen Roms, ein Heer aus Reitern, die mit krummen Rücken ihre abgemagerten Pferde führten, aus Fußsoldaten, die zu schwach waren, um Rüstungen zu tragen, durch eine leblose Landschaft schlurften. Er hatte auch Cäsar gesehen, ein Skelett auf dem Skelett eines Pferds. Eine grässliche und geheimnisvolle Vision, in seine Seele eingebrannt. Jetzt war sie noch grässlicher, denn er wusste, was sie bedeutete. Und was sie erforderte.

Er zog sein Schwert. »Flieht mit dem, was ihr tragen könnt, und verbrennt *alles andere!*«

Das Protestgeheul war so laut, dass die Krieger näher an Vercingetorix heranrückten und ebenfalls ihre Schwerter zogen.

»Wenn ihr euch weigert, kümmern wir uns darum! Weder Nahrungsmittel noch Futter dürfen für die Römer zurückbleiben. Sie würden alles nehmen, was sie finden können – ihr verliert also nichts, was ihr nicht ohnehin verlieren würdet!«

»Und was machen wir, wenn wir das, was wir tragen konnten, aufgegessen haben?«, rief ein Alter.

»Was wir alle für Gallien tun müssen: Opfer bringen und leiden.«

Diese Worte stammten von Guttuatr, der hinter den Bauern stand. Plötzliche Stille herrschte, als sich die Leute umdrehten und einen Druiden sahen, gehüllt in einen weißen Umhang und mit einem Stab, gekrönt von einer Sternschnuppe. Dann ein Flüstern, wie Wind, der durch den Wald strich.

»Der Erzdruide!«

»Guttuatr höchstpersönlich!«

Die Bauern wichen vor dem Erzdruiden beiseite, als er langsam zu Vercingetorix ging und sich dort umdrehte, um Worte an sie zu richten, die er inzwischen schon oft gesprochen hatte. Dadurch war er alt geworden. Mehr Falten zeigten sich in seinem Gesicht, und die Nase erinnerte nicht mehr an den Schnabel eines stolzen Raubvogels. Die Augen zeigten nicht mehr die alte Stärke, und der Mund brachte nicht mehr die frühere Entschlossenheit zum Ausdruck. Etwas hatte den Mann verlassen, der den Amtsstab des Erzdruiden hielt. Vielleicht war sogar die Kraft aus dem Stab gewichen.

»Druiden haben sich nie in die Angelegenheiten des Krieges eingemischt ...«

»Auch keine rechtschaffenen Bauern!«

»Sollen sich die Krieger gegenseitig umbringen und uns in Ruhe lassen!«

»Aber sind die Römer bereit, uns zu verschonen?«, fragte Guttuatr. »Sie führen Krieg gegen die Seele Galliens, und *alle* Gallier müssen Opfer bringen, um sie zu retten! Krieger müssen ihr Leben opfern, Bauern ihr Korn und Vieh ...«

Er zögerte und richtete einen vorwurfsvollen Blick auf Vercingetorix, drehte sich dann wieder um. Als er erneut sprach, hörte Vercingetorix in seinen Worten eine für ihn bestimmte Botschaft.

»Und Druiden bringen das größte aller Opfer«, sagte Guttuatr.

»Ach, und was opfert *Ihr*, Erzdruide?«

»Mehr als ihr wissen könnt ...«, sagte Guttuatr ernst. Seine Unterlippe zitterte wie die eines senilen Greises. »Vielleicht mehr, als *ich* wissen kann ... Vielleicht opfere ich letztendlich das, was ich zu bewahren versuche ...«

»Er verspottet mich, Brutus«, sagte Cäsar.

Ebenso wie die Landschaft dieses verdammten Landes und sogar das Wetter, dachte er.

Er ritt etwa ein Dutzend Pferdelängen vor der Vorhut seines hungernden Heers, begleitet nur von dem jungen Offizier, dem er immer mehr die Rolle eines Sohnes zuwies, den es zu unterweisen galt, oder die eines Vertrauten, mit dem er seine Gedanken teilen konnte – Gedanken, die immer finsterer wurden, während er tagsüber hungerte und nachts keine Ruhe fand.

Der klare blaue Himmel, an dem sich hier und dort einige blütenweiße Wolken zeigten, und die sommerliche Sonne, die seine Haut wärmte, verspotteten ihn mit Erinnerungen an bessere Zeiten und ein angenehmeres Klima. Am nordwestlichen Horizont zeigten sich grünes Gras und Wälder an den Hängen von Hügeln und Bergen.

Doch hier ritt Cäsar durch die Landschaft, die er in seiner Fallsucht-Vision gesehen hatte: verbrannte Felder und Wiesen, wo grüne Triebe, die hier und dort durch die Asche stießen, das einzige

Zeichen von Leben waren; Aasvögel stritten sich um das wenige Fleisch, das an den Knochen verkohlter Tiere klebte.

Und im Nordosten, in Marschrichtung, zeigten sich bereits die schwarzen Wolken von Rauch am Horizont. Die ganze Zeit über waren sie durch eine derartige Ödnis unterwegs, und immer hingen vor ihnen dunkle Wolken. Vercingetorix' Streitmacht bildete nun eine große Gruppe, wie ein saftiger Köder vor dem römischen Heer. Sie blieb fast in Reichweite der Spähgruppen, aber weit genug entfernt, um von Kavallerie und Infanterie nicht erreicht werden zu können. Ständig wich sie zurück und verwüstete dabei das Land.

»Wie lange kann es noch so weitergehen, Cäsar?«, fragte Brutus, als hätte er Cäsars Gedanken erraten, wozu man unter den gegenwärtigen Umständen kein griechischer Seher sein musste.

»Bis wir die Gallier zum Kampf stellen und vernichtend schlagen«, erwiderte Cäsar. »Wie lange auch immer es dauern mag.«

»Aber es könnte eine Ewigkeit dauern«, murmelte Brutus kummervoll.

»Vercingetorix ist ein schlauer General«, sagte Cäsar. »Er macht genau das, was ich an seiner Stelle tun würde. Er sieht sich mit einem überlegenen Gegner konfrontiert, verleitet ihn zu einer endlosen Verfolgungsjagd und zerstört alles, während er sich vor uns zurückzieht. Auf diese Weise zwingt er uns, durch eine Wüste zu marschieren.«

»Die Strategie eines Feiglings«, sagte Brutus steif.

»Aber wirkungsvoll.«

»Solange er sie beibehalten kann«, meinte Brutus.

»*Was?*«, entfuhr es Cäsar. Plötzlich sah er einen Hoffnungsschimmer. »Du hast absolut Recht, mein kluger junger Freund!«

»Habe ich das ...?«, erwiderte Brutus unsicher und wirkte so verwirrt, dass Cäsar fast laut gelacht hätte.

»Für die Gallier sind Ehre und Ruhm wichtiger als alles andere, und das wird ihr Untergang sein!« Und dann lachte Cäsar tatsächlich, nicht über Brutus, sondern über seine eigene Torheit.

Ich bin blind gewesen, dachte er. Durch Hunger, Verzweiflung und Gewohnheit. Es ist nicht mehr Winter, und es ist auch nicht mehr Frühling. Wir sind im Sommer, mitten in der Erntezeit, und ich habe mich von einem gerissenen Bürschchen an der Nase herumführen lassen.

»Was ist los, Cäsar? Worüber habt Ihr gelacht?«

»Über mich selbst, Brutus, über mich selbst! Ich bin ein Narr gewesen. Hier ist eine Lektion für dich: Ein General darf nie auf einer ehemals klugen Entscheidung beharren. Eine Strategie, die früher sinnlos gewesen wäre, könnte sich nun als nützlich erweisen.«

»Ich verstehe nicht ...«

Cäsar blickte zu dem in der Ferne aufsteigenden Rauch. »Dann versteht *er* vielleicht auch nicht«, sagte er.

»Ich kann Euch nicht folgen, Cäsar«, entgegnete Brutus.

»Ich habe die Augen vor dem Offensichtlichen verschlossen. Aber das ist jetzt vorbei. Im Winter und im Frühling wäre es auf eine Katastrophe hinausgelaufen, einer Stadt ihre Vorräte zu nehmen. Aber jetzt im Sommer ... Es gibt da einige Städte kleinerer Stämme, die bisher klugerweise versucht haben, sich aus Vercingetorix' ruinösem Krieg herauszuhalten ...«

»Zum Beispiel die Bituriger?«

»Genau, mein junger Freund, genau! Vercingetorix hat ihr Land bisher gemieden, aus Furcht davor, sich weitere Feinde zu schaffen.«

Cäsar wendete sein Pferd. »Jetzt zwingen wir ihn, *uns* zu folgen! Nach Avaricum! Bestimmt haben die Bituriger ihre Ernte in die Stadt gebracht, um sie vor dem draußen herrschenden Chaos zu schützen.«

»Aber Vercingetorix findet sicher heraus, wohin wir ziehen. Wir sind größtenteils zu Fuß unterwegs, und ihm stehen gut genährte Pferde zur Verfügung – bestimmt erreicht er das Ziel vor uns.«

»Genau!«, sagte Cäsar. »Bete zu den Göttern, dass das der Fall ist!« Er lachte erneut, diesmal noch herzhafter. »Wenn ich es mir so überlege ... Warum überhaupt die Götter mit solchen Bitten belästigen? Vercingetorix sitzt in der Falle, Brutus!«

Im vollen Galopp ritt er los, um seine Befehle zu erteilen.

Vercingetorix hatte Critognat, Litivak, Comm, Luctor und Cottos zu einer kleinen Waldlichtung ein Stück von ihrer Streitmacht entfernt bestellt, um sich dort mit ihnen zu beraten. Der Nachthimmel war mondlos, aber voller Sterne, und leider zeigte er keines jener Omen, die ihm Einblick in Cäsars Geist gewähren konnten. Ein junger Keiler briet an einem Spieß über dem Feuer, an dem sie saßen, doch in den Flammen hielt Vercingetorix vergeblich nach Visionen Ausschau. Das Fass Bier, in das sie gelegentlich Trinkhörner tauchten, bot ebenfalls keine.

Seit fünf Tagen hatte Cäsars Heer die nutzlose Verfolgung aufgegeben und marschierte stattdessen durch bereits verbranntes Land. An diesem Tag hatte Vercingetorix sich mit seiner Streitmacht auf einem Hügel im Südosten gezeigt, doch Cäsar war nicht bereit gewesen, den Köder anzunehmen – er setzte den Weg nach Nordwesten fort.

»Er hat ein Ziel«, sagte Vercingetorix. »So viel ist klar.«

»Man muss kein Großer Anführer von Kriegern sein, um das zu erkennen«, brummte Comm.

»Aber wohin will er?«, fragte Luctor. »Und warum?«

»Was sollte es uns kümmern?«, warf Critognat ein. »Wohin auch immer er zieht: Wir sind schneller als er. Jetzt können wir den Spieß umdrehen, *ihn* jagen und sein Heer zerschlagen.«

Vercingetorix wusste, dass Critognat den meisten Galliern aus dem Herzen sprach. Mit der Moral stand es nicht zum Besten, seit sie damit begonnen hatten, Gallien zu verwüsten und zu verbrennen, aber jetzt, da Cäsar eine Initiative ergriff, die Vercingetorix nicht erklären konnte, wurde es noch schlimmer. In seinen dunkleren Momenten brachte selbst Litivak seiner Führung offene Skepsis entgegen.

»Es ist noch nicht so weit«, sagte Vercingetorix trotzdem.

»Das behauptet Ihr immer!«, stieß Critognat hervor. »Warum nicht *jetzt?«*

»Wir müssen geduldig sein. Die Zeit ist auf unserer Seite. Die Römer werden mit jedem Tag schwächer.«

»Auch das behauptet Ihr immer!«

»Weil es stimmt.«

»Arrgah!«, knurrte Critognat und warf voller Abscheu die Arme hoch. »Wir verhalten uns wie Feiglinge, die Pfeile auf einen Löwen abgeschossen haben, zurückweichen und darauf warten, dass er verblutet – weil es ihnen an dem Mut mangelt, das zu tun, was die Ehre verlangt!«

Litivak war die ganze Zeit über sehr schweigsam gewesen, aber als Critognat das ausgesprochen hatte, was seine Krieger dachten, wurde es auch für ihn Zeit, seine Meinung zu sagen.

»Die Zeit ist *nicht* auf unserer Seite«, begann Litivak. »Die Körper der Römer mögen durch den Hunger geschwächt sein, aber der andauernde feige Rückzug schwächt unseren Geist. Mit der Verwüstung unseres eigenen Lands säen wir Hass unter unserem Volk …«

»… und dadurch hassen wir uns selbst, tief in unserem Herzen!«

»Wohl gesprochen, Cottos!«, erklärte Critognat. »Ich sage: Es wird Zeit, dass wir uns daran erinnern, was es bedeutet, Gallier zu sein. Lasst uns angreifen, bevor unsere Krieger den letzten Rest Kampfgeist verlieren.«

»Genau dazu möchte uns Cäsar bringen«, sagte Vercingetorix. »Und nur ein Narr nimmt die Einladung eines Feindes an.«

»Er ist verzweifelt«, meinte Luctor. »Ein Grund mehr, jetzt zuzuschlagen.«

»Er ist verzweifelt *und* schlau«, betonte Vercingetorix.

»Und was schlägt der schlaue Vercingetorix vor?«, fragte Litivak, überrascht von der Schärfe in seiner eigenen Stimme.

»Wenn wir die Strategie fortsetzen, die Cäsar zur Verzweiflung gebracht hat, erringen wir schließlich den Sieg.«

»Bis dahin sind wir alle alt und haben Bärte bis zum Bauchnabel!«, donnerte Critognat. »Bis dahin sind wir im Land der Legende! Und welche ruhmreiche Geschichte sollen wir den Helden erzählen, denen wir dort begegnen?«

»Ich sage dir, Vercingetorix: Dein ›Heer Galliens‹ wird nicht mehr lange existieren, wenn es so weitergeht«, verkündete Litivak.

»Was bedeutet das?«

Litivak zögerte, um einen großen Schluck Bier zu trinken. Besser gesagt: Er trank einen großen Schluck Bier, um eine Pause einzulegen. Doch nachdem er getrunken hatte, musste er eine Antwort geben.

»Es bedeutet, dass ich meine Männer nicht mehr lange unter deinem Oberbefehl halten kann«, sagte er.

»*Kannst* du es nicht, oder *willst* du es nicht?«, fragte Vercingetorix.

»Ich möchte nicht die Loyalität meiner Männer verlieren, indem ich einer Strategie folge, an die ich ebenso wenig glaube wie sie. Und ich muss meinem Vergobreten gehorchen, wenn Liscos schließlich genug Mut aufbringt, um mir den Rückzug zu befehlen.«

»Andernfalls verlierst du die Chance, seinen Platz einzunehmen, nicht wahr, Litivak?«

»Wer gibt *dir* das Recht, *mir* einen so bescheidenen Ehrgeiz vorzuwerfen, Großer Anführer von Kriegern und Möchtegern-König von Gallien?«

»Wohl gesprochen, Litivak«, gestand Vercingetorix leise, Worte, die Litivak zu Herzen gingen. Aber trotzdem …

»Ganz gleich, was *ich* möchte oder nicht: Meine Häduer folgen keinem Anführer, der sie dorthin bringt, wohin sie nicht gehen wollen.«

»Meinst du mich oder dich selbst?«

Litivak seufzte und beruhigte sich durch einen weiteren Schluck Bier. »Sowohl als auch«, sagte er. »Meine Männer folgen mir nicht mehr, wenn ich einem Arverner folge, der uns dorthin führt, wo es nur Schmach gibt. Inzwischen sind sie bereit, jedem zu folgen, der sie dorthin führt, wohin sie wollen.«

»Und wohin wollen sie?«

»Sie möchten nach Hause oder das römische Heer angreifen, auf seinem verzweifelten Marsch zu einem unbekannten Ziel …«

Litivak unterbrach sich plötzlich, als er begriff.

Natürlich!

»Oder sie wollen herausfinden, wohin die Römer marschieren – um jenen Ort vor ihnen zu erreichen!«

»Ja!«, rief Vercingetorix.

»Ja was?«

»Ja, ich weiß, wie wir diesen Ort vor ihnen erreichen.« Vercingetorix erinnerte sich an jenen Tag, als er zum ersten Mal eine römische Straße gesehen hatte, pfeilgerade von Horizont zu Horizont, wie ein steinernes Schwert, das durch die Landschaft stieß. Cäsar war derzeit nicht auf einer solchen Straße unterwegs, aber seine Legionen marschierten so, als wäre das der Fall. Und darin bestand sein römischer Fehler.

Er griff nach einem Stück Holz und kratzte damit eine grobe Skizze in den Boden.

»Seht nur! *Hier* hat Cäsar aufgehört, uns zu verfolgen.« Vercingetorix markierte die Stelle mit einem X. »Und *hier* war er am zweiten Tag, und *hier* am dritten, und am vierten, und am fünften.«

Er verband die fünf Markierungen, und eine Linie entstand.

»Gerade wie ein Pfeil!«, bemerkte Comm.

»Und wohin zeigt der Pfeil ...?«

»Bei den Göttern, natürlich!«, entfuhr es Luctor. »Zum Land der Bituriger!«

»Die sich aus dem Krieg herausgehalten haben«, sagte Litivak.

»Und deren Land weder wir noch die Römer betreten haben«, fügte Cottos hinzu.

»Und die deshalb die Ernte einbringen konnten!«

»Um sie *hier* zu lagern.« Vercingetorix rammte das Stück Holz in den Boden. »In Avaricum!«

»Natürlich! *Darauf* haben es die Römer abgesehen!«

Vercingetorix nickte. »Ihre letzte Hoffnung, sich Proviant zu beschaffen«, sagte er. »Und da wir Cäsars Ziel kennen, können wir es leicht vor ihm erreichen.«

»Und wenn er dort eintrifft, fallen wir über ihn her!«, freute sich Critognat.

»Nein«, widersprach Vercingetorix. »Wir brennen die Kornkammern von Avaricum nieder und sorgen dafür, dass es nirgends in der Stadt Nahrung für Menschen und Pferde gibt.«

Verblüfftes Schweigen folgte. Man hörte nur den fernen Schrei einer Eule und das letzte Quieken eines kleinen Tiers, das irgendwo in der Nähe einem größeren zum Opfer fiel.

»Was?«, heulte Litivak und sprang auf. »Bist du verrückt geworden?«

Bin ich das?, fragte sich Vercingetorix. Aber die Logik einer derartigen Maßnahme war so kalt und klar und hart wie ein Schwert aus Eis. Sie durften Cäsar nicht hier in Gallien schlagen, sondern dort, wo er geschlagen werden musste, wenn kein anderer Cäsar kommen sollte, um ihn zu rächen.

In Rom.

Vercingetorix stand ganz langsam auf, drehte sich um und trat einen Schritt zurück zum Feuer, auf dass es ihm den Rücken wärmte, bis die Hitze fast schmerzhaft wurde. Was er seinen Gefährten jetzt sagen musste, war besonders schwer, denn er wusste, dass Gallier andere Vorstellungen mit dem Krieg verbanden. Und er wusste auch: Der einzige Mann in ganz Gallien, der ihn verstehen und sogar bewundern würde, war genau der Mann, den er besiegen wollte, Gajus Julius Cäsar.

»Hier ist der große, endgültige Sieg, den ich euch versprochen habe«, sagte Vercingetorix. »Sogar ein noch größerer Sieg als der in diesem einen Krieg. Indem wir selbst einen so hohen Preis dafür bezahlen, dass wir Cäsars letzte Hoffnung auf Proviant zerstören und ihn zurückkriechen lassen über die Alpen, auf dass er nicht im Triumph nach Rom zurückkehrt, sondern in Schande, zeigen wir jedem römischen General, der nach Rache oder Ruhm dürstet, wie viel uns unsere Freiheit bedeutet und dass es völlig unmöglich ist, unseren Widerstandswillen zu brechen. Wir führen den Römern auch vor Augen, was mit jenen geschieht, die es versuchen. Wir besiegen Rom nicht nur für unsere Generation und die unserer Kinder und Enkel, sondern für immer und ewig, für alle kommenden Äonen.«

»So etwas können wir nicht tun!«, ächzte Litivak.

»Wir können Avaricum leicht vor Cäsars Heer erreichen«, sagte Vercingetorix ruhig.

»Du würdest die Kornkammern von Avaricum nicht niederbrennen und die dortigen Menschen dem Hungertod preisgeben, wenn es eine *arvernische* Stadt wäre!«, schrie Litivak zornig.

»Ich würde Gergovia selbst in Brand setzen, wenn es keine andere Möglichkeit gäbe!«, rief Vercingetorix ebenso aufgebracht.

Er sah etwas Schlimmeres als Zorn oder sogar Hass in Litivaks Augen: ein so kummervolles Mitleid, dass Hass ein Segen gewesen wäre. Vercingetorix spürte, wie sich dieses Mitleid einen Weg in sein Herz bahnte, Mitleid um sich selbst und das, was er werden musste. Aber war er nicht Vercingetorix, von den Göttern dazu ausersehen, König von Gallien zu werden? Hatte er nicht außerhalb der Zeit gestanden und in einer Vision sein Leben darin gesehen? Also gab es gar keine Wahl für ihn. Er musste sein Herz hart werden lassen und seinen Willen stählen. Nur dadurch konnte er Gallien retten und sein Schicksal erfüllen.

»Wir müssen diesen Krieg um jeden Preis gewinnen«, sagte er. »Denn sonst stirbt Galliens Seele. Uns bleibt keine Wahl.«

»Auch um den Preis deiner Ehre?«, fragte Litivak.

»Wenn es sein muss.«

Litivak trat zwei lange Schritte fort von Vercingetorix und drehte sich dann zu den anderen um. »Das Schlimmste daran ist: Dieser schändliche Plan wird funktionieren, und das wisst ihr!«

Comm nickte, widerstrebend und mit grimmiger Miene. Cottos und Luctor wandten den Blick von Litivak und Vercingetorix ab.

»Die Bituriger haben nicht einen einzigen Mann geschickt, um uns zu helfen«, sagte Critognat. »Mit ihrer Feigheit haben sie sich Sicherheit vor den Römern erkauft. Sollen die Mistkerle für unseren Sieg bezahlen! Das ist nur recht und billig!«

Als er diese Worte von dem schlichten alten Krieger hörte, wusste Vercingetorix, dass er eine genügend große Streitmacht behalten würde, um diese notwendige und schreckliche Maßnahme zu ergreifen. Wenn Critognat verstand, so verstanden auch die arvernischen Krieger, die ebenso dachten wie er. Und um zu tun, was getan werden musste, reichten die Streitkräfte der Arverner.

»O ja, dein Plan wird funktionieren, *Großer Anführer von Kriegern«,* sagte Litivak verächtlich. »Aber du kannst dich nicht länger

›Anführer großer Krieger‹ nennen, Vercingetorix, Sohn des Keltill. Denn kein großer Krieger würde einen solchen Preis für den Sieg zahlen. Dein Plan wird in *dieser* Welt funktionieren, aber er ist ohne Ehre. Er ist falsch! Du hast so viel Zeit damit verbracht, gegen Cäsar zu kämpfen, dass du anfängst, wie ein Römer zu denken!«

»Die Römer kämpfen nur, um zu gewinnen«, erwiderte Vercingetorix. »Und das müssen wir ebenfalls, wenn wir sie schlagen wollen.«

»Die Häduer werden nicht an der Seite eines Mannes kämpfen, der solche Gräueltaten begeht.«

»Und die Cadurker ebenso wenig«, fügte Luctor hinzu.

»Müssen wir Feinde werden, um den Feind zu besiegen?«, fragte Litivak und spuckte ins Feuer, als wäre es Vercingetorix' Gesicht. Gefolgt von Luctor trat er aus dem Schein des Lagerfeuers und verschwand im dunklen Wald.

XIV

»Nur noch zwei Tagesmärsche, und wir sind da«, sagte Tulius. »Aber Vercingetorix' Streitmacht erreicht Avaricum vor uns.«

»Ausgezeichnet«, erwiderte Cäsar. Er war in guter Stimmung, trotz einer weiteren Kürzung der Rationen – jetzt gab es nur noch *eine* Hand voll Brei am Tag.

»Was ist so schön daran?«, fragte Labienus. »Es bedeutet, dass ihm Zeit genug bleibt, seine Krieger in die Stadt zu bringen. Es bedeutet eine Belagerung.«

»Genau«, bestätigte Cäsar.

Cäsar, Labienus, Tulius und Gallius saßen vor Cäsars Zelt und schlürften ihre Portionen der geschmacklosen Brühe – alle sollten sie dabei sehen. Heute schien sie noch wässriger und grüner zu sein, denn es wurde immer mehr Gras beigemengt.

Dionysos beschütze mich!, dachte Cäsar. Ich beginne allmählich, dieses Zeug zu genießen! Doch sein knurrender Magen wollte dem nicht zustimmen. Geduld, sagte er sich und leckte den Rest vom Löffel. Bald bekommst du wieder etwas Ordentliches zu essen.

»Ihr *möchtet* eine Belagerung?«, fragte Labienus verwundert.

»Warum ein Rudel Wölfe angreifen, das dabei ist, eine Falle zu betreten?«, erwiderte Cäsar. »Warum nicht warten, bis die Wölfe darin sind und den Ausgang hinter sich versperrt haben?«

»Ihr geht davon aus, dass Vercingetorix den Fehler macht, sich auf eine Belagerung einzulassen«, sagte Labienus skeptisch.

»Warum bauen die Gallier befestigte Städte auf Hügelkuppen?«

»Weil es ein Vorteil ist, aus einer solchen Festung heraus zu kämpfen?«, vermutete Labienus, dessen Verwirrung jetzt komplett war.

Cäsar lachte. Labienus war ein großartiger Taktiker und mitreißender Anführer, ein General, wie ihn sich Soldaten wünschten. Vielleicht fiel es ihm *deshalb* schwer, sich vorzustellen, einen Kampf mit anderen Mitteln als mit Schwertern und Tapferkeit zu gewinnen.

»Erklärt es ihm, Gallius«, sagte er.

»Es *ist* ein Vorteil, wenn ein gallischer Stamm einen anderen belagert«, wandte sich der Cheftechniker an Labienus. »Aber die Gallier kennen keine *römischen* Belagerungsmaschinen. Sie machen sich in die Hosen, wenn sie den von mir konstruierten Sturmbock sehen!«

Er richtete einen bittenden Blick auf Cäsar. »Ich wünschte, Ihr würdet mir den Einsatz der Katapulte erlauben. Ich glaube, ich habe die Formel für das griechische Feuer verbessert. Ich würde sie gern ausprobieren.«

»Wir möchten die Kornvorräte von Avaricum *in unseren Pfannen* rösten, Gallius«, erwiderte Cäsar trocken. »Nicht in den Kornkammern der Stadt.«

»Könnten wir wenigstens tote Pferde über die Stadtmauern schleudern? Oder Kühe oder Hunde, es spielt eigentlich keine Rolle. Man bedeckt sie zur Hälfte mit Wasser, lässt sie in der Sonne liegen, bis sie voller Maden sind, und dann …«

»Etwas Seltsames geschieht, Cäsar!«

Brutus kam aufgeregt auf das Zelt zugelaufen. Wenn er ein Pferd gewesen wäre, hätte er Schaum vor dem Maul gehabt.

»Was ist nicht seltsam in diesem seltsamen Land?«, fragte Cäsar.

»Es kam zu Unstimmigkeiten zwischen den Arvernern und Häduern …«

»Jetzt überrascht Ihr uns gleich mit Geschichten von Katzen, die sich mit Hunden streiten«, sagte Tulius.

»Unsere Späher haben gesehen, wie die Gallier außerhalb von Avaricum ihr Lager aufschlugen. Aber sie haben auch beobachtet, dass Litivaks Häduer fortritten!«

»So, so …«, murmelte Cäsar.

Vercingetorix' Bündnis mit Litivaks Kriegern *war* immer so natürlich gewesen wie ein Bündnis zwischen Hunden und Katzen, und genau deshalb hatte Cäsar bisher darauf verzichtet, die Häduer in ihrer Heimat anzugreifen. Er war davon ausgegangen, dass die Gefahr eines solchen Angriffs den Vergobreten irgendwann dazu veranlassen würde, die Krieger zurückzurufen. Aber offenbar ging es Litivak nicht nur darum, Vercingetorix in seinem Kampf zu unterstützen; er wollte auch die Nachfolge des rückgratlosen Liscos antreten. Und solange der Krieg das Land der Häduer verschonte, fehlte es dem gegenwärtigen Vergobreten an der politischen Autorität, den Rückzug seines Rivalen zu *befehlen.*

Und jetzt war Litivak fortgeritten.

Warum?, fragte sich Cäsar. Haben ihn die eigenen Männer dazu gezwungen? Oder hat er begriffen, dass er kaum eine Chance hat, an Liscos' Stelle zu treten, wenn wir Vercingetorix' so genanntes »Heer von Gallien« schlagen und er dann noch immer zu seinen Verbündeten zählt?

Wie dem auch sei …

»Bring Litivak zu mir, Brutus«, sagte Cäsar. »Ich möchte mit ihm reden.«

»Wie soll ich das anstellen?«, fragte Brutus bedrückt.

»Lass dir was einfallen, Brutus! Ergreif die Initiative! Garantiere ihm sicheres Geleit. Biete ihm Gold an. Erzähl ihm irgendeine Lüge. Es ist mir gleich, auf welche Weise du ihn hierher holst.«

»Ja, Cäsar«, sagte Brutus und zeigte sich nicht sonderlich begeistert von dieser Chance, seine Kompetenz zu beweisen. Er drehte sich um und wollte fortgehen.

»Halt!«, rief Cäsar und begriff plötzlich, dass er einem Teil des Berichts zu wenig Aufmerksamkeit geschenkt hatte. »Die Gallier haben ihr Lager *außerhalb* von Avaricum aufgeschlagen? Sie sind nicht in die Stadt geritten?«

»Nein, Cäsar.«

»Aber *warum*?«, fragte Labienus.

»Ja, warum?«, murmelte Cäsar.

Und dann fiel es ihm ein. Die Antwort kam wie eine frohe Vision von den Göttern.

»Natürlich!«, entfuhr es ihm. »Es ist doch ganz klar!«

»Ist es das?«, fragte Tulius.

»Ja, wenn man die Sache aus dem Blickwinkel der Bituriger sieht! Sie haben sich lange genug aus dem Krieg herausgehalten, um die Ernte einzubringen und in der Stadt zu lagern. Jetzt kommt Vercingetorix mit einer Streitmacht, die Nahrung braucht, und wir sind dicht hinter ihm. Würdest *du* eine Rattenhorde in deine Kornkammern lassen, um sie vor einem Heuschreckenschwarm zu schützen? Den Biturigern kann wohl kaum daran gelegen sein, dass Vercingetorix' Streitmacht ihre Vorräte verzehrt und außerdem eine römische Belagerung provoziert. Nun, dies ändert alles!«

»Tatsächlich?«

»Vercingetorix lagert außerhalb der Stadt, weil man ihn nicht hereinlässt! Wie ich die Gallier kenne, streiten sie noch immer darüber! Wenn wir Glück haben, muss er sich den Weg in die Stadt freikämpfen!«

Cäsar sprang auf.

»Labienus! Tulius! Wir brechen sofort auf! Wenn wir die ganze Nacht marschieren, erwischen wir Vercingetorix im Freien, vor dem Schutzwall einer Stadt, die ihm noch immer verschlossen ist. Und dann zermalmen wir ihn an jenem Wall, wie eine Nuss zwischen Hammer und Amboss!«

Zuerst hatten die Bituriger allen den Zugang zur Stadt verboten, aber sie konnten wohl kaum den Erzdruiden zurückweisen. Deshalb schickte Vercingetorix Guttuatr, um mit ihnen zu verhandeln. Eine Stunde später kehrte er zurück: Jarak, Vergobret der Bituriger, war bereit, Vercingetorix zu Gesprächen in der Stadt zu empfangen, aber nur begleitet von seiner Standartenträgerin, Guttuatr und sechs Kriegern. Und zu Fuß.

Zwanzig biturigische Krieger eskortierten Vercingetorix, Rhia, Guttuatr, Baravax und fünf arvernische Krieger, als sie durch die Stadt zum Großen Saal schritten. Die Bär-Standarte der Arverner wurde bestenfalls von grämlichen Grimassen begrüßt, schlimmstenfalls von Flüchen. Aber wenigstens ließ sich niemand dazu hinreißen, mit Dung oder Dreck zu werfen.

Avaricum war kleiner als Gergovia, schien aber ein ganzes Stück reicher zu sein. Die Nähe von Tulius' Garnison im Winter und das Vorrücken von Cäsars Heer im Frühling hatte den Biturigern den Vorwand geliefert, sich nicht an dem Krieg zu beteiligen. Auf dem Weg durch die Stadt sah Vercingetorix, wie sehr Avaricum von der feigen Neutralität und dem Handel mit Rom profitiert hatte. Kein Wunder, dass die Bewohner der Stadt den Befehlshaber des Heers von Gallien nicht willkommen hießen. Die Leute wirkten gut genährt. Marktstände boten Fleisch, Obst, Gemüse und Bier an, auch Amphoren mit römischem Wein und Olivenöl, Körbe mit Gewürzen, Tuchballen, Schmuck und sogar Schriftrollen, die nur von römischen Händlern stammen konnten.

Ironischerweise wies an den Außenmauern des Großen Saals nichts auf den Versuch hin, römischen Stil nachzuahmen. Drinnen sah die Sache anders aus. Römische Gobelins verbargen Stein und Holz der Wände, zeigten Ziegenmänner, nackte Frauen, unglaublich üppige Wälder, monströse Meerestiere, Götter und Göttinnen. Nicht das Licht von Fackeln verstärkte den Sonnenschein, der durch die schmalen Fensterschlitze fiel, sondern das von großen Öllampen aus Messing. Ein Mosaik aus vielen bunten Fliesen bedeckte den Boden und präsentierte das Bild einer Meeresküste, die kein Gallier jemals gesehen hatte. Auf der einen Seite bildeten Marmorsitze mehrere halbkreisförmige, nach oben führende Reihen, ganz offensichtlich eine Imitation des römischen Senats.

Etwa die Hälfte der Plätze war besetzt; dort saßen biturigische Adlige, insgesamt etwa sechzig. Manche von ihnen trugen Kleidung und Schmuck im Stile Roms, einige sogar Togen. Bewaffnete Krieger sah Vercingetorix nicht unter ihnen. Vielleicht wollte man ihm damit ein Zeichen geben; oder es war ein Hinweis auf die Situation in Avaricum.

Jarak stand allein vor den Sitzreihen des biturigischen »Senats«, und zumindest er war ganz wie ein Gallier gekleidet: in eine gelbblaue Hose, ein weißes Leinenhemd und ein ledernes Wams. Aber er trug keinen Helm und auch keine Waffen. Das blonde Haar war ergraut, und Falten des Alters durchzogen die sonnengebräunte Haut, aber Jarak wirkte noch immer sehr vital. Vercingetorix spürte seine Kraft, als er sich näherte und ihn zur Begrüßung umarmte.

Die Kriegerin an Vercingetorix' Seite trug die Bär-Standarte der Arverner, sicher das am meisten gehasste Stammessymbol in Avaricum, doch derzeit wünschte sich Jarak, ein Bär zu *sein*. Dann hätte er mit der Umarmung das Leben aus diesem arroganten jungen Helden quetschen können, der bestimmt nicht gekommen war, um der Stadt irgendetwas Gutes zu bringen.

Aber das Symbol der Bituriger war die Eule, der Vogel der Weisheit, nicht der Bär, und als Eule hatte Jarak die Bituriger nicht nur aus dem Krieg herausgehalten, sondern ihnen sogar Gelegenheit gegeben, ihren Wohlstand zu mehren. Deshalb sprach er als Eule, besser gesagt: als Eule, die ihre Weisheit verbarg, indem sie die Unschuld einer Ente vorgab.

»Ich heiße Euch in Avaricum willkommen, Vercingetorix, Sohn des Keltill, aber ich verstehe nicht, warum Ihr mit einer Streitmacht hier seid.«

»Cäsars Legionen nähern sich Eurer Stadt, das wisst Ihr sicher.«

»Wenn Eure Streitmacht nicht hier wäre, so hätte Cäsar keinen Grund, nach Avaricum zu ziehen«, sagte Jarak. »Bringt Eure Krieger fort. Dann lässt uns Cäsar gewiss in Ruhe.«

»Nein«, widersprach Vercingetorix. »Er hat es auf Eure Lebensmittelvorräte abgesehen.«

Alle wussten, dass Vercingetorix' Taktik darin bestand, die Römer auszuhungern, und die Römer wussten aufgrund ihres Handels mit den Biturigern, dass die Kornkammern der Stadt gut gefüllt waren. Bisher hatte niemand befürchtet, dass sich eine Katastrophe daraus ergeben konnte. Es gab einen Überschuss an Nahrungsmitteln, und die Römer hatten Gold, aber keinen Proviant. So wie die Dinge standen, konnte das eine gegen das andere getauscht werden, sehr zum Vorteil der Bituriger.

Aber Vercingetorix war ganz offensichtlich gekommen, um einen solchen Handel zu verhindern. Jarak vermutete, dass die guten Zeiten der Neutralität vorbei waren – der Krieg kam jetzt zu den Biturigern, und sie mussten sich für eine Seite entscheiden. Vercingetorix wollte sie sicher für seine Sache verpflichten, ob es ihnen nützte oder nicht.

»Habt Ihr Eure Streitmacht nach Avaricum gebracht, um die Stadt vor den Römern zu schützen?«, fragte er und fand sich bereits mit dem Unvermeidlichen ab.

»Nicht unbedingt«, erwiderte Vercingetorix und wich Jaraks Blick aus, was dem Vergobreten der Bituriger ganz und gar nicht gefiel.

»Nennt Eure Absichten!«, sagte er und ahnte, dass Vercingetorix schlimmere Worte an ihn richten würde, als er befürchtet hatte.

»Ich würde gern zu Euch allen sprechen«, wandte sich Vercingetorix nervös an den Vergobreten der Bituriger.

»Das ist Euer Recht«, erwiderte Jarak kühl und sah zu den versammelte Adligen.

»Vercingetorix ... *Sohn des Keltill*, möchte uns erklären, warum er mit einer Streitmacht gekommen ist.« Jarak zuckte mit den Schultern. »Er gilt als zungenfertig. Vielleicht kann er es besser erklären als ich.«

Nach dieser wenig freundlichen Einleitung nahm Jarak seinen Platz in der vordersten Sitzreihe ein. Rhia und Guttuatr folgten seinem Beispiel, ebenso Baravax und die Wächter. Vercingetorix fühlte die feindselige Aufmerksamkeit der Versammlung auf sich konzentriert und wusste, dass seine Worte Zorn wecken würden.

»Cäsar ist mit seinem hungernden Heer hierher unterwegs, und seine Absichten sind klar«, begann er geradeheraus. »Er hat es auf die großen Lebensmittelvorräte dieser Stadt abgesehen ...«

»Oder zieht Cäsar nach Avaricum, weil Ihr mit Eurer Streitmacht ungebeten hierher kamt?«, rief jemand, der weiter hinten saß. Zustimmendes, spöttisches Gejohle erklang.

»Cäsar ist verzweifelt und will Eure Ernte für seine Legionen!«, erwiderte Vercingetorix. »Das Heer Galliens ist hier, um zu verhindern, dass er Eure Vorräte erhält.«

»Ihr *seid* also gekommen, um die Stadt zu verteidigen?«, fragte Jarak.

Vercingetorix zögerte. Es ging schneller, als er geplant hatte, und er suchte vergeblich nach Worten, um es seinen Zuhörern schonend beizubringen.

»Nein«, sagte er. »Eine solche Reaktion erhofft sich Cäsar von mir.«

»Warum seid Ihr dann hier?«, fragte Jarak.

Vercingetorix seufzte, holte tief Luft und sprach es aus. »Evakuiert Avaricum und nehmt mit, was ihr tragen könnt. Die Kornkammern und alle anderen Nahrungsmittel in der Stadt müssen verbrannt werden.«

Empörte, wütende Schreie ertönten, und damit hatte Vercingetorix gerechnet. Die biturigischen Adligen sprangen auf und schüttelten wutentbrannt die Fäuste, aber nur die Krieger, die die Delegation in den Großen Saal geführt hatten, zogen ihre Waffen. Mit gezückten Schwertern sahen sie zu Jarak und warteten auf seine Befehle.

Rhia zog ebenfalls ihr Schwert und sprang an Vercingetorix' Seite. Einen Moment später formten Baravax und seine Männer einen schützenden Ring um sie.

Doch Jarak hielt seine Krieger mit erhobener Hand zurück.

»Wir sind keine Eidbrecher!«, rief er. »Im Namen des Friedens seid Ihr hierher gekommen, um zu verhandeln, Vercingetorix, und wir ehren diesen Eid. Wer Euch innerhalb dieser Wände angreift, wird von mir zur Rechenschaft gezogen. Aber Ihr werdet die Kornkammern unserer Stadt nicht verbrennen.«

»Steckt sie selbst in Brand, wenn Ihr das für ehrenvoller haltet. Aber alles Essbare in Avaricum *wird* brennen!«

»Wir zünden nichts an!«

»Ihr habt kein Recht, so etwas von uns zu verlangen!«

»Die Wahl liegt bei Euch!«, donnerte Vercingetorix, um das Stimmengewirr zu übertönen. »Wenn Ihr das Stadttor nicht öffnet, brechen wir es auf und lassen alles in Flammen aufgehen, während die Bevölkerung noch in der Stadt ist.«

»Wie ein Römer gesprochen!«

»Die Römer werden bald hier sein und dürfen das Korn von Avaricum nicht in die Hände bekommen!«

»Die Römer sind vielleicht bereit, uns wenigstens *etwas* dafür zu bezahlen, dass wir zu Hungerleidern werden«, knurrte Jarak. »Ihr hingegen wollt uns sowohl hungrig als auch mittellos in ein Land schicken, das Ihr verwüstet habt.«

»Nach der gallischen Tradition bezahle ich im Land der Legende, wenn wir alle tot sind, das Zehnfache dessen, was den Flammen zum Opfer fällt!«, platzte es aus Vercingetorix heraus, und er bereute diese Worte sofort. Verächtliches, wütendes Gebrüll ließ seine Ohren mit wohlverdienter Schande glühen.

»Kämpft gegen Cäsar um die Stadt, wenn Ihr müsst, dann kämpfen wir an Eurer Seite!«, rief jemand.

»In diese Falle will uns Cäsar locken!«, entgegnete Vercingetorix. Seine Verlegenheit verwandelte sich in Ärger und dann in Zorn. »Unsere Dummheit gäbe ihm die Möglichkeit, uns in einer offenen Schlacht zu schlagen und im letzten Augenblick aus der Niederlage einen Sieg zu machen!«

Jarak hob beide Hände, und daraufhin wurde es still.

»Haltet Ihr es für *Dummheit,* als Held und nicht als Feigling zu sterben?«, fragte er. »Wollt Ihr den Sieg um den Preis der Ehre erringen?«

»*Ihr* wagt es, *meine* Ehre in Frage zu stellen, Jarak, Vergobret der Bituriger?«, rief Vercingetorix in rasendem Zorn. »Obwohl Euer Volk vom Handel mit den Römern profitierte, während andere hungerten, starben und alles opferten, um sie aus Gallien zu vertreiben?«

Die Adern zeichneten sich an Jaraks Schläfen ab, aber die Kühle, mit der er sprach, machte seine Worte zu tief schneidenden Messern.

»Wo ist das *Gallien*, von dem Ihr sprecht, Vercingetorix? In der Ödnis, die Eure Streitmacht hinter sich zurücklässt? In welcher Hinsicht ist *Euer* Gallien besser als das Cäsars? Er würde Gallien als eine römische Provinz regieren. Ihr würdet über das Land der Bituriger als eine Provinz Eures Galliens herrschen. Nur einen Unterschied bietet Ihr uns an: Cäsar wäre bereit, unser Korn zu kaufen, und Ihr wollt es verbrennen. Sollen wir dafür kämpfen und sterben? Oder für Euren Ruhm?«

Vercingetorix fühlte sich bis ins Zentrum seiner Seele getroffen, und in seinen Augen brannten Tränen des Zorns, der Schande, Verzweiflung und Pein. Er fand keine Worte, um den Sturm in seinem Herzen zu beruhigen, ganz zu schweigen von dem im Großen Saal der Bituriger.

»Ihr habt bis morgen früh Zeit!«, rief er, als ihm nichts Besseres einfiel.

Er winkte Baravax zu und verließ den Großen Saal, die Wächter vor und Rhia hinter ihm. Nicht einmal sah er zurück zu den *Galliern*, die ihn verfluchten und deren König er sein sollte, wie es ihm die Vision gezeigt hatte.

»Der Kampf gegen Euch hat ihn dazu gebracht, wie Ihr zu denken«, sagte Litivak. »Und indem er so denkt wie Ihr, hat er sich in jemanden verwandelt, der nicht besser ist als Ihr.«

»Viele Leute würden das für ein Kompliment halten«, erwiderte Cäsar trocken.

Brutus war geschickter vorgegangen, als Cäsar erwartet hatte. Er hatte Litivak mit dem Hinweis zu dem Gespräch überredet, Cäsar würde ihn nicht nur mit Gold für seine Neutralität belohnen, sondern inzwischen auch die Meinung vertreten, dass Litivak ein besserer Vergobret der Häduer wäre als der kraftlose Liscos. Angeblich war Cäsar an einer Unterredung darüber interessiert, wie er Litivak dabei helfen konnte, dieses für beide Seiten vorteilhafte Ziel zu erreichen.

Wie bei den besten Lügen kam dies der Wahrheit recht nahe. Und überhaupt – warum nicht Wahrheit daraus machen?

Litivak hatte darauf bestanden, dass das Treffen weit von beiden Streitmächten entfernt stattfand, jeder nur von zehn Männern begleitet, noch vor dem Sonnenuntergang und auf einer kahlen Hügelkuppe, der sich keine Mörder oder Entführer unbemerkt nähern konnten.

Cäsar wusste, welche Bedeutung die Gallier einem geleisteten Eid beimaßen, und er hatte sich einverstanden erklärt. Jetzt standen er und Litivak auf der Hügelkuppe, während Brutus, neun römische Kavalleristen und zehn ebenso misstrauische Gallier auf ihren Pferden saßen, sich argwöhnisch im Auge behielten.

»Darf ich fragen, welche Gräueltat Vercingetorix begangen hat, die Euch veranlasste, sich von seiner ehrenvollen Sache abzuwenden?«, begann Cäsar.

»Er ist es, der sich von der Ehre abwendet«, erwiderte Litivak.

»Und so etwas käme Euch nie in den Sinn …«

»Ich würde auf keinen Fall die Stadt meines eigenen Volkes zerstören und ihre Bewohner dem Hungertod preisgeben, nur damit sie nicht meinem Feind in die Hände fällt!«, erklärte Litivak mit selbstgerechter Empörung.

»Nein?«

»Natürlich nicht. Wärt Ihr zu so etwas bereit?«

Cäsar schwieg, denn an Vercingetorix' Stelle hätte er genau diese Maßnahme ergriffen. Im Zusammenhang mit der vernünftigen Strategie, die der junge Arverner von Anfang an verfolgt hatte, ergab das durchaus einen Sinn. Das Land war bereits verwüstet – warum nicht auch eine Stadt verwüsten?

»Natürlich nicht«, log Cäsar. »Es liegt in unserem gemeinsamen Interesse, etwas so Schreckliches zu verhindern.«

»Wie meint Ihr das?«

»Kämpft mit mir, um Avaricum vor den Arvernern zu retten, und ich überlasse der Bevölkerung die Hälfe der Lebensmittelvorräte«, sagte Cäsar. »Ihr werdet zu ihrem Helden, und außerdem bekommt Ihr Gold von mir …«

»Meine Männer sind keine Söldner, die für römisches Gold kämpfen, und ich bin es auch nicht! Mit einem derartigen Angebot beleidigt Ihr meine Ehre!«

»Nichts liegt mir ferner als das«, erwiderte Cäsar. »Ich bezahle mit einer Münze, die ehrenvoller und viel mehr wert ist als Gold. Ihr reitet an der Spitze einer Streitmacht nach Bibracte, die nicht nur über Euren Erbfeind triumphierte, die Arverner, sondern den Häduern auch die Loyalität der reichen Arverner und die Freundschaft Roms gewonnnen hat. Und ich werde Euch gegen Liscos unterstützen. Man wird Euch zum Vergobreten wählen, und wenn Vercingetorix besiegt und Gallien erobert ist …«

»*Falls* es Euch gelingt, Gallien zu erobern …«

»*Wenn* Gallien erobert ist und ich einen loyalen Prokonsul brauche, der dieses Land regiert, so wende ich mich natürlich an meinen guten Freund, den Vergobreten der Häduer, die nach der Niederlage der Arverner der mächtigste gallische Stamm sein werden …«

»Falls Ihr Gallien erobert …«, entgegnete Litivak, aber es klang nicht mehr so herausfordernd wie zuvor.

»Kommt morgen zu mir, Litivak, dann zeige ich Euch, warum es keinen Zweifel daran gibt«, sagte Cäsar. »Beobachtet die Ereignisse und entscheidet dann, ob Ihr Eure Männer auf der Seite des Siegers einsetzen wollt. Eine Truhe voller Gold gibt es in jedem Fall für Euch, nicht als Bezahlung, sondern als Geschenk von dem Mann, der Euer Freund sein möchte.«

Als Vercingetorix begleitet von Rhia, Guttuatr, Baravax und seinen Wächtern den Großen Saal der Bituriger verließ, ging gerade die Sonne unter, und das Glühen am Horizont schien die Flammen in Avaricum vorwegzunehmen. Unterwegs zum Stadttor dachte er daran, dass sein Leben und auch das seiner Gefährten von der Ehre jener Leute abhing, denen er Ehrlosigkeit vorgeworfen hatte. Eine bittere Ironie lag darin. Und noch mehr Schande.

Um diese Zeit herrschte reges Treiben auf den Straßen von Avaricum. Frauen kamen vom Markt oder gingen dorthin, um einzukaufen. Männer trafen sich in den Tavernen. Händler und Handwerker kehrten in ihre solide gebauten Häuser zurück. Kinder spielten vor dem Abendessen.

Sie alle könnten bald Geister sein, aber vielleicht sind *wir* die Geister, dachte Vercingetorix. Zwar schien niemand bestrebt zu sein, ihm und seinen Begleitern ein Leid zuzufügen, aber es schenkte ihnen auch niemand Beachtung. Die Leute blickten einfach an ihnen vorbei oder durch sie hindurch, als gäbe es sie überhaupt nicht, was zweifellos ihrem Wunsch entsprach.

»Wie ein Römer gesprochen, haben sie gesagt«, murmelte Vercingetorix. »Stimmt das, Guttuatr? Werden wir ... werde ich wie ein Römer?«

»Wir alle müssen unser Opfer bringen, Krieger ihr Leben, Bauern ihr Korn, Druiden ihre Erhabenheit über weltlichen Hader. Und du ...«

»Meine Ehre!«

Der Erzdruide seufzte. »Wir alle tun, was wir tun müssen ...«

»Genug!«, rief Vercingetorix. »Geht, ihr alle. Ich möchte allein durch die Straßen dieser Stadt wandern ...«

»Das ist zu gefährlich!«, warnte Baravax.

»Wenn ich hier sterbe, so ist es mir bestimmt gewesen, oder? Wenn ich Angst davor habe, allein inmitten meines Volkes zu sein – mit welchem Recht erhebe ich dann Anspruch darauf, das Oberhaupt Galliens zu sein? Geht, ihr alle!«

Und als Baravax zögerte: »Das ist ein Befehl, Baravax!«

Als sich die Wächter widerstrebend umwandten, sagte Vercingetorix zum Erzdruiden: »Geht mit ihnen, Guttuatr.« Er sprach in einem sanfteren Tonfall. »Euch kann ich keine Befehle erteilen, aber ich bitte Euch, mich zu verstehen. Dies ist notwendig.«

Guttuatr nickte und schloss sich den Wächtern an. Doch Rhia blieb zurück.

»Lass mich mit dir kommen«, sagte sie.

Vercingetorix wies auf die Standarte, die sie trug, den bronzenen Bären an der Stange aus Holz. Die Standarte der Arverner. Seine Standarte.

»Die Bewohner dieser Stadt verabscheuen die Standarte, die du trägst, Rhia«, sagte er. »Senk sie und bring sie fort. Am besten versteckst du den Bären in einem Sack, dann ist es weniger gefährlich.«

»Für dich ist es viel gefährlicher, allein durch diese Straßen zu gehen!«

»Für den zukünftigen König von Gallien?«, erwiderte Vercingetorix bitter. »Ich habe meinen Tod in einer Vision gesehen. Ich sterbe in Rom, nicht hier, erinnerst du dich?«

»Und wenn die Vision falsch war?«

»Hast du nicht darauf hingewiesen, dass solche Visionen nicht lügen?«

»Aber ich habe auch gesagt, dass ihre Botschaft nicht immer deutlich ist.«

»Du fürchtest um mein Leben … als Frau«, sagte Vercingetorix und wagte es, Rhia zärtlich an der Wange zu berühren. »Aber als ehrenvolle Kriegerin weißt du, dass ich dies hinter mich bringen muss.«

»Ja, vielleicht …« Rhia berührte die Hand an ihrer Wange.

»Wenn ich hier sterbe, weil meine Vision unklar war, so sollte mein Leben auf diese Weise enden«, sagte Vercingetorix und wünschte sich fast, dass es stimmte. »Dann lässt mich die eiserne Hand des Schicksals los.«

Rhia löst Vercingetorix' Hand von ihrer Wange.

»Die eiserne Hand des Schicksals lässt niemanden los.« Und damit ging sie.

Als sich die Dunkelheit einer sternenlosen Nacht auf die Stadt herabsenkt, leeren sich die Straßen von Avaricum, und Vercingetorix wandert in Einsamkeit. Die wenigen Menschen, denen er begegnet, sehen ihn nicht an und weigern sich, seine Existenz zur Kenntnis zu nehmen.

Bald stammt das einzige Licht von Kaminfeuern, Fackeln und Öllampen, das matt aus den schattenhaften Formen der Häuser dringt. Außer Vercingetorix scheint niemand draußen zu sein, und als sich Nebelschwaden ausbreiten, beginnt er an der eigenen Existenz zu zweifeln. Er wird zu einem Phantom, das durch eine bereits tote Stadt schwebt, die sich im Dunst auflöst.

Die grauweißen Schwaden verhüllen alles, und so kann sich Vercingetorix vorstellen, Dinge in ihnen zu sehen, Visionen, wie sie sich einem Mann offenbaren, der auf dem Berg seines Todes außerhalb der Zeit steht, sein ganzes Leben sieht und im Land der Legende wandelt, während er noch lebt.

Mit einem Grinsen, das heller strahlt als Gold, wirft Keltill eine Hand voll Münzen in die Luft. »Das Leben ist dazu da, die Freuden des Lebens zu genießen!«

»Nicht schlecht für jemanden, der noch nie zuvor ein Mädchen geküsst hat«, sagt Marah spöttisch und weicht mit einem kindlichen Lachen fort, aus dem das Lachen einer kultivierten Frau wird: »Ist ein Huhn eifersüchtig auf die anderen Hühner, die die Dienste des Hahns genießen?«

»Bruder und Schwester des Schwertes, Vercingetorix, mehr können wir nie sein«, sagt Rhia, und sie teilen einen keuschen, blutigen Kriegerkuss.

Vercingetorix weiß nicht, warum ihn diese Bilder mit herzzerreißender Traurigkeit erfüllen. Aus irgendeinem Grund ist das der Fall, und Scham gesellt sich hinzu, als ihn Marahs Stimme verspottet.

»Ich schulde diesem Barbaren nichts!«

Helle, orangerote Flammen rollen über grüne Kornfelder wie eine Welle übers Meer, von mit roten Äpfeln beladenen Bäumen bleiben nur verkohlte Stümpfe übrig, und die Welle des Feuers rollt weiter, hinterlässt eine rußgeschwärzte Landschaft, als sie über den Schutzwall einer fernen Stadt hinwegschwappt.

»Kein großer Krieger würde einen solchen Preis für den Sieg zahlen!«, ruft Litivak.

Eine schwarze Rauchwolke hängt über der niedergebrannten

Stadt, deren Mauern geborsten und eingestürzt sind. Von den Gebäuden sind nur noch Ruinen übrig. Pfähle mit verbrannten Leichen ragen aus der Ödnis, wie Vogelscheuchen, dazu bestimmt, die weiter oben kreisenden Aasvögel zu vertreiben, die immer schneller im Kreise fliegen und einen schrecklichen Wind erzeugen, der Staub und die graue Asche von Knochen aufwirbelt, weißen Nebel wogen lässt …

Der Mond schickt einen silbrigen Lichtstrahl, der den Nebel durchdringt und auf eine Frau fällt. Sie trägt ein weites Gewand, so weiß wie der Umhang eines Druiden, aber an den Brüsten ist es offen, sodass der nackte Säugling in ihren Armen trinken kann.

Mit den Reflexen eines Kriegers hat Vercingetorix sein Schwert gezogen, ohne sich dessen bewusst zu sein.

»Du bist so schnell mit dem Schwert, Vercingetorix, Mann der Tat.«

Beschämt und bestürzt schiebt Vercingetorix das Schwert in die Scheide zurück.

Das Gesicht der Frau …

Es ist das Gesicht von Gaela, seiner Mutter. Von Marah. Von Marahs Mutter Epona. Von hundert Frauen, denen er auf einer Straße begegnet ist, auf einem Weg, in einem niedergebrannten Dorf. Oder keins von ihnen. Oder alle.

»Wer bist du?«, fragt Vercingetorix, aber er weiß Bescheid, obgleich er sein Wissen nicht mit Worten oder Gedanken ausdrücken kann.

»Eine gewöhnliche Frau. Eine gallische Mutter. Ich bin gekommen, um zu opfern, damit deine Vision deutlicher wird, Vercingetorix, Mann des Wissens.«

»Du bietest mir ein Opfer an?«

»So wie Diviacx, Vercingetorix, Druidenkönig von Gallien.«

Die Frau tritt vor, nimmt den Säugling von der Brust, greift unter ihr Gewand und holt einen Dolch hervor. Sie hält das Kind in der Armbeuge und den Dolch mit der freien Hand über sein Herz.

»Ich biete dir an, das unschuldige Leben dieses Kinds zu opfern. Nimm es, wenn es der Sache Galliens hilft!«

»Du weißt, dass ich ein solches Angebot nicht annehmen kann!«, erwidert Vercingetorix empört.

»Aber du hast das Leben von Diviacx genommen, damit es deiner gerechten Sache hilft.«

»Er hat es freiwillig gegeben!«

»Und du hast zwanzig Römer bei lebendigem Leib verbrannt …«

»Feinde …«

»… und du willst tausende von Unschuldigen dem Hungertod preisgeben und eine Stadt zerstören, damit es *deiner gerechten Sache* hilft. Warum nicht auch das Leben dieses Säuglings nehmen?«

»Weil das etwas anderes ist!«

»Dann erklär mir, zungenfertiger Vercingetorix, wieso das Leben tausender unbekannter Menschen etwas anderes ist als das Leben dieses einen Kindes, das du hier siehst.«

Und sie reicht das Messer Vercingetorix.

»Der Mut, das Leben einer Stadt zu nehmen, und der Mut, das Leben eines Kinds zu nehmen … Es sollte das Gleiche sein für den Helden Galliens, um seiner *gerechten Sache willen.*«

Dichte Dunstschwaden schieben sich wieder vor den Mond, und die schreckliche Erscheinung verschwindet im Nebel, woher sie gekommen ist.

Es war ein prächtiger Sonnenaufgang. Die Sonnenscheibe, die sich über den Schutzwall von Avaricum schob, malte goldenen Glanz an den blauen Himmel. Auf dem Wall hatte sich die halbe Bevölkerung der Stadt eingefunden, um das Heer Galliens zu verabschieden. Hörner und Fanfaren erklangen. Frauen winkten, Kinder jubelten.

Narren, dachte Vercingetorix, als er an der Spitze seiner Streitmacht ritt. Und ich bin einer von ihnen. Doch sein Herz fühlte sich an, als hätte jemand einen Dolch herausgezogen, und sein Geist flog hoch wie ein Adler über den Zinnen.

»Ich verstehe Euch nicht!«, sagte Critognat. »Erst wollt Ihr nicht kämpfen! Dann beabsichtigt Ihr, die Kornkammern zu verbrennen! Jetzt ändert Ihr Eure Meinung und reitet fort! Warum?«

»Ich hatte eine Vision«, erwiderte Vercingetorix.

»Eine Vision? Folgen wir jetzt Visionen?«

Zum ersten Mal seit zwölf und mehr Monden konnte Vercingetorix ungezwungen lachen.

»Wann sind wir etwas anderem gefolgt?«, fragte er unbekümmert, und der ältere Krieger lachte mit ihm. »Wir sind ein Volk, das die Stimme unserer Herzen hört. Wir sind keine Sklaven kalter Logik, oder? Wir sind keine Römer, sondern Gallier!«

XV

»Ihr scheint nicht zufrieden zu sein, Cäsar«, sagte Tulius.

»Ich bin es nicht«, bestätigte Cäsar.

»Aber Ihr solltet es sein.«

»*Sollte ich?«,* murmelte Cäsar.

Vor ihm, wie ein zu seinem Vergnügen vorbereitetes Bankett, lag die Stadt Avaricum auf einem niedrigen Hügel, intakt, voller Korn, Fleisch und Obst. In der Ebene zwischen der Stadt und dem höheren Hügel, auf dem Cäsar, Brutus und Tulius neben ihren Pferden standen, lagerte ein Heer. Aber nicht das Heer Galliens.

Es war *Cäsars* Streitmacht. Sie bereitete mobile Belagerungstürme und Katapulte vor, schlug Zelte auf, stieß dabei nicht auf den geringsten Widerstand.

»Was besorgt Euch?«, fragte Brutus. »Vercingetorix hat eine dicke süße Pflaume zurückgelassen, und wir können sie pflücken!«

»Hat er das?«, entgegnete Cäsar. Es fiel ihm schwer, sich darüber zu freuen, denn es ergab keinen Sinn. »Oder hat er seine Streitmacht in der Stadt versteckt?«

»Unsere Späher haben *gesehen*, wie er mit seinen Truppen aufbrach, und der Boden der Ebene ist aufgewühlt von den Hufen tausender Pferde«, sagte Tulius. »Die Gallier sind abgezogen.«

»Aber *warum*? Es ergibt keinen taktischen Sinn! *Ich* hätte Avaricum *zerstört*, anstatt die Stadt meinem Feind zu überlassen!«

»Hättet Ihr das?«

»Natürlich, Tulius! Es war dumm von Vercingetorix, die Stadt *nicht* zu zerstören! Mir gefällt das nicht!«

»Der Fehler unseres Gegners bewahrt uns vor Hunger und einem schändlichen Rückzug, und Euch *gefällt das nicht,* Cäsar?«

»Ich *verstehe* es nicht«, sagte Cäsar. »Und mir gefällt nicht, was ich nicht verstehe.«

»Vielleicht bekommen wir bald Aufschluss.« Brutus nickte in Richtung Avaricum – das Tor öffnete sich, und fünf Reiter verließen die Stadt unter der Parlamentärflagge.

»Warum zweifle ich daran?«, murmelte Cäsar, als sich das Tor hinter den Reitern schloss. »Nun, wir sollten uns zumindest anhören, was sie zu sagen haben.«

Er wandte sich seinem Pferd zu, um aufzusteigen, zögerte dann.

»Reite voraus, Brutus, und sorg dafür, dass unser Freund Litivak beschäftigt ist«, sagte er. »Was auch immer die Bituriger zu sagen haben, bevor wir ihre Stadt plündern – er sollte es besser nicht hören.«

Cäsars Zelt und seine Standarte standen in der Mitte des Lagers, wie üblich. Um es zu erreichen, mussten die Abgesandten der Bituriger an zwei riesigen Belagerungstürmen und tausenden von höhnenden Legionären vorbeireiten.

Als Cäsar und Tulius vom Hügel zurückkehrten, warteten die Bituriger beim Zelt, und ihre Gesichter deuteten darauf hin, dass sie angemessen eingeschüchtert waren. Zenturionen und gewöhnliche Legionäre drängten sich in der Nähe zusammen; Cäsar sah keinen Grund, das Publikum zu vertreiben.

Die fünf Gallier – offenbar ein Stammesoberhaupt und seine Eskorte – waren nicht abgestiegen, und deshalb blieb auch Cäsar auf seinem Pferd sitzen. Und da die Gallier ihn nicht mit einem angemessenen »Heil, Cäsar« begrüßten, hielt auch er sich nicht mit Höflichkeitsfloskeln auf.

»Nun?«, fragte er.

»Ich bin Jarak, Vergobret der Bituriger«, sagte das Stammesoberhaupt, ein gutmütig-derber Bursche mit ergrauendem Haar.

»Und ich bin Gajus Julius Cäsar, Prokonsul Galliens«, erwiderte Cäsar trocken. »Und da wir jetzt wissen, wer wir sind, könnt Ihr mir sagen, was Ihr wollt.«

»Die Frage ist, was *Ihr* wollt, Cäsar«, erwiderte Jarak. »Immerhin habt *Ihr* ungebeten ein Heer vor die Tore *meiner* Stadt gebracht.«

Cäsar musste der Versuchung widerstehen zu lächeln. Dieser Gallier wirkte sympathisch, doch solche Empfindungen konnte er sich nicht leisten.

»Ich glaube, Ihr wisst, was ich will«, sagte er. »Und ich glaube, Ihr wisst auch, dass Ihr es mir nicht vorenthalten könnt.«

»Ihr möchtet Proviant von uns, und es ist auch klar, dass uns Eure Legionen leicht überwältigen könnten«, stellte Jarak fest.

»Genau«, bestätigte Cäsar.

»Nun, es gibt keinen Grund für Euch, Avaricum anzugreifen«, sagte Jarak. »Die Bituriger haben nie an diesem grässlichen Krieg teilnehmen wollen, Vercingetorix' Streitmacht ist fort, und wir haben einen Überschuss an Lebensmitteln, den wir verkaufen können. Wir müssen uns nur auf einen fairen Preis einigen.«

Die zuhörenden Legionäre lachten spöttisch. Cäsar musterte Jarak und fragte sich, ob ein derartiges barbarisches Stammesoberhaupt wirklich so naiv sein konnte, wie seine Worte klangen. Nein, so etwas hielt er für unmöglich. Der Mann war verzweifelt und gab sich alle Mühe, es nicht zu zeigen.

»Ihr versteht nicht«, erwiderte Cäsar. »Ich habe mehr Männer als Avaricum Einwohner, und sie sind dem Hungertod nahe. Deshalb brauche ich die *gesamten* Lebensmittelvorräte.«

Daraufhin jubelten die Legionäre. Es klang nach einem Rudel Wölfe, das mitten im Winter plötzlich Beute erspähte. Jarak konnte sein Entsetzen nicht länger verbergen.

»Was soll aus meinem Volk werden?«, klagte er. »Dies ist nicht gerecht!«

»Dies ist *Krieg«*, erinnerte ihn Cäsar. »Das hat nichts mit Gerechtigkeit zu tun.«

»Ich bitte um Gnade!«

Cäsar ließ den Blick über die hageren Gesichter der Legionäre gleiten und wandte sich nun an sie, obgleich seine Worte nach wie vor dem Gallier galten. Er brachte zum Ausdruck, was ihm die Augen seiner Männer mitteilten, setzte das besondere Geschick des Redners ein, um seinen Worten mit eigenem Zorn Nachdruck zu verleihen.

»Ihr wagt es, von einem Heer Gnade zu erbitten, das gezwungen war, durch verwüstetes Land zu marschieren, sich von Gras und Würmern zu ernähren?«, donnerte er. »Ihr, Gallier, die ihr römische Gefangene wie Barbaren bei lebendigem Leib verbrannt habt, anstatt sie wie zivilisierte Leute zu versklaven?«

Die Legionäre heulten voller Zorn, und es wurden sogar einige Schwerter gezogen. Cäsar wusste ebenso gut wie Jarak: Ob Parlamentärflagge oder nicht – ein Wort von ihm genügte, und seine Männer würden die Gallier in Stücke reißen. Dieser Gedanke führte dazu, dass eine noch finsterere Idee geisterhaft an die Tür von Cäsars Selbst klopfte und Gestalt gewann. Oder vielleicht hatte sie die ganze Zeit über auf der Lauer gelegen.

»Die Bituriger haben nichts damit zu tun!«, greinte Jarak.

»Das behauptet Ihr«, erwiderte Cäsar kühl. »Warum sollten wir Euch glauben?«

»Ich schwöre es bei meiner Ehre!«

Weitere höhnische Rufe erklangen, und noch mehr Schwerter wurden gezogen.

»Die Ehre eines Hunds!«, ertönte es.

»Eines Schweins!«

»Einer Schlange!«

»Eines *Galliers!*«

»Gibt es da einen Unterschied?«

Die letzte Bemerkung führte zu drohendem Gelächter, und Cäsar begriff, was er provozieren wollte, und zu welchem blutigen Zweck.

Er würde etwas Schreckliches anrichten. Und zwar deshalb, weil es so schrecklich war. Denn Schrecken und Entsetzen waren eine mächtige Waffe.

Vercingetorix hatte nicht davor zurückgeschreckt, Gebrauch davon zu machen, oder? Er hatte das Leben von Römern in einem abscheulichen, aber wirkungsvollen Ritual geopfert, um die Stammesoberhäupter an seine Sache zu binden.

Ich werde ihm ein eigenes blutiges Ritual gegenüberstellen, dachte Cäsar. Eins, das noch viel größer ist, wie es einem römischen Prokonsul gebührt, der weiß, wie man die Gunst des Publikums in einer Arena gewinnt. Und der Sophist genug ist, um sogar von Gerechtigkeit zu sprechen.

»Wir sind keine Eidbrecher!«, rief Jarak und ließ seinen Ärger stärker werden als die Furcht. »Auf unser Wort ist Verlass! Wir sind ein ehrenvolles Volk!«

Die Legionäre schrien, und Cäsar fasste ihr unartikuliertes Gebrüll in Worte. »Keine Eidbrecher! Ein ehrenvolles Volk!«, erwiderte er. »Ihr Gallier würdet den der eigenen Mutter geleisteten Eid brechen, nur für ein Fass Bier!«

Die Legionäre jubelten. Cäsar nahm zufrieden zur Kenntnis, wie Jaraks Gesicht rot anlief.

»Auf euer Wort soll Verlass sein? Ihr treibt es mit Euren Söhnen und belügt Eure Frauen!«

Dies genügte, um Jarak zu veranlassen, sein Schwert zu ziehen, ebenso wie seine Begleiter. Damit zeigten sie genau die Reaktion, die sich Cäsar erhofft hatte.

»Ihr zieht sogar die Schwerter unter einer Parlamentärflagge!«, donnerte Cäsar empört, als zwanzig oder mehr Legionäre den Galliern entgegensprangen.

»HALT!«, rief Cäsar. »*Wir* entehren die Flagge des Friedens nicht, selbst wenn diese barbarischen Hunde mit ihr gekommen sind! Wir sind Römer, keine Barbaren!«

Die Legionäre blieben stehen. Jarak erstarrte, richtete einen weitaus kühleren Blick auf Cäsar und begriff zu spät, dass er auf eine bewusste Provokation hereingefallen war. Seine Männer hielten noch immer unsicher die Schwerter erhoben, als ihre Pferde scheuten und sich aufrichteten.

»Wir töten keine Abgesandten, wie verräterisch sie auch sein mögen«, sagte Cäsar. »Übergebt Eure Schwerter – dann könnt Ihr unverletzt zur Stadt zurückkehren. Wenn nicht, kommen wir vielleicht auf die Idee, Euch … bei lebendigem Leib zu verbrennen.«

Jarak senkte sein Schwert, zögerte und reichte es Cäsar. Als seine Begleiter das sahen, ließen sie ihre Klingen zu Boden fallen.

»Lass diese Männer fesseln und mit Dung beschmieren, bevor sie rückwärts auf die Pferde gesetzt und nach Avaricum zurückgeschickt werden«, wies Cäsar Tulius an und sprach gerade laut genug, damit er ihn hörte. Anschließend hob er die Stimme und wandte sich an Jarak, obwohl seine Worte erneut den Legionären galten.

»Ihr öffnet die Tore der Stadt, oder wir brechen sie auf, mir ist das völlig gleichgültig«, sagte er. »Aber Ihr sollt dies wissen, Jarak, Vergobret der Bituriger: Wenn auch nur *ein Sack Korn* verbrannt oder versteckt wird, mache ich das mit eurer Stadt, was Vercingetorix mit seinem eigenen Land gemacht hat. Aber da ich Gajus Julius Cäsar bin, Prokonsul von ganz Gallien, und kein junger Wilder, werde ich weitaus gründlichere Arbeit leisten.«

Daraufhin erklang nicht nur Jubel, sondern auch ein vielstimmiges »Heil, Cäsar!«.

»Und jetzt bringt diese Leute fort!«, befahl Cäsar. »Ich will sie nicht mehr sehen!«

Als die Bituriger weggebracht worden waren, richtete Tulius einen verwunderten Blick auf Cäsar.

»Was sollte das alles?«, fragte er. »Wenn der biturigische Vergobret rückwärts auf seinem Pferd gefesselt und mit Dung bedeckt nach Avaricum zurückkehrt, so gibt es dort bestimmt Hitzköpfe, die das für einen Affront halten.«

»Meine Güte, glaubst du?«, erwiderte Cäsar unschuldig.

»Sie werden genau das tun, wovor Ihr sie gewarnt habt.«

»Nun, dann können sie wohl kaum behaupten, *nicht* gewarnt worden zu sein, oder?«, meinte Cäsar. »Vorausgesetzt natürlich, dass jemand von ihnen am Leben bleibt, um noch irgendetwas zu behaupten.«

»Ihr *wollt* ein Blutbad provozieren? Aber warum? Wir könnten ohne einen Kampf bekommen, was wir wollen.«

»Dann bekämen wir nicht, was wir wollen, Tulius«, entgegnete Cäsar.

»Und das wäre?«

»Eine Demonstration unserer Glaubwürdigkeit.«

»Unsere Glaubwürdigkeit wem gegenüber? Eine Demonstration für wen?«

»Für Vercingetorix. Ich werde auf glaubwürdige Weise meine Bereitschaft zeigen, noch grässlichere Gräueltaten zu begehen als er.«

Tulius schüttelte den Kopf, und sein Gesicht verriet eine amüsante Mischung aus Entsetzen und soldatischer Bewunderung.

»Jetzt ist mir klar, warum Litivak dies nicht miterleben sollte«, sagte er.

»Ah, ja, Litivak.« Cäsar nickte. »Es war tatsächlich besser, ihn nicht mit den unangenehmen Details der Vorbereitungen zu belästigen. Aber um nichts in der Welt möchte ich, dass er die bevorstehende Unterhaltung versäumt.«

Geordnete Formationen römischer Infanterie umgaben Avaricum und hielten sich weit genug vom Schutzwall fern, um nicht von Pfeilen erreicht zu werden. Acht mobile Belagerungstürme, zwei für jedes Viertel des Walls, waren vor den vordersten Infanterielinien in Position gebracht worden. Es handelte sich um lange Leitern auf Rädern innerhalb eines von dicken Holzplatten geschützten Balkengerüsts. Oben gab es mit einer Brustwehr ausgestattete Plattformen, etwas höher als der Schutzwall der Stadt; unten schirmten hölzerne Schilde jene Männer ab, die die Belagerungstürme vorwärts schieben sollten.

Im Osten und weit hinten standen acht unbemannte Katapulte, zwischen ihnen der Sturmbock. Er bestand aus dicken Balken, von Bandeisen umschlungen, und der Kopf war ebenfalls aus Eisen. Das riesige Gebilde ruhte auf zwei Wagen, einer hinter dem anderen, und jeweils fünfzig Männer standen an den Stangen, die rechts und links aus dem Sturmbock ragten. Sie wirkten fast wie Galeerensklaven.

Ein Mann erschien auf dem linken der beiden Türme vor dem Tor.

Rüstung und Helm unterschieden ihn nicht von den Legionären, aber der im Wind wehende karmesinrote Umhang identifizierte ihn als Gajus Julius Cäsar. Das Heer jubelte. Die Verteidiger auf dem Schutzwall von Avaricum schossen einige Pfeile ab, die das Ziel jedoch nicht erreichten. Cäsar hob den rechten Arm hoch über den Kopf, und für einen dramatischen Moment verharrte er in dieser Position. Dann ließ er ihn sinken. Fanfaren erklangen, und es begann.

Die acht Belagerungstürme rollten langsam auf Avaricum zu, und ihnen folgte die römische Infanterie. Die Bogenschützen auf dem Wall schickten ihnen Pfeile entgegen, als sie in Reichweite gerieten, und die römischen Bogenschützen, die hinter der Brustwehr auf den Turmplattformen kauerten, machten ebenfalls von ihren Waffen Gebrauch. Keine der beiden Seiten konnte viel ausrichten, was aber den Römern zum Vorteil gereichte, denn sie zwangen die Bituriger in Deckung zu gehen, wodurch sie weniger Brandpfeile gegen die Türme einsetzen konnten.

Als die Belagerungstürme den Schutzwall fast erreicht hatten, erklang ein weiteres akustisches Signal. In der östlichen Infanterieformation bildete sich eine Schneise, und die insgesamt hundert Männer an den Stangen des Sturmbocks begannen zu schieben. Mit aller Kraft und ihrem ganzen Gewicht mussten sie sich nach vorn stemmen, damit sich die gewaltige Vorrichtung überhaupt in Bewegung setzte, und als sie schließlich zu rollen begann, war sie langsamer als ein gehender Mensch. Doch nach und nach gewann sie an Bewegungsmoment.

Die Belagerungstürme erreichten den Wall, und in ihrem Innern kletterten Legionäre die Leitern hoch. Oben kämpften die Römer auf der Plattform Schulter an Schulter hinter ihren Schilden und verwickelten den Gegner in einen blutigen Nahkampf. Sie versuchten nicht, möglichst viele Bituriger zu töten, trachteten vielmehr danach, sie vom Schutzwall zu stoßen, sodass die Legionäre hinter ihnen in die Stadt gelangen konnten.

Unterdessen wurde der Sturmbock schneller, als er dem Stadttor entgegenrollte, erreichte die Geschwindigkeit eines energisch gehenden, dann die eines laufenden Mannes …

Die Römer waren den Biturigern zahlenmäßig weit überlegen, und eine schier endlose Schlange von Legionären wartete darauf, die Turmleitern zu erklettern. Die Bituriger wurden unerbittlich zurückgedrängt, und an einigen Stellen kämpften die Römer bereits auf dem Schutzwall gegen sie, als ...

Der Sturmbock war inzwischen so schnell wie ein trabendes Pferd, und die Männer schoben gar nicht mehr, hielten sich nur noch an den Stangen fest. Mit einem gewaltigen Donner, der den Boden erschütterte und die Legionäre jubeln ließ, prallte er ans Tor, zerschmetterte es und ließ den Schutzwall erzittern. Von ganz allein rollte der Sturmbock mehrere Wagenlängen weit durch die Splitter, und hinter ihm fiel das römische Heer in Avaricum ein.

Die erste Welle der Römer hatte es vor allem auf den Schutzwall abgesehen. Die Legionäre liefen an ihm entlang, eilten auf der Innenseite die Leitern und Treppen hoch, um die Verteidiger von unten und hinten anzugreifen. Die Bituriger saßen zwischen den neuen Angreifern und den Römern fest, die von den Belagerungstürmen her vorstießen – sie hatten nicht die geringste Chance. Die Legionäre zerstückelten sie mit ihren Schwertern, durchbohrten sie mit Speeren und stießen sie vom Wall herunter, als immer mehr Römer über die Belagerungstürme in die Stadt gelangten und eine Infanterieformation nach der anderen durchs aufgebrochene Tor marschierte.

Einzelne Gruppen machten sich daran, die Kornkammern und Lagerhäuser zu sichern, aber das war nur ein kleiner Teil der römischen Truppen in Avaricum. Der weitaus größere Teil begann damit, zu plündern, zu zerstören und zu massakrieren.

An einer Straßenseite begannen die Häuser zu brennen, und Legionäre strömten heraus wie Ameisen, die Arme voller Beute. Die meisten Gebäude auf der anderen Straßenseite standen bereits in Flammen, aber es gab eine Zone relativer Sicherheit, groß genug für ein halbes Dutzend Legionäre, um drei junge, schreiende Frauen zu vergewaltigen.

Ein Stück weit entfernt hatten zwanzig Legionäre einige biturigische Krieger gestellt und machten sich einen blutigen Spaß daraus, sie langsam in Stücke zu schneiden. Hinter ihnen wankten Frauen, Kinder und alte Männer aus Häusern, die ebenfalls ein Opfer der Flammen wurden, einige von ihnen mit brennendem Haar. Panische Schreie, das Röcheln von Sterbenden, das Knistern und Prasseln des Feuers, das Knacken brechender Balken und das Lachen von Betrunkenen erfüllten die Luft, die nach Asche, Feuer, verkohlendem Fleisch, Urin und verschüttetem Bier roch.

Etwa eine halbe Stunde lang ließ Cäsar, begleitet von einigen Wächtern, Litivak durch das Gemetzel marschieren, und dem Häduer blieb nichts anderes übrig, als sich wie ein Hund an der Leine durch das Entsetzen führen zu lassen. Was Augen, Ohren und Nase wahrnahmen, verschlug ihm die Sprache und schmerzte im Innersten seiner Seele. Er wäre auch gar nicht imstande gewesen, geeignete Worte zu finden, um Abscheu und Grauen auf angemessene Weise zum Ausdruck zu bringen.

»Warum zeigt Ihr mir diese … diese …«, stammelte er schließlich.

»Gräuel?«, schlug Cäsar mit einem Lächeln vor.

»Warum konfrontiert Ihr mich damit?«, fragte Litivak scharf.

»Um Euch für meine Sache zu gewinnen. Ich habe diese Unterhaltung für *Euch* geschaffen, Litivak. Entspannt Euch und genießt sie.«

»Sie genießen! Mich für Eure Sache gewinnen! Seid Ihr verrückt? Oder glaubt Ihr, ich sei übergeschnappt?«

»Ganz und gar nicht«, erwiderte Cäsar mit einer Sanftheit, die Litivak für noch grässlicher hielt als alles, das er gesehen, gehört und gerochen hatte. »Ich bin der vernünftigste Mensch, den ich kenne, und Ihr seid sicher vernünftig genug, um Euch von kalter, klarer Logik überzeugen zu lassen.«

Litivak stellte fest, dass Cäsar ihn zum zertrümmerten Tor zurückgeführt hatte, durch das sie in die Stadt gelangt waren. Hoffnung erwachte in ihm, Hoffnung auf ein Ende des Albtraums.

Eine lange Kolonne aus Wagen und Karren verließ die Stadt, beladen mit Säcken und Fässern voller Korn, bratfertigem Rind- und Schweinefleisch, Körben mit lebenden Hühnern, Gänsen und Enten, frischen und getrockneten Äpfeln, Gemüse und Schinken. Blutbesudelte und verletzte Bituriger schleppten Holz, bewacht von Römern. Als ein entkräfteter Mann zu Boden sank und nicht mehr aufstehen konnte, bohrte ihm ein Legionär das Schwert ins Herz.

»Dieses grauenvolle Gemetzel nennt Ihr *kalte, klare Logik?*«, entfuhr es Litivak empört.

»In der Tat«, entgegnete Cäsar, als sie an den Holzträgern vorbeischritten und die Stadt verließen. Draußen, unweit des Walls, wurde eine lange Reihe von Holzkreuzen zusammengehämmert. »Jetzt weiß Vercingetorix, was mit einer Stadt geschieht, die ich angreife und die er nicht verteidigt.«

Er bedachte Litivak mit dem warmen, freundlichen Lächeln einer Schlange. »Und Ihr werdet Euch der Logik beugen, meiner Sache zu dienen«, fügte er hinzu. »Immerhin kennt Ihr jetzt die Alternative.«

»Eher würde ich *sterben*!«, rief Litivak und meinte es völlig ernst.

»Vielleicht«, räumte Cäsar ein. »Aber es gibt einige Dinge, die schlimmer sind als der Tod, nicht wahr? Zum Beispiel der Verlust der Ehre für einen noblen Gallier, wie Ihr einer seid, oder?«

Cäsar ließ Litivak zu der Hügelkuppe bringen, von der aus man die Stadt sehen konnte, und dort ließ er den Häduer schmoren, während er sich um die Vorbereitungen für den letzten Akt des für ihn inszenierten Dramas kümmerte.

Fast drei Stunden waren dafür nötig. Alles Essbare musste aus der Stadt transportiert und die Truppen auf sichere Distanz zurückgezogen werden; dann brachte Gallius die Katapulte in Stellung. Nahezu zweihundert Bituriger – hauptsächlich Männer, aber auch Frauen und Kinder, um das Spektakel noch schrecklicher zu machen – waren an die vor dem Schutzwall der Stadt aufgestellten Kreuze genagelt worden.

Die Sonne sank dem Horizont entgegen, als alles bereit war und Cäsar zur Hügelkuppe ritt, wo er Litivak zurückgelassen hatte. Brutus leistete ihm Gesellschaft. Beide Männer waren so blass, dass ihre Wangen etwas Grünliches gewonnen hatten, und es ließ sich kaum feststellen, in welchen Augen sich mehr Entsetzen zeigte. Als sich Cäsar umdrehte und die Szenerie betrachtete, musste er zugeben: Das dramatische Entsetzen dieses Anblicks übertraf sogar die legendäre Plünderung Karthagos.

Unter einem blauen Himmel, der sich gerade zu einem dämmrigen Purpur verfärbte, hing eine dunkle Rauchwolke über der Stadt. Das Licht der untergehenden Sonne verlieh ihr ein goldenes und orangerotes Glühen. Hier und dort loderten Flammen, und von ihnen stieg Rauch auf, der sich der Wolke hinzugesellte. Die Entfernung war zu groß, als dass man die in der Stadt gefangenen Menschen hätte sehen können, und nur die größten Feuer ließen sich deutlich erkennen. Die Schreie der Verbrennenden verschmolzen zu einem kaum hörbaren Heulen, wie das Summen eines fernen Bienenschwarms. Vor dem Schutzwall der Stadt hingen Bituriger an Kreuzen, deren Schreie und peinerfüllte Zuckungen dieses Inferno ergänzten.

»War dieses ... dieses ... brutale Massaker wirklich nötig, Cäsar?«, brachte Brutus hervor.

»O ja, Brutus, und es ist gleichzeitig ein Meisterstück, denn ohne dieses brutale Massaker hätte sich Vercingetorix vielleicht Illusionen darüber hingegeben, was mit der *nächsten* Stadt passiert, die wir angreifen. Und unser Freund hier hätte sich vielleicht geweigert, uns bei der Belagerung von Gergovia zu helfen.«

»Wie könnt Ihr glauben, ich würde ...«

»Einen Moment, bitte, Litivak. Ich verspreche Euch, dass Ihr gleich verstehen werdet.« Cäsar unterbrach den Gallier, indem er den Arm hob, und gleichzeitig gab er damit das Zeichen. »Der arme Gallius hat sich lange genug in Geduld gefasst, um dies auszuprobieren, und es wäre grausam, ihn noch länger warten zu lassen.«

Er senkte den Arm, eine Fanfare erklang, und die acht Katapulte wurden ausgelöst, schleuderten große Amphoren in hohem Bogen auf die Stadt.

Sechs von ihnen flogen über den Schutzwall hinweg, und vier explodierten eindrucksvoll; aus den beiden anderen quoll flüssiges

Feuer. Die restlichen beiden trafen den Schutzwall und gaben ihren brennenden Inhalt mit einem dumpfen Schlag frei.

»Ich schätze, bei den Katapulten ist noch ein wenig Arbeit nötig, nicht wahr, Litivak?« Cäsar schüttelte den Kopf, als er sich an den Gallier wandte. »Aber keine Sorge, mein Freund. Ich versichere Euch, dass man alles in Ordnung bringen wird.« Er bedachte Litivak mit einem öligen Lächeln. »Und Ihr habt die Ehre, den nächsten Einsatzort zu bestimmen.«

Die Katapulte wurden erneut ausgelöst, als Litivak Cäsar wie benommen anstarrte, und diesmal flogen alle acht Amphoren über den Schutzwall hinweg, um die Feuersbrunst in der Stadt weiter anzufachen.

»Gergovia oder Bibracte?«, fragte Cäsar. »Was meint Ihr, Litivak? *Mir* wäre natürlich Gergovia lieber, denn Vercingetorix könnte wohl kaum Vergobret der Arverner bleiben, wenn er ein solch *brutales Massaker* in der arvernischen Hauptstadt zuließe; und ich vernichte seine Streitmacht, wenn er sie zu verteidigen versucht. In beiden Fällen dürfte der Krieg vorbei sein, bevor die Hauptstadt der *Häduer* einer derartigen Katastrophe zum Opfer fallen kann.«

Cäsar zuckte wie unschuldig mit den Schultern. »Aber ein Versprechen ist ein Versprechen, Litivak, und ich *habe* Euch versprochen, dass Ihr die Wahl treffen dürft. Vielleicht möchtet Ihr aus irgendeinem seltsamen Grund, dass ich zuerst Bibracte zerstöre? Eigentlich kann ich mir das nicht vorstellen, aber wenn Ihr wollt …«

Litivaks Lippen bebten so, als versuchte er, Worte zu formulieren. Aber was hätte er unter solchen Umständen sagen können?

Cäsar hob und senkte erneut die Schultern. Er schien mit seiner Darbietung recht zufrieden zu sein.

»Ich habe einen Vorschlag für Euch, Litivak«, sagte er, und es klang so, als wäre ihm gerade etwas eingefallen. »Wir marschieren fünf Tage lang nach Südosten – wenn wir die Gabelung des Allier erreichen, sind wir gleich weit von Gergovia und Bibracte entfernt. Dort lagern wir einen Tag und setzen den Weg dann fort. Wenn sich Eure Reiter uns anschließen, bekommt Ihr eine Truhe voller Gold, wir greifen Gergovia gemeinsam an, unterwerfen die Arverner und beenden diesen Krieg. Anschließend geht's im Triumphzug weiter nach Bibracte, wo man Euch als Helden feiern wird.«

Cäsar legte eine Pause ein, um den dramatischen Effekt seiner Worte zu verstärken.

»Wenn nicht ...«

Das Licht des Verstehens – wenn auch nicht das der Anerkennung – leuchtete in Brutus' Augen. Nun, wir alle müssen irgendwann unsere Unschuld verlieren, dachte Cäsar.

»Wenn nicht«, betonte er, »könnt Ihr wohl kaum behaupten, ich hätte die Konsequenzen allein Eurer Vorstellungskraft überlassen.« Wieder flog griechisches Feuer – falls es das war – über den Schutzwall von Avaricum, der selbst schon an einigen Stellen brannte.

»Ihr seid ein Schwein ...«, brachte Litivak schließlich hervor.

XVI

Die Befehlshaber der Streitkräfte der übrigen Stämme waren außer sich, als Überlebende von Avaricum ihre Schreckensgeschichte erzählten. Vercingetorix konnte die Auflösung des »Heers von Gallien« nur verhindern, indem er sich einverstanden erklärte, eine Beratung stattfinden zu lassen. Er entschied, die anderen Oberhäupter nicht auf einer fernen Lichtung im Wald zu empfangen; es sollten möglichst viele Krieger zugegen sein und alles hören.

Die Sonne ging prachtvoll auf, in rosarotem und goldenem Morgendunst, doch es war eine unheilvolle Pracht, denn der Dunst roch nach verbrennendem Holz und anderen Dingen, an die man besser nicht dachte, und am fernen Horizont stieg noch immer schwarzer Rauch empor.

Das Heer Galliens wartete in einer hügeligen Landschaft, und die Befehlshaber trafen sich auf einer Kuppe, damit man sie sehen konnte. In der Nähe versammelten sich so viele Krieger, dass die Worte der Stammesoberhäupter von einem zum anderen weitergegeben werden mussten, um alle zu erreichen.

Comm von den Atrebaten sprach als erster, und vermutlich vertrat er auch die kleineren Stämme, all das, was – die Arverner ausgenommen – vom »Heer Galliens« nach dem Abfall der Häduer und Cadurker übrig geblieben war.

»Wir haben den Druiden gehorcht und uns diesem unnatürlichen Bündnis angeschlossen, weil Ihr uns versprochen habt, die Römer aus Gallien zu vertreiben. Stattdessen verwüstet Ihr das Land und lehnt es immer wieder ab, Euch einer Schlacht zu stellen. Und jetzt …«

»Feigling!«, rief Epirod von den Santonen.

»… und jetzt lasst Ihr Avaricum zerstören, ohne auch nur zu *versuchen,* die Stadt zu verteidigen!«

»Wenn wir für die Stadt in den Kampf gezogen wären, hätten wir eine Niederlage erlitten, und Cäsar hätte Avaricum ohnehin geplündert«, erwiderte Vercingetorix kühl. »Und wir hätten auf den Sieg verzichtet, der in greifbare Nähe gerückt ist.«

»Welchen Sieg?«, knurrte Comm. »Vielleicht jenen, den Ihr Cäsar versprochen habt?«

Vercingetorix musterte ihn mit einem durchdringenden Blick und legte die rechte Hand auf den Knauf des Schwerts, zog es aber nicht.

»Werft Ihr mir Verrat vor?«, fragte er leise.

Ob es Comm nun mit der Angst zu tun bekam oder ob er seinen Vorwurf wirklich bedauerte – seine Entschlossenheit ließ sichtlich nach. Doch die Worte, mit denen er die tödliche Beleidigung zurückziehen wollte, waren nicht viel besser.

»Nun, wenn es kein Verrat ist, dann … Mangel an Mut …«

»Wir hätten kämpfen sollen!«, rief Critognat zornig. »Bei einer Niederlage wären wir ehrenvoll gestorben!«

Zustimmende Rufe kamen von den anderen Stammesoberhäuptern, und einige von ihnen klopften mit ihren Schwertern an die Schilde. Als Critognats Worte unter den versammelten Kriegern weitergegeben wurden, dehnten sich Wellen des Geschreis und des Klopfens aus, so wie die Wellen in einem Teich, hervorgerufen von einem ins Wasser geworfenen Stein. Vercingetorix sah sich mit der offenen Verachtung seiner Streitmacht konfrontiert.

Wenn er seine Autorität als Oberbefehlshaber bewahren wollte, musste er zu den Kriegern sprechen, und zwar zungenfertiger als jemals zuvor. Und wenn er sich selbst für *würdig* halten wollte, das Heer Galliens anzuführen, so musste Wahrheit in seinen Worten brennen.

»Ihr seid zornig, und ich bin es auch!«, rief Vercingetorix so laut er konnte, sodass möglichst viele die Worte von ihm selbst hörten. »Ihr seid zornig auf mich, und ich bin zornig auf euch, aber noch zorniger bin ich auf mich selbst!«

Er wartete, bis dieser Hinweis die fernsten Bereiche der versammelten Streitmacht erreicht hatte, die Rufe und das Klopfen von Schwertern an Schilde Stille wich. Erst dann sprach er weiter, mit der ganzen Wut, die in ihm brodelte.

»Ich bin zornig auf mich selbst, weil ich wie ihr auf die Stimme meines Herzens gehört habe und nicht auf die des Kopfes! Wir hätten die Evakuierung der Stadt erzwingen und die Lebensmittelvorräte verbrennen sollen! Wenn ich dem Gebot der Notwendigkeit gefolgt wäre, wie es einem General gebührt, anstatt mich von Visionen leiten zu lassen, wären tausende jetzt noch am Leben und Cäsars hungernde Legionen auf dem Rückweg über die Alpen! Nehmt mir den Oberbefehl, den ihr mir anvertraut habt, wenn ihr mich für unwürdig haltet! Nehmt ihn zurück, denn wir sind Narren gewesen! Nehmt ihn zurück, weil ich der größte Narr von allen gewesen bin!«

Die Krieger in Hörweite reagierten mit verwirrtem Schweigen auf diese Worte. Aber als sie weitergegeben wurden, entstand ein Murmeln, das verdrossen klang, nicht mehr wütend. Zumindest gewann Vercingetorix diesen Eindruck.

Und er wusste: Die Worte, die er gerade gesprochen hatte, kamen direkt aus seinem Herzen, und er glaubte fest an jedes einzelne von ihnen. Aber die Tapferkeit, die er jetzt zum Ausdruck bringen musste, würde hohl klingen in seinen Ohren.

»Fasst Mut!«, rief er. »Ja, ich bin ein Narr gewesen! Ja, wir haben einen schrecklichen Fehler gemacht! Aber Cäsar ist ein noch größerer Narr gewesen und hat einen noch größeren Fehler gemacht, und dafür muss er den Preis der sicheren Niederlage bezahlen! Denn nach diesem ungeheuerlichen Massaker kennt jeder Gallier seine wahre Natur! Kein Gallier wird an seiner Seite stehen! Kein Gallier kann neutral bleiben! Mit dieser abscheulichen und schändlichen Gräueltat hat Gajus Julius Cäsar erreicht, was mein Vater vergeblich versuchte, was ich nicht erreichen konnte und was kein Gallier bewerkstelligen kann – er hat alle Stämme Galliens geeint! Alle Männer, Frauen und Kinder sind gegen ihn! So wie damals, als Brenn König war und Rom vor uns zitterte! Und wenn alle Stämme Galliens geeint sind, kann niemand uns Widerstand leisten!«

So sprach Vercingetorix, und die Krieger riefen seinen Namen, klopften erneut mit ihren Schwertern an die Schilde, wenn auch nicht mit großer Begeisterung.

Doch Vercingetorix wusste, dass seine Worte auf eine zungenfertige Lüge hinausliefen. Die Gallier waren so uneins wie kaum jemals zuvor. Ohne Litivak und seine Häduer beschränkte sich das »Heer Galliens« auf die Arverner und einige tausend Krieger aus den kleineren Stämmen. Und Cäsar war alles andere als ein Narr gewesen. Das von ihm angeordnete Massaker übermittelte eine klare Botschaft: Jetzt führe *ich*, und *du* musst folgen.

Denn *dies* geschieht mit jeder Stadt, die du nicht verteidigst.

Der heitere morgendliche Sonnenschein stand in einem krassen Gegensatz zu Vercingetorix' Stimmung, als er mit Rhia über den Schutzwall von Gergovia ging und die hektische Aktivität weiter unten beobachtete. Mit fiebriger Entschlossenheit, die sich auf Entsetzen und Verzweiflung gründete, bemühte sich die ganze Bevölkerung der Stadt, die äußeren Erweiterungen der Befestigungsanlagen vor dem Eintreffen von Cäsars Legionen fertig zu stellen.

Vier Gräben umgaben die Stadt, und ein fünfter wurde gerade ausgehoben. Die drei äußeren Gräben enthielten zugespitzte Pfähle, um die Pferde und Reiter der angreifenden Kavallerie zu durchbohren. Außerdem waren sie breit genug, um zu verhindern, dass die schrecklichen römischen Katapulte in Reichweite gerieten und Belagerungstürme oder Sturmböcke die Stadt erreichten. Die inneren beiden Gräben enthielten Heu und Pech. An Pfähle genagelte

Bretter schufen mobile Brücken, die man in der Stadt aufbewahrte. Wenn die angreifenden Römer nicht nur aufgehalten, sondern sogar zurückgeschlagen werden konnten, sollten sie es den gallischen Reitern ermöglichen, dem Feind nachzusetzen.

»Cäsar hat mich gezwungen, die Arverner in diese Falle zu führen«, murmelte Vercingetorix bedrückt.

»Falle? Wir verwandeln Cäsars Falle in *unsere* Festung.«

»So scheint es …«, erwiderte Vercingetorix. »Aber Cäsar *wusste*, dass ich dieser Falle nicht ausweichen konnte. Wenn ich nach Avaricum auf die Verteidigung meiner eigenen Hauptstadt verzichtet hätte, wäre ich ein General ohne Heer. Aber indem ich Gergovia verteidige, hat er mich genau dort, wo er mich haben will.«

»Mit solchen Gedanken solltest du dich nicht vor einem Kampf belasten, den du *nicht verlieren darfst.* Den du *nicht verlieren kannst.«*

»Den ich nicht verlieren kann!«, wiederholte Vercingetorix bitter.

»Den du nicht verlieren kannst«, sagte Rhia sanft. »In einer Vision hast du dein ganzes Leben gesehen, und es endet nicht hier, sondern als König von Gallien in Rom.«

»Visionen!«

»Solche Visionen lügen nicht.«

»Wirklich nicht?«, erwiderte Vercingetorix zornig. »Bei Avaricum bin ich einer Vision gefolgt. Sie kostete tausende das Leben und zwang mich in Cäsars Falle!«

»Hat sie gelogen? Hat sie dir etwas gezeigt, das nicht geschah? Manche Visionen erzählen uns nur etwas, das wir bereits in unserem Herzen wissen. Bei Avaricum bist du einer Vision gefolgt. Nicht weil sie dir offenbarte, was passieren würde, sondern weil sie dir etwas mitteilte, von dem du bereits wusstest, dass es richtig war. Visionen mögen in Rätseln sprechen, wenn sie uns weltliche Dinge erzählen, aber sie sind klar, wenn es um die Dinge der *Seele* geht.«

Der Halbmond schien in jener Nacht, und der Himmel war ohne Wolken. Vercingetorix wanderte allein zwischen dem Schutzwall der Stadt und dem ersten Graben, hoffte auf ein Zeichen am sternenbesetzten Firmament und fürchtete gleichzeitig, dass sich ihm eins offenbarte.

Visionen am Himmel. Visionen im Land der Legende. Visionen im Feuer. Visionen im Nebel. Er war ihnen gefolgt, seit er sich unter dem Baum des Wissens dem Schicksal gebeugt hatte. Er hatte dem Schicksal vertraut und wie ein guter Gallier auf die Stimme des Geistes gehört.

Und es hatte ihm das Leben eines normalen Mannes verweigert. Er hatte keine Frau und war nie in der Lage gewesen, sexuelle Erfahrungen zu sammeln. Marah verachtete ihn als Barbaren. Rhia hielt sich an ein Keuschheitsgelübde. Vercingetorix hatte alles geopfert, um seinen Visionen des Schicksals zu folgen.

Doch Cäsar schuf sein Schicksal selbst, indem er der erbarmungslosen Logik der Notwendigkeit folgte, und sein Heer war unter seinem Befehl so geschlossen wie ein Vogelschwarm am Himmel.

Ich hingegen führe eine Streitmacht aus *Galliern,* dachte Vercingetorix verdrießlich. Sie sind dazu bereit, für Ruhm allein zu kämpfen. Und genau diese Stärke ist ihre Schwäche, denn eine ruhmvolle Niederlage ist ihnen lieber als ein ruhmloser Sieg. Und sie folgen ihrem Anführer nur dann, wenn Ruhm in Aussicht steht.

Vercingetorix ging weiter und blickte zum Himmel hoch, an dem in dieser Nacht nichts geschrieben stand. Fast wäre er mit Guttuatr zusammengestoßen, der in entgegengesetzter Richtung am Schutzwall entlangging.

»Haltet Ihr nach einem Zeichen Ausschau?«, fragte er den Erzdruiden.

Im silbrigen Mondschein wirkte Guttuatr ungewöhnlich blass, und dadurch sahen die Falten in seinem Gesicht tiefer aus. Er schien nur noch ein Schatten des Mannes zu sein, der er einst gewesen war. Oder des Mannes, zu dem er werden würde.

»So wie du?«, erwiderte Guttuatr.

»Ich suche nicht nach einer jener Visionen, die mich in Cäsars Falle gelockt haben, sondern einen Ausweg«, sagte Vercingetorix. »Wie konnte ich zulassen, dass sich die Dinge auf diese Weise entwickelten, Guttuatr?«

»Du hast das Richtige getan.«

»Was war daran richtig?«, fragte Vercingetorix bitter. »Und sagt mir, wer den Nutzen daraus gezogen hat! Die niedergemetzelte Bevölkerung von Avaricum?«

Als Guttuatr schwieg, antwortete Vercingetorix für ihn. »Ich sage Euch, wer den Nutzen daraus gezogen hat – allein Cäsar!«

»Macht ringt mit Macht auf den Schlachtfeldern der Welt«, sagte Guttuatr. »Richtig und Falsch ringen in der Seele eines jeden Menschen miteinander. *Du* hast den Nutzen daraus gezogen, Vercingetorix. Der Mann der Tat fand den verlorenen Mann des Wissens wieder.«

Vercingetorix wusste, dass das stimmte. Wenn *er* Avaricum verbrannt hätte und nicht Cäsar, so würde er sich jetzt verachten. Die Vision hatte seine Seele gerettet. Andererseits ... Wenn er bereit gewesen wäre, den Preis für das notwendige Übel zu zahlen – wären dann nicht tausende noch am Leben?

»Vielleicht darf ein Mann des Wissens nicht vor einem geringeren Übel zurückschrecken, um ein größeres zu verhindern«, sagte er. »Manchmal müssen wir mehr opfern als unser Leben, um Gutes zu bewirken. Manchmal müssen wir unsere Ehre aufgeben.«

»Jetzt sprichst du wahrhaft wie ein Druide«, erwiderte Guttuatr. »Du sprichst nun wie jemand, der mir ebenbürtig ist.«

»Zu diesem Opfer habe ich *Euch* gezwungen, indem ich Euch veranlasste, in die Welt des Haders herabzusteigen und zu meinem Werkzeug zu werden, nicht wahr?«, fragte Vercingetorix leise. »Und das lastet schwer auf meinem Geist.«

In den Augen des Erzdruiden zeigte sich eine Zartheit, die Vercingetorix dort noch nie zuvor gesehen hatte. »Jetzt sprichst du wie mein Freund«, sagte Guttuatr.

Vercingetorix hatte getan, was er konnte, um den Großen Saal von Gergovia in den ursprünglichen Zustand zu versetzen, aber er erschien ihm noch immer wie der traurige Schatten einer Vergangenheit, die nie zurückkehren würde.

Das weiß gestrichene Korbgeflecht war von den Außenwänden

entfernt worden, aber mit ihm verschwand auch ein Großteil der geschnitzten Weinreben und Blumen. Den Portikus am Eingang hatte man entfernt, doch es blieben Narben zurück. Es steckte kein buntes Glas mehr in den Fensterschlitzen, Fackeln ersetzten die Öllampen, und der alte Bankettisch stand wieder dort, wo er früher gestanden hatte. Was die Malereien an den Innenwänden betraf: Sie waren und blieben halb zerstört durch Gobanits »Renovierungen« im römischen Stil, mit Farben, wie sie bei den Originalen nie benutzt worden waren.

Die Schilde, Schwerter und Schädel besiegter Feinde waren nie fortgebracht worden, aber diese stolzen Hinweise auf vergangenen Ruhm passten nicht zu den gegenwärtigen Umständen. Fast der ganze Vorrat an Gold und Edelsteinen war dafür verwendet worden, die Bauern für den Verlust ihrer Habe zu entschädigen. Vercingetorix hatte die leeren Truhen entfernen lassen, um nicht ständig daran erinnert zu werden, wie viel der Krieg die Arverner gekostet hatte, die einmal einer der reichsten Stämme in Gallien gewesen waren.

Am Tisch saßen Critognat, Cottos von den Karnuten, Comm von den Atrebaten, Epirod von den Santonen, Velaun von den Parisinern, Kassiv von den Turonen und Netod von den Bellovakern – die Befehlshaber der Reste des Heers von Gallien.

»Nach den Berichten der Späher treffen die Römer morgen gegen Sonnenuntergang hier ein, wenn die Legionen im gleichen Tempo marschieren wie bisher«, sagte Vercingetorix.

»Wir sind für sie bereit!«, erklärte Critognat.

»So bereit, wie wir sein können«, erwiderte Vercingetorix und bereute seine Worte sofort. Keltill hätte während eines Kriegsrats nicht auf diese Weise gesprochen.

»Die Gräben sind ausgehoben«, sagte Critognat. »Jedes Schwert ist geschärft, jeder Helm auf Hochglanz poliert. Wir sind bereit, den Feind zu vernichten!«

»Nein«, entfuhr es Vercingetorix, und er versuchte vergeblich, die Worte zurückzuhalten. »Wir sind bereit, gegen ihn zu *kämpfen*.«

Ich bin nicht Keltill, dachte er. Mein Vater war mit einer Einfachheit gesegnet, die die Götter mir stahlen, bevor der Bart in meinem Gesicht wuchs oder das Haar am Schambein.

»Was fehlt uns?«, fragte Netod.

»Ein Weg zum Sieg«, entgegnete Vercingetorix, und erneut bereitete ihm seine Antwort Kummer.

»Was ist das für ein Gerede?«, fragte Critognat.

»Legt Ihr mir nahe, mit meinen Kriegern zu fliehen?«, fragte Comm sarkastisch.

»Vielleicht *sollten* wir besser die Flucht ergreifen als an der Seite eines Generals zu kämpfen, der *keinen Weg zum Sieg sieht«,* sagte Velaun.

»Warum *lassen* wir es zu, dass Cäsars Legionen diese arvernische Stadt in eine Falle verwandeln?«, fragte Cottos.

»Er hat Recht!«

»Und ob er Recht hat!«, rief Vercingetorix. »Gergovia darf nicht zu einer Falle für uns werden!«

Er hatte das Gefühl, auf einer hohen, von Nebel umhüllten Felsenspitze zu stehen, und plötzlich lichteten sich die Nebelschwaden, gestatteten ihm einen Blick ins Tal. Es war wie eine Vision, die ihm zwar nicht das Land der Legende zeigte, aber eine neue geistige Klarheit brachte.

Eine logische Klarheit. Vermutlich denkt Cäsar auf diese Weise, dachte Vercingetorix. Und jetzt verstehe ich ihn allmählich.

»Du siehst aus, als hätten dir die Götter eine Vision gewährt«, sagte Rhia.

»Nicht die Götter«, gab Vercingetorix zurück. *»Cottos.«*

Cottos bedachte ihn mit einem verwirrten Blick.

»Ihr habt gefragt, warum wir es zulassen, dass Cäsar Gergovia in eine Falle für uns verwandelt.«

»Eigentlich war es keine richtige Frage«, sagte Cottos voller Unbehagen.

»Aber die Antwort lautet: Wir sollten es nicht zulassen!«, sagte Vercingetorix.

»Was?«, donnerte Critognat. »Wollt Ihr *unsere Stadt* Cäsar kampflos preisgeben?«

»Nein«, erwiderte Vercingetorix. »Ihr bleibt mit genug Kriegern hier, um den Anschein einer Verteidigung der Stadt zu erwecken. Ich breche mit dem größten Teil unserer Streitmacht und den meisten Reitern auf.«

Critognats Empörung war so groß, dass sich sein Gesicht purpurn verfärbte, und gleichzeitig hinderte ihn Verblüffung daran, einen Ton hervorzubringen.

Vercingetorix lachte. »Was hoffte Cäsar bei Avaricum zu erreichen?«, fragte er.

Eine Zeit lang herrschte Schweigen.

»Was er erreicht *hat?*«, fragte Epirod schließlich.

»Nein«, sagte Vercingetorix. »Er *musste* sein Heer mit Proviant versorgen. Was er zu erreichen *hoffte* … Er wollte, dass wir uns in der Stadt verschanzen.«

»Und darauf hat er es jetzt erneut abgesehen …«, sagte Velaun.

»*Deshalb* hat er Avaricum zerstört und die Bewohner der Stadt massakriert, um uns zu zwingen, Gergovia gegen ihn zu verteidigen.«

»Bei den Göttern, das wissen wir längst!«, entfuhr es Comm.

»Aber wir wussten nicht, was wir dagegen unternehmen sollen«, sagte Vercingetorix.

»Und das wissen wir jetzt?«

»Wir dürfen uns nicht so verhalten, wie Cäsar es von uns *erwartet*«, erklärte Vercingetorix. »Gegen eine römische Belagerung können wir Gergovia nicht auf Dauer verteidigen. Cäsar würde uns einschließen, wie Wein in einer Amphore, bis wir verhungern, oder er würde uns zermalmen wie ein Ei in einer eisernen Faust. Wir dürfen uns nicht auf die Verteidigung beschränken, sondern müssen angreifen! Lasst uns nicht zu Ratten in Cäsars Falle werden, sondern im Freien kämpfen, wie *Gallier!*«

»Wohl gesprochen!«, lobte Critognat. »Zum ersten Mal seit zu langer Zeit!«

Dann können wir wenigstens mit *etwas* Hoffnung in unseren Herzen kämpfen, dachte Vercingetorix grimmig. Doch der Oberbefehlshaber des Heers von Gallien sollte wie Keltill sprechen. Deshalb schob Vercingetorix eine Maske grimmiger Entschlossenheit vor sein Gesicht, als er aufsprang und sein Schwert zog.

»Und selbst wenn man uns besiegt …«, verkündete er. »Wenn die Barden die Geschichte erzählen, so werden sie stolz sagen, dass wir wie Gallier starben!«

»Wenn man bedenkt, welche Mittel und wie viel Zeit ihm zur Verfügung standen – selbst Gallius hätte keine besseren Vorbereitungen für die Verteidigung der Stadt treffen können«, sagte Cäsar zu Brutus, als er das Werk seines Gegners bewunderte.

Von der Spitze des Heeres aus, das auf der Ebene Halt gemacht hatte, sah Cäsar zu dem baumlosen Hügel, auf dem die Arverner Gergovia errichtet hatten. Er bemerkte Krieger auf dem Schutzwall. Immer wieder kamen Reiter durchs offene Tor und ritten wie bei einer Parade um die Stadt.

Die neu ausgehobenen Gräben sah er nicht, aber die Berichte der Späher hatten ihn darauf hingewiesen. Der erste Graben war zu breit für sie gewesen, um ihn zu überqueren, und er enthielt zugespitzte Pfähle, offenbar zur Abwehr der Kavallerie. Die Späher hatten drei weitere Gräben gesehen, wussten aber nicht, wie viele es insgesamt gab. Und der äußerste Graben sorgte dafür, dass die Katapulte außer Reichweite blieben.

»Siehst du, wie er unsere Katapulte, die Belagerungstürme und selbst den Sturmbock neutralisiert hat, Brutus? Nur mit Schaufeln! Wir müssten schwere mobile Brücken bauen und mindestens vier Gräben überqueren, um jene Waffen einzusetzen, und das ist die Mühe nicht wert. Gallius wird sehr enttäuscht sein.«

»Ihr klingt fast so, als wäret Ihr *stolz* auf Vercingetorix«, sagte Brutus, beschämt von der Gereiztheit in seiner Stimme.

»Vielleicht bin ich das tatsächlich, Brutus. Ich halte mich schon zu lange in seinem Land auf. Manchmal stelle ich fest, dass ich wie ein Gallier denke. Mars steh mir bei, ich beginne sogar damit, *Ruhm* zu schätzen. Und es bereitet mehr Genugtuung, einen würdigen Gegner zu besiegen als einen dummen.«

Decimus Junius Brutus war in der Hoffnung nach Gallien gekommen, großartige Abenteuer zu erleben und schnell aufzusteigen in den Diensten des großen Mannes, der ihn unter seine Fittiche genommen hatte. Cäsar war bekannt für solche Beziehungen mit jungen Männern, und Brutus wusste, dass manche Leute ihn für Cäsars Lustknaben hielten, für den letzten einer ganzen Reihe.

Brutus wusste auch, dass das nicht stimmte, und er vermutete, dass auch seine Vorgänger keine Lustknaben gewesen waren. Cäsar – der größte Mann, den er kannte, und wahrscheinlich der größte lebende Römer – war von der pädagogischen Leidenschaft besessen, zu erklären und zu lehren, seine Gedanken mit jemandem zu teilen, den er für würdig hielt. Normalerweise erfüllt ein Sohn diese Funktion. Und da Cäsar keinen Sohn hatte, adoptierte er Ersatzsöhne.

Brutus verstand dies erst, seit Vercingetorix eine Zeit lang seinen Platz eingenommen und Cäsars Aufmerksamkeit für sich beansprucht hatte. Die Eifersucht, mit der er darauf reagierte – eine Eifersucht wie unter Brüdern –, bot einen deutlichen Hinweis. Ebenso die schändliche Zufriedenheit, die sich in ihm regte, als Vercingetorix zum Feind wurde.

Wenn Brutus Cäsar nicht so liebte wie ein Sohn, so bewunderte er ihn doch so, wie ein Sohn seinen großen, brillanten Vater bewundert hätte, der wiederum die Anerkennung seines Sprösslings zu erreichen hofft. Doch der Krieg gegen jenes barbarische Stammesoberhaupt, das Bündnisse mit blutiger ritueller Magie besiegelte und nicht davor zurückschreckte, das eigene Land zu verwüsten, um seinen Feind auszuhungern, dieser Krieg hatte den Mann verändert, den Brutus bewunderte.

Vielleicht hielt sich Cäsar tatsächlich seit zu langer Zeit in Gallien auf, denn wenn er nicht wie ein gallischer Barbar dachte, so *verhielt* er sich doch wie einer. Vercingetorix schien ihn in ein Duell erbarmungsloser Grausamkeiten verwickelt zu haben. Den bisherigen Höhepunkt stellte das Massaker von Avaricum dar. Dort hatte sich Cäsar nicht nur als härterer Mann erwiesen, sondern auch den armen Litivak mit der Zurschaustellung völliger Erbarmungslosigkeit in eine aussichtslose Lage gebracht und offenbar Vercingetorix' Ende besiegelt.

Brutus verstand die Genialität dieser Strategie und kannte den Krieg inzwischen gut genug, um die Wahrheit der Worte zu erkennen, die Cäsar vor langer Zeit in Rom an ihn gerichtet hatte: Krieg war nichts anderes als eine große Anzahl individueller Morde, um des Staates willen begangen. Er mochte die Gallier nicht, aber er hatte nun etwas in Cäsar gesehen, das ihn schaudern ließ, dem er nicht nacheiferte – obgleich er die Genialität des großen Cäsar und seine gottartige Kraft noch immer bewunderte.

Cäsar hatte ihn oft genug aufgefordert, seine Unschuld abzustreifen. Jetzt glaubte Brutus, sie tatsächlich verloren zu haben. Aber nicht auf die Weise, die sich Cäsar wünschte. Vielleicht nicht einmal auf eine Weise, die Brutus' großer Mentor verstehen konnte.

»Offenbar hat er uns nur zwei Möglichkeiten gelassen«, sagte Cäsar. »Entweder belagern wir die Stadt, oder wir stürmen sie allein mit der Infanterie, überbrücken die Gräben mit einfachen Brettern und verwenden Leitern, um den Schutzwall zu überwinden. Wie würdest *du* dich entscheiden, Brutus?«

»Ein massiver Angriff mit der Infanterie würde zu großen Verlusten führen und könnte sogar fehlschlagen. Eine Belagerung hingegen brächte uns schließlich einen sicheren Sieg ein. Also …« Brutus zuckte wie ein scheuer Schüler mit den Schultern.

Eine dumme Antwort, dachte Cäsar gereizt. In letzter Zeit schien mit Brutus irgendetwas nicht zu stimmen.

»Denk nach, Brutus, denk nach!«, sagte er. »Die Belagerung könnte bis zum Winter dauern. Unsere Vorräte gingen erneut zur Neige, und dann wären wir gezwungen, uns zurückzuziehen. Das *weiß* Vercingetorix. Und er weiß auch, dass ich es weiß. Woraus folgt …?«

Diesmal war Brutus' Antwort noch dümmer, denn sie bestand nur aus einem glasigen Blick.

»Er *scheint* uns nur zu einer Belagerung einzuladen«, erklärte

Cäsar. »In Wirklichkeit möchte er, dass wir angreifen. Und er weiß auch, dass ich zu diesem Schluss gelange.«

»Weiß er das?«

»Keiner von uns kann sich eine lange Belagerung leisten. Ich nicht, weil ich unter Zeitdruck auf feindlichem Boden agiere. Und Vercingetorix nicht, weil es eine militärische Tugend gibt, über die gallische Kämpfer nur in einem sehr begrenzten Maße verfügen ...«

»Geduld!«

Brutus schien endlich aus seiner Apathie zu erwachen.

»Ausgezeichnet, mein junger Freund!«, lobte Cäsar. »Und von dieser Tugend braucht man viel, wenn man einer Belagerung widerstehen will. Deshalb wird ein gallischer Befehlshaber alles versuchen, um einer Belagerung zu entgehen. Vercingetorix überließ uns Avaricum kampflos, weil er nicht belagert werden wollte.«

»Aber ... das ... das Massaker von Avaricum sollte ihn doch dazu *zwingen,* seine eigene Hauptstadt zu verteidigen.«

»Oh, er muss Gergovia verteidigen. Aber nicht unbedingt von innen.«

»Aber sein Heer *ist* in der Stadt! Wir haben es gesehen ...«

»Krieger auf dem Schutzwall und paradierende Kavallerie. Wir wissen nicht, wie viele Kämpfer sich tatsächlich in Gergovia aufhalten. Oder ob Vercingetorix bei ihnen ist.«

»Zweifelt Ihr daran?«

»Ich an seiner Stelle wäre nicht in der Stadt geblieben. Ich hätte genug Krieger in ihr zurückgelassen, um den Eindruck zu erwecken, dort zu sein. Mit dem einen Element, das den Römern überlegen ist, meiner Kavallerie, würde ich mich irgendwo verstecken und darauf warten, dass Cäsar die Stadt stürmt. Und dann, wenn seine Infanterie damit beschäftigt ist, sich einen Weg über die Verteidigungsgräben zu kämpfen ...«

»Ein Angriff von hinten!«

Cäsar nickte. »Das ist so ziemlich die einzige Chance, die er hat. Und es könnte sogar klappen. Unter den gegebenen Umständen gibt es keinen anderen logischen Schlachtplan.«

»Aber er kennt nicht die *wahren* Umstände ...«

»Nein, die kennt er nicht, der arme Kerl«, sagte Cäsar fast wehmütig. »Und wenn er es herausfindet, so wird die Erkenntnis selbst der schwerste Schlag für ihn sein.«

Eine Eule schrie. Funken stiegen vom Lagerfeuer auf, wie Glühwürmchen, die den Sternen jenseits der Baumwipfel entgegenstrebten. Rhia lag verlockend nah neben Vercingetorix, kehrte ihm den Rücken zu. Wenn nicht das Wiehern und Schnaufen der Pferde sowie das Schnarchen und schläfrige Brummen tausender von Kriegern gewesen wäre, hätte er sich vielleicht vorstellen können, ins Damals zurückgekehrt zu sein, als sein ganzes Heer aus ihm und seiner Schwester des Schwertes bestanden hatte.

Das alles schien sehr lange zurückzuliegen. Seitdem hatte Vercingetorix mehr Männer getötet, als er zählen konnte, mehr Land verwüstet als Brenn oder Cäsar, das Heer Galliens befehligt, das Keltill hatte aufstellen wollen. Er war zum Druiden geworden und hatte sein ganzes Leben in einer Vision gesehen.

Doch er musste erst noch beginnen, als Mann zu leben. Und vielleicht kam er nie dazu, denn die Chance, den Sieg zu erringen, war sehr gering. Viel mehr sprach dafür, dass die Barden bald davon singen würden, wie er eine ruhmvolle Niederlage erlitt und als stolzer Gallier starb.

»Rhia …«, murmelte er. Und etwas lauter, als sie nicht antwortete: »Rhia? Schläfst du?«

»Jetzt nicht mehr«, sagte sie und fügte ein leises Lachen hinzu, das den Vorwurf in ihren Worten milderte.

»Vielleicht kommt es morgen zum Kampf, und wenn nicht, so doch recht bald. Wir wissen nicht, ob dies unsere letzte gemeinsame Nacht ist …«

»Und so …?«

»Und so …« Vercingetorix legte Rhia die Hand auf die Schulter.

Sie wich fort. »Und das von dem Mann, der nicht auf dem Boden Galliens sterben kann?«

»Vielleicht sind Visionen nichts als Fallstricke, mit denen uns die Götter verwirren wollen.«

»Möglicherweise hast du derzeit Grund, das glauben zu *wollen,* und vielleicht geht es mir ebenso, aber keiner von uns ist wirklich davon überzeugt, nicht wahr, zungenfertiger Vercingetorix?«, fragte Rhia neckisch.

Und das stimmte natürlich. Trotzdem rückte Vercingetorix etwas näher an Rhia heran, sodass er sie atmen hörte und ihren Moschusduft wahrnahm, vermischt mit den nächtlichen Gerüchen des Waldes.

»Derzeit kann ich nicht glauben, dass ich einmal König von Gallien sein werde«, sagte er. »Und wenn *jene* Vision falsch ist, welchen Sinn hat dann ...«

»Unser Eid als Bruder und Schwester des Schwertes?«, fragte Rhia und lachte. Und Vercingetorix war gezwungen, mit ihr zu lachen.

»Du durchschaust meine Strategie besser als Cäsar«, meinte er. Trotzdem rückte er erneut näher, bis sich ihre Körper fast berührten.

»Sie ist alles andere als subtil.«

»Nun, warum nicht?« Vercingetorix legte Rhia die Hand auf den verlängerten Rücken. Sie drehte sich nicht zu ihm herum, aber sie wich auch nicht fort.

»Weil unsere Schicksale es nicht zulassen«, sagte Rhia, und jetzt klang ihre Stimme bedrückt.

»Aber wenn unser Schicksal darin besteht, morgen zu sterben, was spielt es dann für eine Rolle, was wir in dieser Nacht anstellen?«

Rhia antwortete nicht. Ihr Schweigen zog sich in die Länge. Vercingetorix wagte es nicht, die Hand weiter zu bewegen, aber er zog sie auch nicht zurück. Schließlich seufzte Rhia tief, und er fand, dass es traurig klang.

»Was ist, Rhia?«

»Ich möchte lieber nicht darüber sprechen«, flüsterte sie.

»Worüber?«

»Über ... Liebe, Tod und Schicksal ... deins und meins. Darüber, was wir nicht können und nicht dürfen ...«

Mit der anderen Hand griff Vercingetorix nach Rhias Schulter und drehte sie zu sich herum. Sie widersetzte sich nicht. »Dies ist vielleicht meine letzte Nacht auf Erden, und ich könnte als Jungfrau sterben, und du willst mir nicht einmal den Grund dafür nennen?«

»Manche Dinge bleiben besser unausgesprochen.«

»Aber dies gehört nicht dazu!«, erwiderte Vercingetorix verärgert. Und sanfter: »Bitte, Rhia, zumindest so viel ...«

»Es wird dir nicht gefallen«, sagte sie kühl, doch selbst in der Dunkelheit sah Vercingetorix in ihren Augen, dass ihr Herz sich öffnete. Und so wartete er geduldig, lauschte ihrem Atmen und dem Lied eines fernen Nachtvogels.

»Auch ich habe in einer Vision meinen Tod gesehen«, sagte Rhia schließlich. »Und ... und ...«

»Und?«, fragte Vercingetorix so sanft, wie es sein Verdruss zuließ.

»Und ich sterbe den Tod einer Kriegers«, sagte Rhia.

»Das hattest du dir doch gewünscht, oder?«

Vercingetorix sah, wie Rhia nickte, aber dann drehte sie den Kopf und mied seinen Blick.

»Mein Tod ist genau das, was ich mir wünsche«, sagte sie, und in ihrer Stimme erklang eine sonderbare Zärtlichkeit, die Vercingetorix noch nie zuvor von ihr gehört hatte. »Ich sterbe, während ich an deiner Seite kämpfe. Und du ... du ...«

Vercingetorix berührte ihre Wange. »Und ich?«, flüsterte er.

»Und du lebst weiter ...«

Vercingetorix wusste nicht, was er sagen sollte und was er empfand. Er legte die andere Hand auf Rhias andere Wange, zog sie zu sich heran und küsste sie, wie ungeschickt auch immer, lang und leidenschaftlich, so wie ein Mann eine Frau küssen sollte.

Rhia erwiderte den Kuss, schlang die Arme um Vercingetorix und drückte ihn an sich, behutsam erst, dann fester. Er spürte ihre Brüste, ihre Hüfte an der seinen, die sich von ganz allein bewegte, und er fühlte, wie Rhia darauf reagierte, an dem Tanz teilnahm, und es gab keine Gedanken mehr, und ...

... plötzlich wich Rhia zurück, wand sich aus seiner Umarmung und kehrte ihm den Rücken zu. Und dann schluchzte die Kriegerin.

»Was ist?«, fragte Vercingetorix sanft und wagte es nicht, eine tröstende Hand auszustrecken.

»Ich sollte es dir nicht sagen …«

»Jetzt musst du mir Auskunft geben …«

Rhia seufzte tief. »Muss ich das?« Und sie seufzte erneut. Und Vercingetorix spürte, wie sie schauderte.

»Wie alle derartigen Visionen hat sie nicht klar gesprochen«, sagte Rhia. »Ich sah … ich sah … eine Nacht der Liebe mit dir … und am Morgen meinen Tod an deiner Seite, im Kampf. Ein Kampf, der mit einer *Niederlage* endet, Vercingetorix.«

Sie sah ihn an, und Tränen glänzten in ihren Augen. Die Lippen bebten. »Ist dir *jetzt* klar, warum wir unseren Eid nicht brechen dürfen …?«

Vercingetorix konnte nur nicken und keusch einen Finger zu ihren Lippen heben. Er brachte nicht den Mut auf, sie erneut zu küssen.

»Ich möchte nicht dein Tod sein …«, flüsterte er.

»Du verstehst noch immer nicht«, sagte Rhia. »Ich würde gern für dich sterben. Ich wäre fast bereit, für jene eine Nacht der Liebe mit dir mein Leben zu opfern.«

Und Vercingetorix wusste, dass nun die Frau zu ihm sprach.

»Aber der Kampf um Gergovia *darf nicht verloren gehen!«*, sagte Rhia mit Nachdruck. »Denn dann wäre ganz Gallien verloren!«

Und das waren die Worte der Kriegerin.

In diesem Moment wusste Vercingetorix nicht, wen von beiden er mehr liebte.

Cäsar saß auf seinem Pferd, umgeben von zwanzig Kurieren, sah zum Himmel hoch und wünschte sich mehr Wolken. Doch die *perfekte* Nacht kam vielleicht nie, und das Sternenlicht, in dem man von Gergovia aus Einzelheiten erkennen konnte, erlaubte es den Legionären, auf Fackeln zu verzichten.

Außerdem war die ganze Sache – das Vorrücken im Schutz der

Dunkelheit, ohne Fackeln, die Übermittlung von Befehlen durch Kuriere anstatt mit akustischen Signalen – nichts weiter als eine Farce, mit der Cäsar die Farce der Gallier in Gergovia beantwortete. Er glaubte fest daran, dass selbst dann niemand die Stadt verlassen würde, wenn seine Legionen am hellen Mittag mit wehenden Fahnen und laut tönenden Fanfaren zu den Gräben marschiert wären.

Aber wir wollen die Gallier doch nicht enttäuschen, indem wir uns weigern, auf ihr Spiel einzugehen, oder?, dachte Cäsar sarkastisch.

»Sie sollen beginnen«, sagte er, und drei Kuriere ritten los, um die Anweisungen zu übermitteln.

Trebonius, Tulius und Galba würden drei kleine Trupps aus Legionären losschicken, um den ersten Graben mit Brettern zu überbrücken. Anschließend sollte eine einzelne Kohorte Infanterie zu den Brückenköpfen vorstoßen und den Legionären Schutz gewähren, während sie den zweiten Graben ebenso überquerten wie den ersten, gefolgt wiederum von der Kohorte. Weitere Truppen rückten nicht vor, bis der dritte Graben überbrückt war und die Stege über alle drei Gräben Platz genug für einen raschen Rückzug boten, sollte einer notwendig werden. Dann sollte eine größere Streitmacht über die drei Gräben geschickt werden, mit Leitern, Äxten, leichten Sturmböcken und Bogenschützen. Doch auch dies würde nicht der Hauptteil des Heeres sein.

Normalerweise hätte Cäsar nicht den Befehl gegeben, zwei Stunden vor Morgengrauen mit einem Angriff zu beginnen, bei dem Gräben überwunden werden mussten. Aber die Gallier hatten sich nicht dazu herabgelassen, seine Spähtrupps anzugreifen, und deshalb hielt er es nicht für unklug, von der Annahme auszugehen, dass sie ihn dazu *einluden*, ungehindert mindestens über den ersten Graben hinweg vorzustoßen. Vermutlich wollten sie warten, bis sich möglichst viele Legionäre zwischen den einzelnen Verteidigungsgräben befanden.

Cäsar wusste nicht genau, was die Gallier in Gergovia dann unternehmen würden – vermutlich kam es zu einem Angriff auf die vordersten Linien. Aber er war fast sicher, dass Vercingetorix' Hauptstreitmacht dann aus ihrem Versteck kam, zweifellos in der Hoffnung, ein römisches Heer vorzufinden, dem er mit seinem gar nicht so überraschenden Überraschungsangriff großen Schaden zufügen konnte.

Eine blasse Sonne ging über Gergovia auf, an einem von grauweißen Wolken bedeckten Himmel, und ihr Licht fiel auf acht Kohorten römischer Infanterie, die in enger Formation diesseits des dritten Verteidigungsgrabens standen, dem Stadttor gegenüber. Auf der anderen Seite des nächsten Grabens lagen hundert gallische Bogenschützen auf dem Bauch. Hinter ihnen führte eine Bretterbrücke über den innersten Graben, und dort warteten doppelt so viele Bogenschützen.

Vor der Stadt ritten etwa tausend gallische Krieger hin und her, riefen, fluchten, schlugen Schwerter und Lanzen an ihre Schilde – sie veranstalteten einen ohrenbetäubenden Lärm. Weitere Krieger auf dem Schutzwall folgten ihrem Beispiel.

Frauen leisteten ihnen dort Gesellschaft, einige jung und schön, aber die meisten alt und alles andere als attraktiv. Sie riefen ebenfalls, entblößten ihre Brüste, drehten sich, hoben die Röcke und zeigten den Römern ihre nackten Hintern. Trompeter bliesen in gallische Hörner, die aus Messing bestanden und wie ein Schwanenhals gebogen waren – die blökenden Geräusche hörten sich an wie enorme Fürze.

Die Römer gaben ihre Formationen und die militärische Disziplin nicht auf, um auf diesen Spott zu reagieren. Sie beschränkten sich darauf, ebenfalls zu rufen und zu fluchen, ohne sich zu bewegen, während ihre zahlenmäßig unterlegenen Trompeter vergeblich versuchten, die Lautstärke der Gallier zu erreichen.

Vercingetorix nickte dem nächsten Signalmann zu, der daraufhin in sein Horn blies. Ein schmetternder Laut erklang, den andere Hörner wiederholten, bis überall im Wald die Schreie metallener Gänse zu ertönen schienen.

Krieger stiegen auf ihre Pferde, Rhia hob die Standarte, und Vercingetorix nickte erneut, woraufhin der Signalmann drei kürzere und höhere Töne blies. Dann führte Keltills Sohn seine Streitmacht aus dem Wald. Zuerst gingen die Pferde im Schritt an den Bäumen vorbei, dann im Trab, als sich der Wald lichtete, und schließlich donnerte eine mächtige Horde in vollem Galopp über das Grasland in Richtung Gergovia.

Von Oranix' Spähern wusste Vercingetorix: Während der Nacht hatten die Römer die ersten drei Gräben überquert, waren aber nicht weiter vorgestoßen; und Cäsar musste seine Hauptstreitmacht erst noch heranführen.

Das war beunruhigend, denn die ganze verzweifelte Strategie ging davon aus, dass es Critognat gelang, die Römer über alle Gräben zu locken und sie zu veranlassen, die zahlenmäßig weit unterlegenen Verteidiger in der Stadt anzugreifen. Das sollte es Vercingetorix' ebenfalls zahlenmäßig unterlegener Streitmacht ermöglichen, einen Überraschungsangriff auf die unvorbereitete Nachhut des Feindes zu führen. Bisher hatte sich Critognat an den Befehl gehalten, in Gergovia zu bleiben, bis Cäsars Hauptstreitmacht versuchte, den ersten Graben zu überqueren. Aber Vercingetorix wusste nicht, wann er die Geduld verlieren und in den Kampf reiten würde.

Doch die Zeit für Überlegungen war vorbei; jetzt ging es darum zu handeln. Die entscheidende Schlacht begann nun, Schwert gegen Schwert, Mann gegen Mann. Endlich konnte Vercingetorix so kämpfen, wie der Name, den ihm sein Vater gegeben hatte – »Anführer großer Krieger« –, es gebot. Und die großen Krieger kämpften nicht wie ein Heer aus Ameisen, so wie die Römer, sondern als eine Horde aus Helden, die mit Kriegsschreien in die Schlacht ritten. In ihren Herzen trugen sie bereits das Lied, das die Barden über sie singen würden.

Tausende von Hufen klopften einen eindrucksvollen Trommelschlag und wirbelten eine große Staubwolke auf. Tausende von Stimmen schrien, und der Rhythmus des unter Vercingetorix galoppierenden Pferds, der Rhythmus des in seiner Brust pochenden Herzens und das ihn durchströmende heiße Blut verbannten den

Gedanken, der den Geist verlangsamte, und aus seinem tiefsten Innern stieß er einen wortlosen Kampfschrei aus, während sich das Selbst emporschwang.

Cäsar hatte so viele Truppen über die ersten drei Gräben geschickt, wie er für angebracht hielt, und er ließ es sich nicht nehmen, sie selbst anzuführen – auch wenn das riskant war, sollte es tatsächlich zu einem Kampf kommen. Warum sonst trug er den karmesinroten Umhang, der ihn auf jedem Schlachtfeld zur auffallendsten Gestalt machte?

An jubelnden Legionären vorbei ritt er zum äußersten Graben, überließ sein Pferd dort einem Zenturio und schritt mit gezücktem Schwert über die Bretterbrücken, wie der jüngste und flinkste Soldat seines Heeres. Und dann stand er – das Schwert in der Hand und mit wehendem Umhang – ganz vorn und blickte zur Stadt auf dem Hügel, während die Legionäre weiterhin jubelten, lächelten und sich aufgeregt zuriefen: »Cäsar selbst kämpft mit uns!«

Ein halbes Dutzend Männer formte aus Schilden eine Art Podium und halfen ihm hoch, und dort stand er, das Schwert erhoben, um den Feind herauszufordern, als tausende von Stimmen riefen: »HEIL, CÄSAR!«

Vielleicht werde ich allmählich ein wenig zu alt für so etwas, gestand sich Cäsar widerstrebend ein, aber bei den Göttern: Je älter ich werde, desto mehr gefällt es mir.

Auf dem Schutzwall von Gergovia wurde das Schreien, Fluchen und Schlagen von Schwertern an Schilden noch lauter, als die Krieger Cäsar sahen, wie eine Stammesstandarte über den Köpfen der Legionäre. Dutzende von Hörnern erklangen und schufen eine wilde Kakophonie. Die Frauen präsentierten den Römern eine regelrechte Wand aus verhöhnenden Hinterteilen. Die gallische Kavallerie vor der Stadt geriet in Unordnung, als die Krieger zum innersten Verteidigungsgraben ritten.

Mit dem gestreckten rechten Arm hielt Cäsar sein Schwert hoch über den Kopf. Dann drückte er den linken Unterarm an den unteren Teil, den Ellenbogen im rechten Winkel. Wer die Römer kannte, verstand diese Geste – sie war das Gegenteil eines ehrenvollen Grußes.

Und wer sich dennoch fragte, was es bedeuten mochte … Der vielstimmige Spott der Römer ließ keinen Zweifel daran.

Critognat konnte die gallischen Reiter kaum mehr zurückhalten, die sich dicht hinter den Bogenschützen am innersten Graben zusammendrängten und am liebsten sofort angegriffen hätten. Er rief etwas, und mit einem dumpfen Fauchen leckten Flammen aus den beiden innersten Gräben, als Heu und Pech Feuer fingen. Dunkler Rauch stieg auf.

Nur wenige Momente später flog den Römern ein erster Pfeilschwarm entgegen.

Die so plötzlich entstandene Wand aus Feuer ließ Cäsar auf dem wackligen Schildpodium taumeln, das von einem Augenblick zum anderen unter ihm nachgab. In einem Wald aus Beinen fiel er zu Boden, was ihm vermutlich das Leben rettete – Pfeile sausten dort durch die Luft, wo er eben noch gestanden hatte.

Er kam wieder auf die Beine, diesmal *unter* Schilden, die ihn vor den nächsten Pfeilen schützten; wie Hagel auf ein Dach prasselten sie nieder. Von den brennenden Gräben ging noch mehr Hitze aus als von der sommerlichen Sonne Spaniens. Und dann wurde er mitgezerrt, als die Legionäre vor den Flammen zurückwichen.

Tapferkeit mochte eine persönliche Tugend sein, aber in einer derartigen Situation war sie für einen Befehlshaber ein Laster. In diesem Durcheinander konnte er keine Befehle erteilen. Er musste zurück zu seinem Pferd und einen allgemeinen Eindruck vom Schlachtfeld gewinnen, um dann die richtigen Anweisungen zu geben.

Cäsar rief sechs Männer zu sich und ließ eine kleine Schildkröte von ihnen formen, sodass ihn ihre Schilde auf allen Seiten umgaben. Mit dieser Eskorte kehrte er durch Verwirrung und Chaos zurück, umgeben von Rufen, Flüchen und schmerzerfüllten Schreien, über die Bretter, die den ersten mit zugespitzten Pfählen gefüllten Graben überbrückten.

Er stellte fest, dass man seine Befehle befolgt hatte – auf der anderen Seite des Grabens blockierten keine Legionäre den Weg. Cäsar entließ seine Eskorte, schritt zur Hauptstreitmacht des Heeres, stieg auf sein Pferd und ritt dorthin, wo er die Kuriere zurückgelassen hatte. Erst dann drehte er sich um und betrachtete das Schlachtfeld.

Ein ernsthafter Kampf fand nicht statt, denn zwei Feuergräben trennten die beiden Streitmächte voneinander. Pfeile flogen hin und her, aber bei dieser Entfernung bewirkten sie nicht viel.

»Richte Gallius aus, einige Katapulte in Stellung zu bringen«, wies er einen Kurier an. »Ziel: die Bogenschützen und Reiter jenseits der Gräben. Derzeit genügen Felsbrocken und Steine, aber er soll sein griechisches Feuer bereithalten.«

Die Entfernung war zu groß, als dass die Katapulte die Stadt selbst beschießen konnten, aber sie würden die gallischen Bogenschützen und Reiter zwingen, sich zurückzuziehen.

Oder sie ließen sich vielleicht zum Angriff verleiten. Immerhin waren es Gallier, und das Konzept eines strategischen Rückzugs war ihnen völlig fremd. Nur Vercingetorix verstand es, und Cäsar war sicherer als jemals zuvor, dass er nicht unter den Verteidigern der Stadt weilte.

Eine Wolke aus scharfkantigen Steinen flog hoch über den Hauptteil des römischen Heeres hinweg, über die vorderen Kohorten und die drei mit zugespitzten Pfählen gefüllten Gräben, auch über die beiden brennenden, um wie der Zorn Gottes auf die gallischen Bogenschützen und Reiter dahinter herabzufallen. So groß wie Fäuste, Köpfe und Fässer waren die Geschosse, und sie wurden zu einem Regen, der Schädel zertrümmerte, Knochen brach, Männer von ihren Pferden warf und Rösser mit schmerzerfülltem Wiehern zu Boden gehen ließ.

Schon nach kurzer Zeit entstand ein Chaos aus verwundeten und sterbenden Pferden, aus Schreien, Flüchen und tretenden Beinen. Einige Bogenschützen versuchten tapfer, den Feind unter Beschuss zu nehmen. Andere gerieten in Panik und wollten zurückweichen, mussten aber feststellen, dass die Kavallerie ihnen den Weg versperrte. Einige Reiter wollten sich ebenfalls in Richtung Stadt zurückziehen und versuchten, ihre scheuenden Pferde unter Kontrolle zu bekommen, während andere offenbar direkt ins Feuer der ersten beiden Gräben reiten wollten.

Irgendwo in dem Durcheinander der Gallier erklang ein Horn, und ein anderes hinter dem Schutzwall der Stadt antwortete mit einem dumpferen Blöken. Und dann bot sich Cäsar der Anblick dar, auf den er gehofft hatte.

Das Stadttor schwang auf, und eine gallische Horde kam zum Vorschein. Hunderte waren es, größtenteils Frauen, und sie schleppten nicht besonders elegant wirkende Gebilde aus Pfählen und Brettern – einfache mobile Brücken, offenbar stabil genug, um zumindest für kurze Zeit das Gewicht von Pferden auszuhalten. Es waren insgesamt ein Dutzend, und jede Brücke wurde von zwanzig und mehr Stadtbewohnern getragen. Unter dem schweren Gewicht wankten und taumelten sie über den Hügelhang, ein Anblick, den Cäsar sowohl komisch als auch herzerfrischend fand.

Was folgte, war noch besser. Als sich die erste mobile Brücke dem innersten Feuergraben näherte, kamen Reiter aus der Stadt, hunderte, vielleicht sogar tausende. Zweifellos handelte es sich um die ganze Kavallerie von Gergovia.

Welch ein prächtiger Anblick! Die Krieger riefen und schrien, wahrscheinlich mit Schaum vorm Mund, schwangen Schwerter, Speere, Lanzen, Äxte – eine riesige Barbarenhorde, in voller Raserei, und sie ritt auf die eigenen Feuergräben zu!

Vielleicht waren die Gallier sogar betrunken, dachte Cäsar. Und wenn nicht von Bier, dann von ihrer Kampfekstase, die sie glauben ließ, ein römisches Heer würde entsetzt vor ihnen fliehen.

»Den Einsatz der Katapulte beenden!«, befahl er. »Zum Rückzug blasen!«

Als die vorderen Linien der Römer zurückwichen, hörte der Steinregen plötzlich auf, und die Gallier jubelten – die Bogenschützen und Reiter hinter den brennenden Gräben, die Bewohner von Gergovia, die sich mit den mobilen Brücken näherten, und am lautesten die Krieger, die triumphierend über den Hang ritten.

Als die ersten Brückenträger den innersten Feuergraben erreichten, hatte für die Römer jenseits des zweiten längst ein schneller Rückzug begonnen. Die Gallier brachten ihre mobilen Brücken ungeachtet der Flammen in Position, und sofort setzten gallische Reiter über sie hinweg. Das Holz knarrte und knackte unter dem Gewicht, Bretter gaben nach, Pferde stolperten und fielen zusammen mit ihren schreienden Reitern ins Feuer. Einige Brücken begannen zu brennen; drei brachen auseinander.

Doch die meisten gallischen Reiter überquerten den Graben, gefolgt von Stadtbewohnern, die es diesmal leichter hatten und die qualmenden, teilweise gesplitterten mobilen Brücken anschließend vom ersten zum zweiten Graben schleppten. Die Überquerung jenes zweiten Grabens zerstörte praktisch alle Brücken und kostete hunderte von Kriegern das Leben.

Doch die zurückweichenden römischen Truppen schienen in Auflösung begriffen zu sein. Sie hatten die vorderen Positionen auf der der Stadt zugewandten Seite des innersten Pfahlgrabens aufgegeben, sich über die beiden äußeren Gräben und eine halbe Meile weit in die Ebene hinein zurückgezogen. Die Römer schienen in Panik geraten zu sein, denn sie hatten bei ihrer wilden Flucht ganz vergessen, die eigenen Brücken hinter sich zu zerstören.

Critognat ließ sein Pferd aufsteigen, schwang das Schwert und führte eine Streitmacht aus triumphierenden Galliern über die von den Römern zurückgelassenen Brücken.

Es überraschte Cäsar, dass die Gallier so wenig Vorsicht walten ließen bei den absichtlich zurückgelassenen Brücken. Gallius hatte sie für die Infanterie gebaut, aber vermutlich waren sie stabil genug, um auch einzelne Reiter zu tragen. Doch die gallische Horde versuchte, sie im wilden Galopp zu passieren, mit dem Ergebnis, dass einige Brücken sofort zerbrachen. Die Gräben füllten sich rasch mit schreienden Männern und elendig wiehernden, von zugespitzten Pfählen durchbohrten Pferden.

Dies schien die Gallier zumindest *etwas* vorsichtiger werden zu lassen, denn die nächsten Wellen überquerten die Brücken mit mehr Bedacht, wodurch sich die Anzahl der Opfer in Grenzen hielt. Weder römische Bogenschützen noch die Katapulte störten ihren Vorstoß.

Cäsar hatte die Zeit genutzt, um seine Truppen umzugruppieren. Die den Galliern gegenüberstehende Streitmacht bestand aus fünf Reihen Infanterie, die vordere Linie mit Speeren bewaffnet, die anderen mit Schwertern. Hinter ihnen folgten fünf Reihen Infanterie mit Lanzen. Dahinter wartete Kavallerie, die Cäsar in Reserve halten wollte. Und hinter der Kavallerie, inmitten weiterer Infanterie, standen die Katapulte.

Der Rest des Heeres, etwa die Hälfte, hatte sich der Ebene zugewandt – Cäsar rechnete jetzt jeden Augenblick damit, dass Vercingetorix' Kavallerie von dort aus angriff. Die geringe Anzahl der Gallier, die aus der Stadt gekommen waren und sich nun anschickten, einen zahlenmäßig überlegenen Gegner zu attackieren, deutete darauf hin, dass sie nur zur Ablenkung dienten. Der »Überraschungsangriff auf die Nachhut« war der Hauptangriff und würde aus jener anderen Richtung kommen.

Trotzdem wäre es ganz nett, vor dem Eintreffen von Vercingetorix die Gallier zu erledigen, die ihn ablenken sollten, fand Cäsar.

»Ordne den Einsatz des griechischen Feuers an«, sagte er zu einem Kurier. »Aber Gallius soll dafür sorgen, dass es ein ganzes Stück hinter ihnen niedergeht, beim zweiten Graben oder so«, fügte Cäsar hinzu, als er sich daran erinnerte, dass es bei Avaricum eine Weile gedauert hatte, bis die Katapulte zielgenau eingerichtet waren. Er wollte vermeiden, dass Amphoren auf seine eigenen Truppen fielen, wenn sie den Galliern nahe kamen.

Critognat hob das Schwert über den Kopf und senkte es wieder. Tausende von Galliern schrien, trieben ihre Pferde an und stoben in vollem Galopp der römischen Infanterie entgegen …

Acht große Amphoren flogen hoch über ihnen durch die Luft und fielen hinter ihnen zwischen den Verteidigungsgräben zu Boden. Einige gingen in Flammen auf; andere setzten flüssiges Feuer frei, das Gras brennen ließ, in die Gräben rann, Pfähle in Brand setzte und die an ihnen aufgespießten Pferde und Menschen briet, jenen einen qualvollen Tod brachte, die noch nicht gestorben waren.

Cäsar ritt zu den Kavalleristen hinter den Lanzenträgern. Von dort aus konnte er nicht viel sehen, war der vordersten Linie aber nahe genug, um den Geruch der heranstürmenden Gallier wahrzunehmen, ihre Kampfschreie zu hören und dann das schmerzerfüllte Wiehern ihrer Pferde, als sich Speere in ihre Körper bohrten. Schwerter prallten gegen Schilde, Sterbende heulten.

Cäsar beobachtete, wie die Legionäre vor ihm eine Lanze nach der anderen warfen, während Amphoren über sie hinwegflogen. Inzwischen gab es hinter den Galliern so viel griechisches Feuer, dass ihm sein scharfer Geruch in die Nase stieg, zusammen mit dem Gestank von Blut, Eingeweiden, Pferdekot und Angstschweiß, dem typischen Duft des Schlachtfelds.

Der Kampf war so heftig, wie Cäsar angenommen hatte, aber es gelang seiner Infanterie, dem Angriff der gallischen Kavallerie standzuhalten. Die Lanzen setzten den Reihen der Gallier arg zu.

Es war eine klassische Situation. Wenn zahlenmäßig unterlegene Kavallerie mit der Wucht ihres Angriffs in die Reihen der römischen Infanterie keine Bresche schlug, so geriet sie in große Schwierigkeiten, falls ihr Befehlshaber nicht sofort den Rückzug anordnete. Stationäre Reiter, die auf eine Wand aus Schilden herabschlugen, richteten weitaus weniger an als die Schwerter und Speere der Legionäre, die mit ihren Waffen nach Beinen, Hoden und den weichen Körpern der Pferde stießen.

Cäsar wartete, bis er sicher sein konnte, dass seine vorderen Linien hielten und das Feuer hinter den Galliern richtig brannte. Dann ritt er zu seinen Kurieren zurück und wies einen von ihnen an, das Signal zum Vorrücken zu geben.

Hinter einer massiven Wand aus Schilden und Speeren geriet die römische Infanterie in Bewegung. Langsam und unerbittlich, Schritt für Schritt, rückten die Legionäre gegen das desorganisierte Chaos von Critognats Kavallerie vor.

Die Gallier zogen sich nicht etwa zurück, sondern setzten den Kampf fort. Einige von ihnen versuchten, ihre Pferde über die Palisade aus Speeren hinwegspringen zu lassen. Sie töteten mehrere Römer, aber Lanzen bohrten sich in ihre Pferde. Die meisten ließen ihre Rösser aufsteigen und die vorderen Hufe auf Schilde und Helme herabdonnern. Die Krieger beugten sich im Sattel weit vor, schlugen nach Hälsen und Gesichtern, aber wenn ein Legionär in der vorderen Reihe fiel, nahm sofort ein anderer seinen Platz ein, und wenn auch der fiel, kam jemand aus der *dritten* Reihe, um ihn zu ersetzen.

Wie ein Mühlstein, der hartes Korn zu Mehl zermahlt, drängten Cäsars Legionen die sturen, trotzigen Gallier zu den Gräben zurück, in Richtung der Flammen – das unaufhörliche Bombardement mit griechischem Feuer ließ sie immer höher emporlodern.

Als Vercingetorix seine Kavallerie in breiter, uneinheitlicher Front über die Ebene führte, bemerkte er voller Sorge den dunklen Rauch über dem Hügel mit Gergovia und das riesige römische Heer davor.

Doch als sie näher kamen, wuchs seine Hoffnung, denn er sah: Das Feuer wütete nicht etwa in der Stadt, sondern auf der weiten Wiese vor ihr.

Er hob das Schwert hoch über den Kopf und stieß einen mächtigen, wortlosen Kriegsschrei aus. Die neben ihm reitende Rhia folgte seinem Beispiel und hob die Bär-Standarte höher als jedes Schwert. Die vorn reitenden Gallier schrien ebenfalls, und die weiter hinten stimmten mit ein. Das Heer Galliens war kein Heer mehr, sondern eine Horde aus tausenden von heulenden Kriegern, die nach dem Blut des Feindes gierten und im Streben nach Ruhm keine Angst vor dem Tod kannten.

Die Zeit für den wahren Kampf war gekommen.

Dutzende von Fanfaren erklangen bei den Römern: vier hohe, fast schrille Töne, viermal wiederholt. Auf Gergovias Schutzwall gaben gallische Hörner spöttisch Antwort, und tiefere Töne hallten über die Ebene, eine kurze Melodie musikalischen Gelächters, eine Fanfare des Triumphes.

Die gegen die Römer kämpfenden Gallier lösten sich plötzlich vom Feind, ritten in Richtung des äußersten Grabens und des jenseits davon brennenden Feuers.

Titus Labienus war nicht erfreut gewesen, als Cäsar ihm den Befehl über die gallischen Hilfstruppen für den britannischen Feldzug genommen und Tulius übertragen hatte – um ihn dann wieder zum Befehlshaber zu ernennen, als die ganze Angelegenheit zu einer Farce wurde. Er wusste, dass Cäsar ihm als General vertraute. Aber er wusste auch, dass es Dinge gab, die er ihm nicht anvertraute: politische Dinge und Schlimmeres, bei dem der abscheuliche, schlangenartige Gisstus sein Vertrauter gewesen war. Schmutzige und unehrenhafte Aufgaben überließ Cäsar Tulius.

Das hatte Labienus immer für gnädig und klug gehalten. Gnädig deshalb, weil er ein Mann der Ehre war und ein Soldat, der nicht mehr sein wollte und gewiss nicht weniger. Klug deshalb, weil Cäsar das zu verstehen schien und ihn entsprechend einsetzte.

Bis jetzt.

Jetzt war Labienus in eine der scheußlichsten Intrigen Cäsars verwickelt. Mit einer Gruppe von nur vierzig Kavalleristen – eine Leibgarde, weiter nichts – befand er sich auf einer Kammlinie nordwestlich des Schlachtfelds, in Gesellschaft des unglücklichen, finster dreinblickenden Litivak, dessen Häduer-Reiter am Hang hinter ihnen warteten, murmelten und fluchten.

Als General hatte Labienus das Massaker von Avaricum mühsam als eine Notwendigkeit und schlaue Kriegslist akzeptiert. Damit zwang Cäsar Vercingetorix, sich so zu verhalten, wie er es sich wünschte, ob dem jungen Arverner das klar war oder nicht.

Im Krieg ließ sich so etwas manchmal nicht vermeiden.

Dies aber … Ein ehrenvoller Feind wurde zu einem verachtenswerten Verrat gezwungen. Am abscheulichsten war: Labienus wusste, dass Cäsar ihn mit dieser Aufgabe betraut hatte, weil die Gallier *ihn* für einen ehrenvollen Feind hielten, ob Römer oder nicht.

Labienus seufzte tief.

Litivak schien sein Seufzen zu hören und zu verstehen, denn er sah ihn an. Es war ein hasserfüllter Blick, und Labienus zuckte bedauernd mit den Schultern, suchte nach einem Zeichen des Vergebens und fand keins. Nun, es gab angemessenere Möglichkeiten, einen entscheidenden Befehl zu erteilen, aber trotzdem …

»Jetzt«, sagte Titus Labienus.

Sein Blut stand in Flammen, und wundervolle Kraft erfüllte den Körper, als Vercingetorix das Schwert wie eine Weidenrute über dem Kopf schwang, voll wilder Freude lachte und seine Krieger in den Rücken von Cäsars Streitmacht führte.

Näher, näher und näher. Er sah, wie die Katapulte etwas in Richtung Stadt schleuderten, und Sonnenschein spiegelte sich auf den Schilden der Legionäre wider, die sich jetzt sicher entsetzt umdrehten, völlig überrascht vom triumphierenden Angriff der Gallier …

Ein Stöhnen, so laut und schrecklich, dass es das Donnern von tausenden Hufen übertönte, kam plötzlich von seinen Kriegern. Es war ein grässliches Geräusch, das die Kraft aus Vercingetorix' Geist saugte, so wie ein unerwarteter Schlag in die Magengrube die Luft aus den Lungen presst.

Er blickte nach Nordwesten und beobachtete, wie eine Reiterhorde, die fast so groß war wie seine Streitmacht, über einen weiten Hang preschte und sich seiner rechten Flanke näherte. Die Männer trugen die blauen Umhänge von Kriegern aus dem Stamm der Häduer, schwangen Schwerter, Speere und Äxte, stießen Kampfschreie aus.

Der Anführer jener Streitmacht war noch zu weit entfernt, als dass Vercingetorix ihn hätte erkennen können. Aber er brauchte keinen Blick ins Gesicht des Verräters zu werfen, um ihm einen Namen zu geben. Nur einer kam in Frage.

»Litivak!«, schrie er in seelentiefer Pein.

Es war einfach zu schön!

Vercingetorix führte seine Streitmacht Litivaks Horde an seiner rechten Flanke entgegen. Oder vielleicht war es eine instinktive Reaktion, wie bei einem Vogel- oder Fischschwarm. Was auch immer der Fall sein mochte: Dadurch entblößte er für Cäsar seine linke Flanke so einladend wie eine kokette Hure ihr herrlich rundes Hinterteil.

»Vorrücken!«, rief Cäsar.

Er wartete nicht darauf, dass sein Befehl weitergegeben wurde, hob das Schwert und ritt durch die Reihen der Infanterie nach vorn. Der karmesinrote Umhang wehte im Wind als Zeichen seines Triumphes, als er seine Legionen so führte, wie es dieser schicksalhafte und ruhmvolle Moment erforderte – an deren Spitze.

Vercingetorix ritt vor seinen Kriegern, eine Pferdelänge, dann zwei, fünf und acht. Es kümmerte ihn nicht, was hinter ihm geschah. Seine Aufmerksamkeit galt allein dem, was sich vor ihm befand, einem Reiter, der den blauen Umhang der verräterischen Häduer trug und ebenfalls vor seiner Streitmacht ritt, das Schwert hoch erhoben.

Und dann sah er sein Gesicht.

Es war tatsächlich Litivak.

Schlimmer noch: Das Schwein *lächelte.*

Doch dann griff Litivak nach seinem Umhang und drehte ihn so, dass die Unterseite nach oben zeigte.

Vercingetorix schnappte nach Luft. Tränen quollen ihm in die Augen.

Er sah Orange.

»Der *Arverner,* der Avaricum niederbrennen wollte, war mein Feind!«, rief Litivak. »Aber der *Gallier,* der den Preis dafür bezahlte, dass er die Stadt verschonte, ist für immer mein Bruder!«

Cäsar riss ungläubig, entsetzt und empört die Augen auf, als er sah, wie sich Litivak und Vercingetorix kameradschaftlich grüßten, auf die Art der Gallier, indem sie sich an den Armen fassten. Und die Häduer, die sich über den Hang der rechten Flanke von Vercingetorix' Streitmacht näherten, drehten ihre Umhänge, sodass aus dem

Blau der Häduer arvernisches Orange wurde. Und dann wandten sie sich dem römischen Heer zu, ebenso wie Vercingetorix' Kavallerie.

Und die Falle, die Cäsar für die Gallier vorbereitet hatte, wurde zu seiner eigenen, als sich die beiden Streitmächte vereinten. Seite an Seite ritten Vercingetorix und Litivak, führten die ganze Horde in den Kampf.

Die Frauen und Alten und Kinder auf dem Schutzwall von Gergovia jubelten. Ihnen fehlten Schilde, Schwerter und Speere, und deshalb schlugen sie mit Messern und Werkzeugen aller Art auf Töpfe, Steine und die Mauern der Stadt. Das Blöken der Hörner begleitete das rhythmische Pochen.

Critognats zahlenmäßig noch immer weit unterlegene Kavallerie griff das an, was bis eben noch ein geordnet vorrückendes römisches Heer gewesen war und sich jetzt in ein verwirrtes Durcheinander verwandelte, als es zwischen Hammer und Amboss geriet.

Cäsar durfte keine Zeit damit vergeuden, Litivak zu verfluchen. Zwar war sein Heer dem Gegner zahlenmäßig noch immer überlegen, aber durch den Verrat des Häduers drohte das, was bis eben wie ein siegreicher Aufmarsch ausgesehen hatte, zu einer Katastrophe zu werden. Man konnte es Feigheit oder auch Vernunft nennen – Cäsar drehte sein Pferd, gab seine völlig ungeschützte Position an der Spitze seiner Truppen auf und zog sich fünf Reihen tief in die Infanterie zurück.

Und dann brach ein Chaos los, wie er es noch nie zuvor erlebt hatte.

Der Angriff der gallischen Kavallerie traf die römische Infanterie auf breiter Front, erfolgte aber nicht über die gesamte Länge der vorderen Linien. Die Wucht des Aufpralls war so enorm, dass die Gallier sofort durchbrachen.

Sie schlugen und stachen, schrien und heulten, töteten und fielen – innerhalb kurzer Zeit stießen die Krieger zwölf Reihen tief vor und trafen dann auf die zahlenmäßig weit unterlegene Kavallerie, die nur wenig Widerstand leisten konnte.

Allerdings hielt sie die Gallier lange genug auf, um es der römischen Infanterie zu gestatten, sich mit einer zangenförmigen Bewegung beiden Seiten der gallischen Angriffsspitze zuzuwenden und hinter ihr eine neue Linie zu bilden. Doch nachdrängende gallische Reiter durchbrachen sie fast sofort. Die römische Formation zerfiel in einzelne Gruppen, die verzweifelt versuchten, sich gegen den unerwartet starken Kavallerieangriff zu wehren.

Unterdessen wurden Critognats Reiter von den der Stadt zugewandten römischen Linien zurückgehalten und erlitten schwere Verluste. Aber diese Situation änderte sich, als Teile der vereinten Streitmacht von Vercingetorix und Litivak sich einen Weg durch das nunmehr ungeordnete römische Heer kämpften und an mehreren Stellen bis zu Critognat durchstießen.

Es fand kein organisierter Kampf mehr statt, zwischen zwei Heeren auf einem klar überschaubaren Schlachtfeld. Es kam zu einem gewaltigen chaotischen Gemetzel, als Krieger in kleinen Gruppen gegeneinander vorgingen.

Vercingetorix schwang das Schwert und schlitzte einem römischen Reiter den Hals auf. Blut spritzte, als der Legionär vom Pferd fiel und unter Dutzende von Hufen geriet. Rhia kehrte an die Seite ihres Schwertbruders zurück, lenkte ihr Pferd mit Knien und Schenkeln, schlug zu und enthauptete einen Römer – der Kopf prallte vom Schild eines lachenden Arverners ab.

Sechs römische Fußsoldaten griffen von links mit Schwertern an. Wie aus dem Nichts kam ein Speer und bohrte sich einem von ihnen durchs Auge, während Rhia ihre Klinge in den Hals eines anderen bohrte. Vercingetorix hackte einen Arm ab, ließ sein Ross aufsteigen, und dessen Vorderhufe zertrümmerten einen römischen Kopf. Ein durchgegangenes Pferd galoppierte vorbei, im Sattel die Leiche eines enthaupteten Galliers. Rhia beugte sich tief nach unten und rammte ihr Schwert in den Schritt eines Römers, während

Vercingetorix einen Zenturio im Gesicht traf, es von der Wange bis zum Auge aufschlitzte.

Einen solchen Kampf erlebte Cäsar zum ersten Mal, und er stellte fest, dass alles zu schnell geschah, zu wild und zu zusammenhanglos, als dass er einen bewussten Gedanken fassen, Furcht oder sogar Zorn empfinden konnte. Er schlug zu, duckte und drehte sich, stieß sein Schwert in den Leib des nächsten Gegners. Er war kein General mehr, schien kaum mehr ein Mensch zu sein, sondern kämpfte, wie ein Tier um sein Leben und das Blut seiner Feinde kämpft, mit einem Schwert, das Zähne und Krallen ersetzte.

Aus dem Augenwinkel sah er, wie ein Katapult umstürzte und auseinander brach, während er gleichzeitig nach der Kehle eines angreifenden Galliers schlug und seinerseits vom Schwert eines Gegners am rechten Arm getroffen wurde. Doch der Schmerz war weit entfernt und das aus der Wunde strömende Blut seltsam schön. Auch der Kampf selbst entwickelte eine sonderbare Pracht, verwandelte sich in einen Tanz aus Stahl und Fleisch, aus Blut und Gedärmen, die aus klaffenden Wunden quollen, wie große, feuchte Lippen, die stumm zur Musik klirrender Schwerter und peinerfüllter Schreie sangen, zum Rhythmus von Metall, das auf Metall prallte, dem Trommeln stampfender Hufe …

Zuschlagen, parieren, einen Hals aufschlitzen. Vercingetorix scheint alles zu sehen, bevor es passiert. So wie er sein Schwert benutzt, ist er seinerseits ein Werkzeug des Schicksals.

Zwei Römer greifen von rechts an, drei weitere von links, aber sie bewegen sich so langsam, sind noch langsamer als die verstreichende Zeit. Er schmettert seinen Schild auf einen Kopf, tritt an ein Kinn, dreht sich und zerfetzt eine Kehle, beobachtet dabei, wie Rhia ihr Schwert in einen Bauch rammt, es wieder herauszieht, in einem weiten, anmutigen Bogen durch die Luft schwingt und in ein Auge stößt.

Es ist seine Vision unter dem Baum des Wissens, als gäbe es auch einen Baum der Tat, und er träumt diesen Kampf darunter. Denn so wie er damals außerhalb der Zeit stand und sein ganzes Leben sah, so sieht er nun die ganze Schlacht, noch während er vom blutigen Chaos umgeben ist.

Er sieht, wie Gallier und Römer sterben, wie das Katapult kippt und auseinander bricht. Er sieht Feuer und Blut und Stahl. Er sieht das Schlachtfeld, der Boden vom Blut durchweicht, mit den Kadavern von Pferden und den Leichen von Menschen übersät. Er sieht abgetrennte Gliedmaßen und Köpfe, aus aufgeschlitzten Bäuchen gequollenes Gedärm. Er sieht Hunde und Wölfe, die Fleisch von Knochen nagen, während Scharen von Aasvögeln kommen, um an dem Schmaus teilzuhaben.

Er sieht sich selbst auf seinem Pferd, wie er mit dem Schwert um sich schlägt, verstümmelt und tötet, gebadet in das Blut seiner Feinde. Neben sich sieht er Rhia, ebenfalls blutbesudelt, die Augen brennend wie die des Wolfkinds, das sie einmal gewesen ist, so schön wie nie zuvor.

Und er sieht, wie sich die Römer langsam über die Ebene zurückziehen, zu Fuß, während die Gallier sie immer wieder angreifen. Von ihren Schilden geschützt, stehlen sie sich fort, wie eine riesige Schildkröte, besiegt, aber mit undurchdringlichem Panzer, umgeben von zornigen Füchsen, die immer wieder nach ihr schnappen.

Er sieht, wie er ein blutiges Schwert triumphierend über den Kopf hebt.

Cäsar hob seinen Schild, als ein großer arvernischer Krieger, das blonde Haar und der Bart blutbeschmiert, mit einer Axt angriff. Mit enormer Wucht traf die Axt den Schild und blieb darin stecken, und dann wurde ihm der Schild aus der Hand gerissen, das Pferd bäumte sich auf, und Cäsar fiel aus dem Sattel und zu Boden, das Schwert noch immer in der Hand.

Zehn oder mehr Legionäre, die seinen Sturz gesehen hatten, eilten ihm zu Hilfe, als er wieder auf die Beine kam.

Das Wiehern scheuender Pferde, das Stöhnen der Verwundeten und Sterbenden, das Klirren der Schwerter, die Rufe, Schreie und Flüche der Kämpfenden – das alles scheint sich für Vercingetorix im Nebel aufzulösen. Es sind nicht die weißen Schwaden, in denen sich die Vision von Avaricum manifestierte. Es ist ein blutroter Dunst, und daraus hervor kommt …

Er sieht ein karmesinrotes Banner, und es flattert in einem Sturm aus klirrendem Metall.

Ein karmesinroter Umhang.

Das Erkennungszeichen von Gajus Julius Cäsar.

Um Cäsars Schultern geschlungen, als er vom blutdurchtränkten Boden aufsteht, das Schwert in der Hand. Legionäre eilen herbei, um ihm zu helfen. Er ist wie eine dämonische Schlange, die besiegt werden kann, aber niemals stirbt.

Vercingetorix treibt sein Pferd an und nähert sich dem unsterblichen Ungeheuer, dem Moment geteilten Schicksals. Die Götter scheinen ihm den Weg zu bereiten, denn er gleitet unberührt und unberührbar nach vorn, als sei bis auf Cäsar und ihn selbst alles andere unwirklich.

Durch den roten Nebel der Schlacht reitet jemand auf Cäsar zu. Ein junger Mann, blond, blutbesudelt, Alexander der Große als wilder Rächer. Aber es ist Vercingetorix, nicht Alexander, und als er näher kommt, erkennt Cäsar, dass seine Augen ihn anschauen und er wie in einem Traum reitet.

Cäsar kann den Blick nicht von den Augen abwenden, als die Distanz zu Vercingetorix schrumpft. Sie halten ihn in dem Albtraum der Niederlage fest, zu dem dieser Tag geworden ist, und er fühlt sich als ein Teil des vom Sieger geträumten Traums von Ruhm und Glorie. Aber auch Vercingetorix ist nicht in der Lage, den Blick von ihm abzuwenden. Es scheint ein Traum zu sein, den sie beide teilen, ein Tanz des Todes oder des Schicksals, ein ewiger Moment außerhalb der Zeit.

Cäsar nimmt es kaum zur Kenntnis, als ein wuchtiger Hieb von irgendwo ihm das Schwert aus der Hand reißt und durch die Luft schleudert.

So wie er als Junge einst Brenns Krone auffing, bevor sie vom Haupt seines Vaters auf den Boden fallen konnte, so fängt Vercingetorix jetzt das Schwert von Gajus Julius Cäsar.

Die Zeit erstarrt für Cäsar, als er ohne Schwert und schutzlos vor Vercingetorix steht, wie gelähmt in die Augen des Siegers sieht, in die Augen des Mannes, der ihn nun mit seinem eigenen Schwert töten wird.

Doch in jenen Augen sieht er …

Wie kann das sein?

Vor Vercingetorix steht sein besiegter, hilfloser Gegner, der ihm ruhig in die Augen sieht, als sei er bereit, sein Schicksal zu akzeptieren.

Aber in seiner Vision sieht Vercingetorix nicht, wie er das aufgefangene Schwert in Cäsars Herz stößt. Stattdessen hält er ein Schwert in beiden Händen und bietet es Cäsar an.

Als Zeichen seiner Kapitulation.

Cäsar fragt sich, ob Vercingetorix das sieht, was er selbst sieht.

Aber wie kann das möglich sein?

Denn Cäsar sieht nicht seinen bevorstehenden Tod, sondern wie Vercingetorix, der heutige Sieger, ihm demütig sein Schwert reicht, so als sei *er* der Bezwungene.

Vercingetorix ist davon überzeugt, dass Cäsar und er die gleichen Dinge sehen. Denn Cäsar nickt, wie um die Vision des unbekannten Schicksals zu bestätigen, die sie in diesem Moment teilen.

Ohne den Grund dafür zu wissen oder anders reagieren zu können, erwiderte Vercingetorix das Nicken.

Und er hebt zum Gruß den Knauf von Cäsars Schwert an die Lippen.

Und dann, die Klinge hoch erhoben, stößt er einen Schrei des Triumphes aus, der hohl klingt in seinen Ohren, dreht sein Pferd und reitet fort.

XVII

Rhia ritt rechts von Vercingetorix und hielt den arvernischen Bären hoch. Litivak ritt links von ihm, mit einem Standartenträger, der den Keiler der Häduer präsentierte. Hinter ihnen zeigte sich ein Wunder, wie man es seit Brenn nicht mehr gesehen hatte – ein vereintes, triumphierendes Heer Galliens.

Die Tore von Bibracte standen weit offen. Auf dem Schutzwall standen Krieger, die Schwerter an ihre Schilde schlugen, und Stadtbewohner, die Girlanden warfen. Hörner erklangen. Jubel empfing Vercingetorix in der Hauptstadt der Häduer – er genoss den größten Ruhm, den ein Gallier errungen hatte, seit Rom vor Brenn auf die Knie gesunken war.

Doch ein Schatten verdunkelte die Freude über den errungenen Sieg. Er hatte Cäsar am Leben gelassen, und den Grund dafür kannte er nicht. Er war einer Vision gefolgt, die ihn weitaus sicherer im Griff hatte als er jemals seine Streitmacht. Er hatte Cäsar die Möglichkeit gegeben, sein besiegtes Heer in einem geordneten Rückzug vom Schlachtfeld der Niederlage und der Schande zu führen – an seiner Stelle wäre Cäsar sicher nicht bereit gewesen, ihm eine derartige Gelegenheit zu geben.

Vermutlich war Cäsar mit seinen geschlagenen Truppen auf dem Weg zu den Alpen, um nach Süden zurückzukehren, und sicher plante er bereits, eine noch größere Streitmacht zusammenzustellen und mit ihr im nächsten Jahr erneut nach Norden zu ziehen. Vercingetorix wusste: Wenn es Cäsar nicht gelang, Gallien zu erobern, musste sein Wunsch, über Rom zu herrschen, unerfüllt bleiben. Und er würde eher sterben, als sich damit abzufinden.

Die Gallier glaubten, dass sie den Krieg gewonnen hatten, aber in Wirklichkeit waren sie nur die Sieger einer Schlacht. Doch solche Gedanken durfte Vercingetorix nicht laut aussprechen, erst recht nicht Litivak gegenüber.

Litivak hatte alles gewagt. Seinen Ehrgeiz, Liscos als Vergobreten der Häduer abzulösen, die Gefahr, Cäsars Zorn auf sein Volk zu lenken, seine Ehre – dies alles hatte er aufs Spiel gesetzt, als er sich Vercingetorix anschloss, als er Häduer und Arverner im blutigen Ritual einer siegreichen Schlacht vereinte und damit die Grundlage schuf für eine stolze Nation namens Gallien.

Vercingetorix wusste, dass er die Schuld der Ehre jetzt zurückzahlen musste. Es ging nun darum, seine Streitmacht zusammenzuhalten und zu vergrößern, ihr jene hinzuzufügen, die abtrünnig geworden waren oder sich zurückgehalten hatten. Er musste den Mann des Schicksals spielen, der keine Zweifel kannte.

Bibracte war etwas größer als Gergovia und durch den Handel mit Rom, den Diviacx vor dem Krieg ermöglicht hatte, weitaus reicher geworden als die arvernische Hauptstadt. Niemand wagte es, römische Kleidung zu tragen, aber auf dem Marktplatz gab es noch immer viele römische Waren: Wein; verzierte Lampen und Duftöl; Tücher in bunten Farben, die im Sonnenschein wie Metall glänzten; Körbe mit Gewürzen aus fernen Ländern; fremdartige Werkzeuge; die Felle und Pelze seltsamer, gefleckter und gestreifter Tiere; Möbel aus einem Holz, das die Gallier nicht kannten, kunstvoll bemalt und mit Metallbeschlägen geschmückt.

Einige der gallischen Gebäude, die zuvor mit römischen Fassaden und Dekorationen ausgestattet worden waren, hatten diese inzwischen wieder verloren. Doch die großen neueren Gebäude – Tempel, eine Markthalle, eine Münzstätte, ein Schatzhaus –, im römischen Stil aus Marmor und Stein errichtet, standen unverändert, abgesehen von den leeren Nischen, aus denen römische Götterbildnisse entfernt worden waren. Außerdem gab es viele Wohnhäuser im neuen Stil: quadratische Gebäude mit glatten, gelbbraunen Wänden und flachen Dächern aus rötlichen Ziegeln, über denen man hier und dort die Wipfel von Bäumen sehen konnte, die in ihrem Innern zu wachsen schienen.

Den von den Römern gebauten Aquädukt auf der schmalen Steinbrücke hatte man ebenso unbehelligt gelassen wie die Rohrleitungen, die das Wasser zu sauberen Becken und hübschen Springbrunnen transportierten. Auch die neue Kanalisation gab man nicht zugunsten der alten offenen Gräben auf. Die Bäder, von den

Römern dem Versammlungssaal gegenüber auf der anderen Seite des Platzes eingerichtet, existierten nach wie vor.

Der Versammlungssaal von Bibracte hatte seinen Portikus und die breite Treppe davor behalten – sie waren offenbar in dem Versuch hinzugefügt worden, römische Erhabenheit nachzuahmen –, aber wenigstens bestand beides aus schlichtem Eichenholz.

Hunderte oder tausende von Häduern drängten sich auf dem Platz, als Vercingetorix, Litivak und Rhia eintrafen. Vercingetorix stellte zufrieden fest, dass sich in der Menge auch viele Adlige befanden, die die Farben anderer Stämme trugen. Er hatte sein Heer vor allem wegen Litivak hierher geführt, um ihm zu zeigen, dass er Bibracte nicht ungeschützt Cäsars angedrohter Rache preisgeben wollte. Aber die Reise zur Hauptstadt der Häduer war einer gemütlichen Parade gleichgekommen, und Vercingetorix hatte unterwegs Einladungen an die anderen Stämme verschickt, in der Hoffnung, ein Siegesfest nicht nur der Arverner und Häduer, sondern der *Gallier* zu feiern.

Selbst wenn der Platz leer gewesen wäre: Er bot nicht annähernd genug Platz, um die ganze Streitmacht aufzunehmen. Deshalb entließ Vercingetorix die Männer, damit sie feiern konnten, stieg zusammen mit Litivak und Rhia ab und ging zu Fuß zur Versammlungshalle. Aber sie hatten gerade damit begonnen, den Platz zu überqueren, als man sie erkannte, erst auf Schultern und dann auf Schilde hob, wie geröstete Keiler auf Servierplatten, um sie dann wie den Hauptgang eines Banketts auf den Portikus am Ende der Treppe zu stellen.

In gewisser Weise sind wir das auch, dachte Vercingetorix, als die Menge mit Schwertern und Dolchen an ihre Schilde schlug, mit den Füßen stampfte und klatschte, dabei rief: »VERCINGETORIX! VERCINGETORIX!« Und er begriff, dass er das Gebäude nicht betreten konnte, ohne zu der Menge zu sprechen. Deshalb hob er beide Arme über den Kopf, woraufhin der Lärm erwartungsvoller Stille wich.

»Wir haben Roms Legionen besiegt!«, rief Vercingetorix. »Julius Cäsar ist vor uns geflohen! Wir …«

Neuerlicher Jubel erklang und übertönte ihn.

»VERCINGETORIX! VERCINGETORIX! VERCINGETORIX!«

Wieder und wieder rief die Menge seinen Namen. Jene, die ihn aufgefordert hatten, zu ihnen zu sprechen, hinderten ihn nun daran, das Wort zu ergreifen.

»VERCINGETORIX! VERCINGETORIX! VERCINGETORIX!«

Wie trunken war die Menge, und Vercingetorix hätte ein Mann aus Stein sein müssen, um die Verlockung nicht zu spüren. Aber während der siegreiche Mann der Tat diesen besonderen Rausch genoss, begriff der Mann des Wissens: *Hiervon* zu viel zu trinken war weitaus gefährlicher, als die eigenen Zweifel mit Bier oder römischem Wein fortzuspülen. Deshalb hob er schließlich die Hand, damit nicht nur die Menge still wurde, sondern auch der Tumult in seinem Herzen aufhörte.

»Jubelt, so ihr wollt, für Vercingetorix von den Arvernern!«, rief er und legte Litivak die rechte Hand auf die Schulter. »Jubelt, so ihr wollt, für Litivak von den Häduern!«

Die Versammelten jubelten tatsächlich, und Litivak lächelte, als die vielen Leute nun auch seinen Namen riefen. In wortloser Verwirrung verschmolzen die Silben miteinander. Schließlich wichen die Rufe neuerlicher Stille, und Vercingetorix füllte sie mit Worten, die dem, was er im Herzen trug, so nahe kamen, wie er es wagte.

»Bejubelt den Sieg der Krieger Galliens, aber jubelt nicht für die Stämme, deren Namen bald vergessen sein werden«, sagte er, und es klang selbst für die eigenen Ohren zu ernst. So ernste Worte entsprachen ganz offensichtlich nicht dem Wunsch der Menge, denn die Reaktion darauf bestand nur aus leisem Gemurmel. Und so verband Vercingetorix das, was die Leute hören wollten, mit etwas, dem sie seiner Meinung nach Beifall spenden sollten.

»Bejubelt das, was durch den Sieg geboren wurde und dessen Geist nie sterben wird! Bejubelt *Gallien!*«

Und die Menge jubelte.

»Vercingetorix! König von Gallien!«, rief jemand.

Erneut kam es zu einem donnernden Sprechchor.

Aber diesmal klang er anders.

»VERCINGETORIX! KÖNIG VON GALLIEN! VERCINGETORIX! KÖNIG VON GALLIEN!«

Diese Worte hatte der zungenfertige Vercingetorix aus den Leuten herausgeholt. Diese Worte stammten aus der Vision, die ihn hierher geführt hatte. Er brauchte sie nur entgegenzunehmen, um sie wahr werden zu lassen.

Doch dazu war er nicht imstande, wie er feststellte, als es wieder still wurde.

»Ich werde Brenns Krone nicht tragen, während es noch einen Sieg zu erringen gilt!«, hörte er sich antworten. »Wir haben eine große Schlacht gewonnen, aber nicht den Krieg!«

Dieser Hinweis bewirkte keinen großen Jubel. Litivak blickte kurz zur Seite, schüttelte andeutungsweise den Kopf, und Vercingetorix wusste, dass er seine kurze Ansprache nicht mit Worten beenden durfte, die die Menge nicht hören wollte. Aber er konnte sie auch nicht zurücknehmen und musste eine Möglichkeit finden, sie singen zu lassen.

Er zog sein Schwert und hob es hoch über den Kopf. »Dies schwöre ich bei meiner Ehre! Kein König wird Gallien regieren, solange römische Truppen auf unserem Boden sind!«

Leichter Nieselregen ging auf das Feldlager nieder und schien Cäsars Stimmung angemessen zu sein, als er im Eingang seines Zelts stand und den Blick über das Heer unter dem bleigrauen Himmel schweifen ließ. Legionäre hockten in ihren eigenen Zelten oder an kleinen Feuern, die im Regen qualmten, kümmerten sich um Verwundete, reparierten ihre Rüstung, schärften Schwerter, kochten Brei in geschwärzten Töpfen, warfen Würfel, stritten miteinander, brummten und tranken.

Nirgends gab es Freude nach der bitteren Schlacht, aber es bereitete Cäsar eine grimmige Genugtuung, den Befehl über eine solche Streitmacht zu führen. Durch die schändliche Niederlage mochte sie mürrisch geworden sein, aber voller Stolz leckte sie ihre Wunden und sammelte die verbliebene Kraft, um erneut zu kämpfen und den Sieg zu erringen.

Und wir werden siegen, denn in der Vision auf dem Schlachtfeld habe ich gesehen, wie Vercingetorix mir sein Schwert reicht, dachte Cäsar sardonisch. Diese Worte kamen auch einem Schwur gleich. Wenn er den Krieg verlor, gab es nicht mehr die geringste Hoffnung, Rom zu erobern, und dann wurde die Geschichte seines Lebens zu einer Tragödie. Oder schlimmer noch, zu einer Farce.

Die Katastrophe von Gergovia hatte ihn drei schmerzliche Lektionen gelehrt:

Man vertraue niemals, nicht einmal unter den besten und verlockendsten Umständen, einer Streitmacht aus gallischen Hilfstruppen oder Söldnern.

Man gebe gallischer Kavallerie niemals Gelegenheit, von hinten anzugreifen.

Man musste alles versuchen, um Vercingetorix' Hauptstreitmacht in einer Belagerung einzuschließen. Gergovia hat noch deutlicher als Avaricum gezeigt, dass er das mehr fürchtet als alles andere. Zu Recht.

Cäsar drehte sich um, kehrte in die Wärme und Behaglichkeit seines Zelts zurück. Es war groß genug, um in seinem Innern ein Feuer brennen zu lassen, und eine geschickte Belüftung ließ den größten Teil des Rauchs abziehen. Zur Ausstattung gehörten Öllampen, ein anständiges Bett und Stühle. Tulius, Labienus, Gallius, Galba und Glavius, der neue »Meisterspion«, saßen dort, aßen Brei mit Fleischstücken, tranken gallisches Bier, da es keinen Wein gab, und warteten bedrückt darauf, Bericht zu erstatten.

Die Quartiermeister hatten Dutzende von Schwertern gebracht, damit Cäsar ein neues für sich auswählen konnte. Er nahm davor Platz und hob eins nach dem anderen.

»Nun, wie schlimm steht es?«, fragte er und drehte ein Schwert hin und her.

»Unsere Kavallerie hat die schwersten Verluste erlitten«, sagte Galba. »Wenn unsere Reiter in einem offenen Kampf gegen die Gallier antreten müssten, hätten sie keine Chance.«

Cäsar nickte nur und prüfte ein anderes Schwert auf Gewicht und Balance. Er kannte den Zustand der Kavallerie und hatte ihn bei seinen Überlegungen berücksichtigt.

»Unsere Infanterie wurde dezimiert«, sagte Tulius. »Ein Zehntel getötet, ein weiteres Zehntel kampfunfähig.«

Cäsar griff nach einem anderen Schwert.

»Der Proviant könnte zu einem Problem werden«, meinte Galba. »Wir haben viel verloren, als wir uns zurückzogen. Unsere derzeitigen Vorräte sollten es uns erlauben, bis zum Winter durchzuhalten, aber sie reichen auf keinen Fall bis zum nächsten Frühling.«

»Schlachtet die toten oder nutzlosen Pferde und räuchert ihr Fleisch«, sagte Cäsar.

So etwas wäre den Galliern nie in den Sinn gekommen. Sie mochten Geschlechtsverkehr mit ihren Rössern haben, wenn sie betrunken genug waren, aber sie würden eher ihre eigenen Fäkalien verspeisen. Sie glaubten, dass ihre Pferde Seelen hatten wie sie selbst.

»Ausrüstung?«, fragte Cäsar und hob ein viertes Schwert.

»Wir haben alle Belagerungstürme und Katapulte verloren, aber nicht die Werkzeuge, um neue zu bauen«, sagte Gallius.

Cäsar nahm ein fünftes Schwert, zuckte mit den Schultern und schob es in seine leere Scheide. Sie ähnelten sich alle; eins war so gut wie das andere. Das galt auch für jenes Schwert, das Vercingetorix erbeutet hatte, obwohl der junge Arverner vermutlich glaubte, dass sein Verlust einen schweren Schlag für den früheren Besitzer darstellte.

Denn soweit Cäsar wusste, sprachen die Gallier ihren Schwertern rudimentäre Seelen zu, vergleichbar mit gewissen Römern, die mit ihren Penissen stritten, wenn deren Leistung zu wünschen übrig ließ.

Doch Gajus Julius Cäsar gehörte nicht zu diesen Leuten.

»Was werden die Gallier jetzt unternehmen, Cäsar?«, fragte Labienus.

»An Vercingetorix' Stelle würde ich alles versuchen, um einen weiteren Kampf zu vermeiden. Ich würde mich zum Sieger erklären, zum König krönen und damit fortfahren, alles auf unserem Weg zu verbrennen sowie Flanken und Nachhut zu attackieren, bis wir wieder ohne Lebensmittel und Futter sind. Bis uns nichts anderes übrig bleibt, als über die Alpen zu ziehen. Dann müsste Cäsar den Winter mit dem – wahrscheinlich vergeblichen – Versuch verbringen, den Senat daran zu hindern, ihn nach Rom zu rufen, um ihm den politischen Garaus zu machen.«

»Eine kluge Strategie«, brummte Tulius. »Wenn die Gallier so vorgehen, sind wir mit ziemlicher Sicherheit verloren.«

»Ja«, bestätigte Cäsar. »Nun, ich habe gerade darauf hingewiesen, was *ich* unternähme. Aber wenn es darum geht, was die *Gallier* vorhaben ... Sie werden versuchen, uns den Rest zu geben.«

»Ich fürchte, das ist Wunschdenken«, sagte Galba.

»*Uns den Rest geben?*«, spottete Tulius. »Mit Verrat gewinnen sie eine Schlacht und glauben, Rom besiegt zu haben?«

»Vercingetorix ist schlau«, erwiderte Cäsar. »Aber Geduld zählt nicht zu den gallischen Tugenden. Er führt kein Heer in dem Sinne, sondern eine Horde aus Kriegern, und nur wenige von ihnen sind bereit, Befehlen zu gehorchen, die ihnen nicht gefallen.«

»Die Frage ist, was machen wir jetzt?«, sagte Labienus.

»Nicht ganz«, entgegnete Cäsar. »Die Frage ist: Was *erwarten* die Gallier jetzt von uns?« Er sah Glavius an und hob fragend eine Braue. Der neue Meisterspion zuckte nur mit den Schultern, und Cäsar verzog das Gesicht. Welch ein armseliger Ersatz ist dieser Mann für Gisstus, dachte er und seufzte.

»Wo befindet sich Vercingetorix' Streitmacht jetzt?«, fragte er im Tonfall eines sokratischen Lehrers, der mit einem begriffsstutzigen Schüler sprach.

»In Bibracte.«

»Und was macht sie dort?«

Der beunruhigte Glavius hob und senkte erneut die Schultern. »Sie feiert ihren Sieg?«, vermutete er.

»Und was sonst noch?«

»Was sonst noch?«

»Beim Hinterteil der Götter, Mann, *warum ausgerechnet Bi-*

bracte?«, rief Cäsar und ließ sich seinen Ärger deutlich anmerken. »Warum feiert Vercingetorix seinen Sieg nicht in Gergovia, dort, *wo er ihn errang*, in der Hauptstadt seines Stammes?«

Glavius' verwirrter Blick verstärkte Cäsars Kummer über den Verlust von Gisstus. Gleichzeitig spürte er, dass dieses Rätsel der Schlüssel zu etwas war, dem große Bedeutung zukam. Aber *worum* ging es dabei?

»Weil Litivak Euch verraten hat?«, fragte Labienus. »Mit der Drohung, Bibracte zu zerstören, wolltet Ihr ihn zwingen, bei Gergovia mit uns zu kämpfen. Als er *Euch* verriet anstatt sein Volk ...«

»Ihr habt Recht!«, rief Cäsar. »Vercingetorix brachte seine Streitmacht nach Bibracte, um die Stadt vor meinem Zorn zu schützen!«

Er sprang auf und begann im Kreis umherzulaufen. »Ausgezeichnet, Labienus!«, lobte er. »*So* denkt ein Gallier!«

»Aber wenn wir in unserem gegenwärtigen Zustand nach Bibracte ziehen, bringt Vercingetorix seine Kavallerie aus der Stadt und metzelt uns nieder«, sagte Tulius. »Wir hätten keine Chance.«

»Vercingetorix hält mich für einen Narren.« Cäsar lachte. »Oder zumindest für einen Gallier.«

Die verwunderten Blicke der anderen waren köstlich, und einmal mehr wünschte er sich die Gesellschaft von Gisstus – sein sardonischer Freund hätte an dieser Sache großen Gefallen gefunden.

»Als Gallier wäre ich durch Ehre verpflichtet, mich an Litivak zu rächen, um meinen Schwur zu erfüllen – selbst wenn es auf militärische Idiotie hinausliefe«, erklärte Cäsar. »Deshalb wird kein Gallier daran zweifeln, wenn ich einen entsprechenden Anschein erwecke.«

»Ich verstehe nicht ganz, Cäsar ...«, murmelte Tulius.

»Hol mir eine Karte, die Ostgallien bis zum Rhein zeigt, Glavius«, sagte Cäsar. Als Glavius die Karte gebracht hatte, kniete er sich hin und breitete sie aufgeregt auf dem Boden aus.

»Seht nur!« Er klopfte mit dem Zeigefinger auf Bibracte. »Hier ist Bibracte.« Der Zeigefinger strich nach Südwesten. »Und hier sind *wir*, mehr oder weniger.«

Er bewegte den Finger nach Nordosten, entlang einer Linie, die ihn in den Osten von Bibracte brachte. »Wir marschieren nach Norden und erwecken den Anschein, die Stadt im Nordosten passieren zu wollen, um dann einen Bogen zu schlagen und aus dem Nordwesten anzugreifen …«

»Aber Vercingetorix wird mit seinen Reitern die Stadt verlassen und …«

»Und uns jagen!«

»Glaubt ihr wirklich?«, schnurrte Cäsar. »Wird er uns nach *Osten* jagen?«

»Nach Osten, Westen, Norden oder Süden – es spielt keine Rolle. Er hat fünfmal so viel Kavallerie wie wir! Er wird uns überallhin folgen und uns niedermetzeln!«

»Nicht wenn wir unser Heer mit genug Söldnern verstärken, um Vercingetorix eine sehr unangenehme Überraschung zu bereiten, wenn wir uns schließlich zum Kampf stellen«, sagte Cäsar.

»Söldner!«, entfuhr es Tulius. »Denkt daran, was mit Litivak geschehen ist! Nirgends in diesem verfluchten Land gibt es Söldner, denen wir vertrauen können!«

»Oh, da irrst du dich, Tulius …«

Der Lärm der Gespräche und das Gelächter im Versammlungssaal wurden noch lauter, als Vercingetorix und Litivak eintraten, wichen dann einigen Momenten erwartungsvoller Stille, als Vercingetorix plötzlich stehen blieb – eine bittersüße Erinnerung ließ ihn verharren.

Die Szene erinnerte ihn an Keltills letztes Fest im Großen Saal von Gergovia, damals, als er nichts weiter gewesen war als der stolze Sohn seines Vaters. Dieser Saal mochte größer sein, erhellt nicht von Fackeln, sondern vom Licht bronzener Öllampen, aber auch hier hingen die Waffen und Schädel besiegter Feinde an den Wänden. Ein aufgespießter Keiler briet am einen Ende des Saals über einem Feuer, ein Ochse am anderen, und Vercingetorix nahm den gleichen herrlichen Duft aus bratendem Fleisch und brennendem Holz wahr wie damals. Auch hier saßen die Vergobreten und Stammesoberhäupter an einem großen Tisch in der Mitte. Zwar lag eine blaue Decke darauf, aber er präsentierte die gleichen Speisen: Wildschwein und Hammel, Brot und Geflügel, Krüge mit gutem, schäumendem Bier. Vercingetorix glaubte fast, Keltill auf dem Ehrenplatz zu sehen, mit einem biergefüllten Horn in der Hand und einem herzlichen Lächeln auf den Lippen.

Doch hier war der Ehrenplatz für ihn bestimmt. Rechts von ihm sollte Litivak sitzen, und links …

»VERCINGETORIX! VERCINGETORIX! VERCINGETORIX!«

Man hatte möglichst viele kleinere Tische in den Versammlungssaal gebracht. Sie umgaben den größeren Tisch in der Mitte, und dort saßen Handwerker, Krieger, Händler und andere Leute. Sie alle klopften mit ihren Humpen auf die Tische, riefen den Namen des Arverners und erwarteten einige freundliche Worte von ihm, als er zum Ehrenplatz schritt. Doch als Vercingetorix sah, wer links davon Platz genommen hatte, schenkte er allen anderen Dingen keine Beachtung mehr.

Sein Blick fiel auf Marah.

Sie trug ein weißes, gallisches Leinengewand mit dem roten und schwarzen Besatz der Karnuten. Ihr Haar war sorgfältig frisiert, und ein Diadem hielt es hoch über dem Nacken, im römischen Stil. Gefärbter Puder ließ die Wangen rosiger erscheinen, als sie es in Wirklichkeit waren, und die Augen waren dunkel umrahmt.

Erneut fühlte sich der Große Anführer von Kriegern in eine Zeit zurückversetzt, in der die Männlichkeit eines Jungen erwacht war, um den ersten Anblick knospender Schönheit zu grüßen.

»VERCINGETORIX! VERCINGETORIX! VERCINGETORIX!«

Aber seitdem hatte Marah das Bett mit Cäsar geteilt und war zu einer halben Römerin geworden, die ihn als Barbaren verachtete. Dieser »Barbar« kehrte nun als Held von Gergovia zurück und hätte sich mit einem Wort zum König ausrufen können. Neben Marah saß ihre Mutter Epona, und Vercingetorix bezweifelte, dass sie ihre Tochter allein aus sentimentalen Gründen mitgebracht hatte.

Nein, er war nicht mehr jener bartlose Junge, und Marah war keine Jungfrau mehr. Er blickte jetzt in die Augen einer Frau, und in ihnen sah er weder Unschuld noch Einfalt.

Und sie waren auch nicht allein.

Andere Augen beobachteten dieses Wiedersehen. Die Augen der Karnuten, die der Mutter, die das Treffen vorbereitet hatte. Die Augen der Häduer, in deren Versammlungssaal die Begegnung stattfand. Die lächelnden Augen von Litivak, dessen freundliche Hand vermutlich an dieser Sache beteiligt war. Die Augen von Rhia, die auf der anderen Seite des Tisches saß, einige Plätze entfernt, mit einem Gesicht aus Stein.

Und Ohren lauschten. Die Ohren derer am Tisch, die Ohren der anderen im Saal, denen man rasch zuflüstern konnte, was gesprochen wurde. Und fernere Ohren, die es später hören würden, aus dem Mund von Menschen, die es ebenfalls nur aus dem Mund anderer wussten. Nein, dachte Vercingetorix, wir sind nicht allein. Nie wieder können wir jener Junge und jenes Mädchen sein. Wir sind zu einem Märchen geworden, das die Barden erzählen werden.

»Bist du gekommen, um im Ruhm des Helden von Gergovia zu baden?« So lauteten die ersten Worte, die Vercingetorix an Marah richtete.

»Um den Mann zu grüßen, der Avaricum verschonte«, erwiderte Marah. »Denn *dieser* Mann wäre ein würdiger König.«

Wohl gesprochen, dachte Vercingetorix. Aus dem Herzen? Oder gut überlegt, damit es so klingt?

»Und du wärst bereit, seine Königin zu sein?«, fragte er.

»Ich habe gelacht, als der Junge diese Frage an mich richtete, aber ich empfände es als Ehre, vom Mann gefragt zu werden.«

Die Worte schienen in der Luft zu hängen. Noch deutlicher als vorher spürte Vercingetorix, dass ihr Gespräch nicht nur für die Anwesenden von größter Bedeutung war, sondern auch für tausende anderer, die sich gar nicht im Saal befanden. Und vielleicht auch für diejenigen, die erst geboren wurden.

»Ich habe geschworen, dass es keinen König von Gallien geben wird, solange ein einziger römischer Soldat auf unserem Boden steht«, sagte er vorsichtig.

»Ich kann warten«, erwiderte Marah und küsste ihn zart auf die Lippen.

Was die am Tisch Sitzenden zu lautem Beifall veranlasste.

Nur Rhia jubelte nicht.

Vercingetorix freute sich ebenso wenig wie sie.

Alle am Tisch spitzten die Ohren, um jedes Wort aufzuschnappen, das Vercingetorix an Marah richtete, und deshalb gab er vor, sich ganz dem Essen und Trinken zu widmen. Er zwang sich, große Fleischstücke hinunterzuschlingen, obwohl er gar keinen Appetit darauf hatte, und er erweckte den Anschein, mehr Bier zu trinken, als es tatsächlich der Fall war. Mit kurzen Seitenblicken stellte er fest, dass sich Marah ebenso zu verhalten schien.

Erst als die anderen am Tisch so viel Bier getrunken hatten, dass selbst Litivak und Epona ihre Aufmerksamkeit anderen Dingen zuwandten, versuchte Vercingetorix, mit Marah zu reden. Er sprach leise und mied ihren Blick, erweckte auch weiterhin den Anschein, ganz auf Essen und Trinken konzentriert zu sein.

»Warum bist du wirklich hierher gekommen?«

»Ich habe dir die Wahrheit gesagt.«

»Hast du das?«

»Es war nobel von dir, die Kornkammern von Avaricum zu verschonen. Der Mann, der das riskierte, bewies damit ein nobles Herz.«

»Es ergaben sich schreckliche Konsequenzen für die Stadt.«

»Aber nicht für Gallien. Wenn du Avaricum zerstört hättest, wäre Litivak nicht an deine Seite zurückgekehrt, du hättest die Schlacht von Gergovia verloren, und …«

»Und du hättest dich wieder an Cäsar herangemacht?«, entfuhr es Vercingetorix. Sofort bedauerte er, sich nicht die verräterische Zunge abgebissen zu haben.

Aber Marah nahm keinen Anstoß an seinen Worten. »Ich habe es verdient, das zu hören«, sagte sie sanft. »Und es ist nur recht und billig, dass ich es von dir höre.« Dieses ehrliche Eingeständnis rührte Vercingetorix' Herz.

Oder wollte Marah ganz bewusst eine solche Wirkung auf ihn erzielen?

»Dann hältst du mich nicht mehr für einen ungehobelten Barbaren?« Vercingetorix nahm seinen Worten ein wenig von ihrer Schärfe, indem er scherzhaft hinzufügte: »Oder bin ich wenigstens ein zungenfertiger Barbar geworden?«

»Der Mann, der Menschen bei lebendigem Leib verbrannte, *war* ein Barbar, und er sorgte dafür, dass ich mich meiner gallischen Abstammung schämte. Aber der Mann, der Avaricum verschonte und die Konsequenzen hinnahm, weckte in mir Scham darüber, den Verlockungen Roms erlegen zu sein.«

»Und denen Cäsars?«

»Es wäre eine Lüge zu behaupten, dass ich die ... Bekanntschaft eines so großen Mannes bedauere«, sagte Marah.

»Du nennst den Mann *groß*, der für das Massaker von Avaricum verantwortlich ist?«

»Er ist groß, wie auch Rom groß ist, Vercingetorix. Ein großer Mann, dazu entschlossen, die größte Zivilisation zu regieren, die es je auf der Welt gab.«

»Die größte Zivilisation, die es je auf der Welt gab!«, zischte Vercingetorix, sodass nur Marah seinen Zorn hörte. »Sie versucht, alle anderen Völker zu unterwerfen, zu berauben und zu versklaven, auch dein eigenes!«

»Unterwerfen, ja, aber berauben – nein. Du hast diese Stadt und auch Avaricum gesehen. Sind sie durch den Handel mit Rom ärmer geworden? Sind sie ärmer an weltlichen Waren, Wissen und Kunst? Gibt es weniger Wasser und weniger ... Zivilisation?«

»Aber welchen Preis haben wir dafür gezahlt?«, erwiderte Vercingetorix. »Und wenn du Roms *Zivilisation* so bewunderst – warum bist du hier, mitten unter wilden Galliern?«

»Ich bin hier, weil Rom – wie Cäsar – in allen weltlichen Dingen groß ist und es daher verdient, bewundert und nachgeahmt zu werden«, antwortete Marah. »Aber Rom besitzt kein Herz, und deshalb kann man Rom – wie Cäsar – nicht lieben. Gallien hingegen *hat* ein Herz. So wie der Mann, der mich diese Lektion lehrte –

nicht mit zungenfertigen Worten oder einem mächtigen Sieg, sondern indem er von einer Gräueltat Abstand nahm. Und der deshalb würdig ist, ein König zu sein.«

Vercingetorix' wollte diesen honigsüßen Worten glauben. Aber hätte so nicht auch eine zungenfertige Frau gesprochen, die seine Königin sein wollte?

»VERCINGETORIX! VERCINGETORIX! VERCINGETORIX!«

Bäuche hatten sich bis zum Platzen gefüllt, und es war genug Bier geflossen, um die Augen der Berauschten zu röten. Jetzt wollte man die Worte des Siegers von Gergovia hören, von Cäsars Bezwinger, die Worte des zungenfertigen Vercingetorix.

»VERCINGETORIX! VERCINGETORIX! VERCINGETORIX!«

Humpen schlugen auf die Tische. Bier wurde verschüttet. Füße stampften auf den Boden und verscheuchten die Hunde, die ihrerseits einen Festschmaus aus Essensresten genossen. Dolche und Schwertknäufe schlugen gegen Schilde wie zuvor an die Köpfe von Römern.

»VERCINGETORIX! VERCINGETORIX! VERCINGETORIX!«

»Hör dir das an!«, stieß Litivak freudig hervor, und Kampfeslust glühte in seinen blutunterlaufenen Augen. »Sprich zu ihnen von Ruhm, und sie sind bereit, dir bis ans Ende der Welt zu folgen und über ihren Rand zu springen!«

»Genau das befürchte ich«, murmelte Vercingetorix, der die ganze Zeit über voller Sorge diesen Moment erwartet hatte. Denn er wusste, was er sagen *sollte,* und mit Ruhm hatte das nichts zu tun.

Liscos bewahrte ihn davor, auf Litivaks Worte eingehen zu müssen. Der ergrauende Vergobret der Häduer – in seinem Gesicht zeigte sich ein schwerer Schatten, der nicht nur auf Müdigkeit zurückging – hatte den ganzen Abend über versucht, den glücklichen Gastgeber zu spielen und den Anschein zu erwecken, er hätte Litivak und seinen Kriegern befohlen, Gergovia zu Hilfe zu kommen.

Niemand glaubte es, aber bisher hatte es auch noch niemand für angebracht gehalten, diese einigende Unwahrheit in Frage zu stellen. Jetzt kletterte Liscos schwerfällig auf den Tisch und stieß dabei mehrere Servierplatten zu Boden. Niemand schien es zu bemerken, abgesehen von den Hunden, die sich unterm Tisch um Leckerbissen stritten.

»Gefällt euch das Fest?«, rief Liscos mit einer alles andere als nüchtern klingenden Stimme. »Genießt ihr die wundervolle Gastfreundschaft von Liscos, Vergobret der Häduer?«

Der Sprechchor und das rhythmische Pochen wurden noch beharrlicher.

»VERCINGETORIX! VERCINGETORIX! VERCINGETORIX!«

Liscos versuchte vergeblich, seinen Neid zu verbergen. »Freut ihr euch über den größten Sieg seit Brenn?«, rief er aus vollem Hals.

Am Ende des Tisches sprang Critognat auf und donnerte noch lauter: »Der größte Sieg in der Geschichte dieser Welt! Uns ist gelungen, was noch nie jemand geschafft hat! Wir haben den Sieg errungen über das größte Heer des größten Generals der größten Streitmacht des größten …«

Gutmütiges Gelächter erklang und befreite Critognat aus seiner trunkenen Verwirrung.

»Sechs Legionen!«, rief jemand.

»Zehn!«

»Hundert!«

Diese prahlerische Behauptung war absurd genug, um die betrunkenen Gallier erneut lachen zu lassen. Aber sie gab Liscos auch die Möglichkeit zu einem würdevollen Abgang.

»Selbst tausend Legionen hätten wir in die Flucht geschlagen!«, erklärte er großartig. »Unsere Frauen könnten hundert Legionen vernichten, unsere Kinder noch einmal hundert und unsere Hunde den Rest!«

Weiteres raues Gelächter erklang.

»Wir haben den Plünderer unseres Lands und die Geißel unseres Volkes besiegt – Gajus Julius Cäsar!«

Jubel, Pfiffe und die Nachahmungen enormer Fürze, hervorgerufen von Zungen, die zwischen geschürzten Lippen vibrierten.

»Besiegt von einem noch größeren General …«

»VERCINGETORIX! VERCINGETORIX! VERCINGETORIX!«

Erneut begann der Sprechchor. Liscos runzelte die Stirn, ergab sich schließlich dem Unvermeidlichen und rief: »Vercingetorix! Der uns den größten aller Siege brachte! Vercingetorix! Zu dessen Ehren ich, Liscos, Vergobret der Häduer, euch drei Tage und drei Nächte lang bewirten werde, beim größten *Fest* in der Geschichte Galliens!«

Das brachte Liscos genug Beifall ein, um ihm zu erlauben, mit intakter Gastgeberwürde zu seinem Platz zurückzukehren.

Aber es genügte nicht, um den Saal zur Ruhe kommen zu lassen.

»Und nach dem Fest reiten wir los und geben den Römern den Rest!«, rief Critognat.

»Tod dem Cäsar!«

»Warum warten? Lasst uns sofort aufbrechen!«

Viele Männer standen schwankend auf, zogen Schwerter und schwangen sie wild hin und her. Sie waren so sehr von Bier und Ruhm berauscht, dass sie am liebsten sofort aufgebrochen wären, um erneut gegen Cäsar zu kämpfen.

»VERCINGETORIX! KÖNIG VON GALLIEN!«, ertönte es irgendwo.

»VERCINGETORIX! KÖNIG VON GALLIEN!«

»NEIN!«, rief Vercingetorix, so laut er konnte, und sprang auf den Tisch. Der Lärm ließ nach, wurde zu einem verwirrten Murmeln. Vercingetorix beschloss, zumindest zu versuchen, das zu sagen, was er sagen musste.

»Ich habe geschworen, Brenns Krone so lange nicht zu tragen, wie römische Legionen dem Boden Galliens Schande bringen. Zwar haben wir einen großen Sieg errungen, aber der Krieg ist noch nicht gewonnen. Cäsars Legionen wurden besiegt, doch nicht vernichtet …«

»Wohl gesprochen!«, rief Critognat. »Lasst uns zu den Römern reiten und sie alle töten!«

»Auch Ihr habt wohl gesprochen, Critognat!«, erwiderte Vercingetorix und versuchte, Critognats Worte für den eigenen Zweck zu verwenden. »Critognat hat Recht – wir müssen zu Ende führen, was wir begonnen haben. Aber unser Sieg bei Gergovia soll die letzte Schlacht des Krieges gewesen sein.«

»Ihr sprecht in Rätseln!«, rief Critognat. »Der Krieg ist nicht gewonnen, aber es soll keine weiteren Schlachten geben? Wie meint Ihr das?«

»Wir können diesen Krieg nicht in Gallien gewinnen«, sagte Vercingetorix. »Wir müssen ihn in Rom gewinnen.«

Wieder verstand Critognat die Worte falsch. »Jetzt sprecht Ihr wie ein *wahrer* Gallier! Lasst uns nach Rom ziehen und die Stadt niederbrennen!«

Vercingetorix ging nicht darauf ein, sprach so weiter, als hätte Critognat geschwiegen.

»Cäsar braucht einen Sieg, um im Triumph nach Rom zurückzukehren. Wir wären Narren, ihm eine zweite Chance zu geben. Wenn wir uns ihm nicht erneut zum Kampf stellen und außerdem verhindern, dass er seine Vorräte erneuern kann, gewinnen wir den Krieg bis zum nächsten Winter. Dann muss sich Cäsar mit seinem hungernden Heer über die Alpen zurückziehen, als gedemütigtes Opfer eines großen Siegs. Anschließend wird so schnell kein anderer römischer General den Wunsch verspüren, Gallien zu erobern!«

»Jetzt sprecht Ihr wie ein feiger Römer!«, brüllte Critognat.

»Wenn Ihr die Lunge eines Keilers mit einem Speer durchbohrt habt – gebt Ihr ihm dann die Möglichkeit, Euch mit seinen Hauern anzugreifen, oder wartet Ihr, bis er verendet?«

»Wir sollen uns zurückhalten und beobachten, wie der Feind stirbt? Wo liegt darin Ehre?«, fragte Critognat. »Ich gäbe jedem Feind die Chance zum Kampf, selbst Cäsar! Die gleiche Chance, die ich von ihm erwarten würde!«

Diese Worte fanden mehr Beifall als die von Vercingetorix, denn dieser hatte versucht, den Verstand der Versammelten anzusprechen und ihnen die weltliche Weisheit mitzuteilen, die sie erfahren *mussten*. Critognat hingegen hatte gesagt, was sie hören *wollten*, und damit berührte er die Herzen der Krieger.

»Die Wahl liegt bei *euch*«, sagte Vercingetorix und unternahm einen letzten, zum Scheitern verurteilten Versuch. Er wählte seine Worte mit Bedacht. »Kämpfen wir um des Sieges oder des Ruhmes willen gegen Rom?«

Der Mann der Tat wusste, dass letztendlich die Versammelten darüber entscheiden würden, ob er ihnen die Wahl nun anbot oder nicht. Und der Mann des Wissens begriff, dass er sich mit dieser Entscheidung abfinden musste. Seine Macht genügte nicht, um diese Situation zu kontrollieren.

Wenn die Leute einem nicht dorthin folgen wollten, wohin man sie zu führen versuchte, so musste man mit ihnen gehen oder allein wandern.

Die Antwort kam von Litivak. »Es geht uns um beides! Wir kämpfen für den ruhmvollen Sieg Galliens!«

Daraufhin erklang so lauter Jubel, dass die Wände zitterten.

»So sei es«, flüsterte Vercingetorix.

»So sei es!«, rief er, als das Getöse nachließ. »Ihr habt entschieden, nicht für einen Sieg ohne Ruhm zu kämpfen, sondern für die Glorie Galliens, und deshalb werde ich euch in den Rachen des Todes führen, mit einem Kampflied im Herzen!«

Er zog das Schwert und schnitt sich in den linken Unterarm. »Mit meinem Leben bis zum letzten Blutstropfen als Pfand verspreche ich, Gallien zu führen und für seine Sache zu kämpfen, ungeachtet aller Opfer, die das Schicksal von mir verlangen mag!«, rief er als großer Anführer von Kriegern.

Schwerter wurden gezogen, Blut quoll aus kleinen Schnittwunden, und Arme wurden gehoben. Wieder kam es zu einem donnernden Sprechchor.

Aber als Vercingetorix kurz zur Seite blickte und sah, was in Marahs Augen geschrieben stand, wusste er: Sie allein hatte den Kummer in seinen Worten gehört. Ihr allein war klar, dass es kein freudiges Kampflied in seinem Herzen gab.

Der zungenfertige Vercingetorix hatte den Kriegern nur das gegeben, was sie hören wollten.

XVIII

Wolken bedeckten den Himmel in dieser Nacht, und das einzige Licht, das von oben kam, war ein blasser, perlmuttfarbener Fleck dort, wo Mondschein durch eine Wolke drang. Doch unten in den Straßen brannten Freudenfeuer, und Fackelschein tanzte im Dunkeln. Vercingetorix stand auf dem Schutzwall von Bibracte, hörte ferne Musik, Stimmen, Gelächter, irgendwo ein frohes Lied.

Ihm war nicht zum Feiern zumute. Bei Avaricum hatte er die richtige Entscheidung getroffen, nicht die notwendige, mit dem Ergebnis, dass die Bewohner der Stadt einen bitteren Preis bezahlen mussten. Aber weil er bereit gewesen war, auf die Stimme seines Herzens zu hören, hatte Litivak riskiert, sich von der Stimme *seines* Herzens leiten zu lassen, und nur dadurch war es ihnen möglich gewesen, bei Gergovia den Sieg zu erringen. Doch jener Sieg schien ihn nun auf einen Pfad zu führen, der ihn fortbrachte von der Möglichkeit, den Krieg zu gewinnen.

Vercingetorix fühlte sich vom berauschenden Aroma des Siegesfestes verspottet. Die Gerüche von brennendem Holz, bratendem Fleisch, schaumigem Bier und frisch gebackenem Brot vermischten sich zu einem Duft, der ihn an Keltills letztes Fest und das plötzliche Ende einer glücklichen Kindheit erinnerte, ein Ende in Flammen, im Rauch, der von einem Scheiterhaufen aufstieg, im Gestank von verkohlendem Menschenfleisch.

»Du hast heute gut gesprochen.«

Rhia trat neben ihn, und selbst ihre Worte schienen Spott zu enthalten.

»Ich habe gelogen«, erwiderte Vercingetorix. »Inzwischen bin ich daran gewöhnt. Ich werde die Krieger in den Rachen des Todes führen, weil ich muss, aber es gibt kein Kampflied in meinem Herzen. Ich fürchte, die eine gewonnene Schlacht führt dazu, dass wir den Krieg verlieren, obgleich wir ihn gewinnen könnten.«

Rhia schüttelte missbilligend den Kopf. »*Das* ist ein Gedanke, von dem man sich befreien sollte, bevor er den Geist so langsam werden lässt wie eine Schlange, die übers Eis eines zugefrorenen Sees kriecht.«

»Aber *wie* soll ich ihn aus mir verbannen?«, fragte Vercingetorix. »Ich gab den Kriegern die Wahl, für den Sieg oder für Ruhm zu kämpfen, und du weißt, wofür sie sich entschieden haben.«

»Aber Litivak erklärte, wir kämpfen für den ruhmreichen Sieg Galliens«, wandte Rhia ein, doch Vercingetorix hörte keine Überzeugung in ihren Worten.

»Ich bin Litivak sehr dankbar für das, was er getan hat, aber an Cäsars Stelle würde ich von Verrat sprechen. Wir haben unseren Sieg nicht mit überlegener Waffengewalt errungen, sondern durch Verrat.«

Rhia sah ihn so an wie ein besonders exotisches Geschöpf. »Du legst deinem Freund mutige Loyalität zur Last, weil sie den Feind verriet?«

Wenn es in dieser Nacht Humor gegeben hätte, wäre Vercingetorix vielleicht bereit gewesen, über die Frage zu lachen. »Natürlich nicht«, sagte er stattdessen. »Wenn Litivak sich so verhalten hätte, wie Cäsar es von ihm erwartete, dann wären wir beide jetzt vermutlich tot und Gallien eine römische Provinz.«

»Ist das nicht ein klares Zeichen dafür, dass das Schicksal unserer Sache hold ist? Und Cäsar hat schwere Verluste erlitten. Vielleicht *können* wir den Rest seiner Streitmacht im offenen Kampf besiegen.«

»Nichts ist unmöglich«, räumte Vercingetorix ein. »Ich fürchte mich auch nicht vor den geringen Aussichten auf Erfolg ...«

»Was belastet dich dann so sehr, dass du kein Fest ertragen kannst?«

Vercingetorix nickte in Richtung der Lichter und Geräusche in der Stadt.

»Das Wissen, dass ich wegen der großherzigen Narren dort unten auf einen sicheren Sieg im Krieg gegen Rom verzichten muss, damit wir Ehre und Ruhm nachjagen können!«, sagte Vercingetorix und gab nun ganz offen den Zorn zu erkennen, den er im Versammlungssaal nicht zu zeigen gewagt hatte.

»Störe ich?«

Marah näherte sich über den Wehrgang, in einen Wollmantel gehüllt, der das Rot und Schwarz der Karnuten aufwies. Irgendwie brachte sie es fertig, ihn wie eine seidene römische Toga zu tragen.

»*Diese* Störung kommt genau zur rechten Zeit«, erwiderte Rhia.

»Du bist heute so feinsinnig gewesen wie ein Römer, Vercingetorix«, sagte Marah. »Selbst Cäsar hätte nicht besser sprechen können.«

»Soll ich das als Kompliment verstehen?«, fragte Vercingetorix gereizt.

»Cäsar hat bei einem Meister der Redekunst Rhetorik studiert«, sagte Marah. »Und auch Logik.«

»Aber Critognat und die anderen ließen sich weder von meiner feinsinnigen Rhetorik beeinflussen noch von ... römischer Logik.«

»Vielleicht deshalb, weil du dich irrst«, sagte Marah.

»Ach, tatsächlich?«, erwiderte Vercingetorix verärgert.

»Selbst wenn es dir gelänge, Cäsar zu einem unehrenhaften Rückzug aus Gallien zu bewegen, selbst wenn du ihn töten würdest – *Rom* fände sich nie mit einer Niederlage ab. Als der Karthager Hannibal den Sieg über die Römer errang, brauchten sie hundert Jahre, um Karthago zu schlagen. Sie pflügten Salz in den Boden, damit nichts mehr in ihm wuchs. Cäsar hat mir davon erzählt. Er war sehr stolz darauf.«

»Du hast viel von Cäsar gelernt«, sagte Vercingetorix. Es gefiel ihm nicht, dass Marah ihm eine Wahrheit mitteilte, die er nicht hören wollte.

»Du ebenfalls«, erwiderte sie. »Genug, um als Ebenbürtiger gegen ihn zu kämpfen. Genug, um dich von deinem Volk zum König ausrufen zu lassen, wenn du wolltest. Das ist mehr, als Cäsar erreichte.« Und in einem seltsam wehmütigen Tonfall fügte sie hinzu: »Oder als er versuchte.«

Vercingetorix spürte das Stechen jäher Eifersucht, und als er Marah in die Augen sah, erkannte er dort die Achtung, die noch immer dem großen Cäsar galt. *Versuchte* sie, ihn eifersüchtig zu machen? Oder hielt sie in *seinen* Augen nach einer Bestätigung dafür

Ausschau, dass auch er seinem Todfeind eine ähnliche Bewunderung entgegenbrachte?

Vercingetorix stellte fest, dass er diese Bewunderung nicht ganz leugnen konnte. Aber er war entschlossen, sich nichts davon anmerken zu lassen. Nach einigen Momenten wandte sich Marah von ihm ab und richtete neckende Worte an Rhia.

»Er hat mir einmal versprochen, mich zu seiner Königin zu machen«, sagte sie. »Hat er das auch dir versprochen?«

»Ich werde nicht lange genug leben, um einen König in Gallien zu sehen«, entgegnete Rhia ernst.

»Und ich fürchte, ich werde nie als einer regieren«, sagte Vercingetorix.

Marah sah sie beide nacheinander an und schüttelte den Kopf.

»Was für ein trauriges Liebespaar!«

Vercingetorix spürte Hitze im Nacken und unter den Wangenknochen, eine plötzliche Aufwallung von Gefühlen – Sehnsucht, Verlegenheit, vielleicht auch ein wenig Scham.

»Wir sind kein Liebespaar!«, erwiderte er mit zu viel Nachdruck.

Marah musterte ihn aufmerksam. »Sie trägt deine Standarte. Bei jedem Kampf reitet sie an deiner Seite. Wie ich hörte, schläft sie sogar neben dir im Wald. Und ich soll glauben …«

»Bruder und Schwester des Schwertes«, sagte Rhia mit einer Leidenschaft, die ihre wahren Worte wenig glaubhaft machte. »Das sind wir, und mehr werden wir nie sein.«

Und Marah lachte.

»Oh, ich bitte euch, ihr braucht es nicht vor mir zu verbergen«, sagte sie gutmütig. »Ich habe es nicht für nötig gehalten, mein Verhältnis mit Cäsar vor *ihm* zu verbergen, und deshalb kann ich Vercingetorix wohl kaum die Liebelei mir dir vorwerfen. Die Wahrheit ist: *Wir* sind nie ein Liebespaar gewesen, und so …«

»Wir auch nicht!«, beharrte Rhia.

»Glaubst du etwa, man sähe dir deine Gefühle für ihn nicht an?«

Vercingetorix wurde klar, dass die beiden Frauen über ihn wie zwei Krieger über ihre amourösen Eroberungen sprachen. Als noch demütigender empfand er den Umstand, dass *er* in dieser Hinsicht mit nichts prahlen konnte. Dies alles erschien ihm immer unerträglicher.

»Ich glaube, ich sollte jetzt zum Fest zurückkehren«, sagte er. »Vielleicht gelingt es mir mit Bier, meine Stimmung zu verbessern.«

Marah lachte. »Wenn das der Fall ist, dürfte es mir nicht schwer fallen, dich zu finden, o großer Anführer von Kriegern.«

Es war später Morgen am zweiten Tag des Festes, und der durch die schmalen Fenster fallende helle Sonnenschein schnitt wie Messer durch die Schatten. Erbarmungslos offenbarte er die Reste der Festlichkeit auf den Tischen und die abgenagten Knochen, die Hunde auf dem Boden zurückgelassen hatten.

Litivak, Liscos, Cottos von den Karnuten, Kassiv von den Turonen, Epirod von den Santonen, Netod von den Bellovakern, Comm von den Atrebaten und Velaun von den Parisinern saßen bereits am großen Tisch, als Vercingetorix mit Oranix den Versammlungssaal betrat. Es roch nach schalem Bier und kaltem Bratfett. Die Augen der Männer am Tisch waren blutunterlaufen, ihre Gesichter schwammig. Man konnte ihnen deutlich ansehen, wie wenig sie davon hielten, noch vor Mittag zu einer Besprechung gerufen zu werden.

Oranix hatte Vercingetorix mit Neuigkeiten geweckt, von denen sie alle erfahren mussten. Cäsars Heer zog sich nicht in Richtung Alpen zurück, sondern marschierte nach Norden, nach Bibracte. Aber auf eine seltsame Weise.

»Wo ist Critognat?«, fragte Vercingetorix.

»Vermutlich schläft er noch seinen Rausch aus«, brummte Comm. »Warum können wir das nicht auch?«

»Und Luctor schläft ebenfalls?«

»Warum hast du uns an einem Morgen wie diesem und nach einer *solchen* Nacht hierher bestellt?«, klagte Cottos.

»Cäsar zieht nach Norden«, teilte Vercingetorix der müden Versammlung mit.

»*Nach Norden?*«

Das genügte, um die Aufmerksamkeit aller Anwesenden zu wecken.

»Marschiert er nach Bibracte, so wie er es androhte?«, fragte Litivak nervös und sah kurz zu Liscos.

Der finstere Blick, den der gegenwärtige Vergobret der Häduer seinem möglichen Nachfolger zuwarf, brachte nicht so sehr Sorge zum Ausdruck, sondern vor allem das Gefühl, den eigenen Standpunkt bestätigt zu sehen. »*Ihr* habt Cäsar dazu veranlasst, Litivak …«

»Warum hat er nicht wenigstens den Anstand, bis zum Ende unseres Festes zu warten?«, stöhnte jemand im Eingang des Versammlungssaals. Critognat wirkte ziemlich mitgenommen, als er hereinwankte. Ironisches Gelächter begrüßte ihn.

»Wir sollten besser unsere Krieger sammeln und nach Süden reiten, Cäsar entgegen«, sagte Comm.

»O nein«, widersprach Liscos. »Das Heer Galliens hat Cäsars Zorn auf diese Stadt gelenkt, und die Ehre verlangt, dass das Heer Galliens hier bleibt, um Bibracte zu verteidigen.«

»Wir dürfen auf keinen Fall eine Belagerung riskieren!«, sagte Cottos.

»Er hat Recht! Denkt daran, was mit Avaricum geschehen ist!«

»Denkt daran, was mit *Cäsar* geschah, als er versuchte, Gergovia zu belagern!«

»Was ist hier los?« Luctor war eingetroffen und trat an den auf dem Boden liegenden Servierplatten und Humpen vorbei.

»Cäsar marschiert nach Bibracte …«

»Das habe ich nicht gesagt«, ließ sich Vercingetorix vernehmen.

»Er marschiert nicht hierher?«

»Das habe ich auch nicht gesagt …«

»Wohin *ist* Cäsar unterwegs?«

Vercingetorix griff nach einem Krug und klopfte damit auf den Tisch.

»Wir *wissen* nicht, was Cäsar vorhat!«, rief er. »Bevor wir darüber streiten, was es zu unternehmen gilt, sollten wir von Oranix hören, was die Späher tatsächlich gesehen haben!«

»Cäsar hat sein Heer geteilt«, sagte Oranix. »Labienus zieht mit zwei Legionen und offenbar der gesamten übrig gebliebenen Kavallerie nach Nordwesten, in Richtung Bibracte. Sie haben Wagen mit Teilen von Belagerungsapparaten dabei.«

Dieser Hinweis verwirrte die anderen Stammesoberhäupter ebenso wie Vercingetorix.

»Und wo ist Cäsar?«, fragte Litivak.

»Cäsar scheint den Rest des Heeres zu befehligen, fast ausschließlich Fußsoldaten. Er zieht langsamer als Labienus nach Norden und wird sich Bibracte von Osten nähern.«

»Warum sollte er so dumm sein?«, fragte Comm. »Ohne Kavallerie hauen wir ihn in Stücke!«

»Aber bevor wir ihn erreichen können, trifft Labienus hier ein«, sagte Liscos. »Wir dürfen die Stadt nicht schutzlos lassen.«

»Was kann Labienus mit zwei Legionen anrichten?«, fragte Cottos verächtlich.

»Die Stadt belagern!«, antwortete Liscos.

»Wir könnten seine Linien leicht durchbrechen ...«

»Ihr vergesst, dass er die ganze Kavallerie hat ...«

»Die bei einer Belagerung nutzlos ist ...«

»Es ist ein Trick, der uns dazu bringen soll, unsere Streitmacht zu teilen«, sagte Litivak.

»Wir erledigen erst Labienus und reiten dann nach Osten, um Cäsar zu schlagen«, schlug Critognat vor.

»Das ergäbe einen Sinn«, sagte Vercingetorix. »Aber es erscheint mir viel zu dumm ...«

»Es erscheint nicht dumm!«, rief Luctor. »Cäsar *ist* dumm!«

»*Zu* dumm für Cäsar«, sagte Vercingetorix. »Er *lädt uns ein,* Labienus' kleine Streitmacht zu vernichten und uns dann ihm zuzuwenden. Die Frage ist: Was könnten wir unternehmen, das *nicht* seinen Wünschen entspricht?«

»Mir wird das zu kompliziert«, sagte Netod.

»Das hört sich an, als hättest du damit begonnen, wie ein Römer zu denken, Vercingetorix«, meinte Litivak.

»Vielleicht hat *Cäsar* begonnen, wie *Vercingetorix* zu denken«, brummte Critognat.

»Was?«

»Ich bin nur ein alter Krieger, vom Bier der letzten Nacht noch immer halb benebelt. Aber mir scheint, Cäsar hat den einen oder anderen Trick von Euch gelernt, Vercingetorix. Labienus' Streitmacht besteht zum größten Teil aus Kavallerie, und es stimmt: Damit kann er Bibracte kaum belagern. Also …«

»Natürlich!«, entfuhr es Litivak. »Wenn wir aufbrechen, um Labienus anzugreifen …«

»Zieht er sich zurück, so wie wir uns lange Zeit zurückgezogen haben«, sagte Critognat.

»Und zwar lange genug, um uns so weit von Bibracte fortzulocken, dass Cäsar mit dem Hauptteil der Streitmacht die Stadt zerstören kann, ohne von uns daran gehindert zu werden«, sagte Litivak.

»Oder er nimmt Bibracte ein und benutzt die Stadt, um uns unter Druck zu setzen«, spekulierte Liscos.

Jetzt begriff Vercingetorix Cäsars Plan. Wenn es ihm gelang, die Hauptstadt der Häduer einzunehmen, konnte er Forderungen stellen und damit drohen, die Stadt zu zerstören und ihre Bewohner zu töten, wenn sie nicht erfüllt wurden. Zumindest konnte er dann von den Häduern verlangen, ihm Litivak auszuliefern und ihre Krieger aus dem Heer Galliens abzuziehen. Nach der Katastrophe von Avaricum blieb Liscos gar nichts anderes übrig, als darauf einzugehen.

»Wie ich eben schon sagte: Wir müssen die ganze Streitmacht hier behalten, um die Stadt zu verteidigen«, betonte der Vergobret der Häduer. Vercingetorix neigte jetzt dazu, ihm zuzustimmen, aber …

»Aber geraten wir nicht in die Falle einer Belagerung, wenn sowohl Labienus als auch Cäsar eintreffen?«, fragte Cottos. »Vielleicht soll uns dies alles dazu bringen, hier in Bibracte zu bleiben.«

»Zumindest eins ist klar«, warf Litivak ein. »Wir dürfen nicht losreiten, um Labienus anzugreifen.«

»In diesem Punkt sind wir uns einig, Litivak«, pflichtete ihm Liscos bitter bei.

»Wenn wir *Cäsars Infanterie* mit unserer ganzen Streitmacht angreifen und sie schlagen, sollte es anschließend einfach sein, mit Labienus fertig zu werden«, sagte Netod.

»Dann lasst uns aufbrechen und nicht mehr darüber reden!«, knurrte Critognat.

»Wir brauchen nur Cäsars erschöpfte Truppen zu schlagen, um den endgültigen Sieg zu erringen!«

»So scheint es«, sagte Vercingetorix und hatte das Gefühl, einen wichtigen Punkt zu übersehen.

»Habt Ihr vor, Bibracte schutzlos Labienus zu überlassen, während Ihr Cäsar angreift?«, fragte Liscos.

»Bleibt hier, um die Stadt zu verteidigen«, sagte Critognat verächtlich. »*Ich* habe Gergovia mit einigen tausend Männern gegen ein riesiges Heer gehalten. Aber es waren natürlich Arverner. Doppelt so viele Häduer sollten genügen, um Bibracte gegen zwei Legionen zu verteidigen.«

»Werft Ihr mir Feigheit vor?«, zischte Liscos.

»Sind Häduer weniger gute Krieger als Arverner?«, fragte Critognat.

Vercingetorix begriff, dass er eingreifen musste, bevor sich diese beiden Gallier an die Gurgel gingen, anstatt gegen die Römer zu kämpfen. »Genug!«, rief er. »Ihr sollt die große Schlacht bekommen, die ihr euch wünscht! Aber gegen die Römer, nicht gegen euch selbst. Liscos, behaltet so viele Männer hier, wie Ihr für die Verteidigung von Bibracte braucht. Wir anderen reiten nach Osten und ...«

Und dann fiel es ihm ein.

»Nein«, sagte er. »Zuerst reiten wir nach *Süden*, im *Westen* an Cäsars Truppen vorbei, und dann greifen wir seine westliche Flanke an und treiben ihn nach *Osten* ...«

»Zum Rhein!«, rief Kassiv.

»Zum Land der Teutonen!«

Vercingetorix nickte. »Die, wenn uns das Schicksal hold ist, einen römischen Feldzug gegen sie vermuten und von der anderen Seite angreifen.«

»Wodurch sie unwissentlich zu unseren Verbündeten werden!«

Vercingetorix wusste: Er konnte nicht an dem Fest teilnehmen, ohne Marah zu begegnen. Vielleicht hatte er deshalb die Festlichkeiten während der ersten beiden Nächte weitgehend gemieden.

Alle Worte, die sie während der Feier wechselten, würden jedes Ohr in der Nähe erreichen und dann eingehen ins Land der Legende. Und wenn sie sich fortstahlen, um allein zu sein … Auch darüber würden die Barden singen.

Warum besorgte ihn das so sehr? Weil Marah ausgerechnet zu diesem Zeitpunkt in sein Leben zurückgekehrt war? Weil er ihr ebenso sehr misstraute wie er sie begehrte? Weil sie Cäsars Konkubine gewesen war, ihn und die Zivilisation, aus der er kam, noch immer bewunderte? Oder traute er *sich* selbst nicht in der Gesellschaft einer Frau mit derartiger amouröser Erfahrung? Fürchtete er, im entscheidenden Moment zugeben zu müssen, ohne solche Erfahrungen zu sein, oder die peinliche Wahrheit durch Ungeschick zu verraten?

Doch dies war die letzte Nacht des Festes, die letzte Nacht vor dem Aufbruch, der ihn und seine Streitmacht erneut in den Kampf führte, und vielleicht sahen sie sich nie wieder. Deshalb ging Vercingetorix hinaus auf die Straße, ließ sich einen Humpen reichen, nahm den Jubel der Männer und die Koketterie der Frauen entgegen. Ein Pulk aus Bewunderern folgte ihm, als er von Freudenfeuer zu Freudenfeuer wanderte, angebotene Fleischstücke – Wildschwein und Wildbret – aß, den Barden und Musikanten zuhörte, gelegentlich sogar tanzte.

Aber während man um ihn herum feierte, blieb er doch von dem Trubel isoliert. Als Marah ihn schließlich fand, erschien sie ihm wie das einzige Geschöpf aus Fleisch und Blut beim Fest, abgesehen von ihm selbst.

Rauch trieb über die Straße hinweg, brachte den Duft von bratenden Keilern, Tauben und kleinen Ortolanen. Auf der einen Seite trug ein Barde Oden für sein Publikum vor, und auf der anderen spielte ein Pfeifer für eine Gruppe betrunkener Tänzer.

Marah näherte sich Vercingetorix wie ein Geist aus dem Land der Legende, der ihn verspotten wollte. In einem schlichten weißen Gewand kam sie durch den Rauch, erinnerte ihn an die namenlose Frau in dem weißen Umhang, die ihm im leuchtenden Nebel von Avaricum erschienen war und seinem Pfad des Schicksals eine neue Richtung gegeben hatte.

»Wie ich sehe, lässt du dich diesmal *tatsächlich* dazu herab, am Fest teilzunehmen«, sagte Marah trocken.

»Und ich sehe, dass du mich ohne Schwierigkeiten gefunden hast.«

»Alle Augen und Ohren führen zum Helden von Gergovia. Es ist schwer, dich *nicht* zu finden, Vercingetorix.«

Sie seufzte, und etwas Wehmütiges verdrängte ihre spöttische Neckerei.

»Aber von dem Jungen und dem Mädchen, die sich am Fluss küssten, ist es ein weiter Weg bis dahin, wo wir heute sind, nicht wahr?«, fragte Marah. In Vercingetorix' Augen wurde sie erneut zu dem Mädchen von damals, obgleich er wusste, dass er nie wieder zu dem Jungen werden konnte.

Marah trat näher, und er nahm den blumigen Duft ihres Parfüms wahr, auch den schärferen Moschusgeruch ihres Körpers.

»Und wo sind der Junge und das Mädchen jetzt?«

Marah seufzte erneut und war jetzt so nahe, dass Vercingetorix die leichte Brise ihres Atems spürte und die Wärme darin kostete.

»Warum fragst du mich?«, erwiderte sie sanft. »Ich habe mich unterwegs oft genug verirrt und das Mädchen verloren, das dich küsste, als ich zur kultivierten Schülerin der römischen Zivilisation wurde. Und diese zivilisierte Frau ging verloren, als Cäsar Schlimmeres anstellte als ein teutonischer Barbar.«

»Und jetzt?«, fragte Vercingetorix gereizt. »Zu wem bist du jetzt geworden?«

»Wer entspräche deinem Wunsch?«, erwiderte Marah.

Das war die schlechteste aller denkbaren Antworten. Diese Frau, nach der sich sein Leib sehnte, hatte bei Cäsar gelegen, als es vorteilhaft erschien. Sie hatte Rom umarmt, als sie davon überzeugt gewesen war, dass es für Gallien keine andere Zukunft gab. Und jetzt würde sie ihn als zukünftigen König umarmen, wenn ihm das

Schicksal den Sieg gewährte. Und wenn er versagte? Wen oder was würde sie dann umarmen?

»Jemand, dem ich trauen kann!«, sagte Vercingetorix und sprach damit die bittere Wahrheit aus.

»Du vertraust mir nicht?«, fragte Marah ruhig und ohne irgendein Gefühl in den Augen. Vercingetorix konnte nicht feststellen, was sie bei diesen Worten empfand. Ebenso wenig wusste er, was sich im Herzen dieser Frau verbarg.

»Wie könnte ich das?«, entgegnete er. »Bist du das Mädchen, nach dem ich mich als Junge sehnte? Bist du der Köder, den mir Cäsar anbot? Bist du die Frau, die vor zwei Tagen hier eintraf, um in aller Öffentlichkeit das Angebot anzunehmen, das dir der Held von Gergovia als Junge machte? Bist du gekommen, um zur Königin zu werden? Wer bist du, Marah?«

»Sie, die all das gewesen ist, eines nach dem anderen. Wer könnte ich sonst sein?«

»Und einer *solchen* Frau soll ich vertrauen?«

»Weißt du noch, wie wir über den Strand gingen, Vercingetorix?«, sagte Marah sanft. »Du hast mich gefragt, ob ich Cäsar traue, und meine Antwort lautete: Ja, ich vertraue darauf, dass er Gajus Julius Cäsar ist. Dass er sich treu bleibt. Auf die gleiche Weise vertraute ich dir als großer Anführer von Kriegern. Du bist, was du bist.«

Sie zuckte mit den Schultern, und Vercingetorix sah, wie sich ihre Brustwarzen unter dem Stoff des weißen Gewands abzeichneten. »Kannst du mir nicht auf eine ähnliche Weise vertrauen?«

Er wollte es.

»Zwischen einem Jungen und einem Mädchen sollte es mehr geben«, sagte er stattdessen.

»Lang lebe Vercingetorix, König von Gallien!«, schnatterte eine Frau mit glasigen Augen. Sie war in mittleren Jahren und gehörte zu einer Gruppe von Tänzern, die über die Straße sprangen. Sie griff nach Vercingetorix' Hand, drehte ihn einmal, zweimal, dreimal, brachte ihn aus dem Gleichgewicht und stieß ihn in Marahs Arme.

»Die Hand des Schicksals!«, rief Marah, lachte und küsste ihn leidenschaftlich. Vercingetorix erwiderte den Kuss, und seine

Männlichkeit richtete sich auf, als er ihre Brüste spürte, dann ihre Oberschenkel an den seinen.

Raues, anzügliches Gelächter erklang.

Vercingetorix wich zurück, und seine Ohren brannten, als er verlegen feststellte, dass sich um sie herum ein Kreis aus betrunkenen Kriegern und Stadtbewohnern gebildet hatte. Gutmütiges Lachen und anfeuernde Rufe erklangen, beendeten das, was gerade begonnen hatte.

Der finstere Blick, den Vercingetorix auf die Zuschauer richtete, verscheuchte sie, als hätte er drohend ein Schwert gehoben.

»Wenn du mir nicht vertrauen kannst, so gib mir die Möglichkeit, mich zu beweisen«, sagte Marah leise und gleichzeitig laut genug, damit die nächsten Leute sie hörten. Die Menge wahrte eine gewisse Distanz, blieb aber in Hörweite. »Gib mir ein Pferd, eine Waffe und einen Schild. Lass mich an deiner Seite in die Schlacht reiten, so wie deine Kriegerin.«

Zu Vercingetorix' Verdruss kam es hier und dort zu anerkennendem Murmeln, das jedoch verstummte, als er die Zuschauer mit seinen Augen anschrie. Galten Marahs Worte allein ihm? Oder waren sie für die Ohren des Publikums bestimmt, damit Generationen von Barden sie wiederholen konnten? Oder kamen sie wirklich aus einem tapferen, liebevollen Herzen?

War vielleicht sowohl das eine als auch das andere der Fall?

»Das kann doch nicht dein Ernst sein!«, flüsterte Vercingetorix.

»Doch«, erwiderte Marah, diesmal allein für seine Ohren bestimmt. Als Vercingetorix die Wildheit in ihren Augen sah, glaubte er ihr, und es beflügelte seine Seele.

Aber er sah auch eine an Bequemlichkeit gewöhnte Frau in einem sauberen weißen Gewand, ohne eine einzige Narbe an ihrem Leib, eine Frau, die nie ein Schwert in der Hand gehalten hatte und auch nicht wusste, wie man damit umging.

»Unmöglich«, sagte er.

»Warum?«, fragte Marah.

»Weil du eine Frau bist und auf dem Schlachtfeld keine fünf Minuten überleben würdest.«

»Na schön. Lass mich an deiner Seite sterben.«

»Nein!«

»Und was ist mit deiner Kriegerin, deiner geliebten Rhia?«

»Sie ist nicht meine Geliebte!«, rief Vercingetorix und erinnerte sich dann voller Verlegenheit daran, dass man sie hörte.

»Und *ich* soll *dir* vertrauen? Was soll ich als Nächstes glauben, dass Rhia ein Mann ist?«

»Wir haben einen Bluteid geschworen ...«

»Noch ein Bluteid!«, sagte Marah laut genug, dass es alle hörten. »Nun gut. Warum schwöre ich nicht meinen eigenen?«

Die Musik war verklungen. Der Tanz hatte aufgehört. Der Kreis aus Zuschauern und Zuhörern wurde enger, als die Leute näher drängten. Zu ihnen sprach Marah, und durch sie zu Bibracte und ganz Gallien, auf dass die Barden ihre Worte ins Land der Legende trugen.

Und Vercingetorix konnte sie nicht daran hindern.

Und als er sie hörte, wusste er gar nicht, ob er sie daran hindern wollte.

»Ich liebe dich, Vercingetorix, zukünftiger König von Gallien, und wenn du mich nicht als deine Königin willst, so möchte ich deine Hure sein. Ob es dir gefällt oder nicht: Wohin du auch gehst, ich begleite dich, und niemand wird mich aufhalten, weder Gajus Julis Cäsar noch die Götter, nicht einmal *du*, du Narr!«

Donnernder Beifall erklang, als sie sich mit wehendem Gewand umdrehte und hoch erhobenen Hauptes fortschritt, wie eine Königin, während Vercingetorix' Ohren glühten und sowohl Liebe als auch Zorn in seinem Herzen brannten.

Marah hatte ihr Schlafzimmer aufgesucht, das Gewand abgelegt und saß auf dem Topf, als jemand beharrlich an die massive Eichentür klopfte.

»Einen Augenblick bitte, Vercingetorix«, sagte sie und versuchte vergeblich, nicht aufgeregt zu klingen.

Sie entleerte ihre Blase so schnell wie möglich und schob den Topf in eine Ecke des Zimmers, so weit wie möglich vom Bett entfernt. Dann streifte sie das Gewand wieder über, ordnete ihr Haar rasch mit den Fingern, ging zur Tür und öffnete.

Rhia stand vor ihr.

»Was willst *du* denn?«, fragte Marah.

»Ich möchte dir dabei helfen, den Eid zu halten, den du abgelegt hast«, sagte Rhia. »Darf ich hereinkommen?«

Sie war wie eine Kriegerin gekleidet und trug ein Schwert, aber keinen Helm. In ihren Armen sah Marah ein Kettenhemd, eine orangefarben und grau gestreifte Hose, einen mit Hörnern ausgestatteten Helm, einen dicken Mantel im arvernischen Orange und ein zweites in der Scheide steckendes Schwert samt Gürtel.

Sie nickte verwirrt. Rhia trat ein und legte die Dinge, die sie mitgebracht hatte, aufs Bett, als Marah die Tür schloss.

»Lass das Gewand fallen«, sagte Rhia.

»Was?«

»Na los, wir sind doch beide Frauen, oder?«

»Warum soll ich mich ausziehen?«

Rhia griff mit der einen Hand nach der gallischen Hose und hob das schwere Kettenhemd mit der anderen. »Damit wir dich als Mann verkleiden können.

»Als Mann …?«, wiederholte Marah langsam.

»Als einen der vielen Krieger, die dem Mann folgen, dem du zu folgen geschworen hast«, erklärte Rhia.

»Warum … warum machst du das? Was liegt ausgerechnet *dir* daran, *mir* zu helfen?«

»Du hast doch gesagt, es gäbe keinen Grund, warum wir nicht Freunde sein könnten, oder?«

Marah musterte Rhia argwöhnisch.

»Du hast nichts zu befürchten, wenn du nackt vor mir stehst«, sagte Rhia. »Ich bin kein Mann und auch keine Rivalin.«

»Der ersten Behauptung kann ich glauben«, erwiderte Marah. »Aber der zweiten …?« Sie zuckte mit den Schultern, streifte das Gewand ab, stand nackt da und richtete einen fragenden Blick auf Rhia.

Rhia betrachtete Marahs nicht sehr muskulösen, aber gut geformten Körper und lächelte zum ersten Mal, wenn auch nur matt. »Und selbst wenn ich deine Rivalin sein *könnte* …«

Sie reichte der anderen Frau das Kettenhemd, und Marah zog es an. Dann die Hose. Rhia nahm das Schwert, schlang die Arme um Marah und schnallte den Gürtel an der Hüfte fest. Mit der einen Hand nahm sie den Helm, mit der anderen ballte sie Marahs langes Haar zusammen und hielt es hoch, als sie ihr den Helm aufsetzte.

Rhia trat zurück und maß Marah mit einem prüfenden Blick.

»Zieh jetzt den Mantel an«, sagte sie.

Marah hängte ihn sich um die Schultern. Rhia schüttelte den Kopf. »Schließ ihn, damit deine Brüste nicht zu sehen sind, und halt ihn geschlossen.«

Marah kam der Aufforderung nach.

Rhia neigte den Kopf von einer Seite zur anderen.

»Nimm morgen ein wenig Schmutz und reib ihn dir auf die Wangen«, sagte sie. »Und halte beim Reiten den Kopf gesenkt, als wärst du müde, damit niemand bemerkt, dass du keinen Bart hast.«

»Ich frage dich erneut: Warum hilfst du mir?«, sagte Marah. »Um ganz ehrlich zu sein: Ich an deiner Stelle würde meiner Rivalin nicht helfen.«

»Ich habe dir die Wahrheit gesagt, Marah«, erwiderte Rhia. »Ich bin nicht deine Rivalin.«

»Und willst du jetzt auch noch sagen, dass du ihn nicht liebst?«

Rhia seufzte. »Ich bin seine Schwester des Schwertes. Ist das Liebe? Wer bin ich, um darüber zu urteilen? Wer bin ich, um das zu wissen? Ich bin nur die Blume.«

»Ich verstehe nicht, was das bedeutet«, sagte Marah. »Und selbst wenn ich es verstünde: Ich bezweifle, ob ich es glauben würde.«

»Dann verstehe und glaube dies«, sagte Rhia. »Ich muss einen Eid halten, und du ebenfalls. Und indem ich dir helfe, deinen zu halten, helfe ich mir selbst dabei, meinen eigenen zu achten. Wir sind also keine Rivalinnen, Marah, sondern Eidschwestern.«

Die Kriegerin küsste Marah auf die Wange und verschwand.

Erneut suchte Vercingetorix auf dem Schutzwall der Stadt Zuflucht vor dem Fest. Für den, der danach Ausschau hielt, bot der Himmel zahlreiche Omen, denn er war so klar wie das stille Wasser eines Sees, so schwarz wie die Federn einer Aaskrähe und voller Sterne. Man konnte alles herauslesen aus den Bildern, die sie vor dem inneren Auge formten: Sieg, Niederlage, erwiderte oder abgewiesene Liebe, willkommenes oder unheilvolles Schicksal.

Doch Vercingetorix hatte genug von Zeichen und Botschaften am Firmament. Sie waren ihm seit der Kindheit gefolgt, beziehungsweise er ihnen, und wohin hatten sie ihn geführt? Zu einem Schicksal, das morgen oder an einem der nächsten Tage nicht von seinem Geschick abhing, die Zeichen des Himmels wie ein Druide zu erkennen, sondern als General Cäsars Gedanken zu erraten. Er befürchtete, dass jener Mann ein besserer General war als er selbst, und er gebot über ein Heer, das selbst in der Niederlage eine bessere Waffe blieb als die, über die Vercingetorix verfügte.

Wenn er den Sieg errang, wurde er König. Und wenn nicht ... Dann ging sein Leben ohne eine einzige Nacht der Liebe zu Ende. Vom Knabenalter zum Tod, ohne die Erinnerung an das Leben eines Mannes ins Land der Legende mitnehmen zu können.

Genug von Zeichen, die am Himmel geschrieben standen!

Die Götter schienen seinen Gedanken zu lauschen und ihn verspotten zu wollen, denn genau in diesem Augenblick leuchtete eine Sternschnuppe auf und zog eine kurzlebige helle Bahn am Himmel. Vercingetorix konnte gar nicht anders, als sie zu beobachten, und dabei fiel sein Blick auf eine Gestalt vor dem Stadttor.

Er erkannte den Erzdruiden Guttuatr.

Mit der rechten Hand hob er den Stab seines Amtes, so als hätte er mit der Sternschnuppe, die den Stab krönte, diese Sternschnuppe vom Himmel geholt und damit auch Vercingetorix herbeigerufen.

Vercingetorix tritt durchs Stadttor nach draußen und sieht, dass Guttuatr um Jahrzehnte gealtert zu sein scheint. Sein Gesicht ist schmal, wirkt nicht ausgezehrt, sondern wie das eines Geistes, der immer mehr verblasst. Nur die Augen, in denen sich das Sternenlicht widerspiegelt, scheinen im Land der Lebenden zu verweilen.

»Warum habt Ihr mich gerufen?«, fragt Vercingetorix.

»Für mich ist die Zeit gekommen, Lebewohl zu sagen«, erwidert der Erzdruide.

»Ihr geht?«, sagt Vercingetorix. »Am Vorabend einer Schlacht?«

»Meine Geschichte ist vorbei, und du musst den Sieg erringen, nicht ich«, entgegnet Guttuatr. »Aber geh noch einmal mit mir.« Er dreht sich um und wandert über den Hang des Hügels zum Waldrand weiter unten. Er geht langsam, nicht wie ein schwacher Alter, sondern mit würdevollen, majestätischen Schritten. Sein Stab ist ihm dabei sowohl Gehstock als auch Zepter.

»Sieg!«, wiederholt Vercingetorix und folgt dem Erzdruiden. »Meint Ihr den leichten und sicheren Sieg, den ich wegwerfen muss, für das, was bei unserem Volk als Ruhm und Ehre gilt?«

»Habe *ich* nicht die Welt des Geistes weggeworfen, um hinabzusteigen in die Welt des Zwistes, als mich die Stimme des Volkes darum bat?«, erwidert der Erzdruide. Vercingetorix hört keine Bitterkeit in seiner Stimme, nur fragendes Bedauern.

»So wie auch ich mich jetzt der Stimme des Volkes beugen und es in einen Kampf führen muss, bei dem selbst der Sieg eine Niederlage ist«, sagt er im gleichen Tonfall. »Denn ich weiß: Selbst wenn wir gewinnen – Rom wird nicht eher ruhen, bis unser Sieg zu einer Niederlage und Gallien zu einer Ödnis wird, bis die Namen der Völker, die hier lebten, in Vergessenheit geraten.«

Sie sind dem Waldrand jetzt nahe, und der Erzdruide bleibt stehen, dreht sich um und sieht Vercingetorix mit Augen an, die fast flehentlich blicken.

»Wenn der Mann der Tat sieht, dass der Sieg eine Niederlage sein wird, so muss der Mann des Wissens …«

»… eine Möglichkeit finden, die Niederlage in einen Sieg zu verwandeln«, beendet Vercingetorix den Satz. Guttuatr scheint zufrieden zu sein.

»Angemessene Worte des Abschieds«, sagt er. Erneut dreht er sich um und setzt den Weg zum Wald fort. »Für mich wird es Zeit zu gehen.«

»Wohin?«

»Wohin letztendlich alle Menschen gehen«, sagt Guttuatr.

Sie sind jetzt am Waldrand. Zwar herrscht Dunkelheit zwischen den Bäumen, aber im silbrigen Sternenlicht glaubt Vercingetorix, Schemen und Schatten zu sehen, die sich dort bewegen. Er kann nicht feststellen, ob sie sich nähern oder entfernen.

»Du wärst ein würdiger Nachfolger gewesen, wenn es mir nicht bestimmt wäre, der letzte Erzdruide zu sein«, sagt Guttuatr.

»Der letzte Erzdruide?«

»Auch ich habe unter dem Baum des Wissens gesessen und die Geschichte meines Lebens gesehen, vom Anfang bis zum Ende. Wenn auch nicht mit völliger Klarheit. Bis heute.«

»Und was habt Ihr gesehen?«

»Mich selbst im Umhang des Erzdruiden«, sagt Guttuatr. »Und dann nur noch den Umhang, wie er ohne einen Träger ins Land der Legende wandert.«

Die Schatten im Wald kommen näher, und Vercingetorix sieht, dass es Druiden sind, aus Vergangenheit und Gegenwart, so viele wie die Bäume.

»Das Große Rad dreht sich«, sagt Guttuatr, als die Druiden aus dem Wald verblassen. Ihre Myriaden Gesichter werden zu Rauch und dann zu Nebel, den der Wind zerfasert und forträgt, bis nur noch die leeren Umhänge übrig bleiben. »Und so müssen die Druiden von einst fortgehen, um Platz zu machen für den Druiden, der kommen muss.«

Und dann löst sich auch Guttuatr in seinem Umhang auf, wird eins mit der Nacht und der Luft, eins mit dem Dunst der Zeit.

»Der Druide, der kommen muss?«, flüstert Vercingetorix. Aber er versteht.

Er weiß Bescheid.

»Du, auf dessen Haupt ich Brenns Krone setzen werde, wenn wir uns im Land der Legende wiederbegegnen«, sagt Guttuatr.

Er tritt einen Schritt weit in den Wald, dreht sich um und sieht ein letztes Mal zurück. »Der erste und der letzte. Der eine und einzige.« Und er reicht Vercingetorix den Stab seines Amtes.

Und dann gibt es nur noch seine letzten Worte, und Vercingetorix hält ein Zepter, gekrönt von einer Sternschnuppe.

»Der Druidenkönig.«

XIX

Ein Wald zieht sich am sanften Südhang eines hohen Bergrückens empor und säumt die Kammlinie wie die Bartstoppeln eines grünen Riesen. Der nördliche Hang jenseits der Kammlinie ist steil und felsig; tief unten erstreckt sich ein breites, grasiges Tal.

Der Erzdruide Guttuatr steht im Schutz der Bäume am Waldrand, vom Talgrund aus nicht zu sehen, und blickt in die Welt des Haders. Bei ihm sind Nividio, Salgax, Gwyndo und Polgar. Hinter ihm hat sich eine große Zahl von Druiden versammelt, und diese Versammlung erstreckt sich bis in die schattigen Gefilde des Waldes, bis in den Dunst des Lands der Legende.

Jenseits des Tals ragt ein weiterer Berg auf. Der Hang ist nicht so steil, hier und dort von einigen kleinen Gehölzen geschmückt. Weiter im Norden folgen Hügel und Täler aufeinander, wie die Wellen eines Meeres, bis hin zum Horizont, wo sich erste dunkle Gewitterwolken bilden.

Ein riesiges römisches Heer zieht von Osten her durch das Tal, füllt es mit gepanzerten Legionen, die in quadratischen Formationen marschieren. Die Schatten schnell dahinziehender Wolken und die sonnigen Lücken zwischen ihnen lassen auf Helmen und Rüstungen abwechselnd ein bleiernes Grau und dann ein schimmerndes Goldgelb entstehen – ein unordentliches natürliches Muster, das auf dem unnatürlich perfekten Muster der marschierenden Infanteriequadrate von Norden nach Süden gleitet. Die einzigen Reiter sind einige Offiziere, begleitet von Standartenträgern, Leibgardisten und Trompetern.

Die auffälligste Gestalt reitet hinter den ersten Quadraten, der einzige Mann im ganzen Heer, der einen karmesinroten Umhang trägt.

»Und so beginnt es«, sagt Guttuatr.

»Und so endet es«, sagt der Druide Nividio.

»Anfang und Ende sind gleich, während sich das Große Rad dreht.«

Als Vercingetorix mit seiner Streitmacht Bibracte verließ, ritt Rhia wie immer an seiner Seite und trug die Bär-Standarte. Aber es war nur die Standarte der Arverner, nicht die Galliens. Das einzige Symbol für ganz Gallien war das Zepter des Erzdruiden, das Guttuatr ihm überlassen hatte, und deshalb hielt er den Stab hoch, als das Heer Galliens mit seinen unzähligen Stammeszeichen aufbrach.

Später, als er beobachtete, wie sich in der Ferne Sonnenschein auf den Schilden und Rüstungen der Römer widerspiegelte, band Vercingetorix den Stab mit der Sternschnuppe am Sattel fest und zog sein Schwert – der Kampf stand unmittelbar bevor.

Die dunklen Wolken im Norden erschienen wie ein böses Omen, ließen im Selbst des Mannes des Wissens ein ebenso unwillkommenes wie unvernünftiges Gefühl des Unheils keimen, während der Mann der Tat dem Waffengang entgegenfieberte.

Ob diese offene Schlacht ein Angebot Cäsars war, das Vercingetorix annahm, oder umgekehrt, spielte eigentlich keine Rolle. All die Finten und Strategien fanden hier ein Ende; zwei Streitkräfte trafen aufeinander, um die ganze Angelegenheit mit Waffengewalt auf einem Schlachtfeld zu regeln.

Sein gallisches Herz teilte Vercingetorix mit, dass alles so war, wie es sein sollte. Hier ritt er an der Spitze einer großen Streitmacht aus glücklichen Kriegern, mit Rhia auf der rechten und Litivak auf der linken Seite.

Im metallenen Glanz der vorderen römischen Infanteriereihen bemerkte Vercingetorix einen karmesinroten Fleck, der nur von Cäsars Umhang stammen konnte, und er fühlte eine seltsame Verwandtschaft mit seinem Feind. Waren sie jetzt nicht Brüder des Schwertes? Zwei gegnerische Generäle, durch etwas miteinander verbunden, das es nur zwischen ihnen gab. Beide stellten sich nun zum offenen, ehrenvollen Kampf.

Vercingetorix hob sein Schwert, nicht nur zum Gruß, sondern auch als Signal, und trieb sein Pferd zum vollen Galopp an. Hörner erklangen, gefolgt von Kriegsschreien. Schwerter, Lanzen und Äxte wurden geschwungen, als die gallischen Krieger mit freudigem Lachen ihrem Schicksal entgegenritten.

Zwar glaubte Vercingetorix, gelogen zu haben, als er versprochen hatte, seine Streitmacht mit einem Kampflied im Herzen in den Rachen des Todes zu führen. Doch jetzt stellte er erfreut fest, dass jene Worte der Wahrheit entsprachen. Das Lied war da, bestand aus dem Trommeln tausender Hufe, aus dem Rauschen seines Blutes, aus den Rufen und Schreien seiner Gefährten, auch aus dem Stampfen römischer Füße, das sich inzwischen vernehmen ließ.

»FÜR GALLIEN!«, donnerte er, winkte mit dem Schwert und gab sich ganz der Freude hin.

»GALLIEN! GALLIEN! GALLIEN!«, rief er mit seliger Wildheit.

Guttuatr und die anderen Druiden sehen nur die reglose Nachhut des römischen Heers und eine Staubwolke im Westen.

Das ferne Klirren von Metall auf Metall, das Wiehern der Pferde und die schmerzerfüllten Schreie der Menschen, der grimmige Chor aus der Welt des Zwistes – das alles hört sich für sie an wie die Brandung eines fernen Meers. Eine Welle schauderhafter Musik rollt an den Talhängen empor, über den Kamm hinweg, auf dem die stummen Druiden stehen, überspült sie wie ein Brecher aus blutigem, schäumendem Lärm.

Lanzen gleiten an Schilden ab, Schwerter schneiden in Hälse, trennen Arme von Schultern, reißen Eingeweide aus dem Leib, zerfetzen Adern, lassen Knochen splittern. Äxte zerschmettern Helme und spalten Schädel, Speere und Schwerter reißen die Bäuche von Pferden auf, Rösser scheuen und werfen ihre Reiter ab, zertrampeln Legionäre, gefallene Gallier und gefallene Pferde. Überall spritzt, tropft und fließt Blut. Es ist wie ein schrecklicher Tanz aus Fleisch und Metall, Blut und Tod.

Aber es *ist* ein Tanz, und er zeichnet sich durch eine gewisse Schönheit aus, findet Vercingetorix, und der Tanz ist jetzt seine ganze Welt.

Er sieht nur Römer und Gallier, einander umschlingend wie Männer und Frauen, die bei einem Fest tanzen, zur Musik von klirrendem Metall, wiehernden Pferden und ihren eigenen Schreien. Es ist ein Tanz des Todes und der Pein, aber er hat eine Eleganz, die den Gedanken betäubt, der den Geist verlangsamt, und so nimmt Vercingetorix an dem Tanz teil, jenseits von Furcht und Reue. Er stößt sein Schwert in ein Gesicht, wehrt eine Lanze mit dem Schild ab, lässt das Pferd aufsteigen und die Hufe auf einen Römer herabschmettern – alles geschieht so langsam, dass er den Eindruck gewinnt, zur Seite treten und die Ereignisse wie ein unbeteiligter Zuschauer beobachten zu können.

Schließlich hört Vercingetorix einen Ruf, der das Getöse der Schlacht übertönt: »SIE ZIEHEN SICH ZURÜCK!« Er treibt sein Pferd an und sieht: Ja, die Reihen aus römischen Schilden und Lanzen weichen langsam und widerstrebend zurück, hinter einem Regen aus Speeren. Um jedes bisschen Boden ringen die Legionäre, aber die Entschlossenheit des Heers von Gallien zwingt sie langsam nach Osten.

Die Druiden können das römische Heer und seinen Rückzug nach Osten jetzt deutlich erkennen. Die Nachhut, der Schlacht den Rücken zugekehrt, marschiert geordnet durchs Tal, gefolgt von den am Kampf beteiligten Truppenteilen.

»Seht nur, Guttuatr, unsere Krieger treiben sie zurück!«, ruft Salgax.

»Wir besiegen die Streitmacht Roms!«, freut sich Gwyndo und zeigt eine Begeisterung, wie sie eines Druiden eigentlich unwürdig ist.

»So scheint es«, erwidert der Erzdruide ruhig. Und das dämpft den kriegerischen Enthusiasmus mehr als tadelnde Worte.

Aus dem zurückweichenden römischen Heer ertönt das kummervolle Dröhnen eines Horns, wie das Gebrüll eines tödlich verwundeten Ochsen. Weitere Hörner erklingen, und es hört sich an, als werde einer ganzen Herde von Ochsen klar, dass man sie zum Schlachten treibt.

Es ist ein schreckliches Geräusch, und es scheint die Herzen der Römer mit Entsetzen zu erfüllen, als sich eine Welle der Bewegung von der fernen Nachhut des Heers zu den vorderen Reihen ausbreitet. Doch für Vercingetorix ist es ein wundervolles Geräusch, das ihn froh stimmt, ebenso wie die Gallier um ihn herum, deren Jubel durch das ganze Tal hallt. Die Geräusche verschmelzen zur schönsten, herrlichsten Musik, die Vercingetorix jemals gehört hat, zum Klang des Sieges.

Vor ihm weichen die Römer zurück, so schnell, wie sie es mit ihrer Last aus Schilden, Rüstungen und Speeren können. Sie laufen fast, wie ein in Panik geratenes Stachelschwein, das versucht, seinen Rückzug mithilfe einer Palisade aus stählernen Federn zu schützen.

»GALLIEN! GALLIEN! GALLIEN!«, ruft Vercingetorix in Ekstase. Er achtet nicht auf die fliegenden Speere, scharfen Schwerter und schmerzerfüllten Schreie, hebt seine Klinge, lässt das Pferd einmal mehr aufsteigen und reitet tiefer hinein in den Mahlstrom, in das auseinander brechende römische Heer. Er braucht nicht zurückzusehen, um zu wissen, dass seine siegreichen Krieger zu zehntausenden mit ihm zusammen triumphierend ins Land der Legende reiten.

»Gallien ist frei!«, ruft Salgax.

»Rom ist besiegt!«, fügt Gwyndo hinzu.

»So scheint es«, sagt der Erzdruide Guttuatr, und jetzt erklingt Hoffnung in diesen Worten.

Unten im Tal ziehen sich die römischen Truppen immer schneller zurück. Eine Reihe nach der anderen, ein Quadrat nach dem anderen – die Legionäre laufen nach Osten, den Rücken dem Feind zugewandt, den Kriegern Galliens.

Sie fliehen.

Die Frontlinien des Heeres geraten in Sicht und verwandeln sich in eine verzweifelte Nachhut – sie kämpfen gegen die vorstürmenden Gallier und versuchen gleichzeitig, vor ihnen zurückzuweichen. Zwischen ihnen und dem Hauptteil des Heeres reitet Cäsar in einem seltsam ruhigen kurzen Galopp und folgt seinen Männern; der karmesinrote Umhang weht wie ein unangebracht keckes Banner.

»Cäsar«, sagt Gwyndo unnötigerweise.

Als er sich direkt unter den Druiden befindet, zögert er und scheint den Blick zu ihnen zu heben.

»Sieht er uns?«

»Wie sollte das möglich sein?«

Aber offenbar sieht Cäsar die Druiden tatsächlich, denn er hebt sein Schwert wie zum Gruß.

»Er grüßt uns!«

»Warum sollte Cäsar so etwas tun?«

»Es ist kein Gruß«, sagt der Erzdruide.

Die ferne Gestalt mit dem karmesinroten Umhang senkt das Schwert. Fünf fast schrille Fanfaren erklingen, als Cäsar weiterreitet, und die akustischen Signale wiederholen sich, als ihm die römische Nachhut folgt.

Und dann grollt Donner.

Doch die dunklen Wolken des Gewitters haben noch nicht das Tal erreicht, und es hat nicht geblitzt.

Das Grollen lässt nicht nach, hält an und wird lauter, als das siegreiche Heer Galliens nach Osten reitet, als tausende von Kriegern schreien, ihre Schwerter schwingen …

Plötzlich bricht eine gewaltige Welle aus Reitern über die Kammlinie auf der anderen Seite des Tals, mindestens halb so breit wie das Heer Galliens, und sie schäumt den Hang hinunter ins Tal.

»Teutonen!«

»So viele habe ich noch nie zuvor gesehen!«

Die Teutonen bieten einen Furcht erregenden Anblick.

Die meisten von ihnen tragen Helme mit Hörnern von Vieh oder den Geweihstangen von Rotwild, andere mit Adlerschwingen aus Messing, einige sogar mit menschlichen Rippen oder Oberschenkelknochen. Viele lederne Schilde sind mit menschlichen Schädeln oder Teilen davon geschmückt. Die Bewaffnung besteht aus Speeren, Schwertern, Äxten und Lanzen. Fast alle Teutonen haben langes, zerzaustes Haar, und einige haben es eingefettet und zu hahnenartigen Kämmen aufgerichtet. Hier und dort zeigen sich Ohrringe und Tätowierungen. Etwa ein Viertel der teutonischen Pferde trägt nicht einen Reiter, sondern zwei, wobei der hintere Mann mit einem besonders langen Speer oder einem ebenfalls langen Dreizack bewaffnet ist.

Sie schreien, als sie die Gallier auf dem Boden des Tals erreichen und in ihre Flanke preschen, Pferde umrennen, Schädel einschlagen, Bäuche durchbohren und Kehlen aufschlitzen. Sie schreien und heulen, und viele von ihnen haben eine solche Berserkerwut erreicht, dass ihnen Schaum vorm Mund steht, gerötet hier und dort vom Blut achtlos zerbissener Zungen und Lippen.

Vercingetorix kämpfte jetzt nur noch ums Überleben. Der anmutige Tanz hörte auf. Wohin er auch blickte, überall sah er Teutonen – die Welt war voll von ihnen.

Die Wucht des unerwarteten Angriffs hatte das Heer Galliens in hunderte von kleinen Gruppen zersplittert. Es gab keine Linien mehr, und dies war keine Schlacht, sondern ein Durcheinander aus tausenden von einzelnen Kämpfen, und in einem derartigen Gewühl aus Reitern konnten sie nur einige Sekunden dauern.

Ein Blut spuckender und nach ranzigem Fett stinkender Teutone griff Vercingetorix mit einem Speer an, dessen Spitze ihm über den Arm kratzte. Er beugte sich im Sattel zur Seite und unter den Speer hinweg, bohrte dem Teutonen die Spitze des Schwerts in den Hals und spürte, wie etwas von hinten gegen ihn stieß. Rasch richtete er sich auf, drehte den Kopf und sah drei Teutonen, die Rhia umringten. Einen traf er mit der Schneide seines Schwerts am Nacken, und Rhia schob ihre Klinge unters Lederwams und in den Bauch des zweiten.

Was mit dem dritten geschah, sah Vercingetorix nicht; als er hinter sich den Schrei eines Teutonen wahrnahm, drehte er sich gerade noch rechtzeitig um und konnte eine Axt mit seinem Schild abwehren. Schmerz zuckte ihm durch den linken Arm, und er ließ das

Pferd aufsteigen, um die Vorderhufe auf den Angreifer herabschmettern zu lassen. Als der Teutone voller Schmerz schrie, bohrte Vercingetorix ihm das Schwert in den ungeschützten Hals.

Von seinem Standort östlich der Schlacht konnte Cäsar nicht sehen, was geschah, aber sich das blutige Gemetzel durchaus vorstellen. Er befahl seinem Heer anzuhalten, sich umzuwenden und Vorbereitungen dafür zu treffen, wieder nach Westen vorzustoßen.

Die Teutonen waren immer sehr zerstritten gewesen, erst recht nachdem er sie aus Gallien vertrieben hatte. Etwa fünfzehntausend fielen jetzt über die Gallier her – diese zusätzliche Streitmacht verdankte Cäsar dem Umstand, dass er einem ungehobelten teutonischen Stammesoberhaupt namens Ragar einen viel zu hohen Betrag bezahlt und es ihm überlassen hatte, ein Söldnerheer zusammenzustellen. Die Gallier waren der teutonischen »Kavallerie« zahlenmäßig überlegen, und bei einem normalen Kampf hätten sie vermutlich den Sieg errungen. Aber der unerwartete Vorstoß gegen ihre Flanke kam so überraschend, dass sie von den Teutonen niedergemetzelt wurden.

Natürlich töteten die Gallier ihrerseits eine große Anzahl Teutonen, und im besten aller Fälle würden sie sich gegenseitig massakrieren. Anschließend konnten Cäsars Legionen leicht mit den überlebenden Galliern fertig werden und die restlichen Teutonen davon überzeugen, dass sich die andere Seite des Rheins weitaus besser dazu eignete, das Geld zu zählen und ihre Wunden zu lecken.

Hoch über der Schlacht beobachten die Druiden stumm das Geschehen, und nur die aschfahlen Gesichter unter den Kapuzen der Umhänge verraten ihren Kummer. Unten in der Welt des Zwistes leiden, töten und sterben die fernen Gestalten der Gallier und Teutonen, aber von hier sehen sie wie zwei Ameisenheere aus, die miteinander verschmelzen, ohne dass man Unterschiede erkennen kann. Tausende von einzelnen Kämpfen verlieren sich im brodelnden Mahlstrom eines kollektiven Tanzes um Leben und Tod.

»Wer gewinnt?«, fragt Salgax und beendet damit das Schweigen.

»Wer gewinnt?«, wiederholt Nividio. »Dort unten? Die üblichen Sieger: Krähen und Bussarde, Ratten und Würmer.«

»War es falsch, dass wir uns in die Welt des Haders eingemischt haben?«, murmelt Salgax.

»So scheint es«, erwidert Guttuatr und seufzt. »Wir haben einen Jungen zu einem Druiden erzogen, doch das Schicksal verlangt von ihm, ein König zu sein.«

»Ein Druidenkönig ...«

»Seht das Ergebnis«, sagt Gwyndo.

»Vielleicht könnte der Mann der Tat noch ein Mann des Wissens sein, wenn man ihn daran erinnert, worauf es dabei ankommt?«, fragt Guttuatr, aber seine Stimme klingt skeptisch. »Wenn ich mich ein letztes Mal in die Welt des Zwistes einmische ...«

Langsam tritt er aus dem Schutz der Bäume und steht ganz offen auf dem felsigen Kamm, unter den dunklen Wolken des Gewitters.

Blut rann Vercingetorix über den Arm, als er seinen Schild ins Gesicht eines Teutonen rammte und ihm damit die Nase brach. Erneut ließ er sein Pferd aufsteigen, um einem Speer zu entgehen, riss es zur Seite, als ein anderer Teutone schwerfällig mit einer Lanze angriff. Er schlug sie mit dem Schwert beiseite und sah rein zufällig ...

Rein zufällig?

Auf der Kammlinie über dem Schlachtfeld steht ein Druide, so hoch über der Welt des Haders, dass Vercingetorix nur den weißen Umhang sieht.

Einen Umhang, der sogar leer sein könnte.

Und darauf wartet, gefüllt zu werden.

Dieser Gedanke verlangsamt den Geist nicht, sondern lässt ihn schneller werden. Es ist die Welt des Zwistes um ihn herum, die so langsam wird wie ein Insekt, das in einem winterlichen Honigtopf umherkriecht.

Und wenn dies ein Zeichen ist, so kann es nur für ihn bestimmt sein. Und wenn es kein Zeichen ist, so macht er es zu einem. Vercingetorix steckt sein Schwert in die Scheide und löst den Stab des Erzdruiden vom Sattel.

Auf Armeslänge hält er ihn über den Kopf, damit man die Sternschnuppe über dem Schlachtfeld sieht.

Und das auf die Erde gefallene Stück des Himmels scheint die Macht zu haben, zum Firmament zu sprechen, denn ein Blitz zuckt aus den dunklen Wolken herab, gefolgt von einem Donnerschlag. Einen Moment später beginnt es zu regnen.

Guttuatr tritt unter die Bäume am Waldrand zurück, als Regen herabströmt und weitere Blitze über den schwarzen Himmel zucken. Lautes Donnern übertönt die Geräusche der Schlacht im Tal.

Aber die Schlacht ist eigentlich gar keine Schlacht mehr. Vercingetorix hebt seinen Stab, lässt sein Pferd aufsteigen, dreht es im Kreis und ruft etwas. Die Teutonen in seiner Nähe – jene, die nicht nur beobachtet haben, wie er den Stab hob, sondern auch die Antwort des Himmels sahen – scheuen zurück.

Und die Gallier, die ebenfalls Zeugen des Geschehens geworden sind, streben ihm entgegen. Vier, acht, ein Dutzend, zwanzig – sie reiten durch die Menge aus verunsicherten Teutonen, umringen den jungen Arverner, schirmen ihn mit Schwertern und Speeren ab.

Einmal, zweimal, dreimal hebt Vercingetorix den Stab, und das Licht von Blitzen umflackert ihn, als sich sein Pferd erneut aufrichtet, und er deutet mit dem Stab nach Westen.

Donner grollt, und er reitet in die Richtung, in die er mit dem Stab gezeigt hat, schenkt den Teutonen so wenig Beachtung, als seien sie nichts weiter als Schatten und Schemen. Die Gallier um ihn herum reiten mit ihm, schlagen mit ihren Schwertern eine Schneise, so wie Späher, die sich einen Weg durch hohes Sumpfgras bahnen.

Und wie ein Komet oder eine Sternschnuppe am Himmel einen hellen Schweif hinter sich herzieht, so ziehen Vercingetorix und seine Gefährten einen breiter werdenden Schweif aus Männern und Pferden hinter sich her. Nach Westen reiten sie durchs Tal, und über die weite Ebene jenseits davon.

»Seht den besiegten Mann der Tat«, sagt Guttuatr. »Seht den Mann des Wissens, der die Niederlage in einen Sieg verwandelt.«

Und in einem ironischen Tonfall fügt er hinzu: »Oder zumindest einigen das Überleben sichert.«

Den Stab wieder am Sattel befestigt und das Schwert in der Scheide, ritt Vercingetorix durch den strömenden Regen über die Ebene. Er beugte sich zum Hals des Tieres vor, trat ihm in die Flanken, an denen Schweiß Schaum bildete, trieb das erschöpfte Ross weiter an. Der Himmel schien seine Gunst zurückgezogen zu haben, denn es gleißten keine Blitze mehr, und das einzige Donnern stammte von den Hufen der müden Pferde.

Hinter Vercingetorix ritten die fliehenden Reste des gallischen Heers über den schlammigen Boden der Ebene. Tausende von erbitterten, durchnässten Reitern trieben ihre erschöpften Rösser an, verlangten ihnen alles und noch mehr ab.

Etwa eine Meile hinter ihnen ritten die Teutonen, und der Abstand zu ihnen wurde keineswegs größer. Von den Galliern, deren Pferde einfach nicht mehr weiterkonnten und die von den Teutonen eingeholt wurden, blieben nur blutige Fetzen übrig.

Einige Meilen weiter vorn zeigte sich eine Zuflucht: die vage Silhouette des Schutzwalls von Alesia. Durch den grauen, zarten Vorhang des Regens wirkte sie verlockend nahe.

Vor Cäsar marschierten die vorderen Reihen der Legionen stoisch durch den Schlamm. Die Soldaten fluchten und brummten, erhielten aber die Formation aufrecht. Mehrere Meilen vor ihnen jagten die Teutonen den fliehenden Galliern nach, und vermutlich erflehten sie von ihren Göttern Schutz vor der Magie des Mannes, dessen Streitmacht sie in die Flucht geschlagen hatten.

Brutus' Gesichtsausdruck – der Regen allein genügte nicht als Erklärung für die glänzenden Wangen und glasigen Augen – deutete darauf hin, dass er sich mit ähnlichen Gebeten an Mars wandte. Bei Teutonen mochte man einen derartigen Aberglauben erwarten, aber bei einem Römer war so etwas geradezu absurd.

»*Du* glaubst doch nicht an einen solchen Unsinn, Brutus«, sagte Cäsar.

»Natürlich nicht …«, erwiderte er, doch Cäsar hörte das unausgesprochene »Aber« in seiner Stimme.

»Aber …?«, hakte er nach und lächelte. Er war gut gelaunt, trotz des schlechten Wetters und der Flucht des größten Teils der gallischen Streitmacht. Zwar entsprach die Entwicklung der Dinge nicht seinen kühnsten Hoffnungen, aber es lief im Grunde doch alles nach Plan. Ein vernünftiger Mann konnte wohl kaum mehr von den Göttern verlangen.

»Aber viele Teutonen haben gesehen, wie es geschah …«

»Und was genau haben sie gesehen, Brutus?«

»Die, äh, druidische Wettermagie.« Die eigenen Worte erfüllten Brutus so sehr mit Verlegenheit, dass er den Blick abwandte, während er sie aussprach.

»Nein, das haben sie *nicht* gesehen«, erwiderte Cäsar. »Sie sahen einen Mann, der einen Stab mit einem Stein darauf hob, unter einem Himmel voller Gewitterwolken. Sie sahen Blitze und hörten Donner, und dann begann es zu regnen. Welch eine enorme Überraschung! Selbst ich wäre zu einer derartigen Magie fähig. Ich brauche nur den Arm zu heben, wenn das erste Licht des Tages am Horizont glänzt, und dann befehle ich der Sonne, am Himmel emporzusteigen, und siehe da: Zur großen Verblüffung aller Wilden und Barbaren gehorcht sie mir!«

Brutus lachte verunsichert. Cäsar lachte herzhaft.

»Sei guten Mutes, Brutus«, sagte er.

»*Ihr* seid erstaunlich guten Mutes, wenn man die Umstände bedenkt, Cäsar.«

»Warum sollte ich es nicht sein?«

»Ob nun Zufall oder Magie dahinter steckt – Vercingetorix und der größte Teil seines Heeres entkommen …«

»Nein, Brutus, sie entkommen uns ebenso wenig wie eine Viehherde ihren Treibern. Sie sind auf direktem Wege zum Pferch des Schlachthauses.«

XX

Still und stumm stand Vercingetorix auf dem Schutzwall von Alesia, als der schlimmste Tag in seinem Leben zu Ende ging. Noch immer fiel Regen aus schmutzig grauen Wolken. Niemand sprach mit ihm, weder Critognat, Rhia, Litivak oder die Befehlshaber der anderen Stammestruppen, die in der Hauptstadt der Karnuten Zuflucht gefunden hatten, noch die tausenden von Stadtbewohnern, die von den Wehrgängen aus entsetzt über den Hügelhang blickten. Erst recht nicht Cottos, Vergobret der Karnuten, dessen Stadt Vercingetorix in eine so große Gefahr gebracht hatte.

Am Hang des Hügels hockten tausende von Teutonen an qualmenden Feuern, manche in primitiven Zelten aus Pferde- oder Kuhhäuten. Überall im riesigen und chaotischen teutonischen Lager dienten in den Boden gerammte Lanzen als Standartenstangen, damit die Embleme auf ihnen von der Stadt aus zu sehen waren. Aber es handelte sich nicht etwa um aus Holz geschnitzte oder aus Metall gegossene Tiere.

Die Lanzen zeigten die abgetrennten Köpfe vieler tausend Gallier.

Hunderte von zornigen, betrunkenen Teutonen ritten hin und her, schwangen Schwerter, Äxte, Speere und Fäuste, fluchten und heulten wie eine Jagdhundmeute, die einen Bären in die Enge getrieben hat, ohne ihn töten zu können, jaulend und bellend auf die Ankunft der Jäger wartet.

Am Horizont bemerkte Vercingetorix eine dünne graue Linie: Cäsars Heer, das mit ruhigen, gleichmäßigen Schritten in Richtung Stadt marschierte, über eine einst grüne Ebene – tausende von Hufen und tausende von Toten hatten ihren Boden in eine breiige Masse aus zerstampftem Gras, Schlamm und Blut verwandelt.

Vercingetorix hielt genauer Ausschau und versuchte, Einzelheiten zu erkennen, die es ihm erlaubten, die Geschwindigkeit der heranrückenden Römer abzuschätzen. Der Vorhang aus Regen schien sich zu heben, und ...

Und der gleiche Anblick bietet sich ihm dar, diesmal aber unter einem klaren Himmel, an dem der Sonnenuntergang wie ein Scheiterhaufen brennt. Sein Licht fällt auf ein mit Leichen übersätes Schlachtfeld; nichts regt sich dort, abgesehen von Aasvögeln und Füchsen.

Dann kommt eine einzelne Gestalt aus dem Dunst der Ferne, stapft vorbei an den Resten verlorener Hoffnung, in den Armen eine leblose Frau. Die Arme der Frau sind über einem Schwert gekreuzt, das auf ihrer Brust ruht.

Der Mann trägt Brenns Krone.

Und Vercingetorix sieht sich selbst …

Er blinzelte sich die Feuchtigkeit aus den Augen, und die Vision verschwand. Nach wie vor fiel Regen vom schiefergrauen Himmel, der allmählich dunkler wurde, und die Teutonen waren noch immer da, lebendig und voller Zorn. Und Cäsars Legionen marschierten auf die Stadt zu, ruhig und unaufhaltsam.

Die teutonische Jagdmeute hatte den Bären gestellt. Ihre römischen Herren konnten sich Zeit lassen.

Vielleicht hätten die Teutonen den Römern die Arbeit abgenommen und die Beute getötet – wenn Baravax nicht gewesen wäre.

Nicht einmal der eigene Vergobret hatte die Karnuten in Alesia dazu bewegen können, die Tore zu öffnen und die besiegten Reste des Heers von Gallien in die Stadt zu lassen. Die Krieger auf dem Wehrgang hatten entsetzt auf die heranstürmenden Teutonen gedeutet und sich geweigert, Cottos' Befehlen zu gehorchen. Sie fürchteten, dass nicht einmal ein Zehntel der fliehenden Gallier Gelegenheit bekam, in die Stadt zu gelangen, bevor die teutonische Horde heran war und den Kampf ins Innere der Stadt trug.

Es war der freimütige Baravax, nicht der zungenfertige Vercingetorix, der einen Schild von zwei Wächtern heben ließ, darauf sprang und eine ehrenvolle Rede hielt, die die Bewohner von Alesia so sehr beschämte, dass sie ihre Tore öffneten.

»Ich bin Baravax, kein mächtiger Krieger, kein tapferer Held, nur der langjährige Hauptmann der Wache von Gergovia, ein Mann, der die gleiche Aufgabe hat wie ihr: das Leben der Bürger zu schützen«, sagte er zu den Kriegern auf dem Wehrgang. »Ich weiß, worauf es dabei ankommt. Wisst *ihr* es auch?«

Er wandte sich an seine eigenen Männer, weniger als hundert, zog sein Schwert und richtete es auf die Teutonen, die keine Meile mehr entfernt waren. Das Trommeln der Pferdehufe war als dumpfes Grollen zu vernehmen.

»Unsere Aufgabe besteht wie immer darin, die unter unserem Schutz stehenden Leute vor Schurken zu behüten, die ihnen ein Leid zufügen könnten. Manchmal ist das leicht, manchmal nicht. Jetzt geht es darum, die verdammten Teutonen dort draußen so lange aufzuhalten, bis die *Helden* in dieser Stadt genug Mut aufbringen, die Tore zu öffnen, damit Vercingetorix unser Heer hereinbringen kann und die Karnuten die Tore *hinter ihm* wieder schließen können. Es ist eine einfache Aufgabe. Also los.«

Baravax sprang vom Schild herunter, schwang sich in den Sattel seines Pferdes, ritt den Teutonen und dem sicheren Tod entgegen, ohne einen Blick über die Schulter zu werfen und sich zu vergewissern, dass seine Männer ihm folgten.

Als die gallischen Krieger das sahen, warteten sie keinen Befehl von Vercingetorix ab. Tausende von ihnen ritten los, einzeln oder in kleinen Gruppen, um sich Baravax und seinen Leuten anzuschließen.

Und als die Bewohner von Alesia *das* sahen, blieb ihnen gar nichts anderes übrig, als die Tore zu öffnen. Vercingetorix führte sein Heer in die Stadt, jeweils sechs Krieger nebeneinander, so dicht beisammen wie Erbsen in einer Schote.

Doch nicht alle konnten sich in Sicherheit bringen. Die Teutonen überwältigten Baravax und seine Männer, bevor das ganze gallische Heer in der Stadt Zuflucht gefunden hatte, und die Nachhut wurde angegriffen, während die Tore noch geöffnet waren. Hunderte von Kriegern opferten sich, leisteten den Teutonen lange genug Widerstand, damit Cottos den Befehl gab, den Vercingetorix nicht geben konnte.

Den Befehl, die Tore hinter ihnen zu schließen.

Von dem sicheren Schutzwall aus hatte Vercingetorix beobachtet, wie die Teutonen seine tapferen Krieger zerstückelten und köpften. So nahe war er dem Geschehen, dass jeder schmerzerfüllte, trotzige Todesschrei einem persönlichen Vorwurf gleichkam und ihn daran erinnerte: Die Schlacht, in die er seine Männer geführt hat, war nichts weiter als die Summe tausender ausgelöschter Leben. Er hatte eine Sternschnuppe gehoben, sein Heer mit der Hilfe des Zufalls oder des Schicksals aus Cäsars Falle herausgebracht, aber die *wahren* Helden blieben auf dem Schlachtfeld zurück.

Jetzt stand er hier und sah, wohin es ihn gebracht hatte, dem Ruf des Schicksals zu folgen. Und während er diesen Gedanken nachhing, wurde Baravax' Kopf irgendwo dort draußen auf eine Lanze gespießt.

Schließlich nahm Cottos genug Mut zusammen – oder sein Zorn wurde groß genug –, um Vercingetorix anzusprechen. Immerhin war es *sein* Volk, das einer Streitmacht Zuflucht gewährte, die der ganzen Stadt Unheil brachte.

»Nun, was machen wir jetzt, Vercingetorix?«, fragte er mit einer grimmigen Stimme, aus der reine Willenskraft den Groll vertrieben hatte.

»Ich könnte es Euch nicht verdenken, wenn Ihr Euch ergebt«, sagte Vercingetorix.

»Den *Teutonen*? Ebenso viel Sinn hätte es, wenn sich ein Lamm einem Rudel hungriger Wölfe ergäbe!«

Vercingetorix wies zum Horizont, wo die geordnet marschierenden Römer einen Wald aus Metall und Menschen bildeten.

»Cäsar wäre vielleicht bereit, Alesia zu verschonen, wenn wir die Stadt verlassen.« Vercingetorix hoffte auf eine verächtliche Zurückweisung seines Vorschlags und schämte sich, zu einer solchen List zu greifen.

»Man würde Euer Heer massakrieren!«

»Man wird uns alle töten wie Ratten in einem Kornspeicher, wenn wir hier bleiben!«, erklärte Critognat. »Es ist besser, nach draußen zu reiten und einen ehrenvollen Tod zu sterben!«

»Und wo bliebe die Ehre der Karnuten, wenn ich so etwas zuließe, in der Hoffnung, von Cäsar Gnade zu empfangen?«, fragte Cottos. »Eine Gnade, die er uns ohnehin nicht gewähren würde. Nein, wir stecken alle zusammen hier drin.«

»Wie Kakerlaken in der Dunggrube«, brummte Critognat, und diese Worte riefen zumindest ein bitteres Lachen hervor.

»Wie Gallier«, sagte Cottos.

Gallius hatte Holzfällergruppen in die umliegenden Wälder geschickt, und es würde nicht mehr lange dauern, bis Labienus eintraf, der natürlich nicht mehr gegen Bibracte vorrückte. Cäsar war mit dem Stand der Dinge recht zufrieden. Doch dann suchte Ragar ihn auf, kündigte den Abzug seiner Krieger an und forderte den Rest der Bezahlung.

Der teutonische Kriegsherr war ein riesenhafter Mann und ein Jahrzehnt jünger als Cäsar. An den zernarbten Armen, die aus dem schlecht gegerbten Lederhemd ragten, zeichneten sich mächtige Muskeln ab. Ein vergilbter menschlicher Schädel schmückte seinen Helm, und das blonde Haar war lang, zerzaust und schmutzig. Wenn sich seine Aggressivität nicht auf Trunkenheit zurückführen ließ, so verstellte er sich gut. Doch Cäsar wusste: Die zornig funkelnden und blutunterlaufenen Augen gehörten nicht etwa einem dummen Flegel, sondern einem recht schlauen Barbaren.

»Eure Aufgabe ist noch nicht erfüllt«, sagte Cäsar ruhig. »Ihr erhaltet den Rest, wenn alle vereinbarten Dienste geleistet sind.«

»Wir haben die Gallier für Euch in die Enge getrieben, Cäsar!«

»Das stimmt.« Cäsar nickte in Richtung des Schutzwalls von Alesia, der jenseits des unordentlichen und übel riechenden teutonischen Lagers aufragte. »Aber dort befindet sich noch immer ein gallisches Heer.«

»Das ist *Euer* Problem, Cäsar!«

»Ebenfalls wahr, mein Freund, und ich versichere Euch, dass wir es lösen werden«, sagte Cäsar. »Aber vorher brauche ich ein letztes Mal Eure Hilfe.«

»Das Gold, Cäsar! Jetzt sofort!«

Cäsar blieb ruhig und bedachte Ragar mit einem öligen Lächeln. »Ich bitte Euch nur darum, noch einige Wochen lang hier zu lagern, unseren Wein zu genießen und den Galliern Angst einzujagen. Das dürfte keine beschwerliche Aufgabe für Eure Männer sein.«

»So etwas haben wir nicht vereinbart, Cäsar!«

Cäsar hatte eigentlich nicht erwartet, Vercingetorix' Streitmacht durch den teutonischen Flankenangriff vernichtend zu schlagen, aber das zufällige Zusammentreffen der so genannten »druidischen Wettermagie« mit dem Beginn des Gewitters sowie die abergläubische Furcht der Teutonen vor einem solchen »Zauber« hatte es den Galliern ermöglicht, sich mit einer recht großen Streitmacht nach Alesia zurückzuziehen. Sie war *zu* groß, um leicht von Cäsars Legionen unter Kontrolle gehalten zu werden, während Gallius seine Arbeit erledigte. Die Teutonen mussten bleiben. Sie brauchten nicht zu kämpfen; es genügte, wenn sie vor dem Schutzwall der Stadt präsent waren und abschreckend wirkten.

»Die größten Krieger auf Erden fürchten doch bestimmt keinen Stein auf einem Stab, oder?«, fragte Cäsar.

»Wir fürchten überhaupt nichts!«, donnerte Ragar. Und dann, leiser: »Aber ...«

»Aber?«

Der Teutone mied Cäsars Blick, und in seiner Stimme ließ sich ein Hauch Sorge vernehmen. »Aber selbst die größten Krieger auf Erden wären Narren, wenn sie keinen Magier fürchten, der die Mächte des Himmels beschwören kann.«

»*Ich* fürchte keinen derartigen Unsinn«, sagte Cäsar scharf. »Wollt Ihr etwa ein geringerer Mann sein als ich? Ihr enttäuscht mich, Ragar. Ich habe Euch für einen Ebenbürtigen gehalten.«

Der teutonische Kriegsherr runzelte die Stirn und fragte sich vermutlich, ob er sich von den letzten Worten beleidigt oder geschmeichelt fühlen sollte. Cäsar befreite ihn großzügig von dieser anstrengenden geistigen Aufgabe.

»Es ist natürlich möglich, dass Ihr von Euren Männern sprecht und nicht von Euch selbst.«

Ragar nickte erleichtert. »*Meine Männer* wollen bezahlt werden und möglichst schnell diesen Ort verlassen«, sagte er.

Cäsar nickte. »Nicht alle Generäle sind so gut dran wie ich.«

Er vollführte eine ausholende Geste mit den Armen, lenkte Ragars Blick damit auf das römische Lager: tausende von Zelten; im Bau befindliche Katapulte; Arsenale, gefüllt mit Pfeilen, Speeren, Lanzen und Gallius' grässlichen Brandsätzen; und zehntausende gut bewaffneter, gut gerüsteter und gut disziplinierter Legionäre, die einen Ring nicht nur um die Stadt bildeten, sondern auch um die Teutonen.

»Was seht Ihr dort, mein Freund?«, fragte Cäsar mit seidenweicher Stimme.

»Ich sage Euch, was Ihr seht«, fuhr er fort, als die einzige Antwort aus einem verwirrten Blick bestand. »Ihr seht fünfzigtausend römische Legionäre, die meinen Befehlen mit der gleichen Bedingungslosigkeit gehorchen wie die Finger meiner Hand. Niemand von ihnen fürchtet irgendetwas im Himmel oder auf Erde, solange sie wissen, dass Gajus Julius Cäsar das Kommando hat.«

Und Cäsar begriff, dass es sich nicht um eine Übertreibung, sondern um die Wahrheit handelte. Er gestattete es dieser Erkenntnis, in einem härteren Blick Ausdruck zu finden.

»Sagt das Euren Kriegern, Ragar«, fuhr er fort. »Sagt ihnen, dass es zwei Gründe für einen solchen Gehorsam gibt. Erstens: Natürlich lieben mich meine Männer mit ganzem Herzen, ebenso wie ich sie.« Er zeigte dem Teutonen ein füchsisches Lächeln, das drohend wirken konnte. »Und zweitens: Sie wissen, dass *mein* Unwillen viel mehr Furcht verdient als der Zorn irgendeiner anderen Macht auf Erden *oder* im Himmel.«

Er lächelte und klopfte Ragar auf die Schulter. »Ein so guter Anführer wie Ihr ist bestimmt in der Lage, den Kriegern alles so zu erklären, dass sie es verstehen.«

Alesia hatte ein unwillkommenes Heer aufgenommen, das die Stadt einer gefährlichen Belagerung aussetzte. Die Stimmung war nicht besonders gut, und deshalb hielt Cottos es für angebracht, Vercingetorix, Litivak, Rhia und Critognat von zwanzig Wächtern und einem Standartenträger mit dem Pferde-Zeichen der Karnuten zu ihren Quartieren in seiner »Villa« eskortieren zu lassen.

Bei Gergovia hatte Vercingetorix' Hauptstreitmacht im Wald gelagert, und bei Bibracte waren jene Krieger, die in der Stadt keine Unterkunft fanden, bei der gastfreundlichen Landbevölkerung untergekommen. Doch hier in Alesia verstärkte man die verschlossenen Tore mit Steinen, Holz, Schutt und Erde, damit sie einem römischen Sturmbock standhielten, und vor den Toren lagerten Römer und Teutonen. Die gallischen Krieger ließen sich praktisch überall nieder. Auf dem großen Marktplatz. Auf kleineren Plätzen und Höfen. In den Häusern von Stadtbewohnern, wenn man es ihnen erlaubte, und manchmal auch ohne Erlaubnis. Den meisten blieb nichts anderes übrig, als in den Straßen zu lagern. Überall gab es Zelte, Lagerfeuer und zur Untätigkeit verurteilte Bewaffnete. Die einzigen Frauen, die sich im Freien blicken ließen, waren Alte, denen keine Gefahr drohte.

Alesia hatte keine Belagerung erwartet und deshalb auch keine zusätzlichen Vorräte angelegt. Jetzt musste plötzlich eine doppelt so große Bevölkerung ernährt werden.

Außerdem saßen zehntausende von Pferden in der Stadt fest. Vercingetorix sah sie überall: Sie fraßen das Gras, das sie finden konnten, verschlangen gelagertes Futter und verwandelten alles in große Mengen Dung, den sie praktisch überall verteilten. Die Brunnen leerten sich schnell, und dem Geruch von Pferdeharn konnte man nirgendwo entkommen.

Die meisten Krieger in Alesia stammten aus fremden Stämmen und brachten nicht etwa Sieg oder auch nur Hoffnung, sondern Lärm, Gestank, Chaos und eine drohende Katastrophe. Die Bewohner von Alesia empfingen sie mit verdrießlichen, feindseligen Mienen. Kleine Jungen bewarfen die Pferde mit Steinen, Erdbrocken und gelegentlich ihrem eigenen Kot.

Und die Belagerung hatte gerade erst begonnen.

Cottos' Villa bestand aus Holz und Flechtwerk, war aber quadratisch, niedrig und im römischen Stil um einen Innenhof gebaut – darauf deutete der hinter den Mauern aufragende Wipfel einer alten Eiche hin.

Vercingetorix vergeudete kaum einen Gedanken an diese grimmige Ironie, dachte vor allem an die Probleme in Zusammenhang mit der Belagerung. Kam das Wasser der Stadt aus Brunnen oder Quellen innerhalb von Alesia? War es ausreichend für die Bewohner, das gallische Heer und seine Pferde? Wie viel Lebensmittel enthielten die Lager? Wie viel Futter? Wie lange konnten sie durchhalten?

Doch als Cottos seine Begleiter durch das massive Holztor in den Innenhof führte, erwartete Vercingetorix ein Anblick, der ihn alles andere vergessen ließ.

Marah stand dort, auf bizarre Weise wie ein arvernischer Krieger gekleidet.

»Was machst du hier?«, fragte Vercingetorix. »Noch dazu in *dieser* Aufmachung?«

»Habe ich nicht versprochen, dir überallhin zu folgen? Ohne dass du mich daran hindern könntest?«

Das hatte sie tatsächlich. Und jetzt war sie hier, zur offensichtlichen Freude von Cottos, der die Überraschung vorbereitet hatte. Auch Litivak schien zufrieden zu sein, und Critognat beobachtete das Paar mit onkelhafter Zuneigung. Aber das Lächeln auf Rhias Lippen war so überzeugend wie das einer schlecht gemeißelten Statue. Andererseits … Wechselten die beiden Frauen nicht einen kurzen Blick, der auf Komplizenschaft hindeutete?

»Wer könnte Euch besser in der Stadt der Karnuten willkommen heißen als Eure zukünftige Königin?«, fragte Cottos und brach das Schweigen auf eine Weise, die Vercingetorix erstaunte und Unbehagen in ihm weckte. »Ihr freut Euch doch sicher, sie hier zu sehen, oder?«

Zwar hatte gerade eine Belagerung begonnen, die zu einer Katastrophe führen mochte, aber die Karnuten versuchten auf diese Weise, sich ihre Vorrangstellung bei dem Mann zu sichern, der vielleicht König von Gallien wurde, wenn alles gut ging!

»Natürlich freue ich mich nicht«, entfuhr es Vercingetorix ungehobelt. »Es entspricht keineswegs meinem Wunsch, Marah in so großer Gefahr zu sehen.«

Critognat verzog das Gesicht. Rhia starrte ins Leere und schien vorzugeben, überhaupt nicht anwesend zu sein. Litivak und Cottos sahen sich betreten an.

»Dies ist sicher nicht der geeignete Moment, um an Gefahr und Tod zu denken, Vercingetorix«, sagte Litivak mit erzwungener Fröhlichkeit. Er nickte Cottos zu. »Auch der große Anführer von Kriegern verdient ein wenig Glück, allein mit seiner Verlobten.«

»Natürlich«, bestätigte Cottos. »Ich zeige den anderen ihre Unterkünfte.« Er führte Litivak, Critognat und Rhia zu ihren Zimmern. Nacheinander verschwanden sie im Haus, bis Vercingetorix und Marah schließlich allein waren.

Das Unbehagen in Vercingetorix verdichtete sich.

»Seit wann sind wir verlobt?«, fragte er schließlich.

»Du hast mir angeboten, deine Königin zu sein. Und ich habe das Angebot angenommen.«

»Damals war ich ein Junge. Du hast erst Jahre später ja gesagt, und dann vor der ganzen Welt.«

»Und das stört dich? Dass ich meine Liebe vor der ganzen Welt erklärt habe?«

Was stört mich *tatsächlich?*, dachte Vercingetorix. Dass sie ebenso zungenfertig ist wie ich? Dass sie dieses Geschick in aller Öffentlichkeit verwendet? Dass sie den König liebt, der ich angeblich werden soll, und nicht den Jungen, der ich war, oder den Mann, der ich bin? Aber diese Erklärungen klangen hohl und schienen Entschuldigungen für etwas zu sein, das sich viel zu sehr wie Furcht anfühlte.

Und das war lächerlich.

»Zwischen einem Mann und einer Frau sollte es mehr geben«, sagte Vercingetorix. »Und vielleicht auch weniger.«

Marah nahm seine Hände. »Über das Weniger weiß ich nicht Bescheid. Aber wenn du dein Zimmer mit mir teilst, verspreche ich dir das Mehr.«

Bevor er eine Antwort geben konnte, zog sie ihn an sich und küsste ihn. Sie öffnete ihm den Mund und schob ihre Zunge hinein, erst langsam und sanft, dann leidenschaftlich und gebieterisch, so wie ein Mann eine Frau küsste.

Vercingetorix stellte fest, dass sein Körper so reagierte wie der einer Frau auf einen Mann. Er öffnete sich Marah, schmiegte sich an sie und zitterte in den Knien. Immerhin *war* er unberührt, und sie kannte sich in der Kunst der Liebe weitaus besser aus als er.

Er fühlte sich erregt und gleichzeitig geschwächt, als würden Leib und Seele durch eine sonderbare Magie ausgezehrt. Daraufhin begann er zu verstehen, was Rhia nie genau erklärt hatte. Sie waren beide unberührt, und dadurch wurde das ungestillte Verlangen zu einer Quelle der Kraft.

»Was ist los?«, fragte Marah und wich zurück.

Was sollte er sagen? Dass ihre erotischen Erfahrungen den jungfräulichen Knaben entmannten, der sich im großen Anführer von Kriegern verbarg? Dass er den Verlust einer Magie befürchtete, deren Preis er nach wie vor bezahlen musste, weil es das Schicksal so von ihm verlangte?

Kein Mann konnte solche Worte an eine Frau richten.

Was ist mit deiner Zungenfertigkeit, Vercingetorix?

»Ich … ich bringe es einfach nicht fertig, mich solchen Freuden hinzugeben an einem Tag, der so vielen meiner Krieger den Tod brachte«, sagte er.

Er rechnete mit Zorn oder Verachtung, aber stattdessen bedachte ihn Marah mit einem sanften, zärtlichen Lächeln, und Vercingetorix ahnte, was Liebe zwischen einem Mann und einer Frau wirklich sein konnte.

»Ich verstehe«, erwiderte sie. »Zwar erfreut es mich nicht, aber ich liebe dich dafür umso mehr.«

»Wie lange dauert es, bis die Stadt völlig eingeschlossen ist, Gallius?«, fragte Cäsar mürrisch, als er zusammen mit dem Cheftechniker an einem Teil der Belagerungsanlagen vorbeiritt. Fluchende Legionäre verrichteten dort eine Arbeit, wie sie eher Sklaven gebührte.

Gallius zuckte mit den Schultern. »Ein oder zwei Wochen. Vielleicht drei.«

»Zu lange. Das gefällt mir nicht.«

Angeschirrte Pferde zogen Baumstämme, und Legionäre schlugen sie mit Breitbeilen zurecht. Andere hoben Gruben aus, verbreiterten und vertieften den großen Graben. Es roch nach Holzstaub, umgegrabener Erde und dem Schweiß von Menschen und Pferden.

»Die Baumstämme müssen über eine große Entfernung hinweg gezogen werden, Cäsar, und diese Kavalleriepferde sind alles andere als ideale Zugtiere. Außerdem haben wir keine Sklaven fürs Graben, und …«

»Ich meine nicht *Euch*, Gallius«, sagte Cäsar und unterbrach ihn, bevor er zu sehr in die Einzelheiten ging – derartige technische Schilderungen konnten Stunden dauern. »Es geht um die Teutonen. Ich weiß nicht, ob sie ich so lange hier behalten kann.«

Baumstämme wurden in tiefe Löcher getrieben und formten eine stabile, mit Querbalken verstärkte Palisade. Unmittelbar vor ihr erstreckte sich ein tiefer, breiter Graben, den Gallius mit Wasser vom Fluss Ose füllen wollte. Vor dem Graben gab es Dutzende von Gruben mit zugespitzten Pfählen und *davor* einen weiteren Graben, der mit größeren zugespitzten Pfählen gefüllt werden sollte, dazu bestimmt, Pferde aufzuspießen. Gallius' Plan sah eine zweite Palisade außerhalb der ersten vor, und die Türme sollten durch einen Laufsteg miteinander verbunden werden. Wenn die Zeit ausreichte, wollte er den Bereich zwischen beiden Palisaden mit festgestampfter Erde füllen. Zwischen Alesia und diesen Befestigungen lagerten die Teutonen und schützten die schuftenden Legionäre vor Angriffen aus der Stadt.

Soweit Cäsar wusste, hatte noch niemand eine Stadt belagert, indem er sie mit einer eigenen Befestigungsanlage umgab. Eine solche Aufgabe hätte selbst für Herkules eine Herausforderung dargestellt. Aber Gallius zeigte für dieses Projekt ebenso viel Begeisterung wie ein Mann, der seine Begierde in einem Bordell voller Kurtisanen stillen durfte.

Sein architektonischer Ehrgeiz kannte keine Grenzen. Ein Wall. Ein doppelter Wall. Ein doppelter Wall mit fester Erde dazwischen. Kleine Katapulte oder Ballisten auf den Türmen. Wenn man Gallius Zeit genug gab und ihn seinen Apparaten überließ, hätte er die

Anlage in einen Panzer gehüllt und mit einem Wassergraben umgeben, in dem Krokodile aus Ägypten schwammen.

Aber der Faktor Zeit spielte eine wichtige Rolle. Die Langeweile der Teutonen nahm zu. Mit jedem verstreichenden Tag wurden sie unruhiger, betrunkener, streitsüchtiger und widerspenstiger. Ihre Präsenz zwischen Alesia und den im Bau befindlichen Anlagen garantierte, dass die Gallier keinen Ausfall versuchten, bevor ihr Gefängnis fertig gestellt war.

Das teutonische Lager bot einen grässlichen Anblick, und selbst in dieser Entfernung war der davon ausgehende Gestank schier überwältigend. Etwa zwölftausend Barbaren und ebenso viele Pferde. Keine Latrinen. Auf Lanzen und Speere gespießte Köpfe. Sie ritten hin und her, wenn sie nüchtern genug waren, um auf ihre Rösser zu steigen. Gelegentlich veranstalteten sie Scheinkämpfe, die oft außer Kontrolle gerieten.

Cäsar war bereits gezwungen gewesen, Ragar die Hälfte der noch ausstehenden Summe zu bezahlen, damit die Teutonen nicht vor der »Druidenmagie« und der Kloake flohen, in die sie ihr Lager verwandelt hatten. Bestimmt brachen sie sofort auf, wenn sie den Rest des Goldes erhielten.

Auch nach dem Eintreffen von Labienus mit der römischen Kavallerie brauchte Cäsar die Teutonen, denn die gallische Kavallerie in Alesia war seiner eigenen zahlenmäßig weit überlegen. Wenn die Gallier jetzt zu entkommen versuchten, würde einer bedeutenden Anzahl von ihnen vermutlich die Flucht gelingen. Mit ziemlicher Sicherheit hätte sich Vercingetorix unter ihnen befunden, um seine Krieger später erneut in den Kampf zu führen.

»Wie viel ist inzwischen fertig gestellt?«, fragte Cäsar nervös.

»Meint Ihr *vollkommen* fertig gestellt? Doppelte Palisaden, Wachtürme …«

»Ich meine, wie viele Lücken gibt es noch?«

»Oh, ein Dutzend oder so …«

»Ein *Dutzend!*«

»Aber keine von ihnen ist breiter als eine halbe Meile.«

»Konzentriert Eure ganzen Bemühungen darauf, sie zu schließen«, ordnete Cäsar an. »Die Verdopplung der Palisaden und der Rest können warten.«

Gallius runzelte die Stirn und fühlte sich vielleicht in seiner künstlerischen Empfindlichkeit verletzt, aber je eher die Teutonen überflüssig wurden, desto eher konnte Cäsar wieder ruhig atmen. Anschließend hatte Gallius freie Bahn und durfte sich ganz seiner Bauleidenschaft hingeben.

Cäsar dachte voller Sorge daran, dass zukünftige Militärhistoriker seine Strategie vielleicht kritisieren würden, weil es ihr an Eleganz mangelte, aber er brauchte jetzt in erster Linie Gewissheit. Selbst wenn Dramatik und Ruhm fehlten: Sobald die Befestigungen fertig waren, gewährleistete die römische Militärtechnik den Sieg. Vercingetorix und seine Streitmacht würden entweder in Alesia verhungern oder wie Käfer an unüberwindlichen Palisaden zerquetscht werden – an der militärischen Eroberung Galliens durch Rom ließ sich dann nichts mehr ändern.

Und mit einem solchen Erfolg konnte Gajus Julius Cäsar die politische Eroberung Roms beginnen.

Vercingetorix, Litivak und Critognat trugen dicke Mäntel, schritten über die Wehrgänge Alesias, beobachteten müßige Teutonen und fleißige Römer. Es regnete wieder, ein beständiges kaltes Strömen, das den Teutonen die Lust nahm, umherzureiten. Stattdessen hockten sie verdrießlich auf dem schlammigen Boden, unter ihren Mänteln oder in primitiven Zelten, schürten qualmende Lagerfeuer und tranken.

Die Römer schienen dem Regen überhaupt keine Beachtung zu schenken, als sie die Arbeit an den Anlagen fortsetzten. Sie wirkten wie ein riesiges Bibervolk, das damit beschäftigt war, einen gewaltigen Damm zu bauen. Ohne ein Wort der Klage verrichteten tausende von Kriegern die Arbeit von Bauern oder Sklaven, vergrößerten die Gräben um die Stadt und begannen damit, nur zwei Manneslängen hinter der ersten Palisade eine zweite zu errichten.

»Warum umgeben sie den Schutzwall von Alesia mit eigenen Wällen?«, fragte Litivak. »Das leuchtet mir nicht ein.«

Seit dem Beginn des Baus stellte sich Vercingetorix die gleiche Frage. Sie hatten oft darüber gesprochen, doch niemand präsentierte eine überzeugende Antwort.

Vercingetorix hatte erwartet, dass Cäsar die Stadt entweder stürmte, so wie Avaricum, oder aber belagerte. Als der Angriff ausblieb, vermutete er, dass sich Cäsar für die zweite, sicherere Strategie entschieden hatte. Doch dann fingen die Römer damit an, Befestigungsanlagen zu errichten. Ihre Bemühungen waren beeindruckend, aber niemand erkannte einen Sinn in ihnen.

»Will Cäsar uns vielleicht zwingen, ihn anzugreifen?«, fragte Litivak. Es war nicht das erste Mal, dass Vercingetorix eine solche Erklärung hörte.

Glaubte Cäsar, dass ungeduldige Gallier Alesia verließen, sobald ihnen klar wurde, was seine Legionäre bauten – um dann von Teutonen und der römischen Infanterie niedergemetzelt zu werden?

»Warum geben wir ihm nicht, was er will?«, brummte Critognat. »Lasst uns ausbrechen!«

»Wenn wir versuchen, uns einen Weg freizukämpfen, droht uns eine katastrophale Niederlage«, erwiderte Vercingetorix. »Und dann verfährt Cäsar mit Alesia so wie zuvor mit Avaricum.«

»Aber wenn wir hier bleiben, verhungern oder verdursten wir«, gab Litivak zu bedenken. »Das Wasser der Ose reicht nicht, wenn die Brunnen leer sind. Für die Pferde wird bereits das Futter knapp, und auch für die Menschen gibt es keine großen Nahrungsmittelreserven in der Stadt.«

»Lasst uns nicht wie Feiglinge verhungern, sondern mit dem Schwert in der Hand sterben!«, stieß Critognat hervor.

»Soll man uns als Helden in Erinnerung behalten, die aus der Stadt ritten, die sie verteidigen sollten, um einen ruhmvollen Tod im Kampf zu suchen?«, erwiderte Vercingetorix. »Nein, Critognat, ich bezweifle, dass die Barden das sehr ehrenvoll fänden.«

»Aber was machen wir *dann?«*

»Welche Entscheidung auch immer wir treffen ...«, sagte Litivak. »Wir sollten uns bald zu einer durchringen, bevor die Römer den Bau ihrer Befestigungen beenden und ...«

»Warum?«, entfuhr es Vercingetorix.

»Warum was?«

Vercingetorix nickte in Richtung der römischen Anlagen, wo tausende von Legionären arbeiteten. Tag und Nacht. In Schlamm und Regen.

»Warum treiben sie die Arbeiten mit solchem Nachdruck voran?«, murmelte er. »Warum haben sie es so eilig? Cäsar fürchtet bestimmt nicht, dass wir angreifen, bevor die Befestigungsanlagen fertig sind. Woraus folgt ...«

»Die Teutonen?«, fragte Litivak. »Befürchtet Cäsar, sie könnten sich gegen ihn wenden?«

Vercingetorix sah nachdenklich zum teutonischen Lager am Hang des Hügels. Tausende von Kriegern ... Und es gab nichts Besseres für sie zu tun, als drohend umherzureiten und im Schlamm zu hocken. Er stellte sich ein gallisches Heer vor, das eine solche Langeweile ertragen musste.

»Vielleicht befürchtet Cäsar, dass die Teutonen abziehen könnten!«, rief Vercingetorix und stöhnte, als er das Offensichtliche so spät begriff. »Die Teutonen sollen den Bau schützen! Und die Befestigungsanlage ist dazu bestimmt, sie zu ersetzen!«

»Palisaden und Gruben, um Teutonen zu ersetzen?«, fragte Critognat. »Seid Ihr übergeschnappt?«

»Ohne Cäsars teutonische Söldner könnten wir einen Ausbruch wagen und mit einem großen Teil unserer Streitmacht entkommen, um den Kampf später fortzusetzen. Aber jetzt ist es zu spät. Die Palisaden umgeben fast ganz Alesia, und die Teutonen sind noch immer da.«

»Es gibt also keinen Ausweg?«, fragte Critognat.

»Nicht für uns«, sagte Vercingetorix. »Aber vielleicht für die Pferde ...«

»Die Pferde?«

»Pferde sind nutzlos und sogar eine Last, wenn man einer Belagerung standhalten will. Sie verhungern schnell, und vorher verbrauchen sie die Vorräte. Wir sollten sie jetzt töten und ihr Fleisch räuchern, um es später zu verzehren.«

»*Wir sollen unsere Pferde essen!*«, brachte Critognat entsetzt hervor. »Eher würde ich … eher würde ich …« Er hob die Hände und ließ sie wieder sinken, als er nicht die richtigen Worte fand.

»Eher würdet Ihr Scheiße essen?«, schlug Litivak vor.

»Entweder töten wir die Pferde, oder wir lassen sie frei«, sagte Vercingetorix.

»Warum die plötzliche Sorge um das Schicksal unserer Pferde?«, fragte Litivak und richtete einen argwöhnischen Blick auf ihn.

»Ich habe eine Geschichte über eine Belagerung und ein Pferd gehört«, erwiderte Vercingetorix. »Einige Griechen bauten ein großes Pferd aus Holz und versteckten Männer darin, um sie in eine belagerte Stadt *hineinzubringen*. Vielleicht können wir Männer in einer Herde aus Pferden verstecken, um sie aus einer belagerten Stadt *hinauszubringen?*«

Es hatte aufgehört zu regnen, und Sterne erschienen am Himmel. Das Licht des fast vollen Mondes zeichnete scharfe Schatten und gab den Rücken der Pferde, die vor den Toren von Alesia warteten, einen silbrigen Glanz. Hinter den Tieren standen Dutzende von Kriegern mit Hörnern, und hinter den Kriegern hatten sich viele Stadtbewohner versammelt. Der zur Verstärkung der Tore dienende Schutt war beiseite geräumt worden, um die nutzlos gewordenen Pferde passieren zu lassen, die zu viel Wasser und Futter verbrauchten und die ganze Stadt mit ihrem Dung verschmutzten.

Man hatte allen Pferden Sättel, Zaumzeug, Decken und alle anderen von Menschen stammenden Dinge abgenommen, doch etwa drei Dutzend von ihnen bildeten eine Ausnahme. Sie trugen einfache Zügel aus Stricken, und weitere Stricke, unter den Bäuchen zusammengebunden, waren für die Reiter bestimmt.

Unter ihnen waren die Vergobreten und Befehlshaber der anderen Stämme, die in Alesia festsaßen: Litivak, Netod, Epirod, Comm, Luctor und weitere. Nur die Repräsentanten der Arverner und Karnuten blieben in der Stadt. Zu den Reitern zählten auch Oranix und seine Späher. Sie hatten gebeten, die Stadt verlassen zu dürfen, wo ihr Jagdgeschick völlig nutzlos war. Draußen auf dem

Land und im Wald konnten sie wenigstens die Bewegungen des Feindes beobachten. Vercingetorix wusste zwar nicht, auf welche Weise sie Bericht erstatten sollten, aber er brachte es nicht fertig, sie mit diesem Hinweis zurückzuhalten.

Er stand hoch oben auf der Treppe, die zum Wehrgang überm Tor führte. Das Schwert steckte in der Scheide, und der Stab des Erzdruiden lag eine Stufe unter ihm.

»Duckt euch so tief wie möglich auf den Pferden, haltet auf die Lücken zwischen den Palisaden zu und reitet in verschiedene Richtungen, wenn ihr sie passiert habt.«

Der Mann der Tat hoffte, dass auf diese Weise mindestens ein Vertreter eines jeden Stammes zurückkehrte und sein Volk veranlasste, Hilfe zu schicken. Der Mann des Wissens hoffte, ihnen mit ein wenig »Druidenmagie« helfen zu können.

»Reitet in alle vier Winde!«, sagte Vercingetorix. »Lasst ganz Gallien wissen, dass wir hier ausharren!«

»Warum fliehst du nicht mit uns?«, fragte Litivak wie vereinbart.

»Ich werde keine weitere Stadt schutzlos zurücklassen, auf dass Cäsar sie wie Avaricum zerstören kann. Was auch immer geschieht – mein Schicksal erfüllt sich hier.«

»Aber ohne deine einigende Stimme wird man *unseren* Stimmen vielleicht keine Beachtung schenken. Und wenn man nicht auf uns hört, wirst du hier sterben, und dann ist unsere Sache verloren.«

Das hatten sie *nicht* vorher vereinbart, und Vercingetorix fand es ärgerlich, weil es durchaus wahr sein konnte. Und weil es ihn zwang, weitere Erklärungen abzugeben.

»Ich habe in einer Vision gesehen, dass ich nicht auf dem Boden Galliens sterben kann. Und selbst wenn sich jene Vision als falsch erweisen sollte ... Wenn der Tod eines Mannes unserer Sache die Niederlage bringen kann – hat sie es dann nicht *verdient,* verloren zu sein?«

Er zog sein Schwert und hielt es hoch.

»Geht und bringt mir ein Heer aus Galliern! Wenn ihr zurückkehrt, seid ihr der Hammer und wir der Amboss, und wir werden die Römer zwischen uns zermalmen!«

Damit gab sich Litivak noch nicht zufrieden. »Du kennst die Gallier, Vercingetorix«, sagte er in einem fast beschwörenden Tonfall. »Wer weiß, wie viele dem Ruf folgen werden?«

Und da begriff Vercingetorix, worum es Litivak ging. Er und die anderen würden ihr Leben riskieren, um eine Nachricht zu überbringen, und wenn diese Nachricht wirklich dazu führen sollte, dass ein zweites gallisches Heer dem ersten zu Hilfe kam, so musste sie eine hinreichend starke Magie enthalten.

Und deshalb …

»Ich habe mit einem Bluteid geschworen, Gallien zu führen und für seine Sache zu kämpfen, ungeachtet aller Opfer!«, rief Vercingetorix. »Berichtet euren Völkern von dem Eid, den ich *jetzt* mit Blut besiegle!«

Er schnitt sich in den Unterarm und wartete, bis genug Blut aus der Wunde gequollen war, bevor er ihn hob.

»Sagt euren Völkern, dass Vercingetorix, den sie zu ihrem König machen wollen, dies schwört: Er wird Alesia nicht lebend verlassen, bevor ein Heer wahrer Gallier eintrifft! Tod vor Schande! Wenn keine Hilfe kommt, so liegt die Schande bei den anderen Stämmen, nicht bei mir!«

Ein so herausfordernder Schwur bewirkte keinen Jubel, nur ernste Stille. Der Mann des Wissens hatte es nicht anders erwartet. Er schob das Schwert in die Scheide, griff nach dem Stab des Erzdruiden, drehte sich um und ging zum Wehrgang hinauf.

Ein Krieger erscheint auf dem Schutzwall von Alesia, und der helle Mondschein verleiht seiner Rüstung einen silbernen Glanz. Er trägt kein Schwert, sondern einen hölzernen Stab, gekrönt mit einer Sternschnuppe aus pockennarbigem Eisen, wie eine dunkle Schwester des Mondes, des Königs der Nacht.

Vercingetorix wendet sich dem teutonischen Lager zu. Er fasst den Stab des Erzdruiden ganz unten an, hebt ihn mit einem blutigen Arm hoch und steht dann still wie eine Statue.

Ein Geräusch weckt die schlafenden Teutonen. Eine Vielzahl von Hörnern erklingt, und ihr dumpfes Brummen erfüllt die Luft.

Lauter und lauter wird das Geräusch. Es kommt aus Alesia.

Und es schwillt weiter an, weckt die Teutonen aus ihrem trunkenen Schlaf. Schließlich stehen etwa tausend von ihnen auf wackligen Beinen, von der monotonen Musik wie in den Bann geschlagen. Sie sprechen leise miteinander und blicken empor zu der Gestalt auf dem Schutzwall – Blut tropft von ihrem Arm, während sie den Stab mit der Sternschnuppe hochhält, damit sie das Licht des Himmels reflektiert.

Oder damit sie etwas herbeiruft?

Und dann hört die Musik plötzlich auf.

Es folgt eine abrupte, völlige Stille.

Vercingetorix bewegt sich nicht.

Die Teutonen wagen es nicht, sich zu bewegen.

Irgendwo schreit eine Eule.

In der Dunkelheit quiekt ein kleines Tier zum letzten Mal in seinem Leben.

Ein Schatten – ein Vogel? Eine Fledermaus? – zieht am Mond vorbei.

Vercingetorix senkt den Stab und hält ihn so, dass die Sternschnuppe drohend wie die Spitze einer Lanze auf die Teutonen zeigt.

Von Alesia her erklingt ein gewaltiges Getöse, viel lauter als das vorherige Blöken der Hörner. Es folgt tausendfaches Wiehern, als das große Stadttor aufschwingt.

Pferde kommen aus der Stadt. Ein enormer Strom aus Pferden. Schwarze, braune, weiße, scheckige, gesprenkelte, rotgraue. Hengste, Stuten und Wallache. Mit rollenden Augen und trommelnden Hufen zwängt sich eine riesige Woge durch das Tor von Alesia. Schulter an Schulter laufen die Tiere, sind der Panik nahe, beißen und treten sich gegenseitig – eine stampfende Flutwelle, die sich über das teutonische Lager ergießt.

Vercingetorix stand auf dem Schutzwall, senkte den Stab und beobachtete, wie die Pferde durchs Lager der Teutonen liefen. Die letzten von ihnen galoppierten aus der Stadt, und hinter ihnen wurde das Tor wieder geschlossen.

Sie rissen Zelte um, traten Feuer aus, zertrampelten Männer und ließen die Pferde der Teutonen in Panik geraten. Auch die Krieger selbst schienen hier und dort der Panik nahe zu sein. Einige warfen sich beiseite, um den Hufen zu entgehen. Andere versuchten, das eine oder andere Tier zu erbeuten. Einige schlugen voller Zorn mit Schwertern oder Äxten nach den Pferden. Andere bemühten sich, ihre eigenen Rösser einzufangen.

Kaum jemand von ihnen bemerkte, dass einzelne Gruppen von Pferden durch die Lücken zwischen den Palisaden liefen. Niemand versuchte, sie daran zu hindern. Zum ersten Mal seit sich die Tore von Alesia hinter Vercingetorix' Heer geschlossen hatten, gab es wieder Hoffnung. Eine Rettung mochte weiterhin unwahrscheinlich sein, aber das Verderben war jetzt weniger unausweichlich.

»Ist dir klar, dass wir alle hier festsitzen?«

Vercingetorix drehte sich um und merkte erst jetzt, dass Marah auf den Wehrgang gekommen war.

»Hoffnung reitet mit ihnen in die vier Winde«, sagte er, doch selbst er hörte den Mangel an Überzeugung in seiner Stimme.

»Du weißt, wie die Chancen wirklich stehen«, sagte Marah verächtlich. »Du weißt, wie die Gallier sind. Sie werden alles lange bereden, und dann streiten sie sich darüber, wer den Befehl bekommt …«

»Ich bleibe hier, um sie dazu herauszufordern, über sich selbst hinauszuwachsen«, sagte Vercingetorix und hörte die Wahrheit in seinen Worten.

»Und wenn ihnen das nicht gelingt?«

»Dann erreiche ich im Land der Legende vielleicht das, was mir im Leben verwehrt blieb.«

Rhia war ebenfalls auf den Schutzwall gekommen und wahrte eine gewisse Distanz, als sich Vercingetorix und Marah kurz küssten. Sie trat erst näher, als Vercingetorix nach unten ging und Marah allein zurückließ, die nachdenklich zu den Sternen sah.

»Was hat er dir gesagt?«, fragte Rhia.

Marah zuckte wie gleichgültig mit den Schultern. »Was soll ein

Mann unter solchen Umständen sagen?«, erwiderte sie. »Er sprach davon, im Tod zu einer Legende zu werden, die das zustande bringt, was er im Leben nicht erreichen konnte.«

»Du musst gut zu ihm sein in der Zeit, die ihm noch bleibt«, sagte Rhia fast flehentlich.

»Das wäre ich gern, wenn er mir Gelegenheit dazu gäbe. Aber ich glaube, er ... hätte lieber dich.«

»Du verstehst nicht, Marah.«

»Behaupte nur nicht, dass du ihn nicht begehrst!«

Rhia schien zu zögern und etwas sagen zu wollen, doch dann schluckte sie die unausgesprochenen Worte hinunter und ersetzte sie durch andere.

»Ich werde an seiner Seite bleiben, bis zum Tod und darüber hinaus«, sagte sie mit trauriger Wehmut. »Aber in den Geschichten, die man sich über ihn erzählt, wird er dir gehören.«

XXI

Der grässliche Klang gallischer Hörner riss Cäsar aus dem Schlaf, und anschließend musste er rasenden Pferden ausweichen und beobachten, wie einige von ihnen sein Zelt zertrampelten.

Und dann brachen die Teutonen als die abergläubischen Barbaren, die sie waren, ihr Lager ab. Wer von ihnen Pferde eingefangen hatte, wollte nicht mehr für römisches Gold gegen Gallier kämpfen, denn Pferde galten bei ihnen als eine weitaus männlichere Form des Reichtums. Wer ohne Pferde geblieben war, machte sich auf die Jagd nach ihnen. Kein Teutone wollte sich länger Vercingetorix und seiner »Druidenmagie« aussetzen.

Aber als alles vorbei und wieder Ruhe eingekehrt war, begriff Cäsar: Das Verschwinden der Teutonen bedeutete nicht mehr als ein kleines Ärgernis, denn die Befestigungen waren fertig gestellt, und seine Legionen konnten die Gallier daran hindern, durch die noch vorhandenen Lücken zu entkommen. Und der Umstand, dass Vercingetorix seine Kavallerie aufgegeben hatte, deutete darauf hin, dass er einen Ausbruch nicht mehr in Erwägung zog.

In besserer Stimmung legte sich Cäsar in seinen Mantel gehüllt auf den Boden, um während der restlichen Nacht im Freien zu schlafen, was er in seinem Leben öfter getan hatte, als er zählen konnte. Er war gerade eingedöst, als Tulius mit einem Gefangenen kam.

»Was ist denn?«, brummte Cäsar, rieb sich Schlaf aus den Augen und stand mürrisch auf. »Ich hoffe für dich, dass es sich um eine wichtige Angelegenheit handelt, Tulius!«

»Das ist tatsächlich der Fall, Cäsar. Wir haben Männer bemerkt, die sich auf den Rücken der Pferde festgebunden hatten und zu entkommen versuchten. Wir haben einige von ihnen getötet, aber den meisten gelang die Flucht. Dies ist der einzige lebende Gefangene.«

Der Mann trug eine Hose und ein Wams aus grob gegerbtem Leder, an einigen Stellen zerrissen und blutbefleckt. Die Hände waren gefesselt. Die Kratzer, geschwollenen Augen und Flecken im Gesicht mochten das Ergebnis des wilden Durcheinanders sein, das die vielen Pferde angerichtet hatten. Aber es konnte wohl kaum den Verlust des linken Daumens erklären, an den nur noch ein blutiger Stumpf erinnerte.

»Ist dieser Mann gefoltert worden?«, fragte Cäsar.

Tulius nickte.

»Was habt ihr herausgefunden?«

»Nicht viel mehr als seinen Namen und den seines Stammes. *Noch* nicht. Dies ist Oranix von den Arvernern.«

Dies war also der große, schreckliche Cäsar, jene Beute, die Oranix während der längsten Jagd seines Lebens verfolgt hatte, eine Beute, die sich nun gegen ihn wandte, um dem Jäger den Tod zu bringen. Oranix musterte ihn und war nicht beeindruckt. Er fühlte sich sogar enttäuscht.

Oranix hatte sein ganzes Leben als Jäger verbracht und immer gehofft, den Tod eines Jägers zu sterben – einem stattlichen Tier zum Opfer zu fallen, vorzugsweise im hohen Alter, vielleicht einem großen Bären, wenn ihm die Götter ihre Gunst schenkten, oder gar einem Löwen, wenn er wirklich Glück hatte.

Aber dies war weder ein Löwe noch ein Bär. Oranix sah einen Mann in mittleren Jahren, der ihm nur bis zum Kinn reichte und dessen Kopf kahl wurde.

»Warum habt ihr euch an die Pferde gebunden?«, fragte Cäsar.

Oranix wusste, dass er bei dieser Jagd sterben würde. Jeder Jäger musste mit einer solchen Möglichkeit rechnen. Es war ein Pakt der Ehre zwischen Jäger und Beute. Wer einem Hirsch nachstellte, konnte selbst von einem Bären gejagt werden.

»Um nicht herunterzufallen«, sagte Oranix und wusste, dass er sich nicht den Tod eines Jägers erhoffen durfte. Diese Erkenntnis schmerzte mehr als die Schläge oder der blutige Daumenstumpf.

»Wer waren die Männer?«

»Gallier«, sagte Oranix.

»Gib klare Antwort, wenn du deinen rechten Daumen behalten willst«, sagte der Folterer, den Cäsar mit Tulius angesprochen hatte.

»Warum sollte ich?«, erwiderte Oranix. »Ich habe nicht mehr lange Verwendung dafür, oder?«

»Sei nicht dumm«, sagte Cäsar. »Wir könnten mit deinen Hoden anfangen ...«

Oranix spürte, wie sich sein Hodensack zusammenzog.

Keinen Jägertod sterben zu dürfen ... Es bedeutete, dass ihm auch die Ehre des Jägers versagt blieb. Aber es lag auch keine Ehre darin, Gefährten aus Furcht zu verraten. Wenn er wie ein in die Enge getriebenes Rehkitz sterben musste, so konnte er wenigstens versuchen, auch in Cäsar ein wenig Furcht zu wecken.

»Ich bin Oranix der Jäger«, sagte er. »Ihr seid meine Beute gewesen, und jetzt bin ich die Eure. Die Beute wird zum Jäger, und der Jäger zur Beute. Ich bin zu Eurer Beute geworden, aber bald werden Euch andere jagen, bis zum Tod. Ihr tötet mich jetzt, und wir töten Euch später, und niemand von uns kann etwas daran ändern.«

»Wir?«, wiederholte Cäsar. »Eine Hand voll Männer, auf Pferden festgebunden ...«

Er unterbrach sich plötzlich, und in seinen Augen sah Oranix: Dieser Mann mochte weder Bär noch Löwe sein, aber seine Schlauheit ging weit über die eines Fuchses hinaus.

»*Gesandte!*«, rief Cäsar.

Ein Fuchs, der sich auf seine eigenen großsprecherischen Worte stürzte, als wären sie dumme Hühner.

»Ich muss noch immer halb geschlafen haben, dass mir das nicht sofort klar wurde. Vercingetorix ließ die Pferde nicht nur deshalb frei, um nutzlose hungrige Mäuler loszuwerden. Es war nicht nötig, diesen Mann zu foltern. Vercingetorix nutzte das Durcheinander, um Gesandte loszuschicken! Er versucht, ein Entsatzheer aufzustellen.«

Cäsar wandte sich an Oranix und schenkte ihm das Lächeln eines Luchses, der mit seiner Beute spielte.

»Danke, Oranix der Jäger, du hast mir sehr geholfen«, sagte er zur großen Bestürzung von Oranix.

»Soll ich ihn jetzt hinrichten lassen?«

»O nein, Tulius, dieser Mann hat sich römischen Dank verdient. Er soll die Wahl bekommen.«

»Die Wahl?«, brachte Oranix kummervoll hervor.

»Ein ruhmvolles, aber vielleicht sehr kurzes Leben als Gladiator in der Arena. Oder ein längeres, doch nicht annähernd so ruhmvolles Leben in den Bleiminen.«

Cäsars Gesicht zeigte kein Mitleid, als er diese Worte sprach, und Oranix verwandelte seine eigene Miene in eine Maske des Schreckens, denn er wollte diesem Mann keine Dankbarkeit zeigen. Er hatte gehört, was in römischen Arenen geschah.

Cäsar bot ihm diese Gefälligkeit nicht bewusst an.

Aber es *war* eine Gefälligkeit.

Vielleicht begegnete Oranix der Jäger doch noch seinem Löwen.

Während der restlichen Nacht fand Cäsar kaum Ruhe, und wenn doch einmal der Schlaf kam, brachte er immer den gleichen Traum, wenn auch in verschiedener Gestalt. Sein Heer belagerte eine Stadt und nahm sie mit Katapulten unter Beschuss, die hinter einer Palisade standen. Oder es griff mit Belagerungstürmen, Leitern und Sturmböcken an. Oder es wartete einfach nur. Manchmal schien die Stadt Avaricum zu sein, dann wieder Gergovia oder Alesia. Immer war der Sieg schon in Reichweite. Und jedes Mal wurde seine Streitmacht von hinten angegriffen: von Häduer-Reitern unter Litivak, von Arvernern unter Vercingetorix, von halbnackten Frauen, die Vercingetorix' Amazone in den Kampf führte.

Schließlich belagerte er Rom, und die Streitmacht, die feige von hinten angriff, bestand aus Senatoren, bewaffnet mit Messern. Das genügte, um Cäsar beim Morgengrauen hochschrecken zu lassen. Man brauchte kein Wahrsager zu sein, um die Botschaft der Vision zu verstehen. Der Schlaf hatte ihm nur das mitgeteilt, was er in der wachen Welt bereits wusste.

Sichere dich hinten ab!

Wenn es den Galliern tatsächlich gelang, ein Entsatzheer zusammenzustellen, musste er damit rechnen, dass eine weit überlegene Kavallerie sein Heer von hinten angriff. Dann saß er zwischen jenem Feind und den eigenen Befestigungsanlagen in der Falle.

Im ersten trüben Licht des neuen Tages ließ Cäsar seine Befehlshaber zu sich kommen. Sie trafen sich vor den Resten seines Zelts, um zu diskutieren, wie sie den Verlust der teutonischen Söldner ausgleichen konnten.

Labienus nahm an der Besprechung ebenso teil wie Tulius, Galba, Trebonius, Antonius, Glavius, der junge Brutus und ein halbes Dutzend andere. Nur Gallius präsentierte eine Idee, die Cäsar jedoch absurd fand.

»Eine weitere Barriere.«

»Ihr wollt die Teutonen durch eine *Palisade* ersetzen?«, fragte Labienus. »Warum grabt Ihr keinen Kanal zum Mittelmeer, um Galeeren hierher segeln zu lassen?«

Alle lachten, bis auf Gallius und Cäsar.

»Bitte beschränkt Euch auf die technischen Angelegenheiten, mit denen Ihr Euch bestens auskennt, Gallius«, sagte Cäsar gereizt. »Überlasst die Strategie, von der Ihr nichts versteht, den Stabsoffizieren!«

»Wir sollten die Stadt jetzt stürmen«, meinte Labienus. »Wir können sie erobern, bevor die Gallier Gelegenheit bekommen, ein neues Heer aufzustellen.«

»Und was dann?«, fragte Galba. »Dann sitzen wir in der Stadt fest.«

»*Falls* jemals eine zweite Streitmacht eintrifft.«

»Warum plündern wir die Stadt nicht und brennen sie wie Avaricum nieder?«

Die Beratungen dauerten an, und Junius Gallius sah, dass Cäsar keinen Gefallen daran fand, wozu er auch allen Grund hatte. Diese *Generäle* hielten den Krieg für einen Wettstreit, bei dem es in erster Linie auf kämpferisches oder taktisches Geschick ankam, wie bei den Olympischen Spielen der Griechen oder den Schaukämpfen in einer Arena – oder wie bei den Vorgängen im Senat. Man werfe dem Feind Soldaten entgegen und überwältige ihn; man überliste den gegnerischen General mit der eigenen Schlauheit. Für sie basierte Roms Macht auf ihrer Strategie sowie der Anzahl und Disziplin ihrer Legionen.

Gallius wusste es besser.

Die Perser und Barbaren hatten größere Heere, und ihre Generäle waren bestimmt nicht dümmer als diese Befehlshaber. Trotzdem war es Rom gelungen, sie zu schlagen. Mit der überlegenen römischen Militärtechnik. Die immer besser wurde, Jahr für Jahr, Krieg für Krieg. Katapulte. Ballisten. Mobile Belagerungstürme. Griechisches Feuer, vor dessen Perfektionierung Gallius stand. Selbst während des Vormarsches bauten römische Techniker Palisaden und umgaben sie mit Gräben. Bei den Galliern hingegen gab es überhaupt keine Militärtechniker.

Der Krieg war eine *Kunst*, und überlegene Militärtechnik errang jedes Mal den Sieg. *Hier* lag die Zukunft des Krieges. *Dies* war der Grund, warum Rom über all jene herrschen würde, die nicht einmal das Konzept begriffen. Gallius empfand es meistens als Vergnügen, für Cäsar zu arbeiten, denn Cäsar verstand dies alles, im Gegensatz zu den anderen Befehlshabern.

Doch derzeit ließ er seine Generäle endlos schwatzen. Die Falten fraßen sich tiefer in Cäsars Stirn, und der rechte Fuß klopfte ungeduldig auf den Boden, Hinweis darauf, dass sich sein Ärger allmählich in Zorn verwandelte. Gallius hielt den Zeitpunkt für gekommen, es noch einmal zu versuchen.

»Eine zweite Barriere!«, rief er.

»Ich habe deutlich darauf hingewiesen, dass Ihr Euch nicht einmischen sollt, Gallius!«, erwiderte Cäsar scharf.

Gallius nahm seinen ganzen Mut zusammen und rief noch lauter: »Eine uneinnehmbare Festung!«

»*Was?*«, brachte Cäsar hervor, und Gallius seufzte erleichtert.

»Ich habe es Euch die ganze Zeit über klar zu machen versucht, Cäsar«, sagte er. »Eine Festung, für die Gallier in Alesia ebenso unbezwinglich wie für eine Streitmacht, die von draußen kommt.«

Er griff nach einem Zweig und warf eine grobe Skizze auf den Boden.

»Seht hier!«

Ein Kreis entstand.

»Alesia ...«

Gallius zeichnete einen größeren Kreis darum.

»Unsere gegenwärtigen Befestigungsanlagen ...«

Außerhalb des zweiten Kreises stocherte er mit dem Zweig im Boden.

»Die derzeitigen Positionen unserer Truppen ...«

Gallius fügte der Darstellung einen dritten Kreis hinzu, der alles umgab.

»Eine doppelte Palisade, dazwischen unser ganzes Heer!«, entfuhr es Cäsar. »Und Alesia im Zentrum gefangen!«

Gallius nickte.

Endlich hatte Cäsar begriffen.

»Aber *wir* säßen darin fest!«, klagte Labienus.

»Nein«, widersprach Cäsar. Er hatte verstanden, dass Gallius' Idee die sicherste Lösung war. »Nicht solange das Entsatzheer ein Phantom bleibt. Und wenn es tatsächlich kommt, entspricht es sicher unserem Wunsch, im Innern einer uneinnehmbaren Festung zu sein.«

»Während der eigenen Belagerung belagert«, sagte Labienus. »Das gefällt mir nicht.«

»Ich habe keine bessere Idee von Euch gehört, Labienus«, erwiderte Cäsar.

»Wie wollt Ihr unsere Kavallerie einsetzen, wenn Ihr sie zwischen zwei Barrieren einsperrt? Denkt daran, wie es Vercingetorix erging!«

»Was würdet Ihr mit der Kavallerie anstellen, Labienus?«

»Ich würde den Teutonen nachreiten und sie zurückbringen, damit sie an unserer Seite kämpfen.«

»Und wie wollt Ihr das Kunststück vollbringen?«

Labienus' Gesicht verriet ein wenig Unsicherheit.

»Ich ... nun, ich würde die Teutonen so sehr beschämen, dass sie bereit sind, uns zu helfen.«

»Wie wollt Ihr so etwas bewerkstelligen?«, fragte Galba.

»Sie halten sich für furchtlos. Ich würde ... ihren Mut in Frage stellen, indem ... indem ich der zweiten gallischen Streitmacht entgegenreite ...«

»Was den sicheren Tod bedeuten würde!«, warf Trebonius ein.

»Genau!«, bestätigte Labienus, und Cäsar beobachtete, wie er leidenschaftlicher wurde. »Wenn die Teutonen nicht bereit wären, mir zu folgen, stünden sie wie Feiglinge da, die weitaus weniger ehrenvoll sind als Römer!«

Cäsar dachte darüber nach. Wenn jemand so etwas schaffen konnte, dann Labienus. Und selbst wenn es ihm nicht gelang, in einem Punkt hatte er recht: Zwischen den Palisaden nützte die Kavallerie tatsächlich nichts.

»Versucht es, Labienus, wenn Ihr möchtet, und versprecht den Teutonen so viel Geld, wie Ihr wollt«, sagte Cäsar und wandte sich dann wieder an Gallius. Je länger er über den Vorschlag des Cheftechnikers nachdachte, desto eleganter, unfehlbarer und *römischer* erschien er ihm.

»Wie lange würde es dauern, so etwas zu bauen, Gallius?«

»Die Basiskonstruktion? Sie nähme weitaus weniger Zeit in Anspruch, als die Gallier brauchen, um ein neues Heer aufzustellen und es hierher zu bringen«, antwortete Gallius. »Aber die Erweiterungen …«

»Erweiterungen …?«

Gallius nickte glücklich und fertigte neue Zeichnungen auf dem Boden an. »Wir brauchen Türme mit leichten Katapulten und Ballisten auf ihnen. Die schweren Exemplare müssen im Innern der Festung auf Plattformen positioniert werden, damit sie ihre Lasten über die Palisaden schleudern können – die entsprechenden Berechnungen sind bestimmt nicht einfach. Wir brauchen mehr Kessel für das kochende Pech, und wir müssen einen unterirdischen Aquädukt bauen, der die Ose ein Stück flussaufwärts anzapft und das Wasser hierher leitet, falls die Gallier versuchen, den Fluss zu stauen; vielleicht sollten wir auch einige Brunnen anlegen. Ich möchte so viele mobile Barrikaden bauen wie möglich, um den Zugang zum Fluss zu blockieren und eventuell entstehende Lücken zu schließen …«

»Was ist mit Bädern und einem Theater für die Unterhaltung?«, fragte Cäsar trocken.

Gallius richtete einen humorlosen Blick auf ihn.

»Haltet Ihr das wirklich für nötig, Cäsar?«, erwiderte er. »Es wäre sinnvoller, zuerst eine ordentliche Kanalisation zu installieren.«

Dünner, nebelähnlicher Regen hing in der Luft, als Vercingetorix und Cottos auf dem höchsten Turm des Schutzwalls von Alesia standen und beobachteten, wie das römische Heer, eine geordnete Formation nach der anderen, in ihre riesige und sonderbare Festung marschierte.

»Was hat das zu bedeuten?«, fragte Cottos nicht zum ersten Mal, seit die Römer mit dem Bau begonnen hatten. »Was machen sie da?«

Und nicht zum ersten Mal verzichtete Vercingetorix darauf, seine Gedanken in Worte zu fassen. Und nicht zum ersten Mal fühlte er Ehrfurcht. Kein Gallier wäre in der Lage gewesen, sich das vorzustellen, was die Römer fertig gebracht hatten, und etwas in Vercingetorix begegnete der Macht Roms mit widerstrebender Bewunderung. Er ahnte, dass diese Macht auf etwas jenseits der Legionen zurückging, aber worum genau es sich bei jenem »Etwas« handelte, das wusste er nicht.

Die Römer hatten mehr als nur eine Festung gebaut. Die Konstruktion verdiente eher die Bezeichnung »Stadt«, denn immerhin umgab sie eine. So sehr Vercingetorix auch versuchte, die Vorstellung aus sich zu verbannen – immer wieder dachte er daran, dass die Römer ein Großes Rad geschaffen hatten.

Das Große Römische Rad enthielt eine kreisförmige römische Stadt, gebieterisch in den Boden Galliens gepflanzt. Eine Stadt aus Zelten, Schuppen und Schmieden, aus Katapulten, Ballisten und Arsenalen, mit einem römischen Heer als Bevölkerung. In der Mitte dieses Rads – und zwergenhaft im Vergleich mit ihm – befand sich Alesia. Vercingetorix befürchtete, dass ganz Gallien dazu verurteilt war, neben dem größeren Rad namens Rom zwergenhaft zu erscheinen.

Das Große Römische Rad hatte keine Speichen. Zwischen seinem Rand und der Stadt erstreckte sich leeres Land, dessen Gras allmählich braun wurde.

Als Vercingetorix es betrachtet, scheint sich das Große Rad zu drehen, und eine erbarmungslose Sonne erhebt sich über eine Ödnis, in der sich nur einige skelettartige Gestalten bewegen. Sie kriechen an zahllosen Leichen vorbei, die so ausgezehrt sind, dass sie mumifiziert sein würden, bevor sie verwesen können.

Das Große Rad dreht sich, aber Alesia dreht sich nicht mit ihm, und die Mauern der Stadt zerbrechen. Feuer fällt auf die Stadt der Gallier, auf das Land der Gallier, verbrennt es braun und schwarz, ersetzt das Zerstörte durch steinerne Straßen und Gebäude aus Marmor, durch Arenen, Brunnen und Kolonnaden, durch Gladiatoren, Legionäre und Sklaven.

Durch das, was Rom ist.

»Was machen wir jetzt, Vercingetorix?«, fragte Cottos. »Die Lebensmittelvorräte gehen zur Neige. Vielleicht *sollten* wir uns ergeben.«

Ein Blinzeln befreite Vercingetorix von der grausamen Vision eines Zeitalters, das nicht Gallien gehörte, sondern Rom.

»Uns ergeben?«, wiederholte er. »*Dem* dort?«

»Glaubt Ihr, Cäsar würde kein Erbarmen zeigen?«

»*Cäsar* könnte durchaus gnädig sein«, sagte Vercingetorix. Wenn er den Sieg erringt, um damit triumphierend nach Rom zurückzukehren, so ließe er die Bewohner von Alesia vielleicht am Leben, weil es keinen Grund gäbe, sie zu töten. Aber sie wären dann keine Gallier mehr.

»*Rom* wird Gallien nicht am Leben lassen«, sagte er zu Cottos. »Denn Rom ist ein Großes Rad, das sich dreht, wie ein Mühlstein alles unter sich zermalmt, Felsen so zu Mörtel zermahlt wie Korn zu Mehl, damit alles ihm gleicht.«

»Das habt Ihr in einer Vision gesehen?«

»Ja«, sagte Vercingetorix und deutete zum Großen Römischen Rad, zum unerbittlichen Mühlstein aus Menschen, Waffen und Kriegsmaschinen, der sie umgab. »Und auf eine solche Vision hätte ich lieber verzichtet.«

Tag und Nacht fielen Steine vom Himmel – hier ein Hagel aus faustgroßen Brocken, der die Glücklichen erschreckte und jene verletzte, die Pech hatten, dort ein Felsen, der einen Mann erschlug, eine Frau, ein Kind, ein ganzes Haus zertrümmerte. Sie waren nicht vorherzusehen, und man konnte ihnen ebenso wenig ausweichen wie einem plötzlichen Unwetter oder der Launenhaftigkeit der Götter.

Die römischen Katapulte ließen auch Feuer auf die Stadt regnen, allerdings weniger großzügig. Amphoren, die auf Plätzen und den breiteren Straßen zerplatzten, richteten nur wenig Schaden an, aber wenn sie Häuser, Marktbuden oder die fast leeren Kornkammern trafen, konnte ein ganzes Viertel in Flammen aufgehen – die Römer hatten die Ose umgelenkt, und das Wasser der Brunnen war zu kostbar, um es für das Löschen von Feuern zu verwenden.

Seit einiger Zeit katapultierten die Römer auch tote Tiere über den Schutzwall von Alesia: Pferde, Schweine, Hunde, ganze Kadaver oder Teile davon. Die hungrigen Karnuten, die sich den freigebigen Geschenken Cäsars zuwandten, mussten feststellen: Die Römer hatten das Fleisch tagelang faulen lassen, vielleicht in Wasser, sodass es voller Maden steckte. Wer dem Hunger nachgab und davon aß, starb nach kurzer Zeit. Und selbst von denen, die das verfaulte Fleisch nicht anrührten, fielen manche schrecklichen Krankheiten zum Opfer.

Vercingetorix hatte es sich zur Angewohnheit gemacht, mit dem Stab des Erzdruiden durch die Stadt zu wandern und den Hungernden Gesellschaft zu leisten, um den Bewohnern von Alesia zu zeigen, dass er die Gefahr so mit ihnen teilte wie sein Heer die mageren Rationen. Vielleicht hoffte er, ihnen Mut zu machen, indem er sie an die Druidenmagie erinnerte, die das Heer Galliens gerettet und die Teutonen verscheucht hatte.

Doch die Hoffnung schwand immer mehr, als die Belagerung andauerte. Mit jedem Tag wurden die Rationen kleiner und gaben die Brunnen weniger Wasser. Immer deutlicher zeigten die Alesianer den Kriegern fremder Stämme ihren Verdruss und ihre Ablehnung.

Als die Sonne an diesem Abend jenseits der albtraumhaften Straßen von Alesia unterging – hier und dort brennende Lagerfeuer warfen einen flackernden, blutroten Schein auf Schutt und Elend –, spürte Vercingetorix, dass der Stab des Erzdruiden mehr ein schützender Talisman als ein von den Karnuten respektiertes Zepter war. Wohin er auch ging, überall wich man seinem Blick aus. Und wenn jemand nicht schnell genug zur Seite sah, um das zu verbergen, was in seinen Augen geschrieben stand, so erkannte Vercingetorix nicht Ehrfurcht, Kameradschaft oder Hoffnung, sondern Furcht und Hass.

Konnte er es ihnen verdenken?

An diesem Tag hatte er beobachtet, wie sich kleine Kinder um ein schimmeliges, hartes Stück Brot stritten – der Sieger schlang es hinunter, während er die anderen mit einem Messer bedrohte. Er hatte eine alte Frau gesehen, die mit einem Stock eine Katze erschlug. Er war Zeuge geworden, wie ein Mann einen Hund erwürgte. Vier andere hatten einen gebraten, über der glühenden Asche eines niedergebrannten Hauses, und gierig rissen sie noch halb rohe Brocken ab.

Und jetzt sah Vercingetorix, wie ein Mann mit irrem Blick eine zappelnde Ratte am Hals hielt, sie mit dem Messer aufspießte und das quiekende Tier in die Flammen einer brennenden Marktbude hielt. Neben ihm kniete eine Frau und sabberte.

»Wo ist dein berühmtes Entsatzheer, *König Vercingetorix?«*, fragte der Mann verächtlich. »Ich bin ein loyaler Gallier, und als Beweis spare ich den Schwanz für jene feigen Mistkerle auf!«

»O nein, ausgeschlossen!«, heulte die Frau. »Selbst die *Hoden* enthalten zu viel Fleisch, um es auf diese Weise zu vergeuden! Wir schneiden den Kriegern die Eier ab und essen sie, wenn das Heer kommt!«

»Ich schätze, da braucht niemand den Verlust seiner Männlichkeit zu befürchten, oder?«

Die Zungenfertigkeit ließ Vercingetorix im Stich, und er stahl sich fort, wie einer der Köter, die in den Ruinen umherschlichen. Vielleicht, so dachte er, wanderte er durch die Straßen, um die Götter, das Schicksal oder die Römer herauszufordern, ihn mit einem Felsen oder Feuer vom Himmel zu töten.

Ihn, der …

Es zischte über Vercingetorix, und unmittelbar darauf krachte es hinter ihm. Ruckartig drehte er sich um.

Dutzende von scharfkantigen Steinen, jeder mindestens so groß wie der Kopf eines Menschen, waren auf den Mann, die Frau und die bratende Ratte herabgestürzt, um ihnen einen jähen Tod zu bringen, dort, wo Vercingetorix *eben noch gestanden hatte.*

Er, den das Schicksal dazu bestimmt hatte, nicht auf gallischem Boden zu sterben.

Ein Tisch war im Innenhof von Cottos' Haus aufgestellt worden, und dort, im Schatten der großen Eiche, saßen Vercingetorix, Marah, Rhia, Critognat und Cottos bei der einzigen Mahlzeit dieses Tages. Vercingetorix' Herz verspürte keinen Appetit auf die Hand voll gekochter Hirse, die ihm sein Teller anbot, aber der knurrende Magen befahl ihm, sie zu essen.

Es waren nicht etwa die kleine Portion und der fade Geschmack der Speise, die seinen Gaumen so sehr beleidigten, sondern der grimmige Kontrast zwischen blauem Himmel, hellem Sonnenschein und würdevoller Eiche einerseits sowie dem Brandgeruch, Gestank von Zerstörung und Tod andererseits, der selbst hier die Luft erfüllte. Das Haus bewahrte Vercingetorix und die anderen vor dem Anblick des Entsetzens in der Stadt, doch übers Dach hinwegziehende Rauchwolken und das Fauchen römischer Geschosse erinnerte immer wieder daran.

»Das ist alles für heute?«, fragte Marah.

Cottos nickte bedrückt. »Morgen gibt es noch weniger, und noch weniger übermorgen, bis …« Er sprach den Satz nicht zu Ende und zuckte mit den Schultern.

Doch Vercingetorix musste Bescheid wissen. »Wie lange dauert es, bis die Vorräte vollständig verbraucht sind?«, fragte er.

»Tage, nicht Wochen.«

»Wir hätten die Pferde schlachten und ihr Fleisch räuchern sollen«, brummte Critognat.

»Ihr wart doch bereit, eher Scheiße zu essen, wenn ich mich recht entsinne«, sagte Vercingetorix.

Critognat nahm die gekochte Hirse mit einer Hand vom Teller, drückte zu und formte ein Objekt aus ihr, das an einen Pferdeapfel erinnerte. »Ist dies besser?«, fragte er. »Vielleicht sollten wir …«

Er zögerte, offenbar erschrocken von dem Gedanken, der ihm durch den Kopf ging.

»Vielleicht sollten wir *was?«*, fragte Rhia.

»Alle töten, die nicht kämpfen können, und *ihr* Fleisch essen!«, platzte es aus Critognat heraus.

»Das kann doch nicht Euer Ernst sein!«, entfuhr es Cottos.

»Er hat nicht ganz Unrecht«, sagte Vercingetorix. »Wir können keine Nahrung mehr für sie erübrigen …«

»Das soll doch wohl nicht heißen …«

»Natürlich nicht!«, erwiderte Vercingetorix rasch, als die anderen empörte Blicke auf ihn richteten. Doch Critognats nicht ernst gemeinter Vorschlag konnte trotzdem zu einer Lösung führen.

»Wir können die Frauen, Kinder und kampfunfähigen Männer

nicht *essen*«, sagte er. »Aber es bleibt uns nichts anderes übrig, als sie Cäsar und seiner Gnade zu überlassen.«

»Cäsar!«, brachte Marah hervor.

»Wenn sie hier bleiben, verhungern sie innerhalb einer Woche, und wir mit ihnen«, sagte Vercingetorix kühl. »Wenn wir sie aus der Stadt schicken, haben sie wenigstens eine *kleine* Chance.«

»Und wir können doppelt so lange durchhalten«, fügte Rhia hinzu.

»Glaubst du wirklich, dass Cäsar ihnen zu essen gibt?«, fragte Marah.

»Warum nicht?«, erwiderte Vercingetorix bitter. »Wir sind nur Barbaren, aber Rom ist eine aufgeklärte Zivilisation, nicht wahr? Und Cäsar ist ein großer Mann ...«

»Wir sollten jetzt angreifen, solange wir noch kräftig genug sind, und wie Helden sterben!«, erklärte Critognat.

»Nein, Critognat, wir wären nicht als Helden gestorben, wenn ein Heer zu unserer Rettung kommt und dann auf unseren Leichen gegen die Römer kämpfen muss.«

»Glaubt Ihr noch immer, dass ein Heer unterwegs ist?«, fragte Cottos skeptisch.

Vercingetorix überlegte, wählte seine Worte mit besonderer Sorgfalt und suchte nach einer Wahrheit, die seine Gefährten nicht entmutigte, denn sie verdienten mehr als eine zungenfertige Lüge.

»Es spielt keine Rolle, was *ich* glaube«, sagte er schließlich. »*Cäsar* befürchtet ganz offensichtlich, dass uns eine Streitmacht zu Hilfe kommt, denn warum sonst hätte er eine so große Befestigungsanlage bauen sollen? Manchmal erfordert es mehr Mut, für eine Sache zu leiden, als für sie zu sterben.«

»Wie schrecklich!«, stöhnte Tulius.

»Aber was bedeutet es?«, fragte Brutus.

»Es bedeutet, dass ihnen Lebensmittel und Wasser ausgehen«, sagte Cäsar. »Die Frage ist: Was unternehmen wir jetzt?«

Sie standen auf einem dem Stadttor zugewandten Turm, und von dort aus hatte Cäsar einen guten Blick auf das gespenstische Spektakel. Tausende von Galliern wankten und stolperten über das freie Land zwischen dem Schutzwall von Alesia und der inneren Palisade. Die Kühneren oder Hungrigeren unter ihnen krochen durchs Gras, auf der Suche nach essbaren Wurzeln, vielleicht auch nach Würmern und Käfern. Weitere Gallier kamen durchs Tor, doch der Exodus schien inzwischen seinen Höhepunkt erreicht zu haben.

Frauen, Kinder, alte Männer, Kranke, Lahme, Blinde. Cäsar verstand sofort, worum es Vercingetorix ging, denn er sah nicht einen einzigen Krieger, nicht einen einzigen kampffähigen Mann.

»Warum müssen wir *irgendetwas* unternehmen?«, fragte Tulius.

»Selbst unsere Untätigkeit würde etwas bewirken«, sagte Cäsar. »Wenn wir nichts unternehmen, verhungern all die Menschen dort, und zwar vor den Augen der Krieger in Alesia.«

»Bestens dazu geeignet, die Moral der Truppe zu verbessern«, kommentierte Tulius sarkastisch.

»Und wenn wir ihnen allen zu essen geben?«, fragte Brutus.

»Das ist völlig ausgeschlossen«, entgegnete Cäsar. »Wir müssen sparsam mit unseren Vorräten umgehen, für den Fall, dass ein zweites gallisches Heer eintrifft und *uns* belagert. Die Frage ist, wie viel Mitleid können wir uns leisten?«

»Bei Avaricum habt Ihr Euch diese Frage nicht gestellt«, sagte Brutus unbesonnen.

»Avaricum war eine Gräueltat, die aus strategischen Gründen begangen wurde«, erwiderte Cäsar kühl. »Sie mag erbarmungslos gewesen sein, aber es steckten rationale Überlegungen dahinter. Nur ein Wahnsinniger oder ein menschliches Ungeheuer stellt Scheußliches an, dem jeder Sinn fehlt.«

Woran ich mich in diesem barbarischen Land immer wieder erinnern sollte, ermahnte sich Cäsar. In einem Krieg gegen Barbaren mögen barbarische Maßnahmen unumgänglich sein, aber jetzt, da der Krieg fast gewonnen ist, wäre eine Geste der Gnade besser als weitere Grausamkeiten. Natürlich sollte ich dabei nicht zu weit gehen, denn sonst könnte man Erbarmen mit Schwäche verwechseln. Und vielleicht lässt sich aus der Gnade auch ein Nutzen ziehen.

»Schick Gruppen los, die eine Auswahl treffen, Tulius«, sagte

Cäsar. »Wir geben den Frauen zu essen, die jung und attraktiv genug sind, um auf dem Sklavenmarkt einen guten Preis zu erzielen – in der Zwischenzeit können sie den Legionären gefällig sein. Lass auch Handwerker und andere Leute auswählen, die sich als Sklaven verkaufen lassen.«

»Und die Kinder?«, fragte Brutus, wobei seine Stimme fast flehentlich klang.

»Nutzlose Mäuler, die es zu stopfen gilt?«, erwiderte Cäsar. Der arme Brutus erwartete entsetzt die nächsten Worte.

Cäsar lachte. »Na schön, um deinetwillen. Ich gebe auch den gesunden Kindern zu essen, Brutus. Wenn wir sie bei Kräften halten, sollte es möglich sein, sie den Sklavenhändlern zu verkaufen.«

Aber die Besten, Klügsten und Fügsamsten unter ihnen schicken wir zur Schule, um romanisierte Gallier aus ihnen zu machen. Sie sollen die Provinz später verwalten und die Lehrer der nächsten Generation sein, um diese noch römischer werden zu lassen.

»Ihr seid kein so harter Mann, wir Ihr vorgebt, Cäsar«, sagte Brutus.

»Ich bin so hart oder weich, wie es die Umstände verlangen, mein junger Freund. Nur ein Rohling oder ein Narr – oder beides – wäre es nicht.«

»Und die anderen?«, fragte Brutus. »Die Alten, Kranken und Krüppel?«

Cäsar dachte sorgfältig darüber nach. Natürlich konnte er ihnen nicht zu essen geben. Die Frage lautete: Wo sollte er sie verhungern lassen? Wenn er sie in Sichtweite der Stadt sterben ließ, so litt die Moral der gallischen Krieger darunter, und vielleicht kam es sogar zum Streit zwischen Vercingetorix und einer Gruppe, die die Verhungernden wieder in Alesia aufnehmen wollte. Aber wahrscheinlich bestärkte es die Belagerten auch in ihrem Widerstandswillen. Wenn er ihnen gestattete, die Palisaden zu passieren, wenn sie irgendwo draußen auf dem Land starben … Für die Gallier in der Stadt mochte es entmutigender sein, das Schicksal der Alten und Schwachen *nicht* zu kennen. Die griechischen Dramaturgen wussten es genau: Schlimmer als der Schrecken, den man auf der Bühne sieht, ist jener hinter den Kulissen, den das Auge der Phantasie beobachtet.

Welche Entscheidung hätte Alexander getroffen?

Er hätte den Gordischen Knoten zerschlagen.

»Wir überlassen ihnen die Wahl«, sagte Cäsar. »Wir geben denen, die ihr Glück auf dem Land versuchen wollen, eine Stunde Zeit, um unsere Befestigungen zu passieren. Wer nach Ablauf dieser Frist noch hier ist, kann versuchen, von Vercingetorix Essen zu erbetteln. Sollen die Götter entscheiden. Wer auf dem Land überlebt, erzählt die Geschichte von Cäsars Gnade. Und die anderen, die mithilfe von Käfern und dem Fleisch ihrer gestorbenen Landsleute überleben, können von Vercingetorix' Grausamkeit berichten.«

»Und der Rest ...?«, brachte Brutus entsetzt hervor.

Cäsar zuckte mit den Schultern. »Der Rest«, sagte er, »bekommt keine Gelegenheit, irgendetwas zu erzählen.«

Die Sterne waren kaum sichtbar. Der Rauch von zahlreichen Feuern, die jenseits der Wände von Cottos' Villa brannten, dämpfte ihr Licht. Die einzigen Geräusche stammten von den herabfallenden Steinen und Amphoren der Römer und dem Knacken und Knirschen, mit dem die Überbleibsel abgebrannter Gebäude einstürzten. Hunde, Katzen und Vögel waren längst verschwunden. Marah saß allein am Tisch unter der Eiche, und ihr sehnsüchtiger Blick glitt über den Hof, zur geschlossenen Tür von Vercingetorix' Zimmer.

Eine Tür öffnete sich, aber es war nicht seine, sondern die Rhias. Sie trug ihre Rüstung und das Schwert, doch keinen Helm, überquerte den Hof und nahm unaufgefordert neben Marah Platz.

»Es bleibt nur noch wenig Zeit«, sagte Rhia. »Warum sitzt du hier allein? Warum gehst du nicht zu ihm?«

»Weil er mich nicht haben will!«, erwiderte Marah verärgert. »Er möchte *dich!* Warum gehst *du* nicht zu ihm?«

»Das ist nicht der Grund, warum er dich zurückweist.«

»Streitest du ab, dass er dich begehrt?«

»Nein.«

»Leugnest du, dass du ihn begehrst?«

»Nein.« Rhia mied Marahs Blick. »Die Wahrheit ist: Er begehrt uns beide. Und uns verlangt es nach ihm. Aber ich kann ihn nicht bekommen, und er muss auf mich verzichten.«

»Liegt es an dem dummen Bluteid?«

Rhia senkte den Kopf und nickte.

»Weil dich der Schwur zur Jungfräulichkeit verpflichtet?«

Die Kriegerin nickte erneut.

»Nun, ich habe nichts dergleichen geschworen!«, stieß Marah hervor. »Wenn er mich wirklich will, kann er mich haben. Warum also ...«

»Er ist ...«, flüsterte Rhia.

»*Was?*«

Rhia zögerte, kaute kurz auf der Unterlippe, hob den Kopf und begegnete Marahs ungläubigem Blick.

»Vercingetorix ist unberührt«, sagte sie schließlich.

»*Vercingetorix hat sich zur Enthaltsamkeit verpflichtet?*«, fragte Marah. »Das glaube ich nicht!«

»Aber in gewisser Weise stimmt es.«

Marah musterte Rhia mit einer Mischung aus Skepsis und Unverständnis.

»Vercingetorix hat keinen Schwur geleistet«, sagte Rhia. »Aber wir beide haben als Bruder und Schwester des Schwertes einen Bluteid abgelegt, der uns verpflichtet, *meine* Jungfräulichkeit zu achten. Während wir gemeinsam kämpfen und sogar Seite an Seite schlafen. Auf diese Weise teilen wir des Kriegers Kraft. Ich glaube, in seinem Herzen hat Vercingetorix, ohne es zu wissen, den stummen Eid geschworen, die Macht seiner eigenen Unberührtheit so lange zu bewahren, wie es das Schicksal erfordert.«

Marah stöhnte und schüttelte den Kopf. »Du verstehst nicht viel von Männern, oder?«

»Ich erhebe keinen Anspruch auf deine ... römische Kultiviertheit.«

»Man braucht nicht von einem Meister in den erotischen Künsten unterwiesen worden zu sein, um zu begreifen: Wenn man Bluteide und magische Macht einmal beiseite lässt, so bleibt nur der Umstand, dass Vercingetorix allein aus Angst unberührt geblieben ist.«

»Angst!«, entfuhr es Rhia. »Nie habe ich einen furchtloseren Mann im Kampf gesehen!«

Marah lachte. »Vercingetorix übt Enthaltsamkeit, weil er sich davor fürchtet, eine Frau zu lieben, noch dazu eine, die *keine* Angst davor hat. Es liegt zum größten Teil daran, *dass* er der große Anführer von Kriegern ist. Furchtlos im Kampf! Befehlshaber des Heers von Gallien! Vom Schicksal dazu auserwählt, König zu sein! Vielleicht hast selbst du bemerkt, dass den Männern ihr Stolz am wichtigsten ist.«

»Es ist mir dann und wann aufgefallen«, erwiderte Rhia.

»Nun, dann stell dir einen Mann vor, der Grund hat, auf viele Dinge stolz zu sein. Stell dir vor, was er empfindet, wenn *er* daran denkt, nackt vor einer Frau zu stehen und zugeben zu müssen, in der Kunst der Liebe völlig unerfahren zu sein. Er fühlt sich wie ein Mädchen, dem man ein Schwert in die Hand drückt und es gegen Herkules in den Kampf schickt.«

»Es gibt auch einige Dinge, von denen *du* nichts verstehst«, sagte Rhia kühl.

»Zweifellos«, entgegnete Marah. »Aber *eins* ist mir jetzt klar geworden. Vercingetorix hat mich nicht etwa deshalb zurückgewiesen, weil er mich nicht will, sondern weil er den Moment fürchtet, in dem er seine Unerfahrenheit eingestehen muss.«

Rhia schüttelte den Kopf, erhob sich, griff nach Marahs Händen und zog sie auf die Beine. »Eine Frau wie dich verstehe ich nicht, Marah, und vielleicht möchte ich das auch gar nicht«, sagte sie. »Möglicherweise liegt mir nicht einmal etwas daran, Vercingetorix ganz zu verstehen. Aber ich weiß: Das Ende steht kurz bevor, und du solltest zu ihm gehen, solange du noch Gelegenheit dazu hast.«

Rhia zog die sich nicht sträubende Marah über den Hof zum Zimmer von Vercingetorix.

»Das sollte ich wohl, nach dem, was ich jetzt weiß«, sagte Marah. »Aber ich verstehe dich ebenso wenig wie du mich. Du liebst ihn, nicht wahr?«

»Von ganzem Herzen …«

»Aber warum …«

Sie erreichten die geschlossene Tür, und Rhia ließ Marah los.

»Ich bin seine Blume, dazu bestimmt, unberührt zu sterben«, sagte sie. »Aber du sollst seine Frucht tragen. Ich bitte dich nur um eins …«

Sie zögerte.

»Gib ihm dies von mir«, fügte sie hinzu und küsste Marah zärtlich auf die Lippen.

Marah starrte Rhia schockiert an, musterte sie dann noch etwas länger, lange genug, um Tränen in ihre Augen treten zu lassen. Sie griff nach den Händen der Kriegerin.

»Nein«, sagte sie. »Können wir nicht für eine Nacht die beiden Frauen sein, die ihn lieben, nicht mehr und nicht weniger?«

Sie zog Rhia zu sich heran und küsste sie ebenfalls. »Komm mit und gib ihm deinen Kuss selbst.«

Gemeinsam öffneten sie die Tür.

Hand in Hand traten sie ein.

Die Tür des Zimmers öffnete sich und weckte Vercingetorix aus den düsteren Träumereien im dunstigen Grenzland zwischen Wachen und Schlafen. Zuerst dachte er, dass jemand gekommen war, um ihn nach draußen zu rufen, aber dann sah er die Silhouetten der beiden Frauen, die Hand in Hand im Mondschein standen, und da glaubte er, aus der Welt des Haders in die Sphäre der Freude aufgestiegen zu sein.

Als sie näher kamen, am Rande des Bettes stehen blieben und auf ihn herabsahen, erkannte er Marah und Rhia, und da wusste er nicht, wo er war. Und als sie rechts und links von ihm Platz nahmen, als Marah ihn sanft auf die Lippen küsste und die dünnen Schnüre seines Hemds löste, stellte er fest, dass das Wo keine Rolle mehr für ihn spielte.

»Was hat das zu bedeuten?«, fragte er, als Marah das Hemd fortzog. Er verspürte einfach das Bedürfnis, irgendetwas zu sagen.

»Dies ist die natürlichste Sache der Welt«, erwiderte Marah.

Und in der wachen Welt stimmte das natürlich, denn andernfalls hätte es keine Männer und Frauen gegeben, die sie bewohnten. Unnatürlich war seine Leugnung dieser einfachen Wahrheit, die selbst das geringste aller Tiere kannte.

»Zwei ... zwei Frauen und der Mann, den sie beide lieben«, sagte Rhia. Deutete der raue Klang ihrer Stimme auf Widerstreben hin, oder vielleicht sogar auf eine Furcht, die diese Kriegerin nie zuvor gezeigt hatte?

Und wenn es Furcht war, so mochte der erforderliche Mut, sich neben ihn zu legen und ihn zu küssen – zögernd erst, dann fast grob, vielleicht weil sie nicht wusste, wie man es richtig machte, aber doch so, wie eine Frau einen Mann küssen sollte –, größer sein als jede Tapferkeit, die sie jemals im Kampf gezeigt hatte.

Je größer die Magie, desto größer der Preis, den man dafür bezahlen musste. Er begann nun zu verstehen, welch schrecklicher Preis für die Magie bezahlt worden war, von ihm, den der Himmel spöttisch zum Druidenkönig von Gallien auserkoren hatte. Und dieser Preis war nicht nur von ihm bezahlt worden, sondern auch von diesen beiden Frauen, die ihn liebten, jede auf ihre eigene Art und Weise.

Die so teuer erkaufte Magie hatte vielleicht versagt, der Krieg war vielleicht verloren, der Tod mochte nah sein und Gallien dazu verurteilt, zu einer römischen Provinz zu werden. Aber in dieser Nacht, möglicherweise ihrer letzten in der Welt des Haders, hatte Vercingetorix die Macht, den Bann zu brechen, indem er auf die Magie verzichtete.

Indem er sich der natürlichsten Sache der Welt hingab.

Vercingetorix erhebt sich und zieht Marah auf die Beine, und dies muss das Land der Träume sein, denn so etwas hat er noch nie zuvor getan. Zärtlich und mit einer Anmut, die er nicht für möglich gehalten hätte, entkleidet er sie.

Zwar hat er sich dies oft vorgestellt, aber selbst in seinen Traumbildern ist sie nie so wunderschön gewesen wie in der Realität ihrer kleinen Unvollkommenheiten. Er hätte auch nie gedacht, dass sie so hoch aufgerichtet und voller Stolz vor ihm stehen würde, ohne jede Scham.

Und selbst in seinen wildesten Träumen hatte er sich keine Zuschauerin vorgestellt.

Rhia sitzt auf dem Bett, als Kriegerin gekleidet, und mit steinernem Gesicht sieht sie zu ihm auf. In der Welt des Fleisches stellt Vercingetorix fest, dass ihre Anwesenheit seine Erregung verdoppelt, doch in der Welt des Geistes ist er entmannt. Die beiden Frauen und er rühren sich nicht von der Stelle, sind wie erstarrt; weder der erregte Mann der Tat noch der Mann des Wissens mit geteiltem Herzen hat eine Vorstellung, was es jetzt zu tun gilt.

Aber Marah weiß es. Mit einer Hand führt sie Vercingetorix zum Bett zurück, und mit der anderen zieht sie Rhia hoch. Dann kniet sie vor der Frau, die wie ein Mann gekleidet ist, und löst ihr Schwert. Sie nickt Vercingetorix zu, der versteht und damit beginnt, Rhia die Rüstung abzunehmen.

Und dann stehen die beiden Frauen, die er begehrt hat, seit der Knabe zum Mann wurde, hüllenlos vor ihm. Marah mit dem weichen, perfekten Körper und der glatten Haut der Göttin Venus, wie von einem römischen Bildhauer dargestellt. Und Rhia, der vom Kampf gehärtete und narbige Leib einer mächtigen Kriegerin. Beide sind, wenn auch auf unterschiedliche Weise, gleich schön.

Behutsam drückt Marah Vercingetorix aufs Bett, und sanft lenkt sie Rhias Hände, als sie – Rhia das linke Bein und Marah das rechte – die Hose fortziehen. Und da ist Vercingetorix' Männlichkeit ganz deutlich zu sehen, für Marah, Rhia und auch für ihn selbst, auf eine Weise wie noch nie zuvor.

Es scheint auch ganz und gar nicht unnatürlich zu sein, als sich Rhia und Marah neben ihn legen, ihn umarmen, die Brüste an ihn pressen, Gesicht, Nacken, Brust und Brustwarzen liebkosen. Die beiden Frauen küssen ihn praktisch überall, aber er kann sie doch leicht voneinander unterscheiden. Rhias Küsse sind ungekünstelt und kühn wie ein Krieger, der ein unbekanntes Land betritt. Marahs hingegen sind listig, klug und geschickt, jeder einzelne genau platziert, um ihm Lust zu bescheren und ihn noch mehr zu erregen.

Doch dann kommt der Zeitpunkt, der ganz und gar nicht natürlich ist, es ist der unvermeidliche Moment der Wahl zwischen den beiden Frauen, eine Wahl, die Vercingetorix nicht treffen kann, denn ihm scheint, er würde die andere zurückweisen, wenn er sich für die eine entscheidet, und in diesem Augenblick liebt er sie beide, auf verschiedene Weise, aber gleichermaßen.

Marah trifft liebevoll die Wahl für ihn.

Sie greift nach seiner brennenden Männlichkeit, schließt die Hand fest darum, küsst sie mit Lippen und Zunge, bevor sie ihn herumdreht.

»Zuerst musst du ihr dies von mir geben«, sagt sie und schiebt ihn in Rhia hinein.

Als Vercingetorix in seine Schwester des Schwertes eindringt, wird sie weniger und gleichzeitig mehr, eine natürliche gallische Frau, die ihren ersten Geliebten empfängt. Und er verwandelt sich vom Bruder des Schwertes in eben jenen Geliebten. Er weiß, dass es richtig ist, denn der Zauberbann, der sie alle drei gefesselt hat, wird gebrochen durch das Geschenk der Liebe von Marah.

Marah umarmt sie beide, als Vercingetorix seinen Rhythmus findet, als er sie reitet, stark und einfach, während sie Seite an Seite liegen, beide zugleich Pferd und Reiter.

Sie sind jetzt Liebende, bleiben aber auch Bruder und Schwester des Schwertes, Gefährten und Kameraden. Als sich Vercingetorix' Gedanken in Lust auflösen und darüber hinausgehen, erinnert ihn Rhias Duft an den Geruch von warmem Gras und den Schweiß des Kampfes, und vor dem inneren Auge sieht er die tiefen Schatten des Waldes und einen sternenbesetzten Himmel, und er fliegt empor, getragen von Rhias Ekstaseschrei, und er fügt ihm seinen eigenen hinzu.

Als er zurückgleitet in die Welt des Fleisches, in ihre Arme, spürt er, dass etwas schwindet, während der helle Glanz der größten Freude, die er je kennen gelernt hat, zur schwelenden Asche der traurigen Sehnsucht nach einer Welt wird, die er berührt und anschließend für immer verloren hat.

Je größer der Preis, desto größer die Magie.

Aber was bekommt man, wenn der Preis die Magie selbst ist?

»Jetzt musst du ihr geben, was ihr gehört, Vercingetorix«, sagt Rhia. »Ich bin nur die Blume, doch sie soll die Frucht tragen.«

Vercingetorix versteht diese Worte nicht, im Gegensatz zu Marah. »Nein, Rhia«, erwidert sie. »Wenn es eine Frucht geben wird, so ist die Liebe, die den Samen keimen lässt, auch deine.«

Und sie küsst Rhia zärtlich auf die Lippen.

Und Rhia erwidert den Kuss.

Und Vercingetorix gewinnt den Eindruck, das eine neue Magie entsteht.

Die Magie von Frauen, für Männer unverständlich.

Aber für sie bestimmt. Marah küsst ihn, und ihre Zunge erkundet seinen Mund, trinkt aus seiner Seele, so wie Bienen den Nektar von Blumen trinken. Die Zunge stößt weit vor, bis hin zur gesättigten Männlichkeit, gibt ihr auf magische Weise neue Kraft und sorgt dafür, dass sie sich wieder aufrichtet.

Hände, die Vercingetorix nicht sieht, wecken sie erneut; es sind die weichen, wissenden Hände Marahs, ihr sanftes Streicheln, und auch die starken, rauen Hände Rhias, die sich so darum schließen wie um den Knauf eines Schwerts, und gemeinsam schmieden sie sein Metall.

Dann rollt sich Marah auf ihn, und die Hände halten seine Männlichkeit gemeinsam, als Marah aufsteigt und reitet.

Mit Rhia haben sich all die Nächte erfüllt, die sie gemeinsam auf dem duftenden Boden des Waldes verbrachten, unter dem sternenbesetzten Himmel und den Ästen gallischer Eichen, und eine sich auflösende Magie bestimmte sein Empfinden. Bei Marah ergibt er sich widerstrebend und doch voller Verlangen einem Zauber, den er bisher nicht kannte. Er wechselt in eine andere Welt, kostet in ihr etwas, dessen Süße an Schmerz grenzt, eine Ekstase wie die der letzten schicksalhaften Reise aus der Welt des Haders ins Land der Legende.

Als Rhia ihn noch einmal küsst, diesmal aber mit Marahs wissender und geschickter Zärtlichkeit, ahnt Vercingetorix, dass eine gewisse Magie von Marah durch ihn auf Rhia übergeht, von der Welt, die sein wird, zu der Welt, die war, und auch von Rhia auf Marah, von der Welt, die verloren ist, zu der Welt, die kommen wird. Und in diesem Moment werden die drei eins, zu einem Kreis, der sich schließt.

Und als Vercingetorix' Samen aus ihm strömt, weiß er: *Dies* ist der Augenblick, in dem sich das Große Rad dreht, denn alle Gedanken, die den Geist erfüllen, hören auf, und es gibt nur noch ein großes weißes Licht.

XXII

Im Morgengrauen brachen sie wieder auf, und als die Sonne über der fernen Silhouette von Alesia aufgegangen war, blickte sie auf ein großes gallisches Heer hinab, das in breiter Front über die Ebene zog, wie ein der Stadt entgegenflutender Ozean aus Menschen. Fast vierzigtausend Krieger ritten quälend langsam, um fast ebenso viele Männer zu Fuß nicht hinter sich zu lassen, eine bunte Mischung aus Bauern, Stadtbewohnern, Handwerkern, Schmieden, sogar Bettlern. Die Glücklichen unter ihnen waren mit Schwertern, Piken und Äxten bewaffnet, mit Schilden, Helmen sowie Teilen von gallischen und römischen Rüstungen ausgestattet. Der Rest musste sich mit Sensen, Hacken, Heugabeln und ähnlichen Dingen begnügen.

Gallien selbst kam Vercingetorix zu Hilfe.

Litivak ritt in der Mitte vor dem »zweiten Heer Galliens« und wusste sehr wohl, dass die Einheit dieser Streitmacht kaum mehr war als eine Illusion – und damit auch seine Rolle als Befehlshaber. Er ritt nur deshalb an der Spitze, weil die Häduer das größte Kontingent stellten. Jede Stammesstreitmacht folgte der eigenen Standarte, und ihre Anführer ritten vor ihr und nebeneinander; gelegentlich blickten sie zur Seite, um sich zu vergewissern, dass sich niemand erdreistete, ein Stück vor den anderen zu reiten.

Litivak hatte den Befehl über die Häduer nur bekommen, indem er ganz auf den Ehrgeiz verzichtete, sich zum Vergobreten wählen zu lassen. Diesen Preis musste er zahlen, um den Widerstand von

Liscos gegen das zu überwinden, was dieser bei vertraulichen Gesprächen »ein zum Scheitern verurteiltes Unternehmen« genannt hatte.

Was Vercingetorix' Druidenmagie betraf: Litivak wusste nur, was er gesehen hatte, worauf er auch immer wieder hinwies.

Er hatte gesehen, was alle Männer gesehen hatten, die mit den Pferden von Alesia entkommen waren: Vercingetorix, wie er den Stab des Erzdruiden hob, um Blitz und Donner zu beschwören. Er hatte gesehen, wie Vercingetorix den Stab auf die Teutonen vor der Stadt richtete und sie veranlasste, entsetzt zu fliehen.

Achtzehn Männer hatten die Sicherheit des Waldes erreicht. Sie wagten es nicht, ein Feuer anzuzünden, kauerten in der Dunkelheit und suchten nach geeigneten Worten, um Vercingetorix' Auftrag zu erfüllen und ihre jeweiligen Stämme zu veranlassen, Hilfe zu schicken. Doch niemand von ihnen kannte Worte, die so etwas vollbringen konnten, und schließlich sprach Litivak, mit Worten, die nicht ihm gehörten.

»Erzählt von dem Bluteid, den Vercingetorix ablegte. Weist darauf hin, dass er selbst hätte fliehen können, stattdessen aber schwor, Alesia nicht eher lebend zu verlassen, bis ein gallisches Heer eintrifft, um die Belagerung zu beenden. Sagt Euren Leuten, dass er die Wahrheit sprach, als er meinte: Wenn kein solches Heer kommt, liegt die Schande nicht bei *ihm*, sondern bei Gallien.«

»Das stimmt, schätze ich«, erwiderte Comm. »Aber ...«

»Erinnert jene, die das Glück haben, *nicht* in Alesia gefangen zu sein, daran, dass tausende von Männern *aus allen Stämmen* in der Stadt festsitzen!«, sagte Litivak mit Nachdruck. »Wenn sie wegen der Feigheit ihrer Brüder sterben oder als Sklaven nach Rom verschleppt werden – können sich dann noch zwei Gallier, ungeachtet ihrer Stammesangehörigkeit, in die Augen sehen und einen Mann der Ehre erkennen?«

Die Antwort auf diese Frage bestand aus niedergeschlagenem Brummen, und Litivak spürte, dass mehr erforderlich war.

Magie.

»Sagt ihnen, dass Vercingetorix den Zorn der Götter auf die Teutonen lenkte. Sagt ihnen, dass er die Teutonen so sehr durch Druidenmagie erschreckte, dass sie Hals über Kopf flohen. Wir waren alle dabei. Wir haben es gesehen. Sagt den Völkern von Gallien, dass das Schicksal mit uns ist, weil wir für eine gerechte Sache kämpfen. Sagt ihnen, dass nicht einmal Cäsar und Roms Legionen seiner Druidenmagie widerstehen können!«

Magie? Wer außer einem Druiden wusste zwischen Magie und Zufall zu unterscheiden? Wenn das zweite große Heer Galliens nicht durch Magie entstand, so durch wahre Geschichten über Magie. Vielleicht konnte Magie nur von jenen geschaffen werden, die an sie glaubten. Diese Gallier, Litivaks Brüder, viele tausend von ihnen – sie glaubten daran, denn sonst wären sie wohl kaum hierher gekommen, um nicht nur eine Schlacht zu gewinnen, sondern den Krieg und ihre Freiheit.

Hörner erklangen!

Fäuste pochten an eine Holztür!

»Sie sind da!«, rief jemand.

Cottos' Stimme.

»Sie sind endlich da!«

Vercingetorix setzte sich abrupt auf, als Cottos hereinplatzte. Der Vergobret der Karnuten war so aufgeregt, dass ihn der Anblick von zwei Frauen, die sich Schlaf aus den Augen rieben, kaum überraschte.

»Ein gallisches Heer ist im Anmarsch! Wir sind gerettet!«

Und Vercingetorix' eigene Aufregung war so groß, dass er die Decke beiseite schlug und aus dem Bett sprang, seine Nacktheit ebenso vergaß wie die von Marah und Rhia.

Marah zog die Decke über ihre Brüste, aber Rhia fühlte sich offenbar nur dann nackt, wenn sie kein Schwert trug. Wie achtlos streifte sie Kleidung und Rüstung über, griff dann sofort nach dem Schwertgürtel.

»So viele!«, stöhnte Brutus.

Cäsar, Tulius und Brutus standen auf einem Turm der äußeren

Palisade und beobachteten die Ankunft des »zweiten gallischen Heers«. Cäsar musste zugeben, dass es einen beeindruckenden Anblick bot. Die Anzahl der Gegner hätte selbst ihn erschreckt, wenn die äußeren Befestigungen nicht rechtzeitig fertig gestellt worden wären.

Aber da sie fertig gestellt waren, erwartete die Gallier eine unangenehme Überraschung. Sie kamen mit voll entfachtem Berserkerzorn und der festen Absicht, den ungeschützten rückwärtigen Teil eines römischen Heers anzugreifen, das Alesia belagerte. Doch sie sahen sich einer riesigen Festung gegenüber, die ihrem Feind Sicherheit gewährte. Nicht ein einziger Mann stand außerhalb dieser Bastion, um sich von wilden Schreien, blökenden Hörnern und gegen Schilde schlagenden Schwertern einschüchtern zu lassen.

Die Kampfschreie und Hörner verstummten, wichen einer verblüfften Stille. Die Gallier, Infanterie und Kavallerie, verharrten etwa eine halbe Meile vor dem äußeren Verteidigungsgraben und wussten ganz offensichtlich nicht, wie sie vorgehen sollten.

»Wenn du ihr Befehlshaber wärst, Brutus – was würdest du unternehmen?«, fragte Cäsar in einer neckischen pädagogischen Stimmung.

Brutus zuckte mit den Schultern.

»Genau«, sagte Cäsar. »Die einzige vernünftige Strategie für sie besteht darin zu warten, nichts zu tun und zu hoffen, dass sie *uns* aushungern können, bevor *wir* Alesia aushungern.«

»Ich kann mir nicht vorstellen, dass sie sich dafür entscheiden«, meinte Tulius.

»Ich auch nicht«, pflichtete ihm Cäsar bei. »Aber für den Fall, dass sie einen plötzlichen Anfall von Vernunft erleiden …«

Vercingetorix stand auf dem Schutzwall von Alesia und beobachtete zusammen mit Critognat, Rhia, Marah, Cottos sowie hunderten von Kriegern und Stadtbewohnern die Ankunft ihrer Retter. Aus zehntausenden bestand die Streitmacht, die auf breiter Front jenseits des äußeren römischen Verteidigungsgrabens verharrte.

Bis …

Ein Tor in der äußeren Palisade öffnete sich, und die Schildkrötenformationen römischer Legionäre kamen zum Vorschein. Es waren mindestens zwei Legionen, die den schmalen inneren Graben überquerten, dann ausschwärmten und eine drei Reihen tiefe Schützenlinie bildeten. Hinter der ersten Reihe standen Speerwerfer und hinter der zweiten Bogenschützen. Hinter der dritten befanden sich fünf kleine, mobile Katapulte, leicht genug, um von Menschen gezogen zu werden.

Langsam und zielstrebig marschierte die römische Infanterie an den vielen Gruben vorbei zum äußeren Verteidigungsgraben, gefolgt von den fünf Katapulten.

Als sie in Reichweite des Feindes gerieten, ließen die römischen Bogenschützen Pfeile in einem hohen Bogen davonschnellen. Sie erreichten die vorderen Reihen der Gallier, richteten dort aber kaum Schaden an. Einige Schützen des gallischen Heers machten ebenfalls von ihren Bögen Gebrauch, erzielten aber eine noch geringere Wirkung – die Pfeile prallten von den Schilden der Römer ab.

Die römischen Bogenschützen schossen auch weiterhin und blieben hinter der Infanterie, die zum Rand des Verteidigungsgrabens marschierte. Die Entfernung zum Gegner schrumpfte, was die Pfeile wirkungsvoller machte. Jeder Hagel traf Dutzende von gallischen Reitern. Aufgrund der vielen Krieger hinter ihnen konnten sich die vorderen Reihen der Gallier nicht zurückziehen; das Ergebnis bestand aus Tod, Verwirrung und wachsender Unruhe.

Als die Römer den Graben erreichten, warfen sie auch Speere. Wenn es in der gallischen Front so etwas wie Ordnung gegebenen hatte, so löste sie sich auf, als hunderte von Männern von den Rücken ihrer Pferde gerissen wurden, als Rösser zu Boden gingen, als Krieger ziellos umherritten in dem vergeblichen Versuch, den Pfeilen und Speeren zu entgehen.

»Rückzug! Rückzug!«, rief Vercingetorix, aber die Gallier des zweiten Heers konnten ihn wegen der Entfernung natürlich nicht hören. Dem großen Anführer von Kriegern blieb nichts anderes übrig, als kummervoll zu stöhnen, wie alle anderen.

An der linken Flanke ritten etwa hundert Gallier – Santonen, nach ihren grünen Umhängen zu urteilen – über die Ebene den Römern entgegen, was völlig unvernünftig war. An der rechten Flanke wollte sich eine Gruppe Atrebaten von der selbstmörderischen Tapferkeit der Santonen nicht übertreffen lassen und trieb ebenfalls ihre Pferde an. Und dann ritten auch Turonen, Cadurker und Parisiner los, zu hunderten, in manchen Fällen von den Vergobreten angeführt. In anderen blieben die Stammesoberhäupter zurück und versuchten verzweifelt, den Zusammenhalt des Heeres zu wahren.

In der Mitte, wo sich die Häduer befanden, rief Litivak seinen Männern etwas zu, das Vercingetorix nicht verstand. Dann ritt er mit seinem Standartenträger in die Lücke auf der linken Seite, die durch den Vorsturm der Turonen entstanden war, und die Häduer hinter ihm zogen sich mehr oder weniger geordnet zurück.

Unterdessen erreichten etwa zweitausend gallische Reiter den äußeren Graben, und viele von ihnen begriffen zu spät, dass sie einen Fehler gemacht hatten – sie stürzten in ein Chaos aus aufgespießten Pferden und schreienden Männern. Einige der weiter hinten reitenden Krieger schafften es, ihre Rösser rechtzeitig zu zügeln. Anderen gelang das nicht, und sie fielen ebenfalls in den Graben, vergrößerten das Durcheinander aus zugespitzten Pfählen, durchbohrten Pferden und zerschmetterten Männern. Etwa hundert versuchten, die Masse aus zuckendem Fleisch als Brücke zu benutzen, und fünfzig oder sechzig schafften es tatsächlich, den Graben zu überqueren.

Erstaunlicherweise wich die römische Infanterie vor den vergleichsweise wenigen gallischen Reitern zurück, die das zum Anlass nahmen, den Angriff fortzusetzen und ihre Pferde durch den Bereich mit den Gruben galoppieren zu lassen. Die Rösser stolperten, brachen sich die Beine und warfen ihre Reiter zu Boden.

Dann begannen die römischen Katapulte damit, Amphoren in die Menge der Gallier auf der anderen Seite des äußeren Verteidigungsgrabens zu schleudern. Sie zerbrachen und gingen in Flammen auf, verstreuten brennende Klumpen, die alles in Brand setzten, was sie berührten, und wie Schlamm festklebten. Eine Salve des feurigen Tods folgte auf die andere.

Das genügte, um die improvisierte gallische Infanterie zu veranlassen, sich über die Ebene zurückzuziehen und Litivaks Häduern zu folgen – hunderte von ihnen brannten bei lebendigem Leib. Auch die Kavallerie der einzelnen Stämme setzte sich ab, und viele Reiter verwandelten sich durch das vom Himmel fallende Feuer in menschliche Fackeln.

Hinter der fliehenden Menge verwehrte gnädiger grauer Rauch den Blick auf zahllose verkohlte Leichen. Doch vor dem Gestank gab es kein Entkommen.

Cäsar war so versessen darauf, Neues über die Gallier in Erfahrung zu bringen, dass er noch vor dem Morgengrauen auf einem der Türme stand, zu einem Zeitpunkt, als alle im Lager schliefen, abgesehen natürlich von den Wächtern. Das erste Licht des Tages fiel auf eine Ebene, die an vielen Stellen schwarze Flecken aufwies, mit den Leichen von Männern und den Kadavern von Pferden übersät war – griechisches Feuer hatte das Fleisch derart verbrannt, dass sich die Überreste von Menschen und Tieren kaum voneinander unterscheiden ließen. Jenseits der Ebene lagerte das zweite gallische Heer auf einem Hügel, etwa zwei Meilen von den äußeren Befestigungen entfernt. Zahlenmäßig war es den Römern noch immer überlegen.

Cäsar fragte sich, was er an der Stelle des gallischen Oberbefehlshabers unternehmen würde.

Man brauchte nicht das Genie des großen Alexanders, um diese Frage zu beantworten. Ich würde die Versorgung meiner Streitmacht sicherstellen, sie dort lassen und darauf warten, dass der Hunger die Römer aus ihrer Festung treibt, dachte Cäsar. Wer auch immer den Befehl über die Gallier führte – war er vernünftig genug, eine solche Entscheidung zu treffen? Konnte er seine zänkischen Streitkräfte zusammenhalten und dazu bringen, dieser sicheren, aber zermürbenden Strategie zu folgen?

Ersteres durfte man von jedem Befehlshaber erwarten, der kein Narr war. Letzteres hingegen ließ sich vielleicht nur mit Vercingetorix' »Druidenmagie« erreichen.

Cäsar drehte sich um, blickte zum Schutzwall von Alesia und lächelte zufrieden. Vor dem inneren Auge sah er, wie der einzige würdige Gegner unter den Galliern seinen Blick erwiderte, voller Ärger darüber, sich dem Entsatzheer auf dem Hügel nicht mitteilen und ihm somit keine Anweisungen übermitteln zu können.

»Was hat Litivak jetzt vor?«, fragte Cottos.

»Vorausgesetzt, er führt den Befehl …«, sagte Critognat.

»Wenn überhaupt jemand den Befehl führt, so ist er es«, sagte Vercingetorix. »Er wies die Häduer zum Rückzug an, und die anderen folgten ihnen. Andernfalls gäbe es dort draußen jetzt kaum mehr etwas, das man befehligen könnte.«

»Es ist völlig gleich, wer das Kommando hat«, brummte Critognat. »Die Frage lautet: Was machen *wir?*«

»Was sollten wir Eurer Meinung nach unternehmen?«, wandte sich Vercingetorix an den alten Krieger, obgleich er die Antwort bereits wusste.

»Was wir uns alle wünschen!« Critognat breitete die Arme aus, eine Geste, die den vielen Kriegern auf dem Schutzwall rechts und links von ihnen galt. »Wir sollten angreifen!«

»*Wo* sollten wir angreifen? Und *wie?*«

Critognat schwieg, und auch Cottos hatte nichts zu sagen.

»Wir können uns nur darauf vorbereiten, die innere Palisade anzugreifen, wenn Litivaks Heer die äußere angreift«, meinte Vercingetorix. »Wie …«

»Hammer und Amboss«, brummte Cottos.

»Wenn, wenn!«, stieß Critognat hervor. »Und wenn es gar kein Wenn gibt?«

Darauf wusste Vercingetorix nichts zu sagen. Er bezweifelte, dass die Frustration seiner Gefährten oder die der unruhigen Krieger auf dem Schutzwall auch nur annähernd an seine eigene heranreichte. Er hatte keine Möglichkeit, einen derartigen gemeinsamen Angriff zu koordinieren, und wenn er die Stadt mit seiner schwächeren Streitmacht verließ, um die inneren Befestigungen anzugreifen, so musste er damit rechnen, dass die Römer die gleiche Taktik gegen ihn anwendeten, was hohe Verluste bedeutete.

Was noch schlimmer war: Selbst wenn Litivak die äußeren Befestigungen angriff – Vercingetorix wusste sehr wohl, dass sein kleineres und halb verhungertes Heer nicht stark genug war, um den Angriff auf die inneren Befestigungen mit dem notwendigen Nachdruck zu führen.

Und noch schlimmer: Es gab eine Strategie, für die sich Litivak entscheiden konnte und die den Sieg garantierte. Aber sie war so grässlich, dass Vercingetorix sogar davor zurückschreckte, über sie nachzudenken, ganz zu schweigen davon, sie zu befehlen, selbst wenn er die Möglichkeit dazu gehabt hätte. Litivak konnte Cäsar belagern, während Cäsar Alesia belagerte. Er konnte ihn aushungern und dazu zwingen, sich seiner zahlenmäßig überlegenen Streitmacht zum Kampf zu stellen. Aber Lebensmittel und Wasser in Alesia würden viel eher zur Neige gehen als die römischen Vorräte.

Alle in der Stadt würden sterben.

Das war der Preis für den sicheren Sieg.

Vercingetorix war sicher, dass Litivak ihn nicht bezahlen würde.

Oder?

Die Sonne hatte ihren höchsten Stand erreicht und glitt bereits wieder dem Horizont entgegen, als die gallische Streitmacht den Hügel verließ, und diesmal erschien sie Cäsar mehr wie ein Heer und weniger wie eine wilde Horde. Sie rückte mit vergleichsweise schmaler Front und langsam reitender Kavallerie vor, damit das, was als Infanterie galt, nicht den Anschluss verlor.

Zwei Männer in den blauen Umhängen von Häduern ritten an der Spitze, ein oder zwei Pferdelängen vor den anderen. Der eine trug eine Standarte, was bedeutete: Der andere musste der Befehlshaber sein, der verräterische Mistkerl namens Litivak. Offenbar führte er den Befehl über die ganze Streitmacht. Und seine Männer bewegten sich zielstrebig. Sie hatten einen Plan. Welchen?

Von seinem Beobachtungsturm aus sah Cäsar, dass die gallischen Infanteristen lange Objekte aus Holz trugen, vielleicht Stangen, Bretter und Leitern, Dinge, die es einem Teil der Infanterie erlaubte, den äußeren Verteidigungsgraben zu überqueren. Aber nicht der Kavallerie. Inzwischen hatten die Narren sicher begriffen, dass ihre Pferde nicht über den breiten Graben hinwegspringen konnten, der die gesamte Festung umgab …

O nein, das hatten sie nicht vor! Cäsar fiel plötzlich etwas ein, und er eilte zur Leiter. Auf dem Boden angelangt, rief er nach einem Signalmann, während er zum nächsten der wenigen Pferde lief, die es im Innern der Befestigungsanlage gab. »Eine weitere Legion zur Ose! Bringt die Barrikaden! Folgt mir!«

Gallius hatte zwei Lücken in den äußeren Gräben und der Palisade gelassen, damit die Ose durchs Lager fließen konnte – eine unerschöpfliche Wasserversorgung. Vom Hügel aus, wo die Gallier gelagert hatten, konnte man die beiden Lücken ganz deutlich sehen.

Dort werden sie angreifen!, dachte Cäsar. Und wenn sie die äußeren Befestigungen durchdringen, verwandelt sich die »uneinnehmbare Festung« in einen Schlachthof!

Die Ose war kein breiter Fluss, und die Lücken in der römischen Palisade genügten gerade, um sie hindurchfließen zu lassen, boten höchstens sechs Reitern nebeneinander Platz. Die Lücken in den beiden Gräben jenseits davon waren nicht bewacht, wohl aber die in der äußeren Barriere: Zwei Türme flankierten sie.

Litivak teilte seine Kavallerie in zwei Flügel, um die Lücken in den Gräben zu passieren; den rechten Flügel führte er selbst an. Den römischen Bogenschützen auf der Palisade fielen zahlreiche Gallier zum Opfer, denn es konnten nicht mehr als jeweils etwa zwanzig Reiter vorrücken.

Als die Hälfte der gallischen Kavallerie den äußeren Graben passiert hatte, vereinigten sich die beiden Flügel wieder, formten eine Kampflinie zwischen den Lücken in der Palisade und ritten über den offenen Bereich mit den Gruben. Hinter ihnen stieß die gallische Infanterie so schnell wie möglich durch die Lücken im äußeren Graben vor. Sie trugen Bretter, Stangen und hastig konstruierte Leitern, und die Bogenschützen unter ihnen schossen im Laufen immer wieder auf den oberen Bereich der Barriere.

Cäsar sprang vom Pferd herunter und lief zur nächsten Leiter, denn hier unten war nichts anderes zu sehen als gut organisierte Hektik: Männer formten Eimerketten, kochten Pech in großen Eisenkesseln, und weiter hinten näherten sich Kohorten aus Legionären im Dauerlauf, und hinter *ihnen* zogen Soldaten die mobilen Barrikaden.

Cäsar kletterte die Leiter zum Wehrgang hoch, wo sein karmesinroter Umhang erstaunlicherweise nicht sofort Aufmerksamkeit erregte. Hier herrschte ein dichtes Gedränge aus Bogenschützen, die sich hinter die Brustwehr duckten und so schnell auf den Feind schossen, wie ihnen die Männer weiter hinten Pfeile reichten, aus den Legionären, die die Eimerketten bildeten, aus Schwertkämpfern und Speerwerfern, die rasch ihre Plätze einnahmen.

Pfeile bohrten sich in den oberen Teil der Palisade, prallten davon ab oder flogen in einem hohen Bogen über sie hinweg. Manche erreichten den höchsten Punkt ihrer Flugbahn und fielen auf die römischen Bogenschützen hinab, ohne großen Schaden anzurichten. Die Männer brauchten nur den Kopf einzuziehen und ihre eigenen Pfeile zu verschießen, mussten nicht einmal genau zielen.

Mit den Ellenbogen bahnte sich Cäsar einen Weg zum ersten Zenturio, der die Augen aufriss, als er ihn erkannte. Rasch streckte er den Arm zum Gruß.

»Heil …«

»Schon gut!«, rief Cäsar. »Was geschieht dort unten?«

»Sie versuchen, die Palisade zu erklettern und gleichzeitig durch die Lücken vorzustoßen, Cäsar …«

»Das muss ich mir selbst ansehen!«

»Haltet den Kopf gesenkt und verbergt Euren Umhang. Der Winkel ist ungünstig für die Gallier, und von dort unten können sie nicht viel treffen. Aber wenn sie Euch erkennen, wird jeder Bogenschütze sein Glück versuchen.«

Cäsar nickte, warf den Umhang nach hinten, trat geduckt an die Brustwehr heran und spähte nach unten.

Eine große Masse gallischer Infanterie – besser gesagt: bewaffneter Bauern – hatte den inneren Graben unmittelbar vor der Palisade erreicht. Der Graben war vergleichsweise schmal, und die Gallier krochen auf Brettern, Stangen und Leitern über ihn hinweg. Viele hatten ihn bereits überquert und standen auf dem schmalen Streifen zwischen der Palisade und dem Graben, der nicht mehr als zwei oder drei Männern hintereinander Platz bot. Von dort aus versuchten sie, die Barriere mit primitiven Leitern zu erklettern. Die römischen Bogenschützen konnten nicht viel gegen sie ausrichten, denn sie hätten sich weit vorbeugen müssen, um auf sie zu zielen. Aus dem gleichen Grund war es den angreifenden Galliern kaum möglich, die Verteidiger zu erreichen – es ging einfach zu steil nach oben.

Rechts von Cäsar, dicht neben der rechten Lücke in der Palisade, sammelte sich die gallische Kavallerie. Er fragte sich, was sie plante. Vielleicht einen selbstmörderischen Angriff auf die Befestigungen zu beiden Seiten des Flusses?

»Zur Seite! Macht Platz!«

Ein Legionär mit einem dampfenden Eimer rief Cäsar einen Befehl zu.

Cäsar lächelte und gehorchte.

Erst als Cäsar das heiße Pech auf die Gallier geschüttet hatte, wurde dem Legionär klar, wem er einen Befehl erteilt hatte. Ihm blieb nicht einmal Zeit, eine Entschuldigung zu stammeln, denn man reichte ihm bereits den nächsten Eimer.

Litivaks Kavallerie war nun dort zu beiden Seiten der Ose konzentriert, wo sie durch die rechte Lücke der Barriere floss, und eine ähnliche Formation wartete vor der linken Lücke. Er sah sich um und hob sein Schwert. Ein Horn erklang, dann ein anderes, und noch eins …

Gallische Reiter, sechs nebeneinander und tausende hintereinander, ritten los, auf die Lücken zu, schwangen Schwerter und Lanzen, stießen Kampfschreie aus …

Als sich die vorderen Reihen der Palisade näherten, schwenkten die Reiter hinter ihnen plötzlich zur Seite und ritten in den Fluss, der sich innerhalb weniger Momente mit schwimmenden Pferden füllte, bis weit über den äußeren Verteidigungsgraben hinaus – ein Versuch, die römischen Verteidigungsanlagen mithilfe des Flusses zu durchbrechen, der durch die Festung floss.

Die Angriffsspitzen der Kavallerie auf den Ufern erreichten die Türme am Rand der Lücke, stießen weiter vor und …

Plötzlich versperrten ihnen mobile Barrikaden den Weg, und von den Türmen strömte heißes Pech herab.

Litivak befand sich unmittelbar am Rand des Flusses und kam mit heiler Haut davon, weil er sein Pferd in die Ose springen ließ. Mehr als die Hälfte seiner Begleiter hatte nicht so viel Glück. Die klebrige, kochende Masse bedeckte Männer und Pferde, die blind gegeneinander stießen, schmerzerfüllte Schreie ausstießen und gequält wieherten. Die Reiter hinter ihnen versuchten, vor der schwarzen Flut zurückzuweichen oder in den Fluss zu fliehen. Viele von ihnen wurden in dem Durcheinander vom Rücken ihres Rosses gestoßen. Wie sich herausstellte, hatte Litivak zweimal Glück, denn er fiel ebenfalls von seinem Pferd und musste schwimmen, um ein anderes zu erreichen, und so entging er der nächsten Katastrophe.

Die Reiter im Fluss, die nun ohne einen Anführer waren, ließen ihre Pferde auch weiterhin in Richtung Lücke schwimmen. Als die ersten von ihnen an den Wachtürmen vorbeikamen, regnete es noch mehr kochendes Pech. Die heiße schwarze Masse glitt übers Ufer in den Fluss, ließ Dampf aufsteigen, während Speere und Pfeile sich ins Fleisch von Pferd und Reiter bohrten.

Doch die Überlebenden der schwimmenden Kavallerie setzten den Weg fort. Weitere Gallier nahmen die Plätze der Gefallenen ein, und selbst jene, die in Flammen standen, trieben ihre Pferde mit dem letzten Atemzug an. Etwa hundert Kriegern gelang es, die Öffnung in der Palisade zu passieren …

Auf der anderen Seite standen römische Legionäre an den Ufern, und die Gallier gerieten in ein tödliches Kreuzfeuer aus Speeren.

Einige von ihnen ließen ihre Pferde tapfer weiterschwimmen, um Platz für die Krieger hinter ihnen zu schaffen. Aber je mehr Gallier die Lücke passierten, desto mehr fielen den Römern am Ufer zum Opfer.

Einige versuchten, an Land zu kommen und die Römer zurückzutreiben, aber die Ufer waren zu steil für die Pferde, und es fiel den Legionären nicht weiter schwer, die meisten von ihnen zu töten und die anderen in den Fluss zurückzutreiben.

Anschließend zogen die Römer weitere mobile Barrikaden herbei und ließen sie *hinter* den Galliern, die in ihre Festung vorgestoßen waren, in den Fluss rollen, wo sie auseinander brachen und die Ose wie mit einem Biberdamm stauten. Dadurch war die gallische Angriffsspitze abgeschnitten und saß im Innern der römischen Festung in der Falle. Legionäre eilten mit Eimern herbei, die eine ölige graue Flüssigkeit enthielten, entleerten sie auf den Damm und warfen Fackeln. Sofort leckten Flammen in die Höhe.

Noch mehr von dem grauen Etwas wurde hinter dem brennenden Damm auf den Fluss geschüttet. Es breitete sich auf dem Wasser aus und entzündete sich, als es mit dem Feuer in Kontakt kam. Eine flammende Barriere trieb den gallischen Reitern entgegen, die sich noch außerhalb der römischen Befestigungsanlage befanden …

Von Alesias Schutzwall aus beobachtete Vercingetorix, wie sich die Gallier der Stelle in der äußeren römischen Palisade näherten, an der die Ose hindurchfloss. Er sah, wie sie zögerten und ihre Streitmacht vor den Verteidigungsgräben zusammenzogen, wie die Kavallerie schließlich vorrückte, gefolgt von der Infanterie.

Von Vercingetorix' Standpunkt aus ließ sich ein bestimmter Bereich der römischen Befestigungen nicht einsehen: Er erstreckte sich von der äußeren Palisade bis zu den Lücken im äußeren Verteidigungsgraben. Was er von den Kämpfen dort sah, beschränkte sich auf eine emporsteigende schwarze Rauchwolke, Reiter und Pferde, die durch den Fluss auf die römische Festung zuschwammen, plötzliche orangefarbene Flammen und noch mehr Rauch. Dann kam es zu einem gewaltigen Durcheinander, als die Krieger im Fluss versuchten, sich zurückzuziehen, gefolgt von tausenden fliehenden Kriegern.

Vercingetorix konnte zwar keine Einzelheiten erkennen, aber er und alle anderen Beobachter auf dem Schutzwall sahen genug, um zu wissen: Der Angriff war fehlgeschlagen, und Litivaks Heer zog sich ungeordnet bis zu dem fernen Hügel zurück.

Nirgends wurden in der Art eines Klagelieds Schwerter an Schilde geschlagen. Es erklangen nicht einmal zornige oder verzweifelte Rufe. Nur hunderte von anklagenden Blicken richteten sich auf Vercingetorix. Ernste, grimmige Gesichter wandten sich ihm zu, und es herrschte eine vorwurfsvolle Stille.

Critognat beendete sie, mit Worten, die allein für Vercingetorix bestimmt waren.

»Schluss mit dem Wenn«, sagte er. »Schluss mit Hammer und Amboss. Schluss mit listigen Strategien. Wenn unsere Brüder dort draußen das nächste Mal angreifen, führt Ihr uns in den Kampf. Oder ich übernehme das selbst.«

»Sie haben die Lektion, die Ihr sie bei Gergovia gelehrt habt, gut gelernt«, sagte Tulius trocken,

»Die Lektion, die *ich* sie lehrte?«, fragte Cäsar. »Wenn ich mich recht entsinne, haben wir jene Schlacht verloren.«

»Aber wir brachten im Schutz der Nacht Truppen über die Verteidigungsgräben.«

»Guter Hinweis, Tulius«, sagte Cäsar. Sollte er sich geschmeichelt fühlen oder wütend darüber sein, dass Litivak, dessen Verrat ihn bei Gergovia den Sieg gekostet hatte, seine Taktik nachahmte?

Ein atemloser Brutus hatte Cäsar bei Morgengrauen geweckt und ihm mitgeteilt, dass die ganze gallische Streitmacht wie durch »Magie« über den äußeren Verteidigungsgraben gekommen war – er hatte den abergläubischen Begriff der Gallier verwendet, um den Vorgang zu beschreiben.

Cäsar war zum Wehrgang der äußeren Palisade emporgeklettert und über ihn gewandert, um sich einen Eindruck von der Lage zu verschaffen. Zehntausende von Galliern befanden sich diesseits des inneren Grabens, sowohl Kavallerie als auch Infanterie; offenbar warteten sie auf den Tagesanbruch, um den offenen Bereich mit den Gruben zu durchqueren. Allein Druidenmagie schien ihr plötzliches Erscheinen erklären zu können.

Aber als die Sonne aufging, stellte Cäsar alles andere als überrascht fest, dass sich hier nur die übliche Art von Magie ausgewirkt hatte: zielgerichtete Arbeit und Schweiß. Trotzdem musste er gestehen, beeindruckt zu sein. Es war erstaunlich, was tausende von Männern in der Zeit vom Sonnenuntergang bis zum Morgengrauen mit keiner besseren Ausrüstung als Streitäxten, Schwertern, Schilden, Ästen und bloßen Händen fertig gebracht hatten.

Ein großer Abschnitt des äußeren Verteidigungsgrabens war mit Erde, Zweigen und Gestrüpp gefüllt und anschließend festgetreten worden, um es Pferden und Menschen zu ermöglichen, auf die andere Seite zu gelangen.

Die gallischen Reiter schienen Cäsar zu sehen – vielleicht hatten sie den karmesinroten Umhang bemerkt – und begannen, mit ihren Schwertern gegen die Schilde zu schlagen. Die Fußsoldaten folgten ihrem Beispiel, sofern sie mit Schwertern und Schilden ausgerüstet waren. Die anderen stießen Lanzen, Leitern, Stangen und Füße auf den Boden. Schreie kamen aus zehntausenden von Kehlen, und gallische Hörner blökten. Es war ein schrecklicher Lärm, der alle noch schlafenden Römer weckte.

»Was *machen* sie da, Cäsar?«

»Vermutlich sammeln sie genug Mut, um das Grubenfeld zu überqueren und die Palisade zu stürmen.«

»Ich meine, warum haben sie die nutzlose Kavallerie mitgebracht?«

Cäsar zuckte mit den Schultern. »Weil es *Gallier* sind. Die Adligen und Krieger halten es für unter ihrer Würde, zu Fuß zu kämpfen, und die ›Infanterie‹ besteht aus zwangsverpflichteten Bauern, Handwerkern und ähnlichen Leuten. Die Befehlshaber sind auf Pferden gekommen, weil sie sich nie dazu herablassen würden, zu Fuß zu gehen, und der Rest dient nur dazu, Eindruck zu schinden.«

Tulius schnalzte mit der Zunge und schüttelte den Kopf.

Cäsar sah zum nächsten Turm, auf dem ein kleines Katapult stand, daneben ein Haufen Steine und Amphoren mit griechischem Feuer. Die Männer, die es bedienten, rieben sich den Schlaf aus den

Augen und machten sich bereit. Überall auf dem Wehrgang eilten Bogenschützen und Speerwerfer zu ihren Positionen.

»Sieh die Sache positiv, Tulius«, sagte er. »Sie geben hervorragende Ziele ab.«

Ein Hagel aus Pfeilen kam von der römischen Palisade, dann noch einer und noch einer, immer wieder. Auf diese Entfernung prallten die meisten an den Schilden der Reiter und Fußsoldaten ab, aber Dutzende von nicht geschützten Pferden fielen ihnen zum Opfer. Außerdem hielten sie die gallische Streitmacht auf Distanz.

Große Ballisten und Katapulte im Innern der Festung und kleinere auf den Türmen begannen damit, lange, speerartige Bolzen, Felsbrocken, große Steine und tönerne Amphoren zu schleudern. Der Einsatz dieser Waffen richtete einen viel größeren Schaden an.

Ballistenbolzen durchschlugen die Brustharnische und Körper von Männern mit genug Wucht, um auf der anderen Seite wieder auszutreten und einen weiteren Krieger oder ein Pferd zu töten. Wolken aus kleinen Steinen zerfetzten Augen und brachen Nasen. Felsen zermalmten all das unter sich, worauf sie fielen. Und die Amphoren zerplatzten beim Aufprall, setzten ein klebriges, brennendes Etwas frei, das nicht weggewischt oder gelöscht werden konnte.

Litivak hielt das Schwert hoch über den Kopf und rief seinem Standartenträger etwas zu, der daraufhin den Keiler hob. Sie wichen durchs Grubenfeld zurück, ritten dann im Trab am inneren Rand des äußeren Verteidigungsgrabens entlang. Die Kavallerie der Häduer folgte ihnen, dann weitere Reiter und auch Fußsoldaten, schließlich das ganze Heer. Die Berittenen trieben ihre Pferde nicht an und blieben langsam genug, um den laufenden Infanteristen zu gestatten, mit ihnen Schritt zu halten.

Dieses Manöver brachte sie nicht aus der Reichweite der Katapulte und Ballisten. Die gallische Streitmacht verhielt sich wie ein Vogelschwarm, der plötzlich die Flugrichtung ändert und dadurch zwar kein geringeres kollektives Ziel bildet, durch die Bewegung aber den Individuen mehr Schutz gewährt.

Das grässliche Bombardement schlug die Gallier nicht in die Flucht – ihr Heer wahrte seine Einheit.

»Und was machen sie *jetzt?«*

Cäsar lachte. »Offenbar laufen sie im Kreis herum«, erwiderte er.

»Im Ernst …«

»Sie bleiben in Bewegung, um weniger leichte Ziele abzugeben, und sie umkreisen unsere Befestigungsanlagen auf der Suche nach einem schwachen Punkt, den sie nicht finden werden.«

»Und dann?«, fragte Tulius. »Was werden sie anschließend unternehmen?«

»Sie können uns angreifen, und in dem Fall erleiden sie hohe Verluste«, sagte Cäsar. »Sie haben auch die Möglichkeit, uns zu belagern, und das brächte uns in große Schwierigkeiten, wenn Labienus nicht mit genug Teutonen zurückkehrt, um bis zu uns durchzustoßen. Aber ich bezweifle, ob die Gallier diszipliniert genug sind, denn es würde bedeuten, dass Vercingetorix und seine Männer in der Stadt verhungern, bevor unsere Vorräte knapp werden. Sie könnten auch aufgeben und nach Hause zurückkehren.«

»Wollt Ihr damit sagen, der Krieg ist gewonnen?«

»Ja, Tulius, ich glaube, darauf läuft es hinaus.«

»Nun?«, fragte Critognat.

Tausende von Kriegern aus Vercingetorix' Heer standen auf Alesias Schutzwall und beobachteten, wie Litivaks Streitmacht um das Große Rad der römischen Befestigungen ritt. Galliens Stämme wirkten wie Geier, die auf den Tod eines Löwen warteten, der jedoch erst sterben würde, wenn sie längst vom Himmel gefallen waren.

Rhia stand stumm neben Vercingetorix und hielt seine Standarte, die jetzt kein Sammelpunkt mehr war, sondern nur noch Verdruss und Zorn auf sich zog. Er fühlte und hörte es ganz deutlich.

»Die Krieger warten darauf, dass Ihr den Befehl gebt«, sagte Cottos.

»Und ich warte darauf, dass sich Litivak für eine bestimmte Stelle entscheidet, seine Truppen konzentriert und die äußere römische Palisade angreift.«

»Und wenn er das nicht macht?«

Irgendwo begann jemand, mit dem Schwert gegen einen Schild zu schlagen, und andere folgten seinem Beispiel, bis der Rhythmus schließlich das ganze Heer erfasste. Er war nicht triumphierend oder drohend, diente auch nicht dazu, Kampfgeist zu wecken. Dieses langsame Pochen wäre eher einer Bestattung angemessen gewesen, und es wurde lauter und lauter.

»Wenn du jetzt keinen Angriff befiehlst, stürmen die Krieger von allein los und lassen sich niedermetzeln«, flüsterte Rhia Vercingetorix zu.

Wenn die Leute einem nicht dorthin folgen wollen, wohin man sie zu führen versucht, so muss man mit ihnen gehen oder allein wandern.

»So sei es«, sagte Vercingetorix. »Vielleicht wartet Litivak auf ein Zeichen …«

»Ein Zeichen!«, stöhnte Critognat. »Haben wir nicht genug von Zeichen und Omen?«

»Ein Zeichen von *uns*«, sagte Vercingetorix. »Offenbar müssen wir zuerst angreifen, in der Hoffnung, dass er versteht und weiß, was *er* unternehmen muss.«

Vercingetorix ging zum nächsten Wachturm und kletterte hinauf, damit ihn möglichst viele sahen und hörten.

Er zog sein Schwert und hielt es hoch über den Kopf. Stumm stand er da, bis das Pochen der Schwerter an Schilde aufhörte und sich Stille ausbreitete, damit seine Worte verstanden wurden.

Worte, die er schon einmal gesprochen hatte. Worte, wie sie zungenfertiger nicht sein konnten.

»So sei es! Ich werde euch in den Rachen des Todes führen, mit einem Kampflied im Herzen!«

Und sie jubelten. Und wieder schlugen Schwerter an Schilde, in einem mächtigen Rhythmus. Und dann begann ein Sprechchor.

»VERCINGETORIX! KÖNIG VON GALLIEN! VERCINGETORIX! KÖNIG VON GALLIEN!«

Der Schuttberg vor dem großen Tor von Alesia war beiseite geräumt worden, und Vercingetorix' Heer bezog Aufstellung, eine lange Kolonne, nicht breiter als ein Dutzend Männer an der breitesten Stelle. Sie reichte weit durch die qualmenden Ruinen der Stadt.

Vercingetorix stand ganz vorn, begleitet von Critognat und Rhia. Direkt hinter ihm hielten sich zwanzig Krieger mit einem Sturmbock bereit, angefertigt aus dem Stamm der Eiche im Innenhof von Cottos' Villa. Verstärkungen aus Blei und ein eiserner Kessel bildeten die Spitze.

Hinter dem Sturmbock trugen vierzig Krieger Balken, Strohballen, Eimer mit Pech und brennende Fackeln. Vercingetorix hatte von den Römern gelernt und fünfzig Krieger mit besonders großen Schilden so positioniert, dass sie seine Angriffsspitze abschirmten.

Alles war bereit. Beziehungsweise so bereit wie möglich.

Es gab nichts mehr zu sagen. Abgesehen vielleicht von den Worten, die jene dunklen Gedanken vertrieben, die den Geist verlangsamten.

Und so zog Vercingetorix sein Schwert und rief diese Worte.

»Öffnet das Tor! Wollen wir ewig leben oder lieber unsterblich werden?«

Es ertönten keine Fanfaren oder Hörner. Es schlugen auch keine Schwerter an Schilde, als Vercingetorix, Rhia und Critognat unter einem schützenden Dach aus Schilden über den Hügelhang zur inneren römischen Palisade liefen. Ihnen folgten die Krieger mit dem Sturmbock, dann die mit den Balken, Strohballen und Pecheimern, ihrerseits umgeben von Kriegern, die sie mit ihren Schilden abschirmten. Es war eine größere gallische Version der römischen Schildkröte.

Durchs offene Tor der Stadt kam der Rest des ersten Heers Galliens, einer menschlichen Lawine gleich.

Cäsar überließ Tulius das Kommando über die äußeren Befestigungen und eilte zu den inneren, wo Galba den Befehl führte. Er brachte die Treppe des größten Turms hinter sich und traf Brutus bei Galba und den Signalmännern an. Er stellte auch fest, dass die

Gallier aus Alesia auf Pfeilreichweite herangekommen waren – sie stießen zu schnell vor, als dass die Katapulte und Ballisten auf die veränderten Entfernungen eingestellt und wirkungsvoll zum Einsatz gebracht werden konnten. Diese Waffen ließen sich ohnehin nicht mehr verwenden, wenn die Distanz zwischen Palisade und Gegner zu sehr schrumpfte.

»Hervorragend!«, entfuhr es Cäsar, als er sah, dass Schilde die Angriffsspitze mit dem Sturmbock vor Pfeilen schützten. Nicht einen Augenblick lang zweifelte er daran, dass Vercingetorix den Vorstoß anführte.

»Hervorragend?«, fragte Brutus.

»Sieh nur, wie er die Schildkrötenformation unserer Infanterie an eine spezialisierte Einheit angepasst hat! Präg dir das gut ein, Brutus! Welch ein Vergnügen, eine neue Taktik vom Feind zu lernen!«

»Vergnügen?«, wiederholte Brutus mit einer Verwirrung, die Cäsar fast ebenso köstlich fand.

»O ja«, bestätigte er. »Und leider ein sehr seltenes. Man kann so etwas natürlich nur dann genießen, wenn man weiß, dass man den Sieg erringen wird.«

Unter einem gewaltigen Hagel aus Pfeilen und Speeren, die von den Schilden abprallten, liefen Vercingetorix, Rhia und Critognat zum Graben vor der römischen Palisade. Dort warteten sie, bis die Balkenträger heran waren und im Schutz der Schilde anderer Krieger einfache Brücken improvisierten. Anschließend setzten sich Vercingetorix und seine Gefährten wieder in Bewegung und überquerten den Graben.

Auf der anderen Seite waren sie der Barriere so nahe, dass die römischen Bogenschützen und Speerwerfer hoch oben nicht mehr auf sie zielen konnten, und nur noch gelegentlich klackte ein Geschoss an die großen Schilde. Als Vercingetorix zurücksah, musste er kummervoll feststellen: Die der Barriere entgegenstürmende Kriegerhorde machte in einer weitaus weniger organisierten Art Gebrauch von ihren Schilden, was zu unnötigen Verlusten führte.

»Stroh! Holz!«, befahl Vercingetorix, und seine Männer schufen einen unordentlichen Scheiterhaufen.

»Pech!«

Eimer mit Pech wurden entleert und einfach auf den Haufen geworfen.

»Gebt mir eine Fackel!«

Vercingetorix bekam die geforderte Fackel. Er wich einige Schritte zurück und warf sie, woraufhin der große Scheiterhaufen sofort zu brennen begann. Orangefarbene Flammen leckten empor, und eine Rauchwolke stieg hoch, den Römern auf der Brustwehr entgegen. Die Gallier jubelten.

»Der Sturmbock!«

An der inneren Palisade stieg Rauch auf, nicht weit von dem Turm entfernt, auf dem Cäsar stand.

»Die Barriere brennt!«, rief Brutus.

Cäsar beugte sich über die Brustwehr, um Einzelheiten zu erkennen, und er sah, dass die Gallier ein großes Feuer an der Palisade entfacht hatten.

»Nein, Brutus«, erwiderte er. »Noch nicht. Aber sie *wird* bald brennen.«

Und tatsächlich: Die Palisadenbalken im Wirkungsbereich des Feuers begannen zu schwelen, als sich Cäsar zu Brutus und den Signalmännern umdrehte.

»Die Gallier versuchen, sich einen Weg durch die Barriere zu *brennen*?«, fragte Galba.

»Ja, sie …«

Ein dumpfes Donnern unterbrach Cäsar, und der ganze Turm erzitterte. Das Dröhnen wiederholte sich, als unten ein gallischer Sturmbock gegen die Palisade stieß.

Litivak ritt an der Biegung des Grabens entlang und hob die Hand zu einem Halt-Signal, als er den schwarzen Rauch sah. Er ließ sein Pferd langsamer gehen und schließlich anhalten, wartete darauf, dass die vielen Krieger hinter ihm seinem Beispiel folgten, während die Spitzen der Flammen wie neckisch an den oberen Bereichen der inneren Palisade leckten.

Vercingetorix schlang sich den Riemen seines Schilds über die Schulter, vertraute dem Dach aus Schilden über seinem Haupt und gesellte sich den Männern am Sturmbock hinzu, die ihn immer wieder gegen die brennende Palisade donnern ließen.

»Ich muss näher heran«, sagte Cäsar und kletterte die Leiter hinab.

»Cäsar, Ihr solltet besser …«

»Ihr habt hier den Befehl, Galba! Ich gehe dorthin, wo ich hingehöre! Ganz nach vorn!«

Die Ordnung im Innern der Festung stellte einen bewundernswerten Kontrast zum Chaos außerhalb dar. Infanterie-Kohorten standen in regelmäßigen Abständen an der Peripherie der runden Befestigungsanlage, dazu bereit, dort einzugreifen, wo es dem Feind gelang, die Palisaden zu erklettern oder sie zu durchbrechen. Überall standen Kessel mit brodelndem Pech und einer schweflig riechenden Substanz, die Cäsar nicht zu identifizieren vermochte, umgeben von Soldaten, die den kochenden Inhalt zur Brustwehr tragen würden, wenn das erforderlich werden sollte. Legionäre bildeten Ketten, die von den Arsenalen über Leitern bis zu den Wehrgängen reichten, Bogenschützen, Speerwerfer und Katapulte mit Nachschub versorgten. Gallius' mobile Barrikaden, insgesamt zwanzig, warteten darauf, jede vom Feind geschaffene Bresche zu schließen.

Eine komplexe und perfekt funktionierende Kriegsmaschine, den Blicken der Gallier verborgen, dachte Cäsar zufrieden. Ich selbst habe gesagt, dass mir nicht gefällt, was ich nicht verstehe. Und ich bezweifle, dass irgendein Gallier, selbst Vercingetorix, *dies* wirklich verstehen könnte, selbst *wenn* er es sähe.

Litivaks Streitmacht stand reglos und beobachtete, wie schwarzer Rauch aufstieg, um am klaren blauen Himmel eine kleine Gewitterwolke zu formen. Eine Flut aus Galliern strömte aus der Stadt und über den Hügel, der inneren römischen Barriere entgegen. Die große Entfernung ließ sie klein wie Ameisen erscheinen, und ihre Schreie waren für ihre Landsleute kaum vernehmbar, als hunderte unter dem Hagel aus Pfeilen und Speeren fielen, der aus der Ferne wie der graue Schleier eines Regenschauers aussah.

Eine Zeit lang rührte sich niemand. Dann ritt Litivak einige Pferdelängen nach vorn und drehte sein Ross.

»Sind wir geringere Männer als unsere Brüder?«, rief er. »Fürchten wir den Tod mehr als Schande?«

Nur wenige Krieger waren ihm nahe genug, um die Worte zu verstehen. Aber niemand war weit genug entfernt, um nicht ihre Bedeutung zu erkennen, als Litivak sein Pferd erneut drehte und auf die Schlacht zuritt, ohne sich noch einmal umzublicken.

Andernfalls hätte er eine Streitmacht aus Galliern gesehen, die ihm in den Rachen des Todes folgte.

Cäsar spürte die Stöße des gallischen Sturmbocks durch seine Fußsohlen auf den Leitersprossen, als er am nächsten Turm emporkletterte. Jeder Aufprall bewirkte eine starke Erschütterung, und als Cäsar schließlich oben stand, schnürte ihm der beißende Geruch von brennendem Pech fast die Kehle zu. Dunkler Rauch verbarg, was weiter unten geschah.

Die Blicke der Männer am Katapult und der Signalmänner galten etwas, das sich jenseits der äußeren Palisade befand, und als Cäsar dorthin sah, bemerkte er, wie Litivaks ganze Streitmacht, Kavallerie und Infanterie, die Festung angriff. Zu hunderten fielen Pferde in Gruben und wurden dort von zugespitzten Pfählen durchbohrt, aber die anderen liefen weiter. Zu hunderten fielen Krieger Pfeilen zum Opfer, aber die anderen setzten den Angriff fort. Amphoren mit griechischem Feuer platzten mitten unter den Galliern auseinander, aber niemand wich zurück.

Hier kommt Gallien selbst, dachte Cäsar. Eine Horde furchtloser Krieger, die keinem Sieg entgegenreiten, sondern einem ruhmvollen Tod. Furchtlos wie Löwen und genauso dumm. Aber auch so prächtig wie Löwen.

Freude erfüllte Titus Labienus, als er nahe genug herankam, um festzustellen: Der vor Alesia aufsteigende Rauch stammte tatsächlich von einer Schlacht. Noch dazu von einer großen, allem Anschein nach. Und es war noch nicht zu spät, um daran teilzunehmen und den Legionen Roms zum Sieg zu verhelfen!

Labienus ritt neben seiner Generalsstandarte, vor einer geordneten Formationen römischer Kavallerie. Fünftausend Reiter, alle mit den gleichen Helmen, rötlichbraunen Umhängen und gut gepflegten Rüstungen.

Bei Alesia hatte Cäsar zehnmal so viele Männer, aber Rauch, Feuer und die menschlichen Ameisenhaufen zu beiden Seiten von Junius Gallius' Festung deuteten darauf hin, dass tatsächlich ein zweites gallisches Heer eingetroffen war.

Labienus wusste auch, dass seine fünftausend Reiter bei einer so riesigen Schlacht ebenso ausschlaggebend waren wie ein Furz im Sturm. Doch eine halbe Meile hinter ihm ritten etwa zwanzigtausend Teutonen.

Cäsar wäre es bestimmt nicht gelungen, Ragar und seine Söldner hierher zu bringen. Er stand in dem Ruf, ein ausgezeichneter Redner zu sein, aber Labienus wusste, dass er nicht zu den einfachen Worten und Taten fähig gewesen wäre, um die Teutonen für sich zu gewinnen.

Denn Gajus Julius Cäsar war ein komplexer Mann: Krieger, ja, aber auch General, Staatsmann und kluger Politiker. Und die Teutonen waren einfache Krieger. Ebenso wie Labienus. Und darauf war er stolz.

Und deshalb verstand er den Kriegerstolz der Teutonen. Wenn Schmeicheleien versagten, konnte man an ihn appellieren.

Labienus hatte Ragar schließlich eine Truhe mit all dem Gold angeboten, das er bei sich führte, nur damit der Kriegsherr mehr als zehntausend Krieger versammelte, die ihm zuhörten. Seine Kavallerie bildete eine geordnete Formation – fünftausend Reiter, und ihnen gegenüber mindestens doppelt so viele gut bewaffnete Teutonen, die zweifellos dazu bereit waren, sich die Truhe mit dem Gold einfach zu nehmen. Sie stand auf dem Streitwagen neben Labienus' Standartenträger, und bestimmt fragten sich die teutonischen Krieger, wie die Römer sie daran hindern wollten, das Gold zu rauben.

»Auf diesem Streitwagen seht ihr eine Truhe mit Gold«, wandte sich Labienus an die Teutonen. »Ihr könntet sie euch einfach nehmen, und ihr fragt euch jetzt: Ist der Römer wirklich so dumm zu glauben, er wäre imstande, uns daran zu hindern? Die Antwort ist einfach.«

Er nickte dem Standartenträger zu, der die schwere Truhe schnaufend hochhob und vor den Teutonen auf den Boden setzte.

»Ich hindere euch daran, das Gold einfach zu nehmen, *indem ich es euch gebe*. Meine Männer und ich reiten jetzt fort, um in der großen, ruhmreichen Schlacht zu kämpfen. Ich wollte euch dafür bezahlen, an ihr teilzunehmen. Das war ein Fehler. Ich habe euren Stolz verletzt. Wahre Krieger kämpfen nicht für Gold, sondern für Stolz, Ruhm und die Freude am Kampf. Deshalb *schenke* ich euch das Gold. Folgt uns und kämpft ebenfalls in der Schlacht, wenn sie euch gefällt. Wenn ihr weder Stolz noch Ruhm in ihr seht, so habt ihr genug Gold, um auf ihren Ausgang Wetten abzuschließen, während ihr wie alte Männer abseits davon steht und zuseht.«

Ohne ein weiteres Wort wendete Titus Labienus sein Pferd, kehrte den verblüfften Teutonen den Rücken zu und ritt an der Spitze seiner Männer fort. Er ließ sich nicht dazu herab, einen Blick über die Schulter zu werfen, um zu sehen, ob ihm die Teutonen folgten.

Er sah auch nicht zurück, als er seinen Trompeter anwies, zum Aufbruch zu blasen. Eine Fanfare erklang, dann weitere, und fünftausend Römer ritten über die Ebene, dem sicheren Tod oder ungewissem Ruhm entgegen.

Nach einigen Minuten übertönte ein viel lauteres Donnern den trommelnden Hufschlag von fünftausend römischen Kavalleriepferden.

Tausende von Männern und Pferden starben durch Pfeile und Speere, bevor die Flutwelle aus Galliern den Verteidigungsgraben am

Fuß der äußeren römischen Palisade erreichte, und dort schien sie sich zu stauen, zu einem schäumenden Brecher zu werden, der an eine hohe Felsenküste prallte.

Viele Pferde konnten nicht rechtzeitig zum Stehen gebracht werden und fielen mitsamt ihren Reitern in den Graben. Andere stürzten auf sie, und innerhalb weniger Momente füllte sich der Graben mit Toten und Sterbenden, mit Schreien, Röcheln und Wiehern, mit dem Blut von Mensch und Tier.

Aber immer mehr Pferde und Männer drängten nach, überquerten den Graben auf der Brücke aus Leichen und Kadavern, erreichten die Palisade dahinter. Leitern wurden aufgestellt, und Krieger stießen sich gegenseitig fort, um vor allen anderen nach oben zu klettern. Aber sie stellten die Leitern zu steil an die Palisaden, und die meisten Männer fielen herunter, bevor sie in die Nähe der Brustwehr gelangten. Fußsoldaten schlugen wütend mit Schwertern, Speeren und Streitäxten auf die Palisadenbalken ein. Reiter standen auf ihren Sätteln, und andere Gallier versuchten, menschliche Pyramiden zu bauen.

Hätten die Kämpfer vor den römischen Befestigungen nach Nordwesten gesehen, so wäre ihnen eine schimmernde Reihe aus Rüstungen aufgefallen, die sich Alesia näherte.

Dahinter und zu beiden Seiten kam etwas, das dunkler und undeutlicher war, wie eine aufgewirbelte Staubwolke oder eine sich nähernde Gewitterfront aussah.

Cäsar fühlte sich zwischen zwei gleichermaßen grotesken Anblicken hin und her gerissen, denn der Turm, auf dem er stand, war hoch genug, dass er über beide Palisaden seiner Festung hinwegsehen konnte.

Auf der gegenüberliegenden Seite hatten sich riesige Berge aus Leichen und Kadavern gebildet, und wenn sie nicht von heißem Pech, griechischem Feuer und anderen Grässlichkeiten aus Gallius' Kesseln verseucht gewesen wären, hätten die Gallier die Toten längst als eine Art menschliche Sturmleiter verwendet. Sie griffen weiter an, selbst als noch mehr Tod auf sie herabregnete und Katapulte und Ballisten ihrer Nachhut Chaos brachten.

Wann würden die armen Narren den Angriff abbrechen und fliehen? Oder bestand ihre Vorstellung von ehrenvollem Ruhm darin, bis zum letzten Mann massakriert zu werden?

»Sieh nur! Sieh nur!«, rief ein Signalmann und wagte es, nach Cäsars Arm zu greifen und seine Aufmerksamkeit nach Westen zu lenken.

»Bei den Eiern des Mars, er hat es geschafft!«, entfuhr es Cäsar.

Die von Titus Labienus angeführte römische Kavallerie, gefolgt von einer riesigen Horde Teutonen, näherte sich von hinten dem Heer der Gallier, die zu heldenhaft waren, um ihre Niederlage einzugestehen.

In gewisser Weise lief es auf eine doppelte Gnade hinaus. Zwar war die Schlacht bereits gewonnen, aber Mars gewährte Labienus seinen Moment des Ruhms. Und das Eintreffen der römischen Kavallerie und der Teutonen überzeugte die selbstmörderischen Helden vielleicht davon, dass Gallien erobert war und es Zeit wurde zu fliehen, um der völligen Vernichtung zu entgehen.

Cäsar ging zur anderen Seite des Turms und blickte zur inneren Palisade, gegenüber von Alesia. Dort sah es praktisch genauso aus, mit dem einen Unterschied, dass eine heranstürmende teutonische Horde fehlte. Die Gallier drängten sich so dicht wie möglich hinter Vercingetorix und seinem Sturmbock zusammen, dort, wo das Feuer einen Teil der Barriere entzündet hatte – der betreffende Bereich befand sich fast direkt unter Cäsar.

Dieser Umstand besorgte ihn ein wenig. Doch der nach wie vor geordnete Ablauf zwischen den Wänden seiner Festung beruhigte ihn sofort wieder. Die Kriegsmaschinerie des Heeres funktionierte noch immer reibungslos, kochte weiterhin Pech und Wasser, brachte Munition zu den Wehrgängen und führte zwei Kohorten Infanterie zu dem Teil der inneren Palisade, die sich unter Cäsar befand.

Dort begann das geschwärzte Holz zu qualmen und unter den wuchtigen Stößen des Sturmbocks zu splittern.

Die Erde erbebte unter dem Trommeln zahlloser Hufe, und schließlich blickten sich die Krieger des auseinander fallenden gallischen Heers an und sahen die angreifende teutonische Horde.

So laut war der kollektive Schrei der Verzweiflung, dass er den Lärm der Schlacht übertönte.

Die Nachhut der Gallier – jene, die sahen, was sich näherte – ergriff die Flucht. Reiter und Fußsoldaten setzten über den aufgefüllten Teil des äußeren Verteidigungsgrabens hinweg und stoben dann in alle Richtungen davon.

Das zweite Heer Galliens löste sich von der Nachhut her weiter auf. Jede Reihe drehte sich verwundert um, als die Reihe hinter ihr verschwand, um dann ebenfalls entsetzt zu fliehen. Es dauerte nicht lange, bis dieser Vorgang das Gemetzel an der Palisade erreichte und auch die letzten Gallier begriffen, dass sie zwischen die gnadenlose römische Kriegsmaschine und die heranstürmenden Teutonen zu geraten drohten – das Donnern der Hufe war bereits zu hören.

Der Mut verließ die Vergobreten, die noch lebten und deren Standartenträger noch immer die Zeichen ihrer Stämme hielten. Nacheinander wandten sie sich zur Flucht: der Falke der Santonen, der Wolf der Parisiner, der Hirsch der Cadurker, der Adler der Atrebaten und all die anderen. Die Krieger hasteten davon, liefen und ritten, stießen gegeneinander, als sie versuchten, der Standarte des eigenen Stammes zu folgen.

Als Litivak das sah, hob er zornig das Schwert, schrie, fluchte und versuchte vergeblich, die Gallier zu einem neuerlichen Angriff auf die Römer zu sammeln …

Er ließ sein Pferd aufsteigen, wendete es und …

Ein Ballistenbolzen durchschlug seinen Hals und riss ihm fast den Kopf ab. Blut spritzte, als der Bolzen seinen Flug fortsetzte, sich in den Bauch des Standartenträgers bohrte und ihn vom Pferd schleuderte. Das Zeichen der Häduer fiel auf den blutgetränkten Boden.

»Ich kam, ich sah *dies*, und jetzt habe ich endlich gesiegt«, murmelte Cäsar, als er beobachtete, wie Litivak und die Standarte der Häduer fielen.

Wenn man bei diesem grässlichen Durcheinander überhaupt irgendwelche militärischen Begriffe anwenden konnte. Die Schlacht war gewonnen, der Krieg vorbei, Gallien erobert. Es gab also allen Grund für Cäsar, sich zu freuen und sogar zu triumphieren.

Doch er spürte etwas, das sich mit der seltsamen Traurigkeit vergleichen ließ, die manche Männer – er selbst natürlich nicht – nach dem Geschlechtsakt spüren. In dieser besonderen Verfassung bemerkte er, dass die armen Gallier noch immer von Ballisten und Katapulten beschossen wurden, obgleich das gar keinen Sinn mehr machte.

»Gib folgende Meldung weiter«, wandte sich Cäsar an einen Signalmann. »Der Beschuss soll eingestellt und keine Munition mehr vergeudet werden. Lasst die armen Kerle ziehen.«

Werde ich weich im reiferen Alter?, fragte er sich. Aber nein. Erbarmungslosigkeit mochte eine Tugend sein, wenn es galt, einen Krieg zu gewinnen, aber sobald er gewonnen war, ziemte sie sich für einen Eroberer nicht mehr.

Cäsar richtete seine Aufmerksamkeit der anderen Front des bereits gewonnenen Kriegs zu und stellte fest: Vercingetorix und *sein* Heer wussten noch nichts von der verlorenen Schlacht.

Jene Gallier starben noch immer zu Dutzenden und zu hunderten, und Vercingetorix ließ noch immer den Sturmbock gegen die brennende Palisade donnern, wie ein pflichtbewusster, aber unsensibler Liebhaber, der auch weiterhin stieß und pumpte, obwohl die orgastischen Möglichkeiten der Frau längst ausgeschöpft waren.

Und dann, mit einem letzten Krachen, durchbrach der Sturmbock die vom Feuer geschwächte Barriere, und die Gallier jubelten, als die rußgeschwärzte Palisade vor ihnen einstürzte. Dahinter sahen sie …

Eine Mauer aus römischen Schilden blockierte die Lücke, und dahinter bildeten die Schwerter der Legionäre einen Wall aus Stahl.

Vercingetorix erstarrte für einen Moment.

Und dann sah er nach oben.

Und sein Blick begegnete dem Cäsars auf dem Turm.

Cäsar sieht Vercingetorix in die Augen und erkennt die Andeutung eines bestätigenden Lächelns.

Er weiß Bescheid.

Vercingetorix hebt das Schwert zu einem spöttischen Gruß.

»Wir, die Todgeweihten, grüßen Euch, Cäsar!«, ruft er.

Spöttisch?

Vielleicht nicht, denkt Cäsar, als er sein eigenes Schwert hebt, zu einem aufrichtigen Gruß für den würdigen, besiegten Widersacher.

Vercingetorix lässt sein Schwert sinken. Zusammen mit der Amazone an seiner Seite und den Galliern hinter ihm springt er den Legionären entgegen, die die Lücke in der Palisade blockieren. Und so beginnt die letzte Schlacht des besiegten Galliens, obwohl der Krieg bereits von den Römern gewonnen ist, ein sinnloser Kampf Mann gegen Mann und Schwert gegen Schwert.

Ohne zu überlegen, klettert Cäsar die Leiter hinunter, um daran teilzunehmen.

Gnädigerweise tilgt das Handeln den Gedanken, der den Geist verdunkelt, als Vercingetorix auf römische Schilde einschlägt, ein blindes Klirren und Rasseln von Metall auf Metall. Muskel gegen Muskel, Körper gegen Körper, eine Horde gallischer Krieger, die ihre Kraft und ihr Leben opfert und sich an der gepanzerten Masse der römischen Legionäre aufreibt. All das, was einst Gallien war, gegen Rom.

Mit Rhia, Schwester des Schwertes, an seiner Seite, bis zum Ende, von dem er weiß, dass es jetzt gekommen ist.

Cäsar erreicht den hinteren Teil der Kampfzone und sieht eine Gruppe seiner Männer, die eine mobile Barrikade zur Bresche rollen, aber er stellt auch fest, dass die Gallier die Legionäre zurückgedrängt haben. Eine Reihe von ihnen steht in der vom Sturmbock geschaffenen Lücke und verteidigt sie.

»Nur Mut, Legionäre!«, ruft Cäsar den römischen Soldaten zu, als er mit erhobenem Schwert nach vorn drängt, während sein karmesinroter Umhang wie ein Banner hinter ihm weht. »Cäsar selbst kämpft an eurer Seite!«

Daraufhin jubeln die Legionäre und greifen mit neuer Entschlossenheit an. Vier Speerkämpfer einer anderen, zur Verstärkung herbeigeeilten Kohorte eskortieren Cäsar durch das Gedränge nach vorn.

»Die Schlacht ist gewonnen!«, ruft Cäsar triumphierend, als er durch die Reihen seiner eigenen Männer stürmt und dann den Galliern gegenübersteht.

Er sieht Vercingetorix an.

»Die gallischen Krieger fliehen in alle vier Winde!«, ruft er. »Der Krieg ist vorbei! Gallien ist besiegt!«

Vercingetorix erwidert seinen Blick, das Schwert in der schlaffen Hand.

Die Gallier in seiner Nähe scheinen erschrocken zurückzuweichen. Für einen Moment stehen Cäsars Legionäre völlig reglos, und dadurch entsteht der Eindruck, dass sich Vercingetorix und Cäsar nun auf einem eigenen, nur für sie bestimmten Schlachtfeld begegnen.

Wie es ihnen bestimmt war.

Cäsar tritt vor, wie in einem Traum. Um die unausgesprochene Herausforderung anzunehmen. Oder um herauszufordern.

Wie es das Schicksal will …

Der Speer eines Legionärs saust Vercingetorix entgegen …

Seine Amazone springt vor ihn …

Und der Speer bohrt sich ihr in die Brust, trifft das Herz.

Sie fällt nach hinten, in Vercingetorix' Arme.

Er hält sie zärtlich, während er Cäsar ansieht. Der von seinem Blick wie gefesselt ist, bis …

Er spürt eine Bewegung hinter sich.

Und sieht, wie ein anderer Legionär mit seinem Speer ausholt.

»Nein!«, ruft er zornig und stößt den Speer mit der flachen Seite seines Schwerts beiseite. »Er hat alles verloren bis auf sein Leben und seine Ehre.«

Und er sieht wieder zu Vercingetorix, mit der Zärtlichkeit eines Vaters, der er nie gewesen ist, für den Sohn, den er nie hatte.

»Beides soll er behalten. So viel schuldet der triumphierende Sieger dem … König von Gallien.«

Und zwischen ihnen schließen mobile Barrikaden die Lücke.

XXIII

Vercingetorix trägt Rhias leblosen Körper über die Ebene, vorbei an blutigen Leichen, zur brennenden Stadt, durchs zertrümmerte Tor und auf den Platz, wo zahllose Krieger mit den Schwertern ihre Totenklage auf die Schilde hämmern.

Ihre Gesichter sind die von weißen Totenköpfen, es brennt ein Scheiterhaufen. Rhia liegt bereits darauf, und in dem Feuer sieht Vercingetorix Keltills Augen, heller als die Flammen, und die Stimme seines Vaters erklingt von dem jenseitigen Ort.

»Im Feuer werde ich zu der Geschichte, aus der die Barden machen ein Lied.

Im Feuer betrete ich das Land der Legende, und als König ich schied!«

Vercingetorix tritt in die Flammen und brennt, ohne zu verbrennen.

Er weiß, dass er schläft. Er weiß, dass dies ein Traum ist.

Aber er weiß auch, dass er im Innern des Traums wacht.

Er hat die Flammen durchschritten, um außerhalb der Welt des Haders zu erwachen, im Land der Legende, um auf dem Berg jenseits des Traums zu stehen, den die Menschen Zeit nennen, während sich das Große Rad vom sterbenden Großen Zeitalter zum nächsten dreht, das jetzt geboren wird. Und er sieht, was und wie es das entstehen lässt, was sein wird.

Er sieht sich selbst, wie er Rhias fallenden Leib auffängt, wie Cäsar den Speer beiseite schlägt, der ihn töten sollte. Er hört, wie Cäsar Worte spricht, die in der Welt des Zwistes, an die Zeit gebunden, nie sein Ohr erreichten.

»Du hast alles verloren bis auf dein Leben und deine Ehre.«

Die Leiche, die er in den Armen hält, ist jetzt seine eigene. Und Cäsar steht vor ihm in einer steinernen Zelle, ein Schwert in der einen Hand und Brenns Krone in der anderen.

»Das eine oder das andere«, sagt Cäsar. »Was soll es sein?«

Die kollektive Stimme einer großen Menge ruft: »VERCINGE-

TORIX! KÖNIG VON GALLIEN! VERCINGETORIX! KÖNIG VON GALLIEN!«

Vercingetorix greift nach Brenns Krone.

»Heil, Vercingetorix, König von Gallien«, sagt Cäsar sardonisch und setzt sie ihm aufs Haupt.

»VERCINGETORIX! KÖNIG VON GALLIEN! VERCINGETORIX! KÖNIG VON GALLIEN!«

Der Sprechchor klingt höhnisch, und Gelächter untermalt ihn. Vercingetorix trägt nur ein schmutziges Lendentuch und Brenns Krone. Eine Kette fesselt seine Hände und diese an einen goldenen Streitwagen, und er ist zu Fuß. Der Streitwagen zieht ihn durch eine breite Straße von Rom, und Cäsar steht im Wagen, einen Lorbeerkranz auf dem Kopf, und triumphierend winkt er der Menge rechts und links zu.

»VERCINGETORIX!«, rufen die Römer voller Spott. »VERCINGETORIX! KÖNIG VON GALLIEN!«

Erneut steht Vercingetorix in der feuchtkalten dunklen Zelle, Brenns Krone lastet schwer auf seinem Kopf. Cäsar kniet und bietet ihm sein Schwert.

»So viel schulde ich dem König von Gallien«, sagt er sanft.

Vercingetorix nimmt das Schwert entgegen, dreht es und stößt es sich ins Herz.

Als er stirbt, wird er zu einem Adler, der aufsteigt und erneut über der Stadt fliegt, die er in seiner Vision unter dem Baum des Wissens gesehen hat.

Aber jetzt ist es Nacht. Eine magische Nacht im Land der Legende. Die Stadt lebt mit vielen Lichtern, als hätten die Götter sie mit Edelsteinen in allen Farben bestreut, so zahlreich wie die Flocken eines Schneefalls im Winter. Lichter fliegen auch über den Himmel und bewegen sich auf den Straßen, wie Sternschnuppen, die nie den Boden berühren. An dem Turm aus Flechtwerk leuchten so viele Lichter, dass er aussieht wie der brennende Baum des Wissens. Sein Glanz überstrahlt die Sterne – er brennt, ohne zu verbrennen.

»VERCINGETORIX! KÖNIG VON GALLIEN!«

Und er weiß, dass diese wundersame Stadt des Lichts nicht von Rom erbaut worden sein kann, ebenso wenig von den Händen vieler Stämme, deren Namen in Vergessenheit geraten, bevor sie entsteht.

»VERCINGETORIX! KÖNIG VON GALLIEN!«

Der Adler, zu dem er geworden ist, fliegt hinab zum Sockel einer Statue, die einen Krieger auf dem Rücken seines Pferdes zeigt und die er schon einmal gesehen hat. Doch jetzt wird sie von grünweißem Licht angestrahlt, das wie altes Kupfer glänzt, und hinzu kommt der Schein des Vollmonds. Ein Schriftzug zeigt sich am Sockel, in den Buchstaben der Römer, aber in einer Sprache, die weder er noch Cäsar jemals gesprochen haben.

Trotzdem kann er mühelos lesen, was am Fuß der Statue geschrieben steht, die sein eigenes Gesicht präsentiert, in Stein verewigt. Es ist ein Gesicht, das für sein Alter zu viel gesehen hat. Es ist nicht das Gesicht eines Siegers, doch das grimmige Lächeln wirkt triumphierend.

»VERCINGETORIX! KÖNIG VON GALLIEN!«

Irgendwie weiß er, dass sich diese Stadt des Lichts in einem Land befindet, das man eines Tages Gallien nennen wird. *Gallier* haben die Stadt gebaut, ein Volk, größer als die Arverner, Häduer, Karnuten, Santonen, Atrebaten und all die anderen Stämme, deren Namen vergessen sind. Und der Ruhm dieser Stadt überstrahlt selbst das, was einst Rom war.

»VERCINGETORIX! KÖNIG VON GALLIEN!«

Dies hat die Magie seines Todes geschaffen. Wird sie schaffen. Muss sie schaffen.

»VERCINGETORIX! KÖNIG VON GALLIEN!«

Der König, der sterben muss, damit sein Volk leben kann.

»VERCINGETORIX! KÖNIG VON GALLIEN!«

Er, der sterben muss, damit sein Volk wahrhaftig geboren wird.

Cäsar kennt Visionen aus dem brennenden weißen Licht der Fallsucht, aus der blutroten, heißen Raserei des Kampfes, aus der Ekstase des Orgasmus und den dunklen Tiefen der Erschöpfung. Dies ist wie all das und doch anders, denn er erwacht aus dem grellen Weiß auf dem Schlachtfeld der Träume.

Dies *muss* ein Traum sein, denn wie sonst könnte Alexander der Große, blond und strahlend, durch die Schlacht von Gergovia auf ihn zu reiten, auf einem Pferd, so weiß wie das Licht?

Durch den roten Dunst des Kampfes reitet er, wie ein Gott, unberührbar und unsterblich, und Cäsar tritt vor, um ihm zu begegnen, wie es sein Schicksal vorsieht. Sie verharren voreinander, und ihre Blicke treffen sich, und Cäsar sieht in die blauen Tiefen der Augen, und er fühlt Neid, Ehrfurcht, Mitleid und auch Liebe, denn er weiß: Irgendwie ist jeder von ihnen, einer dem anderen, sowohl Vater als auch Sohn.

»Als ich in deinem Alter war, hatte ich die Welt erobert«, sagt Alexander der Große.

»Wenn du mein Alter erreichst, bist du schon lange tot«, erwidert Cäsar.

Die Augen in Alexanders Gesicht gehören Vercingetorix. Er steigt ab und hält ein Schwert, die eine Hand am Knauf, die andere an der Klinge. Cäsars eigenes Schwert.

Vercingetorix kniet vor ihm und bietet ihm das Schwert an. »Im Namen meines Volkes gebe ich Euch mein Leben und mein Schwert.«

»Im Namen des Senats und der Bürger von Rom, ich nehme deine Gabe an«, sagt Cäsar, als er das Schwert entgegennimmt und Brenns Krone auf das Haupt des Besiegten setzt. »*Vercingetorix, König von Gallien.*«

Die wogenden, perlmuttfarbenen Dunstschleier der Zeit verschmelzen zu Formen und Farben, zum Grün von Blättern und zum Braun von Baumstämmen, als Vercingetorix auf einer Lichtung im großen Wald steht, unter dem Baum des Wissens. Er trägt den Umhang des Erzdruiden über der Rüstung des Kriegers. In der rechten Hand hält er ein Schwert, in der linken das Zepter mit der Sternschnuppe.

Die gesprenkelten Muster von Sonnenschein und Schatten verleihen den im Wald stehenden Druiden Gestalt. Ohne Gesicht sind sie und zahllos, dort verborgen, wo man sie sieht.

Vercingetorix hebt sein Schwert, und ein leerer weißer Umhang nähert sich. Er hebt den Stab des Erzdruiden, und Guttuatrs Gesicht erscheint unter der Kapuze.

»Und so begegnen wir uns noch ein letztes Mal«, sagt er. »Hast du nun die Geschichte deines ganzen Lebens gesehen, Vercingetorix, Mann der Tat?«

Vercingetorix hält das Schwert erhoben. »Ich habe meinen Tod gesehen und die Magie, die sich durch ihn entfaltet.«

»Den Triumph, Mann des Wissens?«

Vercingetorix hält auch den Stab des Erzdruiden erhoben. »Ich habe gesehen, dass alle Dinge enden«, sagt er. »Das Zeitalter der Stämme von Gallien ist vorbei, ebenso das Zeitalter der Druiden. Das Zeitalter Roms hat begonnen, und wenn es zu Ende geht, folgt ein anderes, ein viel größeres, eines, das kein in dieser Ära geborener Mann des Wissens verstehen kann.«

Vercingetorix kreuzt Schwert und Stab. »Mir war nie mehr bestimmt, als den Geist dessen, was endet, von diesem Großen Zeitalter ins nächste zu tragen.«

Zwischen den ätherischen Falten seines Umhangs holt Guttuatr Brenns Krone hervor. Vercingetorix kniet und gestattet es ihm, sie auf seinen Kopf zu setzen.

Dann steht er wieder auf. »Alle Könige müssen sterben«, sagt er. »Aber ein *Druidenkönig*, der den eigenen Tod noch im Leben gesehen hat, könnte eine mächtige Waffe aus diesem Tod machen.«

Vercingetorix hält den Stab des Erzdruiden am unteren Ende, als er ihn erneut hebt. Und die Sternschnuppe löst sich von seiner Spitze, kehrt auf einem Schweif aus Feuer zum Himmel zurück, von dem sie einst kam. Um dort zu einem neuen Stern zu werden, als sich das Rad von einem Großen Zeitalter zum nächsten dreht.

Und Guttuatr und die Druiden im Wald sind verschwunden.

Und ein Mann in römischer Rüstung kommt aus dem Wald, mit einem karmesinroten Umhang, der wie ein Siegesbanner hinter ihm weht.

Cäsar nähert sich einer runden Lichtung, bedeckt mit weichem Moos. Hier und dort wachsen Pilze. In der Mitte erhebt sich eine alte Eiche, und unter ihr steht ein Mann. Er trägt die Rüstung eines Kriegers unter dem Umhang eines Druiden. Auf seinem Kopf ruht Brenns Krone. In der linken Hand hält er einen hölzernen Stab, in der rechten ein Schwert.

Das Schwert gehört Cäsar.

»Heil, Cäsar, Eroberer von Gallien«, sagt Vercingetorix.

»Heil, Vercingetorix ... mein junger Freund«, hört Cäsar sich antworten. »Wache oder träume ich?«

»Dies ist das Land der Legende, Cäsar. Und wir sind beide hier.«

»Druidenmagie? Sehr eindrucksvoll.«

»Immerhin ...«, sagt Vercingetorix und ahmt Cäsars Stimme perfekt nach. »Wir beide *sind* sehr eindrucksvoll, oder?«

Cäsar lacht, und die beiden Männer teilen ein wissendes Lächeln.

»Aber warum sind wir hier?«, fragt Cäsar. Er kommt sich vor wie ein Schauspieler, der sich selbst spielt, in einem Stück, das schon oft aufgeführt wurde.

»Damit Ihr bekommt, was Ihr braucht«, erwidert Vercingetorix.

»Willst du mir Alesia übergeben und ein weiteres Blutbad verhindern?«, fragt Cäsar.

»Ist es das, was Ihr braucht?«, entgegnet Vercingetorix. »Die Reste dessen, was ein Heer Galliens war, wieder aufgesplittert in Stammesgruppen, verbittert und gedemütigt durch die Niederlage, nur geeint durch den Hass auf Rom, Menschen, die Euch bis zum letzten Blutstropfen – ob er nun von ihnen selbst stammt oder von Euch – Widerstand leisten werden? Wollt Ihr den Rest Eures Lebens damit verbringen, Euch der Lächerlichkeit preiszugeben, indem Ihr barbarische Stämme durch die Wälder jagt?«

»Nein«, sagt Cäsar, und wenn er einst den Text wusste, den der ihn selbst darstellende Schauspieler jetzt sprechen muss, so hat er ihn vergessen. »Was ist notwendig?«

»Ihr müsst Gallien erobern.«

Von dieser Notwendigkeit hat Cäsar natürlich von Anfang an gewusst.

»Aber wie könnt Ihr Gallien erobern, wenn es gar kein Gallien gibt?«, fragt Vercingetorix. »Ihr benötigt kein Stammesoberhaupt, das Euch eine Stadt übergibt. Ihr benötigt einen *König*, der im Namen Galliens kapituliert und dadurch ein Gallien schafft, das Ihr erobern könnt.«

Und Cäsar versteht. Immerhin ist dies der Mann, den er vor dem Krieg zum König machen wollte.

»So sei es, mein junger Freund«, sagt er. »Du kannst Gallien als römischer Prokonsul regieren, der allein Cäsar untersteht. Und du kannst die Krone behalten, wenn du möchtest, dass man dich auch König nennt.«

»Unmöglich«, erwidert Vercingetorix. »Ich habe mit einem Bluteid geschworen, nicht als König zu regieren, solange auch nur ein einziger römischer Soldat auf dem Boden Galliens bleibt. Und ein Eidbrecher wäre nicht würdig, Brenns Krone zu tragen.«

»Was bietest du mir dann an?«

»Die Kapitulation eines Königs, den Ihr in Ketten nach Rom bringt, als Beweis dafür, dass es Cäsar verdient, Eroberer Galliens genannt zu werden. Das ist der Part, den ich in Cäsars Legende spiele.«

»Und welchen Part spiele ich in der Legende von Vercingetorix?«

»Die beiden Legenden sind ein und dieselbe«, sagt Vercingetorix. »Wir öffnen uns gegenseitig die Tür zum Land der Legende, und jeder von uns geht hindurch.«

»Das ist alles?«

»Das ist alles für den König des Landes, dessen Eroberung Euer größter Triumph sein wird. Durch Euren Sieg entsteht eine Nation, aus der schließlich Gallien hervorgeht.«

Und Cäsar weiß, dass das stimmt. Dass es stimmen wird. Dass es dazu bestimmt ist, Wahrheit zu werden.

»So sei es, mein junger Freund«, sagt er. »Vercingetorix, König von Gallien.«

Vercingetorix' Lippen formen ein sonderbar grimmiges Lächeln, und für einen Augenblick erscheint es Cäsar wie das Lächeln einer Statue aus Stein.

»Der König, der sterben muss, entbietet Euch seinen Gruß«, sagt er und gibt Cäsar sein Schwert zurück.

Gajus Julius Cäsar erwachte in seinem Bett. Außerhalb seines Zelts war es ruhig und still. Zwar war es mitten in der Nacht, trotzdem fühlte er sich innerlich völlig unbelastet.

Auf seiner Brust lag das Schwert, das er einst in der Schlacht verloren hatte.

Vercingetorix erwachte neben Marah, spürte ihre Wärme und etwas auf dem Kopf.

Er brauchte nicht danach zu greifen, um zu wissen, dass es Brenns Krone war.

XXIV

»Musst du?«, fragte Marah Vercingetorix, nachdem sie sich geliebt hatten, aber er hörte keine echte Frage in ihrer Stimme.

Dieses zweite und letzte Mal der Vereinigung war ganz anders gewesen als das erste Mal. Bei jener Gelegenheit hatte sich eine Tür geöffnet, um ihnen so etwas wie Magie zu bringen, und während Vercingetorix den Zauber gespürt hatte, konnte er an einen Anfang glauben.

Diesmal war es schlicht und einfach ein Liebesakt zwischen Mann und Frau gewesen, so wie es sein sollte, wie es tausendmal und mehr während ihrer gemeinsamen Jahre geschehen wäre, wenn das Schicksal ihnen diese Jahre nicht vorenthalten hätte. Wenn die Götter bereit gewesen wären, ihm ihre Gunst und ein anderes Leben zu schenken, eines wie das von Keltill, als Adliger der Arverner in seiner Heimstatt, mit einer Frau an seiner Seite und einem Sohn, der ihn liebte.

Doch jene Lebensweise würde bald der Vergangenheit angehören, und ein so schlichtes Glück war ihm nie bestimmt gewesen.

Dieser letzte Liebesakt kam einem Abschied gleich, und das wussten sie beide. Dadurch hatte er etwas Bittersüßes bekommen.

»Du weißt besser als alle anderen, dass mir keine Wahl bleibt«, sagte Vercingetorix, stand auf und zog sich an.

Marah blieb im Bett liegen, seufzte und nickte. Dieses kleine, tapfere Nicken der Akzeptanz ging ihm mehr zu Herzen als alles andere, machte das, was ihm jetzt bevorstand, sowohl einfacher als auch schwerer.

»Rom ist die Zukunft«, sagte Marah. »Und Gallien ist die Vergangenheit.«

»Nein«, widersprach Vercingetorix, als er Hose und Hemd die Rüstung hinzufügte. »Das Zeitalter von Rom ist gekommen, aber wenn das Rad den nächsten Großen Wandel bringt, wird auch Rom enden. Jenes Gallien, das aus vielen Stämmen bestand und das die Druiden für immer bewahrt hätten, wie eine Fliege in Bernstein, existiert nicht mehr. Aber das neue Gallien, das einmal sein wird, ist eine große Eiche mit vielen Zweigen, und ihre Samen werden blühen, wenn die Namen der Zweige längst vergessen sind und selbst das Gedenken an Rom verblasst.«

»Das hast du in einer Vision gesehen?«, fragte Marah.

»Ich habe eine andere Zeit und einen Ort gesehen, an dem nicht einmal mehr die Sprachen Galliens und Roms gesprochen werden. Letztendlich schaffen Rom und Gallien dieses Große Zeitalter so wie … wie …«

Vercingetorix zögerte und brachte es nicht fertig, die Worte auszusprechen. Tränen quollen ihm in die Augen, als er sie aus Marahs Mund hörte.

»So wie Vater und Mutter ein Kind zeugen, das anders ist als sie und trotzdem sie beide in sich vereint.«

Vercingetorix konnte nur nicken. »Für jene Zukunft muss ich dieses Opfer bringen«, flüsterte er. »Und wenn ich ihr Vater sein soll, so bist du für immer ihre Mutter.«

Er griff nach Brenns Krone und zögerte.

»Ich habe geschworen, Brenns Krone nicht zu tragen, solange auch nur ein einziger römischer Soldat auf dem Boden Galliens weilt, doch jetzt muss ich diesen Eid brechen, damit Gallien geboren werden kann ...«

»Dann lass die Mutter jener Zukunft, die nichts mehr liebt als den Jungen, der sie damals am Fluss küsste, den Eid für dich brechen, auf dass du makellos bleibst«, sagte Marah.

Sie stand auf, und zum letzten Mal sah Vercingetorix ihre herrliche nackte Schönheit, als sie ihm die Krone aus der Hand nahm. Er betrachtete all das, was er verlieren würde, all die Freuden eines langen gemeinsamen Lebens, auf die er verzichten musste.

Je größer die Magie, desto höher ihr Preis.

Marah küsste ihn zum letzten Mal.

»Nimm das mit ins Land der Legende ...«, sagte sie und setzte ihm Brenns Krone auf den Kopf.

»... Vercingetorix, König von Gallien.«

Hörner erklingen feierlich, als sich das Tor von Alesia öffnet und Vercingetorix allein aus der Stadt reitet, auf einem weißen Pferd und mit Brenns Krone. Jenseits des Schutzwalls schlagen Schwerter an Schilde, während er über das Schlachtfeld reitet, vorbei an zahllosen Leichen und Kadavern, zur inneren Palisade der römischen Festung, wo man ein Portal geschaffen hat, um ihm Durchlass zu gewähren.

Römische Fanfaren ertönen, als Vercingetorix die Öffnung in der Barriere passiert und durch ein Spalier reitet, geformt von zwei Reihen aus Zenturionen, die mit makellos blanken Rüstungen dastehen, ihre Schwerter hoch erhoben. Er durchquert das Lager der Römer, bringt auch die äußere Palisade hinter sich und erreicht ein viel größeres Schlachtfeld, das bis zum äußeren Verteidigungsgraben und weit darüber hinaus reicht. Doppelt so viele Leichen liegen hier, und überall klebt Blut am grünen Gras.

Mitten auf diesem riesigen Schlachtfeld mit den zahllosen unbegrabenen Toten, auf die triumphierend krächzende Krähen ebenso Anspruch erheben wie Würmer und Insekten, sind die Standarten der Arverner, Häduer, Atrebaten, Santonen, Turonen, Parisiner und vieler anderer Stämme Galliens aufgestellt.

Überlebende Vergobreten und Anführer der geflohenen Reste jener Streitkräfte, die das Heer Galliens gebildet haben, stehen stumm und wie verloren bei den Zeichen ihrer Stämme. Hinter ihnen warten hunderte von gewöhnlichen Kriegern und Bauern, jede Gruppe hinter ihrer Standarte. Die Römer haben sie versammelt, damit sie Zeugen des Geschehens werden und später überall in Gallien davon berichten können.

Vor diesen Zeugen bilden Zenturionen ein weiteres Spalier, einen Korridor, ausgelegt mit einem karmesinroten Teppich, und an dessen Ende sitzt Cäsar, unter einem karmesinroten Vorzelt, auf einem Stuhl, der wie ein Thron vergoldet ist.

Vercingetorix reitet langsam über das Schlachtfeld zum Rand des Teppichs, und dort verharrt er. Er sieht zu den Galliern, die in einzelnen Gruppen stehen, hinter den Zeichen der Stämme, deren Namen bald in Vergessenheit geraten werden. Und ein letztes Mal spricht der zungenfertige Vercingetorix zu ihnen.

»Ihr alle wisst, dass ich mit einem Bluteid geschworen habe, nicht als König von Gallien zu regieren, solange sich noch ein römischer Soldat auf unserem Boden befindet. Aber hier stehen tausende von ihnen, und hier seht ihr mich, mit Brenns Krone. Doch ich werde den Eid achten, den ich mit meinem eigenen Blut geschworen habe. Ich werde nicht als euer König über Gallien regieren, sondern als euer König in Rom sterben.«

Er deutet auf das grässliche Durcheinander aus Leichen, abgetrennten Körperteilen und Blut, das sie alle umgibt.

»Seht nur, hier sind Gallier aller Stämme endlich als Brüder vereint. So wie ich den Eid achten werde, den ich mit meinem Blut schwor, so fordere ich euch auf, den Eid zu achten, den die Toten mit ihrem Blut schworen, denn als *Gallier* erreichten sie das Land der Legende, und als Gallier sollt ihr sie in Erinnerung behalten. Hier ist zweifellos genug Blut vergossen, um diesen Eid bis zum Ende der Zeit zu besiegeln.«

Vor ihm treten die Angehörigen der einzelnen Stämme von einem Bein aufs andere und murmeln unsicher.

»So wie sie hier in der Bruderschaft des Todes als Gallier nebeneinander liegen, so müssen die Lebenden nun zusammenkommen, damit durch ihr Blut und meins das Gallien geboren werden kann, für das all diese Männer starben. Gallien ist besiegt! Lang lebe Gallien!«

Vercingetorix schweigt. Alle schweigen. Er sieht die Stammesangehörigen an, und der Moment scheint sich zu einer Ewigkeit zu dehnen. Niemand regt sich.

Dann tritt der Vergobret der Parisiner stumm zur Standarte der Santonen. Und der Vergobret der Atrebaten stellt sich hinter die Standarte der Turonen. Und ein Adliger der Turonen geht zur Standarte der Cadurker. Und weitere Stammesoberhäupter wechseln die Plätze. Und hinter ihnen mischen sich Krieger und Bauern der verschiedenen Stämme untereinander.

Es erklingt kein Jubel. Es erklingt kein Sprechchor. Man hört nur das Scharren von Füßen. Und dann sieht man nur noch Gallier.

Vercingetorix reitet langsam über den römischen Teppich, dem Eroberer Galliens entgegen. Dreimal ertönen die römischen Fanfaren, als er dreimal um den Thron von Gajus Julius Cäsar herumreitet. Die römischen Fanfaren erklingen ein viertes Mal, als Vercingetorix vor Cäsar anhält und absteigt, und das dumpfe Blöken der gallischen Hörner vom Schutzwall Alesias gesellt sich ihnen hinzu.

Vercingetorix zieht sein Schwert und bietet es mit beiden Händen an, als er auf Cäsar zutritt.

»Im Namen des Königreichs Gallien gebe ich Euch mein Leben und mein Schwert«, sagt er.

Er kniet nicht nieder.

»Aber du behältst deine Ehre, mein junger Freund«, erwidert Cäsar so leise, dass nur Vercingetorix seine Worte hört.

Er streckt die Hand aus und nimmt das Schwert.

Er zögert.

Und dann hebt er es.

Und mit der lauten Stimme eines geschulten römischen Redners verkündet er für alle Ohren:

»Im Namen des Senats und der Bürger von Rom, ich nehme deine Gabe an … Vercingetorix, König von Gallien.«

Epilog

Im Schatten der Bäume, deren Wipfel über die Ufer des kleinen Flusses am Fuß des Hügels hinwegragen, auf dem die Stadt Gergovia liegt, spielt ein kleiner Junge mit einem hölzernen Stab, der viel größer ist als er selbst. Er weiß nicht genau, ob er ihn wie ein Zepter oder ein Schwert halten soll, und seine Mutter beobachtet ihn mit einem wehmütigen Lächeln.

»Erzähl mir noch einmal die Geschichte von meinem Vater, Mama«, bittet er.

Marah seufzt und zuckt mit den Schultern, als hätte sie die Geschichte schon zu oft erzählt. Doch als sie spricht, füllen sich ihre Augen mit Tränen, während sie stolz in die Ferne blickt. Nein, sie wird nie müde werden, diese Geschichte zu erzählen.

»Dein Vater war ein großer König«, sagt sie. »Aus den Stämmen, deren Namen bald in Vergessenheit geraten, machte er eine Nation, deren Geist ewig leben wird. Dein Vater war ein Druide …«

»… er schuf Magie!«

»Er schuf Magie. Er verwandelte die Niederlage in einen Sieg. Und es gibt keine größere Magie.«

Anmerkung der Redaktion

Um der historischen Genauigkeit willen sei darauf hingewiesen, dass die Stadt Alesia, wo 52 v. Chr. der entscheidende Kampf zwischen Römern und Galliern stattfand, nicht – wie vom Autor dargestellt – die Hauptstadt der Karnuten, sondern die der Mandubier war.

Eh,